Claraluz e o Poeta

Mauro Brandão

Claraluz e o Poeta

Em 10 dias, a vida de 10 pessoas muda radicalmente

1ª Edição

Editora
Letramento

Belo Horizonte
2014

EDITORES
Gustavo Abreu e Cláudio V. C. Macedo

FICHA TÉCNICA

Produção Editorial
Editora Letramento

Projeto gráfico, capa e diagramação
Bruno Marques Oliveira

Fotos
Alice Okawara

Revisão
Cláudio Lúcio Firmo da Silveira

Este livro foi editado respeitando as novas regras ortográficas.

B819c Brandão, Mauro.
Claraluz e o poeta : em 10 dias, a vida de 10 pessoas muda radicalmente / Mauro Brandão ; Revisão Cláudio Lúcio Firmo da Silveira ; Prefaciadores Sara Soares Oliveira ; Patricia Urias ; Roberto Darmstädter. -- Belo Horizonte, MG : Letramento, 2014.

552 p.

ISBN: 978-85-68275-05-4

1.Literatura brasileira.2. Prosa brasileira.3.Ficção brasileira. I. Silveira, Cláudio Lúcio Firmo da, rev. II. Oliveira, Sara Soares, pref. III. Urias, Patricia, pref. IV. Roberto Darmstädter, pref.V. Título.

CDD B869.3

Bibliotecária Juliana Farias Motta CRB7- 5880

Editora
LETRAMENTO
www.editoraletramento.com.br

Impresso no Brasil.
Printed in Brazil.

AGRADECIMENTOS

Conceber um livro não é uma tarefa solitária de alguém que se mete na aventura de escrever, sem saber muito bem aonde vai parar. *Claraluz e o Poeta* começou a ser escrito em novembro de 2010 e terminado em 4 de fevereiro de 2013, dia do meu aniversário. Talvez, foi o maior presente que eu me dei. Mas a estrada de um escritor, sentado sozinho em frente à tela do seu computador, é acompanhada por muitas pessoas, algumas anônimas até mesmo ao próprio autor. Muitos nomes aqui não constarão da lista dos que estão abaixo. A esses e essas, não pensem que esqueci. Na verdade, pelas veredas da rede virtual, muitos foram generosos para que esse romance, de tantas facetas e tramas, pudesse ser concebido. A solidão do escritor é aparente. Uma multidão de pessoas, de forma energética, senta-se ao lado da cadeira que isola o escriba - como diria o meu amigo *Duva Tavares* - do mundo, para que esse, em sua solidão bem acompanhada, escreva o mundo, e sonhe o mundo junto com essa multidão de amigos e amigas. Mas algumas pessoas precisam ser destacadas nessa odisseia que fez surgir *Claraluz e o Poeta*. Assim, dentre essa multidão, rendo a minha honra:

EQUIPE DO AUTOR

Ana Cláudia, amada companheira, assessora e coordenadora do projeto.

Antônio Carlos Nunes, finanças (estendendo a minha prima, *Maria de Lourdes*, esposa de Toninho).

Lincoln Grigório Pinto, advogado.

COLABORADORES

Sara Soares Oliveira, amiga-irmã, que, a cada capítulo escrito, fazia a sua leitura do que eu a remetia, e trocava impressões para que a ótica do leitor, diferenciada da ótica do escritor, pudesse ser refinada e reeditada. *Sara Safira* foi a primeira leitora de *Claraluz e o Poeta*.

Alice Okawara, que, de bom grado e por afinidade, produziu as imagens que permeiam as páginas do livro, onde uma pedra em forma de coração combina com as montagens fotográficas nascidas da leitura e da alma dessa artista, querida amiga de sensibilidade ímpar.

Pedro Melo e o pessoal da *4eUm Digital Marketing*.

Patrícia Chammas, designer gráfica.

Geraldo Ganzarolli, responsável pela primeira revisão linguística.

Anderson Martins Franco, médico pediatra e amigo, que me orientou em passagens do livro que necessitavam de apoio técnico.

Lucas Coelho Ferreira (comandante da alma fraterna), *Clarissa Cruz*, *Alex Magalhães* (que carrega os segredos das montanhas de Sabará), *Clara Souza Reis*, *João Vítor Xavier*, *Rodrigo José*, *Roberto Auad*, *Margareth Pinheiro*, *Edivânia Santos*, *Simone Reis Lima*, *Rosimaria Silva Xavier*, *Celeste Aída Gontijo*, *Micheline Faustino*, *Geraldo Justiniano Almeida*, extensivo à equipe do *Jornal Opinião* (Caeté), *Rosângela Carmo*, *Lucijane Lima* e *Carlos Aparecido* (Mini), por transcenderem *Claraluz e o Poeta*.

Gabriel Intra Brandão, filho amado, incentivador e escutador da construção do livro.

Lucy Alves Brandão, minha mãe, mulher de fibra e desafiadora da própria natureza que, pela força inabalável da fé que a faz viver com alegria, é a mim a fonte das minhas inspirações.

Nilson Pinto Brandão (*in memorian*), meu pai, primeiro incentivador da leitura em meu ser, que se fez em mim antes que eu completasse 4 anos de idade. Exemplo de homem aos homens.

Ao meu irmão *Tarcísio*, os meus sobrinhos *Fúlvio* e *Stefaniny* e a minha cunhada *Fúlvia*.

AGRADECIMENTOS ESPECIAIS

Luciene Oliveira Dornelas, *cumadi*, amiga janaubense, do sertão mineiro e coração do tamanho do mundo, que trouxe a nós a convivência com o *cumpadi Jackson Antunes*, um dos mais brilhantes atores da teledramaturgia brasileira, igualmente brilhante como diretor, cantor, compositor e ator de cinema, ao qual lhe presto essa singela homenagem em forma de poema:

AO CUMPADI JACKSON ANTUNES

Mauro Brandão

Um guerreiro surge entre nuvens,
um homem carrega a espada,
a espada que separa muros,
os muros da tenacidade.
Sapateiro, zapatista, violeiro, ator...
Desbravas almas, nascedoura do sertão.

Dos sertões mineiros, ganha-nos o mundo,
e nesse mundo, a viola se encanta.
Versos, vozes, paixões de novela.
Um nome, mil nomes, mil faces...
Em uma só face, um só espelho.

Assim és, cumpadi do fundo da cozinha.
Onde nenhum holofote o abala.
O cheiro de café e a mandioca derretendo,
Ao pé de um fogão a lenha.

O Jackson que é só seu,
É nosso, é do mundo, e é do sertão.
Das gentes simples, das telas, é só seu.

Um guerreiro da vida, vencedor das guerras.
De uma guerra que brota,
No coração da flor do sertão.

DEPOIMENTO DOS PREFACIADORES

O que move o mundo é a Utopia. Eis o espírito presente no romance de Mauro Brandão, autor estreante, porém bastante conhecido nas redes sociais por suas poesias. Dotado de grande sensibilidade poética em seu olhar pelas coisas e pela vida, brinda-nos com uma mensagem de otimismo, de crença no resgate da condição humana das pessoas, de crença no resgate da utopia, que mesmo não se realizando totalmente, faz-se necessária para nos manter caminhando. Crença na possibilidade de realizar a utopia de uma vida melhor, do amor possível, da felicidade nas pequenas coisas, dar sentido à vida numa sociedade urbana que dita um ritmo alucinante, impõe uma correria que fragiliza os relacionamentos. A necessidade de romper com esse sistema que escraviza, de resgatar o humano nas pessoas e a capacidade de sonhar. "Assim, como teimoso que sou, serei um propagandista da crença em nós", diz o autor. Esse é o pano de fundo da história. *Claraluz e o Poeta* é um romance contemporâneo, nascido no mundo virtual. Conheci o projeto em dezembro de 2010 e tive o privilégio de acompanhar sua gestação capítulo a capítulo, fascinada com o processo de produção do livro. Deslumbrava a cada e-mail recebido com os capítulos – e foram inúmeros e-mails trocados. Penso que o leitor terá a mesma sensação.

Na trama, Claraluz e Mandel, personagens principais, se conhecem num *chat* da internet, se apaixonam e iniciam um romance. Histórias paralelas giram em torno desses personagens e abordam temas diversos como drogas, homossexualismo, poligamia, o mundo *socialite*; envolvendo outros oito personagens numa narrativa marcante, recheada de enigmas e mistérios que se desdobram num final surpreendente. O livro é excelente, a leitura é extremamente prazerosa, agrada por trazer um tema atual – os relacionamentos na era da comunicação global – envolto num contexto que mostra o cotidiano e a realidade da vida urbana das pessoas. Uma viagem fantástica pelo universo humano dos personagens, suas paixões, seus conflitos e histórias de superação. História espetacular que traz várias citações de trechos de músicas e textos de autores conhecidos para encanto do leitor. O autor ainda nos conduz a outra viagem: as belas paisagens mineiras, onde ocorre o desfecho da trama.

Mauro Brandão estreia em grande estilo. *Claraluz e o Poeta* é fruto de um trabalho primoroso do autor. Impressiona pela linguagem clara e objetiva, pela narrativa que envolve o leitor, e, acima de tudo, pela beleza da história de Claraluz e Mandel e a mensagem de otimismo que nos deixa. Vale a leitura e merece todos os aplausos!

Sara Soares Oliveira,
historiadora de Itabira, conterrânea do grande poeta
das Gerais, Carlos Drummond de Andrade.

***

Foi para mim um privilégio acompanhar o processo de criação, escrita e finalização da obra *Claraluz e o Poeta*, e uma honra ter sido convidada por este querido amigo e escritor para escrever algumas linhas sobre este belo trabalho. *Claraluz e o Poeta* chega num momento bastante propício. Este livro vem, após um período de sérias pesquisas, numa hora de intensas relações e encontros virtuais, e nos evidencia que mesmo neste universo cibernético de relacionamentos fugidios e superficiais, é possível nascer um sentimento bonito e sincero entre as pessoas, como o que aconteceu entre Clarissa Montenegro – Claraluz – e Mandel. A trama é permeada por discussões fundamentais na atualidade, como preconceitos, homossexualidade e drogas. Esta obra, contemporânea, inaugura uma série de livros, de que, tenho certeza, serão lançados por este grande escritor de mais nobre cepa.

Patrícia Urias,
Professora de História; Historiadora da Arte
e Mestre em Arquitetura e Urbanismo.

***

Da grandeza da sua saudosa vó, Georgina Pinto Rosa, matriarca da família Brandão, Mauro guardou as histórias e as poesias. Do seu saudoso tio, Nelson Brandão, guardou a inteligência e a capacidade descritiva. Da meiguice de sua tia, Nelza Brandão, guarda a delicadeza das trovas. Do seu pai, Nilson Brandão, herdou o dinamismo e a coragem de arriscar. E da sua mãe, Lucy Alves Vilela – nome de solteira –, apoderou-se da imaginação fértil e produtiva para escrever esse romance arrebatador e imaginoso, fincando-se numa história que alcança o objetivo de entreter o leitor e provocar em todos nós emoções através do romantismo, do erotismo, de suspenses e de questionamentos existenciais que são exportados para um público, cuja mente, ao deliciar-se com a leitura, extrapola da ficção à realidade de uma novela, mesclada de passado, de presente e de futuro.

Nós, leitores, temos, diante dos olhos, um romance vigoroso, que conta a história de dois seres humanos a partir de um mirante encantador. As raízes literárias profundíssimas de Mauro Brandão, passando por João Guimarães Rosa, primo primeiro da sua avó, fazem com que ele abra a porta da imaginação sensível para que, através dela, venhamos sentir como ainda pulsa o coração literário caeteense.

Sem dúvida, a soma da capacidade narrativa e da força expressiva da linguagem de *Mauro Brandão* faz deste *Claraluz e o Poeta* um romance promissor, que merece ser lido tanto no Brasil como em todo o mundo. Vejo na narração do meu grande intelectual amigo a impressionante capacidade de percepção, que nos põe diante de personagens bastante convincentes. Eu, leitor, sinto-me envaidecido por me ver um pouco como parte dessa belíssima obra.

Roberto Darmstädter,
Advogado, cronista do jornal Opinião (Caeté),
Secretário de Políticas Sobre Drogas.

NOTA DO AUTOR

Ao apresentar aos leitores a minha primeira obra literária, vários desafios se apresentaram no percurso. Quis escrever um romance contemporâneo, no qual vários assuntos urgentes às mentes são tomados de assalto nas sociedades, num tempo em que os filósofos chamam de pós-modernidade, e que nada mais é do que a crise da modernidade, da falência das promessas das utopias que a modernidade prometeu às pessoas e não cumpriu. Assim, como deve ser sempre à ilimitada liberdade de escrita, procurei, nesse romance, apresentar ao leitor um alento a essa promessa não cumprida pela modernidade, uma história asfaltada por palavras, onde as utopias se realizam. Por isso, o leitor irá se deparar com dois elementos literários: o realismo, que às vezes se transforma em ultrarrealismo, e o realismo mágico, aonde elementos sobrenaturais vão, mineiramente e sorrateiramente, se apossando das páginas do livro. Esse foi o recurso que encontrei para não fugir à lógica social contemporânea, e, ao mesmo tempo, permitir a vivência do absurdo, do irreal e do improvável, que faz parte do pleno direito artístico que o literato se propõe e se justifica.

Somando-se a estes elementos, *Claraluz e o Poeta* torna-se também um livro que homenageia a música, a literatura e a poesia, edificadas por tantos e tantos autores nessa estrada da Humanidade, e que se misturam, de forma harmônica, aos enredos das variadas tramas e núcleos que se entrelaçam no romance. Os personagens de *Claraluz e o Poeta* são pessoas comuns, de vidas comuns. Não são heróis, e nem serão. São pessoas que podem ser confundidas no anonimato, entre milhares de pessoas que circulam nas ruas, no cotidiano. Mas são pessoas que veem as suas vidas serem transformadas por obra do amor romântico que envolve, de forma gigantesca, dois personagens: Claraluz, a médica carioca do Leblon, e Mandel, o professor, poeta e músico de Sabará, cidade mineira que é base concreta da construção da mineiridade. São duas personalidades diferentes: Claraluz, moldada aos sabores das águas marinhas e da exuberante natureza do Rio de Janeiro, e Mandel, fundido ao metal recheado pelas montanhas das Minas Gerais. Essa mistura é o ingrediente básico que dá o tempero à trama, provocando transformações profundas na vida deles e de outros personagens. Assim, o amor romântico, nascido ao sabor da ausência de fronteiras do mundo virtual e cibernético no coração de duas pessoas move a engrenagem da história dos personagens movidos pelas drogas contemporâneas, compatíveis com a vida atual, de onde se extrai somente prazeres efêmeros, fugazes e suicidas; pela futilidade das colunas sociais, que proporciona às celebridades passeios ao céu e ao inferno num piscar de olhos; pela imoralidade tecnológica, que permite a impunidade criminosa do anonimato institucionalizado das telecomunicações; e pelas exigências do mercado no mundo pós-moderno, que não indica nenhum caminho a seguir, mas exige-se implacável o movimento das hordas, mesmo que seja para onde não se sabe, pois se alguém parar, fatalmente, o caminhante que cessou a caminhada se verá tragado pela não-vida, pois esse mercado, única entidade comum entre os tempos modernos e os pós-modernos, não tolera o andar lento, não tolera que se faça intervalos no tempo para que se deguste a vida. A pós-modernidade não tolera que se viva a vida. Tolera somente que se caminhe, cada vez mais rápido e freneticamente, em direção ao viver sem sentido e sem razão, a fim de que todos façam rodar uma máquina que não se justifica, mas que exige que funcione em função de um mundo que não sabe porque existe e não sabe aonde vai parar.

Claraluz e o Poeta foi escrito para provocar torpor nas mentes. Ser uma ilha de utopia cercada pelas águas da desesperança pós-moderna. *Claraluz e o Poeta* é um ópio pós-moderno. Claraluz e o Poeta foi talhado e pincelado para ser instrumento de vingança do homem contra o seu sistema, que retirou da sua alma a esperança, para que todos se conformem viver sem sentido e sem direção.

Mauro Brandão

NOTA ADICIONAL

Falar em contemporaneidade é algo complicado nesses dias, pois o que era contemporâneo hoje é ultrapassado amanhã, nesse mundo pós-moderno. Claraluz e o Poeta começou a ser escrito em novembro de 2010 e terminado em 4 de fevereiro de 2013, dia em que fiz exatamente 50 anos. No início, o Orkut era a rede social mais utilizada, e, ao final, o Facebook substituiu o Orkut e se estabeleceu de forma sólida. De qualquer forma, resolvi manter a temporalidade abstrata, que muda nesse período em que o livro foi escrito, e que dá impressões variadas sobre a realidade mutante numa velocidade acelerada. Aliás, tudo poderá estar mudado quando você acabar de ler essa nota.

PRIMEIRA PARTE

I

Eram aproximadamente dez horas da noite. Mandel chegou a sua casa com fome, depois de pedalar em sua bicicleta pela cidade, a única atividade física esportiva que ele praticava regularmente. Tomou um banho de uns quinze minutos e saiu pelado do banheiro – era um dia muito quente –, calçando somente um par de chinelos. Foi à cozinha, pegou dois ovos na geladeira e preparou uma omelete, acrescentada de queijo derretido e condimentos diversos que ele encontrara na sua frente: molho de alho, zaatar – um condimento árabe a base de orégano – e maionese. Devorou a omelete, acompanhado de um daqueles sucos em pó já adoçados e que vêm em saquinhos, preparado por Mandel em uns cinco segundos, depois de diluí-lo numa jarra de água com uma faca de pão, o primeiro instrumento que encontrara na sua frente. Em seguida, dirigiu-se ao seu quarto de dormir, abriu uma das gavetas do seu guarda-roupa, pegou um calção e uma camiseta, vestiu-os e foi para o outro quarto da sua casa de três quartos, em estilo colonial, característico do centro histórico de Sabará – uma das primeiras cidades de Minas Gerais, nascida do Ciclo do Ouro e vizinha a Belo Horizonte –, cidade onde ele mora, e ligou o computador. Enquanto esperava o computador realizar os procedimentos de rotina para o seu uso, pegou o violão encostado no canto da parede e experimentou alguns acordes, encaixando sem compromisso uma improvisada letra em uma melodia que se misturava a uma gostosa sequência harmônica saída da sua fértil mente musical e poética. Assim que o computador se conectou à internet, encostou o violão e começou a navegar por seus e-mails. Visitou suas páginas costumeiras, e, após quase uma hora, já entediado, entrou em uma sala virtual de bate-papo com o apelido *lednam – mandel* de trás para frente. Percorreu umas três salas, mas não viu nada interessante. Porém, ao entrar numa outra sala, um apelido o chamou a atenção: *gata_medica*. Aquele apelido despertou, por algum motivo que não conseguia explicar, a sua intuição. Mandel resolveu chamá-la para uma conversa, acionando o modo *reservadamente* – um recurso do provedor da sala de bate papo – para que os outros internautas não pudessem ver o que estava sendo escrito por ele:

> **lednam**: *Boa Noite! Estou precisando de uma doutora pra cuidar do meu coração! Em troca, tratarei de regar sua alma com muita poesia...*

(A *gata_medica* não respondeu, mas Mandel não entregou os pontos. Insistiu com vários argumentos, até apelar, enfim, para o juramento médico, que é lido pelo orador dos formandos em medicina na solenidade da formatura).

lednam: *Com certeza, a doutora sabe que negar assistência médica é uma violação à ética médica. E há um poeta necessitando de uma médica pra cuidar do seu coração... e há uma médica necessitando de um poeta para aromatizar a sua alma com o perfume mais delicioso exalado pela flor mais perfumada que existe na essência das palavras.*

lednam: *Lembra-se do juramento de Hipócrates quando se formou? Tenho certeza de que vc é uma médica responsável, e não irá fugir do seu princípio ético mais importante...*

(A sua insistência, enfim, começou a render frutos).

gata_medica: *Já que insiste, senhor poeta, que tal procurar um cardiologista? Quer que te encaminhes ao cardiologista? Minha especialidade é outra!*

lednam: *Na verdade, quando me deparei com este apelido, gata_medica, percebi que precisava cuidar do seu coração, que, por sua vez, necessita urgentemente conhecer um poeta. Um poeta que vai regar a sua vida árida e insossa.*

gata_medica: *Hummmmm!!! Mas não disse que precisavas de alguém para cuidar do teu coração?*

lednam: *Na verdade, EU SOU o cardiologista, especializado em alguém que tem o apelido de gata_medica.*

gata_medica: *Nooooossaaaaaa... E onde vc fez esta especialidade. Tô curiosaaaaa!!! Quem sabe eu também não me especializo nessa área? rsrsrsrsrs*

lednam: *Eu fui o único aluno desta especialização, e o curso se encerrou assim que eu me formei. Não é mais possível que alguém possa se formar nesta área. Eu sou o único especialista...*

lednam: *...e vc é a única paciente!!!*

gata_medica: *hummmm!!!*

(Nesse momento, a gata_medica pensou: "Que homem criativo e poético! Interessante!").

gata_medica: *Mas me diga, e este apelido diferente, lednam. De onde veio?*

lednam: *Olha, para desvendar este mistério, não precisa nem chamar o detetive Hercules Poirot!*[1] *Tá mais fácil do que tirar pirulito da boca de um neném.*

gata_medica: *Deixa pensar... Dá-me 3 segundos...*

gata_medica: *Já sei!!! Mandel é teu nome, certo?????*

lednam: *Assim não vale!!! Mas tudo bem. Vc acertou a origem do nick lednam, e leva um Mandel pra casa, pra dormir no mesmo travesseiro que vc dorme...*

gata_medica: *Mas é muito safado!!! Como é cara-de-pau!!! kkkkkkkk*

lednam: *Safado não, apaixonado à primeira teclada por uma gata que curou, por um milagre, o meu coração, e acendeu a poesia adormecida que estava triste em mim por não encontrar o seu facho de luz para fazê-la brilhar...*

lednam: *E homenagem a essa luz, um trecho de um poema de Cecília Meireles. Posso?*

gata_medica: *fique à vontade...*

lednam: *Eu canto porque o instante existe...*

lednam: *e a minha vida está completa...*

lednam: *não sou alegre nem sou triste...*

lednam: *sou poeta...*

lednam: *Sou um cardiopoeta, e fui curado graças a um anjo que providenciou o nosso encontro e iluminou novamente a minha alma poética...*

gata_medica: *Gostei... rsrs.*

lednam: *Então vai outro pedaço, de Carlos Drummond de Andrade:*

gata_medica: *Artilharia de peso... hummmmm...!!!*

lednam: *O amor é grande e cabe nesta janela sobre o mar...*

lednam: *... O mar é grande e cabe na cama e no colchão de amar...*

lednam: *... O amor é grande e cabe no breve espaço de beijar.*

---

1 Referindo-se ao personagem criado por Agatha Christie e inserido pela escritora em muitas de suas obras.

***gata_medica**: Que lindo...!!!*

***lednam**: E só mais um, de Olavo Bilac.*

***gata_medica**: Pode...*

***lednam**: Eu vos direi: Amei para entendê-las...*

***lednam**: Pois só quem ama pode ter ouvidos...*

***lednam**: capaz de ouvir...*

***lednam**: e entender as estrelas.*

***lednam**: Venha contar estrelas comigo, vamos viver a nossa alma humana, tão sufocada pelo teatro do absurdo que nos bate à porta dia a dia...*

***gata_medica**: Gostei muito... Muito!... Seu doido!!!*

***gata_medica**: Tu és um poeta com um senhor bico doce... Quantas namoradas tu arranjaste pela internet? É difícil não se deixar levar por estas poesias maravilhosas... Tu deves ter uma coleção de namoradas...*

***lednam**: Que nada!!! Não costumo entrar em salas de bate-papo. Estava entediado e sem saber o que fazer. Entrei e saí em várias salas, e só insisti com vc por 2 motivos. Porque me atraí por este apelido, gata_medica, e porque a minha intuição falou muito alto, e me disse que vc é uma mulher especial. Nunca enviei poesias para ninguém nestas salas de bate-papo.*

***gata_medica**: Eu também não tenho costume. Nas poucas vezes em que entrei, ficava observando como as pessoas se comunicavam por aqui, mas é a primeira vez que falo com alguém numa sala de bate papo. É impressionante como as cantadas dos homens são tão vazias e sem criatividade... Tu, pelo menos, usaste argumentos mais inteligentes e com muita poesia. Custei a te responder, mas fiquei observando a forma como me abordava. Percebi que não te comportavas como a maioria e resolvi responder. Gostei! Quando citou o detetive Hercules Poirot, lembrei-me das histórias da Agatha Christie, que eu adorava ler quando eu tinha 16 anos.*

***lednam**: Também sempre gostei de ler muito. Romances, ficção, leituras científicas, jornais, revistas... Devoro tudo o que vejo na frente.*

***gata_medica**: Também sou obcecada em leitura. Adoro ler! Mas porque disseste que a tua intuição indicou que eu sou uma mulher especial? Não será mais uma cantada barata? rsrsrsrs.*

lednam: *Juro que não é uma cantada barata! A intuição é algo que a gente não explica, mas é tão real a esta nossa conversa... A intuição é como uma lanterna que nos ilumina num caminho escuro e desconhecido. Guia-nos e nos diz: vá por mim, porque estou certa de que este é o caminho verdadeiro! E eu, desde há algum tempo, passei a dar ouvidos e a respeitar a minha intuição.*

lednam: *E a minha intuição me diz que vc é uma mulher inteligente, profissionalmente bem sucedida, mas está carente, necessitando da poesia para dar vida a sua alma ressecada, e o que mais quer é dar uma guinada nesta vida insólita e insossa... Minha intuição diz que vc está vivendo alguma coisa fundamental em sua vida, mas não quer dar continuidade... Minha intuição diz que vc está sendo influenciada pela cabeça de alguém muito ligado à sua vida, mas seu coração não lhe recomenda o caminho que está trilhando...*

lednam: *Estou certo?*

gata_medica: *Hummmm! É por aí! Parece que me conheces. Incrível!!! Mas não pode! Tu não sabes quem sou eu, não entrei com meu nome... Como sabes? Confesso que o que disseste é uma grande verdade. Tu és um hacker? Por acaso invadiu o meu computador? Estou confusa!*

(Neste momento, a *gata_medica* pensou em desconectar-se do bate papo, pois ficou receosa que o seu computador tivesse sido invadido, sem entender o que se passava, mas logo desistiu da ideia, pois o seu interlocutor respondeu rapidamente).

lednam: *Juro pelos meus pais, que tanto amo, que não faço a menor ideia de quem é vc.*

lednam: *Jamais invadiria qualquer computador, porque considero uma atitude desonesta, antiética e contra os meus princípios. Mas foi como eu disse! A minha intuição está aqui comigo, como um anjo da anunciação, aquele anjo do qual falei lá atrás e que providenciou o nosso encontro, indicando como uma bússola a direção que devo seguir e me mostrando as aflições da sua alma.*

lednam: *Esse anjo, que vem com o nome de intuição, me diz que vc ficaria arrepiada se eu chegasse de mansinho, lhe tocasse o ombro com maciez, lhe desse um beijo e lhe abraçasse com um carinho todo especial, em uma forma que talvez nunca experimentou...*

lednam: *E eu só queria ver vc toda vermelha, ruborizada, agora!!!*

gata_medica: *O mais incrível é que fiquei ruborizada. Como sabes?*

lednam: *É esta a minha intuição. Não sei como explicar, mas posso dizer que a minha vontade de estar perto de vc agora é tão grande, que a força dessa vontade me transporta até vc, e posso até sentir o cheiro de sua pele.*

lednam: *E o brilho dos seus olhos...*

lednam: *E o sabor dos seus lábios...*

lednam: *E o suor das suas mãos...*

gata_medica: *Está inspirado, heim?*

lednam: *A força da minha inspiração vem da magia da sua beleza, dos seus lábios, do seu sorriso, da força da sua luz intensa, do brilho dos seus olhos, da pureza da sua alma, que tem sede das coisas belas e verdadeiras, que adora a arte, a justiça e o bem...*

gata_medica: *Meu Deus!!! O que está acontecendo? Tu estás fazendo uma radiografia da minha alma sem me conhecer, sem jamais ter me visto. Até hoje, o meu conceito sobre estas salas de bate papo era ruim, como se fossem um reservatório de bobagens. Aí tu apareces, como se tivesse me atacando com armas de peso, e implodindo todo esse conceito num piscar de olhos... Assim eu não aguento a guerra.*

lednam: *Essa batalha vc já perdeu, pois vc precisa perder esta batalha para ganhar todas as guerras que virão.*

gata_medica: *Está bom! Eu me rendo!!! rsrsrsrs... É impossível evitar este poeta... E eu preciso tanto de poesia para regar a minha vida com calor humano, de um sol na minha alma pra minha vida ser perfeita... Tu tens toda razão, e por mais que isso seja estranho, a minha intuição está me dizendo que devo confiar em ti, e que estás sendo honesto.*

lednam: *Vc precisa de mim, doutora Gata!!! E eu, este pobre mortal metido a poeta, preciso de vc!!! Que tal a gente se apresentar agora, pra nos conhecermos melhor? Que tal me passar o e-mail do seu Messenger, pra gente conversar com mais privacidade?*

gata_medica: *Está bom! É melhor mesmo! Anota aí então (...).*

lednam: *Pronto, já lhe adicionei. A gente continua se falando por lá.*

gata_medica: *Legal! Encontramo-nos lá então! Beijos!!!*

lednam: *Hummmm!!!! Senti cada milímetro de cada beijo que vc mandou agora... Estou flutuando... E flutuando eu vou até lá, falô?*

gata_medica: *Falô, seu doido!!! rsrsrsrsrs...*

lednam: *bejinsss, bejinsss, bejinsss, bejinsss, bejinsss, bejinsss, bejinsss, bejinsss, bejinsss, bejinsss, bejinsss, bejinsss, bejinsss.....*

gata_medica: *rsrsrsrs. Bejins!!!! Até lá!!!*

lednam: *Fui então!*

gata_medica: *Também fui.....*

Q W E R T Y U I O P
A S D F G H J K L
Z X C V B N M
control
option
⌘
command
⌘
command

II

Mandel abriu a janela do seu Messenger com um afobamento exagerado e anormal, que fez com que errasse a senha três vezes antes de conseguir abri-la. Ele sentira que algo muito especial estava por vir. Embora não soubesse nem o nome dela, depositava, entretanto, uma fé desmedida naquele novo contato. Ficou lá, com os olhos fixos na tela do computador, esperando ansiosamente ser chamado por sua nova amiga virtual. Mas para a sua decepção, nada acontecia. Passaram-se cinco minutos – e que para Mandel parecia ter passado pelo menos uma hora –, depois dez, quinze minutos, e nada... Mandel precisava ir ao banheiro, mas temia que naquele momento a sua *gata_medica* o chamasse e ele não estivesse por perto para responder prontamente, e ela desistisse. Mas depois de vinte e cinco minutos ele não resistiu e foi ao banheiro. Fez o que tinha que fazer o mais rápido possível e correu para frente da tela, sem ao menos lavar as mãos. Na volta, o seu coração disparou. A sua nova amiga virtual estava lhe chamando. Maravilhou-se por aquele nome na tela: Claraluz!... Sentiu-se aliviado e teve uma sensação de estar sonhando! Ele sentou à cadeira e começa a teclar:

***Mandel**: Olá!!! Por alguns momentos, tive a sensação de ter sido abandonado. Pensei que iria lhe perder pra sempre. Voltei àquela sala de bate papo e vi que vc não estava mais lá. Fiquei triste...*

***Claraluz**: Desculpe-me! Tive que preparar algumas coisas antes de ficar mais a vontade. Estou de plantão no hospital em que eu trabalho.*

***Claraluz**: E pode ser que eu tenha que sair de repente para atender algum chamado, mas como vc está sabendo, não fique surpreso.*

***Mandel**: Obrigado, doutora, por me avisar se tiver boi na linha...*

***Claraluz**: O que???*

***Mandel**: rsrsrsrs... Desculpe-me! Essa é uma expressão mineira. Sou mineiro, uai!!!*

***Claraluz**: Haaaan... Quer dizer que tu és mineirinho? Mineirinho bico doce...*

***Mandel**: Meu bico ficaria mais doce se eu pudesse tocar seus lábios agora...*

Claraluz: *Mas vc não perde tempo mesmo, heim mineirinho? Tem como a gente pelo menos se apresentar???*

(Claraluz abre um largo sorriso).

Mandel: *Dê-me só 20 segundinhos que já volto.*

(Mandel foi ao banheiro lavar as mãos, incomodado por ainda não tê-las limpas até aquele momento, e volta rapidamente para frente da tela do seu computador).

Mandel: *Pronto! Mas voltando. Como eu deixaria de seguir o ritual de apresentação diante da mulher que estou acabando de conhecer, mas que vai seguir junto comigo os passos da nossa mesma estrada?... O meu nome é Mandel, sou formado em sociologia e sou professor, desenvolvo pesquisas para alguns órgãos públicos e privados, além de ser técnico em computação e instalação de redes nas horas vagas. Músico por vocação e poeta por teimosia. Moro em Sabará, cidade histórica e berço de Minas Gerais. Por essa odisseia pelo mundo dos poetas, acabei vencendo dois concursos de poesia em BH, além de participar de saraus e encontros de poesias de vez em quando.*

Claraluz: *E eu sou Clarissa, Senhor Bico Doce. Moro no Rio de Janeiro, no Leblon. Todos me conhecem por Claraluz, porque desde pequena eu era fascinada por objetos luminosos e coloridos. Meu pai sempre me dava brinquedos que emitiam luz, e eu adorava ganhar bonecas com aqueles olhos grandes de vidro. Os meus olhos são mais brilhantes que o normal, e as pessoas que me conhecem desde criança me veem como uma pessoa portadora de uma luz espiritual muito forte. Todos me falavam sobre o brilho dos meus olhos até que, por volta dos meus 13 anos, fiquei me fitando no espelho por algum tempo, e constatei que as pessoas tinham razão quanto ao brilho intenso dos meus olhos. Daí virei Claraluz e adotei este nome. Claraluz é a minha identidade.*

Mandel: *E é a luz que vai iluminar meus caminhos daqui pra frente...*

Claraluz: *Mas deixa-me dizer-te sobre a minha vida. Sou médica pediatra por vocação. Desde pequena, eu adorava brincar de médica com minhas bonecas e sempre dizia que queria ser médica quando crescesse. Adorava brincar de diagnosticar meus priminhos, coitados... Tinham que abrir a boca e mostrar a língua para eu os examinar... rsrsrs. Sempre fui uma das melhores alunas de biologia no ensino médio. Fui crescendo e absorvendo* *as informações sobre a medicina. Escolhi a pediatria por ter uma predileção especial no cuidado da saúde das crianças, e também porque constatei ter um carisma especial junto a elas. As crianças, modéstia às favas, me adoram. E eu adoro minha profissão, e por isso...*

Mandel: *Diga-me...*

Claraluz: *Por isso, também por criar ilusões em torno desse amor verdadeiro que tenho pela medicina, acabei me tornando noiva de um médico, e estou com o casamento marcado.*

Mandel: *Hummmmm... Que punhalada!!! Bom... O que posso fazer? Acabei de te conhecer agora. Mas quero conhecer vc, e também não me importa quem faz parte da tua vida. Eu quero pertencer a ela daqui pra frente, e quero que vc também pertença a minha. Não me importa!!!*

Claraluz: *Mas tu nem me conheces direito, ou melhor, tu não me conheces em nada ainda?! O que posso dizer é que, apesar de também não te conhecer, gostei do teu jeito mineiro de ser, e a poesia aparece como uma aura em tua vida, ao contrário da minha...*

Claraluz: *Estou meio de bode hoje... E como disse antes, vc foi a primeira pessoa com quem bati papo pela internet. Entrei porque eu estava me sentindo tão reprimida, presa, que resolvi dar uma quebrada neste bode. Já que não posso beber em serviço (rsrsrs – jamais faria isso, tá?), a gente arranja outra escapulida, porque tem algumas horas que é tão difícil encarar algumas situações na vida...*

Claraluz: *Desculpe-me, mas acho que vc acabou arranjando um papo ruim hoje.*

Mandel: *Pelo contrário! Esta cena vem como profecia... Lembra que eu disse, logo de cara na sala de bate-papo, que eu era o poeta que regaria sua vida árida? Então veja! A profecia se escancara e nós a vemos se realizando...*

Mandel: *Eu senti a sua presença como se estivesse do meu lado. Tantas imagens passaram pela minha cabeça no momento em que estávamos na sala... Depois vc demorou a aparecer, mas fiquei com vc na cabeça. Errei a minha senha 3 vezes para entrar no Messenger, coisa que nunca acontece comigo. Tem um punhado de senhas que eu uso e sei de cor e não tenho o menor problema...*

Mandel: *Você me desequilibrou!*

***Claraluz**: E você me equilibrou!*

***Claraluz**: EU estava desequilibrada! Estou me sentindo livre, leve e solta agora. Estava precisando tanto disso... Precisava me libertar, nem que fosse por alguns momentos... Nem te conheço, mas não tenho como negar que estou mais aliviada. Estava muito sufocada!*

***Claraluz**: Desculpe-me mais uma vez, Mandel, mas parece que estou te usando...*

***Mandel**: Opsssss!!!! Nada disso! De forma alguma vc está me usando. Não sou psicólogo, mas tenho uma atração fatal por certas tendências do estudo do pensamento, e como descobriu Jung, existe um fenômeno chamado sincronicidade, que mostra que muitas situações não são coincidências, ao contrário, existem razões para que estas "coincidências" aconteçam. E o universo conspira a nosso favor, pode ter certeza!*

***Mandel**: Não nos encontramos por acaso. Encontramo-nos porque precisamos um do outro... O mesmo efeito que o nosso encontro causou em vc causou também em mim... Eu também vivo esta angústia, percebendo que preciso dar um rumo nas coisas do coração, pois estou insatisfeito com alguns fatos da minha história em construção. Entrei no bate-papo sem rumo, sem sentido, olhando todas as possibilidades como inúteis e sem razão de existir...*

***Mandel**: E uma destas inutilidades teria sido entrar na sala de bate-papo. Mas, por encanto, pela força da magia que traz sentido às coisas, surge você! A luz que clareou minha alma! Claraluz! A luz é a razão da existência. É ela que nos mostra as ondas do mar acariciando a areia da praia. A luz nos permite enxergar as estrelas e contá-las eternamente. A luz abre as janelas dos olhos, e por essas janelas entram o beija-flor, a cachoeira e o verde das matas. A luz nos faz perceber o sabor da graciosidade ingênua das crianças, a sabedoria dos mais velhos e o vigor dos jovens. Luz: sinônimo de sabedoria, de paz, de felicidade e do amor. E esta é a mesma luz, poderosa e sublime, que incide implacavelmente em mim agora, irradiante e clara, Claraluz...*

***Claraluz**: Estou levitando... Que delícia a poesia em nossas vidas... Como é importante!*

***Claraluz**: Vc é uma pessoa especial, Mandel. Pelo pouco que te conheci, percebi que és uma pessoa iluminada, inteligente, sensível e muito humana...*

Mandel: *Fico muito feliz em saber que está formando em você estas impressões que está tendo a meu respeito. Pode estar certa de que elas são objeto obsessivo da busca do meu sentido de viver, e eu não quero trair estas impressões que estão formando a minha imagem em sua alma. E quero comentar outra coisa. Também adoro o meu nome, que foi escolhido pelo meu pai, Gabriel. Mandel sugere Mandela, Nelson Mandela, uma das pessoas mais iluminadas da humanidade, e que, com seus sonhos, sofrimentos, fé e lutas, reverteu definitivamente a política da apartheid que reinou sobre mais de dois séculos na África do Sul.*

Claraluz: *O meu pai é recém-aposentado diplomata de carreira, e também admirador de Mandela. Ele sempre se refere a ele com orgulho e respeito, e diz com muita propriedade sobre a importância fundamental do papel de Mandela para colocar uma pá de cal sobre a apartheid... Assisti com o meu pai, no cinema, ao filme Invictus, que conta como Mandela incentivou os jogadores de rúgbi da África do Sul a conquistarem o Campeonato Mundial em 1995.*

Mandel: *Também assisti. Não poderia perder esse filme por nada em minha vida.*

Claraluz: *Mas falando no meu pai, me deu vontade de falar sobre ele. Deu uma saudade...*

Mandel: *Tô doido pra saber... Diga-me, doutora do meu destino... Eu ainda não o conheço, mas tenho uma firme impressão de ser uma pessoa de quem a gente nunca quer sair de perto.*

Claraluz: *Ganhou mais um pontinho poético, poeta da doutora... rsrsrs... Mas o meu pai, Clóvis é o nome dele, é um doce... Adoro... Ele foi diplomata de carreira, muito respeitado em sua função, e atuou principalmente na diplomacia brasileira no Oriente Médio. Aposentou-se há menos de um ano. Ele e minha mãe são divorciados. Eu tinha 14 anos quando eles se separaram. Foi uma barra para mim. Adoro o meu pai e minha mãe, mas eles são muito diferentes.*

Claraluz: *O meu pai gosta de música e toca cavaquinho, muito bem por sinal, num grupo de chorinho formado por ele e alguns amigos. Adora uma roda de viola com uma cervejinha e uma cachacinha... O meu pai, aliás, fala muito bem da cachaça mineira...*

Mandel: *rsrsrsrs... Qual carioca ou paulista que não adora cachaça* *mineira? Só os que não tomam cachaça, mas os que tomam... Mas continua. Conta mais sobre o seu pai.*

Claraluz: *Eu sou o dengo dele... Adora me dar carinho, colo, aconchego... E eu correspondo à altura, porque ele é tão carentinho também... uiuiui... Tadinho do meu pai...*

Claraluz: *E minha mãe, Gertrudes, é uma mulher de muita firmeza e tem uma garra incomum para lutar por seus objetivos, mas é a aristocracia em pessoa... Ela é uma espécie de socialite, de família tradicional... Minha família, por parte de mãe, tem uma linhagem, brasão... A família da minha mãe é a família Vasconcelos, portuguesa, que tem suas raízes na Idade Média.*

Claraluz: *E por essa tradição, a minha mãe acabou se tornando excessivamente aristocrática. E no final das contas, até meu noivado é resultado de um encontro arranjado, sem eu saber... Minha mãe combinou uma festa com suas amigas socialites, e armou com uma amiga para que convidasse o Barretto, o meu noivo, que como eu disse para ti, é médico, e é descendente de outra família tradicional, espanhola, a família Lucena, e eles são muito ricos...*

Claraluz: *Ela me fez ir à festa, e a sua amiga me apresentou ao Barretto. Ele foi muito cortês e cavalheiro... Simpático, com um perfume inebriante, me trouxe um buquê de flores lindas e maravilhosas, tudo preparado pela minha mãe e aquela sua amiga, que arranjaram as flores e até o perfume... Eu estava aberta a arranjar alguém para casar, achava que esse era um caminho natural de uma Vasconcelos, casar com toda a pompa. Até por ele também ser médico, acabamos namorando e noivando. Estou noiva há 8 meses, depois de 2 anos e meio de namoro, e no momento estamos organizando o casamento. Arranjos de igreja, cerimônia, música, festa, lua de mel, enfim, todos os preparativos comuns de um casamento. Por sorte os convites ainda não ficaram prontos.*

Claraluz: *Bom, já que falei sobre meu pai e meu noivo, vou falar também sobre a minha posição social para que entendas um pouco mais sobre minha vida e quem sou eu. Quanto a esta classificação que dão para as classes econômicas – imagino que entendas bem deste assunto, senhor sociólogo – me situo na faixa que denominaram de classe média alta. Tenho tudo de que preciso, tive todos os recursos para estudar, viajar pelo Brasil e outras partes do mundo, e o trabalho, apesar de ser necessário, é fácil para quem tem uma situação como a minha.*

Claraluz: *Mas ao mesmo tempo em que tenho tudo, sinto às vezes – muitas vezes, talvez o tempo todo – que não tenho nada...*

Claraluz: *Minha vida parece teleguiada. O comportamento de alguém que vive neste meio aristocrático é ditado por um monte de regras, modos e poses... Não há muita margem de manobra, a não ser que vc se revolte, como muitas amigas minhas fizeram, e caíram no mundo delas, dando uma banana para as regras, conceitos e poses, e fugindo desta forma arcaica de viver e enxergar o mundo...*

Claraluz: *Ninguém merece! Sério!!!*

Claraluz: *E estou em crise no meu noivado também. Descobri há poucos dias que aquela armação da minha mãe e sua amiga, de que te falei, foi motivada porque elas souberam que, apesar de muito rico, o meu noivo não dava conta de manter seus antigos namoros por muito tempo e, como ele estava só, minha mãe, também por ele ser muito rico, viu no Barretto uma grande oportunidade de me arranjar um "partidão". A ficha caiu, e estou concluindo que não é nada disso que eu quero. Fiquei decepcionada com a manipulação operada por minha mãe. Por isso faço festa pelo fato de os convites não estarem prontos. Nem tudo está perdido...*

Claraluz: *Uffffff... Tu caíste do céu, Mandel. Precisava encontrar alguém como a ti para desabafar, colocar as coisas ruins para fora, e ao mesmo tempo receber palavras tão carregadas de poesia e sabedoria como as tuas palavras. Sou médica e entendo muito bem esse processo necessário para a nossa saúde, que é o de por para fora aquilo que nos faz mal e colocar para dentro aquilo que nos faz bem...*

Mandel: *Não caí do céu não! Caí na sua vida, inevitavelmente! Entrei na sua vida, como você entrou na minha! Libertemo-nos da prisão da solidão para nos aprisionar, para que nos aprisionemos na liberdade do amor. Descubramos juntos o amor, o amor verdadeiro, que não precisa de roupa e nem de cosméticos para se manifestar, e que vem com a fúria de Titãs. Precisamos do amor para sobreviver da mesma forma que precisamos do ar para respirar, viver e dar sentido à vida...*

Claraluz: *Você me deu uma balançada... Parece que passou um furacão aqui. Não sei se comemoro ou começo a tremer de medo. Mas não posso negar que está sendo mágico este encontro. Não tenho como negar!*

Claraluz: *Vou ter que dar uma paradinha aqui. Estou no trabalho, tu sabes, e mesmo estando um pouco calmo, aqui é um hospital. Te dou mais detalhes depois, como quero mais detalhes teus. Tenho seu e-mail, Messenger...*

Mandel: *Não nos separaremos mais, tenho certeza! Hoje é um dia especial, que será marcado no calendário como o primeiro dia do fim das nossas vidas em comum. Saí diferente do que entrei... Entrei sem energia, e agora estou energizado, eletrizado e carregado de cargas positivas...*

Mandel: *Tenho certeza de que nem eu e nem você esqueceremos. Vamos combinar por e-mail nosso encontro? Ou mesmo deixando recado no Messenger.*

Claraluz: *Tudo bem! Só precisarei ser discreta, às vezes, e se eu precisar usar os recursos da dissimulação, tu saberás qual é o motivo. A minha mãe me trancaria num calabouço se descobrisse estes nossos encontros. E estou também pensando no Barretto, nossa... Imagino o esforço que deve ter feito para parecer simpático e agradável no começo do namoro. Aquela simpatia toda se perdeu no caminho... Parece que a geleira do polo norte se instalou naquela alma... Ou sei lá, ele escondeu a geleira e se mostrou o que é realmente depois do início do namoro, o que é o mais provável. Quanta diferença entre vc e ele. Desculpe-me a comparação.*

Mandel: *Estas comparações são inevitáveis. São parte de sua vida, e as comparações servem de parâmetros para nortear os valores que construímos.*

Mandel: *Mas eu quero, no próximo encontro, que a gente troque muitas fotos... Afinal de contas, como é esta tal Claraluz e como é este tal Mandel? Deu pra ver vc pela foto do perfil do seu Messenger. Amei de cara, mas é muito, muuuuuuiiiiiiitoooo poucooooo pra quem quer conhecer vc inteirinha e todinha, como eu quero.*

Claraluz: *Tens razão! Eu também quero muuuuuito. rsrsrsrs... Mas no próximo encontro podemos trocar fotos, dar mais detalhes sobre nós, trocar mais impressões sobre a vida e o que pensamos dela... Mas adorei este papo hoje. Como foi bom e benéfico, apesar de ter sido curto... Foi muito, muito bom... Adorei ter conhecido vc, poeta das montanhas de Minas...*

Mandel: *Adorei ter conhecido a minha companheira de passeios de bicicleta nas trilhas das Gerais, de se perder por estas trilhas, com cheiro do mato entranhando em nossas peles...*

Claraluz: *Hummmmm... Senti até este cheiro do mato! Bommmm!!!*

Claraluz: *Mas vamos nos despedir... Se pudesse, juro que ficaria mais. Está tão bom aqui... Mas nem tudo é possível!*

Claraluz: *Boa noite! Fica com Deus e beijins procê (estou aprendendo o mineirez – rsrsrs).*

Mandel: *Vai aprender mineirez dimais da conta, sô, e eu vou aprender o carioquêx demaix... rsrsrsrs.*

Mandel: *Estarei do seu lado, sempre! E que privilégio!!! Nem precisaremos nos desejar boa noite... A noite já está coroada!!!*

Mandel: *Adorei você e adoro você...*

Claraluz: *Aiaiaiaiaiai... Isto é uma bomba-relógio... Tá bom, vamos lá, porque não tem jeito. Só por isso...*

Mandel: *Falaremos muito..., muito... Com certeza! E quero também falar do meu lado como músico, que acabou não dando tempo.*

Claraluz: *É mesmo, estou supercuriosa. Mas não tem mais jeito! Tenho um chamado. Preciso ir!*

Claraluz: *Fui... E antes que possa falar mais alguma coisa, estarei desconectada depois dessa mensagem...*

Claraluz: *Um beijo em sua alma...*

Claraluz: *...*

Mandel tentou responder, mas Claraluz já estava *off-line*.

III

O plantão daquela sexta-feira foi o mais inusitado da sua vida. Claraluz não conseguia se concentrar direito depois daquela situação totalmente atípica que lhe ocorrerá na internet. Por duas vezes, teve que ser auxiliada pela enfermeira-chefe no diagnóstico e decisões sobre os pacientes internados. As lembranças do mágico diálogo com Mandel insistiam em dominar o seu pensamento. Não conseguia lutar contra eles. Estava tão inebriada por ter conhecido Mandel e ter experimentado aquela estranha sensação de liberdade, forte o suficiente para balançar seus alicerces, que já não conseguia mais trabalhar com atenção.

— Tá parecendo que viu passarinho verde! - fala Regina, a enfermeira-chefe de plantão da ala da pediatria do Hospital Federal da Lagoa, um dos hospitais brasileiros de renome no mundo da medicina, situado no bairro Jardim Botânico, às margens da Lagoa Rodrigo de Freitas, numa das áreas mais belas e charmosas do Rio de Janeiro.

— Do jeito que tu estás voando, voando, acho que tu não tens nem como trabalhar direito - continua Regina. — Mas não esquenta não, doutora. Hoje está tranquilo e eu estou com uma disposição extra. Vai descansar que eu te chamo se precisar.

Claraluz e Regina se tornaram amigas confidentes devido à convivência profissional. Como sempre estavam juntas nos plantões e expedientes do hospital, acabaram compartilhando segredos e intimidades, e apesar da convivência de poucos anos, apresentavam um grau de entrosamento tão bom que parecia que as duas eram amigas de infância.

— Me diga! O que aconteceu para tu estares na lua, rindo à toa sem motivo aparente, de um jeito que nem consegue aterrissar? Bebeu escondida, usou alguma droga alucinógena? - insiste Regina, soltando aquele sorriso maroto e debochado.

— Claro que não! - responde Claraluz. — Tu sabes como sou intransigente no respeito às normas e regras. Mas aconteceu uma coisa louca hoje, e que me pegou desprevenida. Estava com a defesa toda escancarada e tomei uma goleada! - ri orgulhosa, demonstrando intimidade com o futebol, pois adora o seu Fluminense, por influência do pai, tricolor de carteirinha.

— Entrei numa destas salas de bate papo na internet com o apelido gata_médica - continua Claraluz. — Fiquei lá observando o comportamento das pessoas. Vieram muitos homens querendo falar comigo, mas nem dei bola, até aparecer um homem que se chama Mandel, lá de Minas, e com aquele jeitinho mineiro, foi colocando poesia em tudo que falava. Um homem interessante, inteligente, galanteador!... O papo foi rolando até irmos para o Messenger. Conversamos mais longamente. Abri minhas angústias para ele como se fosse um conhecido de muito tempo e não queria mais sair de lá. Foi um sacrifício! Tive que desligar rápido, porque já havia um chamado, e eu comecei a demorar mais do que devia.

— E a senhorita, quase senhora, ficou encantada por esse mineirim... E agora doutora? Tu terás que usar toda a tua luz para resolver esta parada, Claraluz! - adverte Regina.

Claraluz dá um sorriso tímido e envergonhado, pois sabia que era uma aventura proibida. Mas ao mesmo tempo não demonstrara nenhum sinal de arrependimento. Pelo contrário, só pensava no próximo encontro virtual com Mandel. E depois de divagar sobre o que Regina havia dito, responde:

— E tu sabes que fiquei mesmo encantada por ele? E tenho certeza de que ele também se encantou comigo. Houve uma atração instantânea e poderosa entre nós. Em resumo, foi i-ne-vi-tá-vel! - explica Claraluz, ressaltando as sílabas para demonstrar o tamanho da emoção em que se encontrava por ter tido aquele encontro.

— Tudo bem, minha amiga. Fico feliz por te ver mais leve. Tu estás tão carregada de uns meses para cá... Eu sei o que se passa, mas só te peço pra tomar cuidado com os relacionamentos pela internet. Tu não conheces o cara, nem sabe se ele é homem ou se é uma mulher disfarçada de homem... - adverte Regina, com um sorriso irônico.

— Não! Homem eu sei que ele é! Não há como se enganar no caso dele - interrompe Claraluz, soltando uma risada.

— E tu estás precisando de um homem, disso eu sei! - retruca Regina, soltando uma gargalhada. — De um homem vivo, que tenha a energia de uma fornalha!

Claraluz ri timidamente, mas concorda com Regina:

— Nossa! Não só pelo ponto de vista sexual, mas também pela amizade, pelo companheirismo... sinto falta do calor entre duas pessoas que se gostam...

Tenho vontade de fazer loucuras de vez em quando. Chutar o pau da barraca e mudar tudo! Ao mesmo tempo, me sinto sem forças para isso. Fui uma adolescente muito bem comportada, e não me vejo criando uma revolta agora. Já não sou mais adolescente!

— Eu acho que tomar decisões que te façam caminhar rumo à felicidade que está projetada para ti não tem nada de louco e nada a ver com rebeldias juvenis. Tu precisas somente dar o teu grito de liberdade, assumir tua identidade, como única e inviolável! - responde Regina com indignação. — Tu tens vinte e seis anos, uma mulher linda e maravilhosa, médica com um futuro promissor e um reconhecimento assegurado pela classe médica. Só falta te assumires como mulher, deixar desabrochar a mulher que está aí, dentro de ti. Existem aqueles que não sentem necessidade de calor humano. Sem preconceitos, mas só por comparação, são como autistas. Vivem aprisionados em seu mundo exclusivo. Mas não é o teu caso! Olha como é gostoso ver o encontro de ti com o teu pai. Abraços mil, dengos mil, um cuidando da carência do outro... Então, não perca tempo! Tome as decisões que importam a ti, para a tua felicidade! E só mais uma coisinha: Vai devagarrrr - aconselha com firmeza - com este novo namorado virtual! Dê tempo ao tempo!

— Não é namorado não, sua bobinha. Apenas nos conhecemos hoje, e foi bom o papo, só isso!

— Me engana que eu gosto! - retruca Regina. — Não adianta! Quando acontece desta forma, é impossível evitar. Daqui a pouco vocês se conectam outra vez, e outra vez, outra vez,... e daí, os vínculos ficam mais fortes, e o vício de um pelo outro se torna implacável. Espero somente que este mineirim seja sangue b, e que te mereça! E conte comigo, pois tenho certeza de que irá viver situações difíceis, dadas as circunstâncias...

— Obrigada, Rejoca! - agradece Claraluz com um sorriso de gratidão. — Sabes que eu conto contigo! Tu tens sido saco de pancadas ultimamente. Só ouvindo lamentações...

— Que nada, Claroca! - responde Regina, retribuindo a gratidão de Claraluz. — Tu também és minha confidente! Quantas questões delicadas da minha vida eu levei a ti, e tu ouvistes com tanta paciência e carinho... A gente precisa sempre das pessoas certas e das formas certas de relacionamento, e cada forma é única no meio desse universo de transformações a que estamos sujeitas.

— Obrigada querida! Te adoro! - diz Claraluz, radiante de felicidade.

— Também te adoro, e tô doidinha pra te ver soltar o teu lado Woodstock! Uaaauuuu!!! - responde Regina, entusiasmada.

As duas se abraçam e cada uma vai para o seu lado. Claraluz se dirige ao quarto dos médicos, deita, mas não dorme, pensando naquela noite surreal, e assim vai até o final do plantão, às oito da manhã.

IV

Eram aproximadamente dez e trinta da manhã de um sábado ensolarado quando toca a campainha. Mandel acabara de tomar um banho, depois de ter sido acordado pela máquina de cortar grama do vizinho. Ligou o rádio, que tocava Lulu Santos. Cantava junto um trecho da música *Advinha o Que.*

> *Você vive me dizendo que o pecado mora ao lado. Por favor, não entra nessa que um dia ainda te pego de jeito... Eu sei, eu sei que esse caso tá meio mal contado, mas você pode ter certeza nosso amor é quase sempre perfeito.*

A campainha tocou. Mandel interrompera o som para atender a porta. Abre-a e se depara com Janaína, uma bela mulher de pele morena, queimada de sol e vistosa, de vinte anos, de pernas volumosas e bem torneadas, e um bumbum grande, redondo e corado, coberto por uma pele muito lisa. Janaína era geometricamente perfeita, e possuía curvas exacerbadas e insolentes nos quadris. Ela se apresentava especialmente sensual, com um vestido estampado cor de rosa, bem curtinho, um decote com uma boa dose de ousadia e uma fita na cabeça, que lhe conferia um charme venenoso muito especial para aquele momento.

— O dia torna-se especialmente colorido quando avisto esta deusa marrom, com sabor de chocolate! - diz Mandel, abrindo a porta. Janaína logo se adentra a casa, observa que Mandel trajava somente uma sunga tipo samba-canção, e questiona com ironia e malícia:

— Ué! Você recebe as visitas neste traje obsceno? Não são todas que resistem não, heim?!

— Ainda bem que você não resiste! - retruca Mandel, já dando as mãos a ela, puxando-a para dentro de casa. Mandel fecha a porta rapidamente, segura Janaína pela cintura, pressionando seu corpo inteiro contra o dela, aproxima-se de sua boca e beija-a com volúpia. Enquanto a beijava sofregamente, suas mãos deslizavam por aquele corpo escultural, explorando as suas nádegas e as suas coxas, tateando minunciosamente a inflexão trigonométrica do seu corpo. Ela, por sua vez, corresponde ao beijo na mesma intensidade.

Passa a mão levemente na nuca de Mandel, e repete o ato manipulando levemente as pontas dos seus dedos. Em seguida, ela começa a descer suavemente as suas mãos pelas costas dele até encontrar a sunga. Acaricia com desejo e suavidade aquela região, deixando Mandel completamente louco. O fogo do sexo explode entre os dois, e por mais de uma hora se curtiram, se esfregaram, se colaram, se acariciaram, se beijaram, se amaram sexualmente e provocaram, um no outro, sensações intensas de prazer, daquelas que, ao final apoteótico, viaja-se pelas estrelas, galáxias, partículas e subpartículas...

Janaína estava com seu apetite sexual exacerbado, acima do seu normal, embora fosse natural a presença de uma elevada predisposição sexual em sua relação com Mandel. Mas naquele sábado, ela parecia diferente. Apesar de todo o fogo, de todo o imenso prazer que os dois sentiram naquela manhã, Mandel percebeu um ar de angústia em Janaína. Os dois estavam deitados, nus, na cama de casal do quarto de Mandel, quando ele vira-se para Janaína e dispara:

— Você está um diferente hoje! Estou sentindo um ar de preocupação e expectativa em você. O que foi?

— Engraçado! Quando estava vindo para cá tive uns pressentimentos esquisitos. Tive uma impressão de que estaríamos nos despedindo. Pressinto que alguma coisa especial está para acontecer com você e que a nossa relação não vai mais caber na sua vida - rebate Janaína.

— Interessante!... Ontem eu conheci uma pessoa pela internet, numa sala de bate-papo, que mexeu comigo de uma maneira especial. Eu cheguei em casa depois de umas pedaladas, tomei um banho e fui para a internet. Abri a sala de bate-papo só porque estava sem inspiração para navegar, e acabei conhecendo uma médica do Rio que está de casamento marcado e está super infeliz na sua vida amorosa e familiar. Ela me tocou de um jeito especial, tanto que custei a dormir pensando naquele episódio. Normalmente, no outro dia, a gente nem se lembra do que rolou nos bate-papos, mas esse de ontem foi muito louco - diz Mandel, refletindo.

— Iiiiiiiiiiiiiiiiiih! Tô sentindo cheiro de paixão vindo por aí - interrompe Janaína. — Num tô falando? Eu sempre fui meio bruxa! Eu sinto o cheiro destas coisas no ar - completa, num tom de um indisfarçável ciúme.

Depois de uma gargalhada, Mandel responde:

— Ué gente! Tá com ciúme? Você nunca sentiu ciúmes de mim?! Você se mostra indiferente com a minha relação com Esther, que é minha namorada, e nunca teve dúvida do que eu sinto por você. Sabe que eu te adoro, que tenho o maior respeito e admiração por você, e independente da nossa relação não oficial, temos um profundo sentimento bom entre nós, além, é claro, do tesão que temos um pelo outro.

— Eu sei! - responde Janaína — Não tenho nenhum grilo com Esther, pelo contrário, eu a adoro! O problema é que pintou elemento estranho na roda agora, e eu não sei como será a nossa história com esse elemento estranho.

— Não é nenhum elemento estranho. Todos os dias conhecemos muitas pessoas. A internet, esse mundo que quebra os muros da distância, mudou a forma da relação entre as pessoas. A gente conhece novas pessoas todos os dias depois que esse muro foi quebrado. Precisamos somente separar as coisas. Cada pessoa adquire uma importância ímpar na vida de outra, e a forma como isso acontece varia de pessoa para pessoa. Cada relação é única, e a nossa também é única! E você acha que vou deixar esta morena sozinha por aí? Tá achando que sou bobo? Adoro você! - sorri e beija Janaína.

Por um tempo, Janaína procurou esquecer esta nova aventura de Mandel. Por ter uma alma feminina bastante sensível, que lhe conferia uma percepção aguçada das aflições deste universo feminino, ela sabia que Mandel estava em processo de se apaixonar, e sabia também que a paixão tem o poder de mudar radicalmente o comportamento dos homens. Mas resolveu relaxar. Em sua relação com Mandel, ela exercia o papel de *ficante*, a função de amante, a "outra", e não podia cobrar dele um comportamento de namorado, de compromissado. Pensou que também era melhor esperar para ver no que ia dar esta possibilidade de paixão de Mandel pela médica carioca. E aí se curtiram por mais uns trinta minutos com muita energia, desejo e ardor, até resolverem levantar da cama, tomar um banho e fazer algo para comer. Janaína e Mandel, quando se encontravam, se comportavam como beduínos sedentos no deserto diante de uma fonte de água cristalina e fresca. O sexo entre eles quase não tinha limites, e o entrosamento entre eles era perfeito.

V

O celular toca e Mandel pede silêncio à Janaína:

— É a Esther, só um minutinho! - e prossegue: — Oi, Esther, tudo bem?

— Tudo bem! E você? O que fez ontem?

— Depois de trabalhar, trabalhar, dei uma pedalada ontem até mais tarde. Aproveitei que a noite estava mais fresca, porque de dia tava bravo, de tanto calor! Cheguei em casa, tomei um banho, comi alguma coisa e cai na cama! - responde Mandel, piscando para Janaína.

— Tudo bem! - responde Esther. — Ontem eu também dormi mais cedo. O consultório hoje foi muito cansativo, ainda mais que estamos em reforma, sem falar que peguei um caso complicado. Sem citar nomes, claro, estou trabalhando com um jovem de dezenove anos, usuário de crack. O problema é que ele não está muito disposto a abandonar o vício, mas os pais estão tentando resolver o caso sem a internação do garoto. Ele está se consultando com um psiquiatra também, que está prescrevendo medicamentos antidepressivos e ansiolíticos, mas o danado às vezes usa a droga mesmo depois de ter feito uso dos remédios. Por eu seguir a linha de Carl Rogers, que é a da Abordagem Centrada na Pessoa, e que você está careca de me ouvir - diz a psicóloga, soltando uma pequena risada -, acredito que as pessoas escolhem ou não superar seus problemas. Você sabe muito bem que esse é um dos princípios que norteiam a terapia empregada na condução dos meus pacientes, mas trabalhar com casos que envolvem essa droga poderosa é um desafio para todo profissional, pois o índice de sucesso na recuperação dos adictos dependentes de crack ainda é muito baixo!

Janaína olha para Mandel, entediada, mas ele não dá atenção e incentiva Esther a continuar o seu relato:

— Éééé!!! Eu imagino que os profissionais da saúde e os das ciências humanas estejam movendo céus e terra para descobrir meios eficientes de tratamento e recuperação para pessoas que se tornaram vítimas de uma droga tão devastadora! - comenta Mandel. — Desafios contemporâneos!...

— É mesmo, meu bem! - comenta Esther. — E eu estou no olho deste furacão.

Mas estou apostando, queimando energia física, mental, afetiva e emocional para ter êxito nesta empreitada. Estou tentando induzir no paciente o exercício da auto-observação e buscando equilibrar a sua autoestima. Mas o grande desafio de nosso tempo é perceber que faltam motivos para viver e sonhar. E o desafio para nós psicólogos, sofredores deste mundo inusitado e diferente de tudo o que era antes, é fazer as pessoas descobrirem valores e perspectivas que devolvam a elas o sentido de viver e sonhar. Este mundo que está sendo oferecido aos mais jovens não tem razão de ser, e eles estão como baratas tontas, sem saber para onde ir e direcionar suas vidas... Mas tá bom, amor! Tenho que sair agora para uma reunião com o pessoal do consultório. Vamos comprar materiais de decoração. Graças a Deus estamos conseguindo fazer uma reforma bacana no consultório. A clientela está crescendo, e temos que responder à demanda. E antes de desligar, só mais uma coisinha: gostaria de sair pra dançar hoje, e sugiro um restaurante dançante, com música ao vivo, de preferência música cubana, pois estou doida pra dançar rumba, bolero... Preciso balançar meu esqueleto, pois senão eu vou travar todinha, de tanta ferrugem - brinca Esther, soltando uma sonora gargalhada. — Que tal?

— Podemos - responde Mandel, sem muito entusiasmo. — Mas tem que ser depois do ensaio com a banda, porque vamos tocar naquele baile brega em Pedro Leopoldo, lembra?

— É verdade! - responde Esther — Então, quando você sair da casa do seu primo você me liga, poeta brega! - sentencia a psicóloga com uma gargalhada debochada.

— É! E eu ainda tenho que engolir sapo... Mas o Matheus veio aqui, insistiu, quase ajoelhou aos meus pés, e eu acabei aderindo à ideia, pois a causa é justa. Vai ser uma curtição, você vai ver! - retruca Mandel que se apressa na despedida:

— Legal! Assim que eu sair da casa do Matheus te ligo, tá legal?

— Tá bom! Beijos, amor - despede-se Esther.

***

Esther era uma dedicada psicóloga de trinta e dois anos, morena clara, de cabelos pretos e bem curtos, com aproximadamente um metro e setenta de altura, de seios pequenos e um pouco magra. Carregava em seu rosto atraentes lábios harmonicamente avantajados, além de um queixo singular parecido com um pão de queijo, donde se despontava uma pequena e charmosa pinta no lado esquerdo. Natural de Barbacena, cidade mineira da região do Campo das Vertentes, decidiu cursar o ensino médio em Belo Horizonte, e desde então passou a residir na capital mineira. Morou com a sua irmã Izabel durante algum tempo, mas logo que entrou para a faculdade resolveu mudar de endereço, passando a viver sozinha por alguns anos, até que Magda, sua sobrinha, que também era de Barbacena, resolveu estudar em Belo Horizonte e passou a morar com ela. Esther era dona um brilho especial, que a fazia se destacar entre os seus colegas de profissão. Era tão envolvida com o trabalho, que não lhe sobrava tempo para o lazer – apesar de ser uma pessoa alegre, agradável, comunicativa, inteligente, sagaz e que gostava dos entretenimentos. Namorava Mandel há três anos, e a relação entre eles entrou em um processo de desgaste, provocando-lhes crises e um afastamento progressivo. O principal motivo do desgaste dessa relação era justamente a falta de tempo de vivê-la. E apesar de Esther ser uma pessoa de "mente aberta", alimentava por Mandel um ciúme desproporcional – e ela fazia questão de demonstrá-lo! Sabia muito bem do carisma que envolvia Mandel e a atração que esse provocava nas pessoas que se aproximavam e conviviam com ele – e o pior para ela: manifestada pelas mulheres em diversas situações, como pelas alunas de Introdução à Sociologia – a matéria que Mandel lecionava em uma escola pública do ensino médio –, nas apresentações do grupo musical ao qual ele era membro, ou mesmo nas visitas às casas e empresas que demandavam assistência em redes informatizadas. Por muitas vezes, Esther percebeu olhares maliciosos das mulheres direcionados a Mandel, e o que a danava: muitas vezes ele também fora flagrado por Esther correspondendo àqueles olhares.

"O olho do dono é que engorda o porco!", costumava repetir Esther, que trouxera esse ditado da sua terra, justificando a marcação cerrada que impunha a Mandel – quando tinha tempo para ele –, que por sua vez, se incomodava com as atitudes de Esther. Mandel não se dava bem com regras e limites, e quando alguém tentava colocar-lhe cabresto, ele se desconsertava, perdia a inspiração e o humor, e este era um dos entraves da relação entre Esther e Mandel: Esther, uma mulher metódica e organizada; Mandel, um homem de alma artística, que deixava para segundo plano a organização material.

* * *

E assim que Mandel desligou o celular, Janaína comentou:

— Fiquei até com vontade de te pedir para mandar um abraço para Esther, mas fiquei com medo de que ela interpretasse mal... E se interpretasse mal, seria com toda a razão, né?

— É verdade! - responde Mandel. — Mas ela gosta de você! Desde quando você trabalhou para mim, ela foi com sua cara. Pena que aquele negócio não foi pra frente... (Mandel se referia a uma empresa de instalação de redes de informática que tentara criar).

— Mas claro que não ia pra frente nunca! - retruca Janaína. — Você é muito desorganizado para ter um negócio com regras de empresa. A sua vocação é ser músico, poeta, viajar nas ideias da sociologia e da política! Esta é a sua praia!

— Bom!... Vou ligar o computador e ver se tem alguma novidade! - fala Mandel, mudando radicalmente de assunto.

— Vai lá, internauta tarado! - devolve Janaína, demonstrando-se enciumada. — Aposto que essa doutorazinha já se esqueceu de você!

— Aposto que ela nem dormiu direito pensando no papo de ontem à noite! - retruca Mandel, ligando o computador.

— Será? - indaga Janaína. — Se for, o bicho vai pegar! E o que você vai fazer com Esther, taradão virtual?

— Eu vou aplicar a filosofia de Zeca Pagodinho... Deixa a vida me levar, vida leva eu... - responde Mandel, cantarolando e ironizando.

Mandel liga o computador, conecta-se à internet e abre a janela do Messenger. Claraluz estava *off-line*, mas ele não disfarçou o seu desapontamento.

— Isso é fogo de palha, Mandel! - provoca Janaína. — Esquece esta doutora! Ela tá muito longe. Se liga nessa morena aqui, que é tudo de bom pra você! - diz Janaína, roçando seu destacado bumbum entre as coxas de Mandel.

— Huuuuum! - corresponde Mandel. — Mas é como eu disse: cada caso é um caso!

— Preciso ir! - interrompe Janaína. — Tenho que ajudar minha mãe nas compras, e se eu não chegar agora, ela vai me dar a maior bronca - caminhando em direção da porta da sala, depois de dar um trago num toco de cigarro de maconha que estava em um cinzeiro.

— Nos vemos! - despede-se Mandel, com um beijo prontamente correspondido por Janaína.

Janaína dá uma reboladinha, e com um sorriso malicioso, vai embora. Mandel fecha a porta e dirige-se ao quarto do computador. Ao voltar, fica imensamente surpreso e feliz quando vê que Claraluz já havia lhe chamado por duas vezes no Messenger.

VI

***Mandel**: Será que estou sonhando? E se for um sonho, não quero acordar nunca mais!*

***Claraluz**: Boa tarde, mineirinho do bico doce!!!*

***Mandel**: Boa tarde, doutora que faz o meu dia ficar feliz!*

***Mandel**: E que bons ventos a trazem, Clara - Luz que ilumina minha vida!*

***Claraluz**: Cheguei do meu plantão cansada por ter dormido pouco. Espalhei-me toda na cama e tirei uma soneca deliciosa, com direito a sonhos deliciosos... Acordei a pouco, e Cleuza, a empregada doméstica daqui de casa, sempre atenciosa e carinhosa, me trouxe algo para eu comer aqui mesmo no quarto, e onde estou até agora, enclausurada por opção, e aí acabei ficando com vontade de te encontrar para conversar mais um pouco.*

***Claraluz**: Poderia até escrever uma história: "Meu Quarto, Meu Mundo"...*

***Claraluz**: O meu quarto é o meu quartel-general. O meu refúgio, a bolha protetora, é o oásis de liberdade no deserto das mil e uma satisfações que tenho que dar a todos.*

***Claraluz**: E estou curiosa sobre sua vida e gostaria de ouvir de ti. Tu me contas?*

***Mandel**: Não existirá prazer maior do que contar a minha vida a vc!!!*

***Mandel**: E vc terá de mim a mais absoluta verdade sobre minha vida. Sinto uma força estranha que nos envolve, e que me diz que não precisarei usar um milímetro de dissimulação com vc.*

***Claraluz**: Que bom ouvir isto! Espero que seja real, pois soa como bálsamo aos meus ouvidos.*

***Mandel**: Então vamos lá! O meu nome é Mandel Ferreira Guimarães e sou filho único. Meus pais chamam-se Gabriel e Sara. O meu pai é advogado e foi juiz de direito nos últimos 20 anos, antes de se aposentar, é natural de Cordisburgo, e é parente do consagrado escritor João Guimarães Rosa, que também é de Cordisburgo; acho que a minha vocação para a poesia* *vem dessa forte herança genética, além do ambiente cultural e familiar ao qual eu cresci. O meu pai foi juiz de direito em várias comarcas, mas eu só morei em duas cidades: BH e Sabará, onde moro atualmente, e que adoro, pois não tem aquele estresse de cidade grande, como BH, Rio, São Paulo... A minha mãe, Sara, é professora, e foi diretora de uma escola de 1º e 2º graus de BH, cidade onde nascera. Os meus pais se aposentaram e hoje moram em um sítio no distrito de Morro Vermelho, que fica na área rural de Caeté, uma cidade vizinha à Sabará. Tenho 35 anos, nunca me casei formalmente, mas já morei com outra pessoa, a Luciana, com quem tenho um filho de 7 anos, Lucas, que mora com a mãe em Belo Horizonte. Sou graduado em Ciências Sociais pela Universidade Federal de Minas Gerais – Licenciatura Plena –, e leciono a matéria Introdução à Sociologia numa escola pública de Sabará. Meu esporte preferido e único é andar de bicicleta, e pratico sempre que posso, normalmente umas duas vezes por semana.*

***Mandel**: Sou baixista de uma banda que se chama MPdoB, com um repertório especializado em música popular brasileira. Toco com meu primo, Matheus, que é baterista e músico profissional, e que vive da música, estuda e é professor nesta área.*

***Mandel**: Agora vem a parte chata, e não sei se vai gostar. Tenho uma namorada, Esther, que é psicóloga e mora em BH, e acabei me envolvendo com uma garota de Sabará e que acabou se tornando uma espécie de amante. Ela se chama Janaína, uma morena muito bonita de 20 anos de idade.*

***Mandel**: Não tenho vícios perniciosos, mas às vezes faço uso de maconha, sempre sozinho, quando estou em casa e não tenho mais nada pra fazer. Costumo, quando uso, pegar um violão e criar algumas coisas, e nunca uso com outras pessoas. E também nunca usei cocaína e nada que tenha componentes químicos fortes. Não sou homossexual, mas sou militante das causas contra a homofobia. Milito também nas causas ambientais, e sou simpático às causas das minorias. Já fui militante político de esquerda, mas hoje estou afastado. Estou desiludido com a política partidária no Brasil.*

***Mandel**: É pegar ou largar, fui claro, Clara?... rsrsrs*

***Claraluz**: Bom... Muito bom! Fizeste um verdadeiro relatório da tua vida. Fiquei admirada por teres ligações sanguíneas com Guimarães Rosa. Li Grandes sertões: veredas e Sagarana, e me apaixonei por estes livros. Gostaria muito de conhecer teus pais, como também o sítio onde moram. Deve ser um lugar maravilhoso...*

Mandel: *E é mesmo. É um lugar que ainda tem uma grande mata natural e é muito belo. Às vezes vou para lá com um Jipe que tenho e gosto de percorrer toda a região, assim como pedalar nas inúmeras trilhas. Tem um lugar perto de Morro Vermelho, que é a Serra do Gandarela. Um lugar lindo, um santuário natural e uma riqueza indescritível, composta por uma diversidade absurda de árvores e animais, cachoeiras maravilhosas e muitos rios que abastecem muitas cidades. Tenho certeza de que quando conhecer irá se apaixonar pelo lugar.*

Claraluz: Quanto à maconha, não tenho nenhum preconceito. Acho que deveria ser liberada. A maconha é uma droga que não tem o peso destas que estão provocando até guerras urbanas, como a cocaína e o crack. Mas não exagera pra não perder teus neurônios, tá? Lembra que é uma médica que está dizendo isso para ti.

Mandel: *Pode ficar tranquila que sou bem devagar na Canabis, doutora. E quanto à liberação, até meu pai, que é juiz, é a favor. Ele acha que a legislação é totalmente ultrapassada, e causa somente um entupimento de processos nos fóruns. Pelo menos, o seu uso está um pouco mais relaxado em relação há uns 10 anos, mas mesmo assim, a discussão precisa avançar mais.*

Claraluz: Mas foi um bom começo de relato! Parece autêntico! E tive mais ciúmes da Janaína do que da Esther. Quase não falou dela, mas da Janaína, encheu a boca para dizer que é uma morena muito bonita... de 20 anos... não sei não heim?

Claraluz: Se bem que não tenho nem direito nem razão para ter ciúmes de vc...

Mandel: *rsrsrsrs!!! Adorei a primeira manifestação de ciúmes da nossa história, com direito a um registro nos anais e tudo mais. Mas não esquenta. Tenho uma relação com a Janaína na qual os sentimentos do amor romântico passam longe... é puro instinto sexual mesmo. É como diz a Rita Lee, amor é bossa nova, sexo é carnaval.*

Claraluz: E ela, o que pensa disso? Pelo menos procurou saber?

Mandel: *Quando começamos a nos relacionar, eu já namorava a Esther. Ela conhecia a Esther e nada mudou entre elas – mas Esther não sabe do caso. Pode parecer estranho, mas mantemos uma relação motivada pela atração sexual. Não que a gente olhe um para o outro só como animais no cio, não. Existe uma cumplicidade e uma amizade também, mas a razão de nos encontrarmos é motivada pelo sexo, e disso não tenho dúvidas.*

Claraluz: *Ai, meu Deus! Acabei de conhecer um garanhão mineiro puro-sangue. O que faço com isso?*

Mandel: *O que acho mesmo é que tudo isso vai mudar depois que te conheci. Existem duas histórias: AC e DC - Antes de Claraluz e Depois de Claraluz. Estas histórias que estou contando são do período AC.*

Mandel: *Mas quer uma sugestão? Venha para cá... venha ficar a um milímetro da minha boca... sentir o prazer que estarei tendo em sentir o cheiro da sua pele, e ter o prazer de sentir o cheiro da minha pele, ao mesmo tempo... venha experimentar a transformação de duas pessoas em uma só... sentir o meu beijo em você e os teus lábios roçando nos meus, encostando, sentindo o sabor... sentindo os prazeres do tato... venha sentir meus dedos deslizando por sua nuca... afagando seus cabelos... deslizando de leve, devagar, por suas costas, bem no meio, descendo, fazendo pressão... devagar... massageando...*

Claraluz: *Hummmm, como eu preciso de uma massagem...*

Mandel: *E Deus me criou para fazer massagens em você... para trazer felicidade a alguém que tem tudo, menos a felicidade... Deus me colocou neste mundo para dizer palavras carinhosas para você, para que o teu espírito de energia potencial de luz se transforme em energia cinética de luz, e que esta energia possa iluminar os caminhos do mundo... vc tem a lâmpada, eu tenho a bateria... para que se faça a luz, depende de nós dois...*

Claraluz: *Nossa!!! Este poeta é de uma versatilidade!!! Viaja nos meandros da física, da eletricidade...*

Mandel: *E o fio que conduz a minha inspiração poética é você... é vc a fonte da energia que me preenche com esta carga elétrica, e que dá vida à poesia arrancada do meu coração como um bebê nascido de parto natural...*

Claraluz: *Isso tá mexendo comigo, abalando minhas estruturas... Parece que estou experimentando uma droga nova, e não consigo deixar de usá-la...*

Mandel: *Nós já criamos uma dependência química, psicológica, emocional e afetiva entre nós... Não há clínica de recuperação no mundo capaz de dar jeito nessa dependência. Precisamos um do outro como precisamos do ar para respirar...*

Claraluz: *É muita viagem! Precisamos acordar. Lembrar que temos um mundo real nos esperando lá fora.*

Mandel: *Mas você acaba de assumir o papel de Alice in Wonderland, que caiu na toca do coelho e que descobriu outro mundo, povoado pelos lindos sonhos que outrora povoaram o seu sono, e que agora começam a se materializar...*

Claraluz: *Mas porque citou Alice no País das Maravilhas em inglês?*

Mandel: *rsrsrs... Sei lá! Talvez, só pra mostrar que sei um pouco de inglês... rsrsrs... Mas imagino que vc seja poliglota de primeira (e que vergonha do meu inglês macarrônico!)...*

Claraluz: *Na verdade, por influência do meu pai, por causa da sua carreira como diplomata, tive oportunidades muito grandes de estar em contato com outras línguas e ter um bom aprendizado. Desde criança estudo inglês e francês – que eu gosto muito –, mas aprendi também o espanhol e o alemão, além de ter algum conhecimento de árabe, por influência da família da minha avó, mãe do meu pai, que é de descendência árabe, de sobrenome Makluf. Aliás, o meu sangue é uma verdadeira salada. Sangue português misturado com italiano, holandês, árabe...*

Claraluz: *E como já havia falado, essa carreira de diplomata que meu pai abraçou em sua vida me deu muitas oportunidades de conhecer outros países. Conheci muitos países do Oriente Médio. A Líbia, a Síria, o Líbano, Israel, a Jordânia. A área de atuação na diplomacia internacional exercida pelo meu pai, como já sabe, se concentrou neste barril de pólvora, mas nem por isso deixei de colecionar milhões de fotos dessas viagens e de outras que fiz. Quer ver?*

Mandel: *Claro que quero ver. Manda pra eu baixar.*

Claraluz: *Está bem, vou selecionar aqui. Um minutinho.*

(Claraluz abre seus arquivos de fotos e começa a enviá-los a Mandel).

Claraluz: *Esta foto é da Duna do Funil, em Jericoacoara.*

Mandel: *Mas cadê vc?*

Claraluz: *rsrsrsrs!!! Estou mergulhada, só com a cabeça pra fora. Mas vou enviar outras para vc ver melhor!*

Claraluz: *Esta é em Zurique, na Suíça.*

Mandel: *Hummmm, que legal!!! Esta já está dando para ver melhor, mas a sombra atrapalha um pouco a nitidez do seu rosto.*

***Claraluz**: Espere que tem mais...*

***Claraluz**: Esta já é bem mais perto da minha casa. Ao fundo, a Pedra da Gávea.*

***Mandel**: Esta sim aparece vc de corpo e alma!!! E como é linda!!! Que sorriso gostoso, que rosto singular... só não deu para ver teus olhos, porque vc está de óculos escuros.*

***Claraluz**: Tá bom! Vou mandar uma que irá te satisfazer.*

***Mandel**: Hummmmm!!!. Esta é a PERFEIÇÃO em pessoa!!! Vc foi moldada por Deus, naqueles dias em que Ele estava especialmente inspirado... Que linda!!! Que bela!!!*

***

"Meu Deus! Que mulher maravilhosa!", pensou Mandel, estabelecendo uma enorme veneração por aquela foto. Guardou-a em seu computador, imprimiu uma cópia e a colocou na carteira. Aquela foto mostrava uma mulher de beleza rara e exótica. Olhos verdes muito brilhantes, um rosto fino e lábios levemente densos e muito sensuais, cabelos muito negros e lisos, de pele branca, um nariz pequeno e que fazia uma curva em forma de parábola, de tal forma geométrica, que forneceria os subsídios necessários para qualquer matemático experiente extrair uma fórmula daquela curvatura a partir das técnicas do cálculo integral. Como a foto foi tirada levemente de perfil, dava para perceber o contorno dos seus seios, médios e pontudos, caracterizados por uma curva invertida – dando a impressão de sido esculpidos – debaixo da blusa fina e estampada que trajava naquele momento. Mandel fora tomado por uma fascinação especial. Por alguns instantes, deixou seu pensamento vagar naquela figura quase mítica que se apresentava a ele.

***

***Claraluz**: Sabia que ia gostar desta foto! Mas tem mais, vou mandar até vc se encher.*

***Mandel**: Então vc terá que ter mais de mil anos para mandar, porque não será fácil me encher com tantas fotos maravilhosas.*

***Claraluz**: Só um minuto. Vou atender o celular.*

Claraluz corta bruscamente a conversa e exibe uma expressão de descontentamento. Era o seu noivo, Barretto:

— Oi, Barretto! - atende Claraluz com frieza.

— Oi, Clarissa! - devolve Barretto com a mesma frieza que lhe era peculiar, chamando-a pelo nome, e não por Claraluz. Ele era o único que a tratava assim.

— Estou ligando para dizer que marquei um encontro com a empresa de cerimonial, às dezesseis horas, na secretaria da Igreja da Candelária, para tratar da decoração para o casamento. Existem muitas regras a seguir, e eu gostaria de tratá-las com certa antecedência, pois a cerimônia, como você sabe, terá muitos convidados ilustres, e eu quero que a igreja esteja preparada para a pompa que se espera da cerimônia.

— Mas isso não é assunto para a equipe do cerimonial, que você mesmo escolheu? E sem me perguntar, só te lembrando pra dizer que não gostei quando soube que tu tomaste essa decisão sem me consultar - responde Claraluz com indignação.

— Sim! - responde Barretto, ignorando a insatisfação de Claraluz. — Mas eu quero adiantar alguns dados, e depois repassar à equipe do cerimonial. Quero acompanhar de perto, e quero que tu venhas comigo.

— Barretto, eu não estou muito disposta hoje! Meu plantão foi muito chato, e eu quero descansar um pouco mais. Não tem problema se tu fores sozinho? - pergunta Claraluz, inventando uma desculpa para não ir.

— É! Seria melhor se tu fosses. Depois não reclame que tomo decisões sozinho. Tu não te envolves com os preparativos... - responde Barretto, com sua típica indignação fleumática.

* * *

Paulo Bernardo Barretto de Lucena, aos seus trinta e dois anos, é um médico endocrinologista de fama ascendente no Rio de Janeiro. Conhecido como Barretto desde a escola, gostaria mesmo é de ser chamado por Lucena, mas a força da alcunha Barretto - família de origem italiana por parte da sua mãe, Elisabetta Juliana Barretto de Lucena, nascida no norte da Itália - fora forçada pelos colegas que, sutilmente, lhe tiravam o poder de usar o nome Lucena como influência pessoal, pelo menos da forma como seria tratado. Acabou adotando o codinome Barretto para ser identificado na profissão, e ficou conhecido como doutor Barretto pela classe médica e pelos pacientes. A família o trata por Paulo, e a força dos Lucena na influência do processo de moldagem de sua personalidade foi implacável. Família tradicional de origem espanhola, uma ramificação dos Lucena instalou-se no Rio de Janeiro desde o século 16, e uma parte desta ramificação tornou-se muito rica, principalmente depois da abertura dos portos (promovida pelo rei de Portugal, D. João VI através de um decreto real – a primeira carta régia publicada pelo rei em seu exílio no Brasil, em 1808), à custa do comércio de peças, máquinas, ferramentas e mão de obra para a indústria naval, além da importação de diversos produtos manufaturados espanhóis e ingleses para o Brasil. Barretto não conseguiu construir uma personalidade independente da influência dos Lucena, e os seus hábitos e modos foram marcados pelas regras familiares. Dessa influência familiar, Barretto desenvolveu, desde criança, uma personalidade exageradamente racional e se encantou pelo raciocínio lógico e pela estigmatizada frieza matemática – característica que ele considerava necessária ao perfil que ele adotara.

Uma vez, aos dezessete anos, num dos momentos de rara subversão, Barretto saiu com os colegas para fumar maconha em uma das ruelas da Urca, bairro onde mora. Foram surpreendidos pela polícia que, ao perceber que todos eram de famílias tradicionais, encaminharam os detidos às suas casas. O seu pai, o Barão Humberto de Lucena – título informal dado pelos seus familiares e adotado popularmente, e que ressaltava a importância daquele grande empresário frente ao comércio da indústria naval – aplicou-lhe uma surra memorável –, proibindo-lhe de andar em companhia daqueles rapazes que cometeram tal delito juvenil, exercendo, para isso, um grande cerceamento da sua liberdade por um longo período.

A autoridade exercida pelo *barão* sobre a sua família era de grande magnitude, e como Barretto nunca teve força e nem vontade de romper com os costumes dos Lucena, o seu perfil tornou-se caricato e previsível, apesar da sua notável inteligência e da sua inegável competência no exercício das suas funções na área da endocrinologia, seja no empenho e extrema dedicação a diagnósticos precisos e confiáveis aos seus pacientes; seja como pesquisador de técnicas e programas de combate à obesidade e à diabetes pela Universidade Federal do Rio de Janeiro; ou ainda como membro diretor da Sociedade Brasileira de Endocrinologia e Metabologia (SBEM).

***

— Está bom, então! – responde Claraluz, demonstrando pressa em terminar a ligação.

— Te ligo mais tarde! Estou pensando em irmos a um restaurante na Barra à noite. Que tal?

— Pode ser! - responde Claraluz sem entusiasmo e com mais impaciência ainda.

— Até mais tarde! - despede-se Barretto.

— Até! - responde Claraluz, friamente.

Claraluz desliga rapidamente o celular e volta ao Messenger.

***Claraluz**: Desculpe-me Mandel. Era o meu noivo.*

***Mandel**: Talvez ele é quem deveria ter pedido desculpas por nos interromper, por interromper momentos tão bons. rsrsrsrs.*

***Claraluz**: Tudo bem! A culpa é minha por não ter resolvido essa situação há mais tempo.*

***Mandel**: Vc não tem culpa de nada. Cada um tem a sua história, forte e única. Só devemos estar atentos para o momento em que é dada a oportunidade de modificarmos a nossa história, de decidirmos para qual lado caminharemos nesta nossa história.*

***Mandel**: Mas vamos continuar com a seção fotos, que é muito mais interessante.*

***Claraluz**: É verdade!!! Tenho ainda tantas fotos...*

***Claraluz**: Veja só esta que tirei em Beirute, no Líbano. Veja que cenário diferente do que estamos acostumados a ver, moradias parecendo esconderijos de guerra...*

***Claraluz**: E essa aqui é na entrada de uma caverna na Turquia. Como tem cavernas esta região, como são carregadas de misticismo...*

***Claraluz**: E esta aqui é no Mar Morto. Veja como são cristalinas as águas daquele mar maravilhoso e misterioso...*

Claraluz e Mandel se envolvem numa grande seção de fotos por mais de três horas, sem perceberem que o tempo passava, até que o celular de Mandel toca. Era Matheus, seu primo. Mandel atende ao telefone e Matheus grita:

— Cê num vem ensaiar, não, caraio? Só falta você, seu merda!

— Nossa! - exclama surpreso Mandel. — Estou com o amor da minha vida aqui na internet e nem vi as horas passarem. Putz! Vou me arrumar rapidinho e daqui a uns vinte minutos chego aí. Desculpa, véio!

— Mas você tá falando com a Esther pela internet?

— Não, é outra história, e depois do ensaio te conto!

— Então, anda rápido, seu viado! O pessoal tá puto com você! Hoje é o último ensaio, e ocê sabe que daqui a pouco a gente tem que parar porque a gente não pode passar das dez!

— Tá bom! Tô indo, então!

Mandel desliga o celular e volta ao Messenger.

Mandel: *Desculpe-me!!! Era Matheus, meu primo, baterista da banda que eu toco, aquele da foto que te mandei quando tocamos em um festival de música em BH. Ele me ligou furioso, porque já está acontecendo um ensaio da banda para um evento que vamos participar na sexta que vem.*

Mandel: *Tenho que ir, meu amor. Estou superatrasado. Mas nos falamos, com a certeza de que faz o Universo conspira a nosso favor!*

Claraluz: *Está bem, Mandel. Ficaria aqui eternamente, mas sei que temos nossas coisas por fazer. Eu também tenho que tolerar mais um evento social com meu noivo hoje, mas tudo bem. Deixa-me voltar à minha vidinha pacata e sem graça.*

Mandel: *Esta vida pacata e sem graça vai dar uma grande reviravolta, pode apostar.*

Claraluz: *É tudo que eu quero, sabe?! Mas vá logo, que o pessoal está te esperando.*

Mandel: *Vou lá! Mas vou levar vc comigo, em todos os poros, em todos os fios de cabelo, e em cada fração de segundo que corre no tempo, estarei pensando em vc.*

Mandel: *E vou te deixando muitos, muitos, muitos, muitos, muitos, muitos beijos nesta boca maravilhosa e deliciosa.*

Claraluz: *Um punhadin de beijos procê também (estou ficando cada vez mais mineira, viu?).*

Claraluz: *Bom ensaio e toque bonito por mim, tá?*

Mandel: *Vou tocar como nunca toquei, pensando em vc, mineirinha por osmose...*

***Mandel**: Vou lá...*

***Mandel**: + e + e + e + e + e + e + BEIJOSSSSSS*

***Claraluz**: Beijossssss, também. rsrsrsrsrs*

Mandel desconecta-se da internet, coloca um calção e uma camiseta, calça um tênis, pega o seu contrabaixo, coloca-o no carro e sai rapidamente rumo à casa de Matheus.

VII

Claraluz desligou-se do Messenger e deitou em sua cama. Ficou uns dez minutos prostrada, olhando fixamente para o teto, como se estivesse em estado de choque. Sua cabeça parecia um enorme acelerador de partículas em funcionamento. Um filme da sua vida, com uma velocidade alucinante, invadia sem permissão a sua cabeça, e Mandel habitava este sonho que Claraluz sonhava acordada.

"Meu Deus! O que está acontecendo comigo? Preciso dar um jeito em minha vida; assumir as responsabilidades de trilhar o caminho da minha felicidade a partir das minhas escolhas. Não posso deixar as coisas do jeito que estão caminhando...".

Depois de refletir profundamente sobre a sua vida, Claraluz pega o celular e liga para Regina, que atende:

— Oi, Clara, minha querida! Que ventos a trazem?

— Oi, amiga! Estou ligando porque preciso falar muito contigo. Quero tomar uma atitude decisiva para a minha vida! – responde Claraluz.

— O que foi Claraluz? Aconteceu algo? Tu me pareces nervosa e agitada...

— Vou desmarcar meu casamento! Vou aproveitar que o Barretto e eu vamos a um restaurante daqui a pouco e vou colocar as cartas na mesa! Não quero e não vou me casar, e depois de pensar muito, resolvi tomar esta decisão! Não vou voltar atrás! – desabafa Claraluz.

— Meu Deus! Hoje o céu vai se rasgar ao meio! Acredito que tu já deverias ter tomado essa decisão. Mas saiba! Irás abalar os alicerces! – exclama Regina, surpresa com a decisão de Claraluz.

— Sim! Mas não posso deixar as coisas acontecerem alheias a minha vontade. Sei que já deveria ter tomado esta decisão antes! Não deveria nem ter permitido que o casamento fosse marcado, mas antes tarde do que nunca! Sei da tormenta que me aguarda, mas preciso enfrentar este terremoto agora!

— É meu amor... Prepara-te, porque não será fácil! – adverte Regina. — Mas estou ao teu lado para o que der e vier, e podes acreditar que apoio tua decisão incondicionalmente! Mas vá com calma! Barretto não é teu inimigo.

Tu simplesmente descobristes que não quer se casar com ele! Trate-o com respeito e dignidade, e deixe transparecer este sentimento. Faça-o entender que não será possível assumir uma responsabilidade tão grande, que é para toda a vida!

— Tá legal, amiga! - concorda Claraluz. — Vou tentar conduzir o assunto com a maior serenidade possível, mas sei que vou enfrentar a fúria dos leões. As colunas sociais, como tu sabes muito bem, já anunciaram esse casamento infeliz pelos quatro cantos, e a expectativa da família do Barretto e da minha mãe quanto a esse evento, é que ecoe por toda a alta sociedade carioca! Argh!

— É, colega... Bem lembrado! Tem a sua mãe, que irá lhe rogar todas as pragas do mundo quando souber de tua decisão! E tenho certeza de que ela tentará te persuadir a voltar atrás – emenda Regina.

— Eu sei! A minha mãe chega amanhã de Búzios, e eu vou contar a ela sobre a minha decisão! Vou ter que rezar trinta Ave-Marias e sete Pais-Nossos para poder falar com ela! Mas estou disposta a encarar toda esta situação de frente!

— Tudo bem, Claraluz! Conte comigo para amortecer o impacto da hecatombe – apoia Regina. — Mas me diga! E o mineirinho, influiu nessa decisão?

— Olha, Rê – responde Claraluz –, acho que a entrada do Mandel em minha vida só me deu coragem para tomar esta decisão de forma incisiva, mas independente de tê-lo conhecido, esta é a decisão correta, e dela não abro mão!

— Huuum! - exclama Regina. — Pelo visto o papo de ontem teve continuidade...

— Siiiiiim! - responde Claraluz com um sorriso generoso. — Conversamos pelo Messenger hoje à tarde, durante horas. A gente se conheceu um pouco mais. Mandei um monte de fotos para ele, e ele também mandou muitas fotos suas. Como já havia dito a ti, não posso negar que estou encantada por ter conhecido Mandel! E acho que ele se apaixonou! Esqueceu até o seu ensaio com a banda em que ele toca...

— Quer dizer que o mineirinho também é músico? Teu pai é que poderá gostar desta história! Eles podem até se dar bem, sabia? – observa Regina.

— Nem tinha pensado nisso, mas sabe que pode ser?... Opa! Calma aí! Eu nem o conheço ainda! Tem muita água pra rolar debaixo da ponte – pondera

Claraluz. — Vamos por partes! Primeiro preciso resolver o meu caso com Barretto, depois vejo o que vou fazer da minha vida!

— Tá certo, amiga! - responde Regina. — Mas aposto que o mineirinho vai adoçar a tua boca com mel, e vocês terão um monte de filhos alimentados com queijo de Minas! - soltando uma sonora gargalhada.

— Huuuuum! Estou sonhando acordada! - completa Claraluz com outra gargalhada. — De repente, a minha vida ficou leve como uma pluma depois que conheci Mandel!

— Não disse?! - responde Regina. — Não falei que a paixão era inevitável? Mas como dizem os mineiros, cautela e canja de galinha não fazem mal a ninguém. Não vá com muita sede ao pote, tá? Conheça o mineirinho melhor, para depois mergulhar de cabeça!

— Ótimo, minha amiga querida! - responde Claraluz. — Vou seguir os teus conselhos! E te agradeço demais por ter me ouvido num momento tão importante. Você é meu anjo da guarda. Precisarei muito de ti nestes dias, e vou te atormentar muito, tá?

— Claro que sim, meu anjo! - responde Regina. — Pode contar comigo sempre. Fico tão feliz em saber que está começando a dar teus passos com tuas próprias pernas...

— Obrigado, amiga! - responde Claraluz. — Preciso tomar um banho e me vestir para sair e enfrentar os tigres na arena.

— Vá com fé, linda! - responde Regina. — Peça a Cleuza para fazer um suco de maracujá bem concentrado para tu tomares e ficar bem calminha, tá? Seja serena ao conversar com Barretto! Estarei fazendo figa, com todo fervor, para que tudo possa sair da melhor maneira possível.

— Tá bom, querida! Vou lá! - diz Claraluz. — Torça por mim!

— Estarei enviando pensamentos positivos para ti. Vá com Deus! - responde Regina.

— Beijos! - despede-se Claraluz.

— Beijos! - despede-se Regina.

VIII

Mandel chega à casa de Matheus, onde o estúdio fica no porão, acessado por um vão de escadas. Antes de chegar ao estúdio, Mandel atravessa a casa, e cumprimenta os pais de Matheus:

— Bença, tio Raimundo!

— Ô, porcaria! O pessoal tá te esperando! - retruca o pai de Matheus com ironia.

— Bença, tia Lucy! - diz Mandel, dirigindo-se à mãe de Matheus, que responde:

— Deus te abençoe, Mandel! Tudo bem? Desce a escada depressa, que o pessoal tá apavorado porque só estava faltando você, e sem o baixo não dá para ensaiar, você sabe!

— Tá bom, tia! Tô descendo!

Mandel desce as escadas até chegar ao estúdio. Cumprimenta os companheiros de música com timidez, pois sabia que o ensaio estava atrasado por sua causa.

— Até que enfim! Pensei que cê ia dar o cano na gente, seu bosta! - desabafa Matheus.

— Calma, que tudo vai dar certo! - responde Mandel, com vergonha pelo atraso.

Enquanto afina o seu contrabaixo elétrico plugado no seu amplificador Marshall, Mandel se desculpa:

— Foi mal, pessoal! Agora vamos lá? Quero sugerir que comecemos por Garota de Ipanema, porque precisamos caprichar naquele arranjo que criamos. Pode ser, Kátia? - sugere Mandel, dirigindo-se à cantora da banda MPdoB, uma mulher esguia, de pele negra e voz potente, que lembrava Aretha Franklin, cantora de soul estadunidense.

Apesar de estarem se preparando para a apresentação em um baile brega, e para isso terem adotado um nome exclusivo para a banda naquele evento - *Braga e seus Evaldos Perdidos* -, a banda *MPdoB* iria fazer uma pequena apresentação do seu repertório tradicional antes do repertório que motivou o baile, composto de músicas em estilo brega.

— Acho que é uma boa ideia, apesar de você não estar merecendo muito crédito hoje! – devolve Kátia.

A banda ensaia *Garota de Ipanema*, de Tom Jobim e Vinicius de Morais, com um arranjo em estilo jazz, criado por Mandel e Matheus. Mandel toca com perfeição, expressando um sentimento musical profundo. Ao final da execução da música, os músicos batem palmas para Mandel, e depois caem na gargalhada.

— O que deu em você hoje? – pergunta Rogério, guitarrista da banda. — Encarnou Jaco Pastorius?! – referindo-se ao conceituado baixista de jazz estadunidense, falecido em 1987.

— Estou vivendo um sonho acordado, e nem Jaco Pastorius me segura! – responde Mandel.

— Este cara tá com alguma treta! – retruca Matheus. — Vou querer saber dessa história todinha! Por isso que chegou atrasado! Tava aprontado alguma coisa, porque você não para de rir... Tô achando que ocê tá comprando maconha estragada, seu maconheiro dos infernos!

— Cê vai é ficar com inveja depois que eu te contar, Matheus – responde Mandel. — Mas então vamos pessoal, que o trem tá chegando. Vamos meter bronca.

A banda continua ensaiando até um pouco além das dez da noite, e Mandel se mostra especialmente inspirado naquele ensaio.

***

Ao final do ensaio, enquanto Mandel guarda o seu instrumento, Matheus não perde tempo e pergunta:

— O que aconteceu que cê tá viajando na maionese? E ocê hoje tocou barbaridade, camarada! O que te fez ficar inspirado desse jeito, véio? – pergunta Matheus.

— Você sabe que a música é uma arte intimamente ligada às nossas emoções – responde Mandel. — Quantas músicas maravilhosas nós tocamos, fruto das inspirações nascidas das emoções dos compositores?! A música, e você bem sabe, é a arte que consegue traduzir melhor os diversos estados da alma humana!...

— Cê tá me enrolando... – interrompe Matheus com uma risada sarcástica. — Não dá pra criar uma tecla de atalho?

— Tudo bem! - responde Mandel, rendendo-se aos argumentos de Matheus. — Vou te contar. Tem certas coisas que a gente não entende porque mexem tanto com a nossa cabeça, com a nossa alma... Vê bem! Ontem eu conheci uma mulher numa sala de bate-papo que me pirou! Nunca imaginei que fosse acontecer uma coisa dessas comigo, mas não consigo achar explicações para justificar a transformação que este bate-papo operou em mim! Você sabe que eu sempre achei essa coisa de namoro virtual uma atividade de gente debiloide, de adolescente, de sonhadores utópicos que não conseguem botar os pés no chão, de pessoas que buscam ilusões na ânsia de saciar suas carências afetivas. Mas ontem eu passei a ser membro de uma dessas comunidades de tolos da internet. No momento em que conheci Claraluz, que é o nome dela, parece que uma bomba atômica caiu em cima de nós. Acho que a paixão é obra de um anjo errante, que de vez em quando atira as suas flechas para cima, e elas, às vezes, caem nas pessoas de forma aleatória. As pessoas não percebem que são vítimas das flechadas sem rumo deste anjo irresponsável e, sem entender, dão uma sacudida de Hércules em suas vidas, mudam a história, mudam o sentido e a direção, mudam os gostos, os ganhos, os empregos, os amigos, para rumar em direção daquela paixão. Você, mesmo sem admitir, se apaixona por uma pessoa antes de vê-la, tocá-la e conhecê-la. O processo de se apresentar, de se conhecer, de olhar para o seu rosto é somente para justificar a paixão. Você não percebe que a paixão já está instalada em você, e qualquer tentativa de resistência será inútil diante desta força avassaladora.

Matheus permaneceu sentado no banco da sua bateria, quase imóvel e boquiaberto, com os olhos fixos nos movimentos da boca de Mandel, talvez para não perder uma palavra sequer desse relato que parecia ter saído do fantástico mundo das Viagens de Gulliver. Por fim, ele interrompe a fala de Mandel, com ar de espanto e incredulidade:

— Cê tá me dizendo que conheceu uma mulher pela internet ontem e já tá apaixonado por ela? Pirou de vez? Surtou?

— E ela apaixonada por mim! - completa Mandel, ainda sem se importar com o tom crítico e irônico de Matheus ao tratar do assunto. — Você ouviu, mas não entendeu nada do que eu disse, ô baterista de bosta! - dessa vez rebatendo a ironia de Matheus. — Foi como te falei: parece que o processo de instalação da paixão em duas pessoas é anterior ao processo de elas se conhecerem. A busca por conhecer o outro sim, é que é motivada pela paixão já instalada neles. Vou te levar lá em casa pra você ver as conversas que já tivemos no Messenger. O processo é muito rápido, e nós não temos força para detê-lo.

— Mas,... e Esther, como fica nessa? – pergunta Matheus, tentando digerir o relato que Mandel acabara de lhe revelar.

— Esther não tem culpa de nada. O que está acontecendo não é em decorrência do nosso namoro – discorre Mandel sobre o romance recém-nascido. — Você sabe que Esther e eu tivemos muitos desgastes nesses três anos de namoro. Tenho uma admiração enorme por ela, e você também sabe disso. Admiro a sua postura digna perante a vida e as pessoas, apesar da sua possessividade. E na verdade, Esther tem um ritmo de atividades tão intenso, que acabou matando a possibilidade do nosso relacionamento progredir. Não temos mais tempo para nós!

— Mas você não acha que esse desgaste pode acontecer da mesma forma com esta paixão doida que você arranjou na internet? – pergunta Matheus. — Vocês estão se conhecendo agora, e tudo são flores, mas depois você não acha que a mesma rotina possa acontecer nas suas vidas, caso este namoro maluco continue?

— Não nos movemos pelo futuro, meu caro! Movemo-nos pelas emoções que nos cercam, aqui e agora! Não estou cogitando nada sobre o futuro, mas só querendo me guiar pela estrela que brilha no meu peito neste instante...

O celular de Mandel tocou. Era Esther, cobrando-lhe um telefonema que ele não dera, conforme combinaram. Assim que finalizou a ligação, Mandel pega o seu baixo e despede-se de Matheus:

— Falô, tocador de tarol! Tenho que ir! Vou sair com Esther daqui a pouco e tenho que tomar um banho ainda – responde Mandel, já subindo as escadas e indo embora.

IX

Clóvis Montenegro é daquelas pessoas das quais todos gostam. Afável, comunicativo, popular; tem um prazer especial em tentar agradar as pessoas e deixá-las à vontade. Diplomata de carreira recém-aposentado, esse homem de sessenta e dois anos, alto, com um metro e oitenta e quatro de altura, um pouco acima do peso e de cabelos quase totalmente grisalhos e lisos - que lhe conferem um charme peculiar de um homem maduro –, tem como o seu maior prazer encontrar com os amigos que tocam chorinho em bares do Rio de Janeiro. O ponto de encontro deles é um bar tradicional da Tijuca - bairro de encantos especiais do Rio de Janeiro –, e onde se encontra a Floresta da Tijuca, que, graças a dom Pedro II, é a terceira maior floresta urbana do mundo. Clóvis carregava seu cavaquinho com indisfarçável prazer. E naquele sábado, Clóvis pegou carona com seu melhor amigo, Juvenal, saxofonista e flautista do grupo *Choristas da Tijuca*, do qual também faz parte. Clóvis resolveu deixar o carro em casa e ir de carona porque estava a fim de tomar umas cervejas a mais.

— Grande amigo! Ficarei por tua conta só na ida! Na volta tomarei um táxi, porque não tenho hora pra chegar, e nem compromissos adiáveis ou inadiáveis! - disse Clóvis a Juvenal, ao entrar no carro.

— Saudações, velho Clovin! - apelido dos amigos do chorinho ao companheiro. - Adentre-se a este veículo que humildemente vos serve.

Os dois velhos amigos partem para mais uma noitada musical na Tijuca - atividade pela qual ambos são apaixonados. No caminho, Clóvis abre seu coração quanto a muitas dúvidas sobre a vida de Claraluz.

— Juvenal, meu amigo! Ando preocupado com a Clarinha. O caminho que está sendo traçado para ela não é o que ela quer para a sua vida. Uma garota linda, uma médica dedicada, que adora a profissão, e com grandes chances de ser muito bem sucedida e reconhecida profissionalmente, e por outro lado, de casamento marcado com um cara que ela não ama, não tem aquela energia de casal que sustenta uma relação. Gosto do Barretto, Juvenal, mas ele é muito frio, além da média, e também muito ligado aos rituais aristocráticos da sua família. Foi por isso que a Gertrudes fez tanta força para aproximar os dois... Coitada da Gertrudes! Vive com tanta força esta fantasia do teatro socialite, que se esqueceu de ser mulher. Virou um ser assexuado! Tu conheces a minha vida, e sabe que tudo isso que estou dizendo é do teu pleno conhecimento. Tu sabes que um dos motivos fortes, entre tantos, pelo qual nos separamos, foi por perdermos completamente este vínculo carnal. Simplesmente deixou de existir qualquer contato físico entre nós, além de todos os traumas decorrentes dos conflitos intransponíveis que envenenaram o nosso casamento.

— Eu sei, Clovin - responde Juvenal. — E sei muito bem que a sua angústia quanto a Clarinha tem fundamentos reais. Também sinto esta situação no ar. Vejo uma frieza prematura na relação entre os dois. Afinal, nem esperaram casar para se distanciarem... - observa Juvenal, soltando uma gargalhada generosa e carismática. — Cá pra nós, sabemos muito bem o que é o casamento. Consegui sobreviver, muito bem por sinal, a meu casamento com Georgina, porque tivemos uma união baseada no respeito e na sinceridade. O amor é tão diferente da paixão, e é por isso que as pessoas não se mantêm unidas. Porque não colocam na balança das decisões que a fase da paixão tem limites temporais. Na verdade, tive sorte no meu casamento, sorte que poucos têm. Encontrei uma pessoa tranquila e equilibrada, que sempre conseguia contornar com habilidade e calma os desesperos e desvarios infantis do macho, e que todos nós temos perante nossas esposas algum dia na vida, pelo menos... - divaga o amigo, soltando outra gargalhada generosa.

Daí em diante, mudaram de assunto. Contaram piadas e riram das situações embaraçosas da vida - daquele modo exclusivo dos cariocas de enxergarem a vida com humor e de se manifestarem com este mesmo humor generoso –, até chegarem ao bar onde iria acontecer mais uma apresentação dos *Choristas da Tijuca*.

X

Claraluz resolve se mover e toma um banho demorado. Veste-se, sai do quarto, vai à cozinha e depara-se com Cleuza. Dá-lhe um beijo no rosto e diz que estava com vontade de tomar apenas um bom suco de frutas. Cleuza, exímia cozinheira - uma mulher de pele morena escura de um metro e sessenta, medianamente obesa, com alguns cabelos brancos e com mais de quarenta anos de idade –, trabalhava com a família desde quando tinha vinte e um anos, e possuía o dom de sentir o cheiro do estado da alma de Claraluz de longe, por conhecê-la desde bebê. Por isso, ela pressente algo anormal:

— Ué?! Tu tá diferente hoje... Tá acontecendo alguma coisa?

— Vai acontecer muita coisa em minha vida nestes dias, minha querida! - responde Claraluz. — Fica ligada que tu vais saber de tudo!

E enquanto Claraluz tomava o suco natural de acerola com maracujá preparado por Cleuza, o seu celular toca. Era Barretto, dizendo que passaria em sua casa dentro de uns dez minutos para depois irem a um restaurante na Barra da Tijuca, um dos maiores centros da gastronomia do Rio de Janeiro, conforme o combinado. Depois de dez minutos, britanicamente, Barretto chama pelo interfone. Cleuza abre o portão de entrada, e depois de um minuto ele toca a campainha. Cleuza abre a porta, fazendo Barretto entrar ao apartamento:

— Boa noite, doutor Barreto! - cumprimenta Cleuza.

— Boa noite, Cleuza! - retribui Barretto.

Claraluz estava sentada no sofá da sala de recepção e Barretto dirige-se a ela:

— Tudo bem, Clarissa? Está pronta?

— Estou sim, Barretto! E nós vamos a qual restaurante?

— Tem um restaurante novo na Avenida Ayrton Senna especializado em frutos do mar, que o pessoal da SBEM[2] indicou, e que pode ser uma boa pedida.

---

2 Sociedade Brasileira de Endocrinologia e Metabologia.

— É! Pode ser! - responde Claraluz com frieza.

— OK! Lá te direi o que ficou acertado com o pessoal da Igreja da Candelária.

Claraluz não responde. Saem da casa em direção ao carro sem se falarem. Cada um vivia o seu mundo particular, sem perceber a presença do outro. Entram no carro, um Audi A5 Sedan, de cor prata, que Barretto comprara há dois dias, por quase trezentos mil reais.

— Veja que maravilha de carro! - diz Barretto, quebrando a monotonia.

Apesar de ser um carro que, sem dúvidas, despertava a curiosidade e a cobiça de muitos, não sensibilizou Claraluz, que respondeu com frieza, teatralizando:

— É! Lindo, o carro! - e não falou mais nada.

Barretto não deu importância à indiferença de Claraluz. Arrancou o carro em direção ao restaurante, e no percurso, comentou sobre alguns projetos da SBEM, da qual faz parte:

— Estamos investindo em um novo projeto de palestras por todo o Brasil, no intuito de habilitar profissionais de hospitais e de clínicas às novas técnicas de tratamento e prevenção de diabetes tipo "B". Este projeto está nos tomando muito tempo, mas acredito que será muito proveitoso e constituirá um grande avanço em relação ao diabetes.

Claraluz se envolve na conversa, talvez a única área de assuntos que lhe dava prazer nas conversas com Barretto.

— Muito interessante! É preciso investir mesmo nesta área, pois o aumento do número de crianças obesas e propensas ao diabetes é significativo. Uma campanha de reeducação dos hábitos alimentares, principalmente com as mães das crianças, tem que ser feita em massa para tentar frear este avanço, pois poderemos chegar a níveis alarmantes caso não se ataque de frente este fenômeno - responde Claraluz, que também trabalhava como pesquisadora na área de alimentação e diabetes infantil do Instituto Figueira Fernandes, da Fundação Oswaldo Cruz (FIOCRUZ), introduzindo a pediatria na conversa, que prossegue até chegarem naquele luxuoso restaurante, especializado em alimentos do mar, e que estaria em breve nos catálogos dos restaurantes Vips do Rio de Janeiro. Em seu interior, uma decoração com as últimas tendências do setor, predominando o verde e luzes discretas em tom azul carolina blue, diversos quadros abstratos nas paredes confrontando com as cores, mas sem saturar o ambiente, já que possuíam tamanhos pequenos, em torno de 20 x 35 cm. Um sofisticado grupo musical se apresentava naquele dia, com um repertório que variava do jazz clássico ao contemporâneo. O restaurante era dividido em quatro ambientes, e os fregueses podiam escolher, dentre outras opções, um local aonde a música chegasse com uma pequena intensidade aos ouvidos. Barretto perguntou para Claraluz em qual dos ambientes gostaria de ficar:

— Prefiro ficar no setor aonde a música chegue mais baixo para podermos conversar melhor – responde Claraluz.

— Estranho!... Normalmente você sempre escolhe um local onde a música predomina... – exclama Barretto, surpreso, já pressentindo algo diferente no ar.

— Eu sei, mas hoje preciso conversar com você! – devolve Claraluz, dominando o receio de falar sobre a decisão que já tomara e que, daí a pouco, iria comunicar ao noivo.

O casal entra no ambiente guiado pelo garçom, que indica uma mesa um pouco mais ao canto, conforme solicitara Barreto, que, cavalheirescamente, levanta a cadeira para Claraluz se sentar. Em seguida, senta-se numa outra cadeira, perpendicular a ela, e diz:

— Estou curioso para saber o que tu tens de tão importante para conversar comigo, mas gostaria de esperar o garçom para fazermos os pedidos, ok?

— Claro! Não precisamos ter pressa – responde distraidamente Claraluz, atenta aos seus pensamentos, pois buscava uma estratégia para introduzir o assunto.

Naquele momento, um incômodo silêncio se instalara entre eles, motivado pela expectativa criada em torno de um assunto que seria, em minutos, distribuído como cartas na mesa. Por sorte de ambos – angustiados –, o garçom rapidamente voltara à mesa com o cardápio na mão e apresentou algumas sugestões da casa. Barretto perguntou à noiva, depois de consultar o cardápio, o que ela gostaria de comer, já sugerindo um badejo grelhado acompanhado de um *Côtes du Rhône* – um conceituado vinho francês do Vale do *Rhône*.

— Te acompanho no peixe, mas prefiro água mineral. Não estou disposta a beber – responde Claraluz.

— Sugiro a Perrier! – interfere o garçom, referindo-se à famosa marca francesa.

— Por favor! – responde Claraluz.

E assim, logo que o garçom fecha o pedido da mesa e se afasta, Claraluz dirige-se a Barretto decisivamente:

— O meu assunto é o nosso noivado!

As pernas de Barretto tremeram incontrolavelmente. Sabia que algo muito desagradável estava por vir. Mas Claraluz não dera tempo para qualquer questionamento e emenda:

— Não é novidade para ti que estou insatisfeita com o nosso noivado. Durante os últimos meses, fui muito clara sobre os meus sentimentos. Sugeri que adiássemos o casamento, pois queria perceber melhor o que eu realmente queria, mas você, sempre apelando para os desejos da tua família e os da minha mãe; principalmente, contrapunha-se a esta ideia, dizendo que todos já sabiam da data, já tinham reservado esse compromisso em suas agendas, mesmo sem os convites estarem prontos e distribuídos.

— Mas o que há de errado em pensar desta forma, Clarissa? Somos noivos e vamos nos casar - responde Barretto. — Que diferença faz ser numa data ou noutra?

— Muita, Barretto! - devolve Claraluz. — Eu acionei o sinal amarelo, e nem tu e nem a minha mãe levaram em consideração os meus sentimentos. Vocês estão preocupados somente com a repercussão na sociedade, com as colunas sociais e com mais autopromoção. Só isso! Casamento, Barretto, é uma união entre duas pessoas, uma união que se busca ser para sempre. Não é uma aposta numa das máquinas caça-níqueis de Las Vegas! Quero deixar bem claro que tenho por ti uma grande admiração e respeito. Sei muito bem das tuas qualidades profissionais, da tua dedicação aos pacientes, do teu empenho em estar sempre se atualizado, e na tua influência na sociedade (referindo-se à SBEM). Mas essa não é uma condição na qual me faz decidir a casar contigo. Antes de se casar com alguém, é preciso levar em conta as afinidades que uma pessoa tem com a outra. Eu sei que não existe a condição ideal, mas é preciso saber das condições mínimas, para que se possa decidir por este caminho tão importante na vida de duas pessoas.

— Acho que tu estás nervosa com a aproximação da data do casamento, Clarissa! - interrompe Barretto. — Mas se tu mantiveres a calma, garanto que tudo vai dar certo! Eu sou endocrinologista, e sei muito bem como os hormônios atuam no organismo, acrescentando os diversos estágios emocionais que vocês, mulheres, apresentam durante o ciclo menstrual. Tenho certeza de que amanhã ou depois tu estarás pensando novamente em nosso casamento, e estarás animada com os preparativos.

— Barretto! - dirige-se Claraluz ao noivo de forma mais enérgica. — Tu sabes que nunca demonstrei qualquer euforia ou entusiasmo pelo nosso casamento. Não acredito que vocês não perceberam que eu não soltei fogos para comemorar! Pelo contrário, me senti como uma flor abandonada em um vaso e que cada vez murchava mais. Estou constatando que tu e todos os que se empenharam em promover esse evento jamais olharam em meus olhos e perceberam quais eram os meus sentimentos. E como disse antes, Barretto, eu te considero uma pessoa digna e boa, mas não o vejo na perspectiva de marido. Gosto de ti, mas não como o homem da minha vida.

— Mas... O que pretende fazer? - pergunta Barretto, assustado e antevendo o pior.

— Tomei uma decisão, e é sem volta! A partir deste momento, não somos noivos mais, e não vai haver mais casamento! - responde Claraluz, retirando o anel de brilhantes que ganhou de Barretto quando selaram o noivado, e o entregando.

O mundo desaba-se diante de Barretto. A sensação de poder inabalável que tinha, por ser um Lucena, desaparecia por completo diante dos seus sentidos. Parecia estar a bordo de um avião que perdera uma de suas asas, girando em parafuso e acelerando alucinadamente em direção ao chão.

— Ma... ma... mas, o que vai dizer o papai, a mamãe, dona Gertrudes, o que vão dizer os meus amigos e os diretores da SBEM, os convidados, os jornais... - balbuciava Barretto.

— Este é o problema! - enfatiza Claraluz. — O casamento é visto por ti e por minha mãe como um grande espetáculo, um evento social marcante. Um instrumento de ostentação, um brinquedo de se mostrar às pessoas, uma demonstração de poder. O verdadeiro casamento, doutor Barretto, acontece de fato entre quatro paredes. Na convivência diária, no compartilhamento das alegrias e das tristezas, na solidariedade que existe para somar, na troca de carinho que dá energia para enfrentar os tempos revoltos que todo casal um dia experimenta. O casamento, para que seja frutífero e próspero, precisa selar o amor como a fonte principal deste objetivo maior e único do casamento, um amor construído sem egoísmo, sem vaidade. O casamento deveria servir como uma vitrine para os que vivem realmente os seus casamentos, nunca como uma mercadoria, uma moeda de troca, uma afirmação de *status* social.

Claraluz segura nas mãos de Barretto, olha fixamente em seus olhos, e diz:

— Barretto, meu querido! Desejo tanto que este dia triste, porque também me sinto entristecida por ter tomado esta decisão, seja motivo para um grande passo rumo à tua libertação. Foi muito difícil; mas, foi muito lúcida, muito consciente, muito verdadeira a minha decisão. Quero tanto que tu enxergues que até hoje tu não te assumiste como pessoa. Tu és a extensão das vontades do teu pai! Quero que saiba que também admiro muito o Barão Humberto. Empresário com uma visão de águia, rodeado por uma aura forte, que faz transparecer uma energia poderosa e influente. Mas ele quis que tu, o único filho homem do Barão, fosse uma espécie de clone dele. Aproveite este momento único, de dor, de reconhecimento dos limites do nosso poder, para sair do teu casulo, viver a tua própria vida, sem precisar romper com o teu pai, a tua família e até as tuas tradições e costumes. Aproveite, pois daqui para frente tu poderás ser o dono do teu destino e decidir por tua vontade própria...

Barretto, com os seus olhos castanho-esverdeados vidrados e imóveis, se sacode, e repentinamente empurra as mãos de Claraluz e esbraveja, num tom não tão alto a ponto de causar escândalos, mas ameaçador e com o volume acima do normal:

— Tire as tuas mãos de mim!

Apesar de esse ato brusco pegar Claraluz desprevenida, ela mantém o equilíbrio e responde calmamente:

— Não comece a tua revolução interna com um ato de violência contra uma mulher! Respeite o direito da liberdade que possuo para tomar decisões! Namoramos e noivamos com o consentimento de cada um, e mesmo que nossas famílias tenham feito uma força enorme para estarmos juntos, nada aconteceria se não fosse da nossa escolha. Tu és um médico respeitado e renomado, fruto da tua seriedade profissional, do teu amor à medicina e do teu respeito às pessoas. Aja assim comigo!

— Desculpe-me! - responde Barretto, recuando. — Jamais pensei em passar por isso! É muito estranho e dolorido para mim, mas prometo que respeitarei a tua decisão, mas insistirei que reveja a tua posição.

— Não perca tempo, Barretto! Com o tempo, tu irás concluir que a minha decisão foi a melhor para nós dois. Tenho certeza que tu conseguirás enxergar que sairíamos machucados de um casamento que jamais iria se efetivar entre nós.

— Prometo que vou refletir e ponderar sobre tudo o que está acontecendo neste momento. Mas preciso fazer uma pergunta, que talvez seja tola, mas que pode também ter fundamento. Tu conheceste alguém que te fez tomar essa decisão tão inesperada?

— Não, Barretto, de forma alguma! Nem pense nisso! - diz Claraluz, lembrando-se repentinamente de Mandel que, pelo calor dos diálogos, fora esquecido até então. — Esta decisão nem é inesperada, como tu acreditas. Tu não percebeste porque não tinhas olhos para a minha alma. Se tivesse olhado em meus olhos, coisa que tu nunca fizeste, verias claramente que o nosso noivado caminhava para este fim! Talvez agora tu coloques os pés no chão e acordes para a vida! Eu irei embora agora, e sem você! Vou pedir ao garçom que me arranje um táxi, e irei sozinha! Vamos assumir e nos acostumar com esta nossa nova condição. Não me furtarei a conversar contigo sobre como faremos para agir em face desta situação, mas hoje prefiro ficar sozinha, e quero que compreenda e respeite minha decisão!

— Não há nenhum problema que eu te leve de volta! É minha responsabilidade!

— Barretto, somos maiores de idade e independentes! A responsabilidade de me conduzir é única e exclusivamente minha! - continua Claraluz, que em seguida levanta a cabeça, avista o garçom, acena para ele, sendo prontamente atendida. O garçom aproxima-se de Claraluz, e ela solicita um táxi. O garçom diz que iria providenciar e pergunta se seria para aquele momento ou depois.

— Prefiro que seja agora! - responde Claraluz ao garçom.

— Sim, senhora! - responde o garçom, um homem muito simpático, de cabelos grisalhos e um par de óculos de lentes de uns dois graus, discreto e aparentado uns cinquenta e cinco anos. — Daqui a dez minutos o táxi estará na porta, a vossa disposição.

— Traga-nos a conta, por favor, senhor - dirige-se Barretto ao garçom.

— Atenderei a vossa vontade, senhor, mas devo dizer-lhe que o vosso pedido está pronto, e poderá ser servido no momento que desejar.

— Não tem problema, senhor! Vou quitar a conta assim mesmo, mas por problemas alheios a nossa vontade, iremos antes de sermos servidos!

— Se assim deseja, senhor... - responde o garçom. — Voltarei em instantes! Com licença! - e dirige-se em direção ao restaurante.

— Parece que estou sonhando! - volta-se Barretto à Claraluz, suspirando.

— Não, Barretto! Você está, neste momento, acordando para a vida, acordando de frente às engrenagens que movem o mundo e às pessoas que aqui vivem.

Um novo silêncio se faz entre os, agora, ex-noivos. O garçom, rapidamente, vem com a comanda envolta em uma carteira, mas não a coloca sobre a mesa.

— Já foi providenciado o pedido do táxi para a senhora! - dirige-se o garçom à Claraluz.

— Muito obrigado, senhor! - agradece Claraluz.

— O gerente me pediu para dizer que o restaurante não cobrará a parte da conta que não consumiram - dirige-se o garçom agora a Barretto.

— De forma alguma! Faço questão! - responde Barretto

— Como queira então, senhor! - concorda o garçom.

O garçom entrega a carteira a Barretto, que a abre e se informa sobre o valor. Claraluz vira a carteira para que pudesse saber também qual foi o valor, levanta-se e diz:

— Vamos dividir a conta! Quero aproveitar e me dirigir ao caixa para passar o cartão.

— Posso trazer a máquina até aqui - diz o garçom à Claraluz.

— Prefiro ir ao caixa - responde Claraluz. — Preciso usar o toalete, e o táxi não vai demorar, como o senhor prometeu!

— Posso garantir que daqui a pouco o táxi estará à disposição da senhora - assevera o garçom.

O garçom se retira. Claraluz, que já estava em pé, senta-se novamente e fala:

— Barretto! Vamos selar pelo menos uma convivência respeitosa entre nós. Vamos dar passos à frente em razão dos acontecimentos. E dar tempo ao tempo!

Claraluz levanta-se novamente e dirige-se ao caixa sem olhar para trás. Barretto ficara estático e levemente boquiaberto. Desejava que aquele momento fosse somente um pesadelo e que, depois que acordasse, encontrasse tudo como antes. Claraluz paga a sua parte no caixa do restaurante e em seguida dirige-se ao toalete. Sai de lá diretamente para o saguão do restaurante. De lá, ouve mais nitidamente o som do conjunto que se apresentava, e que naquele momento executava, com um refinamento singular, a música *New York, New York*, de Frank Sinatra.

Depois de alguns minutos, o recepcionista do restaurante dirige-se à Claraluz e comunica-a que o táxi estava à disposição dela em frente à entrada.

Ela se desloca até o táxi, acompanhada pelo recepcionista. O motorista abre a porta de trás, e Claraluz se instala no carro. O motorista entra no carro, acende a luz e pergunta qual é o destino. Claraluz diz ao motorista o endereço do bar onde o pai dela estaria tocando naquele momento, junto com os *Chorões da Tijuca*. O motorista apaga a luz interna, arranca o carro e parte em direção à Tijuca. Claraluz tira o celular da sua bolsa e liga para o seu pai, que não atende. "Ele deve estar no meio de uma música nesta hora", imagina. Do mesmo aparelho, envia uma mensagem ao e-mail de Mandel. E enquanto Barretto, arregaçando as mangas da camisa, pedia ao garçom que trouxesse o vinho que havia cancelado, na caixa de e-mail de Mandel chegava a seguinte mensagem:

De: Claraluz

Para: Mandel

Assunto: (vazio)

Mensagem: TUDO ESTÁ CONSUMADO!

XI

Eram aproximadamente vinte e três horas quando Mandel saiu de sua casa. Ligara antes para Esther dizendo que daí a uns vinte minutos estaria chegando – Esther morava na Cidade Nova, um bairro de Belo Horizonte próximo a Sabará, e a distância entre as suas moradias era relativamente pequena. Depois de aproximadamente meia hora, Mandel chega ao prédio onde fica o apartamento de Esther. Chama-a ao celular e a espera descer até à entrada do prédio. Em poucos minutos, Esther chega, entra no carro de Mandel e lhe dá um beijo caloroso, sem a mesma correspondência dele, e reparado por ela.

— Amor!... – fala Esther. — Estava consultando o caderno de variedades do jornal Estado de Minas, e achei um restaurante dançante na Avenida Getúlio Vargas, no Funcionários[3], que parece atender às minhas preces. E a dona do estabelecimento é uma cantora, que também atua com a banda que toca lá. Vamos conferir?

— Topo! – responde Mandel.

No caminho, conversam sobre alguns assuntos, mas Mandel não estava muito atento à conversa. Esther percebe que os pensamentos dele estavam em outro lugar e pergunta:

— Você é astronauta?

— Qual é o motivo desta pergunta? – devolve Mandel.

— É porque parece que você foi à lua e ainda não voltou! – responde Esther.

— Desculpe!... Estava pensando em alguns problemas que tenho que resolver. Nada demais! – responde Mandel, tentando desviar o assunto dos pensamentos que o dominavam.

Assim, vão trocando impressões diversas até chegarem ao restaurante, por volta da meia noite. Mandel procurava se concentrar nas palavras de Esther para não "dar muita bandeira", apesar de se distrair constantemente. Entraram no restaurante e se depararam com um ambiente bem festivo, um

3 Bairro de classe média alta de Belo Horizonte, onde se localiza um bom número de bares, restaurantes, boates e clubes da cidade.

ar tipicamente latino. Era um restaurante grande, e que possuía uma pista de dança generosa para quem quisesse dançar. Assim que chegaram, a música que animava o ambiente ainda era mecânica, composta por diversos ritmos latinos, como a rumba, mambo, merengue e chá-chá-chá. Alguns poucos casais arriscavam seus passos na pista naquele momento. O público esperava a apresentação da banda com a cantora Rosa Sol, proprietária do estabelecimento. Esther pega na mão de Mandel para entrarem no restaurante de mãos dadas e o repreende:

— Acho que você deixou o cavalheirismo para trás!

— Me desculpe! Eu estava verificando o ambiente, lugares, porque aqui está um pouco escuro – responde Mandel, encaixando a primeira desculpa que lhe viera à cabeça.

— É! Mas você já foi mais atencioso! – devolve Esther.

O casal entra no recinto e escolhe uma mesa próxima à pista de dança. Logo chega o garçom e eles optam por beber cerveja. Esther também pede uma *marguerita* – um drink preparado à base de tequila, *Cointreau* e suco de limão...

— Só eu posso! Você é o motorista solidário hoje! – fala Esther, cutucando Mandel. — Portanto, só uns dois copinhos de cerveja e mais nada!

— Eu sei! Você sabe que quase não bebo cerveja. Depois de uns dois copos, eu bebo água ou refrigerante – responde Mandel, irritado ao perceber a tentativa de controle de Esther.

Daí a pouco, é anunciada a banda *Cuba-B*, composta por um baterista, um percussionista, baixo, guitarra, um naipe de três sopros (trombone de vara, sax alto e trompete), e três *backing vocals* (dois homens e uma mulher), que executam *Hasta Siempre Comandante Che Guevara*, do famoso grupo cubano *Buena Vista Social Club*, arrancando calorosos aplausos do público. A seguir, anuncia-se a presença da cantora Rosa Sol, que entra em cena e canta magistralmente a música *Siboney*, de *Ernesto Lecuona*, executado em ritmo de rumba, onde a cantora buscou inspiração na voz de *Connie Francis* – cantora estadunidense que fez sucesso nos anos 50. O público vai à loucura, e depois dos efusivos aplausos ao final da música, invade a pista, deliciando-se nos passos das danças ao som daquela banda maravilhosa, fazendo da noite um espetáculo desopilante e desestressante para aqueles moradores da capital mineira que conviviam diariamente com as agruras das metrópoles. Esther chama Mandel para dançar, e ele aceita o convite. Dançam várias músicas, mas Mandel, mesmo curtindo a dança, estava com a cabeça em outro lugar. Esther, intuitivamente, começa a ficar curiosa com o comportamento de Mandel e tenta adivinhar o que se passava com ele. A imaginação floresce em sua cabeça, e na infalível intuição feminina, leva Esther a imaginar que Mandel pudesse estar se apaixonando por outra mulher. Depois de mais de uma hora, a banda *Cuba-B* faz um intervalo e a música mecânica volta a ser executada, num volume mais baixo. Assim era possível, com algum esforço, conversar. Esther aproveita e questiona Mandel:

— Tem alguma coisa estranha acontecendo na sua vida. Você está muito aéreo...

— Sei lá! Talvez seja o acúmulo de cansaço da semana. Trabalhei demais nestes últimos dias - responde Mandel.

— Éééé... Mas não acho que é por excesso de trabalho não. Algum mistério foi introduzido aí, neste corpão que Deus te deu - retruca Esther, mostrando não estar convencida pelos argumentos de Mandel. — Espero que seja sincero comigo, seja o que for. E Janaína? Tem se encontrado muito com ela?

— Por que perguntou sobre Janaína? - questiona Mandel.

— Janaína é uma mulher bonita e sensual. Eu acho que vocês têm um envolvimento que vai mais longe do que a amizade - responde Esther. — Você sabe que gosto dela, mas acho um perigo vocês sozinhos dentro de casa!

— Que nada! - retruca Mandel. — Você conhece Janaína já faz um tempo, e sabe que não temos nada de especial. Além de tudo, você também sabe que ela gosta muito de você, e lhe é muito grata por tê-la ajudado passando materiais de estudo a ela e esclarecido algumas coisas sobre psicologia, despertando nela um grande interesse nessa área.

— Pode ser, apesar de achar que vocês homens, normalmente, não diferenciam o sexo casual do relacionamento formal que vocês têm, que nem chamo de amor, porque, na maioria dos casos, não existe amor, paixão..., quase nada! Ô raça! - exclama Esther, misturando indignação e ironia. — Mas eu gosto da Janaína! Porém, no caso desta viagem sem volta que você está tendo hoje, acho que Janaína não tem nada a ver. Mas eu tô de olho, Tronquin! - adverte Esther, referindo-se a ele pelo apelido personalizado e carinhoso que ela o atribuiu, por seu tronco avantajado.

A noite transcorre, até que Esther e Mandel deixam o restaurante, por volta de três da madrugada. Na volta, Esther resolve falar do caso do rapaz usuário de crack, seu cliente:

— Ontem eu te falei por alto sobre aquele jovem que está fazendo terapia comigo. Ele está na terapia há quase dois meses. Nem havia comentado com você ainda porque achei que seria um caso corriqueiro, mas estou vendo agora o tamanho do desafio que tenho que enfrentar. Nunca imaginei que uma droga pudesse ser tão poderosa e capaz de fazer com que as pessoas a escolham mesmo sabendo que estão indo em direção ao buraco negro, de onde jamais se sai depois de ter entrado. Estou tendo a clareza de que, como te disse ontem, o grande desafio é tentar incutir nas pessoas a ideia de que a vida pode ter sentido, pois, só alimentando um sentido para a vida é que as pessoas podem mudar o rumo de suas escolhas. Envolvi-me tanto com o caso, que, segunda-feira, irei a uma reunião dos Narcóticos Anônimos, num grupo que funciona numa sala do Hospital Santa Maria, na Avenida do Contorno, para me aprofundar no caso.

— Mas ele manifestou alguma vontade de parar? - pergunta Mandel.

— Ele diz que quer largar a droga, mas logo em seguida ele diz que não consegue explicar porque vai atrás dela. Ele estuda de manhã e trabalha meio período na loja de materiais de construção do seu pai, mas o pai tá querendo tirá-lo de lá, porque alguns produtos das prateleiras estão sumindo, e todos sabem que ele é quem furta para trocar por algumas pedrinhas de crack - responde Esther, que arremata: — Coloquei este caso como questão de honra! Não vou mudar o mundo, mas se conseguir convencê-lo a vencer a droga, estarei realizada!

— Isto é uma das coisas que mais admiro em você! A persistência, a garra e a crença na sua capacidade de vencer os desafios. Eu acredito que você e o rapaz vão vencer essa parada! - diz Mandel.

— Me sinto como Sansão, apesar dos meus cabelos curtos - brinca Esther. — Mas propus aos pais fazerem uma terapia também, pois quando existe alguém envolvido até o pescoço com essa droga maldita, todos os moradores da casa também adoecem. O bom é que os pais toparam e já estão fazendo.

— Fico muito feliz por estar criando os mecanismos de cura para o seu cliente - responde Mandel.

— Preciso falar outra coisa para você - dirige-se Esther a Mandel, mudando de assunto. — No final da semana que vem não poderei ir ao baile para te prestigiar. Bem que eu adoraria, mas tenho um encontro do Grupo da Abordagem Centrada na Pessoa, em São Paulo. Começa na sexta e vai até o domingo. Falei com você desta possibilidade, mas agora está certo.

A expressão de Mandel mudou, sugerindo reprovação. Ele argumenta:

— Pois é! Depois você diz que não entende porque a nossa relação tá balançada. Você sabe que o nosso tempo juntos está ficando cada vez mais escasso. Hoje foi um milagre! Ter um sábado livre...

— Eu sei! É complicada a convivência entre as pessoas nos dias de hoje. Sei disso como psicóloga e como mulher. Mas eu também sou peça deste mundo, e não consigo fugir desta realidade. Esse encontro será muito importante, porque depois dele partiremos para a organização e os temas do Encontro Nacional. Tô envolvida até o pescoço com a organização desse encontro e, além disso, tô fudida para entregar uma parte da tese na outra semana - desabafa Esther se referindo ao Mestrado que cursava na unidade da PUC do bairro Dom Cabral, em Belo Horizonte.

— Bom! Não tenho culpa por isso, e não sou responsável por este desgaste que vivemos - responde Mandel. — E aí você desconta pegando no meu pé com seus ciúmes sem pé nem cabeça.

— Não são sem pé nem cabeça, não! - retruca Esther. — Sei que o senhor não é fácil, senhor Mandel. Não pode ver um rabo de saia...

— Não é bem assim, não! Eu tenho meus instintos aflorados, e disso a senhora também sabe, dona Esther! Eu quero uma mulher que seja companheira e que formemos um casal. Está parecendo que fomos rebaixados à condição de ficantes! E a situação ficou mais azeda com a ida da Magda para a sua casa. Que menina aborrecida, putz! A gente perdeu um bocado da nossa intimidade no seu AP depois que aquela chata foi morar com você.

— E na sua casa não há como ter essa intimidade, porque você deixa tudo fora do lugar... E se tem uma coisa que eu não tolero é bagunça! Me tira o tesão! - responde Esther.

— Tesão é uma coisa que saiu do seu dicionário de uns tempos para cá! - devolve Mandel. — Não é só o olho do dono que engorda o porco não, minha querida!

— Eu sei que você tem razão em parte! Eu prometo que depois que passar essa tempestade de problemas que estou enfrentando, vou dedicar uma boa parte do meu tempo para nós - responde Esther, amenizando o tom.

— Razão em parte... É só isso que faltava para eu ouvir... Depois da tempestade vem o prejuízo, isso sim! - resmunga Mandel.

— E o seu América? Voltou pra primeira divisão, heim? Há quanto tempo o americano não tem uma felicidadezinha... - muda de assunto Esther, torcedora fanática do Atlético Mineiro.

— Os atleticanos e cruzeirenses têm que dar graças ao América por ser o maior celeiro de craques para vocês. Éder, o filho do vento Euller, Fred... E um monte a mais! - retruca Mandel, que nutre uma forte paixão pelo América Mineiro.

— Galoooooooo! - provoca Esther com o grito de guerra do Atlético Mineiro.

A conversa sobre futebol fluiu até chegarem ao endereço de Esther. Mandel estaciona o carro em frente ao portão de entrada do prédio onde mora ela mora.

— Vamos lá dentro? - sugere Esther.

— Mas... E Magda? Tá lá hoje? - pergunta Mandel.

— Está, sim! - responde Esther.

— Aposto que tá agarrada ao computador. Parece um piolho. Pelo amor de Deus!

— Mas vamos lá um pouco! A gente deita na minha cama. Aí, você dorme aqui e amanhã você vai - continua sugerindo Esther. — Ela não vai nos incomodar!

— Acho que não vou não! Aquela discussão com Magda na semana passada me deixou super de bode! Não é só por incomodar não. Quando encontro aquela megerazinha, fico sem lugar!

— Você está me deixando encurralada! - responde Esther com aflição. — Não tem como eu botar Magda pra fora! A Leda, minha irmã, me implorou para que ela viesse morar comigo, e eu não posso negar nada pra ela, você sabe! Ela foi meu anjo da guarda que bancou meus estudos aqui em BH, e Izabel (irmã de Esther) também teve que me tolerar um bocado de tempo. Não tenho como dizer não, e Leda prometeu que Magda ficaria pouco tempo, até conseguir um lugar melhor pra ela morar.

— É, mas esse pouco tempo já dura uns seis meses - responde Mandel, com indignação.

— O problema é a dificuldade pra encontrar moradia aqui em BH - responde Esther. — Minha irmã está procurando. Quer comprar um apartamento para ela morar, já que Gustavo (irmão de Magda) vem pra cá no ano que vem pra estudar também. E os apartamentos que ela consultou são muito caros, e ela ainda não conseguiu um de acordo com as possibilidades dela.

— E nem vai conseguir! Ela quer comprar um apartamento no Buritis[4] com preço de periferia!? - ironiza Mandel. — Aí não tem jeito! No ano que vem, estarão Magda e Gustavo morando com você...

— Cê tá azedo, heim Tronquin?! Vamos dar tempo ao tempo para resolver estas situações! - responde Esther, mostrando-se encurralada pelos argumentos de Mandel. — Vou entrar então. Tô morta de cansaço depois dessa noite deliciosa. Obrigada por ter topado esta saída para dançar. Adoro dançar com você. Foi uma noite deliciosa!

Em seguida Esther passa a mão por trás do pescoço de Mandel, puxa-o levemente e o beija na boca por uns cinco segundos. Mandel dissimula corresponder o beijo, para não aumentar a desconfiança de Esther, mas enquanto beijava Esther, pensava em Claraluz.

***

Dentro do apartamento de Esther, Magda não tira os olhos da tela do computador e resmunga indignada:

— Filho da puta! Que safado esse namorado da tia! Sem vergonha! Mas deixa ele! Vou deixar esse namoro virtual com essa piranha médica rolar mais um pouco e depois entrego pra tia de mão beijada. Ela não merece aquele desgraçado...

***

Esther sai do carro até o portão de entrada do prédio e toca a campainha da guarita. O vigilante abre o portão. Mandel espera Esther entrar no prédio para arrancar o carro. Dirige até um posto de gasolina, estaciona, entra na loja de conveniências e pede um guaraná. Dá uma espiada nos jornais e revistas que estavam expostos na loja, e depois retira seu celular do bolso. Por meio do celular, conecta-se à internet e abre seu e-mail. Até a balconista da loja percebeu que Mandel mudara radicalmente as suas feições. Ficou pálido, com

4 Bairro de Belo Horizonte que possui o preço do imóvel mais inflacionado em comparação aos bairros das metrópoles da América do Sul.

o olhar fixo ao celular, totalmente imóvel por uns quinze segundos. Por um momento pensou que Deus estava o satirizando. Retirou a foto que guardara em sua carteira, fixando seus olhos nos olhos de Claraluz na foto. A mensagem não deixava dúvidas. Para bater o martelo, leu outra vez:

De: Claraluz

Para: Mandel

Assunto: (vazio)

Mensagem: TUDO ESTÁ CONSUMADO!

— Somos todos marionetes de Deus! - fala Mandel para si.

— Hã? - pergunta, surpresa, a garçonete, achando que Mandel estava falando com ela.

SEGUNDA PARTE

XII

O táxi chegara ao seu destino depois de uns vinte minutos de viagem. Claraluz entrou naquele bar aconchegante, de estilo rústico, próximo à Praça André Rebouças e ao Estádio Maracanã. Os *Chorões da Tijuca* animavam o público – constituído em sua maioria pelos fãs de cadeira cativa, que os acompanhavam em quase todas as suas apresentações, e que naquela hora ocupava um pouco mais da metade dos lugares disponíveis do local. Clóvis avistara a sua filha abrindo um largo e carismático sorriso. Ela mandou-lhe um beijo e sentou em um dos lugares disponíveis do bar, não tão perto do palco, pois sabia que o pai ficaria cheio de preocupações e acabaria dividindo as atenções entre ela e o seu cavaquinho. Claraluz pede ao garçom um *Kir Royale* – uma das especialidades da casa –, um coquetel preparado com licor francês *crème de cassis* e champanhe gelada. Enquanto esperava a sua bebida, Claraluz deliciava-se com a execução da música *Delicado*, de Waldir Azevedo, onde seu pai dera um show à parte, solando-a no cavaquinho, sob os aplausos constantes da sua filha, que abria um sorriso do tamanho do mundo toda vez que seu pai terminava uma frase da música e olhava para ela.

Nem parecia que Claraluz acabara de passar por um terremoto de grande magnitude há poucos instantes. Desde pequena, Claraluz se hipnotizava quando o pai tocava, e Clóvis fazia questão de pegar seu violão e tocar para a menina. A relação entre os dois era de muita cumplicidade e carinho. Sempre faziam programas juntos. Restaurantes, apresentações de teatro, espetáculos de dança, shows musicais, cinema... Claraluz estava pensando nesta sua relação com o pai, e lembrara que foram ao cinema assistir *2012*, do diretor Roland Emmerich. Ela ficou muito impressionada com o realismo trágico do filme. Ao sair do cinema, o seu pai comentou: "Filha, este filme, mesmo sendo uma ficção, nos trás uma lição muito importante! Vivemos e existimos tão somente pela graça e misericórdia de Deus! Qualquer pequena variação que houver no Universo, estaremos todos mortos. Jamais nos esqueçamos disso!".

Os *Chorões da Tijuca* tocaram mais duas músicas enquanto Claraluz saboreava o drink que havia pedido. Assim que terminaram a apresentação, Clóvis colocou o cavaquinho na estante e dirigiu-se à mesa onde estava a sua filha. Ela levantou, deu um beijo caloroso no rosto do pai e se abraçaram. Em seguida, Clóvis pergunta:

— Filha! Que surpresa agradável! Fico feliz em vê-la assim, inesperadamente, mas acho que existe alguma coisa a mais por trás desta inesperada visita. Você nunca apareceu sem avisar!

— É, pai! Até tentei ligar pelo celular antes de vir, mas você não me atendeu... - responde Claraluz. — Tenho coisas importantes para te contar, mas vá lá arrumar as tuas coisas! Eu vou contigo até o palco. Quando terminar, sentamos em algum lugar e conversamos!

Claraluz cumprimenta os músicos do Chorões da Tijuca e depois foi conversar com Juvenal, que lhe falara:

— Oi, Clarinha! Que bom que veio. Pena que chegaste ao final! Mas pelo jeito, acho que tu vieste para conversar com o teu pai! Estou enganado?

— É, tio Ju! - responde Claraluz, referindo-se a Juvenal da forma que costumava tratá-lo desde criança. — Vim aqui contar a ele uma novidade, e ao mesmo tempo receber um pouco do seu colo. Vou precisar muito hoje...

— Ixxxxx... - expressa-se Juvenal. — Estou vendo que algumas coisas andaram acontecendo... Mas tu sabes que tens o colo do teu pai. Sempre! Ele é o amortecedor de impacto dos fatos marcantes que acontecem na tua vida, e na de muitas pessoas também!... Mas..., e como está o teu noivo?

— Este é o assunto! Não tenho mais noivo! Rompi o noivado com o Barretto e vim para cá!

Juvenal olha surpreso para Claraluz, mas deixa escapar um leve sorriso de satisfação. Percebera que Claraluz dera o seu grito de liberdade. E comenta:

— Não me diga, menina! Na vinda para cá, o teu pai e eu comentávamos sobre tu e o teu noivado. Mas, apesar da surpresa e de não conhecer as circunstâncias, o que te posso dizer é o seguinte: se tu tomaste essa decisão visando a tua felicidade, tens todo o meu apoio! Um casal, minha querida, tem muitos obstáculos diante da vida a dois, e se não tiver muita afinidade, muito carinho, muito entrosamento, não dá certo! Se tu percebeste que não havia esses ingredientes, tomaste a decisão certa - apoia Juvenal, dando um abraço carinhoso em Claraluz.

Clóvis aproximara em seguida, e Juvenal comenta:

— Bom, meu caro amigo, tu me deixaste livre para a volta, e o teu compromisso está aqui! - apontando para Claraluz. — Vocês terão uma longa noite hoje... - acrescenta Juvenal, preparando Clóvis para as novidades que Claraluz o contaria.

— Vou deixá-los agora. Vou para casa dormir com a minha velha, como faço há séculos - despedindo-se com uma gostosa risada.

— Obrigado, meu caro Juvenal! - responde Clóvis. — E a música foi muito boa hoje, como sempre! Na próxima, serei o motorista solidário. Prometo!

— Está bem, Clovin! Vou puxar a minha carruagem - finaliza Juvenal.

— Tchau, tio Ju! Obrigada pelas palavras - despede-se Claraluz.

Juvenal afasta-se e sai do restaurante, deixando Claraluz e Clóvis sozinhos. Claraluz dirige-se ao pai:

— Vamos a algum lugar? Preciso conversar contigo, pai!

— Se quiser, podemos ficamos aqui mesmo. O restaurante fecha daqui à uma hora, e acho que é um bom tempo para conversar, concorda?

— Tudo bem, pai! Mas então vamos sentar!

Eles sentam numa mesa mais ao canto de um dos ambientes do bar, mais sossegado. Clóvis pede ao garçom uma cerveja e oferece a Claraluz, que recusa e solicita um suco natural de morango. Clóvis então pergunta Claraluz, passando a mão nos seus cabelos:

— Diga, filha! O que está acontecendo?

— Rompi o noivado com Barretto!

Clóvis fica mudo. Não sabia o que dizer. Teria que desenvolver os seus pensamentos para elaborar a mensagem mais apropriada para aquele momento. Apesar de perceber a insatisfação da filha já há algum tempo, aparentava não acreditar que ela fosse decidir pelo fim do noivado. Claraluz, apesar de ser uma mulher que desde criança expressou suas opiniões com muita personalidade, sempre acatou as vontades da mãe sobre a conduta social. Não era rebelde, e isso Clóvis sabia muito bem, apesar de torcer para que um dia o espírito revolucionário baixasse em Claraluz. E parecia que as suas preces foram atendidas. Claraluz aproveitara o silêncio do pai para contar como aconteceu. Clóvis ouviu com atenção. Quando Claraluz terminou de contar a história, Clóvis voltou-se a ela e disse:

— Olha, filha, estou muito surpreso com a tua atitude, mas terá de mim todo o meu apoio. Tu sabes que sou uma pessoa que torce pela felicidade de todos, e ainda mais pela felicidade da minha filhota, que adoro tanto... - solidariza-se Clóvis, acariciando o rosto da filha e olhando-a com uma intensa expressão de ternura. — Temia muito pelo sucesso do teu casamento com Barretto. A minha experiência de vida indicava uma possibilidade muito pequena de que vocês pudessem ser felizes. Não que eu ache o Barretto uma má pessoa! Ao contrário! Gosto dele, e o acho possuidor de grandes qualidades. O problema é que ele não conseguiu desenvolver uma personalidade independente das vontades do Humberto, e essa gana pela conduta aristocrática o sufocou, fazendo-o uma espécie de robô que parece não ter alma... Filha, o que tenho a dizer é que, se realmente tu tomaste essa decisão por ter ouvido o teu coração, então se mantenha firme! Tu sofrerás, por estes dias vindouros, uma intensa pressão por parte da tua mãe, principalmente. Não esmoreças, a não ser que tu queiras, por também ouvir a voz do teu coração, reatar com Barretto.

— Não, pai! Isso está fora de cogitação! - interrompe Claraluz com firmeza.

— Então filha, prepara-te! - aconselha Clóvis. — Tua mãe virá com todo o arsenal que puder para reverter a tua decisão.

Os dois conversam por mais meia hora, aproximadamente, até que Clóvis fala:

— Vamos embora, filhota? Faço questão que durma lá em casa hoje. Será melhor para ti.

— Aceito o convite, pai. Tu és o meu bálsamo nas horas de angústia, e eu adoooorOooo teu colinho... - devolve Claraluz, abraçando o pai, que corresponde abraçando-a com um carinho sem contenções. — E vou te pedir uma coisa: posso usar o teu computador para ver algumas coisas que me interessam? Não me preparei para dormir fora de casa...

— Claro que sim, filha! - responde Clóvis. — Tu sabes o caminho do escritório. Vá lá e fique à vontade. Mas só por curiosidade! É tão necessário para tu navegares pela internet tão de madrugada? Evidentemente que não estou restringindo o uso do computador, e tu sabes, mas é que me pareceu estranha essa tua necessidade...

— É, pai!... Preciso só checar alguns e-mails, porque amanhã pretendo chegar um pouco antes da minha mãe, que está vindo de Búzios, e deve chegar por volta de duas da tarde - responde Claraluz com uma desculpa, camuflando as suas reais intenções.

— Quer dizer que Gertrudes foi para Búzios?! O que ela foi fazer lá? - pergunta Clóvis.

— Ela disse que precisava cuidar de algumas coisas da manutenção da nossa casa de praia, porque ela quer dar uma big festa para as suas amigas socialites. Ela está lá desde quarta-feira - responde Claraluz.

— Tua mãe dá uma importância exagerada às aparências! - comenta Clóvis. — Ela se tornou obsessiva no quesito ostentação desde que encarnou de vez a condição de socialite. Tu sabes que uma das razões da nossa separação foi esta forma dela passar a encarar a vida, priorizando as futilidades.

— Pois é, pai! A minha mãe está muito mais interessada na repercussão do casamento nas rodas da high society, nos holofotes das colunas sociais do que na minha felicidade.

— Olha, filha! Tua mãe te ama e quer a tua felicidade, não tenho dúvidas quanto a isso. Mas ela entende a felicidade de uma forma que tanto você quanto eu não acreditamos. E como tu és nossa única filha, ela idealiza para ti a vida de uma princesa, a Cinderela moderna... A minha vida na diplomacia internacional me trouxe vivências inestimáveis. Tive que me relacionar com uma variedade enorme de pessoas de todos os cantos da Terra, tratando de muitas questões que, à luz da sabedoria, são assustadoramente ridículas e que fogem a mais simples lógica... A carreira diplomática me proporcionou um entendimento profundo sobre nós, pobres humanos, que vivemos no mundo das ilusões e acreditamos que a felicidade está no status social, na capacidade quase ilimitada de adquirir bens materiais. Por isso, depois que me aposentei, felicidade para mim é isso que eu vivo! Estar com os amigos, com a minha filha querida, tocar meu cavaquinho, conversar descompromissadamente sobre tudo, torcer, sofrer, e principalmente me alegrar com o nosso tricolor, tomar minha cervejinha...

— Falando nisso, pai - interrompe Claraluz, - tu me arranjas uma cachacinha mineira pra eu experimentar?

— Ué? Tu viraste cachaceira agora?! - retruca Clóvis com uma risada. — Eu vejo pra ti, sim, filha. Mas porque essa atração repentina pela cachaça mineira?

— Mais foi tu mesmo quem disse que a cachaça mineira é muito boa - devolve Claraluz, saindo pela tangente. — Tu me falaste inclusive das cachaças fabricadas em Salinas, no Vale do Jequitinhonha, que têm selos de qualidade e são exportadas e apreciadas por diversos povos...

— São muitas, de muitas regiões de Minas. Fabricam-se cachaças artesanais de primeiríssima qualidade nas cidades aos arredores de Belo Horizonte, em cidades um pouco mais ao sul de Minas, nos Campos das Vertentes, dentre outros lugares. Os mineiros sabem fabricar uma boa cachaça!... Bom, filha! Esta conversa me deixou bêbado - ironiza Clóvis, soltando uma risada. — Podemos ir?

— Claro, pai! Vamos dormir, porque amanhã eu terei um dia tenso...

Os dois se levantam, e Clóvis pede para anotar a fatura de Claraluz em seu nome.

— Nada disso, pai! É minha obrigação pagar o que consumi! - retruca Claraluz.

— Olha, filha! No dia em que eu for impedido de pagar alguma coisinha insignificante para ti, podes estar certa que a deserdarei! - Finaliza Clóvis, abraçando Claraluz com ternura.

Em seguida, o garçom anuncia que o táxi havia chegado. Os dois entram no carro em direção ao apartamento de Clóvis, em Copacabana, localizado na Rua Barata Ribeiro, quase esquina com Cinco de Julho, ocupando um andar inteiro do prédio, onde Clóvis muitas vezes recebia os seus amigos, colegas de trabalho e diplomatas estrangeiros. Ao chegar ao apartamento, Clóvis diz para Claraluz:

— Aqui estamos, filha! Quero dormir logo, pois estou cansado. O teu quarto está arrumado e tu sabes onde estão as coisas. Use o computador à vontade, mas te aconselho a não ficar muito tempo, pois amanhã tu terás uma maratona que será um grande desafio.

— Te adoro, meu paizão gostoso! - responde Claraluz, beijando o rosto de Clóvis. — Fique tranquilo, que eu não vou virar a noite.

— Então, está certo, filha. Encontramo-nos no café da manhã! Pode ser por volta das dez?

— Claro que sim, pai! Vá descansar então, tá? Durma bem!

— Durma bem também, filha querida! - despede-se Clóvis, beijando a testa de Claraluz.

Clóvis dirige-se ao seu quarto e Claraluz entra no escritório. Liga o computador e abre o Messenger, louca para tentar encontrar Mandel. Enquanto espera o Messenger abrir, abre também o seu e-mail. Entre os últimos que havia recebido, um chamou a sua atenção de forma especial. Claraluz abre o e-mail e se depara com uma informação que a deixa descontrolada, fazendo a sua respiração ficar ofegante e o coração disparado. O texto encontrava-se com o seguinte título:

Sociedade Brasileira de Pediatria

Congresso da Regional Sudeste sobre Alergia e Imunologia em Pediatria

Local: Hotel Ouro Minas - Belo Horizonte - MG

Claraluz já havia recebido esse e-mail algumas vezes, mas não havia se interessado. Por isso, nem percebera que esse encontro aconteceria na sexta, sábado e domingo daquela semana. As inscrições fechariam na segunda-feira.

XIII

Mandel fora acordado pelo som de chamada da campainha do Messenger. Dormira ao lado do computador, mas antes de dormir, deixara duas mensagens para Claraluz:

***Mandel**: A tua luz vem para clarear o meu caminho... e como agora tudo está tão claro em meu viver, te encontrei na minha estrada, e descobri que a minha estrada é a mesma estrada que foi colocada para ti trilhar...*

***Mandel**: Aqui estou! Estou, porque aqui sei, te encontrarei. Tocais a campainha, e eu aparecerei a ti, como o gênio da lâmpada de Aladim, cheio de mágicos beijos carinhosos e deliciosos a nos presentear...*

Antes de chamar Mandel pelo Messenger, Claraluz deliciara-se com aquela mensagem que Mandel deixara off-line. Precisava de oxigênio extra para respirar melhor. Ainda não havia colocado os pés no chão depois dos acontecimentos quase surreais que lhe ocorreram nessa noite. Mandel estava meio zonzo, mas assim que Claraluz lhe chamou, não perdera tempo:

***Mandel**: Um anjo acaba de entrar pela minha janela... Boa noite, aliás, uma ótima noite especial, pelo que se apresenta...*

***Claraluz**: Oi, Mandel. Desculpe-me por te acordar, mas como vc deixou um recado, que por sinal, amei, resolvi te chamar. Preciso falar um pouco com vc.*

***Mandel**: Vc entra e não pede licença... Dei uma cochiladinha aqui, ao lado do computador, esperando o seu chamado, porque eu sabia, depois daquele recado que me enviou, que algo de extraordinário aconteceu esta noite. Mesmo vc não tendo especificado o assunto, eu não tenho dúvidas do que seja.*

***Claraluz**: Bom, então que não será novidade pra vc. Rompi meu noivado com Barretto.*

***Claraluz**: E preciso dizer uma coisa a ti. Estou na casa do meu pai, e não podemos demorar muito aqui. Tudo bem?*

***Mandel**: Sem problemas. Mas quero que saiba que pode contar comigo, contar com meu apoio, colaboração, e tudo que precisar. Sei que vai passar por dias complicados.*

Claraluz: *Vou mesmo. Mas estou firme na minha decisão. Estou começando a entender que sou dona do meu próprio nariz.*

Mandel: *E que nariz lindo!!!!!!! Nariz, boca, sorriso, tudo, tudo...*

Claraluz: *rsrsrsrsrs... seu bobo!!! Mas deixa-me contar pra ti então.*

Mandel: *rsrsrsrs. Desculpe-me! Não tenho forças pra resistir à sua presença. Vc me inebria... Mas continue!*

(Claraluz relata a Mandel os acontecimentos, com algumas intervenções dele refletindo, galanteando e aconselhando. Conversam longamente sobre estes e outros a,ssuntos das suas vidas de forma um pouco mais íntima, até se darem conta de que já passava das seis da manhã).

Claraluz: *Meu amor, já é de manhã. Precisamos dormir. Daqui a pouco vou levantar para tomar café com meu pai. Só quero perguntar, antes de nos despedirmos, sobre este baile brega que vcs vão tocar. Como é lá, onde é?*

(Mandel achou estranha aquela pergunta, mas não questionou).

Mandel: *Bom, vamos tocar em um baile beneficente, numa cidade próxima a BH, que se chama Pedro Leopoldo, terra onde nasceu Chico Xavier. O meu primo, Matheus, o baterista da banda, é membro de uma sociedade espírita, e eles resolveram fazer esse baile para angariar fundos para suas obras. Tanto que nem cobramos cachê. O pessoal só vai pagar as despesas de som, deslocamento etc... e o baile será na AABB, uma associação do Banco do Brasil, e começará às 11 da noite.*

(Claraluz usa a informação para consultar a localidade no Google Mapas).

Claraluz: *Que legal!!! Apesar de ser católica e de não acreditar em reencarnação, admiro demais Chico Xavier. Acho-o uma das pessoas mais iluminadas deste nosso planetinha...*

Mandel: *Também não sou espírita, e nem sei bem o que sou nesse quesito fé religiosa, mas não tenho dúvidas da importância de Chico Xavier para o mundo, que seria um pouquinho pior se ele não existisse. Assisti e adorei o filme sobre a vida dele*[5]*.*

Claraluz: *Também assisti e adorei. Espero que as pessoas tenham levado alguma coisa de positivo para suas vidas depois de terem assistido àquele filme maravilhoso... mas, voltando, me responde uma coisa: Vc estará acompanhado de sua namorada, certo?*

---

5 Chico Xavier (2010), filme dirigido por Daniel Filho.

Mandel: *Não. Ela não vai. Ela estará, neste mesmo fim de semana, num congresso em Sampa. Um dos nossos grandes problemas é essa coisa de deixar o relacionamento só pra hora que sobrar, e normalmente não sobra tempo. Parece que estou vivendo uma história parecida com a sua... Isso saturou nossa relação...*

Claraluz: *Hummmmm... Agora fui eu quem não resistiu aos comentários. rsrsrsrs...*

Mandel: *Vivaaaa!!! Está desnudando a sua alma, e vai acabar descobrindo que somos almas gêmeas...*

Claraluz: *Huuuuum!!! Pra quem é ateu, até que estás bastante espiritualizado... rsrs.*

Mandel: *Não sou ateu. Eu seria pretensioso demais se eu acreditasse que tudo existe por acaso. A existência de tudo, absurdamente magnífica, partindo do nada, mas nada mesmo, de onde não havia o tempo, o espaço e a matéria, e ainda coroada sublimemente pela vida, e vida absurdamente abundante, não pode ser creditada a um fator de pura sorte. A existência é um milagre. A vida é um milagre. Eu acredito em milagres. São abundantes e corriqueiros. Mas são milagres. Eu acredito no milagre do amor, que transforma água em vinho e que dá vida às coisas inanimadas. Acredito que o amor move montanhas, faz a Terra girar em volta do Sol, e este Sol, Pai e Mãe, nos provem de energia e nos protege da escuridão. Acredito no Deus Poeta, que colore nossos espíritos e nos faz suspirar de emoção e acelerar nossos corações quando alguém nos fala baixinho ao pé do ouvido. Acredito no milagre da palavra, que ilumina os anéis de Saturno quando a gente fala para alguém: eu te amo!!!*

Mandel: *E neste momento, Claraluz, quero dizer palavras milagrosas a você. As palavras que eu quero dizer a você, Claraluz, são: EU TE AMO!*

(Claraluz emudece diante daquelas palavras. Mandel também espera o retorno de Claraluz, sabendo que ela está digerindo a bomba que recebeu em sua alma). Depois de uns quarenta segundos, Claraluz responde:

Claraluz: *Eu só espero que tudo isso seja real, que não seja apenas uma brincadeira, e a gente possa construir uma relação que dê frutos, frutos maduros e gostosos...*

Claraluz: *E antes que tu digas qualquer coisa, quero falar palavras vivas a ti. Estas palavras são: EU TE AMO!!!*

(Desta vez fora Mandel que emudecera, e Claraluz percebeu que ele também precisava de fôlego naquele momento). Depois de uns trinta segundos, Mandel responde:

Mandel: *Você é o amor da minha vida. Sempre acreditei que temos alguém que se encaixa com o nosso perfil, que nos completa e nos traz a energia renovada da fonte de água pura. Nós somos as partes do anel que se reencontram e se encaixam, fazendo o anel ficar completo para irradiar plenamente a luz do amor.*

Claraluz: *Acho tudo isso maravilhosamente absurdo. Procuro explicações, e não as encontro. Mas sei que estes fatos, estes fenômenos, são implacavelmente reais. Não tenho como negar. Não tenho como fugir. Não tenho como escapar desta armadilha.*

Mandel: *É impossível fugir, amor da minha vida. É impossível fugir desta força de gravidade, que possui a energia de um buraco negro, que suga tudo que existe em sua volta. Quero-te, queres-me, nos queremo-nos... Jamais vou querer perdê-la, agora que a encontrei. Assim como você me encontrou e jamais irá querer me perder, agora que me encontrou. Você é a mulher que eu procurava, a minha companheira na estrada da vida. Como eu sou o seu homem, seu companheiro, companheiro desta estrada tão particular, única e singular, que é a sua estrada...*

Claraluz: *Mandel, meu amor. Desculpa-me por te interromper, mas preciso ouvir tua voz. Me passa o nº do teu celular que eu te ligo. Vou para o meu quarto – também tenho um quarto na casa do meu pai, vê que gostoso – e a gente conversa um pouquinho, bem baixinho pro meu pai não acordar.*

***

Mandel passa a Claraluz o número do seu celular e se despedem calorosamente no Messenger. Mandel deita à sua cama, apenas de sunga, coloca o fone no celular para deixar as suas mãos livres e aguarda com uma ansiedade que jamais vivera em sua vida. Sabia que a sua vida não seria mais a mesma, e que até mesmo o seu namoro com a Esther ruíra de vez, como um cristal que se quebra e nunca mais fica perfeito e inteiro. Depois de uns quinze minutos, o telefone de Mandel toca. Ele nem esperara soar completamente o primeiro toque da campainha para atender à ligação de Claraluz, que vestira um pijaminha azul-claro e curtinho, parecendo um *baby-doll*, e também colocara um fone de ouvido no celular:

— Claraluz! - atende Mandel, que emocionado, não consegue falar mais nenhuma palavra.

— Mandel! - responde Claraluz, igualmente emocionada.

— Preciso me certificar que estou acordado. Às vezes, não acredito que estamos vivendo esta história tão bela! - diz Mandel.

— Também não consigo me encontrar... Jamais sonhei viver uma história destas.

— Mas o importante é que estamos vivendo, e além de tudo, agora estou ouvindo a sua voz. Que delícia ouvir você... - responde Mandel.

— Também estou adorando ouvir tua voz - responde Claraluz. — Como é gostosa para os ouvidos...

— Queria tanto estar com você. Aqui, aí ou em qualquer lugar... Queria tanto sentir teu perfume... Fazer-te um cafuné... Olhar nos teus olhos... Namorar-te...

— Huuuuum! Que bom ouvir isto! Tu não imaginas como isso me faz bem. Estava sentindo que só pelo Messenger não era mais suficiente. Precisava ouvir a tua voz... - responde Claraluz, apaixonadamente.

— Eu também queria tanto... Queria e te quero! Quero deslizar meus dedos por seu cabelo... Pelo seu pescoço... Beijar a sua boca... - fala Mandel baixinho, como se estivesse sussurrando aos ouvidos de Claraluz.

— Também queria estar contigo agora, Mandel! Sinto-me leve, solta, e com uma sensação de estar liberta, depois de um longo tempo no cativeiro... - devolve Claraluz, também falando baixinho, misturando tons de paixão e desejo.

— Então, vamos imaginar que estamos juntos, só nós dois, onde não existe mais ninguém... - fala Mandel, também apaixonadamente. — Quero que me beije. Quero sentir a sua boca, os seus lábios tocando os meus lábios... Sinta o meu corpo colado ao seu corpo... Sinta a sua pele deslizando contra o meu corpo...

— Huuuuum! Estou me sentindo arrepiada, tonta... Nossa... Tu estás me deixando com uma vontade... Com desejos loucos... Huuuuum... - fala Claraluz, que leva sua mão abaixo da cintura e começa a se acariciar.

— Huuuuum! Tô sentindo tua pele, tua boca deliciosa, meus dedos envolvendo seus seios... Sinta meus dedos passando pelos seus seios, rodando, de leve... Só tocando de leve... - responde Mandel, que começa a se masturbar, de leve, com uma voz carregada de desejos.

— Aiiiiiiii! Noooossaaaa! Ai Mandel, meu amor... Estás me deixando louca, alucinada... Como é gostoso... Huuuuum... Parece que tu estás aqui comigo... Que delíciaaaa... - corresponde Claraluz, que também começa a se masturbar, cheia de desejos.

— Eu também sinto você, meu amor... Posso até sentir o seu cheiro... O seu perfume... Os seus lábios cheios de paixão... Te adoro... Huuuuum... Sinta as minhas mãos em suas coxas... Em seu bumbum... sssssss.... aiiiii... Quero tanto... - sussurra Mandel.

— Também te quero... Gostoso... Quero-te... Quero te amar... Fazer amor contigo... Ai... Que tesão... - sussurra Claraluz.

— Também quero você... Delícia... Te quero... Gostosa... Quero que sinta que estou dentro de você... Delícia... - fala Mandel, completamente entregue aos delírios do deleite.

— Então vem meu amor... Vem... Vem que sou toda tua... - responde Claraluz, também totalmente entregue às loucuras do prazer e da paixão.

Durante mais de dez minutos, os dois se entregam às imaginações do sexo, e quase mais não havia palavras entre eles. Só sussurros e gemidos, até que, sincronizadamente, alcançam o orgasmo. Claraluz, com lampejos de razão, conteve um grito que quase explodiu, pois sabia que o seu pai poderia ouvir, mas foi uma sensação tão intensa que ela quase desmaiara ao final daquele momento tão sublime e singular. Mandel, por sua vez, já que não havia ninguém por perto, não se conteve, e soltou urros altos e intensos ao atingir o orgasmo. Claraluz se deliciara com os brados vindos de Mandel, que provocavam a intensificação do seu orgasmo. Logo depois, os dois ficaram mudos, por quase um minuto, ofegantes, até Mandel começar a rir e gargalhar, com um prazer quase inenarrável, e correspondido por Claraluz, que ria também, transmitindo uma sensação de felicidade que até então não havia experimentado. Depois de rirem juntos de tanta felicidade, Claraluz fala para Mandel:

— Meu amor! Que gostoso! Que bom! Como eu adorei tudo isso!

— Eu também digo o mesmo. Não tenho como descrever tanta emoção, tanta felicidade! - responde Mandel.

— Mas só uma coisa - fala Claraluz. — Precisamos dormir! São quase oito da manhã e hoje o meu dia será difícil. Só não será mais complicado porque estou leve como uma pluma. Vou contar a minha mãe sobre o fim do meu noivado, e não será fácil enfrentar a fera.

— Tudo bem, meu amor - responde Mandel. — Hoje eu vou dar um passeio com o Lucas, o meu filho. Vamos à Lagoa do Nado, que é um parque muito bom para passear, pois tem uma fauna e uma flora muito legais, além de um centro cultural, biblioteca, teatro... Quando vir a Belo Horizonte, e espero que seja breve, daremos um passeio bem gostoso por lá, tá?

— Ótimo! Muito boa ideia! - responde Claraluz, pensando que realmente o encontro com Mandel aconteceria mais rápido do que ele mesmo poderia imaginar. — E ganhou mais pontinhos comigo, senhor poeta. És um bom pai, pelo jeito! Também, não é novidade, sendo você quem é! Mas vamos lá! Vamos, porque temos muita energia pra gastar neste domingo!

— Vamos sim, meu amor! - responde Mandel, feliz, mas com um sono que começara a lhe dominar. — Não poderia ter sido melhor este final de sábado entrando no domingo. Estou no paraíso!

— Não poderia ser mesmo! - responde Claraluz. — E só te peço uma coisa! Quando formos falar ao celular, manda um torpedo antes, se quiser falar comigo. Ainda estou numa situação em que precisamos nos cercar de alguns cuidados. E então vamos! Durma bem meu amor! Você é maravilhoso!

— Você que é maravilhosa, meu amor! - responde Mandel. — Graças a Deus, seja Ele como for e quem for, nos encontramos! Durma bem e felicidades na conversa com a sua mãe. Tenho certeza de que tudo vai dar certo!

— Obrigada pela força, meu amor. Precisarei muito dela! - responde Claraluz.

— Eu te amo, Claraluz!

— Também te amo, Mandel!

Desligam-se os celulares... Claraluz e Mandel dormem o sono dos anjos.

XIV

Era onze e quinze daquela manhã ensolarada e cheia de charme no Rio de Janeiro, quando toca o celular de Claraluz. Ela acorda sobressaltada, sem romper ainda totalmente com aquele sono delicioso que tivera naquelas poucas horas, e sem saber direito onde estava. Depois do quinto toque, Claraluz, ainda bastante sonolenta, olha no visor do celular para ver quem estava ligando. Era o seu pai, Clóvis. Ela atende com uma voz embriagada de sono:

— Oi, pai!

— Filhota! Tá na hora de acordar! Vamos tomar café?

— Pai! - grita Claraluz, se dando conta de que dormira na casa dele. — Seu doido! Ligando daqui mesmo!?

— Claro, filha! Bati na porta insistentemente e tu nem respondestes... Veja que há quatro ligações não atendidas!

— Nossa, pai! Apaguei! Espera uns cinco minutinhos que vou tomar uma ducha e já vou!

— Está bem, filha! Estou aqui na mesa do café te esperando!

— Tá legal, meu paizinho querido...

Claraluz toma um banho rápido, troca de roupa e se dirige à copa. Dá um abraço carinhoso e um beijo na testa de Clóvis, que se encontrava sentado, e se senta à mesa.

— Vamos tomar aquele café, minha querida, apesar do horário! - fala Clóvis à Claraluz. — Temos mamão, aveia, torradas, iogurte desnatado, suco de tangerina, queijo minas, geleia de amora, manteiga, leite desnatado e um café bem forte pra acordar!

— Huuuuum! Vou me fartar! Tô morrendo de fome...

Enquanto Claraluz degusta uma fatia de mamão, Clóvis dirige-se a ela e questiona:

— Parece que tu destes uma esticada mais longa pela internet, não é senhorita?

— É, pai! Acabei entrando em mais páginas do que imaginava, e nem percebi as horas... - responde Claraluz, tentando se desviar do verdadeiro motivo da demora.

— Mas estou notando que tu estás muito radiante... Vejo um sorriso largo estampado em teu rosto. Nem parece que tu acabaras de romper o noivado!

— Olha, pai. Estou me sentindo mais leve, sabe? Estava me sentindo muito mal com a perspectiva de me casar, e a cada dia que passava, esse peso ficava cada vez maior!

— Imagino, Clarinha! Ontem, comentava com o Juvenal na ida ao restaurante. Estava estampado em teu semblante! Mas como pensas em enfrentar a tua mãe?

— Olha, pai! Vou ter que ser franca com ela. Ela vai ter que entender que só eu não fui consultada sobre as minhas vontades!

— Estás absolutamente certa, filha! Mas saiba que tua mãe não irá entregar os pontos facilmente. Prepara-te!

— Eu sei, pai! Mas só casarei se for sedada e hipnotizada! Estou muito firme em minha decisão!

— Bravo! - exclama Clóvis, entusiasmado. — Sonhava tanto em presenciar este brado de independência vindo de ti! Tens o meu aval e o meu apoio, se precisares, minha querida!

— Eu sei, meu fofo! - responde Claraluz, com uma entonação carinhosa. — Por isso te procurei logo que saí do meu encontro com o Barretto...

— Pai! - dirige-se Claraluz a Clóvis, mudando de assunto — Também tomei uma decisão profissional! No fim desta semana, irei participar de um congresso em Belo Horizonte, na área pediátrica. Este foi um dos motivos da minha demora na internet. Estava lendo a pauta do encontro!

— Que bom, filha! Será até bom para tu refrescares um pouco a tua cabeça... Respirar o ar das montanhas de Minas, mudar de ambiente e até conhecer pessoas novas. E cuidado com os mineiros. Eles costumam vir com mel adoçando as palavras, ainda mais diante de uma bela jovem como tu! - fala Clóvis, soltando uma gargalhada.

— Quem sabe, pai? - completa Claraluz, com um largo sorriso e um brilho intenso nos olhos, lembrando-se dos momentos virtuais de amor que tivera com Mandel.

— Interessante... Tu pareces apaixonada... - dirige-se Clóvis à Claraluz, reparando atentamente em seu semblante.

Neste momento, o celular de Claraluz toca, ela identifica a ligação e fala para Clóvis:

— É a mãe! Só um minuto, pai!

— Oi, mãe, tudo bem? - fala Claraluz, atendendo à ligação.

— Não! Não está nada bem! Já estou sabendo do ato de insanidade que cometeras ontem! Conversei com Barretto pelo telefone esta manhã, e ele me contou sobre as tuas atitudes! Tá maluca? - interpela Gertrudes, com rispidez.

— Não, mãe! Nunca estive tão lúcida como agora! - responde Claraluz. — Dormi na casa do pai, mas daqui a pouco estarei lá em casa, pois já planejava conversar contigo!

— Eu podia adivinhar que tu estarias no Clóvis! Liguei lá para casa e Cleuza me disse que tu não havias dormido lá! - devolve Gertrudes, agressivamente. — Teu pai sempre passou a mão na tua cabeça, sempre quis acobertar tuas sandices, como aquele teu namoradinho, Guilherme, aquele surfista do Leme... Seria um desastre para a tua vida se tu, porventura, tivesses casado com aquele malandro! Agora tu arranjaste um ótimo partido; um genro que toda mãe sonha para uma filha, um médico cada vez mais famoso, bonitão, bom caráter, rico, filho de um pai poderoso; e aí tu vais e descarta o Barretto? Tenha dó! E ainda dizes que estás gozando da plenitude das faculdades mentais...

— Mãe, em primeiro lugar eu quero te dizer que o pai sempre foi carinhoso e atencioso comigo, e estas palavras, carinho e atenção, desapareceram das tuas atitudes. Quanto ao Guilherme, eu tinha dezesseis anos ainda, e ele dezessete. Éramos muito jovens, e o fato de ele ser surfista não o impedia de ser um jovem estudioso e responsável. Quanto preconceito! E quanto ao Barretto, eu sei que ele é tudo isso que tu disseste, mas eu não o quero como marido, entende? Não é o homem que quero para passar os dias e as noites da minha vida! Eu não o amo, mãe! Eu não amo o Barretto! - insiste Claraluz, sob o olhar atento e preocupado de Clóvis.

— Amor, amor... Quantas ilusões nesta cabecinha oca e que teima em ser eternamente adolescente - retruca Gertrudes. — Mas nós teremos uma conversa séria, muito séria lá em casa. Estou saindo de Búzios daqui a pouco, e devo estar em casa por volta das duas da tarde... — Tudo bem, querido, daqui a pouco falo contigo! – fala Gertrudes com outra pessoa, interrompendo a conversa com Claraluz, se afastando do microfone do celular, mas não o suficiente para que a filha não ouvisse a conversa paralela.

— Está acompanhada de alguém? – pergunta Claraluz.

— Era... era só o encanador, meu bem, que está fazendo alguns reparos na casa! – responde Gertrudes, titubeante.

— Mas tu o tratas de querido, assim, tão íntimo? – devolve Claraluz.

— Meu amor! – responde Gertrudes, mudando completamente o tom da voz, numa forma comedida e serena. — Tu sabes que eu tenho uma forma de tratar a todos como querido, querida, meu amor... Sabes que é o meu jeito.

— Sim, mãe! É o teu jeito de tratar as pessoas, mas as pessoas da tua rodinha social, dos poderosos que tu gostas tanto de bajular. Já esses profissionais, pelo que te conheço, não são merecedores destes adjetivos da tua parte. Ao contrário, tu sempre os trata com casca e tudo. Atitude, aliás, que nunca gostei!

— Olha, filha! Tu estás fazendo mau juízo de mim – responde Gertrudes, com insegurança. — Este encanador que está prestando seus serviços aqui é um senhor de idade. Eu o trato assim porque ele é muito simpático, e ainda se sujeitou a perder uma parte do seu domingo para terminar seus serviços, o que é uma raridade, ainda mais se tratando desta classe, em que quase todos são muito enrolados. Eu vou fazer o pagamento dos seus serviços para liberá-lo. Mas te espero em casa para continuarmos esta nossa conversa.

— Tá bom, mãe, iremos conversar! – responde Claraluz, sem se convencer com as explicações de Gertrudes. — E venha com cuidado na estrada. Boa viagem!

— Obrigada querida, e até mais tarde – despede-se Gertrudes.

— Tchau, mãe! Até mais tarde – despede-se Claraluz.

***

Gertrudes desliga o telefone e vira-se para a pessoa que estava com ela na casa:

— Meu amor, precisamos ter muito cuidado. A minha filha ficou muito desconfiada quando falei contigo. Acho que bobeei!

***

O semblante de Claraluz mudou completamente. Seus olhos haviam perdido aquela luz intensa que se apresentava quando acordara. Por alguns instantes, ficou cabisbaixa, e algumas lágrimas brotaram. Clóvis, percebendo que a filha ficara triste, senta-se ao seu lado e a abraça. Claraluz também o abraça e libera o choro por alguns segundos:

— Puxa, pai! Queria tanto que a mãe tivesse o mesmo carinho e compreensão que tu tens comigo... - desabafa Claraluz, ainda chorosa.

— Filha, eu sei muito bem o que tu sentes - responde Clóvis, acarinhando Claraluz. — Vivi muitas angústias nos últimos anos de casamento com tua mãe por ela ter priorizado as futilidades em nossa vida. Ela queria impor essa forma de viver e pensar a mim também. Sempre odiou o meu envolvimento com a música e os Chorões. Dizia que aquilo era coisa de pobre, que contrariava a minha postura de diplomata e que eu não precisava daquilo, apesar de deixar claro a ela, sempre, que tanto eu quanto os outros companheiros fazíamos a nossa música por puro prazer, e que este prazer era muito importante para as nossas vidas, porque a música servia como um anestésico para as tensões dos nossos trabalhos, e nos alegrava. Falava ainda sobre Juvenal, do qual somos amigos há mais de quarenta anos, e que também era uma pessoa muito bem sucedida na vida profissional como economista, que lograra êxito em sua empresa de consultoria e pesquisas de mercado voltadas para empresas multinacionais que pretendiam se instalar no Brasil, e que, no entanto, tinha todo apoio da Georgina, sua esposa, que sempre foi carinhosa com ele e apoiadora primeira das suas atividades musicais... Eu dava o exemplo de Vinícius de Moraes, que também era diplomata... Mas não! Gertrudes não arredava o pé! Todas as vezes que eu saía para tocar, ela transformava o nosso lar num inferno! Já houve algumas vezes em que ela tentou impedir a minha entrada em casa na volta das nossas apresentações. Era cada vez mais difícil a convivência com ela, e por essas e outras, nos separamos! Por isso, filha, assuma a tua vida! Tu és uma médica muito dedicada e competente! És financeiramente independente, tens liberdade para escolher os teus caminhos sem precisar pedir autorização a ninguém! Nunca precisarás do Barretto e do dinheiro dele para alcançar os teus objetivos e o teu conforto. E conte com este velho pai quando precisar de algum conselho para nortear teus caminhos.

— Obrigada, pai! - responde Claraluz, abrindo um sorriso ainda tímido. — Devo tantas coisas a ti... Se hoje sou uma médica que tem uma larga estrada pela frente, agradeço a ti, que sempre me apoiou e incentivou! Se hoje sou uma pessoa de boa índole e de bom coração, saiba que aprendi muito contigo! Se hoje sou uma pessoa que ama a música, a poesia e as artes em geral, saiba que tu ensinaste-me a gostar das coisas mais belas que brotam do espírito humano. Se hoje acredito no respeito às pessoas, no valor da amizade, no companheirismo, na paz, no respeito à natureza e na força da espiritualidade, saiba que aprendi tudo isso contigo. Tu só me deves uma satisfação! – mudando de tom e virando-se de frente para Clóvis: — Como andam as tuas consultas com o cardiologista? Sabes que tu tens um coração que mais apanha do que bate, e tu és muito teimoso e revoltado! Eu quero saber se tu estás seguindo direitinho os conselhos do doutor Ronaldo e tomando os medicamentos de acordo! Agora quem está falando não é a sua filha. É a médica Claraluz Montenegro!

Clóvis dá uma boa risada e retruca:

— Olha, filha! Tu não me deves nada! Apenas carrego esses valores comigo e acredito no bem. Acredito na alma humana e nos seus valores mais sagrados. Acredito que Deus nos fez para construir a felicidade com os nossos braços, e apesar de saber que o mal também existe, eu optei pelo caminho do bem. O meu poder de escolha, o meu livre-arbítrio, me deu a faculdade de seguir o caminho que Deus nos indica. E como amo demais esta minha filhota – afagando-a os cabelos –, sempre achei importante transmitir estes valores a ti. O amor de um pai, minha querida, se direciona sempre para a felicidade dos seus filhos. E quanto ao meu coração, doutora Clarissa Montenegro, vai muito bem, obrigado! Pergunte ao doutor Ronaldo!

— Vou perguntar mesmo, senhor Clóvis Montenegro! – responde Claraluz. — Te conheço, e conheço a tua aversão aos consultórios! Estou de olhos bem abertos...

Neste momento, soa a campainha do celular de Claraluz, com um timbre característico de recebimento de torpedo. Claraluz interrompe a sua fala, pede licença a Clóvis e abre um sorriso largo. Seus olhos, fixos ao texto por alguns segundos, voltaram a apresentar o mesmo brilho intenso de quando acordara. Clóvis reparou a mudança repentina no semblante de Claraluz e comenta:

— Acho que alguém especial mandou uma mensagem especial para o teu celular! Tu recuperaste todo aquele tom de felicidade que apresentaras quando acordaste!...

Claraluz ficou com a face totalmente ruborizada com os comentários do pai, mas tentou disfarçar:

— Não, pai!... Éééé... É a Regina, que me mandou um torpedo engraçado, só isso!

— Filha! Conheço-te mais do que a palma da minha mão! As tuas feições não traduziram que a mensagem que receberas fosse algo engraçado! - retruca Clóvis.

— Aaaah pai! Seu bobo! Não é nada disso! Mas vamos terminar o nosso café, que está uma delícia? Daqui a pouco tenho que ir e entrar na jaula pra ver se consigo domar aquela leoa! - desconversa Claraluz, soltando uma gargalhada e abraçando Clóvis.

Claraluz e Clóvis continuam a tomar o café, conversando sobre o Fluminense, traçando planos para o próximo passeio ao cinema e outros assuntos. Assim que termina, Claraluz levanta-se da mesa e diz:

— Bom, pai, agora vou! Vou pegar um táxi lá embaixo! E adorei te ver mandando brasa no cavaco ontem! Adoro o meu paizão fera... - dando-lhe um beijo.

Claraluz dirige-se ao seu quarto, troca de roupa, pega a sua bolsa e vai para a sala, onde Clóvis a aguardava.

— Te acompanho até o elevador - oferece-se Clóvis.

Os dois caminham de braços dados até a porta do elevador, conversam um pouco mais, até o elevador chegar. Despedem-se com um abraço carinhoso, e quando Claraluz fecha a porta do elevador, Clóvis retorna ao apartamento pensando em voz alta: "A minha filha se reencontrou no amor...". Dá um sorriso, como que torcendo para que aquele alguém fosse digno de estar em companhia de Claraluz.

***

Enquanto o elevador desce até o térreo, Claraluz pega o celular e lê de novo a mensagem que Mandel lhe enviara. Dá um beijo no aparelho e, radiante, vibra com aquelas palavras:

> *O amor faz as coisas impossíveis acontecerem. Faz o feio virar belo, faz chover flores e nos transformam em super-heróis. Não vejo a hora de estar a um milímetro da sua boca e dizer, com toda a energia do universo, o quanto te amo, Claraluz. Mandel.*

XV

Era aproximadamente uma hora da tarde daquele domingo quente, e José sai de sua casa, no bairro Gutierrez - bairro de classe média de Belo Horizonte, - e vai até a casa de Tatu, que o recebe na varanda. Os dois saem e ligam para o celular de Robinho, um rapaz de vinte e quatro anos de idade e estudante de Ciências Contábeis, cujo pai era dono de uma farmácia do bairro:

— Vão lá? - fala José a Robinho. — Tatu tá aqui comigo.

— Vamu! - responde Robinho. — Espera na pracinha que eu vô pega o carro e passo lá!

Passados uns dez minutos, Robinho aparece de carro, um Fiat Palio azul escuro, e para em frente aos rapazes, que o esperavam. Os dois rapazes entram no carro e eles rumam em direção à favela Prado Lopes, uma favela conhecida por seu intenso tráfico de drogas em Belo Horizonte, com o intuito de comprar *crack*. No caminho, conferem o dinheiro que cada um tinha. Eles combinaram comprar cinco gramas da droga, a cento e vinte reais, e por isso cada um deveria dar quarenta reais.

— Tatu, passa a grana! - fala José, que ficara responsável por arrecadar o dinheiro.

— Ô véi, eu só tô com trinta.

— Ô Tatu! Cê é foda mesmo! Toda vez ocê fura com a gente! - retruca Robinho

— Putamerda Tatu! A gente juntou o dinheiro pra comprar no peso porque comprar picado é pior, cê sabe disso! - fala José. — Eu tenho mais cinco aqui. Cê tem cinco aí Robinho?

— Tenho, mas é sacanagem! Toda vez é isso, e a gente tem que inteirar a grana! - responde Robinho.

— Então ocê vai lá e compra, Tatu! - diz José.

— Só que eu vou junto! - retruca Robinho. — Cê me desculpa Tatu, mas eu não confio nocê não. Ocê já capiô a gente!

— Foi mal pessoal, mas eu vô tá na boa terça, e aí eu faço a festa! - fala Tatu.

E nessa discussão, foram até chegar à favela. Entraram perto do conjunto IAPI, um conjunto habitacional que fica no bairro São Cristóvão onde, a cerca de uns duzentos metros do ponto de venda de drogas, se localiza o Departamento de Investigações da Polícia Civil. Robinho estaciona e sai do carro, juntamente com Tatu. Dirigem-se até a entrada da favela, sumindo em um dos becos. José fica no carro esperando. Depois de uns três minutos, José resolve sair do carro e esperá-los fora, pois fazia muito calor. Pouco depois, aproxima-se de José um rapaz maltrapilho e malcheiroso, que o aborda:

— Me arranja cinco real aí pra inteirar pra comprar uma pedra!

— Tem não, véi! – responde José.

— Tem sim! Cê é bói! E este carrão aí?! – retruca o rapaz.

— Vaza daqui, fedorento! – grita José com o rapaz maltrapilho.

— Olha cumé qui cê fala comigo! – retruca o rapaz.

— Vai tomar no cu, seu noiado! – xinga José.

— Cê também é noiado, bói! Qui cê tá fazendo aqui na boca? – interroga o rapaz, aproximando-se de José.

— Não é de sua conta! – responde José.

Inesperadamente, o rapaz desfere um soco no nariz de José, que começa a sangrar. Um dos *aviõezinhos* do tráfico, um garoto de quatorze anos, que fica na entrada da *boca* observando o movimento, e que tem a função de informante – para avisar em casos como invasão da polícia e outros fatos não tolerados pelo tráfico –, vira toda a cena, pois estava a uns vinte metros do local. No momento em que José levara o soco, o garoto assovia. No mesmo momento, aparecem mais três rapazes correndo, cada qual vindo de uma direção, todos de porte físico avantajado. O rapaz que desferira o golpe em José constatara que estava em apuros, e tentou correr. Mas como os rapazes vieram de direções diferentes, o rapaz maltrapilho não conseguiu escapar. Os três o cercaram, e um deles chamou o garoto que assoviou. O garoto contou o que havia acontecido, e um dos três rapazes desferiu um forte soco no estômago do rapaz maltrapilho. O outro o agarra pelos cabelos e diz:

— Eu já falei pra você não voltar aqui, sem vergonha! Cê vem aqui pra roubar e queimar o nosso filme! E ainda vai deixar minha mão fedendo, desgraçado!

O terceiro desfere um golpe de joelho entre as pernas do rapaz, que agacha de dor.

— Vamo levar ele lá pra dentro, porque hoje ele vai ganhar um presentinho! - fala o terceiro do grupo. — Nós já demos muita chance a esse merda!

Os três homens seguram o rapaz e o arrastam, e em pouco tempo somem com ele para dentro da favela. O garoto de quatorze anos caminha em direção a José com alguns guardanapos de papel e os entrega, dizendo:

— Tá saindo muito sangue!

— Daqui a pouco para! Valeu aí! - responde José.

— Eu já vi ocê aqui muitas vezes. Por isso eu chamei os cara! - fala o garoto.

— Mas como eles sabiam? - pergunta José.

— Depende do jeito que a gente assobia! - responde o garoto.

— E o que vai acontecer com aquele noiado? - pergunta José.

— Vai pro saco! - responde o garoto friamente.

Neste momento, chegam Tatu e Robinho, que percebem que o nariz de José estava sangrando, e em volta dele havia alguns guardanapos de papel vermelhos de sangue jogados no chão. Robinho pergunta o que houve. José começa a contar, mas Robinho o interrompe:

— Cê continua contando no carro! A gente tá com a mercadoria, e não vamu dá bandeira não, porque nós tamo flagrado!

Os três entram no carro e rumam a um barraco do pai de Tatu, que ficava em um dos bairros próximos à favela, numa rua sem saída e com pouco movimento, próxima à Avenida Antônio Carlos. Tatu pegara a chave do barraco sem o seu pai saber e fizera uma cópia para que pudesse usar o *crack* mais tranquilamente. No caminho, José conta com detalhes o que lhe acontecera, enquanto limpava seu nariz com os guardanapos de papel e reclamando que estava doendo um pouco. A sua vontade de fumar, porém, era maior. Apesar da preocupação com José, Robinho e Tatu também estavam *fissurados*, e assim foram até chegar ao barraco. Robinho estaciona o carro um pouco afastado do barraco para não levantar suspeitas. Saem do carro, olham para os lados e entram, rápida e sorrateiramente, num local de apenas um cômodo e um banheiro. Lá dentro havia alguns tocos de árvores que eram usados como bancos. No lado de fora, escondido debaixo de uma pedra, havia três "joelhos" de PVC, usados em instalações hidráulicas, que seriam usados como cachimbos para fumar a droga. Robinho levara certa quantidade de papel alumínio e uma fita durex, usados para confeccionar os cachimbos. Enquanto preparavam os cachimbos, acenderam alguns cigarros para produzir cinza. Fixaram um pequeno pedaço de papel de alumínio com a durex em uma das aberturas de cada joelho e depois fizeram pequenos furos no alumínio com palitos de dente, levados por Tatu, que os retirou de um paliteiro de um bar, perto da entrada da favela. Em seguida dividiram a compra em três partes praticamente iguais, depois de algumas discussões, onde sempre algum deles dizia que uma parte estava maior que as outras, ou uma estava menor que as outras. Cada um utiliza um toco de madeira para colocar o punhado de *crack* que cada um recebera, por sorteio, para que ninguém reclamasse. Cada um coloca um pouco de cinza de cigarro em cima do alumínio furado, depois colocam um pedaço do *crack* em cima da cinza, e a seguir acendem os isqueiros que cada um portava, colocando a boca na outra abertura do cachimbo. Aproximaram o fogo da pedra de *crack* que estava no cachimbo e em cima das cinzas, e fumaram, gerando um som de pequenos estalos, característico da combustão da pedra de *crack*. Assim, cada um dera o primeiro trago. Imediatamente, começaram a sentir os efeitos da droga. Fizeram, a partir deste instante, um silêncio de cemitério. Tatu levanta-se e começa a olhar fixa e compulsivamente por uma das gretas do barraco, observando se vinha alguém. Robinho olhava, também compulsivamente para o chão, como se houvesse perdido um pedaço da sua porção de *crack*. José levantava a cabeça para que seu nariz diminuísse o sangramento, que não estava exagerado, mas o incomodava. Suavam muito, pois estava muito quente, e o uso da droga os fazia sentir mais calor. José usava os guardanapos para limpar o nariz, mas depois de uns três tragos, às vezes, se esquecia do sangramento, e algumas gotas de sangue caiam no chão... E assim, por umas quatro horas, consumiram a droga. Ninguém conversava com ninguém, e quando alguém falava alguma coisa, falava-se muito baixo. Mesmo assim, sob o efeito alucinador da droga, havia sempre algum deles que pedia para se fazer silêncio – pois se ouvia sons paranoicos –, utilizando-se somente do sinal característico de pedido de silêncio com o dedo indicador entre os lábios. Todos apresentavam algum tipo de transtorno psíquico causado pelo consumo da droga. Tatu, compulsivamente, voltava à greta do barraco para espiar o movimento, e sempre pedia silêncio com o sinal do dedo indicador, mesmo que os outros não estivessem fazendo o menor barulho, e mesmo que não houvesse o menor movimento. Robinho, imediatamente após a uma tragada no cachimbo, virava o rosto para o chão e procurava alguma migalha de *crack*, passando o dedo no chão repetidamente para tentar encontrar algum pedacinho pelo tato. José enfiava, ora a mão direita, ora a mão esquerda nos bolsos da bermuda que usava, procurando sempre e repetidamente algum restolho de *crack*. Os três suavam cada vez mais, pois mantinham a porta e a única janela do barraco fechadas. O calor daquele dia era amplificado pelo uso da droga, que colaborava com o aquecimento dos corpos. Transtornadamente, escutavam sons inexistentes, e sempre ficavam muito assustados com algum pequeno som causado pelo vento nas telhas, na porta e na janela do barraco. Durante aquelas aproximadamente quatro horas, o nariz de José não parara de sangrar totalmente, apesar de diminuir progressivamente o fluxo do sangramento. O maço de guardanapos de papel que estava usando acabara, e ele pegou uma boa quantidade de papel higiênico no banheiro. Seguiram neste ritual tétrico até consumirem toda a droga. Imediatamente, quando terminaram, baixou uma enorme depressão nos três rapazes. Pensaram em voltar à favela para comprar mais *crack*, mas não havia mais dinheiro. José começara a reclamar que o seu nariz estava doendo. Os três saem do barraco ao constatarem que nada mais poderia ser feito, e já do lado de fora, Robinho olha para José e diz assustado:

— Uai! Seu nariz tá torto!

— Cara! Acho que cê quebrou o nariz! - fala Tatu, olhando para José, que começara a sentir a dor aumentando.

— Putamerda! E o que a gente vai fazer? - questiona Robinho, exasperando-se.

— Nó véi! Se meu pai ver isso... - fala José, em tom de desespero.

— Pô, cara! A gente vai ter que te levar ao hospital! - fala Robinho.

— É véi, num vai ter jeito não. Desta vez num vai ter como esconder do seu pai. Caralho! - fala Tatu.

— Vão lá né! Acabou a brincadeira! - fala Robinho, que vira para José e diz:

— Vamo ali no Hospital Belo Horizonte, que tá perto daqui! É o jeito!...

Os três colegas entram no carro e chegam ao hospital. José apresenta os documentos à recepção, apresenta o cartão do plano de saúde que era pago pelo seu pai e faz a ficha para ser atendido. A recepcionista pede para aguardar, e os três rapazes sentam-se nas cadeiras da sala de espera. José suava e sofria com a dor que aumentava cada vez mais, sentindo o nariz latejar. Depois de uns quinze minutos, José é chamado ao consultório do ortopedista de plantão, que observa o nariz, após José ter relatado parcialmente o que lhe acontecera, mas omitindo que estava na favela para comprar *crack*. O médico pede a enfermeira para aplicar um anestésico local, e informa a José que muito provavelmente a cartilagem nasal desencaixara dos ossos que a sustentam, e que ele seria submetido a uma radiografia para se confirmar a suspeita. Após o resultado da radiografia, José volta ao médico que o atendera. Ele examina a radiografia e constata o desencaixe e o deslocamento da cartilagem nasal, conforme suspeitara. O médico diz que não era grave, que ele iria passar por uma cirurgia simples para encaixar a cartilagem, e que a operação seria realizada no dia seguinte.

José é encaminhado à enfermaria, onde lhe é aplicado um curativo e em seguida é liberado. Os três rapazes voltam ao Gutierrez, deixando José um pouco antes da sua casa para que os pais não desconfiassem que a fratura do nariz estivesse relacionada com o uso do *crack*, pois eles sabiam do envolvimento dos três rapazes com a droga. José desceu do carro a uns cinquenta metros de sua casa e, cabisbaixo, caminhou pela rua até chegar a casa. Entrou dentro de casa e avistou o seu pai, Reinaldo, que estava na sala, e que logo reparara o curativo no nariz de José:

— O que houve no seu nariz?

— Eu fui ao São Cristóvão, na casa de um colega da escola, jogar videogame. Quando eu tava saindo de lá, um moleque tentou me assaltar. Eu corri, mas não deu tempo e ele me deu um socão no nariz. Só que tinha um cara lá perto que sabia que o moleque era ladrão e me protegeu e não deixou o moleque me assaltar. Esse cara viu que meu nariz estava sangrando e me levou no hospital. O médico viu que o nariz tinha quebrado, pediu uma radiografia e me receitou estes remédios - tirando a receita do bolso e mostrando ao pai. — Aí, a enfermeira fez o curativo, e o médico disse que não era grave.

— Então você terá que voltar ao hospital, com certeza! - observa Reinaldo.

— Tenho, pai! Amanhã às três horas, pra fazer uma cirurgia! O médico falou que é simples, só pra colocar a cartilagem no lugar. Ele não quis fazer hoje porque tava sangrando.

— Bom... Graças a Deus que não foi nada grave. Amanhã te levo ao hospital - fala Reinaldo, para a surpresa de José, que imaginou que seu pai mencionaria a hipótese de consumo de crack e que levantaria a voz contra ele.

— Vá lá se lavar e fique quieto por hoje, porque senão você pode sentir dor - fala Reinaldo a José, emendando: — Me dê aqui a sua receita, porque vou à farmácia comprar os remédios!

José entrega a receita ao pai e vai para o seu quarto. Reinaldo sai da casa, caminha uns vinte metros pelo passeio, pega o celular e faz uma ligação:

— Alô! - atende Esther.

— Dona Esther, aqui é Reinaldo, pai de José. Tudo bem?

— Tudo bem, seu Reinaldo! Aconteceu alguma coisa com José?

— Me desculpe ligar para a senhora num domingo, e de noite ainda, mas como me pediu para ligar caso acontecesse algo diferente, estou ligando - fala Reinaldo.

— Sem problema, seu Reinaldo. Eu pedi ao senhor para ligar, independente do dia ou horário. Por isso, não se preocupe! - responde Esther. — O senhor sabe que o caso do José é para mim uma questão de honra! Mas o que aconteceu? Estou preocupada!...

— O José chegou lá em casa com o nariz quebrado. Não foi nada grave, mas tenho certeza de que está relacionado com o uso do crack. Hoje à tarde, quando ele saiu de casa, discretamente o segui, e de longe vi que ele saiu com mais dois colegas que também usam a droga. Quando chegou, há alguns minutos, José não mencionou os dois colegas, mas tenho certeza de que a história que ele me contou foi para encobrir o que realmente aconteceu.

— Olha, seu Reinaldo, graças a Deus não foi nada grave, mas poderia! Sendo assim, esse fato poderá dar início a um processo que fará José abandonar o vício. Estou com algumas ideias que poderão ajudar José a começar uma nova vida. Há males que vem para o bem, seu Reinaldo, e esse ditado pode ser bem antigo, mas vai servir para José! Quero que ele venha amanhã de tarde ao meu consultório, às dezessete horas. O senhor acha que pode convencê-lo?

— Acho que sim! Agi diferente com ele, como a senhora nos orientou. Desta vez não briguei com ele e nem o questionei muito. Além do mais, senti que ele ficou preocupado e com a defesa desguarnecida. E o horário está ótimo, pois às quinze horas ele voltará ao hospital para fazer a cirurgia para colocar o nariz no lugar. Acho que tudo vai se encaixar certinho.

— Ótimo, seu Reinaldo! Nós vamos conseguir, e amanhã José dará um grande passo para a superação deste ciclo terrível! Espero José amanhã, e não se preocupe com a hora que ele chegará à sua casa! Amanhã, a companhia dele será outra, e bem melhor, com certeza!

— Confio na senhora, dona Esther! Este coração de pai está muito aflito, mas também muito agradecido pelo empenho que tem tido com o meu filho.

— Não há o que agradecer, seu Reinaldo. O José vai conseguir! Com o meu trabalho, com a sua ajuda, com a ajuda da sua esposa e da irmã dele, mas principalmente pela sua própria escolha. Nós podemos ajudar, mas a escolha será dele. E tenho certeza de que ele se decidirá pelo melhor caminho.

— Então, até amanhã, dona Esther! - despede-se Reinaldo.

— Até amanhã, seu Reinaldo! - despede-se Esther.

XVI

Esther acordou às onze horas, num dos raros dias em que podia ficar na cama até mais tarde, depois de uma noitada de "agitos", em que extravasara suas emoções com o seu namorado naquele restaurante dançante. Tomou um banho refrescante, curtindo o prazer de sentir a água escorrendo pelo seu corpo naquele domingo quente e ensolarado. Durante o banho, começou a sentir os seus desejos sexuais aflorarem. Pensou em Mandel, imaginando ele ali, junto com ela, ensaboando-os e explorando os seus corpos, os entregando às brincadeiras do prazer. Estes desejos, aos poucos foram se transformando em uma reflexão sobre a discussão que Mandel e ela tiveram na noite anterior. Por ser psicóloga, sabia muito bem do valor da auto-observação no processo de busca das escolhas satisfatórias por cada pessoa. E desta vez, percebeu que era mais do que urgente exercitar a auto-observação e avaliar com mais profundidade o seu relacionamento com Mandel. E nos poucos minutos em que se entregara a esta reflexão, detectou um conflito crucial. Para que pudesse investir mais no seu relacionamento, teria que reservar mais tempo a ele, e para isso, teria que abrir mão de algumas das suas atividades, hipótese que ela não considerava, pois estava vivendo uma carreira em franca ascensão, e acreditava que este era o grande momento da sua vida profissional. Também não queria perder Mandel. Amava-o e pretendia construir sua vida ao lado dele. Contudo, sabia que ele tinha razão em acionar o alerta. Do jeito que estava, a parceria entre eles não se efetivaria, e os laços poderiam se desatar. Não sabia o que fazer, e isto a deixou angustiada. Terminara o banho com uma sensação de insegurança em face desse dilema. Depois do banho, foi até a copa e encontrou Magda sentada à mesa, que a saudou:

— Bom dia, tia! Preparei um café para nós. Esbaldou na cama hoje, heim?

— Bom dia, querida! Também sou filha de Deus, né? – responde Esther, bem humorada, sentando-se a mesa. — Fui a um restaurante dançante com Mandel à noite e tirei a barriga da miséria. Estava precisando dar uma sacudida e fazer um bom programa com meu namorado. Estava me devendo e devendo a ele também!

— Ô tia, deixa te perguntar! Você acha que o Mandel te dá valor como você dá a ele? – pergunta Magda.

— Mas por que está me fazendo esta pergunta? – questiona Esther, intrigada.

— Para ser franca, tia, acho que Mandel não te leva muito a sério! Acho que ele arrasta suas asas em outros poleiros, e quando você assustar, vai acabar dançando!

Esther não gostou da intromissão da Magda e mudou o tom da conversa:

— Magda! Eu quero falar sério com você! Eu não posso obrigá-la a gostar do Mandel, mas quero que fique na sua, tá? Ele é meu namorado, e preciso que ele não se sinta incomodado e nem sem lugar por causa de você! Desculpe-me por dizer isto, mas assim como tenho prazer em receber você aqui, também tenho prazer em ficar com o meu namorado à vontade e em paz. Aqui e em qualquer lugar! Por isso, preciso muito que você não azede o clima entre vocês aqui dentro de casa, pois o mesmo direito que você tem ele também tem!

— Me desculpe, tia. Acho que exagerei! Vou ficar na minha. Você tem razão! Retiro o que eu disse! – responde Magda, que ficou sem graça com a repreensão de Esther.

— Tudo bem querida! Só quero que observe isto, pra todo mundo ficar numa boa – conclui Esther, mudando de assunto: — Eu só vou tomar um cafezinho pra colocar o corpo no lugar. Vou almoçar na Izabel, e ela pediu pra que eu te levasse também. Eu devia ter deixado um recado pra você ontem antes de sair, mas acabei esquecendo. Você estava no seu quarto e não quis te incomodar.

— Ô tia... Obrigado por me chamar, mas eu não vou poder ir! Tenho que terminar um trabalho da faculdade, daqueles pesados, e se eu for lá, meu tempo vai ficar curtinho – responde Magda.

— Que pena! A Izabel queria tanto que você fosse... – lamenta Esther.

— Diga para a tia Izabel que agradeço o convite, mas vou tentar ir lá semana que vem. Tô devendo uma visita a ela. Manda um abraço pra ela e pra todos lá – fala Magda.

— Então tá! Mas pode deixar que dou o seu recado – responde Esther, conformando-se com a negativa de Magda.

Esther termina rapidamente o seu café. Levanta-se da mesa, vai ao seu quarto terminar de se arrumar, pega suas coisas, despede-se de Magda e sai. Apesar de ter sido repreendida por Esther, Magda não desistira de investigar as aventuras virtuais de Mandel, e enquanto encontrava-se ainda à mesa do café, pensava em quais seriam seus próximos passos.

***

Magda, uma bonita e sensual jovem de vinte e um anos, loira, cabelos levemente ondulados até um pouco abaixo dos seus ombros, medianamente magra, cintura fina e bumbum grande e empinado, pernas volumosas, lisas e muito bem torneadas, além de fartos seios que chamavam a atenção, principalmente porque cultiva o prazer de usar decotes que os colocam em evidência, se embrenhara no mundo da pirataria virtual, atividade que aprendera ainda em Barbacena, no Campo das Vertentes, a cultural cidade das rosas e dos antigos manicômios, a cento e nove quilômetros de Belo Horizonte. Desde os seus dezesseis anos, o seu maior vício era navegar por horas na internet, e foi pela internet que aprendera a invadir computadores alheios.

***

Depois de passar mais uns dez minutos sentada à mesa, Magda se levanta, tira a mesa do café e vai ao computador. Abre as conversas de Mandel e Claraluz no Messenger e pesquisa alguns dados. Digita os nomes "Claraluz Montenegro" e "Barretto" no Google e inicia uma pesquisa. Encontra uma foto de Claraluz e Barretto, juntos, numa coluna social do jornal *O Globo*, que noticiava o casamento deles em breve. Copia a foto para o seu computador e torna a pesquisar no Google, agora através das palavras "Paulo Barretto de Lucena", retiradas da coluna social do jornal. Através desta nova pesquisa, Magda consegue o e-mail do Barretto. Abre um e-mail que não usa habitualmente para as suas correspondências, criado justamente para se manter clandestina. Após pensar um pouco numa estratégia para não correr o risco de Barretto não abrir o e-mail que iria mandá-lo, pois se tratava de alguém que não era da sua lista de endereços, Magda digita o seguinte título: "Casamento de Claraluz e Barretto". Depois, cola a foto de Claraluz e Barretto copiada do jornal no campo de texto, e insere uma mensagem.

Depois de escrever, clica no ícone "Enviar". A seguir aparece na tela: *sua mensagem foi enviada com sucesso.*

— Yessss! – grita Magda, estendendo o braço para cima, com o punho cerrado, abrindo um largo sorriso carregado de sadismo.

XVII

Cleuza se depara com Claraluz bebendo água na cozinha e dirige-se a ela:

— Oi, Clarinha! Dona Gertrudes ligou pra tu hoje de manhã! Eu fui ao seu quarto e a cama estava vazia e arrumada! Fui obrigada a falar pra sua mãe que tu não dormiste em casa! Ela parecia estar furiosa!

— Não tem problema, Cleuza! Eu conversei com minha mãe pelo celular! Dormi na casa do meu pai e acabei de chegar de lá! - responde Claraluz. — E antes que saiba pela boca da minha mãe, quero te contar o que houve. Rompi meu noivado com Barretto!

— Jesus! - exclama Cleuza. — O que aconteceu? Tu estavas de casamento marcado...

— Cleuza, minha querida! - prossegue Claraluz. — Tenho certeza de que tu já tiveras algum namorado que, depois de um tempo, perderas o interesse por ele. Este é o meu caso com o Barretto. Eu não estou falando mal dele, mas tu sabes que ele é muito diferente de mim. Ele é gelo, e eu sou fogo, e gelo e fogo não combinam, certo?

— Nossa Clarinha... Que pena! - lamenta Cleuza. — Então é por isso que a dona Gertrudes tá uma arara! Ela estava tão entusiasmada com o seu casamento, fazendo mil planos, soltando fogos e comentando pelo telefone com as amigas dela! Este prédio vai implodir quando a dona Gertrudes chegar, heim?

— É! Eu vou esperar minha mãe para conversarmos - responde Claraluz. — Mas eu vou apenas comunicá-la sobre a minha decisão. Não vou pedir a ela para autorizar nada, pois eu sou dona do meu próprio nariz e tenho direito de tomar as minhas decisões.

— Tá certa! Quando eu tinha dezessete anos, conheci um rapaz de vinte e dois anos em Cascadura[6]. Ele era sargento do Exército e estudava Engenharia Elétrica. Estava se preparando para ser oficial e queria seguir carreira. Mãe falava que ele era o rapaz ideal para casar, porque ele me daria uma vida boa e estável. Mas depois de um tempo de namoro, vi que ele não era o meu tipo, e apesar de ser um rapaz responsável e trabalhador, se achava

6 Bairro situado na Zona Norte do Rio de Janeiro.

superior a mim. Sempre falava como se quisesse me ensinar alguma coisa, e me tratava como se eu fosse burra. Eu não tolerei este comportamento e terminei com ele. Minha mãe ficou com raiva de mim e queria que eu reatasse o namoro. Eu bati o pé! Não voltei atrás e não me arrependi. Só depois, com meus vinte e cinco anos, quando eu já trabalhava aqui na sua casa, é que me casei com Roberto. Eu era apaixonada por ele, mas Deus quis levá-lo junto a Ele, e fiquei viúva, tu sabes! Só não tivemos filhos porque eu sou estéril, e depois resolvi morar aqui. Mas se tu não tá se sentindo bem ao lado do Barretto, então segue o teu coração. Casamento não é brinquedo, e só quem vive um é que pode dizer como é trabalhoso manter!

— É isso mesmo, minha querida! - responde Claraluz. — Agora é só esperar a mãe. Vou vestir uma armadura!

As duas caem na gargalhada e Cleuza dá mais um recado:

— E dona Gertrudes ligou outra vez há uma meia hora. Disse que vai chegar dentro de umas duas horas, e pediu pra te avisar quando chegasse.

***

Claraluz dirige-se ao seu quarto, e percebendo que havia algum tempo a esperar por Gertrudes, resolve ligar para Regina.

— Claroca? - atende Regina ao celular

— Oi, amiga! Incomodando-te mais uma vez - saúda Claraluz.

— Que nada! - responde Regina. — Na verdade, estou ansiosa por respostas tuas. E como te sentes no olho do furacão?

— Ainda estou entrando neste olho do furacão, amiga - responde Claraluz. — Como te antecipei, terminei meu noivado com o Barretto ontem.

Claraluz relata o fato e diz que dormiu na casa do pai. Depois continua dizendo:

— Agora estou aqui em casa esperando a mãe. É a hora de enfrentar a fera.

— Olha amiga, vou relembrar um pouco da minha vida pra te inspirar na conversa com dona Gertrudes - atalha Regina. — Tenho certeza de que a minha experiência foi mais difícil e mais complicada de enfrentar do que a tua.

***

Regina Yamamoto de Oliveira, de vinte e nove anos, é formada em Enfermagem pela Faculdade de Enfermagem da Universidade Federal do Rio de Janeiro. Filha de pai baiano, coronel do Comando da Marinha, localizado na Avenida Rio Branco, no centro do Rio de Janeiro, e mãe nissei – filha de imigrantes japoneses. Os pais tiveram três filhos. Regina, a do meio, carrega traços orientais muito fortes, de olhos puxados. Porém, é morena e alta, de um metro e setenta e oito de altura, cabelos longos e levemente ondulados, esguia e magra. É uma mulher muito bonita, de pele muito lisa e uma boca de lábios muito vermelhos e sensuais. Assina o seu nome pelo ideograma 山本 - que é o sobrenome da sua mãe em japonês.

***

— Claraluz, minha querida! – continua Regina. — Enquanto tu irás enfrentar tua mãe por causa de um homem, imagine eu, que tive que enfrentar um oficial militar e todo o conservadorismo oriental por causa de outra mulher. Em pleno século 21, ainda é difícil acreditar que exista tanto preconceito quanto a homossexualidade. Foi muito difícil! Tive que comer o pão que o diabo amassou, fui expulsa de casa, mas mantive a minha posição. E hoje, os meus pais e meus irmãos convivem muito bem com a Myrian, e eles adoram o Ryan, o garotinho que nós adotamos, com o aval da justiça, e que os meus pais o têm como neto, e o tratam do mesmo jeito carinhoso e atencioso que tratam meus sobrinhos. Tu verás que o tempo se encarregará de colocar as coisas no lugar. Então, mantenha-se firme, minha amiga. Não traias o teu coração!

— Nossa, Regina! – responde Claraluz. — Você é minha lanterna. Como é bom ouvir tuas experiências e tuas opiniões neste momento em que me sinto no meio do fogo cruzado! Te adoro por isso, por ser uma amiga de verdade, daquelas que quase se afogam quando estamos nos afogando, mas que no final, nos salva desse afogamento...

— Mas boca-a-boca eu só faço com a Myriam, heim?! – responde Regina.

As duas soltam gostosas gargalhadas, e depois Regina pergunta:

— E o mineirim, como andam os contatos com ele?

— Menina, eu nem te conto! – responde Claraluz. — Fui para o computador da casa do meu pai e encontrei Mandel no Messenger. Nossa conversa ficou muito quente. Pedi a ele o número do seu celular e nós acabamos transando pelo telefone. Acredita? E foi uma delícia! Foi o orgasmo mais intenso que eu experimentei. Já ouvi falar que as pessoas transam pela internet, com webcam, transam por telefone, mas nunca imaginei que um dia eu iria experimentar! Achava coisa de maluco, mas agora, como diria Raul Seixas, o maluco sou eu.

— Que delícia, Claraluz! Estou achando que esse mineirim é tua cara metade! E estou começando a gostar dele! Vou até cantar um pedaço de uma música para ti: O amor quando acontece a gente esquece logo que sofreu um dia, esquece sim. Quem mandou chegar tão perto se era certo um outro engano coração cigano. Agora eu choro assim... - responde cantarolando Regina um trecho da música Quando o Amor Acontece, de João Bosco e Abel Silva.

— Fiquei emocionada, Rejoca! Meus olhos se encheram de lágrimas. Como essa música se encaixa! Amanhã no hospital te conto detalhes da vida dele. Ele me pareceu um cara super gente boa, sensível e inteligente, e parece estar sendo muito sincero em nossas conversas. Vou abrir o histórico do Messenger amanhã pra tu vires o teor do nosso diálogo, e tenho certeza de que vais ter a mesma impressão que estou tendo.

— Sabe de uma coisa, amiga - responde Regina. — A internet abre duas possibilidades interessantes. De um lado, podemos ser ludibriados com muita facilidade pelas propagandas enganosas e armadilhas assustadoras. Mas por outro lado, temos chances melhores de conhecermos a alma de uma pessoa, antes de conhecer seu corpo. Quando há primeiramente o contato visual, podemos ser vítimas só de uma atração física, de uma ilusão. Aí, conhecemos primeiramente o corpo de alguém, e depois conhecemos a sua alma, e podemos nos enganar!

— É isso mesmo! - responde Claraluz. — Eu estou começando a viver essa experiência, e posso atestar que se trata de uma nova realidade e que está disponível para as pessoas. Conhecer alguém além das fronteiras físicas é uma realidade que está colocada de agora em diante. O nosso mundinho virou um mundão, e o nosso mundão virou um mundinho! E quero te contar uma coisa! Vai haver um congresso de pediatria em Belo Horizonte no fim da semana que vem, e resolvi participar. Vai ser a oportunidade para conhecer Mandel pessoalmente. Pela primeira vez, pretendo ser mais turista do que participante nesse congresso. Nunca aprovei os meus colegas que fazem isso, mas, em nome do amor, me permitirei praticar, somente desta vez, este pequeno delito... Fiz a inscrição pela internet na casa do meu pai, paguei a taxa de inscrição no meu banco on-line, comprei a passagem aérea e, na sexta, às oito da manhã, estarei no Aeroporto de Confins. Estou me sentindo Cristóvão Colombo descobrindo o continente americano. E vou chegar de surpresa! Ele vai tocar em Pedro Leopoldo, uma cidade perto de Belo Horizonte, com a sua banda, e vou chegar lá sem ele saber. Quero ver no que vai dar, mas estou disposta a pagar para ver.

— Uau! - exclama Regina. — Nunca te vi tão decidida assim! Tu estás provocando uma revolução parecida com a revolução que Einstein provocou na comunidade científica quando divulgou a Teoria da Relatividade. Mas se prepare! Quando se faz uma surpresa do tamanho desta, também podemos ser bem ou mal surpreendidas!

— Eu sei, Regina! - responde Claraluz. — Sei dos riscos que corro, mas penso que só correm riscos aqueles que buscam alcançar seus objetivos. Já pensou se o doutor Albert Sabin não tivesse arriscado nas suas experiências? Teríamos uns vinte anos de atraso no combate à poliomielite, pelo menos, e tu sabes muito bem disso!

— Isso mesmo! - devolve Regina. — A minha vida é uma prova disso! Tive que passar por todas as provas de risco para ter a vida que tenho hoje. E posso te assegurar que se eu não tivesse arriscado, não estaria provando a felicidade que vivo hoje, onde tudo se arranjou maravilhosamente!

— É isso mesmo, amiga! - responde Claraluz. — Tu és um grande exemplo para mim e estou muito gratificada por estar experimentando grandes saltos em minha liberdade. Agradeço de coração por tuas palavras!

— Sempre estarei disponível pra tirar uma alma do purgatório, minha querida! - completa Regina.

— Vou ficar por aqui, amiga! Esta conversa foi muito inspiradora - responde Claraluz.

— Então, vá lá, e mantenha a mesma fé viva e acesa! - fala Regina. — Tudo vai dar certo!

— Beijos e obrigada, querida! - despede-se Claraluz.

— Beijos e boa sorte, amiga! - despede-se Regina.

XVIII

Gertrudes entra no apartamento pisando duro. Alta e esguia, no auge dos seus cinquenta e três anos, com seus cabelos loiros e ondulados até o pescoço, confeccionados em seu salão predileto no Leblon. Trajando um top estampado com pequenos desenhos violetas, verdes e amarelos e um par de óculos *Vogue*, Gertrudes, acompanhada da sua pequena cadelinha *poodle* Martinha, parecia não enxergar nada a sua frente. Seus olhos puxados pareciam soltar faíscas, irradiando ódio e furor. Cleuza a recebe naquela sala sofisticada, decorada por um famoso designer carioca, onde se destacavam abajures sóbrios e pequenas estatuetas de bronze – réplicas perfeitas das obras do escultor francês Eugene Rodin. Dirige-se à patroa, saudando-a. Gertrudes ignora a saudação e, com rispidez e em tom agressivo e autoritário, pergunta:

— Onde está Claraluz?

— Está no quarto dela! – responde Cleuza.

— Vá chamá-la! – ordena Gertrudes. — Estarei esperando na sala de jogos.

— Vou falar com ela! – responde Cleuza, retirando-se do ambiente.

Cleuza vai até o quarto de Claraluz e transmite o recado:

— Clarinha, a tua mãe chegou! Te prepara heim?! Ela está com o vento virado. Dona Gertrudes hoje é a fúria em pessoa!

— Imagino, Cleuza! – responde Claraluz. — Mas estou preparada.

— Ela pediu para que tu vás à sala de jogos – informa Cleuza.

— Tudo bem, Cleuza! – responde Claraluz. — Já estou indo!

Claraluz dirige-se à sala de jogos. Ao entrar, depara-se com a sua mãe, em pé, segurando na mão esquerda uma taça de cristal comprida e fina, contendo um saboroso vinho branco. Ao avistá-la, Gertrudes dirige-se à Claraluz secamente e com rispidez:

— Feche a porta! Esta será uma conversa exclusiva e não quero ninguém bisbilhotando!

Claraluz fecha a porta e dirige-se à sua mãe: — A porta está fechada!

Agora, sente-se ao sofá, porque eu também vou sentar, e iremos conversar de igual para igual.

— Quem és tu para me dar ordens! - retruca Gertrudes, com agressividade.

— E quem és tu para achar que pode conduzir minha vida, como se eu fosse um brinquedo de controle remoto! Ou tu sentas, ou não tem conversa! - retruca Claraluz, com firmeza e determinação.

Gertrudes percebera que Claraluz estava disposta a não ceder às suas determinações, e cedera ao pedido da filha.

— Tudo bem, vamos sentar! É melhor assim!

Cada uma se senta em uma das extremidades do sofá - de aproximadamente três metros de comprimento, confeccionados com chapas de madeira nobre, percintas elásticas italianas e uma leve curva ao seu final. Gertrudes, já acomodada, olha com olhos de veneno para Claraluz e inicia a conversa:

— Agora me explique de onde tirou esta ideia absurda de romper o teu noivado com Barretto, depois de todos os detalhes dos preparativos, depois de termos toda a sociedade carioca festejando esse momento e aguardando, com expectativa, um evento social tão badalado...

— Na verdade, mãe, me sinto culpada por deixar a situação chegar nesse ponto - inicia Claraluz. — Eu não deveria nem ter ficado noiva! Deveria ter rompido com Barretto ainda quando estávamos namorando, mas fui deixando as coisas acontecerem... e, principalmente, fui deixando você guiar a minha vida! Nada disso foi planejado por mim, mas por ti, mãe! Quero que entenda que eu não amo o Barretto! Sei que ele é uma pessoa de boa índole, mas não tenho a menor vontade de estar ao seu lado, e muito menos de compartilhar a minha vida com ele. Por isso, tomei esta decisão, que sei, poderia ter sido tomada antes, mas foi melhor assim. Se tivéssemos nos casado, seria uma tragédia para a minha vida...

— Pobre alma! - retruca Gertrudes. — Tu não entendes nada da vida mesmo! Tenho pena de ti, minha filha! A maior das ilusões da vida se chama amor. Tu achas que os casais sustentam aquele romantismo que permeia os corações apaixonados nos primeiros dias de namoro? Isto só acontece nos contos de fadas e histórias da carochinha. O que vale nesta vida, minha filha, é aquilo que é bom para cada um, única e individualmente. Os casamentos que duram se explicam porque cada lado do casal enxerga o que tira de proveito para si. Não existe casal, o que existe é a vida individual de cada um. Ninguém pode sentir o que o outro sente! Ninguém pode viver o que o outro vive! Este mundo, minha filha, é composto de pessoas que são como ilhas, e nestas ilhas existem embarcações que ligam umas às outras. Mas no final, nenhuma ilha se funde com a outra. Uma ilha será sempre uma ilha, isolada eternamente das outras ilhas, mesmo que essas ilhas mantenham entre si relações contratuais, comerciais e políticas. Mas nunca deixarão de ser ilhas, isoladas e sós, entregues a própria sorte, na qual cada um tenta tirar o máximo de proveito da outra, em sua indelével e eterna solidão. As coisas dão certo porque nesse movimento, onde cada um procura o máximo da sua satisfação, as coisas se encaixam, pois nessa busca, cada um cede para que as satisfações individuais sejam as melhores para cada um.

— É neste conceito que divergimos totalmente, mãe! – responde Claraluz, serenamente. — Sei que somos seres orgânica, emocional e espiritualmente isolados. Mas sei também que somos seres sociais, inevitavelmente sociais. Os contos de fadas só existem nos livros e filmes, mas a história de Robson Crusoé também só existe em livro e filmes. O mesmo calor dos sentimentos, mesmo sendo individuais, pode ser experimentado unicamente por duas ou mais pessoas. Até mesmo por multidões! O que faz a magia da alma humana é a força da sua inteiração com outros humanos. A força da sua coletividade, que cria um único espírito no meio de espíritos isolados. A força da união dos espíritos humanos é que dá sentido à vida de cada um, individual e única. É nisso em que acredito, mãe!

— Parece o Clóvis falando! – retruca Gertrudes com ironia. — A influência do teu pai na tua vida só criou em tua cabecinha de vento ideias utópicas e ultrapassadas. Clóvis e as suas ideias socialistas, que ficaram no lixo do século 20, só te cercaram de ilusões infantis e ingênuas! Jamais terás um marido como o Barretto! Médico competente, um homem bonito e rico, que faz as mulheres suspirarem, filho de um empresário poderoso... O que mais tu queres, criatura infeliz? Quando as mulheres souberem desta sua sandice, aposto que irá se formar uma fila quilométrica de pretendentes à vaga que tu, insanamente, deixastes vazia.

— O Barretto, como disse, é tudo isso que tu falas! Mas não é o companheiro para mim, entende? Entenda isso de uma vez por todas! Sei que haverá milhares de pretendentes e torço, de todo meu coração, para que Barretto encontre alguém que realmente seja digna de sua companhia, pois os riscos são muitos, pois o que não faltam são as marias-chuteiras dando sopa nesta sociedade hipócrita que tu festejas tanto!

— Tu és mesmo uma grande de uma teimosa! - responde Gertrudes indignada. — Espero que arque com todas as consequências desse ato irresponsável! Todas as consequências sociais e financeiras, inclusive! E olha que o prejuízo que tu irás provocar irá deixá-la pobre e sem um vintém. Não contarás com um níquel da minha parte, sua maluca irresponsável! Vá lá pedir dinheiro ao teu pai, que é tão irresponsável como tu! Imagina só o que os jornais e os blogs irão dizer, meu Deus!... Que vergonha! O que vão dizer minhas amigas?! Serei alvo das chacotas por todos os meios! Se tu não voltares atrás nesta decisão odiosa, tu terás de mim, daqui pra frente, só o meu desprezo e indiferença!

— Prefiro ter minha vida financeira apertada temporariamente a ter a minha vida inteira arruinada e condenada à infelicidade! - responde Claraluz, com lágrimas nos olhos. — Sou uma médica competente, e mesmo que eu tenha que arcar financeiramente com o que já foi gasto, sei que poderei saldar os gastos já efetuados, mesmo que isso me custe algum tempo de trabalho. Não pedirei ao papai nenhum centavo, pode ter certeza, mesmo que ele queira me ajudar. E quanto aos jornais, blogs, poses, caras e bocas que permeiam esta podre sociedade, peço a ti, que adora lamber as suas botas, que sejas a minha porta voz! Diga a eles que estou pouco me lixando com o que eles dizem! Pra mim não faz a menor diferença, pois tudo que sai dali são palavras podres e malcheirosas, mesmo que venham encobertas com a mais deliciosa fragrância que possa existir.

— Não serei porta voz de atos insanos, podes crer, entendeu? - retruca Gertrudes encolerizada. — E digo mais! Ou tu voltas atrás nesta decisão, ou tu irás comer o pão que o diabo amassou!

— Olha aqui, mãe! - devolve Claraluz, com o mesmo tom firme e agressivo. — Pra mim chega! Não vou tolerar mais as tuas ameaças! Vou me mudar daqui de casa ainda hoje! Não dependo de ti! Não preciso conviver com tua arrogância e desrespeito! Posso voar sem a tua ajuda! Quis muito o teu carinho e o teu amor, mas vejo que o teu momento ébrio a impede de doar estes sentimentos, tão gratuitos e ricos ao mesmo tempo. Espero que um dia teu coração amoleça e perceba que, ao invés de mim, és tu que tens cometido atitudes insanas!

Claraluz levanta-se e dirige-se à porta da sala de jogos. Neste momento, Gertrudes, gritando com Claraluz, atira com violência a taça de vinho que segurava contra a parede, espatifando-a e provocando uma mancha líquida na parede:

— Não ouse sair daqui e me deixar falando sozinha, sua doente!

Claraluz assusta-se com a atitude inesperada da mãe, mas respira por instantes e responde com serenidade:

— Acho que quem está doente és tu, minha mãe! És tu que precisas de procurar ajuda médica e psicológica! És tu que precisa se tratar! Conheço bons profissionais que podem te ajudar, e se quiser ajuda, conte comigo! Mas não conte comigo para reatar o meu noivado com Barretto. Está é uma decisão que não tem volta! Vou me reunir com ele e os seus pais se for preciso, para tratar dos detalhes e desfazer as programações, mas jamais voltarei atrás! Esta é uma decisão que só cabe a mim, somente e exclusivamente a mim! Acostume-se com a ideia, e se um dia sentir o amor de mãe para comigo, felicite-se com a minha decisão. Entenderás que foi melhor para nós.

Claraluz abre a porta da sala e sai do recinto. Gertrudes se mantém imóvel, paralisada, com os olhos fixos à parede onde estatelara a taça de cristal. Entrara em estado de choque. Em sua cabeça pairava a impressão que estava entre as vítimas de um homem-bomba que acabara de se explodir em uma mesquita lotada em algum lugar de Bagdá.

XIX

Nem o sol, nem o mar, nem o brilho das estrelas. Tudo isso não tem valor sem ter você... Sem você, nem o som da mais linda melodia, nem os versos dessa canção irão valer... Nem o perfume de todas as rosas é igual a doce presença do seu amor...

Enquanto arrumava suas coisas para deixar, pela primeira vez, o apartamento em que sempre morara, Claraluz, portando um aparelho de som MP3 com fones de ouvido, se deliciava com a canção *Quando Te Vi* (*Till There Was You*), de Lennon e McCartney, versão de Beto Guedes, que Mandel enviara para o seu celular e que ela baixara assim que fora para o seu quarto. Sentia-se aliviada e amparada por ter Mandel como um anjo sempre presente nas horas mais difíceis. Cleuza entra em seu quarto e, chorando, ajuda Claraluz arrumar a sua mala:

— Esta casa vai ficar muito ruim sem tu, Clarinha!

— Minha querida Cleuza! – consola Claraluz. — Te adoro, minha flor! Não fique triste. Não vou te abandonar! Só quero que entendas que ficou impossível conviver com minha mãe e viver com ela debaixo do mesmo teto depois de que rompi meu noivado. Mas amanhã à noite, lá pelas sete, voltarei para pegar mais coisas que preciso. Hoje só estou levando as mais necessárias. Nesta semana, resolvo com meu pai como farei para efetuar a mudança. E estou curiosa, pois ele disse que tem uma surpresa me aguardando quando eu chegar lá.

— Mesmo assim, Clarinha, vou sentir muito a tua falta! – responde Cleuza, ainda desconsolada. — Tu equilibras o ambiente nesta casa. E só com a dona Gertrudes aqui me tratando com casca e tudo, não sei se vou suportar por muito tempo!

— Tu és da família, meu amor, e não te abandonarei. Prometo! – replica Claraluz, fechando a mala e dirigindo-se à saída do quarto.

Cleuza acompanha Claraluz até o elevador em prantos, fazendo com que ela também derramasse algumas lágrimas. O elevador chega e Claraluz dá um abraço apertado em Cleuza. Na descida até a garagem, escreve pelo celular uma mensagem a Mandel:

Meu querido. Uma revolução iniciou-se em minha vida desde o momento em que te conheci. Nunca passei por tantas coisas em tão pouco tempo, mas nunca fatos tão importantes aconteceram até então. Todos os obstáculos que impediam que a felicidade chegasse até a mim estão sendo removidos e, apesar de serem desafiadores, são decisivos para a nova vida que experimento a partir de agora. Estou com muitas... muitas saudades. Eu te amo!

Assim que enviara a mensagem, Claraluz abre o porta-malas do seu carro e acomoda a sua mala. Olha para aquela garagem com espírito de nostalgia, liga o carro e sai rumo à Copacabana. Liga o som do seu carro e, durante o percurso, seleciona a música *Sonho Real*, de Lô Borges (Lô Borges / Ronaldo Bastos) e, quando a música começa a tocar, ela canta junto:

A primeira vista, a paixão não tem defesa, tem de ser um grande artista pra querer se segurar. Faz tremer a perna, faz a bela virar fera, quando alguém que a gente espera quer se chegar... Só de pensar, já me faz mais feliz, nem bem o amor começa e eu já quero bis...

Claraluz não imaginara outra música, senão essa, que caísse tão bem para o momento que estava vivendo. E de bem com a vida – mesmo tendo vivido momentos muito tensos –, deliciando-se com as músicas que ela amava tanto, chegou rapidamente ao prédio onde morava seu pai. Ligou para o celular dele, que abriu, pelo comando do interfone do seu apartamento, o portão de acesso à garagem. Chegou ao local reservado às vagas que seu pai tinha direito no prédio. Por ocupar um andar inteiro – eram oito vagas para carros de passeio –, que às vezes eram todas ocupadas quando Clóvis ainda estava no exercício da diplomacia, mas depois que se aposentara, raramente eram ocupadas por mais de dois carros. Claraluz estaciona o seu carro e percebe que havia mais um carro numa das vagas do seu pai. Estranhou! "Estaria o meu pai com visitas?". Tira a mala do porta-malas e vai até o elevador. Sobe até o sétimo andar e, quando sai do elevador, vê a porta de entrada do apartamento de Clóvis aberta. Entra e se depara com o pai acompanhado de uma bela mulher, de pele morena mediana, com um largo sorriso transparecendo da boca especialmente bela. Seus cabelos pretos e brilhantes estavam partidos ao meio. Vestia uma blusa vermelha muito bonita – apesar dos poucos detalhes –, e usava uma correntinha de ouro no pescoço com uma cruz bem discreta.

— Filha, aqui está a surpresa de que te falei! – antecipa-se Clóvis, com um beijo em Claraluz. — Quero te apresentar a minha namorada, Juliana Medeiros!

Juliana, uma mulher de aproximadamente quarenta anos, levanta-se, no alto dos seus um metro e oitenta, e dá um abraço caloroso em Claraluz, que corresponde na mesma intensidade, feliz por saber que a surpresa que o pai lhe reservara era uma antiga reivindicação dela. Desde que separara de Gertrudes, Clóvis nunca arranjara uma namorada fixa. Teve alguns casos, até duradouros, mas nunca admitira que estivesse namorando alguém. Ao ouvir da sua própria boca que Juliana era sua namorada, Claraluz percebeu que o seu pai estava disposto a levar alguém realmente a sério. Claraluz sempre torcera e incentivara o pai a arranjar uma companheira, pois achava que ele estava muito só e, depois de muitos anos separado da mãe, não se justificava um homem tão caloroso continuar naquela solidão. E além do mais, simpatizara de imediato com aquela novíssima conhecida que ocupava o posto de namorada do seu pai. Depois das formalidades da apresentação, Claraluz diz ao pai:

— Estou curiosa, senhor Clóvis! Há quanto tempo estão namorando?

— Exatamente hoje faz dois meses, minha filha, mas estamos cruzando olhares a quase um ano - responde Clóvis, beijando a namorada e abraçando a filha em seguida.

— Mas que safado! Parece mineiro! Como tu conseguiste esconder por tanto tempo, sem que ao menos eu desconfiasse? - retruca Claraluz, dando uma risada.

— Na verdade eu estava viajando pela Europa, e tem quase um mês que não vejo o Clóvis - fala Juliana, entrando na conversa. — Vou confessar a ti, Claraluz, estava morreeeendo de saudades...! - abraçando Clóvis em seguida. — Sou executiva de uma empresa exportadora de soja, mas esta foi a minha última viagem de negócios. Prometi a mim mesma, em primeiro lugar, e depois ao Clóvis, que quero uma vida mais tranquila daqui pra frente! Quero acompanhá-lo com seu cavaquinho. Sou apaixonada!... Quero viver mais tranquilamente daqui pra frente, e mesmo que eu ganhe um pouco menos, será muito mais gratificante curtir a vida ao lado desta pessoa tão especial, que é o seu pai.

— Puxa! Que bom! Estou muito feliz por isso! Por vocês dois! - fala Claraluz. — Mas olha pai, tu deverias ter me avisado! Logo hoje que eu decidi vir morar contigo... Não quero atrapalhar a privacidade de vocês.

— Este apartamento é tão grande, que se morassem dez, era arriscado não nos vermos por uma semana - retruca Clóvis. — E além do mais, tu és minha filha, entende? Tu mandas!

— Clóvis me disse que estava pressentindo que mais cedo ou mais tarde isso acabaria acontecendo. Tu sabes que és o dengo dele! E nós vamos nos dar muito bem, tenho certeza! Vim para somar, nunca para dividir! - fala Juliana, abraçando Claraluz em seguida.

***

Os três conversam por mais meia hora. Claraluz conta como foi a conversa com Gertrudes e depois vão fazer um lanche. Após terem lanchado, Claraluz despede-se do casal e vai até o seu quarto, arruma suas coisas e toma um banho. Depois, deita-se em sua cama e começa a pensar em como a sua vida mudara radicalmente nestes últimos três dias. Pensa em Mandel e imagina-se deitada com ele naquela cama gostosa e convidativa. Depois, pega o celular e envia uma mensagem a ele:

Mandel! Estou louca de saudades de vc, meu querido. Quero falar contigo. Posso ou tem boi na linha? Ass. Claraluz, a nova mineirinha das Gerais.

Passam-se cinco minutos e Claraluz experimentara uma ansiedade desmedida. Começara a imaginar que Mandel a esquecera, que não a amava, e tudo que estava vivendo era mais uma ilusão. Pensara que Mandel estaria com a sua namorada, se divertindo, e que nem de longe se lembrava da sua existência. Depois pensara que Mandel estaria com Janaína, deleitando-se aos prazeres do sexo. Claraluz fora tomada, nestes angustiantes cinco minutos, por sentimentos pesados e negativos. Ora experimentava uma sensação de insegurança, ora experimentava um ciúme colérico. Procurava se afastar destes sentimentos, mas eles voltavam, como um visgo difícil de desgrudar. Mas ao final daqueles longos cinco minutos, o celular soa a campainha característica de recebimento de mensagem. Claraluz quase deixou o aparelho cair no chão. Num descontrole incomum, ela abre a mensagem enviada por Mandel e lê:

"Eu não tenho filosofia: tenho sentidos... Se falo na Natureza não é porque eu saiba o que ela é, Mas porque a amo, e amo-a por isso, Porque quem ama nunca sabe o que ama Nem sabe por que ama, nem o que é amar[7]*" Fernando Pessoa.*

Claraluz mergulha nos versos do poeta lusitano. E tropeçando nas palavras, não conseguia compreender como podia amar alguém em tão pouco tempo, alguém que ainda não vira, não degustara, mas o amava como se já

7 Fernando Pessoa, Poemas Completos, de Alberto Caieiro.

tivesse vivido as rugas de umas Bodas de Ouro. Era uma mensagem reabilitadora, mas ainda não a trazia a segurança de um porto. A fêmea ainda vivia as tormentas e a insegurança dos mares revoltos. Mas depois de uns dois minutos, uma nova mensagem chega ao celular de Claraluz:

> *Boa noite, amada enamorada. Desculpe-me por demorar a respondê-la. Estava terminando de tomar um banho. Deixei Lucas na casa da mãe e cheguei em casa há pouco. Dê-me só mais cinco minutos para que eu possa entrar na Terra Prometida, na Terra Prometida donde jamais quero sair, porque depois que se descobre esta Terra, onde apenas duas pessoas podem ser os seus posseiros, uma parte da jornada se finda, pois se cumpriu a profecia do amor. Te amo, minha Luz Clara, que nutre minha alma e dá sentido a minha vida.*

Os olhos de Claraluz brilharam intensamente. Aquela dúvida angustiante, de que o sentimento de Mandel era recíproco ao seu se dissiparam. Começava a pensar em como seria o primeiro encontro, na magia que envolveria este momento tão singular. Flutuava, por viver um amor tão intenso e inusitado. Os fatos acontecidos naquele domingo tenso e surreal a levavam a uma necessidade quase vital de estar com Mandel, pois, também pensando em Fernando Pessoa, achava que *Tudo vale a pena / Se a alma não é pequena*[8]. Depois de uns cinco minutos, Claraluz ligou para Mandel, que atendeu ao telefone com uma satisfação notória e indisfarçável:

— O universo se embala acalentadamente quando estou com você. Boa noite!

— Boa noite, meu amor! Adoro te ouvir!... Como é bom ouvir essa voz que contrasta com todos os momentos difíceis que passei hoje – fala Claraluz.

— Imagino que tenha sido pesado! E mais uma vez, a minha intuição está dizendo que algo aconteceu, e que você tomou alguma decisão importante em sua vida – acrescenta Mandel.

— O senhor é um bruxo, um adivinho, senhor profeta poeta? Aconteceu algo que jamais imaginei experimentar. Saí da casa da minha mãe e agora tenho um novo endereço. Agora, moro com o meu pai em Copacabana – conta Claraluz.

— Nossa! Que coisa! – responde Mandel. — Apesar de sentir, pela mensagem que me enviou, que algo havia acontecido, não imaginei que pudesse ser isto! Mas apesar da surpresa, fico feliz por saber que você tomou uma decisão que pode dar novos rumos à sua vida.

---

8 Fernando Pessoa, *Mar Portuguez*.

Claraluz conta a Mandel como tudo acontecera. E depois muda de assunto:

— Mandel! Eu sei que nos conhecemos há apenas três dias. Sei que tu já namoravas e que também tens uma amante, seu garanhão das montanhas!... Mas não custa perguntar: como serão as tuas relações a partir de agora?

— Meu amor! Eu sei que esse assunto fatalmente faria parte da nossa pauta... Mas eu te disse, desde a primeira vez, que existem duas fases em minha vida: antes de Claraluz e depois de Claraluz. Registre-se o que vou dizer. A minha namorada se chama Claraluz. Contei ao Lucas sobre você, e ele já está a fim de te conhecer. Fez-me mil perguntas, mas eu expliquei para ele como as coisas acontecem em nossas vidas. Eu não tenho dúvidas!

— Que lindo! - emociona-se Claraluz. — Diga a ele que não vejo a hora de conhecê-lo também. Tenho certeza de que é uma criança muito especial!

— Com certeza que sim, meu amor! Às vezes, fico surpreso com a sabedoria que ele demonstra ter, apesar de ser apenas uma criança. Mas quero lhe falar sobre as minhas decisões. Pensei muito sobre a nossa história, e quero te dizer uma coisa fundamental. Nós ainda não nos encontramos, não nos vimos, não nos tocamos, mas sei também que é apenas uma questão de tempo. Tenho certeza de que em breve estaremos juntos, afinal, o Rio não é tão longe assim de BH. Mas não tenha dúvidas: é você que eu quero! As minhas relações, antes de te conhecer, não me completavam! O meu namoro com Esther faltou preenchimento, faltaram elementos que deveriam ocupar o espaço vazio, e Janaína apareceu somente para preencher um pedaço desta lacuna, mas não é a mulher que imaginei como companheira. Elas são merecedoras da felicidade, são pessoas do bem, e não tenho nada contra elas. Mas uma coisa é reconhecer o valor de uma pessoa, outra coisa é saber se aquela pessoa é a ideal para o convívio como casal... Claraluz! Você é a mulher por quem batalharei, pois você é meu porto seguro, a meta que busco alcançar! Não titubearei um milésimo de segundo sequer. A minha chama estará sempre acesa como a tocha do Olimpo. Só você poderá apagá-la, e eu espero que não queira apagá-la.

— De jeito nenhum! - responde Claraluz. — Me apaixonei tão instantaneamente por ti, que só agora comecei a me dar conta que tu tens uma vida em curso, que já existia antes de te conhecer, e comecei a pensar se eu caberia em tua vida. Dei-me conta da loucura que é a nossa relação. Por outro lado, é tão verdadeira e forte, que estou disposta a pagar para ver! Tu me dás segurança. Sinto tanta firmeza em tuas palavras, que percebo não caber qualquer dissimulação.

— E eu não teria motivos para dissimular... - responde Mandel. — Você está muito longe, e não valeria a pena gastar palavras e gestos só para tê-la por uma aventura apenas. Teremos sim, muitas histórias em comum, muitos fatos e um grande livro, com muitos e muitos capítulos que escreveremos. Vamos caminhar juntos, e é só isso que eu quero... E quanto à Janaína, não vou mais me encontrar com ela. Serão dias difíceis, pois que ela não aceitará o rompimento da nossa relação com facilidade, mas vou conversar com ela, com honestidade e verdade, e dizer que não podemos mais continuar. Daqui pra frente, eu não teria clima, cabeça e o menor motivo para ficar com ela. Estou sendo absolutamente sincero com você, e se caso eu tentasse, ainda sim, ter algum tipo de encontro sexual com ela, eu não conseguiria mais. Meu coração está preenchido, e não tenho qualquer motivação para estar com ela. E em relação à Esther, quero que compreenda! Temos uma relação de três anos. Precisarei de tempo para terminar. Quero que compreenda uma coisa essencial: Esther é uma boa pessoa, uma mulher inteligente e merecedora de respeito e admiração. Tenho uma boa relação com a família dela, todos me conhecem e gostam de mim, com exceção da sobrinha dela, Magda, como eu já lhe contei. Não terminarei por um motivo de traição, por algo de ruim que pudesse ter acontecido, mas por não amá-la, por concluir que ela não é a companheira da minha vida. Tenho um imenso respeito por Esther, mas o que irá motivar a nossa separação será a ausência do elemento mais importante que une um casal, que é o amor!

— Mandel, me diga uma coisa então - indaga Claraluz. — Tu amaste Esther algum dia? Tu tiveste os mesmos sentimentos por ela que tu tens por mim neste momento?

— Claraluz! Você sabe que todos nós, quando iniciamos um relacionamento, queremos crer, sempre, que aquele relacionamento vai dar certo. Foi assim com Esther. Eu a conheci em uma festa de casamento, onde eu era amigo do noivo, e ela, amiga da noiva. E foi a noiva, na festa, que nos apresentou. Conversamos por muito tempo, e como ela é psicóloga e eu sociólogo, as conversas fluíram sem esforços. Ao final, quando disse onde eu morava, ela perguntou se eu estava de carro e se podia lhe dar uma carona. Respondi que sim, porque ela mora em um bairro de BH que se chama Cidade Nova, e que é caminho para Sabará. Deixei-a em frente ao prédio onde mora e, surpreendentemente, ela me roubou um beijo. Ficamos juntos e, desse dia, começamos a namorar. Eu gosto de Esther, mas, nestes três anos de namoro, nunca me apaixonei. Ela sempre foi uma companhia agradável, mas sempre senti a falta de um ingrediente que pudesse concretizar a nossa relação como casal. E nos últimos tempos, o desgaste da nossa relação aumentou muito. Há alguns meses, vinha pensando em romper o relacionamento, mas me faltou coragem, confesso! Mas depois de ter conhecido você, Claraluz, as coisas mudaram radicalmente. Ainda não senti o sabor dos seus lábios e nem a textura da sua pele. Ainda não olhei nos seus olhos e nem andei de mãos dadas com você. Mas sinto uma energia tão forte que nos une, que pra mim é como se eu já tivesse vivido todas essas experiências com você. Eu lhe procurei pelo mundo afora, e agora lhe encontrei! É você quem eu quero!

— Ai Mandel! - suspira Claraluz. — Ouvir estas palavras me faz tão bem... A loucura do início, a forma como nos conhecemos, passando por uma pequena fase de incertezas... Mas ouvindo de ti coisas tão profundas e belas, a incerteza está dando lugar rapidamente à segurança e a uma certeza com alicerces fincados na rocha. E eu estou sonhando em andar de mãos dadas contigo, beijar tua boca na praça e deixar as pessoas com uma ponta de uma inveja boa, sabe? Estou sentindo que agora sim, tenho um namorado de verdade. Um namorado!

Mandel dá uma gostosa risada e responde: — Meu amor! Nós vamos fazer isso tudo. Vamos nos curtir, vamos namorar muito!... Também estou doido pra viver esta experiência, viver a vida de um casal que se ama. E agora eu sei que nós dois, minha amada e minha querida namorada, iremos viver! E pra completar, quero fazer uma serenata pra você! Quero tocar uma música que representa o que sinto por você! Posso?

— Claaaaaaro que pode! - responde Claraluz, cheia de entusiasmo. — Eu nunca ganhei uma serenata na minha vida. Será a primeira vez, e tenho certeza de que será a mais bela de todas. Te adoro, meu gostoso!

— Também te adoro! Muito!... - responde Mandel. — O som não vai ficar muito bom, porque a qualidade do som que sai no celular não é muito boa. Para poder fazer com que muitos celulares falem ao mesmo tempo, foi preciso diminuir a largura da banda de modulação da transmissão do sinal, ou seja, foi preciso cortar os graves e os agudos, pra todo mundo poder falar ao mesmo tempo, e aí o som não fica com uma qualidade boa. Mas vou gravar a música que vou tocar. Eu tenho um bom equipamento e vou cantar com microfone e o violão plugado no som, e depois envio o arquivo pro seu celular e pro seu e-mail. Aí você vai sentir uma qualidade melhor do som.

— Quer dizer que meu poeta, além de tudo, manja destas coisas - elogia Claraluz. — Estou sentindo que me apaixonei pela pessoa certa! Inteligente, sensível, huuuuum...

— Assim você me deixa convencido, dona Claraluz Montenegro Guimarães! - retruca Mandel, entre risos, acrescentando o seu sobrenome ao de Claraluz.

— E cada vez que tu me deres um beijo, te deixarei mais convencido ainda, meu mineirinho da Claraluz Montenegro Guimarães! - responde Claraluz, que completa: — Adorei!

— Bom! Eu estou louco para cantar esta música para você! Me dá uns trinta segundos para eu arrumar as coisas, tá legal?! - pergunta Mandel.

Mandel ajeita o celular perto das caixas de som, pega o violão e faz uma introdução maravilhosa, mas que não deixara pistas para que Claraluz soubesse qual música era, fazendo-a ficar com uma expectativa ainda maior. Depois da introdução, Mandel começa a cantar:

> *Vai tua vida, teu caminho é de paz e amor. Vai tua vida é uma linda canção de amor. Abre os teus braços e canta a última esperança. A esperança divina de amar em paz. Se todos fossem iguais a você, que maravilha viver uma canção pelo ar, uma mulher a cantar, uma cidade a cantar, a sorrir, a cantar, a pedir a beleza de amar. Como o sol, como a flor, como a luz. Amar sem mentir, nem sofrer. Existiria verdade, verdade que ninguém vê, se todos fossem no mundo iguais a você.*

Mandel canta com toda a força da sua alma esta canção, *Se Todos Fossem Iguais a Você*, de Tom Jobim e Vinícius de Moraes. Cantou com tal expressão, que mesmo a qualidade ruim da transmissão de voz pelo celular não comprometeu a beleza daquele momento. Claraluz pôs-se a chorar, de tanta emoção que sentiu ao ouvir da voz de Mandel esta canção. Não imaginara que cairia tão bem para aquele momento.

— Eu te amo, Mandel! Eu te adoro! Tu és realmente a pessoa que eu sempre quis! Adoro-te! - fala Claraluz, emocionada.

— Também te adoro, minha Claraluz! - responde Mandel. — Quero tocar e cantar pra você muitas músicas, muitas, muitas...

— Tu sabes que sou fascinada por música, responde Claraluz. — E eu amo esta música. Adoro! Já te imagino tocando com meu pai. Ai, meu mineiro! Um anjo nos fez conhecer o amor, só pode! O que eu sinto é perfeito e lindo! Supera todas as minhas expectativas!

— E eu sou fascinado por você, que é a luz que me tirou da escuridão e me mostrou como a vida é maravilhosa! - responde Mandel, deitando-se em sua cama e plugando o fone de ouvido. — E eu só quero dizer a você, bem colado ao seu ouvido, que eu te amo, Claraluz! Eu te amo! E vou dizer que te amo todos os dias! Todos os dias, vou reafirmar meu amor por você!

— E eu não posso negar. Estou louca, alucinada por ti, Mandel! - fala Claraluz. — Estou apaixonada por ti, como nunca sentira com tanta intensidade! Não vejo a hora de te encontrar e ficar bem pertinho de ti, bem grudadinha, coladinha, sentindo o teu corpo se fundindo ao meu...

— E eu também não vejo a hora de estar com você! - responde Mandel. — Te namorar, sem pressa! Beijá-la devagar, sentir seus lábios, sentir seu cheiro, beijar bem de leve seus ouvidos...

— E eu quero olhar nos seus olhos, te fitar, te namorar, roçar meu nariz no seu... - fala Claraluz, com a voz alterada pelos desejos que invadiam seu corpo com furor. — Sentir tua boca no meu rosto... Quero te dar umas mordidinhas em sua orelha, lamber seu pescoço, te cheirar e te deixar cheio de tesão...

— Eu já estou cheio de tesão, meu amor! - interrompe Mandel, também com a voz transformada pelos desejos que também invadiam o seu corpo. — E agora eu também quero deixar você louquinha! Quero beijar esta boca deliciosa, por muito tempo! Quero te dar um beijo molhado, apaixonado, quero sentir a tua língua se encontrando com a minha... Quero sentir seus lábios totalmente colados aos meus... Encostar meu corpo junto ao seu corpo... Colar meu corpo inteiro contra o seu... Roçar minha pele com a tua pele...

— Ai Mandel! - sussurra Claraluz! — Você me deixa louca demais, gostoso! Quero viajar com minhas mãos em teu corpo... Passar minha mão em tuas costas... Em tuas coxas... Em tua bunda... Quero sentir a energia dos teus desejos ardentes com minha mão... Huuuuuum... Que delícia...

— Huuuuuum... - sussurra Mandel! — Quero beijar seus seios... Sentir seu seio na minha boca... Passar a língua em um, bem devagar... Sentir seu seio em minha boca... Beijar um... Depois beijar o outro... Sinta minha boca em seus seios... Sinta minha boca descendo, de leve, por sua barriga... E descer mais um pouco... Até lhe deixar louca... Louca...

— Mandel! - sussurra Claraluz. — Tô louca de tesão... Gostoso... Beija-me... Bem gostoso... Aiiiiiii... Noooooossaaaaa... Quero fazer em ti também...

— Huuuuuuum... Que delíciaaaaa... - fala Mandel. — Sinto sua boca em mim... Sinta a minha em você também...

Os dois começam a soltar sussurros e gemidos, e vão assim por uns três minutos.

— Mandel... - sussurra Claraluz. — Vem fazer amor comigo!... Vem gostoooosooooo... Quero te dar um orgasmo deliciosooooo...

— Eu te amo... - sussurra Mandel! — Quero me fundir com você... Quero entrar todinho em você... Aiiiiiii... Gostosaaaa...

— Eu também te amo, Mandel! - responde Claraluz. — Entra em mim... Quero que a gente seja um só... Aiiiiiiiii tesão... Gostosoooooo... Delícia... Quero sentir teu gozo com o meu...

— Aiiiiii Clara... - responde Mandel, alucinado. — Não tô aguentando mais... Aiiiiii...

— Nem eu! - responde Claraluz, alucinadamente. — Aiiiii... Que delííííííciaaa...

Neste momento, Claraluz e Mandel atingem um orgasmo intenso, ainda mais intenso do que o da primeira vez. Claraluz dava alguns gritinhos abafados pelo travesseiro, que ela colocara no rosto para que o som não vazasse para outros cômodos do apartamento. Mandel soltava urros de prazer. Claraluz se contorcia toda e deixava aquela sensação dominar seu corpo e sua alma. Parecia que os dois haviam se entregue a uma viagem psicodélica incomum. Os olhos dos dois reviravam-se de tanto prazer. Experimentaram um orgasmo místico e transcendental. Tinham a sensação de que, por alguns parcos instantes, saíram dos seus corpos e se encontraram em algum lugar espiritual. Nada fora igual àquele momento em suas vidas...

Aos poucos, ofegantes, voltavam ao normal. Um sono pesado apossara-se deles e, sem perceber, dormiram profundamente, como se estivessem dormindo juntos e colados. Num único sonho, sonhado pelos dois, Claraluz se ajeitava nos ombros de Mandel, que por sua vez, a envolvia em seus braços e cobria, carinhosamente, a sua eterna e desejada amada.

XX

Os sons que invadiam os ouvidos das pessoas, ainda sonâmbulas, anunciavam a chegada da segunda-feira. Os roncos dos motores dos carros, motos, caminhões, ônibus e outros ruídos não identificáveis se misturavam ao burburinho das pessoas, e aquela infinidade de timbres soava como uma orquestra desafinada, em que cada instrumento tocava uma música diferente ao mesmo tempo. O cheiro do café forte e passado na hora era o primeiro sinal despertador para as crianças e adolescentes que se preparavam para ir à escola e para os trabalhadores que rumariam a seus locais de trabalho. Nessa rotina parecida com a das formigas se preparando para as tarefas do formigueiro, encaixava-se o doutor Barretto, que chegara ao seu consultório especializado em endocrinologia e metabologia, no elegante São Conrado, um dos mais luxuosos bairros do Rio de Janeiro. Expunha um semblante abatido, depois de ver o seu noivado desabar como um castelo de areia. Barretto buscava explicações mais convincentes, mesmo sabendo que os argumentos de Claraluz eram firmes e lógicos. Barretto não acreditava no amor, nunca se apaixonara, e achava perfeitamente normal que as pessoas se casassem por interesses. Em sua mente extremamente racional e lógica, não conseguia conceber as manifestações calorosas dos sentimentos das pessoas. Barretto era o tipo de pessoa que apenas respondia secamente a uma pergunta que alguém o fazia, e depois se voltava para o seu mecanizado mundo. O sentimento que experimentara naquele sábado, onde vira seu noivado rompido, fora algo incomum para o seu robótico e frio perfil. Nunca fora romântico com Claraluz, apesar de ser um *gentleman*, como convinha à nobreza de um Lucena. Naquele momento, a memória de Barretto o levava aos encontros com a ex-noiva. Ele se lembrava de que ela, há algum tempo, vinha reclamando da sua inerente frieza. Barretto não entendia os sentimentos e comportamentos de Claraluz, e não gostava da forma calorosa com que tratava as pessoas, apesar de não manifestar ciúmes por isso. Apenas acreditava ser ilógico aquele comportamento. Ele acreditava que casar com Claraluz seria importante, porque sendo ela médica como ele, poderia compartilhar os assuntos e os diálogos profissionais do dia a dia. Aliás, o assunto dominante que permeava as conversas entre os dois era sobre medicina, e Claraluz, mesmo se mostrando interessada e participativa, demonstrava enfado depois de algumas horas de diálogo sobre o mesmo tema.

Não havia beijos, abraços, afagos, ou qualquer manifestação de carinho por parte de Barretto. Nos diálogos entre Claraluz e Barretto, dominavam as conversas técnicas e profissionais da medicina.

Apesar de abatido, Barretto procurou se concentrar em seu trabalho. Solicitou à secretária do consultório, Myrtes, a agenda de consultas do dia. Examinou cada caso e ligou o seu computador. Abriu o e-mail que usava para fins profissionais, até se deparar com algo estranho. Um e-mail com o título "Casamento de Claraluz e Barretto". Barretto não costumava disponibilizar o seu e-mail de uso profissional para outros assuntos. "Deve ser alguma empresa oferecendo algum serviço especializado para cerimônias de casamento", pensou. Quase deletara o e-mail sem ler, mas resolveu abri-lo, pois, pensou, poderia ser alguma outra informação significativa. "Não custa ver o que é", pensou, manipulando o seu mouse adaptado para a mão esquerda, por ser canhoto. Mas ao ler o e-mail, as surpresas lhe assaltaram. Ele tira os óculos e esfrega os olhos: "Que diabos é isso?". Lê outra vez, letra por letra, aquele texto assinado por alguém que se intitulara "Capitu":

> Claraluz tem um novo namorado, por enquanto virtual, pois ela acabara de conhecê-lo pela internet. Veja alguns trechos:
>
> ***Claraluz***: por isso, por também criar ilusões em torno desse amor verdadeiro que tenho à medicina, acabei ficando noiva de um médico, e estou com o casamento marcado.
>
> ***Claraluz***: (...) E no final das contas, até meu noivado é resultado de um encontro arranjado, sem eu saber... Minha mãe combinou uma festa com suas amigas socialites, e armou com uma amiga para que convidasse o Barretto, o meu noivo, que como eu disse para ti, é médico, e é descendente de outra família tradicional, espanhola, a família Lucena, e eles são muito ricos...
>
> ***Claraluz***: E estou em crise no meu noivado também. (...) A ficha caiu, e estou concluindo que não é nada disso que eu quero. (...) Por isso faço festa pelo fato de os convites não estarem prontos. Nem tudo está perdido...
>
> ***Claraluz***: Tudo bem! Só precisarei ser discreta, às vezes, e se eu precisar usar os recursos da dissimulação, tu saberás qual é o motivo. A minha mãe me trancaria num calabouço se descobrisse estes nossos encontros. E estou também pensando no Barretto, nossa... Imagino o esforço que deve ter feito para parecer simpático e agradável no começo do namoro. Aquela simpatia toda se perdeu no caminho... parece que a geleira

do polo norte se instalou naquela alma... ou sei lá, ele escondeu a geleira e mostrou só agora, o que é o mais provável. Quanta diferença entre vc e ele. Desculpe-me a comparação.

Assinado: Capitu

Barretto começou a analisar frase por frase, para ver se havia algo absurdo ou irreal. Mas os detalhes do conteúdo não deixavam dúvidas. Aquele suposto diálogo de Claraluz com alguém que nem aparecia no texto continha elementos que só pessoas muito íntimas poderiam saber, como o relato do encontro dele com Claraluz, e que resultou no namoro. Barretto checou o e-mail e confirmou o que já havia percebido antes. Aquele e-mail não constava da sua lista de endereços. Tentou descobrir quem poderia tê-lo enviado através da descrição do endereço, mas ele estava escrito de tal forma, só com letras desconexas e números, que era impossível saber ao menos se era homem ou mulher o remetente daquela correspondência bombástica. Apesar do texto do e-mail não ser claro a ponto de revelar uma suposta traição de Claraluz – que mais parecia mais estar desabafando com alguém –, uma frase poderia comprometê-la: *A minha mãe me trancaria no calabouço se descobrisse estes nossos encontros.* "Claraluz pode estar se encontrando com alguém. Mas encontrando como? Virtualmente ou ela estaria de fato tendo um caso?". As dúvidas e questionamentos começavam a invadir a mente de Barretto. A decisão de Claraluz, ao terminar o noivado, afinal, parecia fazer sentido para ele: terminara em função de alguém com quem ela apaixonara! Barretto perdeu a sua rigidez calculista e foi tomado por uma ira quase incontrolável. Concluiu que deveria reagir contra esta provável traição da ex-noiva, mas ainda não sabia como. Nesse instante, Myrtes bate à porta da sala de consultas, entra e comunica:

— Doutor Barretto, a dona Wandinha acaba de chegar!

— Myrtes, por favor, peça a dona Wandinha que espere só mais cinco minutos. Preciso responder a um e-mail da SBEM com urgência. Diga que vou atendê-la daqui a pouco! – responde Barretto, sem conseguir disfarçar no semblante o ódio que o dominara. Assim que Myrtes sai da sala, Barretto resolve responder ao e-mail que recebera:

Olá.

Não imagino quem seja você, mas alguns dados do texto que me enviou sugerem que os fatos narrados e o teor da "conversa" entre minha ex-noiva e a pessoa que conversava com ela são verídicos, e mostram que, se o texto não é da minha ex-noiva, é de alguém que a conhece intimamente.

Portanto, gostaria que se revelasse e dissesse o que sabe sobre este caso.

Obrigado.

Paulo Barretto de Lucena

Logo depois de enviar o e-mail, Barretto pede a Myrtes para chamar a primeira cliente. Ele apresentava uma desconcentração incomum e, frequentemente, fazia a mesma pergunta à cliente mais de uma vez. No intervalo entre a primeira e a segunda consulta, Barretto confere a sua caixa de e-mail para ver se já havia alguma resposta. A sua ansiedade contrastava com a sua habitual frieza calculista.

***

Do outro lado, Magda abrira o seu e-mail clandestino, e ao ler a resposta de Barretto, sorri com sarcasmo, como de costume. "Vou começar a brincar de gato e rato com este mané". E depois de traçar novos planos, escreve uma resposta a Barretto, e salva em sua pasta "Rascunhos", o deixando "de molho" por mais ou menos uma hora, sadicamente, pensando em aumentar o sofrimento de Barretto, pois imaginara, com razão, que ele estaria ansioso por respostas. E em seu consultório, entre o quinto e o sexto paciente, Barretto se deparou com a resposta do seu remetente oculto. Pediu a secretária Myrtes, novamente, que fizesse o paciente esperar um pouco e pôs-se a ler o e-mail:

Doutor,

A sua noiva lhe traiu, esse é o fato. Trocou uma geleira por uma fogueira. Trocou uma máquina por um galanteador romântico. Menos mal, porque senão você seria um homem casado destinado a carregar um belo par de chifres. Pelo menos, os seus chifres terminaram junto com o seu noivado fracassado. Mas vou lhe dar mais alguns elementos. Não vou revelar o nome da pessoa com quem aquela piranha, a sua ex-noiva, está lhe traindo, por isso vou trocar o nome dele e chamá-lo de "Sherlock". Mas comece a olhar à sua volta. Pode ser que algum "amigo" esteja lhe passando a perna. E se não acredita, leia mais alguns trechos da conversa romântica dos pombinhos:

Sherlock: Olá! Por alguns momentos, tive a sensação de ter sido abandonado.

Pensei que iria lhe perder pra sempre. Voltei àquela sala de bate papo e vi que vc não estava mais lá. Fiquei triste...

Claraluz: Desculpe-me! Tive que preparar algumas coisas antes de ficar mais a vontade. Estou de plantão no hospital em que eu trabalho.

Claraluz: E pode ser que eu tenha que sair de repente para atender algum chamado, mas como vc está sabendo, não fique surpreso. (...)

Claraluz: Ganhou mais um pontinho poético, poeta da doutora... rsrsrs... Mas o meu pai, Clóvis é o nome dele, é um doce... Adoro... Ele foi diplomata de carreira, muito respeitado em sua função, e atuou principalmente na diplomacia brasileira no Oriente Médio. Aposentou-se há menos de um ano. Ele e minha mãe são divorciados. Eu tinha 14 anos quando eles se separaram. Foi uma barra para mim. Adoro o meu pai e minha mãe, mas eles são muito diferentes.

Claraluz: Uffffff... Tu caíste do céu, Sherlock. Precisava encontrar alguém como a ti para desabafar, colocar as coisas ruins para fora, e ao mesmo tempo receber palavras tão carregadas de poesia e sabedoria como as tuas palavras. Sou médica e entendo muito bem esse processo necessário para a nossa saúde, que é o de por para fora aquilo que nos faz mal e colocar para dentro aquilo que nos faz bem...

Sherlock: Não caí do céu não! Caí na tua vida, inevitavelmente! Entrei na tua vida, como você entrou na minha! Libertemo-nos da prisão da solidão para nos aprisionar, para que nos aprisionemos na liberdade do amor. Descubramos juntos o amor, o amor verdadeiro, que não precisa de roupa e nem de cosméticos para se manifestar, e que vem com a fúria de Titãs. Precisamos do amor para sobreviver da mesma forma que precisamos do ar para respirar, viver e dar sentido à vida...

Claraluz: Você me deu uma balançada... Parece que passou um furacão aqui. Não sei se comemoro ou começo a tremer de medo. Mas não posso negar que está sendo mágico este encontro. Não tenho como negar! (...)

Isso é só o começo. A sua Claraluz lhe ofuscou, e você não sabe quem ela é.

Capitu

A princípio, Barretto ficara indignado com o baixo nível demonstrado pela pessoa que lhe revelava esse inusitado lado oculto e infiel de Claraluz e que, ainda por cima, debochava dele. Por outro lado, sentia-se estranhamente gratificado com essa pessoa de identidade velada, pois o trecho revelado do diálogo entre a sua ex-noiva e o suposto amante dava-lhe certezas: Claraluz tinha alguém, os diálogos aconteciam pela internet, e Claraluz entrava em contato com esta pessoa também do seu local de trabalho, aumentando ainda mais a sua indignação. E o pior: Barretto percebera uma intensa aura romântica entre Claraluz e o suposto amante, e que desenhava sob as suas barbas uma clássica história de traição. "Mas quem seria este amante?". O "delator" virtual com quem Barretto acabara de se comunicar dera-lhe uma pista: "Será alguém conhecido?...", "... mas, e o delator? Não parece conhecer Clarissa!...", "será esse delator ou o amante de Clarissa alguém do meu círculo profissional?". Com todos esses questionamentos vindos à tona, Barretto rastreou a sua memória em busca de alguém ligado profissionalmente a ele. Como quase não tinha amigos fora do circuito médico, ficava cada vez mais intrigado. E no seu rol de pretensos suspeitos, ele não conseguia imaginar quem fosse. A maior parte dos seus colegas também conhecia Claraluz, e mesmo que não fossem muito íntimos, não fariam perguntas sobre os seus pais, pois todos sabiam, mesmo que por alto, quem era Clóvis Montenegro e quem era Gertrudes Vasconcelos, como o fez o suposto amante da ex-noiva. "E se o "delator clandestino" estiver blefando?" Essa hipótese não poderia ser descartada. No entanto, o denunciante oculto revelava situações que não deixavam dúvidas: Claraluz era a dona das palavras atribuídas a ela naquele diálogo virtual. Portanto, neste caso, não havia blefe. "Mas por qual motivo essa pessoa, que se apresentara de forma clandestina, estaria revelando esta história secreta de Claraluz?". Inundado de dúvidas, Barretto não hesitou e enviou mais um e-mail:

> Olá.
>
> Continuo sem saber quem és tu e por qual motivo estás me enviando esses diálogos da minha ex-noiva com essa pessoa com quem ela está se relacionando. Apesar de não gostar deste tipo de jogo e nem desse vocabulário chulo que empregas, preciso saber como conseguiste esses diálogos, e porque estás me enviando. Qual são teus motivos para fazer tal coisa? O material que me mandaste não me deixa dúvidas quanto à autenticidade da autoria, mas não consigo entender porque fazes isso. E se tu sabes quem é a pessoa com quem Claraluz está se relacionando, por que não diz logo?
>
> Espero respostas,
>
> *Paulo Barretto de Lucena.*

Magda recebe o e-mail, e uma felicidade demoníaca invade a sua alma. "O pato caiu!". Ela resolvera escrever logo uma resposta, mas também a guardara na pasta "Rascunhos": "Vou cozinhar o galo! Vou enviar o e-mail só no fim da tarde para fazer esse otário sofrer um pouco mais". E enquanto Magda adiava por algumas horas o envio do e-mail, Barretto experimentava uma ansiedade incomum, que contrastava com a sua frieza saxônica. A qualidade do atendimento aos seus pacientes nunca fora tão hesitante e vacilante, e todos eles - que o admiravam -, ficaram perplexos quando perceberam que algo de estranho estava acontecendo na vida do doutor Barretto, pois era notório que ele não estava atento aos casos clínicos dos pacientes. Estava incomumente distraído. Na hora do almoço, ele resolve ligar para a ex-sogra:

— Oi, dona Gertrudes, tudo bem?

— Barretto, meu querido. Como tu estás?

— Se eu dissesse que estou bem, estaria mentindo. Estou atônito por não entender... Mas estou ligando porque recebi informações até então misteriosas sobre Clarissa!

— E que informações são estas? - pergunta Gertrudes, demonstrando aflição.

— Clarissa tem um amante! Recebi informações pela internet e não tenho dúvidas quanto à veracidade. Clarissa terminou o noivado por estar apaixonada por outra pessoa.

— E quem é essa pessoa? - pergunta Gertrudes, quase não acreditando na notícia que recebia como uma bomba.

— Alguém, de forma clandestina, me enviou diálogos de Clarissa com essa pessoa com quem ela se apaixonou pela internet, e pelo teor, não há como negar que seja ela e que esteja envolvida com alguém. O problema é que essa pessoa, que se ocultou por trás de um e-mail com um endereço discreto, que torna impossível saber a sua identidade, também não revelou quem é o tal amante de Clarissa.

— Desgraçada! - grita Gertrudes, histérica. — Sabia que algo de podre estava acontecendo na vida daquela infeliz!... Mas vamos fazer o seguinte: não sei se tu sabes, mas Claraluz saiu de casa e foi morar com o pai. Porém, Cleuza me disse que ela estará hoje à noite, às sete horas, lá em casa, para pegar algumas coisas dela. Vamos surpreendê-la e fazer com que ela revele essa história malcheirosa. Já que ela teima em não reatar o noivado, pelo menos, revele essa podridão, e que todos saibam que o noivado acabou porque minha filha, infelizmente, é uma infiel! Como fico triste por isso, meu Deus!... — Mas me conta como isso aconteceu e quem poderia ser o infeliz, Barretto! - suplica Gertrudes.

Barretto conta os detalhes da revelação. Do outro lado, Gertrudes exclamava pasmada:

— Não acredito! Eu só posso acreditar que minha filha está louca! Ela precisa ser internada! Como pode? Ela se apaixona por alguém que ela nem vê, e que está do outro lado da tela?... O problema é que tu não tens nem ideia de quem seja a pessoa que está enviando os e-mails, e nem quem seja o amante de Claraluz. Ela vai ter que se explicar, nem que eu tenha que fazer com que ela engula a língua, caso não queira dizer! Não sei quem é pior: Claraluz, com esta traição sem-vergonha, ou a pessoa que está mandando esses e-mails, que não se revela e não diz quem é o amante de Claraluz. Estamos cercados de matérias fétidas por todos os lados...

— Não consigo entender essa lógica, dona Gertrudes, se é que há!

— Também não consigo entender, Barretto. Tu, um homem tão rico e bem sucedido... Mas vamos deixar as coisas em pratos limpos, e eu lhe prometo ajudar a limpar a sujeira. Vamos marcar para as seis horas, lá em casa, para conversarmos antes que Claraluz chegue, e qualquer novidade que aparecer, me ligue! Quero estar a par de tudo! Está bom para ti?

— Tudo bem! Estarei lá as dezoito, dona Gertrudes!

— Um beijo, meu querido! - despede-se Gertrudes.

— Até lá, dona Gertrudes! - despede-se Barretto.

XXI

Deixa o mundo avisar de teu nome, sete vezes escrevi o seu nome, deixa o mundo avisar de teu nome. Num mundo assim bem grande, sete vezes escrevi seu nome. Num mundo assim bem grande, sete vezes escrevi. Será que é é, fato necessário diz que é é, insistir e repetir que é é, todas as portas abrir.

Enquanto pensava em Mandel, com o coração angustiado, Janaína ouvia, através de um fone de ouvido, a música *7 Vezes*, de O Rappa, originada de um arquivo MP3 do seu aparelho celular. De repente, a música parou, entrando o tom de chamada telefônica. Não era um número relacionado à sua lista de nomes, mas mesmo assim ela atende:

— Alô?!

— Oi, Janaína, tudo bem? Aqui é Magda, sobrinha da Esther!

— Ué?! Tudo bem! Esther já me falou de você. Mas a que devo a surpresa? - pergunta Janaína.

— Pois é, Janaína, estou te ligando por um motivo muito sério, e quero te fazer uma proposta. Não leve a mal o que vou dizer, mas sei que você é amante do Mandel!

— Que é isso, menina?! Você nem me conhece, como pode falar um absurdo destes?... Capaz! - responde Janaína, assustada com a investida de Magda, mas tentando negar a sua afirmativa.

— Janaína! - continua Magda. — Não se assuste! Não precisa negar, pois não é do meu interesse prejudicar você. Pelo contrário, só quero te ajudar. Sei de muito mais coisas a respeito de você, do Mandel e da minha tia do que você imagina. Sei que você se encontra com Mandel na casa dele sem que ninguém saiba, sei que ele não está satisfeito com a minha tia porque ela não tempo para dedicar ao namoro, como também sei que Mandel arranjou uma namorada pela internet, e que é uma médica carioca. O problema é que ele está apaixonado por ela, e acho que se você não tomar uma atitude rápida, vai perdê-lo! Sei que você gosta dele, e só aceita o namoro com minha tia porque vocês conseguem conciliar seus encontros, afinal, a tia

Esther não tem tempo mesmo... Por isso, quero marcar um encontro com você e propor algumas coisas. Tenho certeza de que Mandel ficará mais feliz ao seu lado do que ao lado da minha tia. Eu gosto muito dela, mas, mesmo que ele não acredite, também gosto dele, e quero tanto a felicidade dele quanto a dela. Mas se eles continuarem juntos, os dois ficarão prejudicados. Por isso quero me encontrar com você. Topa?

— Me deixa pensar um pouco!

Janaína ficara assustada com as palavras de Magda, mas percebera que seria inútil negar para ela a sua relação com Mandel. Algumas novidades, novíssimas em folha, foram servidas no banquete das revelações, como a relação de Mandel com Claraluz. Além do mais, não haveria como negar fatos mais antigos, como a sua relação com Mandel. Depois de constatar que não poderia contradizer o inegável, Janaína responde:

— Tudo bem Magda! Não tem como eu mentir para você. Eu me relaciono com Mandel há um bom tempo. Mas como é que sabe disso?

— Lembre-se! Sou especialista em computação. Tenho todas as conversas de Mandel com Claraluz. Imagino que nem você sabia o nome dela! Eu sei de vocês dois porque ele contou para ela no Messenger. E como acha que consegui o seu telefone? Foi através dos arquivos de Mandel. Se topar se encontrar comigo, mostrarei toda a conversa dele com Claraluz, e lhe farei uma proposta que poderá trazer Mandel pra você de mão beijada. Que tal?

— Olha, Magda! Não estou gostando nada desta história, mas, pelo jeito, não tenho muitas alternativas. Vamos nos encontrar e conversar, então!

— Ótimo! Sei que este não é um telefonema comum, mas você vai acabar me agradecendo, pois só quero te ajudar. Mas quero encontrá-la ainda hoje. Você tem algum horário? – pergunta Magda.

— Eu tenho aula à noite, mas podemos marcar por volta das cinco e meia. Mas tem que ser aqui em Sabará! Tudo bem pra você?

— Eu também tenho aula na faculdade hoje à noite, mas posso sim! É por uma boa causa, e posso perder uma parte das aulas. Quero me encontrar com você em um bar ou um restaurante. Tem alguma sugestão? – pergunta Magda novamente.

— Tem o Bar Ôco II, que fica bem no Centro, na Praça Santa Rita. Fácil de chegar! – responde Janaína.

— Beleza! - responde Magda. — Como eu vou de ônibus, fica fácil. Pergunto ao trocador como chego lá.

— Tudo bem! Vou estar lá às cinco e meia. Se você não aparecer, vou embora!

— Fique tranquila que estarei lá no horário. Não se preocupe! - responde Magda.

***

Enquanto, de um lado, Janaína ficara preocupada e assustada com aquela ligação, do outro lado Magda comemorava mais um *round*. Em seguida, entra no Messenger e procura Ditão, um amigo hacker com quem ela trocava informações. Ele estava on-line, e ela o chama:

Ditão: *O que foi, princesa? Quando me procura assim tão ansiosa é porque tá precisando da ajuda do chefe aqui.*

Magda: *Oi chefinho querido, tubelez?*

Ditão: *Iiiiiii. Aí vem rolo. Fala mulher.*

Magda: *Tô precisando de um favorzinho seu. Preciso arranjar um negócio, e só vc pode me ajudar.*

Ditão: *Então desembucha.*

(Magda relata os fatos e diz a seu amigo virtual o que quer dele).

Ditão: *Vc é doidona mesmo, mulher. Tem aquele e-mail que vc usa pros rolos? Vou te mandar por lá. E imprime numa gráfica, que vou te mandar o endereço junto. Mas isso vai te custar 150 pilas tá? Só mando quando vc transferir o dinheiro pra minha conta. E tem o preço da gráfica, que pra este serviço custa mais caro um pouco do que o normal.*

Magda: *Claro que eu não vou te deixar na mão, chefinho. Mas vc meteu a mão agora. Assalto à mão armada virtual. kkkkkkk. Mas tô com banco aberto. Tô transferindo pra sua conta. Mas não enrola não, tá?*

Ditão: *Vc sabe que comigo é pá e bola. Por isso sou respeitado, gata. Dinheiro pra cá, mercadoria pra lá.*

Magda: *Então pode enviar chefinho, porque enquanto vc chora, eu já mandei o dinheiro. Olha aí.*

(Ditão pede para Magda os dados necessários para o arquivo solicitado por ela, pede alguns minutos, e depois retorna ao Messenger).

***Ditão**: É!!! Vc tá ficando boa nisso. Discípula do mestre tem que mostrar serviço. Tá pronto! Tô mandando. E cuidado com isso. Nem te conheço, tá?*

***Magda**: Vc sabe que eu não deixo rastros. Xá comigo. Brigado chefinho. Vc é um amor.*

***Ditão**: Éééé gata. Vo acabar te pegando. Mas vc ta aprendendo. Disponha.*

***Magda**: Beijossss então. Fuiiiiii.*

***Ditão**: Beijossss gata.*

"Ainda te pego mesmo!", imagina, em sua tara, Ditão.

XXII

Aquele rapaz de um metro e setenta, magro, mas com um corpo levemente musculoso, de cabelos castanhos escuros, um par de óculos de uns dois graus de miopia e uma leve barbicha acompanhando o seu rosto triangular chegara ao consultório acabrunhado. Sempre chegava revoltado. Nunca quis estar ali, mas por força de uma boa dose de coerção dos seus pais, ia sempre, mesmo a contragosto. Mas neste dia, ele entrara naquela charmosa casa do bairro Cidade Nova, em Belo Horizonte, com um espírito diferente das outras vezes. Assim que chega a sua vez, entra naquela sala de terapia, iluminada com uma tonalidade pálida, de cor laranja, por seis pequenos holofotes instalados em vários pontos do solo. Avança até a mesa onde estava Esther e a cumprimenta de cabeça baixa:

— Oi, doutora Esther. Tô aqui de volta!

— Oi, José! Bom te ver! Vamos sentar no sofá pra gente conversar um pouco.

Esther levanta da cadeira e conduz José até ao sofá, comprado nas últimas reformas do consultório. Cada um senta numa ponta, e Esther começa a conversa:

— Pois então, José! O que houve com o nariz? Estou vendo que você está com um curativo...

— É! Quebrei o nariz ontem, e hoje eu fui ao hospital para fazer uma cirurgia. O médico disse que está tudo normal, mas fiquei com medo de ficar com o nariz torto. Mas graças a Deus não tem perigo! Pelo menos foi isso que o médico disse.

— José! – fala Esther. — Você sabe que está aqui para tentarmos colocar um freio na sua dependência química. Por isso, preciso que algumas coisas fiquem claras. Em primeiro lugar, você não é a primeira e nem será a última pessoa que cai na armadilha da dependência das drogas. Segundo, que eu não tenho nenhum motivo para discriminar quem usa drogas. Faz parte do mundo de hoje e eu seria tola se eu discriminasse qualquer pessoa por isso. Em terceiro lugar, quero dizer que tenho uma motivação muito especial por ser sua parceira em sua luta contra a dependência: gosto de você e dos seus pais! E por último, quero lhe mostrar que só você pode querer abandonar o vício. Se você não quiser, direi tranquilamente aos seus pais que essa terapia não tem sentido. Mas se você tiver vontade de parar, eu farei todos os esforços para colaborar. Então José, agora é com você!

— Olha... Eu fiquei um pouco cabreiro com o que me aconteceu ontem. Eu quebrei o nariz porque um noiado tava na boca, nós discutimos, ele me deu um murro no nariz e aí ele quebrou. Fiquei pra baixo ontem... Fiquei pensando até quando vale a pena ficar nessa vida, arriscando...

— Quero te perguntar e quero que fale o que você sentir, sem nenhum freio, tá? Pense bem e fale: por que gosta de fumar crack? - pergunta Esther.

— Bom... a senhora sabe como é que é! - responde José. — A gente sai pra vida querendo experimentar as coisas, e na rua tem muita coisa para experimentar. Tem sexo, drogas, bebidas, garotas, jogos... muita coisa! Eu tava cheirando cocaína quase todo dia, e aí um colega que cheirava também, trouxe umas pedrinhas de crack e colocou pra eu experimentar. Gostei, e no outro dia quis mais, e aí no outro dia também, e, quando percebi, já tava mergulhado até o pescoço. Eu nem sei porque eu fumo essa porcaria, mas dá uma sensação que é muito gostosa, e a gente fica sempre procurando aquela sensação, porque acaba muito rápido. Daí a pouco a gente quer mais, depois mais... Eu sei que é um negócio do capeta, parece que a gente não tem força pra sair... Sei lá... O mundo que a gente vive é muito louco, a gente não tem muitos motivos pra ficar sonhando muito, todo mundo quer ser feliz agora, e ninguém tá muito a fim de ficar trabalhando pra ser feliz depois... O cara fica anos batendo martelo e, quando chega lá, ele vê que não é nada daquilo que ele queria, que não trouxe porra nenhuma de felicidade pra ele... Desculpe!

— Fique a vontade! Fale o que der na sua cabeça e do jeito que quiser! - pondera Esther.

— Eu acho não existe esta felicidade que os nossos pais querem que a gente acredite! - continua José. — Eu sei que esta droga maldita só dá problema pra gente, mas eu não sei o que eu quero pra mim também. Eu não acredito nesse Deus que as pessoas querem que a gente acredite. Ir à missa é um saco, dá sono! Se ocê vai numa igreja de crente, eles falam que Deus vai mudar sua vida. Mas outro dia a filha de um pastor foi baleada num bairro lá perto de casa e ficou aleijada. Que merda de Deus é esse que não muda a vida nem de quem anda com a Bíblia debaixo do braço? Pra mim, este Deus que eles pregam e que os pais da gente querem que a gente acredite é um grande dum mentiroso! Num tô falando que Deus não existe. Mas pra mim, Deus não é este que eles querem que a gente acredite! E aí a gente fica feito barata tonta, sem saber o que fazemos na vida, porque ninguém fala a verdade! Quando a gente é pequeno, falam que existe um tal de Papai Noel que dá presente pra gente no Natal. É só mentira que a gente ouve! Este tal de Papai Noel só existe pros comerciantes ganharem dinheiro, mais nada! Meu pai gosta, mas eu acho isso tudo ridículo! A vida é ridícula! A gente nasce e todo mundo deseja que a gente seja feliz, mas eu não vejo ninguém feliz. Mentira! Eu vejo aqueles bebuns da rua felizes. Aqueles sim! Não tão nem aí pra bosta nenhuma! Todo sujo e fedendo, e abrindo aquele bocão sem dente rindo de tudo. Só eles são felizes!... Olha o meu pai! Homem sério, cara fechada, não ri pra nada. Tudo tem que ser muito certinho com ele. Acorda todo dia no mesmo horário, almoça no mesmo horário, toma café, janta, assiste jornal de noite e depois vai dormir. E eu sei que ele não é feliz! Eu convivo dentro de casa e na loja com ele todo dia, e sei que ele não é feliz! Minha mãe é outra! Parece uma beata! Vai à igreja toda hora! É um vício, parecido com o meu. Mas ela tá cheia de problema de saúde, tem pressão alta, é ansiosa, estressada, tá com problema na coluna... Também não é feliz!... Minha irmã é uma adolescente chata pra caraio! Fica o dia inteiro no Orkut, e toda hora fica tirando foto com o celular dela e postando lá. Tira foto no espelho, tira foto com cabelo prum lado, depois pro outro... Olha que vida vazia a da minha irmã. Sei lá! Qual é a finalidade deste mundo? Todo mundo vive de fantasia, e querem criticar a gente que usa droga. É tudo farinha do mesmo saco! Eu sei que esta merda desta droga só tá me trazendo problema! Eu não tenho dinheiro pra nada! Vai tudo pra eu fumar! Mas eu também não sei o que quero da vida! Não tenho este tal de sonho de vida que todo mundo fala. Isso tudo é uma grande enganação! Só não quero morrer ou ficar entrevado numa cadeira de rodas. Isso eu não quero! Por isso me deu uma vontade maior de parar com esta bosta. Ontem, se o cara tivesse com um canivete, ele me furava. Fiquei pensando nisso, e vi o quanto é perigoso estar envolvido com essa pedra maldita... Olha... Eu topo tá? Eu vou fazer uma força maior pra poder parar e acho que eu posso confiar na senhora. Eu gosto da senhora, sabia? Não é aquela pessoa que gosta de pagar pau, como as pessoas que ficam sabendo que a gente fuma pedra e só querem pagar pau e ficar dando lição de moral. Não tem ninguém que tem moral pra ficar pagando pau! Todo mundo tem seus pecados! Fico puto com isso! Mas pelo menos a senhora ouve a gente e não fica querendo dar lição de moral... Putz! Falei pra caraio!

— Que nada! Você falou o que estava sentindo, só isso. Aqui não tem esta regra de medir o tanto que se fala. Pode falar a vontade, tá bom, José?

— Tá legal! - responde José.

— Fiquei muito feliz por você confiar em mim, José - conclui Esther. — Você tem toda razão em enxergar que a felicidade não está aí neste monte de coisas que as pessoas pregam. Mas presta a atenção numa coisa, que acho bom você adotar, se quiser, daqui pra frente: não existe felicidade eterna aqui nesse mundo! Nisso eu te dou razão, José! Mas existem pessoas que estão de bem com a vida. Pessoas que fazem o que gostam, que sentem prazer naquilo que fazem e celebram a vida. Existem pessoas que gostam de viver, e não precisam ser necessariamente pessoas que trabalhem formalmente e nem que tenham religião. Por outro lado, existem pessoas que trabalham formalmente, que tem uma religião e estão de bem com a vida. Então, esta não é a condição! As pessoas não são felizes sempre. Todo mundo enfrenta dificuldades, aborrecimentos, limitações, problemas de saúde e financeiros... Mas as pessoas que vivem de bem com a vida enfrentam essas dificuldades de forma diferente. Se a gente descobrir o que nos faz ficar de bem com a vida, superamos muitos problemas emocionais, pois, para estas pessoas, o fato de viver já é o motivo da celebração. Este é o nosso desafio! Descobrir o que nos faz ficar de bem com a vida. Se você descobrir o que te faz bem, José, tenho certeza de que você vai vencer a dependência química e psicológica do crack. Aposte nisso se quer vencer! E aproveitando, quero te fazer uma proposta: fale-me de algo do que você gosta? Reflita primeiro e pense em algo que gosta de fazer e que te dá prazer.

— ...Eu gosto de música, Esther! - responde José, depois de pensar por alguns segundos. — Eu aprendi a tocar teclado e acho um barato. Acho que tenho um ouvido muito bom e curto muito aqueles caras que compõem aquelas músicas que a gente tem que estudar e batalhar pra aprender a tocar. Sou fissurado na cabeça desses caras. Como é que podem criar coisas tão legais?... Eu também já percebi que tenho facilidade pra criar músicas. De vez em quando, eu pego o teclado e começo a fazer algumas coisas, e depois vejo que ficaram legais. Mas tem um tempo que eu não pego o teclado... A pedra não tá dando tempo... Mas eu gosto pra caramba de música! Isso é um negócio que me deixa bem, sabia? Foi até bom você perguntar, porque eu nem tinha pensado nisso!

— Nossa, José! - exclama Esther. — Você não sabe como eu fico satisfeita em ouvir isso! Você tem uma chance de ouro pra vencer a luta contra a dependência do crack! Pensa nisso com carinho, e se você se mantiver firme em seu propósito, você conseguirá! Mas tenho outra proposta agora. Fique tranquilo, que conversei com seus pais sobre a minha proposta, e se você aceitar, você chegará um pouco mais tarde em casa. A minha proposta é irmos juntos, hoje, a uma reunião do Grupo de Narcóticos Anônimos, no Hospital Santa Maria, na Avenida do Contorno, lá em cima, depois de subir a Afonso Pena, à esquerda. Sabe onde é?

— Acho que sei! É mais ou menos perto do Life Center - responde José.

— Isso! E então, topa? - pergunta Esther.

— Tá legal! Pode ser! - responde José.

— Então vamos logo porque a reunião começa às seis e meia, e se a gente não sair agora, vamos chegar atrasados, ainda mais com este trânsito que parece um purgatório. Deus me livre! - sugere Esther, soltando uma gargalhada. — Tá vendo, José? A felicidade perene é uma mentira mesmo! Quem pode ser feliz nesse trânsito? - finaliza Esther, soltando outra gargalhada.

Esther e José saem do consultório rumo à reunião dos Narcóticos Anônimos. Esther pega o seu carro, um Fiat Uno prata, abre a porta, e com um sorriso, diz:

— Quero que confie em mim também como motorista!

José solta a sua primeira gargalhada do dia e retruca:

— Eu confio também!

XXIII

A campainha tocou faltando dois minutos para às seis da tarde. Cleuza atendeu a porta e, admirada e surpresa, exclama:

— Doutor Barretto!?

— Boa tarde, Cleuza! - responde Barretto, carregando em sua mão esquerda uma maleta de notebook.

— Mande-o entrar, sua tonta! - grita Gertrudes, que apareceu na sala rumando em direção à porta.

Barretto entra, mesmo sem o convite, enquanto Cleuza fica parada na porta, atônita pela aspereza no tratamento de Gertrudes, que acrescenta:

— Quando Claraluz chegar, não diga que estamos aqui, entendeu? Estaremos na sala de jogos, e só vá lá para me avisar quando ela chegar! E se alguém ligar, diga que não estou!

— Entendido, dona Gertrudes! - responde Cleuza, magoada pela forma como fora tratada.

Gertrudes e Barretto se dirigem à sala de jogos. Entrando lá, Barretto coloca o seu notebook em cima de uma mesa, abre-o, liga o aparelho, e dirige-se a Gertrudes:

— Dona Gertrudes, trouxe o notebook para lhe mostrar o que recebi da pessoa que me mandou as conversas de Claraluz com este suposto amante. Quero que veja! Vou aproveitar e deixá-lo conectado à internet, porque posso receber informações a qualquer hora!

— Não são as informações que eu gostaria de receber, Barretto, mas preciso vê-las! - comenta Gertrudes. — Vou deixar meu celular no silencioso, pois não quero ser incomodada por ninguém!

Gertrudes coloca o celular no modo silencioso e o guarda em sua bolsa, da marca *Louis Vuitton*, de couro legítimo. Enquanto isso, Barretto abre o seu e-mail e acessa a correspondência que recebera do delator virtual e anônimo. Abre-a na tela e mostra para Gertrudes, que reforça a sua expressão de indignação:

— Quem diria! Minha filha não só te traiu, como também me traiu! Com que cara vou encarar as minhas amigas, os colunistas sociais?!... Isto não pode vazar, Barretto. Será muita humilhação para nós!

— O que mais me intriga, dona Gertrudes, é por qual motivo esta pessoa resolveu me enviar este e-mail. Qual é a sua finalidade?

— E tem mais essa! Estamos na mão desta pessoa de baixo nível, que pode querer nos chantagear, para não divulgar o escândalo na imprensa!

Gertrudes lê atentamente, e tenta especular sobre o remetente anônimo e o suposto amante de Claraluz:

— É muita cara de pau! Este bandido virtual, que não se apresenta, ainda zomba da tua cara. Tu, um médico respeitado e filho de um homem rico e poderoso. Quem esta pessoa pensa que é? Chama minha filha de piranha, apesar de ter seus motivos justos, e indica que um amigo teu está por trás disso... Mas não parece ser alguém conhecido teu... Parece que esta pessoa está querendo nos confundir. Tu tens alguma ideia de quem seja, Barretto?

— Não tenho a mínima ideia, dona Gertrudes! Rastreei todos os meus amigos e colegas médicos, inclusive os membros da SBEM, mas nada indica ser algum deles, afinal, como a senhora pôde constatar, esse "delator virtual" se referiu ao suposto amante de Claraluz como alguém que eu não conheço, como também diz que essa pessoa não me conhece.

— Precisamos saber como Claraluz conheceu essa pessoa para desvendarmos esse mistério. Ela precisa dizer quem é essa pessoa! Só assim poderemos saber quem é o infeliz e porque Claraluz se encantou por ele. Não acredito que seja só virtualmente, mas se for... Nem sei o que farei, porque aí eu terei certeza de que Claraluz enlouqueceu de vez... Trocar-te por alguém que ela conheceu pela tela do computador?... - lamenta Gertrudes, indignada.

***

Enquanto Gertrudes e Barretto especulavam sobre as origens desse relacionamento virtual, Claraluz se preocupava com uma informação que Mandel lhe passara. Naquele dia, já haviam conversado três vezes pelo celular, mas a última conversa foi diferente das duas primeiras. A última informação fora marcada pela preocupação com o que poderia estar para acontecer. Claraluz refletiu sobre os conselhos que Mandel lhe dera a respeito de novos fatos e pensou: "Se queres a paz, prepara-te para a guerra[9]", sabendo que, a partir de então, viveria momentos difíceis. Chegara a sua nova residência, no apartamento do seu pai em Copacabana, por volta das seis horas da tarde, tomou um banho, preparou algumas coisas, levou-as para o carro e saiu em direção ao apartamento da sua mãe, por volta das seis e meia. "Amanhã tenho que arranjar um transporte para a minha mudança". Em seguida, selecionou a *Rádio MPB - 90,3 MHz*, do Rio de Janeiro, e ouviu Caetano cantar a música *Você é Linda*:

> *Você é linda e sabe viver. Você me faz feliz. Esta canção é só pra dizer e diz. Você é linda mais que demais, você é linda sim. Onda do mar do amor que bateu em mim.*

***

E aproximadamente às seis e meia, Barretto recebe um novo e-mail, enviado clandestinamente por Magda. Ele e Gertrudes o leem com espanto. Era o e-mail que ela havia guardado na pasta "Rascunhos":

> Doutor,
>
> Você deveria me agradecer por estar revelando esta face infiel da sua ex-noiva piranha, mas estou vendo que, além de corno, você é ingrato. Não me revelei por enquanto porque corro riscos. Por isso me mantenho no anonimato, mas daqui a algum tempo você saberá quem sou, e porque estou revelando essas coisas. Tenho motivos de sobra para revelar este caso de amor adúltero. Digamos que sou parte da história, mas parte da história que perde também, como você. Tem alguém mais perto de você do que pensa e que está te apunhalando pelas costas. Você não o conhece, nem ele a você, mas existem ligações entre você e ele. Quando souber meus motivos, irá me dar razão, e se arrependerá de ter sido ingrato comigo, doutor chifrudo. Mas vou te dar mais um pouquinho da história quente de Claraluz com seu amante latino. Veja com seus próprios olhos míopes:
>
> ***Sherlock***: Boa tarde, doutora que faz o meu dia ficar feliz!
>
> ***Sherlock***: E que bons ventos a trazem, Clara - Luz que ilumina minha vida?

---

9 Provérbio originado do latim – *Si vis pacem, para bellum* – e atribuído ao escritor do império romano Flavio Vegécio, do século IV d.C.

Claraluz: Cheguei do meu plantão, cansada por ter dormido pouco. Espalhei-me toda na cama e tirei uma soneca deliciosa, com direito a sonhos deliciosos... Acordei a pouco, e Cleuza, a empregada doméstica daqui de casa, sempre atenciosa e carinhosa, me trouxe algo para eu comer aqui mesmo no quarto, e onde estou até agora, enclausurada por opção, e aí acabei ficando com vontade de te encontrar para conversar mais um pouco.

Claraluz: Poderia até escrever uma história: "Meu Quarto, Meu Mundo", rsrsrsrs...

Claraluz: O meu quarto é o meu quartel-general. O meu refúgio, a bolha protetora, é o oásis de liberdade no deserto das mil e uma satisfações que tenho que dar a todos. (...)

Sherlock: É pegar ou largar, Clara (fui claro, Clara?)... rsrsrs (...)

Claraluz: Bom, vc me fez um verdadeiro relatório de sua vida. (...)

Sherlock: O que acho mesmo é que tudo isso vai mudar depois de ter te conhecido. Existem duas histórias: AC e DC - Antes de Claraluz e Depois de Claraluz. Estas histórias que estou contando são do período AC. (...)

Sherlock: Mas quer uma sugestão? Venha para cá... venha ficar a um milímetro da minha boca... sentir o prazer que estarei tendo em sentir o cheiro da sua pele, e ter o prazer de sentir o cheiro da minha pele, ao mesmo tempo... venha experimentar a transformação de duas pessoas em uma só... sentir o meu beijo em você e os teus lábios roçando nos meus, encostando, sentindo o sabor... sentindo os prazeres do tato... venha sentir meus dedos deslizando por sua nuca... afagando seus cabelos... deslizando de leve, devagar, por suas costas, bem no meio, descendo, fazendo pressão... devagar... massageando...

Claraluz: Hummmm, como eu preciso de uma massagem...

Sherlock: E Deus me criou para fazer massagens em você... para trazer felicidade a alguém que tem tudo, menos a felicidade... Deus me colocou neste mundo para dizer palavras carinhosas para você, para que o teu espírito de energia potencial de luz se transforme em energia cinética de luz, e que esta energia possa iluminar os caminhos do mundo... vc tem a lâmpada, eu tenho a bateria... para que se faça a luz, depende de nós dois...

Sherlock: E o fio que conduz a minha inspiração poética é você... é vc a fonte da energia que me preenche com esta carga elétrica, e que dá vida à poesia arrancada do meu coração como um bebê nascido de parto natural... (...)

Claraluz: Isso tá mexendo comigo, abalando minhas estruturas... Parece que estou experimentando uma droga nova, e não consigo deixar de usá-la...

Sherlock: Nós já criamos uma dependência química, psicológica, emocional e afetiva entre nós... Não tem clínica de recuperação no mundo capaz de dar jeito nesta dependência. Precisamos um do outro como precisamos do ar para respirar...

Está vendo porque perdeu sua noiva, doutor? Perdeu porque ela gosta de homem, não de uma calculadora científica, que no caso é você, Paulo Barretto de Lucena. A única coisa que me motiva a revelar este caso é porque ela só escolheu a pessoa errada. Presta atenção quando ele fala no período AC - Antes de Claraluz. O problema está aí. Se ela tivesse escolhido outro, estaria bem empregado, afinal, ninguém mereceu um par de chifres tão bem aplicado como você, doutor Barretto. A sua piranhinha escolheu o homem errado, só isso. Mas escolheu um homem, doutor, coisa que você ainda não sabe o que é ser: Homem.

Capitu

Gertrudes e Barretto releem, quase incrédulos, até que Gertrudes observa:

— Parece que é uma mulher... Quando ela diz que é parte da história, mas que perde também, me parece alguém que foi traída por essa pessoa, e que foi trocada por Claraluz.

— É verdade, dona Gertrudes. E agora ela diz que não nos conhecemos. Mas então por que será que ela citou esse suposto amante como sendo um amigo meu?

— Perceba que ela colocou amigo entre aspas. Talvez seja algum conhecido da família, alguém que tenha alguma ligação contigo ou alguém da sua família... - conjectura Gertrudes.

E enquanto especulam sobre o remetente anônimo, Barretto recebe outro e-mail. Ele abre a mensagem, e os dois, com os olhos arregalados, leem-na, em busca de mais uma pista:

Barretto, doutor corno,

Lembra-se de que o seu pai, o Barão Humberto, há 4 anos, venceu uma concorrência para o fornecimento de peças para a Marinha? Lembra-se de que um almirante tentou impedir, com todas as forças, que seu pai vencesse a licitação, pois esse almirante tinha ligações fraudulentas com a máfia russa, e por isso tinha interesses em vencer a licitação? Lembra-se de que esta notícia virou escândalo nos jornais? Então! Existe alguém na família deste almirante que não o conhece, mas que adorou saber que você, o único filho do Barão Humberto, deveria ser macho, mas não é, seria objeto de vingança deste almirante corrupto e mafioso.

E como você é tão racional, doutor, agora encontre o Ricardão. Tá fácil!!!

Tá esquentando...

Capitu

***

Do outro lado, Magda delirava com aquele jogo. Enquanto voltava de Sabará, conectara o notebook à internet e fizera algumas pesquisas no Google sobre o Barão Humberto. Assim, descobrira a notícia, em que o alvo era o Almirante Rios Carvalho, que, há quatro anos, tentou burlar a tal concorrência para o fornecimento de peças ao convés de voo do porta-aviões *NAe São Paulo (A-12)*, pertencente à Marinha brasileira, concorrência que a empresa de Humberto Lucena, a *HL Naval*, também participava. Depois de muitas investigações, descobriu-se que o almirante era ligado à máfia russa, e tinha a função de interceptar as investidas do barão e fazer com que uma empresa de fachada, que dava suporte legal à organização mafiosa, vencesse a concorrência de forma fraudulenta. O Serviço de Inteligência da Marinha investigou o caso e descobriu as relações do almirante Rios Carvalho com a máfia russa. Ele foi preso e afastado das suas funções, e posteriormente reformado. A *HL Naval*, sem a presença da concorrente mafiosa, foi a vencedora e estabeleceu um contrato com a Marinha. Posteriormente, Magda pesquisara sobre a vida pessoal do almirante Rios Carvalho. Descobriu que era viúvo e tinha dois filhos, Cândida e Eduardo. Magda se contorcia de prazer ao plantar pistas falsas, e adorava imaginar as hipóteses de como aquela história iria acabar. "Essa história veio a calhar". Ela plantara uma pista falsa sobre o suposto amante de Claraluz, mas não sabia como daria andamento à história. Mas ao descobrir aquela notícia, Magda percebera que o seu plano poderia continuar. Pesquisou sobre Eduardo, o filho do almirante, e viu nele o escape ideal, para fazer com que Barretto achasse que ele fosse o suposto amante de Claraluz.

***

Ao ler este novo e-mail, Barretto viu ampliar ainda mais aquela incomum e bipolar sensação de revolta e prazer. Revolta por estar sendo achincalhado por um internauta anônimo, e um estranho prazer por aquela misteriosa pessoa estar lhe revelando a história oculta de Claraluz. Gertrudes, ávida por respostas sobre o suposto amante de Claraluz, pergunta a Barretto:

— O que tu sabes desse caso?

— Lembro-me muito bem desse episódio, que ganhou as páginas dos principais jornais do Brasil. Mas qual seria a relação? Ainda não consigo entender... - exclama Barretto.

— Vamos juntar as peças para tentarmos algum nexo, pelo menos até Claraluz chegar e nos esclarecer - propõe Gertrudes.

Eles leem o e-mail novamente, e Barretto deduz:

— A chave do enigma está em descobrir por que eu seria o objeto de vingança do almirante. Vamos tentar entender isso!

— Então pesquise sobre esse almirante! - propõe Gertrudes.

Barretto concorda com a ideia, abre o Google e digita o nome: "Almirante Rios Carvalho". Muitas opções de pesquisa se abriram, a maior parte referindo-se ao episódio da concorrência. Gertrudes pede para Barretto refinar a pesquisa, solicitando-o que pesquisasse sobre a família do almirante.

— Vamos ver quem são os membros da família desse almirante. Talvez haja alguma ligação - imagina Gertrudes.

Barretto refaz a pesquisa e encontra a mesma informação que Magda encontrara. Gertrudes pede para Barretto investigar primeiramente a filha do almirante, Cândida. Depois de algum trabalho, descobriram que Cândida era casada com um alemão, e que vive na Alemanha há dez anos. Gertrudes pensou e opinou:

— Acho que essa Cândida não tem relação com o que estamos procurando! Tente pesquisar sobre Eduardo!

Barretto inicia essa nova pesquisa e encontra algumas curiosidades. Eduardo era um produtor cultural do Rio de Janeiro, ligado à música e à literatura. Barretto pesquisa sobre Eduardo no Facebook e encontra fotos dele com a namorada, mas no perfil dele constava *solteiro*. Através do Facebook, Barretto descobre que o namoro entre Eduardo e Joyce, uma bela modelo, rompera-se recentemente. Barretto, então, pesquisa o perfil de Joyce no

Facebook e descobre algumas postagens dela, que apontava a sua mágoa pelo fim do namoro.

— Essas informações podem não ser as que estamos procurando, mas é um bom indício – especula Barretto.

— Estamos no caminho certo! Quando ela diz que também é parte da história que perde com o romance de Claraluz com este imbecil, as coisas se encaixam! E ainda mais este infeliz, produtor cultural, metido a poeta... Com certeza é pobre! E esse apelido arranjado para o tal amante de Claraluz, Capitu, personagem de Machado de Assis? Tu sabes muito bem que a trama de Dom Casmurro está centrada no enigma: Capitu traiu ou não Bentinho? Eduardo traiu ou não Joyce? Parece que se encaixa perfeitamente neste enigma rasteiro em que minha filha se meteu. Agora vai ser fácil fazer com que Claraluz revele o resto desta história assombrosa! – fala Gertrudes, irritada.

***

Enquanto Barretto e Gertrudes discutiam sobre as novas informações recebidas, Claraluz adentrava-se naquele apartamento do Leblon. Como ainda tinha as chaves da residência, abriu a porta. Foi até a cozinha e encontrou Cleuza. Cumprimentou-a, e percebeu nela algo estranho, pois estava calada.

— O que foi Cleuza? Tu estas diferente hoje...

— Não é nada não, Clara... Estou meio indisposta hoje... É só isso! – responde Cleuza, tentando esconder os motivos de seu real sentimento.

— Tá! Mas qualquer coisa me fale, tá bom? Vou ao meu quarto arrumar algumas coisas pra levar pra casa do pai, porque preciso. Amanhã ou depois arrumo minhas coisas e venho com um veículo de mudanças pra levar o resto. O meu pai já ajeitou as coisas pra mim. É melhor assim! Vou lá, está bem?

— Qualquer coisa de que precisar, me chame! – responde Cleuza.

Claraluz entra em seu quarto, abre seu guarda-roupa e começa a escolher algumas roupas. Enquanto isso, resolve ligar o seu computador, que ainda estava lá, e entra na internet. Por curiosidade, resolve pesquisar os blogs de colunistas sociais, pois estava curiosa por saber se algum deles já havia anunciado o fim do seu noivado. Claraluz detestava essas badalações, mas queria estar informada para não ser pega de surpresa. Entrou em um, e nada de importante; entrou em outro e também nada. Mas quando entrou no terceiro blog, uma notícia, postada há apenas dois minutos, caíra como uma bomba, dilacerando a sua alma. Leu outra vez:

— Não é possível! - exclama Claraluz, que ficara chocada. — Não acredito!... Não acredito!... Não acrediiiitoooo!...

Mesmo atônita, Claraluz arranjou forças para imprimir a página daquele blog que trazia notícias tão bombásticas. No momento em que a impressão terminara, Cleuza bate à porta do quarto e chama Claraluz.

— Entre, minha querida! - responde Claraluz.

Cleuza entra e dá a notícia que queria dar antes, mas fora impedida pela patroa:

— Claraluz! Sua mãe e Barretto estão te esperando na sala de jogos para uma conversa!

Claraluz se surpreende mais uma vez. Respira fundo e depois diz:

— Pode ser sincera agora, Cleuza. A minha mãe e Barretto já estavam aqui me esperando, certo?

— É verdade, Clara! Mas dona Gertrudes me proibiu de dizer que eles estavam aqui! - responde Cleuza, com aflição.

— Tá vendo, minha querida? Te conheço bem. Sabia que havia algo estranho no ar.

— Queria te contar, mas se eu fizesse isso eu ia colocar o meu pescoço na forca! - justifica-se Cleuza.

— Tu não tens culpa de nada, querida. Sempre confiei em ti, e sei quando não podemos agir - responde Claraluz.

— Então te prepara, porque a conversa não vai ser nada boa! - avisa Cleuza, apreensiva.

— Eu estou preparada, pode ter certeza! Mas será que minha mãe está preparada para isso? - indaga Claraluz, entregando para Cleuza a cópia da informação que imprimira, a poucos minutos, de um blog de colunas sociais.

Cleuza vê aquela reportagem recheada de fotos e fica estarrecida. Coloca as mãos no rosto e diz: — Meu Deus... Meu Deus... Quem podia imaginar!...

— Estou tão surpresa como tu, Cleuza. Mas estava desconfiada de algo errado desde o dia que minha mãe me ligou de Búzios. Ela tratou alguém que estava com ela de querido, mas arranjou uma desculpa pra não revelar quem era... Vou lá para essa conversa. Não vamos demorar muito aqui, porque senão minha mãe vai desconfiar que tu estivesses me preparando para a conversa, e vais acabar pagando o pato. Depois conversaremos sobre este caso.

Em seguida, Claraluz sai do quarto e caminha para a sala de jogos. Cleuza a acompanha e diz: — Boa sorte!

Claraluz respira fundo, caminha lentamente e procura se concentrar para mais uma batalha nesta guerra pelo amor e pela liberdade. Para em frente à porta da sala de jogos, fecha os olhos, pede proteção espiritual e abre a porta. Ao abri-la, depara-se com duas pessoas, mas tem a impressão de que eram duas feras selvagens e famintas. Claraluz mantém-se firme, olha nos olhos da mãe de uma forma tão elétrica que, por alguns míseros instantes, Gertrudes tivera medo. Claraluz posiciona-se a uma distância de uns dois metros dos dois e pergunta friamente:

— O que vocês querem comigo?

Gertrudes adianta-se e responde, com um tom extremamente autoritário e colérico:

— A farsa terminou, Claraluz! Por azar teu, alguém que foi traída entregou de bandeja ao Barretto o teu caso com certo poeta. Sabemos que tu apaixonaste por ele, e tenho certeza de que este foi o motivo do rompimento do noivado. Não sabemos quem é esse infeliz, mas temos muitas pistas. Agora, cabe a tu botares essa história a limpo!

— Em primeiro lugar - responde Claraluz -, não sou obrigada a entregar nenhum relatório a vocês sobre as decisões que tomo na vida, e nem dizer com quem me relaciono. Em segundo lugar, minha mãe, eu quero te dizer que o fim do noivado entre o Barretto e eu foi motivado por não formarmos um casal harmônico... Barretto! Como eu disse a ti no sábado, quero deixar claro que te respeito, como também disse que não seríamos felizes se nos casássemos. Por isso namoramos e noivamos: para conhecermos melhor o parceiro e constatarmos se existe encaixe ou não na relação.

— Esta foi a conversa que tu já tiveras comigo. Mas me responda: e estes e-mails que recebi, revelando o teu caso com alguém que conhecestes pela internet? - pergunta Barretto, que em seguida aproxima o notebook de Claraluz e a desafia: — Tu podes explicar isto? Negarás que não sejas tu? Veja com teus próprios olhos!

Barretto coloca o notebook em cima da mesa e se afasta para que Claraluz pudesse ler os e-mails à vontade. Ela, por sua vez, os lê atentamente, seguindo os conselhos que Mandel lhe dera um pouco antes de chegar ao apartamento do seu pai. No início, se mostrara apreensiva por não estar preparada para revelar o seu romance com Mandel, principalmente diante daquele clima hostil, mas ficou aliviada por ver que a pessoa que enviou as informações a Barretto ocultara a identidade de Mandel, cujo nome foi substituído por *Sherlock*. Diante disso, Claraluz resolve entrar no jogo e responde:

— Não vou negar que sou eu, e nem teria motivos para negar. Conheci esta pessoa recentemente, quando eu estava na sala de descanso dos médicos da ala de pediatria do hospital. Nunca havia entrado numa sala de bate papo, mas neste dia resolvi entrar. Estava muito angustiada...

— Mas tu entraste numa área de lazer no horário de trabalho? - interrompe Barretto. — Isso é displicência profissional!

— Doutor Barretto! - responde Claraluz ironicamente. — Tu sabes que a sala de descanso do hospital serve justamente para relaxarmos e ganharmos energia para quando formos acionados em um plantão. Tu sabes, ainda mais por ser médico e ter estudado minuciosamente o corpo humano, que os períodos de descanso são fundamentais para nos concentrarmos e mantermos a lucidez necessária ao atendimento dos pacientes. Temos uma enorme responsabilidade com vidas humanas, e tu sabes disso, Barretto. Portanto, não me venhas cobrar o meu respeito com a minha profissão, pois sempre fui dedicada e atenciosa quanto às minhas responsabilidades!

— Claraluz! - intervém Gertrudes. — Tu estás nos enrolando! Esclarece-nos logo este ato de insanidade que tu cometeras, desrespeitando Barretto, a família dele e a mim!

— Não desrespeitei ninguém! - responde Claraluz. — Não sou mais noiva do Barretto! Nossos compromissos terminaram! Cabe às famílias acatarem a decisão. A propósito, minha mãe, na minha família existe o meu pai, que tu fazes questão de esquecer!

— Então desembucha logo! - retruca impacientemente Gertrudes.

— O que eu vou dizer, somente, é que essa pessoa que conheci há poucos dias tem uma forma de viver e sentir a vida parecida com a minha. Vocês podem notar, pelo diálogo que foi desonestamente violado em sua privacidade, que a minha afeição instantânea por esta pessoa se deveu ao fato de ela ter se apresentado como amante da vida e da arte, assim como eu. Ainda há um caminho longo a percorrer antes de afirmar que essa pessoa é ideal para mim, mas descobri nela valores que combinam com os meus sentimentos e com o meu modo de enxergar a vida. E quanto a sua identidade, a revelarei num momento oportuno. Não irei, de modo algum, revelar nada sob pressão. Estou experimentando a liberdade de tomar decisões, de escolher o que acho melhor para mim, de viver a vida do jeito que acho que deve ser vivida. Estou me nutrindo desta liberdade para me encontrar, para tirar da prisão o meu eu que andava sufocado...

— Por que não falas que este amante clandestino é Eduardo, filho do almirante, ao invés de ficar fazendo papel de atriz de novela mexicana? - interrompe Gertrudes, rispidamente.

— Olha aqui, minha mãe! - devolve Claraluz. — Talvez não tenha percebido, mas estou me assumindo! Daqui pra frente, sou guia do meu destino! Não serei mais a tua sombra, não serei mais um fantoche em tuas mãos! Não serei mais um brinquedo que tu manipulas como um controle remoto! Preste bem a atenção! Qualquer informação sobre a minha vida, eu darei na hora que mais convier, e a quem eu achar que deva e mereça recebê-las!

— E agora tu perdeste a noção do respeito, sua vagabunda?!

Gertrudes gritara tão alto que até Barretto ficara com vergonha e assustado pela forma com que Gertrudes se referira à filha. Claraluz também se assustou, mas respirou fundo e manteve a calma. Retirou pacientemente da sua bolsa os papéis que imprimira daquele blog. Aproximou-se de Gertrudes e chamou Barretto, para que também tomasse conhecimento, e desafia:

— E por falar em vagabunda, talvez tu possas explicar melhor quem é esta pessoa que está abraçada contigo, em frente à nossa casa em Búzios!

Gertrudes pega as impressões e, na medida em que lia o texto e reconhecia as fotos, sentia o chão desaparecer sob seus pés. Sentia uma sensação de estar despencando-se ao inferno. A sua cor transmutava para um tom cada vez mais pálido, e suas mãos tornavam-se cada vez mais trêmulas. Perdera o controle dos seus movimentos e emudecera. Barretto não sabia o que falar. Num ímpeto, pega os impressos da mão de Gertrudes e os lê outra vez:

QUENTÍSSIMA

NAMORADO DE SOCIALITE CARIOCA É PRESO POR TRÁFICO DE ECSTASY EM BÚZIOS

No final dessa tarde, Alex Augusto Paiva, um rapaz loiro, bonito e malhadão, de 19 anos, foi preso em flagrante quando tentava transportar uma carga contendo 50 mil comprimidos de ecstasy, supostamente encomendada do Canadá, para abastecer as festas *raves* por todo o Estado do Rio. Nos últimos três meses, o bonitão Alex Paiva, morador de Búzios, frequentava com assiduidade uma casa próxima à praia de Manguinhos, de propriedade de Gertrudes Vasconcelos, uma *socialite* carioca de 54 anos, moradora do Leblon. Alex e Gertrudes viviam um romance que parecia acontecer de forma clandestina. Mas alguns descuidos do casal, como nas fotos abaixo, produzidas em datas diferentes, atestam que este romance era pra valer. As pessoas que o conhecem dizem que ele é uma espécie de gigolô da *socialite*.

Alex Paiva foi preso em flagrante, após uma denúncia anônima de que a droga estaria num armário de bagagens da rodoviária de Búzios. A polícia, de posse das informações, observou o trajeto do rapaz até a rodoviária e o esperou tirar a caixa do armário. Ele conduziu a caixa até o seu carro, no estacionamento da rodoviária, e quando se preparava para guardar a caixa no porta-malas, foi surpreendido pela polícia, que investigou o conteúdo da caixa e constatou a presença da droga. Alex foi preso e conduzido à delegacia. A polícia pretende, a partir desta prisão, descobrir quem foi o responsável por colocar a caixa no armário de bagagens, bem como desvendar a quadrilha que está por trás do tráfico desta droga, usada com muita frequência nas festas *raves*, que são conhecidas pela sua longa duração, onde os participantes são estimulados a consumir ecstasy para se manterem acesos e motivados durante essas festas.

Confira as fotos abaixo:

(...)

Gertrudes baixou a cabeça, e lentamente caminhou até a porta de entrada da sala. Abriu a porta, saiu e a fechou sem olhar para trás. Claraluz preferiu não dizer mais nada à mãe, em respeito à sua dor. Logo após a saída de Gertrudes, Claraluz voltou-se para Barretto e disse:

— Desculpe-me por tudo isso, mas foi inevitável. Mais cedo ou mais tarde, este escândalo seria do conhecimento de todos, e eu só antecipei esta notícia infeliz. Estou preocupada com minha mãe, pois o seu castelo de areia ruiu de vez. Mas ela é forte, e se souber tirar proveito da situação, vai direcionar sua vida para um caminho melhor. Só não entendo porque o celular dela não tocou até agora. Suas amigas já devem saber...

— Ela deixou o celular no modo silencioso e pediu a Cleuza para dizer que não estava em casa, caso alguém ligasse pra ela! - explica Barretto.

— Haaaan! Está explicado! - devolve Claraluz. — Com certeza, deve ter dezenas de ligações não atendidas neste momento... No fundo, estou com muita pena da minha mãe. Ela vai viver o seu inferno astral. As amigas, com certeza, irão abandoná-la, e os urubus, repórteres da carniça humana, irão caçá-la sem piedade. A polícia certamente a convocará para prestar esclarecimentos, os paparazzi irão aonde ela for, como uma sombra maldita... Não será fácil a vida dela por estes dias. Infelizmente, o desfecho desta história era previsível. A árvore da futilidade produz apenas frutos doentes e perniciosos... Também sinto muito por tu estares sendo tratado de forma tão asquerosa. Como já disse antes, tenho por ti um grande respeito e admiração, e, com certeza, essa pessoa é do tipo que se aproveita do anonimato para zombar dos outros. Pessoas deste tipo são covardes, e é bom mantermos distância delas.

— Mas ela revelou uma face tua que me surpreendeu negativamente! Também não consigo compreender a lógica das tuas atitudes - retruca Barretto.

— Não se deixe levar pelas primeiras impressões, Barretto! Ao contrário, quando puder se posicionar de forma menos emocional, coisa rara em ti, aliás; irás entender que estes diálogos que tu leste são expressões de uma enorme e boa energia espiritual. Enquanto estivemos juntos, nunca desrespeitei nossos compromissos. Mas entenda que tenho direito à escolha, e quero escolher o que for importante para a realização da minha vida.

— Eu não consigo compreender nada disso! - interfere Barretto.

— Tu não consegue compreender porque tens uma mente extremamente racional que encobre tuas emoções - devolve Claraluz. — É a tua natureza, Barretto! Por isso, não tínhamos chance de ser felizes se casássemos. Um dos raros momentos de manifestação de emoções em tua vida aconteceu neste episódio. Creio que deve estar sendo difícil para tu administrares estes sentimentos, justamente por serem raros em tua vida. Esta característica não o faz pior ou melhor que ninguém. Entenda simplesmente que cada um tem a sua natureza e deve ser respeitado por isso. Agora vou me retirar, Barretto.

Preciso arrumar minhas coisas, pois tu já deves estar sabendo que me mudei para o apartamento do meu pai. E como disse a ti, deveríamos marcar uma reunião para decidirmos como iremos administrar o rompimento do noivado, desfazer os contratos... Comprometo-me a assumir financeiramente as despesas de desistência dos contratos, pois partiu de mim a decisão de romper o noivado.

— Tudo bem! - responde Barretto. — Deixemos as coisas se normalizarem, então podemos nos reunir e decidir o que faremos.

— OK, Barretto! Agora eu vou. Fique bem!

— Como não há nada mais para se fazer, também vou - responde Barretto.

Os dois saem da sala de jogos. Claraluz acompanha Barretto até a porta, que vai embora, e depois vai ao quarto de Cleuza e pergunta pela mãe.

— Dona Gertrudes entrou para o seu quarto e se trancou. Pediu para não ser incomodada, mas me falou com respeito e num tom baixo, diferente dos últimos tempos. Estou com o telefone aqui comigo, pois ele não para. Que loucura serão os dias que virão, Clara!

— Não vai ser fácil não, mas quero te pedir um grande favor: fique de olho nela! Qualquer coisa diferente que notar, me ligue! Estou muito preocupada com ela.

— Pode deixar que vou estar de olho. Não se preocupe!

Claraluz retorna ao seu quarto e continua a selecionar as roupas e objetos. Sentiu-se cansada por este dia tão anormal. Pegou o celular e selecionou algumas músicas para ouvir e relaxar um pouco, e sente a sua alma resgatada pelo romantismo e pela doce lembrança de Mandel, o seu grande amor, ouvindo, na voz de Chico Buarque, trechos da canção *Iolanda*:

> *Esta canção é mais que mais uma canção. Quem dera fosse uma declaração de amor, romântica, sem procurar a justa forma, do que lhe vem de forma assim tão caudalosa. Te amo, te amo, eternamente te amo.*

XIV

Magda não perdera tempo. Assim que recebeu de Ditão, seu amigo hacker, os arquivos que solicitara, preparou o seu pen drive e saiu rumo à gráfica que Ditão indicara. Sabia que não podia perder tempo, pois a gráfica ficava no bairro Padre Eustáquio, e ela teria que usar o serviço de transporte coletivo, e em Belo Horizonte o trânsito nunca estivera tão ruim. Chegando à gráfica, Magda procurou por Luís Paulo, indicado por Ditão. A atendente encaminhou a moça até uma sala nos fundos da gráfica. Magda entra e saúda:

— Boa tarde, senhor Luís Paulo. Meu nome é Magda e vim indicada por Ditão!

— Sei... - responde Luís Paulo. — Senta aí! - completa.

Magda senta, tira o pen drive da bolsa e diz: — O arquivo está com o nome *Janaína*.

Luís Paulo pega o pen drive, abre o arquivo, e diz: — Só vou te atender porque foi o Ditão que pediu. O serviço fica em cento e vinte reais.

— O dinheiro está aqui, senhor Luís Paulo. Só quero a mercadoria! - responde Magda.

— Tá aprendendo rápido com o Ditão, heim? Daqui a vinte minutos o seu pedido estará pronto. Quer um cafezinho, um suco?... - pergunta Luís Paulo.

— Quero só um copo d'água, por favor! - responde Magda.

Luís Paulo trás um copo com água para Magda e avisa que já havia colocado o arquivo na rede da gráfica, e que certo Marquinhos iria providenciar a sua solicitação. Magda esperou na sala, e Luís Paulo voltou aos seus afazeres, sem conversar com ela. Depois de aproximados vinte e cinco minutos, a atendente chegou com um envelope e o entregou a Magda, que o abriu, conferiu o conteúdo, e constatou que tudo estava de acordo com o que pedira. Em seguida, ela solicitou que eliminasse o arquivo da rede. Luís Paulo pediu que ela ficasse de frente à tela, e Magda constatou que o arquivo fora excluído. Ela agradece, sai da gráfica com aquele envelope precioso, e vai até o ponto de ônibus mais próximo. Pega o primeiro ônibus e desce na rodoviária de Belo Horizonte. Procura a plataforma de Sabará e pega o ônibus rumo à cidade vizinha. Pergunta ao trocador onde era o ponto mais próximo do bar em que encontraria Janaína. O trocador explica e ela desce no ponto indicado.

***

Magda chegou ao bar às cinco e dez da tarde, um pouco adiantada para o encontro. Pediu ao garçom um suco de laranja e retirou seu notebook de uma mochila. Enquanto Janaína não chegava, conectou seu notebook à internet e começou a fazer mais pesquisas sobre a família de Barretto e suas ligações externas. Vibrou tanto com o que descobriu, que nem percebera que Janaína chegara. Janaína ficou de frente a Magda e falou:

— Oi! Você deve ser Magda.

Magda se assusta com aquela mulher bonita e vistosa na sua frente, pede desculpas pela distração e a convida para sentar. Janaína senta e Magda pergunta se ela queria alguma coisa.

— Já pedi ao garçom. Você estava viajando tanto, que nem me viu entrando.

— É! Mandel tem razão em te querer. Você é muito bonita. Uma morena de parar o trânsito! – observa Magda.

— Obrigada!

— Pois então, Janaína! Trouxe o notebook para lhe mostrar como andam as coisas entre Mandel e Claraluz. Apesar de terem se conhecido na sexta, a coisa tá caminhando muito rápido. Você precisa tomar uma providência!

— Olha, Magda, eu não sou nem namorada do Mandel. Quem deve tomar alguma providência é a Esther, afinal, ela é a namorada dele.

— Eu sei! Mas você não gosta do Mandel? Transa com ele só por transar?

Aquela pergunta incomodara Janaína. Ela sabia que seus sentimentos por Mandel eram maiores que as relações sexuais intensas que eles já haviam tido. Depois de alguns segundos, Janaína responde:

— Na verdade, eu gosto do Mandel. Pena que, quando começamos a nos relacionar, ele já namorava Esther. Pra falar a verdade, me contentei com a situação. É meio estranho, mas jamais tentaria fazer algo para romper a relação dos dois. Não tenho o menor ciúme de Esther e acho que é por isso que ela não se incomoda com a amizade que Mandel e eu temos.

Magda ficou surpresa com aquela revelação. Sabia que era muito difícil encontrar um triângulo amoroso tão harmônico e sem estremecimentos por parte da amante. Rapidamente, pensa numa estratégia convincente para colocar o seu plano em ação:

— Janaína, então me explique! Se você gosta do Mandel, mas aceita a tia Esther, o que espera desta relação? Quer ser apenas amante pro resto da vida?

Aquela pergunta deixou Janaína desconcertada. Ela, na verdade, esperava que o relacionamento entre Esther e Mandel acabasse naturalmente, pois sabia que a relação sofria um desgaste há mais de um ano, e esperava assumir o posto de titular assim que o namoro entre os dois terminasse. Ao mesmo tempo, não teve coragem de revelar à Magda que vivia esta expectativa, e tentou dissimular:

— Eu vou levando! Pra mim, tá bom deste jeito!

— Não acredito! Você gosta do Mandel, e se contenta com as migalhas? E se Mandel e tia Esther se casarem, como é que você fica nesta história?

— Eu não acho que eles vão se casar. Mandel não tem expectativas com Esther.

Magda desconfiou que Janaína nutria uma esperança em assumir a vaga de Esther, e bombardeou:

— Olha, Janaína! Do jeito que Mandel se apaixonou por Claraluz, acho que você e a tia Esther vão dançar. Você precisa desviar a rota deste romance! Precisa dar uma cutucada forte em Mandel para ele esquecer esta Claraluz, senão você pode dar adeus ao Mandel, e mesmo se a tia e ele romperem, não vai sobrar nenhum Mandel para você.

Os temores do último encontro entre Janaína e Mandel voltaram à tona, e ela passou a sofrer com aquela afirmação de Magda, pois sabia que ela tinha razão.

— Eu sei, Magda! Encontrei Mandel no sábado, e apesar dele ter conhecido esta Claraluz na sexta à noite, no sábado de manhã ele já mostrava traços de que iria se apaixonar. Nunca vi uma paixão acontecer tão rápido.

— Eu também nunca vi, Janaína. Parece que aqueles dois decidiram se apaixonar assim, num estalo. Parecia que estavam querendo se apaixonar de qualquer jeito, e quando se encontraram, viram naquele encontro a chance de realizar suas vontades. Antes da internet, existia a paixão à primeira vista. No caso dos dois, foi paixão à primeira teclada - ironiza Magda, se divertindo com o comentário. — E já que você percebeu de cara, sente-se do meu lado pra eu te mostrar, aqui no notebook, como o romance entre eles já está pegando fogo.

Janaína começa a ler os diálogos entre Claraluz e Mandel, e até fica satisfeita quando vê que Mandel contara à Claraluz sobre ela, dizendo tratar-se uma morena muito bonita. Diverte-se quando Claraluz manifestara ciúmes por ela, mas começa a ficar preocupada pela densidade que aquela conversa apresentava. Começa a ficar com ciúmes quando Mandel mostrara admiração pela foto que mais lhe chamara a atenção. Magda baixa o arquivo contendo a foto de Claraluz que Mandel venerara, e Janaína se admira: — Mandel tem bom gosto. Que mulher linda!

Magda não perdera tempo: — Linda mesmo! Tá vendo o perigo que você corre? Mas vai acompanhando... A coisa vai ficando cada vez mais profunda.

Janaína vê que Mandel esquecera-se da hora de ensaiar com a sua banda, e comenta: — Nossa! A coisa tá séria mesmo! Mandel jamais se atrasa nos ensaios. Ele adora!...

Magda abre os outros diálogos, e Janaína começa a manifestar um grande incômodo, que vai aumentando à medida que percorre os textos avidamente, até o seu desmoronamento emocional, quando percebe que aquela paixão intensa era recíproca, e que eles caminhavam para assumir a relação. Janaína desaba de vez quando lê aquela frase mágica, "Eu te amo", saída das almas de Mandel e Claraluz e que invadira a tela do computador. Naquele momento, ela começava a ter certeza de que havia *sobrado*. Janaína perdera a calma, e suas feições se transformaram. Teve vontade de chorar, mas se conteve diante de Magda. Não conjecturava que o romance já havia tomado proporções estratosféricas. Imaginou como teria sido aquela conversa entre Claraluz e Mandel pelo celular após aquele "Eu te amo" tão magnífico e passou a sentir um forte ciúme de Claraluz. Ficara muda, e Magda notou que as emoções de Janaína estavam seriamente abaladas. Enxergou, assim, que a hora do bote se aproximava.

— Não te disse, Janaína? O mar não está para peixe! E se você tem algum fio de esperança em recuperar Mandel, não pode perder tempo!

— Vou te confessar uma coisa, Magda. Ao ver esta conversa dos dois, percebi o quanto gosto do Mandel. Estou arrasada!...

— Eu imaginava que você amasse o Mandel. Tenho certeza de que não se incomoda com o namoro dele com a tia Esther, porque ela te dá espaço suficiente para encontrar com ele. Aposto que você se encontra mais vezes com Mandel do que a tia Esther.

— É verdade, Magda. Às vezes, eles passam mais de vinte dias sem se encontrarem, e, por várias vezes, Mandel me disse que estava querendo terminar o namoro, porque Esther não tem tempo para a relação deles.

— Tá vendo, Janaína? Foi por isso que eu disse estar disposta a dar uma força para você e Mandel. Claro que a tia jamais poderá saber desta nossa conversa, mas acho que ela, independente de Claraluz, já dançou. Agora, você não! O seu problema não é a tia Esther, mas Claraluz. E eu tenho um plano! Vou te explicar e tenho certeza de que depois de agir desta forma, você fará Mandel voltar atrás, desistir de Claraluz e ficar com você.

— Fala que estou curiosa! – responde Janaína.

— Mas me diga uma coisa antes! Sei que você tem uma amiga de quem gosta muito, que é a Bruna. Você confia nela?

— Mas como sabe da Bruna?

— A tia me falou dela quando conversávamos sobre você – responde Magda, dissimulando.

Magda investigou os amigos de Janaína no Facebook. Descobriu que Bruna é amiga em comum nesta rede social tanto de Janaína quanto de Esther, e ao ler as mensagens de Bruna enviadas a Esther, descobriu que elas se conheciam pessoalmente.

— Sim, ela é uma das minhas melhores amigas. Mas porque perguntou sobre ela?

— Não... Só lembrei porque parece que tia Esther quer passar alguns materiais de psicologia pra ela. Bruna começou estudar psicologia este ano, não é mesmo?

— É verdade! Ela tá toda feliz por isso. Ela disse mesmo que queria pedir alguns materiais para Esther, porque ela começou agora, e o bicho já tá pegando na faculdade.

Magda ouvira as respostas que precisava. Voltou-se para a Janaína e disse: — Mas isso não interessa. A minha ideia é esta:

Magda retira o papel do envelope que trouxera da gráfica, e o repassa a Janaína.

— Este documento precisa chegar às mãos de Mandel de tal forma que fique parecendo que foi outra pessoa que lhe entregara, e não você – adverte Magda.

Janaína lê, atônita, aquele documento. Olha para Magda com espanto e diz: — Neeem! Você acha que eu tenho coragem de fazer isso? Não sou deste tipo não, Magda. Isso é crime, sabia?

— Janaína! Você não tem alternativas! Está a um fio de perder Mandel, e só com um fato destes é que ele poderá fazer Mandel desistir de Claraluz. E além do mais, ele não saberá que foi você quem o enviou. Na verdade, pensei em usar a Bruna para interceder.

— Não! Isso não! Não tenho coragem! Neeem! Capaz d'eu fazer isso!

— Bom! Então acho que você pode desistir do Mandel. Você percebeu que ele está totalmente caído por Claraluz. Esta é a sua única chance!

Janaína percebe que o argumento de Magda era lógico, e mesmo que fosse arriscado, as suas chances, com o tal plano, aumentavam um pouco. O seu coração estava por demais angustiado. A hipótese de perder Mandel para sempre a deixava muito triste, e ela não contava com outra pessoa que acendesse alguma esperança dela ser a namorada dele. Mas aquele plano era demais para ela. Assustava-se ao pensar em fazer um papel daqueles. Depois de pensar e pesar estes dois lados, Janaína responde:

— Olha, Magda. Vamos fazer o seguinte: quero encontrar Mandel primeiro. Conforme for o resultado do encontro, eu decido! Mas espere pelo resultado do meu encontro com ele.

Não era o que Magda queria ouvir, mas não tinha como impedir que a escolha de Janaína fosse respeitada. Afinal, o documento que Janaína vira era uma obra sua e, se naquele momento, ela passasse por cima da vontade de Janaína, Magda poderia ficar encrencada com Esther e Mandel. Além do mais, Magda acreditava que o resultado do encontro de Mandel com Janaína seria o pior para ela, e diante disso, ela aceitara a proposta.

— Tudo bem, Janaína. É melhor assim! Vamos deixar este plano preparado. Vamos esperar o resultado do seu encontro com Mandel.

— Tá certo! Mas preciso saber: como conseguiu isto? Você é maluca, menina!

— Foi através de um amigo meu. Mas não esquenta não. Cuido destas coisas! Você só precisa autorizar para colocar o plano em prática.

— Preciso ir! Se eu não for agora, chego atrasada na aula.

— Tudo bem, Janaína. Também vou! Queria ter te conhecido em outras circunstâncias, mas não teve outro jeito. Espero sua resposta!

As duas se despedem. Janaína retira-se do bar, e enquanto Magda guarda seu notebook, começa a cantar, junto com o som que saia das caixas acústicas daquele bar aconchegante:

> *They tried to make me go to rehab but I said 'no, no, no'. Yes, I've been black, but when I come back. You'll know-know-know I ain't got the time and if my dad dy thinks I'm fine. He's tried to make me go to rehab but I won't go-go-go.*

Magda adorava Amy Winehouse, com sua interpretação ímpar, e aquele pop contagiante, chamado *Rehab*.

PROTEGEI NOSSO LAR

XXV

Deus, conceda-me Serenidade para aceitar as coisas que não posso modificar, Coragem para modificar aquelas que posso, e Sabedoria para reconhecer a diferença. Só por hoje!

Enquanto Esther conversava com Bartolomeu, coordenador daquele grupo dos Narcóticos Anônimos, NA, que funcionava em uma sala do Hospital Santa Maria, José lia, na parede daquela sala, a *Oração da Serenidade*, oração que se constitui num dos pilares da filosofia dos grupos "NA", uma associação comunitária radicada em muitos países, que se propõe a recuperar adictos a drogas. Esther já havia conversado pelo telefone com o coordenador, e contou-lhe que as circunstâncias permitiram que José a acompanhasse logo naquele dia, contrariando o plano inicial, que era o de ir sozinha, para aprofundar na realidade dos dependentes químicos. O coordenador os convidou a sentarem-se. As cadeiras estavam dispostas em círculo, de forma que todos pudessem olhar uns para os outros. Avisou a Esther e a José que as regras do grupo não permitiam qualquer comentário deles durante a reunião, pois era o primeiro dia de participação dos dois. A princípio, José ficara deslocado. Tivera a impressão de que algumas pessoas ali estavam muito decadentes, e achou aquele lugar deprimente. Mas, pouco depois, a cinco cadeiras do seu lado esquerdo, senta uma garota aparentando uns dezoito anos, de cor morena, cabelos castanhos claros e cacheados, mais baixa do que ele e de braços e pernas volumosas. Não era nem magra nem gorda. José pensou: "Nossa, que gata!". E de vez em quando, lançava-a alguns olhares. Mas para a sua decepção, a garota pareceu nem perceber a presença dele no recinto...

O coordenador do grupo inicia a reunião, que depois dos ritos iniciais, solicita a cada um que se apresentasse, dizendo apenas o nome. Cada um pronuncia seu nome, passando por Esther, por José, e depois de passar pelos ocupantes das quatro cadeiras ao lado da de José, chega a vez daquela garota que chamara a atenção de José, que pronuncia: — Maria!

Os olhos de José brilharam. "Maria! Não podia ser mais perfeito!". Sorriu e voltou a sua atenção para o pronunciamento do coordenador:

— Amigos! Sabemos que a nossa luta é árdua e difícil. Todos os dias, milhares de jovens caem nas armadilhas das múltiplas drogas que são oferecidas no mercado. Por outro lado, sabemos que o Narcóticos Anônimos é um grande abrigo para aqueles que querem sair desta armadilha. E em nosso grupo sempre recebemos pessoas que querem se desvencilhar desta cilada, que não traz outra coisa a não ser a infelicidade e a decadência humana. Portanto, vocês terão a oportunidade de ouvir relatos de membros que, conforme o caso, estão limpos há mais de vinte anos, mas que na época em que se tornaram escravos de uma ou mais drogas, conheceram a sarjeta e a face mais terrível do inferno da degradação humana. Vivemos em um mundo que insistentemente convida a todos a se locupletarem com estas substâncias químicas, que nos levam à infelicidade e ao desespero, mas que prometem o paraíso. Eu, Bartolomeu de Tarso, estou aqui, hoje, como coordenador desse grupo. Mas há doze anos, eu vivia a luxúria das drogas, em busca de uma felicidade instantânea que nunca chegava. Ao contrário, cada vez que eu buscava esta falsa felicidade nas drogas, mais eu era infeliz... Bom, não está no meu direito de falar. Desculpem-me pela intromissão – arrancando risos dos participantes. — Então, declaro a palavra livre. Quem se habilita?

O primeiro participante se levanta. Era um homem de aproximadamente quarenta e cinco anos, moreno claro, com uma barba parecida com a do ex-presidente Lula, e uma barriga não muito grande, mas que chamava a atenção:

— O meu nome é Pedro. Sou engenheiro mecânico, casado, pai de três filhos, e graças a Deus, a minha força de vontade, à sagrada ajuda do NA, à estratégia inteligente do meu padrinho e ao apoio decisivo da minha família, hoje sou bem sucedido e feliz em minha vida. Mas aos vinte e oito anos de idade, conheci um lado do mundo que eu nunca havia experimentado. Eu era uma pessoa muito correta e disciplinada, mas aquela vida já não me satisfazia. Eu só tive uma namorada, a minha esposa Madalena. Estava casado há sete anos, e os meus filhos, André e Tiago, já haviam nascido. Filipe veio depois. Sou pai de três filhos homens, e não consegui "acertar" nenhuma filha mulher. Vamos tentar uma depois da reunião, Madalena? – indaga Pedro, arrancando gargalhadas dos presentes e apontando para a esposa, que se encontrava naquela roda. — Mas naquela época – continua – eu me sentia infeliz. As pessoas da minha empresa, os homens em particular, sempre contavam histórias de noitadas em botecos, aventuras amorosas, inclusive as aventuras extraconjugais, e eu comecei a achar que estava ficando pra trás. Por eu ter sido uma pessoa muito certinha, que andava só nos trilhos, de tanto andar nos trilhos, um dia, o trem me atropelou - arrancando mais risos. — Este trem me atropelou, mas quando ele me atropelou, ele não provocou estragos imediatos não. Ele foi me estragando aos poucos, mas no final, seria preferível que um trem de verdade tivesse me atropelado. O prejuízo seria menor - conclui, arrancando mais risos das pessoas presentes. — Vocês estão rindo, né? Mas a minha história não tem nada pra rir. Tem é pra chorar, e muito! Mas graças à Madalena, minha querida esposa, uma mulher maravilhosa, mulher que eu amo tanto e que segurou toda a barra nos momentos de inferno que passei e fiz toda a minha família passar junto comigo, desgraçada e injustamente, estou aqui para lhes dizer que dei a volta por cima e fui resgatado do reino de Satanás. No dia em que eu achei que aquela minha vidinha certinha e sem graça não mais valia a pena, escolhi o pior caminho pra dar uma guinada nela. Assim, comecei a sair com os amigos pra tomar umas cervejas depois do trabalho. No início, ainda voltava pra casa não tão tarde. Procurava conciliar aquele lazer com a vida familiar. Mas com o tempo, fui relaxando, e cada vez chegava mais tarde e mais bêbado. Os conflitos em casa cada vez aumentavam mais, e cada vez que os conflitos aumentavam, mais eu ficava irresponsável com a família e cada vez chegava mais tarde. Num desses dias de bebedeira, um amigo me fez uma proposta: me chamou pra cheirar cocaína! Eu estava bêbado e topei a proposta. Fomos ao carro dele, que estava estacionado um pouco afastado do boteco. Dentro do carro, ele pegou uma agenda e preparou umas seis carreiras do pó em cima dela. Cheiramos, e os efeitos foram quase imediatos. O efeito do álcool passara, e fora substituído pelo efeito estimulante característico daquela droga. Voltei animado ao boteco e bebemos mais. Certa altura, perguntei ao amigo se tinha mais cocaína. Em seguida, voltamos ao carro e cheiramos mais. Cheguei em casa quase de manhã. Não consegui dormir, e naquele dia faltei ao trabalho. Acordei com uma ressaca diferente, sem aquele mal estar da bebida, mas sem vontade de fazer nada, prostrado. Lá pelas duas da tarde, liguei para o meu amigo e perguntei se podia arranjar mais cocaína. Ele até me alertou, pediu para que eu tomasse cuidado, mas eu prometi que só seria aquela vez. Depois de uma hora, saí ao encontro dele, que depois de ligar para um conhecido, lá estava com a droga. Usamos cocaína em sua casa até a umas onze da noite. Nesse dia quase não bebi, mas ainda sim tomamos um pouco de uísque pra contrabalançar os efeitos estimulantes do pó. Cheguei em casa por volta de meia-noite. Sentia-me sem lugar em casa. Naquele dia, abri as portas do inferno e entrei correndo, achando que, enfim, conquistara a liberdade. Ledo e tolo engano! A partir daquele dia, eu decretei a minha escravidão! Durante sete anos, a droga mandou em mim e determinava a minha vida. Não demorou muito e perdi meu emprego. Suportei alguns meses sem salário, graças aos meus tempos em que eu tinha controle sobre minhas ações e possuía algum dinheiro na poupança e noutras aplicações. Mas depois de algum tempo, as minhas economias começaram a evaporar. As coisas começaram a faltar. A alimentação ficava cada vez mais pobre, e, às vezes, não tinha pão pra tomar café pela manhã. As crianças se alimentavam melhor graças à merenda escolar, as roupas estavam estragando, e as possibilidades de reposição eram nulas. Madalena procurava costurar as roupas dos meninos, mas a autoestima dela e a deles estavam no fundo do poço, e eu só pensava em me drogar. Depois de certo tempo, mesmo com todo o empenho dela para tentar manter o casamento, o inevitável aconteceu: Madalena pegou os meninos e saiu de casa. Morei só, e a minha casa virou um chiqueiro, que me desculpem os porcos! - arrancando mais gargalhadas dos presentes. — Promovia festas com o lúmpem nascido da cultura da droga. Almas decadentes e caquéticas passaram a frequentar a minha casa. Uma vez, tentei promover uma orgia com mais um amigo e duas mulheres. Nunca havia traído minha esposa, e neste dia, a traição não chegara às vias de fato. Percebi que estava inválido sexualmente, e aquilo me transtornou. A orgia virou um espetáculo do horror. Uma das mulheres acabou vomitando na sala e fez a maior sujeira. A outra roubou cem reais do meu colega naquele bacanal fracassado e a festa se transformou no maior rebu. Durante o meu estágio no inferno, passei fome, e, às vezes, contava com a caridade de Madalena, que me trazia comida. Eu não merecia, mas ela nunca perdera a fé na minha recuperação. Pra ter dinheiro pra comprar o pó, eu pegava bicos como servente de pedreiro e pintor. Minha casa servia como barganha para conseguir mais cocaína, que chegava a mim em forma de aluguel pra outros usuários, que precisavam de lugar para se drogar e transar com as mulheres que topavam a parada em troca de drogas diversas. Pensei até em vender a casa, mas como Madalena e eu não havíamos separados judicialmente, não consegui o intento, graças a Deus, pois a casa foi comprada depois que nos casamos e, portanto, pertencia a ela também. Fui preso duas vezes portando cocaína, que me custaram quatro dias de cadeia, dois dias por prisão. Só não fiquei mais porque me enquadrei como usuário. Eu era conhecido da polícia e, de vez em quando, eu tomava uns canoas na orelha, pois as autoridades dantescas, sabendo que a cadeia não me seguraria por muito tempo, resolviam me aplicar um corretivo pra compensar a inutilidade em me prender. Minha vida foi permeada pela realidade mais podre que a sociedade era capaz de produzir. Um dia, porém, os ventos começaram a mudar de direção. O meu amigo que me iniciou neste mundo capetalista, isso mesmo, capetalista, resolveu dar uma reviravolta em sua vida. Tenho orgulho de chamá-lo de amigo, mesmo tendo sido ele o vampiro da inicialização da minha desgraça. Este meu amigo, pra quem não conhecia a minha história, está aqui no meio de nós e é o meu padrinho, que me trouxe para o NA e me ajudou na minha cura e na minha reabilitação. Ele vai completar a minha história. Por isso, quero que recebam, com uma salva de palmas, o meu padrinho e amigo, Jesus da Silva!

As pessoas aplaudem efusivamente aquele homem alto, magro, moreno como os muçulmanos, cabelos longos, nariz grande e olhos castanhos claros e hipnóticos, de rosto comprido, característico dos povos árabes, descendência que inclui Jesus da Silva, cuja mãe era filha de jordanianos. Jesus caminha lentamente em direção ao seu amigo Pedro, dá-lhe um caloroso e fraternal abraço, e permanecendo abraçado ao amigo, dirige-se aos presentes:

— Vocês já ouviram dizer que quando um porco está se chafurdando na lama, ele não se contenta em chafurdar sozinho? E ao invés de eu seguir aquilo que Raul Seixas cantava, Pedro onde você vai eu também vou (Meu Amigo Pedro - Raul Seixas / Paulo Coelho), foi ao contrário. Era o Pedro quem me seguia, e eu sofri muito quando recobrei a minha consciência e percebi o mal que provoquei ao levar meu amigo para o buraco. Eu frequentava a cozinha do Pedro desde quando começamos a trabalhar juntos, mas quando cai nas armadilhas da cocaína, não percebia o tamanho da desgraça em que me meti. Por isso, trouxe Pedro comigo, achando que eu estava o contemplando e fazendo papel de amigo. Quanta ilusão! Eu não tive a mesma sorte que Pedro, pois Madalena, a sua esposa, é uma mulher incomum. Ela se mudou com os filhos para preservá-los, mas manteve uma fé absurdamente forte quanto ao resgate à dignidade do Pedro. A minha mulher, e não tiro a razão dela, se separou de mim, e não tive como recuperar o casamento, até porque, ao contrário do Pedro, me tornei extremamente devasso nesse período de sombras. Um dia, porém, uma luz me iluminou. Decidi usar todas as minhas forças para romper este ciclo maldito. Assisti a uma missa no Sion[10] celebrada pelo Frei Cláudio Van Balen, e em sua homilia, ele expôs de maneira brilhante sobre o verdadeiro significado da

10 Bairro nobre, de classe média / alta e localizado na Região Centro-Sul de Belo Horizonte.

palavra humildade. Ele mostrou a todos os que estavam com a alma aberta que uma pessoa só é verdadeiramente humilde quando ela permanece em contato firme com a realidade, coloca os pés no chão e se nutre desta energia, que vem do contato com a terra, para que se possa seguir o seu caminho praticando o bem e realizando boas obras. A palavra humildade, meus amigos e minhas amigas aqui presentes neste local abençoado, vem do latim humus, que significa terra, chão. Saí daquela igreja tão energizado, que me cobri das virtudes nascidas da humildade. Passei a entender que eu era um adicto, e que necessitava de ajuda para me livrar das drogas. Mesmo querendo e já tendo decidido sair daquele caminho quase sem volta, resistia a frequentar o NA. Por isso, aquela homilia foi decisiva! Entendi que juntos somos imbatíveis, entendi que quando duas ou mais pessoas firmam num propósito com fé e persistência, são submetidas a um fenômeno especial. As suas forças não se somam aritmeticamente, mas se multiplicam exponencialmente. Assim, passei a frequentar o NA. Mas ainda sim não estava satisfeito! Precisava reparar o mal que causei ao meu amigo Pedro, mas sabia que seria inútil procurar-lhe naquele momento. Por isso, procurei a sua esposa, Madalena, que começou a frequentar o NA antes dele. Foi aqui que Madalena reuniu estratégias suficientes pra trazer Pedro de volta à vida. Não foi com preconceito ou discriminação que Pedro se livrou desta maldição. Foi com amor, esperança e humildade. Foi com solidariedade, respeito e compreensão. Por isso, a Oração da Serenidade é tão importante para nós. Por isso a humildade é decisiva para quem quer largar o vício, seja das drogas, seja de qualquer outro vício que prejudica alguém e quem está ao seu lado. Quem quer se livrar das drogas tem que calçar as sandálias da humildade - arrancando risos da plateia, remetendo o termo à lembrança de um programa da TV. — Quem quer se livrar das drogas não pode olhar para trás! Diz o Antigo Testamento que Deus resolvera destruir Sodoma e Gomorra por causa dos seus pecados, mas queria preservar Ló e sua família. Dessa forma, Deus enviara dois anjos como emissários para tirar Ló e sua família daquele lugar antes de destruí-lo. Assim que Ló e sua família saíram da cidade, Deus promovera a sua destruição. Um dos anjos, porém, alertou que a condição para que se salvassem era não olhar para trás. A mulher de Ló, incrédula, não acatou a recomendação de Deus trazida pelo anjo e, desobedecendo, olhou para trás. Imediatamente, aquela mulher se transformou em estátua de sal. E o meu Xará, há dois mil anos - arrancando risos dos presentes -, disse que o exemplo da mulher de Ló serve para todos aqueles que querem preservar a sua vida neste mundo, ao invés de morrer para este mundo para ganhar a vida eterna[11]. Honra-me imensamente ter o mesmo nome do Cristo, como me arrependo amargamente por ter enfiado meu amigo nesta roubada e, por isso, nada mais fiz além da minha obrigação, ajudando a resgatá-lo. A experiência que Pedro passou foi trágica! Ele queria colocar tempero em sua vida, mas acabou colocando veneno. Não foi difícil convencê-lo a frequentar as reuniões do NA, pois o que ele mais queria era resgatar a sua dignidade. Porém, a sua esperança estava por um fio. Mas quando ele percebeu a minha vitória sobre as trevas, aquele fio de esperança transformou-se em um rio caudaloso. As portas sempre estarão abertas para um homem capacitado e inteligente como Pedro. Assim, depois de se recuperar, a vida do meu querido amigo ficou melhor do que era. Depois de se limpar, expulsar e exorcizar toda a sujeira do seu corpo e da sua alma, Pedro e a sua família alcançaram uma prosperidade ainda maior do que antes. Pedro não voltou a ser aquela pessoa certinha e careta como antes. Ao contrário, a sua vida é repleta de emoções. Abriu uma empresa que fabrica ferramentas especiais para a indústria automobilística, pratica canoagem, apesar de estar meio gordinho – arrancando outros risos –, e a esposa e os filhos praticam juntos. Todos eles adoram! Pedro, Madalena e os meninos já viajaram de norte a sul do país e outros países, e a família deles é muito bela! O exemplo de reviravolta na vida do Pedro nos trás um aprendizado fundamental: esse resgate só é possível se cada um de vocês quiser e fizer força para isso. Por isso, amigos e amigas aqui presentes, digo a vocês: não olhem para trás! Caminhem para frente! E assim como eu agi em favor do Pedro, ele também ajudou a resgatar mais três pessoas que também se encontram neste espaço abençoado: Tiago Zebedeu, João Evangelista e Tomé. Por isso, amigos, estamos aqui para sermos apoio, carregadores de baterias a todos aqueles que decidirem sair desta lama fétida e contaminada. E chega, né pessoal! Muito obrigado! Só por hoje! – brada Jesus.

— Só por hoje! – bradam os presentes.

Após os depoimentos emocionantes de Pedro e Jesus, Bartolomeu decreta intervalo. Esther e José, assim como a maior parte dos presentes à reunião, saem da sala para tomar um pouco de ar no pátio em frente. Maria também se encontrava naquele pátio. Esther percebe que ela estava sozinha e se aproxima, deixando José um pouco afastado.

11 Lucas 17:32-33.

— Olá! Que bacana o depoimento dos dois, heim? Que injeção para todos!

— Estou emocionada! – responde Maria. — Nenhum de nós imagina o tamanho do buraco em que nos metemos quando resolvemos entrar por esse caminho.

— Pois é! O que mais há no mundo são armadilhas, e, se a gente não ficar atento, a gente acaba caindo numa delas... – divaga Esther, que, de repente, vira-se para Maria e sugere: — Quero que você venha comigo para onde eu estava, porque José ficou sozinho.

Maria aceita a solicitação de Esther e vai com ela. Aproxima-se de José e o cumprimenta com um aceno. Em seguida, pergunta a Esther:

— O que vocês são um do outro?

— Bom, eu sou psicóloga e terapeuta do José, e sou responsável por tê-lo rebocado a esta reunião – responde Esther, com uma risada.

— Aaaah, legal! Pensei que fossem namorados.

Esther e José dão uma boa gargalhada. Maria percebeu que "dera bandeira" e ficou ruborizada, pois o suspiro aliviado por não serem namorados ficou evidente.

— Mas, e você, Maria? O que gosta de fazer? – pergunta Esther.

— Eu adoro cantar, esta é minha praia.

— Não acredito! Que coincidência! – fala José, entusiasmado e entrando na conversa. — Adoro tocar! Tenho um teclado e tô doido pra tirar as teias de aranha e tocar até sair fumaça.

As duas riem de José, e em seguida Esther sugere:

— Uai gente! Será que estou diante de uma nova dupla de músicos famosos? Maria e José. Não há nome mais sugestivo!

A sugestão de Esther balançou Maria. Seus olhos brilharam. Um belo e largo sorriso estampou-se em seu rosto, e ela passou a fitar José de um jeito especial e magnético. José, a princípio, ficou acanhado, mas depois resolveu corresponder ao olhar irresistível de Maria. Esther, percebendo que uma forte atração acontecia entre eles, diz aos dois que ia conversar com Bartolomeu, sai, e os deixam à vontade. Maria e José ficam sozinhos. Um silêncio desconfortável de uns trinta segundos se estabelece, até que Maria resolve quebrar o gelo:

— Nossa, José! Que legal saber que você é tecladista! Quero ver você tocar!

— E eu também quero ver você cantar. Se sua voz é bonita quando fala, imagina cantando! - responde José.

— Que nada! Preciso aprender muito ainda, mas eu sei que tenho o dom, e adoro cantar.

— Então! Precisamos marcar um dia pra gente arranhar umas músicas - sugere José.

— Demorô! — Já que a gente está se conhecendo em condições desagradáveis, que tal pegarmos o limão azedo e fazermos uma limonada bem gostosa?

— Vamos marcar então, uai!

O coordenador toca uma campainha convocando os presentes de volta à reunião. José e Maria caminham lentamente de volta àquela sala com as cadeiras dispostas em círculos. Esther senta no lugar onde Maria estava e cede o seu lugar a ela, ao lado de José. Bartolomeu reassume a direção da reunião, e depois de alguns depoimentos, dois participantes resolvem aderir ao grupo. O primeiro se levanta e pronuncia:

— Meu nome é Mateus. Depois de três reuniões, resolvi andar limpo e livre pelas ruas. Antes, me sentia o Esqueletor, agora, me sinto o He-Man! - arrancando gargalhadas do público. — E para essa empreitada, escolho o meu amigo Simão como padrinho.

Simão se levanta, dá um abraço carinhoso em Mateus e em seguida entrega-lhe uma ficha da sobriedade[12]. Pronuncia algumas palavras e os presentes aplaudem efusivamente. Em seguida, levanta-se o segundo membro que aceitara participar do grupo, que pronuncia:

— Amigos! O meu nome é Judas Tadeu. Quero lhes dizer que hoje é o primeiro dia feliz dos dias mais felizes que terei em minha vida! Hoje faço parte do grupo das pessoas que conseguiram sobreviver ao naufrágio do mar das drogas. Por isso, me entrego de corpo e alma a esta bela causa do Narcóticos Anônimos e escolho Matias como padrinho.

Os presentes aplaudem. Matias se levanta e diz:

— Não é por acaso que Matias é o nome do último discípulo de Jesus, que substituiu outro Judas, o Iscariotes, que traiu o Salvador. Estou aqui para compor este time maravilhoso, e tenho orgulho de apadrinhar Judas Tadeu.

---

12 Ficha simbólica que marca o início da abstinência.

E que este espaço milagroso do Narcóticos Anônimos possa multiplicar as suas ações entre as pessoas que vivem na penumbra e possam saciá-las, assim como Jesus Cristo fez ao multiplicar pães e peixes, fazendo-nos operários da salvação dos prisioneiros das drogas.

Matias entrega a ficha da sobriedade a Judas Tadeu, sob os aplausos entusiasmados dos presentes. Bartolomeu opera os últimos rituais e encerra a reunião, tomada por um espírito apoteótico e sublime. Na saída, Esther perguntou Maria onde ela morava. Ela respondeu que morava no Nova Suíça, um bairro não tão distante do centro de Belo Horizonte, nas imediações de um dos principais corredores viários daquela cidade, a Avenida Amazonas.

— Maria! Estou de carro e vou levar José, e a sua casa é caminho. Posso te dar uma carona? – propõe Esther.

— Aceito sim! Vai me quebrar o galho – responde Maria.

Os três entram no carro. Maria senta-se ao lado de Esther, no banco dianteiro. No caminho, Maria e José trocam os números dos seus celulares. Esther incentiva os dois a se encontrarem para tocar e cantar. Conversam sobre várias coisas até as proximidades da casa de Maria, quando Esther para o carro. Enquanto Maria despede-se de Esther, José abre a porta traseira e sai do carro para ocupar o banco dianteiro. Maria sai do carro e fala a José, fitando-o:

— Hoje foi um dia muito importante pra mim. Eu já sabia que seria um dia especial por eu ter tido coragem de ir ao NA, mas ter te conhecido não estava nos planos, e fechou com chave de ouro. Parece que o anjo que o seu Jesus falou da história da mulher que virou estátua de sal é o mesmo que veio pra arranjar o nosso encontro...

— É!... Tô começando a acreditar que anjos existem, nos ajudam, impõem regras, nos protegem e nos avisam. Tô sentindo que vou nascer de novo. Esquisito, mas parece verdade. Sinto que vou ser parido novamente – responde José, esboçando um tímido sorriso.

Maria olha fixamente para José durante uns cinco segundos. Lentamente, aproxima o seu rosto ao dele e dá-lhe um rápido beijo na boca. Vira-se e sai em direção à sua casa. Andou um metro e vira-se novamente a José:

— Hoje foi um dia sagrado!...

Vira-se e vai embora. José a acompanha, com os seus olhos atentos e ternos, até perder Maria de vista.

XXVI

Esther acabara de deixar José em sua casa, no bairro Gutierrez, quando toca o celular. Ela vivera um dia com uma sensação grandiosa de vitória, mas, naquele momento, a sua intuição dizia que o sinal amarelo viera acompanhado do toque musical personalizado que atribuíra à ligação de Mandel para o seu celular, a música *Smile* (John Turner e Geoffrey Parsons[13]) – popularizada por Charles Chaplin –, por achar que ela traduzia os seus sentimentos angustiados pelo namoro agonizante. Ela enxergava Mandel como uma máquina em busca da felicidade movida pelo amor romântico, alguém que perseguiria sempre esta felicidade, e que se guiaria pelos trilhos do amor romântico.

> *Smile, though your heart is aching. Smile, even though it's breaking. When there are clouds in the Sky. You'll get by... (Sorria, embora seu coração esteja doendo. Sorria, mesmo que ele esteja partido. Quando há nuvens no céu. Você vai conseguir...).*

Aquela ligação surgiu num momento crucial. Depois daquela segunda-feira tão cheia de êxitos profissionais, ela já não podia mais abrir mão da sua escolha: a dedicação do seu tempo quase integral ao trabalho e aos seus projetos, que a fariam desabrochar de vez como psicóloga. Esta escolha, sabia Esther, era o golpe de misericórdia no seu relacionamento com Mandel. O fôlego da relação não suportaria mais distanciamentos, e era inevitável que esta chegasse ao fim. A psicóloga Esther sabia que o fim da sua relação amorosa seria consequência da sua escolha por optar pela dedicação integral ao trabalho, somado à necessidade intrínseca que Mandel carregava em seus traços pessoais, de desejar viver uma vida a dois de forma intensa e próxima. Esther, mesmo que veladamente, preparava-se para o fim do relacionamento. O celular tocou quatro vezes até antes de ela atender:

— Oi!

— Tudo bem, Esther? Como foi o dia?

---

13 Algumas fontes atribuem a composição da música *Smile* a Charles Chaplin, mas que foi registrada por John Turner e Geoffrey Parsons, em 1954, que a atribuíram um nome e adicionaram uma letra. A música foi apresentada no filme *Tempos Modernos*, em 1936, o último filme mudo produzido por Chaplin.

— Foi muito bom! Aquele rapaz de que lhe falei, o que está fazendo terapia comigo, teve um ótimo progresso. Fomos a uma reunião do grupo dos Narcóticos Anônimos, e acabei de deixá-lo em casa. Ele, e eu também, tivemos o privilégio de assistir depoimentos fortes e impressionantes. E por um arranjo cósmico, ele conheceu uma garota e eles se atraíram. O mais interessante é que ele toca teclado e ela é cantora. Quero conversar com você sobre isso e quero lhe pedir pra dar uma força para eles. O resto da história eu conto depois.

— Que boa notícia, Esther! Será um prazer ajudar! E quem sabe, depois deles estarem entrosados, que eles possam fazer umas pontas com a MPdoB? Eu não duvido da sua capacidade e sei como persegue um objetivo com garra e afinco.

— Obrigada pelo elogio, Tronquin! E o seu dia, como foi?

— Foi muito cheio! Hoje eu fiz três instalações de redes em empresas, e terminei uma fase da pesquisa que estou desenvolvendo para a Assembleia Legislativa. Lembra?

— Sim! É sobre os movimentos migratórios entre as regiões de Minas Gerais e as políticas de contenção da migração em massa. Muito interessante essa pesquisa. Mas acho que não foi para falar disso que você me ligou...

— É! Estou te ligando porque quero ver um dia em que nossas agendas estejam livres para conversarmos. Precisamos conversar sobre nós, sobre a finalidade do nosso namoro e darmos um rumo em nossas vidas. Qual dia você estará livre, isto é, se houver um dia...

Esther esperava esta proposta de Mandel. Sentira um aperto em seu coração, mas respirou fundo e disse: — Quero te propor na quinta a noite, por volta das oito, pode ser? Até quarta eu estou atolada! Tenho que entregar a primeira parte da minha Tese de Mestrado, e vou ter que varar as madrugadas pra deixar este trabalho pronto. Mas na quinta eu estarei um pouco mais aliviada. Tenho só que arrumar a mala para o congresso em São Paulo na sexta, mas tudo bem! Arrumo depois da nossa conversa.

— Pra mim está tudo bem, também. Preferiria que fosse antes, mas como te conheço, até que deu pra arranjar num tempo razoável - responde Mandel. — Podemos ir a um restaurante perto da sua casa, pode ser?

— Claro! - devolve Esther — Tem um bar novo na Rua Alberto Cintra, perto da Avenida Cristiano Machado, que dizem que é muito bom. Um cardápio bem sortido, um bom atendimento e um ambiente bem saudável. Que tal?

— Fechado! - responde Mandel. — Se bem que o que não falta são bons bares em BH. Se existir uma cidade que respira boemia, esta cidade é Belo Horizonte, sô!

— É verdade, uai! - responde Esther com uma risada.

— Então tá! A gente se encontra lá! - responde Mandel. — Nossa conversa será muito importante, e mesmo que a gente saia de lá com outra realidade, poderemos ter uma conversa madura, pois somos pessoas do bem, e saberemos entender a nossa realidade.

Essa última fala de Mandel foi a senha que Esther aguardava, mas não gostaria de ouvir. Ela percebeu que Mandel, sutilmente, a preparara para o fim do relacionamento. Cabia a ela começar a se preparar, então. E depois de alguns segundos divagando sobre o rumo do namoro, Esther responde:

— Tudo bem, Mandel. Eu sei que estamos chegando a um ponto de decisões importantes e marcantes. Mas estarei preparada para uma conversa a altura das nossas vidas, que são muito dignas, mas que nem sempre se encaixam. Mas vamos lá! É chegada a hora!

— Então tá bom, Esther. E você sabe que é perigoso dirigir com o celular no volante. Por isso vou desligar e deixar você ir. Estou ouvindo o som dos carros no trânsito.

— Como vou negar? Você me conhece, né? Mas tá bom! É melhor não arriscar.

— Não mesmo! - afirma Mandel, com uma risada. — Beijos e boa noite!

— Beijo! - Finaliza Esther, desligando o celular em seguida.

Após desligar o celular, Esther começa a digerir a ausência anunciada de Mandel em sua vida e recita em voz alta os versos de Camões[14]:

> *Mas, conquanto não pode haver desgosto / Onde esperança falta, lá me esconde / Amor um mal, que mata e não se vê; / Que dias há que na alma me tem posto / Um não sei quê, que nasce não sei onde, / Vem não sei como, e dói não sei porquê.*

Esther sabia que não podia sustentar o seu relacionamento com uma lacuna de tempo tão grande entre eles, mas ao mesmo tempo desejava conciliar o inconciliável: ter tempo para as suas múltiplas atividades e ao mesmo tempo ter o amor exclusivo de Mandel. Sabia que querer tudo era impossível,

14 Luís de Camões, *As Tormentas*.

sabia que estaria sendo egoísta e injusta com Mandel, mas uma parcela do seu eu não queria abrir mão de ter tudo ao mesmo tempo. Esther foi embora para o seu apartamento, naquele trânsito um pouco menos insuportável de uma noite de segunda-feira na capital mineira, acompanhada deste conflito, deste duelo pesado entre duas facções opostas da sua vontade, uma alicerçada na razão, outra alicerçada na emoção. Chegou a sua casa e teve um sono mal dormido, dominado por essa guerra entre a razão e a emoção.

***

Mandel também se encontrava povoado por conflitos mil. Sabia que Esther era uma mulher interessante, inteligente e uma ótima companheira. Mas ela o deixara muito a vontade, e ele não suportava mais esta migalha de convivência em contraste com a sua enorme demanda da presença feminina em sua vida, compartilhando um afeto que estava represado há muito. Janaína era a sua válvula de escape, que, estranhamente, dava sobrevida ao seu namoro com Esther. Mas a aparição de Claraluz em sua vida acendera a perspectiva do amor romântico que sonhara. Mesmo sabendo que teria que conviver com novas dificuldades, pois Claraluz morava a quase quatrocentos quilômetros, Mandel depositava uma fé desmedida nesse novo relacionamento. Acreditava que o amor que se instalara entre eles era tão grande, que os acontecimentos futuros fariam com que a possibilidade da presença física e cotidiana de Claraluz em sua vida se tornasse real, e o tempo haveria de ajeitar para que as coisas acontecessem da forma como sonhara. Mandel tinha certeza de ter encontrado o seu verdadeiro amor. Acreditava na sincronicidade apregoada pelas teorias de Jung, acreditava nos arranjos universais movidos pelas vontades, que nada mais eram do que energias geradas pela mente humana, e que, emanadas como um rádio transmissor, encontraria, em algum lugar do cosmos, uma mente receptora que também se nutria de uma vontade irmã. Por isso acreditava - em seu idealizado modelo de arranjo romântico - ter encontrado o seu par, e quem lhe completaria como par ideal era Claraluz. Depois de divagar por estes pensamentos, Mandel pega o celular e liga para Matheus:

— Tudo bem, camarada? Como estão as coisas?

— Beleza! Dei um bocado de aulas hoje. Tô cansado! - responde Matheus. — E esse seu namoro virtual doido? Continua viajando na maionese ou já acordou e caiu na real?

— Você é um tolo mesmo, Matheus. Não consegue perceber as mudanças profundas dos paradigmas diante desta nova era humana, onde as fronteiras geográficas deixaram de existir. Vivemos um momento singular e estamos tendo uma chance especial de corrigirmos a rota da humanidade, pois as oportunidades de comunicação e de interação com pessoas diversas, seja de onde for, são de tal ordem de possibilidades de arranjos, que a comunicação entre as pessoas passou a ser ilimitada, e basta às pessoas quererem para que esta multiplicidade de interações e conhecimentos aconteça em nossas vidas. Estamos mudando de perfil, e esta revolução em curso é de tal ordem de grandeza, que estamos ainda atônitos com a nova realidade que pousou bem na nossa frente. A nossa chance, meu caro amigo, primo, e ainda tolo Matheus, de darmos um grande salto em nossas consciências e refazermos as nossas ações perante nós e a nossa sociedade, que hoje é a verdadeira aldeia global, de fato, é extremamente grande. Um crescimento significativo em nossas consciências nos dá a oportunidade de encontrarmos conosco de forma iluminada e magnífica. Descobrirmo-nos como humanos nos devolverá a vocação de amar, de prosperar, de praticar a arte, a ciência, a política e a religião de forma densa e verdadeira, e buscarmos a felicidade alicerçada no resgate da nossa digna condição humana. Cairá por terra a nossa necessidade darwinista de competirmos para lutar pela sobrevivência, porque reunimos a capacidade, construída desde a pré-história humana, de produzir a nossa sobrevivência sem estarmos condicionados às regras da seleção natural e a lei do mais forte e, por consequência, sem mais necessitarmos depredar os recursos naturais para garantir a nossa sobrevivência. Ao contrário, temos hoje plena consciência, sedimentada por esta comunicação global, que sobreviveremos somente se vivermos em harmonia com este planeta. A Terra não nos pertence. Somos moradores, junto com outros milhões de espécies de vidas, desta única casa possível, e temos sido péssimos inquilinos. Mas a nossa consciência acordou, e hoje enxergamos claramente esta verdade. Enxergamos verdades que até então eram ocultadas pela fantasia, pelo falso sistema que tentou vender a felicidade nas mercadorias produzidas por nós mesmos. As mercadorias irão nos servir, e não iremos mais ser escravos da mercadoria e nem escravos do domínio de uma classe econômica sobre outra. Estamos diante da mais densa revolução que a humanidade experimentou, e que daqui a uns anos estaremos vivenciando em sua plenitude. Estamos diante do nosso grande salto, e a comunicação global está abrindo as portas para esta revolução. E a minha revolução, caro discípulo Matheus, começa na vivência do amor verdadeiro, que me dignifica e me fortalece. Claraluz é a mulher que eu amo, e a que quero para vivermos como casal, parceiros e cúmplices na passagem pelo nosso bem mais valioso: a vida!

Matheus, do outro lado, coloca o telefone em cima de uma mesa e bate palmas para a fala do Mandel: — Uau! Xeque-mate! Eu me rendo! Você detonou minha consciência. Ela, de repente, ficou vazia, e vou ter que começar a preenchê-la de novo. Eita intelectual da peste, sô!

— Isto é mais do que intelectualidade, meu grande primo e baterista mais ou menos. Isto é a sabedoria da qual necessitamos para nutrir nossa alma. – retruca Mandel, com uma risada. — Mas vamos ao que interessa! Quero te perguntar uma coisa: se lembra de quando lhe falei sobre aquele programa de edição de som que veio do seu e-mail, e que eu, achando que você tinha mandado na maior das boas intenções, o abri?

— Claro que lembro! Meu computador foi invadido e usado para mandar aquele arquivo através do meu e-mail, e você ficou superpreocupado por achar que poderia ter sido vítima de uma invasão em seu computador. E então, tem mais novidades?

— Sim! A invasão aconteceu, e quem invadiu o computador foi Magda.

— Mas como é que você sabe?

— Magda enviou a conversa que Claraluz e eu tivemos no Messenger para o ex-noivo dela, depois de invadir o meu computador e copiar os arquivos das conversas.

— Peraí! – interrompe Matheus. — A sua namorada era noiva e terminou o noivado por sua causa? Explica-me esta história louca?!

— Não foi por minha causa que ela terminou o noivado! Acho que você precisa conhecer a história. Vou te contar com mais detalhes.

Mandel conta a Matheus sobre a vida de Claraluz, fala do seu propósito firme de se relacionar com ela, comenta sobre seus planos com Esther, e depois continua a falar sobre a invasão do seu computador.

— É estranho! Magda delatou a minha relação com Claraluz, mas procurou preservar a minha identidade. Por que será? O que se passa naquela cabeça genial e oca ao mesmo tempo?

— E você ainda me diz que estamos diante de uma revolução da consciência... Temos esta tal comunicação global, e as pessoas continuam aprontando, só que agora sem fronteiras geográficas - retruca Matheus, soltando risadas debochadas e sarcásticas.

— Calma, Matheus! Estamos no início dessa nova era. Tudo que existia na era passada, o sistema do deus mercado, a exploração do homem pelo homem, a ganância do poder e do dinheiro, os pecados capitais, tudo isso continua existindo. Mas acredito que esta superintensidade de comunicações que está acontecendo irão elevar as mentes de tal forma, que a força humanista irá prevalecer e todos os antigos paradigmas irão cair por terra. Viva e verá!

— Tá bom, mas vamos deixar de viajar na maionese. O que você está pensando sobre Magda? Como vai se proteger? - pergunta Matheus.

— Quero te fazer uma proposta: por que não namora a Magda? Você tá sozinho há um tempão, e ela tá precisando arranjar um namorado pra ver se fica mais quieta - ironiza Mandel.

— Você é meu amigo ou amigo da onça? Tá querendo me jogar no buraco? Num tô a fim de arrumar encrenca pra minha vida não! Mas desembucha logo! Fala quais são seus planos.

***

Mandel fala a Matheus sobre as suas estratégias para se proteger dos ataques de Magda, e prevê mais ações dela contra seu namoro com Claraluz. Os dois conversam um pouco mais. Mandel desliga o celular e em seguida liga para Claraluz.

— Huuuuum! Que bom ouvir tua voz... - atende Claraluz, radiante por receber a ligação de Mandel. — Depois de um dia tão anormal como o de hoje, nada melhor do que ouvir a tua voz e deixá-la escorrer no meu corpo e em minha alma como Florais de Bach, aliviando a carga deste dia tão importante, mas tão desgastante em minha vida.

— Eu digo o mesmo, pois você é o farol que ilumina a minha estrada, e sem você eu estaria tateando os meus passos como um cego sem rumo e sem direção - responde Mandel. — Fiquei atônito com tudo o que me passou por torpedos, mas agora quero ouvir de você toda esta história. É muita coisa para um dia só!

Claraluz relata e divaga sobre os fatos acontecidos com a sua mãe e o envolvimento dela naquela conversa tão tensa, que também teve a participação de Barretto. Eles comentaram sobre a misteriosa ocultação da identidade de Mandel nas revelações que Magda fizera a Barretto, sem entenderem qual era a motivação dela para isso, e buscaram estratégias para se protegerem de novos ataques. Em seguida, Mandel relata a Claraluz os fatos do seu dia:

— Claraluz, antes de te ligar, liguei para Esther, com a finalidade de nos encontrarmos, pois chegou a hora da decisão. Vamos nos encontrar quinta-feira, e nesse dia irei colocar as cartas na mesa.

Claraluz hesita por instantes, e depois responde: — É muito difícil ser indiferente nestas horas, mas vou buscar ser a mais racional possível. O fim do seu relacionamento com a Esther tem que estar relacionado com a vida de vocês, exclusivamente, e não com o fato de termos nos conhecido e termos nos apaixonado.

— Talvez seja, mas veja os paradoxos: se Esther e eu não tivéssemos problemas em nossos relacionamentos, se os nossos relacionamentos não fossem incompatíveis, e mesmo assim, se você e eu tivéssemos nos conhecido e nos apaixonado, como agiríamos?

— É!... Penso que a gente liga o radar e fica aí, tentando buscar a nossa grande identidade. Então, se apaixonamos por alguém, mesmo estando com outra pessoa, significa que a pessoa com quem estamos não é parte da nossa identidade. É difícil as pessoas encontrarem seus pares. Poucos conseguem, mas não é o nosso caso, não é, meu poeta transparente?

— O nosso caso é especial! Fomos presenteados pelas forças do Universo. O nosso amor se explica num dos magníficos trechos de Clarice Lispector: *O amor é tão mais fatal do que eu havia pensado, o amor é tão mais inerente quanto a própria carência, e nós somos garantidos por uma necessidade que se renovará continuamente. O amor já está, está sempre. Falta apenas o golpe da graça - que se chama paixão*[15]. E este golpe da graça nós recebemos, não nos falta mais! A paixão que se instalou em nós está e será a nossa energia que nos cola, nos gruda como imãs poderosos. E eu adoro dizer para você que te amo, Claraluz.

— Huuuum Mandel! Estar contigo é tão bom! É tão bom saber que temos um ao outro... Não sei como será minha vida daqui pra frente, mas posso te dizer que ela está muito melhor, mesmo com todos os percalços destas últimas horas. E é tão bom saber que tu te nutres dos pensamentos dos nossos

15 Clarice Lispector, *A Paixão Segundo G.H.* (pág. 109).

escritores e poetas para produzir toda esta rica poesia que reside em ti... Por isso, o teu espírito está cada vez mais forte. Apesar de ter te conhecido somente há três dias, percebo que tu evoluis a olhos vistos. Como é impressionante! O meu amor por ti, sinto isso, é alimentado constantemente por este vigor poético que tu tens, como uma fonte inesgotável.

— Tudo aquilo que é expresso em forma de linguagem, escrita ou falada, é resultado da sabedoria acumulada na mente humana e carregada por nossas heranças antropológicas. Esta carga de sabedoria é tão grande, que se torna inesgotável para cada indivíduo, pois a nossa vida é finita, e jamais conseguiríamos absorver, por falta de tempo disponível, toda a sabedoria fragmentada em pensamentos saídos de cada espírito lúcido que anda ou andou pela Terra. O tempo, meu amor, é o nosso algoz, e por isso que é importante fazermos da nossa vida um grande espetáculo de energias emanadas para podermos viver com abundância e qualidade.

— Huuuuum! Cada conversa nossa é uma carga de conhecimento e sabedoria - suspira Claraluz. — São nestes nossos encontros e conversas é que tenho a certeza de que és tu quem eu quero! Não vejo a hora de estar coladinha a ti, meu amor.

— E por falar em encontros, está na hora de pensarmos nisso na prática, não acha? O Messenger ficou pra trás, e o celular está começando a ficar insuficiente. Tem alguma sugestão? - pergunta Mandel.

— Tenho sim! Estava só esperando tu perguntares! Estou livre nesse fim de semana, a partir de sábado, e quero ir para aí, respirar o mesmo ar que tu respiras, e sentir teu cheiro de perto. Gostou da ideia?

Mandel se assustara com aquela proposta. Sabia que o seu encontro com Claraluz aconteceria, mais dia, menos dia, mas não estava acostumado a encontrar alguém tão decidida assim. E era tudo o que ele queria: uma mulher que estivesse disposta a ser sua companheira, de atitudes firmes e sem rodeios. Ele só não sabia que Claraluz lhe reservava uma surpresa, e que o encontro estava planejado para sexta-feira, e não para o sábado, durante o baile que Mandel iria tocar com a banda *MPdoB* em Pedro Leopoldo. Ao ouvir a proposta de Claraluz, Mandel respondeu:

— Que delícia! Que surpresa mais gostosa, Claraluz. Claro que gostei e aprovei, lógico! Esses dias, antes do nosso encontro, serão os mais longos da minha vida. A expectativa será demais, mais vai valer a pena esperar. Como pode? A minha vida é outra, completamente diferente, e parece que se transformou como se uma fada tivesse tocado com sua varinha e realizado uma mágica sublime.

— Não é só sua vida que se transformou em outra num piscar de olhos não, meu amor. A minha também! E agora, sou eu que vou cantar um pedacinho de uma música para ti.

Claraluz canta pela primeira vez para Mandel, que se encanta com a sua voz e a sua afinação. Ele se delicia ao ouvir, na voz aveludada de Claraluz, os trechos da música *Canção Brasileira*, uma música gravada por Fagner e composta por Sueli Costa e Abel Silva:

> *A canção brasileira chegou com o fim do verão. O sol está presente como continua o impossível amor. Pela primeira vez meu amor eu me sinto feliz, sabendo que sou, sabendo que dou o amor mais bonito.*

— Acho que vou me afogar no mar do amor. Cada célula do meu corpo estremece e arrepia ao ouvir sua voz – responde Mandel, encantado. — Não imaginava que tivesse uma voz tão bonita para cantar e tão afinada... Como sou desatento! Como não pude perceber antes! Tenho que incluir nos meus planos do nosso mágico fim de semana uma saída com o violão, prum cantinho qualquer, pra gente tocar e cantar até cansar.

— Já estou sonhando com isso, Mandel. Não vejo a hora desses acontecimentos se materializarem, virarem realidade, e poder sentir no fundo da alma, em cada pedacinho de segundo, esses momentos mágicos que nos esperam... E o meu próximo passo será falar para o meu pai sobre nós. Queria ter contado agora, quando cheguei em casa, mas ele está em lua de mel, e não consegui o meu intento. Adorei a Juliana, a namorada dele. Até que enfim ele assumiu alguém! Demorou, mas tive a impressão que meu pai arranjou uma mulher disposta a viver com ele na alegria e na tristeza e capaz de compartilhar toda esta bela energia que temos em dar e doar... Quero experimentar a sensação dele ao saber do nosso romance. E pelo que conheço do meu pai, ele irá abençoar a nossa relação, claro que depois de algumas recomendações. É pai, né?

— Também faria o mesmo! – responde Mandel com uma risada. — Imagina só se eu tivesse uma filha tão linda e maravilhosa como você, se eu ia deixar qualquer marmanjo chegar perto assim, de graça? Mas na hora que o seu Clóvis e eu fizermos uma música juntos, ele irá me incorporar como genro sem problemas.

— Sabe que a Regina, aquela minha amiga enfermeira da qual te falei, disse o mesmo? Será que vocês irão se entrosar musicalmente também?

— Não tenho dúvida disso, meu amor! Mas, sem querer te cortar, que tal irmos dormir? Hoje o dia foi um turbilhão, principalmente para você, e é bom recarregarmos nossas energias para mais um dia cheio de turbilhões, como será o dia de amanhã, com certeza! Conversaremos mais sobre a sua vinda amanhã. É como canta Beto Guedes: *Lembra que o sono é sagrado, e alimenta de horizontes, o tempo acordado de viver* (Amor de Índio - Beto Guedes / Ronaldo Bastos).

— Depois de uma frase tão profunda como esta, é melhor seguir o conselho. Principalmente para uma médica, que tem a obrigação de saber sobre a importância do sono em nossa saúde. Mas quero dormir coladinha a ti. Ouvindo a tua voz...

— Claro! Quero cantar uma música quando deitarmos, para que você tenha sonhos deliciosos.

Claraluz e Mandel conversam mais uns minutos enquanto tratam dos últimos preparativos para dormir. Assim que Claraluz se deita, diz a Mandel:

— Pronto, meu amor! Estou deitada, meio sonolenta, mas doida pra ouvir a tua voz mágica cantando aos meus ouvidos.

— Também já estou deitado, mas quero pensar em estar do seu lado novamente, bem pertinho de você... E quero cantar esta música pra te embalar:

Foi Deus que fez o céu, o rancho das estrelas, fez também o seresteiro para conversar com elas. Fez a lua que prateia minha estrada de sorrisos, e a serpente que expulsou mais de um milhão do paraíso. (...) Foi Deus que fez o vento que sopra os teus cabelos; foi Deus quem fez o orvalho que molha o teu olhar. Teu olhar... Foi Deus que fez as noites e o violão plangente; foi Deus que fez a gente, somente para amar, só para amar.
(Foi Deus que Fez Você - Luís Ramalho - interpretação de Amelinha).

Assim que Mandel terminou de cantar, Claraluz só teve forças para dizer:

— Eu te amo, Mandel.

Virou-se e dormiu o sono de anjos.

XXVII

Mal acabara de recostar a cabeça no travesseiro, quando soa a campainha. “Quem será a esta hora?”. Levanta-se da cama, aproxima-se da porta da sala e, sem abrir a porta, solicita a pessoa do lado de fora que se identifique:

— É Janaína, Mandel. Abre a porta pra mim!

“E eu achei que o dia havia acabado”, pensa Mandel. Aquela visita tinha uma motivação totalmente diferente das outras. Inúmeras vezes, Janaína chegara naquele horário. Mandel já havia entendido que aquele estado de *bigamia informal* em que vivera só foi possível porque havia elementos em Janaína que Esther não tinha, como também havia características que Esther tinha e Janaína não tinha. Janaína era uma mulher inteligente e dedicada aos estudos, mas, por ter apenas vinte anos, ainda não tinha a vivência e a intelectualidade que Esther possuía. Mandel admirava Janaína, mas ela não era a companhia ideal para acompanhá-lo em suas ideias, até porque, pela pouca idade, o seu mundo era um pouco diferente do de Mandel. Apesar do entrosamento sexual quase perfeito entre eles, Mandel, às vezes, se irritava com os lampejos adolescentes no comportamento de Janaína. Ele não a queria como sua mulher em tempo integral, mas Janaína fazia o papel de Esther na lacuna que a própria havia deixado. A aparição de Claraluz em sua vida mudou tudo. Fazia apenas dois dias que Mandel havia encontrado Janaína, mas parecia que havia anos. Sua vida mudara tão radicalmente nestes poucos dias, que parecia que a sua história com Janaína pertencia a outro Mandel, e na vida deste novo Mandel já não cabia aventuras amorosas como a que ele manteve com Janaína por quase três anos. Antes de abrir a porta, Mandel respirou fundo e se preparou para mais uma batalha.

— Pensei que ia me deixar mofando aqui fora – fala Janaína.

— De jeito nenhum! Entre, porque precisamos conversar!

Mandel não dera tempo de gerar uma falsa expectativa em Janaína. Era comum ela aparecer depois das aulas para dormirem juntos, mas aquela fala incisiva de Mandel deixara a firme impressão em Janaína de que nada seria como antes entre ela e Mandel. Janaína entrou, tentou beijar a boca dele, mas ele se esquivara e, com paciência e carinho, pegou a mão dela, puxou-a para dentro de casa, fechou a porta, e a fez sentar no sofá da sala para conversar. Sentou na outra ponta do sofá e disse:

— Acho que você tem suas paranormalidades... Pressentiu que o nosso encontro de sábado seria o último, e você estava com a razão. Aquele nosso encontro foi maravilhoso, mas foi o último!... Não será uma fala feliz, mas eu preciso dizer isso a você... Eu me apaixonei por aquela médica de que lhe falei, que se chama Claraluz, e ela por mim, e de agora em diante, simplesmente eu não conseguiria ficar com você.

As lágrimas começaram a brotar dos negros e grandes olhos de Janaína. Aquela visita era uma tentativa desesperada de resgatar o seu relacionamento com Mandel. O que ela vira no notebook de Magda era suficiente para concluir que uma paixão avassaladora se instalara no coração dele, e que não havia forças no Universo capaz de detê-la. Ela fitava Mandel com um olhar apaixonado, e, em cada segundo daquele olhar, brotava uma lágrima que escorria do seu rosto moreno. As lágrimas pingavam no chão, e Mandel se afligiu com o estado da alma de Janaína naquele instante fatídico. Aproximou-se dela, abraçou-a fraternalmente, e disse:

— Janaína! Gosto de você da mesma forma que gostava antes. Eu a admiro e gosto do seu astral. Só quero que entenda que a minha vida tinha um vazio afetivo. Esther não me completava, e você sabe muito bem disso. Mas faltavam elementos em nós dois, e você também sabe disso! Eu deveria ter sido mais sincero e claro com você. Muitas vezes eu te perguntei se não queria arranjar um namorado, porque eu dizia a você claramente que a gente não seria um casal de namorados, mesmo que eu terminasse com Esther, mas você se conformou com a situação, sempre aceitou essa condição, nunca impôs regras. Eu me acomodei também. Como vivia a carência de não estar com Esther por largos espaços de tempo, acabei por fazer de você a extensão do meu relacionamento com ela. A nossa relação passou a ser mais do que sexual, apesar de o sexo ter predominado, mas você sabe muito bem que a nossa relação não era a de um casal de namorados.

Janaína se afasta de Mandel e diz: — Mas por que a gente não continua do jeito que sempre foi? Esta sua médica carioca vai estar aqui só de vez em quando, e assim como foi com Esther, a gente pode continuar do mesmo jeito. Eu não vou te prejudicar!

Mandel achara sintomático aquele comportamento. Como uma mulher do século 21 poderia se sujeitar a um papel secundário na vida de um homem? Janaína não era uma mulher passiva, pelo contrário. Era inteirada dos assuntos globais, gostava de desfilar numa escola de samba em Sabará, tinha uma vida social regular, onde frequentava clubes, bares e restaurantes em companhia das suas amigas, e frequentemente era abordada com cantadas e galanteios. Ela tinha amizades masculinas, e muitos dos homens, principalmente alguns colegas de escola, olhavam-na com desejo e vontade de ser relacionar com ela. Janaína não teria dificuldades de arranjar um namorado que a fizesse viver um novo romance, e poderia muito bem deixar as lembranças de Mandel alojadas em seu passado, mas que não fizessem parte do seu presente. O comportamento de Janaína deixara Mandel curioso, e ele questionou:

— Não lhe entendo, Janaína. Como você pode se sujeitar a ter um papel secundário em nossa história, e se contentar com isso? Preciso que seja honesta: o que sente por mim, quais são as suas expectativas comigo? Por que não almeja ter uma relação normal comigo, e por que me propõe a continuar sendo reserva em minha vida? Não entendo isso, e queria ouvir de você sobre o que é real em seus sentimentos comigo.

— Quer saber a verdade? - responde Janaína, enxugando as lágrimas e fitando Mandel firmemente. — Eu amo você! Eu quero você e constatei que eu sempre tive a maior parte de você desde o início da nossa relação. Nem Esther e nem você perceberam, mas quem ocupou o posto de reserva em sua história não fui eu. Foi Esther! Nós nos encontramos mais vezes do que você se encontrou com ela. Nós tivemos mais momentos de amor do que Esther teve com você. Tenho certeza de que tive muito mais orgasmos com você do que Esther teve, e, com certeza, você teve muito mais orgasmos comigo do que com Esther. Eu convivi no seu cantinho, na sua casa, no seu íntimo, de forma muito mais intensa. Conheço suas histórias, suas intimidades mais do que qualquer pessoa. Já preparamos vários pratos, assistimos a vários filmes, lemos juntos histórias dos milhares de livros que possui, já beijei sua boca não sei quantos quilômetros, já tomamos nem sei quantos banhos juntos... Quem é titular e quem é reserva nessa história?

As fichas caíram no juízo de Mandel. Janaína era muito mais sagaz e estrategista do que ele imaginara. Ela comia pelas beiradas, e aos poucos conquistava o seu intento. Mandel percebera que a estratégia de Janaína poderia ter sido eficaz depois de algum tempo, caso ele não tivesse conhecido Claraluz. Janaína era uma pessoa que buscava o conhecimento porque gostava, mas também buscava reunir condições de igualdade com Mandel, para que ela tornasse, com o tempo, a sua mulher de forma oficial. Janaína era de fato muito mais sábia do que ele imaginara. Mandel percebeu que

Janaína tinha paciência, pois ela sabia das suas condições adversas, por ser mais nova e, por consequência, ter menos conhecimentos do que Mandel. Diante disso, ela adquiria conhecimentos para reunir condições para ser uma mulher a altura da intelectualidade dele. Mandel admirou esta descoberta e mudou sua estratégia:

— Olha... Estou surpreso! Aos olhos de qualquer observador, você estaria fazendo o papel de Amélia, mas é bem diferente! É admirável! Não sei o que falar...

— Não fala nada! Só me beija! – propõe Janaína.

Mandel acordou. Sentiu que Janaína estava tentando enfeitiçá-lo novamente, e com carinho esquiva-se da proposta.

— Não, Janaína. Não posso te beijar pensando em Claraluz. Enquanto eu namorava Esther, não tinha esse problema. Beijava você pensando em você, sentindo você. Eu não tenho dúvidas de que tudo o que me falou é verdadeiro. Nossa vida foi muito intensa e densa, não tenho dúvidas! Mas você nunca ouviu da minha boca as palavras "eu te amo". Sempre fui verdadeiro com você. Tanto que eu gosto de você do mesmo jeito que sempre gostei, mas nunca me apaixonei por você. Quero que entenda que eu me apaixonei por Claraluz, e só ela habita a minha alma romântica. Não seria possível beijar você e não pensar em Claraluz. Imagina se você tivesse apaixonada por alguém e fosse beijar outra pessoa. Como seria?

— Beijaria alguém pensando em estar beijando a sua boca. Não olharia nos olhos dele, porque queria fitar os seus olhos, iria querer sentir o seu cheiro, o gosto da sua boca, as suas mãos, o seu peito, as suas pernas... Quero te contar uma coisa. Sabe desde quando gosto de você? Desde treze anos de idade! Desde quando minha mãe foi professora na escola em que sua mãe foi diretora. Lembro-me bem de que elas se tornaram amigas e, quando eu ia com minha mãe em sua casa, adorava ir junto só para te ver. Adorava te cumprimentar com beijos no rosto, pois eu sempre dava um jeito de te dar um beijo no canto da boca...

Mandel sorri timidamente diante desta revelação e responde: — Claro que me lembro! Mas esta revelação me pegou de surpresa. Você, me induzindo à pedofilia?! Nossa! Lembro que passei a dar aulas de física e matemática. Você estava com dezesseis anos, e eu havia me mudado recentemente para cá. Meus pais haviam se aposentado e eu resolvi comprar esta casa e morar sozinho. Você me deixava louco com aquelas roupas curtas que usava, e ainda usa, né?

— Eu estava determinada a te conquistar, mas você era muito duro. Adora mulheres, mas tinha um cuidado danado para não se relacionar com menores de idade... Tracei meus planos com zelo, e depois que completei dezoito anos, você não tinha mais desculpas. Você foi meu primeiro e único homem, Mandel. Por isso é tão duro saber que não posso te ter mais...

As lágrimas voltam a brotar nos olhos de Janaína, e Mandel ficara visivelmente embaraçado. Ficou surpreso com esta nova revelação e indagou: — Mas não foi isso que me disse naquele dia! Você disse que já tinha tido um caso e que não era mais virgem. Fiquei tranquilo por isso. Eu nem percebi! Naquele dia, você estava com um vestido muito curto. Fazia muito calor e eu estava de short. Você, sutilmente, começou a roçar suas pernas nas minhas pernas. Fiquei desconcentrado. Já não conseguia formular ideias para lhe explicar algumas regras da geometria plana. Sua boca ficou tão perto da minha, que de repente começamos a nos beijar. Beijamo-nos por muito tempo, um beijo sentido, onde a gente procurava sentir cada milímetro dos nossos lábios e das nossas línguas, até que você começou a passar as mãos em minhas pernas. Pegou as minhas mãos e as levou até as suas pernas. Senti toda a maciez da sua pele e a densidade das suas coxas, e aquela sensação me enlouqueceu. Você enfiou sua mão dentro do meu short e me manipulou de uma forma alucinante. De repente, você se agachou e começou a fazer sexo oral. Sua boca era de uma maciez que me tirava totalmente do meu centro. Resolvi retribuir e também fiz sexo oral em você. Tive uma sensação deliciosa ao ver você se contorcendo de prazer. E me dava muito prazer em sentir seu corpo em minhas mãos enquanto eu fazia sexo oral em você. Tiramos as roupas e você foi me levando para o quarto enquanto me beijava. Tivemos uma noite de prazer magnífica, e...

— Chega, Mandel! - interrompe bruscamente Janaína. - Se você continuar narrando com detalhes aquele dia tão delicioso, você será, por forças das circunstâncias, obrigado a transar comigo agora! Mas você não percebeu que eu ainda era virgem porque eu estava muito excitada. Eu estava com tanta vontade, que a lubrificação que resultou da minha excitação não me causou um pingo de dor. Pelo contrário, senti um prazer inenarrável. E se tem uma coisa que você manteve no mais alto padrão desde quando começamos a transar foi o carinho e a habilidade. E esta forma de fazer sexo me deixou muito à vontade para romper meu hímen sem traumas. Você é um artista do sexo, Mandel... Mas como vocês homens são tolos! Dão uma importância mitológica à virgindade. Para mim, escolher o homem que eu sonhei para me realizar como mulher foi muito importante, pois foi um momento muito íntimo e único, mas para vocês, homens, ainda continua sendo um tabu e um marco. Para alguns, um troféu, para outros, como você, uma joia intocável. Se eu não mentisse a você, não teríamos ficado juntos tantas e tantas vezes como nós ficamos.

Mandel ficara pensativo. Precisou de tempo para digerir as revelações de Janaína. Ao final da fala dela, Mandel concluiu: — Olha, Janaína... Esta história revelada só agora me impressiona muito, mas veja bem: tudo o que você fez para estarmos juntos foi obra exclusivamente sua. Jamais foi revelado a mim a sua paixão secreta desde a sua adolescência, jamais foi perguntado a mim o que eu achava disso. Tem uma frase de Raul Seixas que eu gosto e que diz: *sonho que se sonha só é só um sonho que se sonha só, mas sonho que se sonha junto é realidade*[16]. Este sonho é só seu! Eu não sou um objeto, uma mercadoria que se compra! Eu tenho as minhas vontades, os meus desejos, os meus sonhos. Precisaria que me apaixonasse por você. Quando se apresentou a mim de forma arrebatadora, enxerguei você como mulher, mas não como a minha mulher, a minha companheira. Você se apresentou como mulher para estar comigo como mulher, mas nunca como a minha mulher. Por isso, sempre me relacionei com você desta forma, informal, mesmo gostando muito e obtendo muito prazer em nossa relação. Mas você nunca apresentou sinais de que poderia ser diferente. Como eu poderia imaginar? Acho que você arquitetou por tanto tempo este plano, que passou a viver uma fantasia comigo, e só em sua fantasia eu era o seu homem. Eu fui sim, seu homem durante todo este tempo, mas a nossa relação, do jeito que foi, jamais se concretizaria em um casal que compartilha todas as minúcias de uma relação entre uma mulher e um homem. Você permitiu que fosse assim, e nós nos permitimos que a nossa relação fosse desta forma. Pode negar isto?

Janaína olha para o chão, olha para cima, depois encara Mandel e diz: — Tem razão! Eu deveria ter sido honesta nos meus sentimentos por você. Deveria ter aberto o jogo. Se eu tivesse feito isso, talvez tivesse sofrido antes por uma eventual negativa sua, mas seria mais tranquilo para mim. Mas hoje, eu vejo o mundo ruir aos meus pés, e estou me sentindo sem rumo, sem objetivos. Todo o meu sonho, nascido desde os meus treze anos, desapareceu por encanto, sumiu com o vento e se espalhou como cinzas. Foram sete anos sonhando com alguém que nunca me pertenceu, apesar de ter passado os melhores dias da minha vida ao seu lado. E pode saber, Mandel. Fui muito feliz ao seu lado. Você me realizou como mulher!

---

16 Raul Seixas, *Prelúdio*.

— Veja bem, Janaína – interrompe Mandel — Você construiu seus sonhos sem uma base sólida, que deveria ser o meu amor apaixonado por você. Você não cuidou disso! Eu me senti muito bem com você durante esse tempo. Admiro você e gosto de você. Mas nunca sonhei com você como minha mulher, e nisso eu também me culpo, pois a situação era muito cômoda e prazerosa, mas a paixão por você nunca aconteceu, e seria fundamental para que nossa história fosse diferente. Aliás, quase me apaixonei pela Esther, mas ela, por culpa dela, por não dedicar um tempo maior para nós, não permitiu que a paixão se instalasse. O que aconteceu em minha vida foi que consegui levar por um bom tempo estas relações, porque era como se fosse duas em uma: Esther, como parceira intelectual e você como parceira afetiva, sexual, apesar do seu brilhantismo intelectual, parceira de uma só cama de muitas noites de prazer ao lado de uma mulher. Fica claro que a minha relação com você dependeu da minha relação com Esther.

Janaína percebeu que não havia mais o que fazer. Lembrou-se da proposta de Magda, e de repente, ficou afoita para ligar para ela. Mudara de ideia, e mentalmente topou a proposta que Magda a fizera neste fim de tarde. "Nem tudo está perdido". Mandel, sem imaginar que Janaína vislumbraria uma tentativa alternativa, continuou:

— Como diriam Milton, o Lô e Márcio Borges, na música Clube da Esquina, que tantas vezes ouvimos juntos: os sonhos não envelhecem! Refaça seus sonhos! Dê tempo ao tempo, e verá que a nossa história foi bela, mas que, por força da sua própria natureza, chegou ao fim! Você é uma mulher linda, inteligente e carismática. Tem tudo pela frente!

Janaína fita Mandel com paixão, olha profundamente em seus olhos e diz: — Vou esperar! Vou dar um tempo, não para você, mas para mim, e esperar que você descubra a paixão que pode sentir por mim e gostar da ideia de ficarmos juntos. Não vou esperar nada agora. A sua paixão por Claraluz vai lhe cegar para o que estou dizendo neste momento. Mas fique tranquilo! Não vou perturbar você! Se depois deste tempo, eu vir que a sua escolha por Claraluz é forte e definitiva, aí sim, eu desisto! Mas por enquanto, em minha alma, ainda reside a única verdade destes anos todos: que você, Mandel, é o meu homem, e eu, Janaína, sou a sua mulher!

Janaína se levanta e decide ir embora. Abre a porta e se despede acenando um beijo a Mandel. Ao caminhar por aquelas ruas charmosas de Sabará, que carregam o sabor de toda a história construída no período colonial, coloca os fones do celular nos ouvidos e seleciona uma música apropriada para o momento. Delicia-se com Gilberto Gil cantando Drão, e canta junto:

> *Drão! O amor da gente é como um grão, uma semente de ilusão. Tem que morrer pra germinar, plantar nalgum lugar, ressuscitar no chão, nossa semeadura. Quem poderá fazer aquele amor morrer, nossa caminhadura, dura caminhada pela estrada escura.*

Depois de ouvir e cantar essa estrofe, Janaína pega o celular e liga para Magda...

XXVIII

Barretto estaciona o carro na garagem da sua casa, uma imponente mansão que esbanjava uma arquitetura neoclássica misturada com peças ao estilo das arquiteturas grega e egípcia, localizada na Urca, um sofisticado bairro do Rio de Janeiro, habitado em sua maioria por cidadãos de classe média alta e da classe A, a classe dos ricos e poderosos, e que abriga o Pão de Açúcar e o Morro da Urca – dois monumentos naturais pomposos e encantadores do Rio –, instituições militares tradicionais e renomadas, como a Escola de Guerra Naval – da Marinha –, a Escola Superior de Guerra e o Instituto Militar de Engenharia – do Exército –, a Universidade Federal do Rio de Janeiro e o Cassino da Urca, entre outros tantos de renome e importância no contexto do patrimônio que representa a formação institucional e o poder da nação brasileira. A Urca, que possui baixos índices de violência, também é um dos poucos bairros do Rio que não divide o seu território com nenhuma favela. E foi para este ambiente aristocrático misturado aos hábitos da alta burguesia carioca que Barretto retornara, naquela noite de uma segunda-feira atípica, com a cabeça a mil, que tentava entender a hecatombe que vivera neste dia. Trazia consigo uma ideia fixa: mergulhar na tentativa de descobrir o hacker que o desconcertara, o entortara e o golpeara sem piedade, passando por cima de toda a fantasia de poder e respeitabilidade que ele carregava, jogada às suas costas pela força dos Lucena. Barreto descobrira que o poder precisa ser exercido diuturnamente, se quisesse se manter no trono dos afortunados e intocáveis. Concluiu que um título não garante o poder. Ajuda muito, mas era preciso possuir também uma disposição de Davi para guerrear, se fosse preciso. A consciência de Barretto o obrigou a engolir esta realidade, tantas vezes alardeada pelo seu pai, o poderoso Barão Humberto, mas nunca compreendida por ele. Entendera que somente convivendo com a necessidade de estar disposto a guerrear é que a lição teorizada por seu pai teria sentido e seria compreendida de fato. Barretto vivenciou a sua primeira lição de forma traumática. Não sabia que a luta pela permanência no poder apresentava adversários poderosos, dispostos a aplicá-lo um nocaute no primeiro *round*. Barretto sentia-se seriamente golpeado, mas não fora à lona. Tentava, naquele momento, se reenergizar e acumular forças suficientes para voltar ao combate. "As primeiras tentativas de comunicação falharam", conclui Barretto. Então, era necessário traçar novas estratégias. Ainda sentado naquele sofisticado banco de couro do seu carro, Barretto tentava imaginar quais seriam as estratégias eficientes para entrar no campo de batalha contra o seu correspondente clandestino. Naquele instante, uma luz emergiu em sua mente: o hacker seria seu adversário ou aliado? Não seria o indivíduo que provocou toda esta confusão o verdadeiro vilão, proporcionando uma guerra parecida com uma invasão de gafanhotos em uma plantação de trigo? Um indivíduo que, com um só golpe, atingiu em cheio o seu casamento com Claraluz, ao mesmo tempo em que golpeara mortalmente a suposta relação amorosa com aquela mulher ainda anônima, que se apresentava ferida pela traição. E ao se deparar com a palavra "ferida", uma luz lhe veio para acrescentar mais uma hipótese de interpretação do comportamento apresentado por aquela mulher-hacker, que usou suas energias para ridicularizá-lo sem dó. Barretto imaginou que aquele comportamento era típico de uma mulher magoada pela traição, e este sentimento, que a machucava, gerava uma reação que a levava a pronunciar palavras ácidas, de baixo nível e de baixo calão. "Então, se eu mudar a minha postura e me dispuser a aliar-me a ela, as minhas chances de reverter o quadro aumentarão muito". Barretto abriu a porta do carro decidido a tentar comunicar com a mulher clandestina, e enquanto caminhava em direção a uma das entradas da mansão, planejava estratégias para alcançar esta nova meta: aliar-se a aquela mulher e somar forças para combater o homem que destruiu duas relações ao mesmo tempo. E assim que se adentrara à mansão, o mordomo Jonas o avista e dirige-lhe um recado:

— Doutor Barretto, o Barão Humberto me pediu para avisá-lo, assim que o senhor chegasse, que ele está o esperando no escritório para uma conversa.

— Obrigado, Jonas! Vou tomar um banho primeiro. Tive um dia estressante, e preciso me recompor. Avise-o que irei ao escritório assim que terminar o banho.

— Sim, senhor! – responde Jonas, retirando-se.

Barretto dirige-se ao seu quarto. Antes de chegar, encontra-se com a sua mãe, Elisabetta, que o aborda, dá-lhe um beijo na testa e diz:

— Oi, meu filho... Como estão as coisas? O teu pai quer conversar contigo sobre o fim do teu noivado com Claraluz. Estes acontecimentos me deixaram muito surpresa e chocada. – passando-lhe as mãos nos cabelos.

— Tudo bem, mamãe, estou sabendo! Jonas me deu o recado assim que cheguei. Eu não tive tempo de relatar a vocês sobre os fatos, mas preciso tomar um banho antes. A senhora estará no escritório junto ao papai?

— Não, meu filho. O teu pai disse que queria ter uma conversa de homem para homem. Você conhece o teu pai. Sabe como ele é incisivo nestas questões.

— Eu sei, mamãe. Mas não se preocupe!

— Tudo bem, meu filho! Mas conte comigo para te ajudar e te consolar, se for preciso. Tu és um garoto muito frio, e às vezes tenho tanta dificuldade em saber o que se passa dentro deste peito oculto... - batendo levemente, por três vezes, no peito de Barretto. — Mas a tua mãe está aqui para ser o teu conforto, está bem?

— Obrigado, mamãe!

Barretto dá um beijo na testa de Elisabetta e dirige-se ao seu quarto, toma um banho, veste uma roupa informal e caminha ao escritório. Chegando lá, encontra o seu pai, o Barão Humberto, lendo um documento da empresa *HL Naval*, em meio a uns tragos em um fino charuto cubano.

— Sente-se, Paulo! Estava o esperando! Quero saber os motivos que levaram Claraluz a romper o noivado contigo.

O Barão Humberto possuía uma voz grave e vigorosa, que estremecia o ambiente quando falava. Era dono de uma personalidade compatível com seu status de poder econômico e o título informal de *barão*, que se incorporava na forma de tratamento que as pessoas lhe davam. Sua palavra era lei, e intimidava qualquer debatedor disposto a confrontá-lo. Era um homem forte e corpulento - de um metro e oitenta e sete e cento e vinte quilos bem distribuídos -, barbas e bigodes avantajados, como nos quadros do Marechal Deodoro da Fonseca, proclamador da república e o primeiro presidente do Brasil.

Barretto senta-se e diz: — Oi, papai! Ainda não tivemos oportunidade de conversar, e preciso dizer-te que a decisão de Clarissa me pegou desprevenido. Mas, pelo teor das palavras dela, não foi novidade! Clarissa expôs o seu descontentamento com o nosso noivado, e disse que as nossas personalidades são incompatíveis, o que ela tem razão. Tenho uma natureza racional, e o senhor sabe disso, e ela é emotiva, gosta de carinhos, afagos... Papai! Eu não sei ser como Clarissa queria que eu fosse, e nem poderia! Mas vou revelar-te uma coisa, e o senhor poderá não acreditar: estou conformado e até acreditando que foi o melhor, por várias razões. Eu não tenho os objetivos que ela tem! Eu enxergo a realidade através da lógica, da matemática, da química aplicada, das leis da biologia, da racionalidade fria... Clarissa concebe a relação humana diferente de mim. Os nossos pontos de vista não se compatibilizam. A conversa que tivemos sábado, durante o nosso encontro em um restaurante na Avenida

Ayrton Sena, foi incisiva, e ela apresentou argumentos lógicos tão perfeitos que não tive como negá-los. O senhor sabe da minha capacidade apurada de detectar facilmente um argumento lógico, além do apreço que tenho por ideias concatenadas... Clarissa apresentou seus argumentos, e eu os acatei, por considerá-los corretos. As pessoas me veem sociologicamente como "tipo racional", e elas têm razão...

— Paulo! - Interrompe o Barão, com uma voz muito firme, porém terna. — Seria fundamental a ti aprofundar em conhecimentos que ainda não são acessíveis a todos. Os Guardiões da Luz conduzem o homem a um saber jamais imaginado pela maioria dos mortais. Tu sabes que os Guardiões da Luz, ao longo da sua história, possuíram e possuem adeptos célebres: físicos, filósofos, economistas, psicólogos, químicos e um extenso grupo de pensadores, que foram ou são membros da irmandade, contribuindo para a sua continuidade e a razão da sua existência. Ser membro dos Guardiões da Luz o torna um homem privilegiado. E o teu relato me impressionou! Tu também foras vitorioso nessa decisão da sua ex-noiva. A decisão de se casarem cabia exclusivamente a ti e Claraluz, e mesmo que tu não tenhas sido o autor da proposta, enxergastes, pela luz da razão, que os argumentos da tua ex-noiva eram lógicos e coerentes. Por isso, a decisão de Claraluz servirá a ti como um impulso à tua elevação de grau dentro da irmandade. Reconhecer, ainda mais sob pressão, um argumento irrefutável, se despir da vaidade e aceitá-lo são boas condições para a ascensão na escala da irmandade, e tu tiveras um comportamento acertado perante a uma situação lógica. Se tu tivesses esperneado, reagido, chorado, ameaçado, chantageado diante da decisão da tua noiva, estarias agindo como um tolo, que não enxerga a luz da razão diante dos fatos, estaria reagindo como um homem fraco e sem caráter. Tu pensaste corretamente, Paulo! Dessa forma, vou propor a tua ascensão na escala hierárquica, e a partir de então tu terás acesso a uma área ampliada de conhecimentos velados, o que te elevara o espírito e o trará maiores entendimentos sobre a realidade que nos cerca. Quanto ao teu noivado, Paulo, creio também que Claraluz agiu corretamente, e eu tinha preocupações quanto ao seu futuro. Até a algum tempo, as mulheres eram preparadas para serem donas de casa, guardiãs do forte onde o homem era o responsável pelos provimentos. Esta foi uma realidade antropologicamente herdada pela sociedade humana ainda na pré-história, e que ocorreu quando os humanos desenvolveram a agricultura e se tornaram sedentários, obrigando os membros das famílias assumirem papéis distintos: enquanto os homens de uma tribo assumiam o papel da caça, da pesca e da colheita para prover a vida do núcleo social, as mulheres, por serem geradoras de numerosos filhos, não podiam assumir as funções determinadas aos homens, e assim, passaram a assumir a organização das moradias. Porém, vivemos uma nova realidade, baseada na não necessidade desse arranjo familiar. Os índices de natalidade vêm despencando a cada ano, a mulher solidificou a sua inserção no mundo do trabalho, e a cultura patriarcal, dominante por quase a totalidade da história da civilização humana, já sem razões de existir, se desfaz totalmente. O acervo rosa-cruz, como bem te sabes, revela ações manipuladoras que diminuíram, de forma oficial e legal, o papel decisivo da mulher perante a sociedade, e que remontam desde que Constantino, por volta do ano 310, aderiu ao cristianismo. A Igreja Católica, que gradativamente se misturou ao poder romano a partir de Constantino, construiu os códigos canônicos baseando-se no arcabouço moral contido nas escrituras bíblicas do Antigo Testamento – culturalmente patriarcal –, capaz de definir esse papel caseiro e pretensamente secundário da mulher e garantindo o poder masculino por dois milênios. Não fosse esse cerceamento ao poder das mulheres, teríamos uma realidade diferente há mais tempo. Porém, essa camisa-de-força colocada nas mulheres não impediu que elas decretassem a sua liberdade, que fora adiada, mas nunca abandonada. Foi preciso que muitas mulheres se martirizassem nas fogueiras da Inquisição para que a força da emancipação da mulher um dia acontecesse. Por isso, a canonização de Joana D'Arc foi, além do reconhecimento da sua santidade, um gesto reparador da Igreja perante os erros que ela cometeu contra as mulheres. Maria Madalena deveria ter sido biografada como discípula de Jesus Cristo, mas os arranjos entre Roma e a Igreja em expansão, influenciadas a partir de então também por lideranças judaicas, não permitiram tal condição, ocultada ao conhecimento público. A força das mulheres, porém, se mostrara, em muitos momentos, maior do que a dos homens. Quando Cristo agonizava em sua cruz, os apóstolos fugiram. Pedro o negou três vezes. Mas a mãe de Jesus – Maria – e Maria Madalena permaneceram com Ele até o final. O único homem que teve coragem de demonstrar a sua fidelidade perante o Cristo crucifixado e assumir os riscos por isso foi o apóstolo João, filho de Zebedeu. Portanto, meu filho, se tu tivesses nascido em outra época, o teu casamento com Claraluz teria mais chances de prosperar. Mas diante da realidade contemporânea, as tuas chances seriam praticamente nulas. Esta nova realidade mudou o formato dos relacionamentos, e o número de separações cresceu vertiginosamente, porque as pessoas vivem esta nova realidade, mas ainda estão presas aos valores ditados pela hegemonia cultural das velhas instituições. A sociedade está passando por uma fase de adaptações, mas as pessoas encontrarão formas diversas de se relacionarem e que serão legitimadas pela sociedade global. Veja a nossa empresa! Hoje, o quadro de diretores executivos é composto, em sua maioria, por mulheres, e os ganhos de eficiência e produtividade deram um salto depois da entrada delas. O documento que eu estava lendo quando tu chegaste trata-se exatamente disso. Veja isso!

O Barão Humberto entrega o documento a Barretto, que o lê rapidamente e constata o que seu pai dissera. Nele estavam expostas planilhas contendo dados comparativos e deflacionados de quinze anos de atividades da empresa *HL Naval*, e os dados dos últimos anos, quando o quadro executivo da empresa passou a ser composto por um número significativo de mulheres, não deixavam dúvidas: a empresa apresentou resultados melhores que nos anos anteriores. Enquanto examinava o documento, Barretto experimentava uma sensação de admiração e surpresa pelas palavras que seu pai lhe proferira. Em meio aos dados, perguntou:

— Papai! Estou surpreso por não ficares aborrecido por meu noivado ter chegado ao fim. O senhor estava empenhado em nos ajudar a preparar a cerimônia, se envolveu com a dona Gertrudes para ajudar na organização. Suas palavras me surpreenderam!

— Paulo, meu filho! Não se deixe levar pelas aparências! Enquanto havia o propósito de se casarem, eu os apoiava, pois se tratava de uma decisão de vocês. Mas muito do que se aparentava foi resultado das investidas de Gertrudes, que me procurou para ajudá-la a preencher com perfumarias a cerimônia do casamento. Não se engane, filho! Para sustentar uma posição como a minha, não basta carregar um título de nobreza. Se não nos cercarmos de sabedoria e não nos livrarmos de alguns preconceitos e dogmas, todo o êxito prometido se esvai pelo ralo. Não tenho nenhuma atração pelo glamour. A vaidade é uma armadilha que nos leva ao fracasso e a derrota, e somente os sábios prosperam. Estou sabendo sobre o que aconteceu com Gertrudes, e creio que tu já saibas também. É um grande exemplo! A vaidade apossou-se daquele espírito, e ela está assistindo a implosão do seu status social, causada por ela mesma, trazidas a ela na maré das ilusões da fama e da notoriedade. Nunca gostei de me ver estampado nos jornais! Os holofotes não me atraem! Tenho compaixão pelos fúteis, pois eles só servem de isca para os tubarões, os poderosos que detêm as mídias em suas mãos e manipulam as informações de forma que se transformem em um grande espetáculo do horror, contribuído somente para distorcer as mentes do povo, que se apequenam diante do delírio a que se submetem, estando expostos ao mau gosto e a mediocridade. Conheço muito bem estas pessoas, alguns deles nossos vizinhos, e sei perfeitamente qual é a lógica que utilizam para multiplicar suas fortunas. Enriquecem, mas ao mesmo tempo empobrecem pessoas inocentes e desprotegidas. Esta mídia, que hipnotiza a população, suga a mente crítica dos indivíduos, transformando-os em marionetes, que são levados ao sabor dos ventos que direcionam os lucros desses empresários inescrupulosos. Essa mídia, concentrada na mão de poucos, transformou o mundo numa Matrix. Por isso, fuja destes *big brothers*, meu filho!

Barretto extasiara-se. Percebera que o seu pai estava disposto a lhe impulsionar, e as suas palavras lhe deram uma injeção na autoestima, que se encontrava baixa por consequência dos acontecimentos acumulados desde o sábado à noite. Mesmo assim, resolvera não abordar o assunto do hacker que lhe revelou o romance virtual de Claraluz. Queria se cercar de informações precisas para depois expor este assunto ao seu pai. Naquele instante, sua vontade era a de mergulhar na internet e dar passos na investigação da história de Claraluz através daquela mulher clandestina que plantou bombas de detalhes sobre o romance da sua ex-noiva.

— Papai. Estou satisfeito e feliz por ouvir palavras tão sábias. Quero me recolher agora, porque estes dias foram muito estafantes.

— E eu vou ouvir um pouco de Bach. Quero me sorver de um dos Concertos de Brandemburgo. Vou selecionar o Concerto Número 5, onde há um magnífico diálogo entre o solo e as cordas. Você devia me acompanhar, Paulo! Estas músicas nos elevam o espírito e, além do mais, lembre-se de que somos mortais! Não temos a eternidade para desfrutar das mais belas obras produzidas por homens virtuosos como Johann Sebastian Bach.

— Seria um prazer, papai, mas estou cansado e quero ir para o meu quarto. Mas podemos ouvir depois, por que não?

— Ótimo, filho! Tu perceberás que sairás diferente de como entraste. Proporcionamo-nos saltos de sabedoria quando nos deixamos inebriar por composições tão intensas e profundas como essa. Tenha uma boa noite, Paulo! - despede-se o Barão.

— Boa noite, papai! Grato por me transmitir palavras tão significativas.

Pela primeira vez, Barretto fitou os olhos do seu pai. Descobriu que eles transmitiam uma ternura muito intensa, e se ocultava por trás de todo estigma de durão e autoritário que ele carregava perante as pessoas que conviviam ou ouviram falar dele. Sentindo-se inebriado, deixou o escritório, o quartel-general do Barão Humberto, e caminhou ao seu quarto, naquela suntuosa mansão, entendendo por que o seu pai não convidou a sua mãe para aquela conversa. Barretto sabia que a sua mãe carregava uma cultura machista muito maior do que a do seu pai, herdada dos seus familiares do interior da região norte da Itália. Dezessete pessoas da família Barretto migraram para o Brasil na década de 50. Uma parte maior radicou-se em São Paulo, e a outra parte, menor, no Rio. Elisabetta era do grupo dos Barretto que prosperaram como comerciantes do grande atacado da indústria de massas italianas, e que se expandira no comércio exterior desde aquela época. Os Barretto carregavam uma cultura conservadora e machista característica dos povos de uma parte dessa região norte da Itália. Por isso, dona Elisabetta era uma mulher que acreditava nos papéis distintos do homem e da mulher, e não olhava com bons olhos as mulheres que trocavam o trabalho pelos afazeres do lar. Acreditava que a mulher tinha uma função essencialmente doméstica, e que o homem era o responsável pelo sustento da família. Por isso, Barretto entendeu a sensatez da ausência da mãe naquela conversa, pois aquela foi uma conversa de pai pra filho, diferentemente de uma conversa de macho para macho, como acreditava, das convicções da sua cultura familiar, dona Elisabetta.

***

Barreto entrou em seu quarto, fechou a porta e ligou o computador. Entrou na internet e em seguida abriu o Messenger. Depois que saiu do apartamento de Gertrudes, onde presenciara um explosivo detonar a sua reputação, Barretto concluíra: teria que seguir sozinho em sua busca para desvendar o mistério que cercava aquela enigmática mulher-hacker que lhe entrara na vida sem lhe pedir licença e carregava na bandeja o prato malcheiroso da traição da sua ex-noiva com um misterioso amante virtual. Ainda no carro, antes de vir embora, Barretto pegara o seu smartphone, conectara-o à internet, abrira sua caixa de e-mails e enviara uma mensagem para aquela mulher de identidade oculta. Sugerira-a que conversassem pelo Messenger. Por isso, quando se conectou a internet, foi direto a esse recurso virtual para tentar conversar com aquela mulher. Quando abriu a janela, viu que o convite para adicioná-lo fora aceito. Sentiu-se vitorioso nesta batalha, pois o fato dela ter aceitado o convite abria caminho para desvendar o mistério. Experimentara, de novo, o sentimento da ansiedade, tão estranho para uma mente predominantemente racional. Sentia o tempo passar muito devagar, e os segundos pesavam nesta ansiedade rara em sua vida. Depois de uns quinze minutos, a misteriosa mulher finalmente se apresenta ao Messenger, com o codinome *Capitu*:

> ***Capitu***: *Boa noite doutor. Como se sente como um dos mais novos traídos do pedaço?*
>
> ***Barretto***: *Talvez, da mesma forma que tu. Afinal, parece que estamos no mesmo barco. Acredito que a pessoa com quem Clarissa se relaciona pela internet seja a mesma que a traiu.*
>
> ***Capitu***: *E o que te faz acreditar que eu também fui traída pela mesma pessoa que fez com que Claraluz te traísse?*
>
> ***Barretto***: *Tuas palavras me levaram a esta hipótese. Foste tu que disseste que Clarissa escolheu o homem errado.*
>
> ***Capitu***: *E vc, doutor Razão, não cogita a hipótese de eu estar blefando?*
>
> ***Barretto***: *Não encontrei razões para que tu blefasses. Ao contrário, vi coerência em tuas palavras. Penso que esteja magoada por ter sido traída. Tuas palavras traduzem esta mágoa.*
>
> ***Capitu***: *Se vc fosse um detetive, acha que teria capacidade de concluir o caso com os elementos que lhe passei?*
>
> ***Barreto***: *Diria que as pistas estariam na direção certa. Mas sei que faltam elementos para concluir. Faltam provas.*
>
> ***Capitu***: *E quais provas vc acha que precisa para concluir?*
>
> ***Barretto***: *Descobrir a tua verdadeira identidade.*
>
> ***Capitu***: *E se eu lhe disser que se vc descobrir quem realmente sou, essa descoberta não o fará desvendar o mistério de Claraluz e o seu amante, e sim que seria somente uma boa pista, mas que não o levaria a conclusão do caso.*
>
> ***Barretto***: *Neste caso, concluo que tu plantaste pistas falsas, pois tu não seria a pessoa que foi traída.*
>
> ***Capitu***: *E se eu lhe disser que tenho ligações com a pessoa traída, como investigaria o caso?*
>
> ***Barretto***: *Aí eu teria que investigar quais são as tuas ligações com essa pessoa.*

Capitu: *Ótimo, doutor! Vc está indo bem nas aulas de investigação. Por isso vou lhe premiar. Vou abrir a webcam para que vc me conheça um pouco melhor.*

(Tanto Magda quanto Barretto habilitam as suas webcams, mas Magda não habilitou o microfone e, portanto, por não ter som, continuariam o diálogo digitando através da tela de textos. Enquanto Barretto direcionou a sua webcam para o seu rosto, Magda direcionou a sua webcam para o seu pescoço, onde Barretto podia ver a sua boca, o pescoço e o seu decote bastante cavado, descobrindo um largo volume dos seus seios. Barretto se decepciona, porque acreditou que ela mostraria o seu rosto, e tudo ficaria um pouco mais fácil. Instantes depois, porém, se conformou com aquele retrato parcial, pois percebera que aquela mulher não iria revelar o caso tão facilmente).

Capitu: *Está gostando do cenário, doutor?*

Barretto: *Preferiria que fosse o teu rosto, mas como percebo que tu não estas querendo se revelar, não posso fazer nada.*

Capitu: *Vc não entendeu minha pergunta, doutor. Está gostando do que está vendo?*

Barretto: *Não entendi o motivo da pergunta.*

Capitu: *Vc não entendeu minha pergunta, mas eu entendi perfeitamente porque Claraluz não te quis mais. Ela não te quis doutor, porque vc não gosta de mulher. Ela gosta de homem, mas como vc não gosta de mulher, ela resolveu te dar um pé na bunda e foi procurar um homem de verdade.*

Barretto: *Eu me proponho a aliar contigo, e gostaria que não proferisse palavras depreciativas ao meu respeito. Seria muito melhor se nós dois juntássemos forças para repararmos o estrago que esta pessoa fez em nossas vidas.*

Capitu: *E vc acha que a gente iria reparar como? Matando o sujeito? Espancando-o? Não iria adiantar, doutor. O par de chifres continuaria morando aí, nesta sua testa grande.*

Barretto: *Mas o que quer de mim, então?*

Capitu: *Quero te transformar num homem, doutor. Num homem que sente desejos por uma mulher, que olha para uma mulher e fica com vontade de beijá-la, de sentir a pele dela roçando contra a sua, que tem vontade de sentir prazer com uma mulher. Talvez, a sua lógica não tenha lhe atinado,* *mas o sexo também faz parte da racionalidade humana. Afinal, vc acha que nasceu de uma chocadeira ou que seu pai transou com sua mãe para que vc pudesse existir?*

(Mais uma vez Barretto se sentira golpeado. Em seu relacionamento com Claraluz, o sexo ficara de lado, e mesmo que tenha optado por não ter relações sexuais antes do casamento, nem as manifestações de afeto aconteceram em sua história com ela. Percebeu que, mais uma vez, fora golpeado pela razão. O sexo não podia ser coisas de irracionais e, ainda sendo um médico, que estudava a natureza biológica das pessoas, jamais poderia ter considerado o sexo como uma atividade da baixa intelectualidade. Mesmo que condenasse o culto ao sexo e o considerasse rasteiro para a lógica, sabia com muita propriedade que o sexo é o fator primordial para a reprodução das espécies mais avançadas e, para que houvesse a reprodução humana, teria que haver sexo; e, para haver sexo, deveria existir a atração sexual entre um homem e uma mulher, e isto não era novidade para ninguém. Barretto descobriu que havia uma falha abismal até mesmo em seu reconhecido brilhantismo como médico, ao desconsiderar a importância do sexo na lógica humana, e por isso, se sentia o mais imbecil dos mortais. Barretto começava a perceber que a lógica era algo maior do que um comportamento mecanicista, e que um comportamento autômato não significava propriamente um comportamento lógico. "Como eu não pude perceber o tamanho do equívoco em que eu estou metido?", pensa Barretto, concluindo que perderia todas as batalhas frente àquela mulher se não admitisse esta lacuna em sua vida, pois, na verdade, estava sendo derrotado pela própria soberba, que lhe levava a crer em uma falsa e ilusória superioridade, por se achar o mais racional dos racionais. Lembrou-se rapidamente das suas antigas namoradas, que sempre rompiam o namoro com ele por achá-lo "muito devagar").

***Capitu**: toc, toc, toc... doutooooorrrr???? Tem alguém aí???*

(Barretto mergulhara tão profundamente em seus pensamentos, que por alguns instantes esquecera que estava conversando pelo Messenger com aquela mulher que, mesmo sem conhecê-la, lhe trouxera a tona verdades absolutas e irrefutáveis sobre a sua vida).

***Barretto**: Desculpe-me, mas acabei pensando em minha vida, em tantos conceitos que estão desmoronando diante dos meus olhos, que tive que voltar ao meu passado e nos equívocos que cometi durante todo este tempo.*

***Capitu**: Ainda bem! Pensei que me diria que vc foi feito numa fábrica de* *brinquedos, e colocaram um circuito lógico em sua cabeça, e por isso era assim, assexuado.*

Barretto: *Não te conheço, mas vc será a primeira pessoa para quem vou admitir: eu sublimei o sexo em minha vida, o sufoquei por achar que as pessoas apresentavam atitudes fora da lógica e da razão diante do sexo. Achava aqueles comportamentos estranhos, acreditava que as pessoas se mostravam ridículas ao buscar a conquista sexual de alguém. Tudo está caindo por terra. Vou ter que me refazer.*

Capitu: *clap clap clap!!! Palmas para o doutor! Parabéns!!! A lição de hoje foi importante. O doutor Barretto, médico de renome carioca, descobre a traição da noiva e depois descobre que os humanos são sexuados. O senhor matou as aulas de biologia, doutor?*

(Barretto deu uma boa gargalhada, rindo da sua própria insanidade).

Barretto: *Não matei não. Sexo para mim sempre foi um grande motivo de estudos, mas eu me sentia acima das unidades biológicas, me imaginava um semideus que estava a serviço dos homens em uma missão especial para salvá-los de sua ignorância, trazendo-lhes mais saúde às suas vidas medíocres. Mas sinto que o grande medíocre sou eu.*

Capitu: *Então sinta que sou a sua semideusa que vai resgatá-lo ao mundo dos homens, para um mundo onde as pessoas gostam do sexo, doutor.*

Barretto: *Mesmo tendo sido ridicularizado e achincalhado como ninguém havia feito até então, preciso te agradecer por me fazer acordar para coisas tão banais, que não se necessita abrir nenhum livro para saber. Mas o meu dia não foi só diferente por estas revelações que tu fizeste. Ainda teve o caso da minha ex-sogra, que se envolveu com um traficante de ecstasy em Búzios de forma tão grotesca...*

Capitu: *Uau!!! Quer dizer que a mãe da sua noivinha traidora também estava metida nos rolos. Vc deu sorte, doutor. Já pensou em que buraco ia se meter?*

Barretto: *Não confunda as coisas. Clarissa nem sabia desta história. Mas vou te confessar algo que disse ao meu pai. Não estou infeliz por meu noivado ter chegado ao fim. Nós não teríamos nenhuma chance de êxito se nos casássemos.*

Capitu: *É doutor. Anote em algum lugar, registre em cartório: esta segunda-feira foi a mais louca e importante da sua vida. Mas por que a chama de Clarissa?*

Barretto: *Por que o nome dela é Clarissa. Claraluz é um apelido de infância.*

Capitu: *E quem mais a chama de Clarissa?*

Barretto: *Acho que só eu. Nem os pais a chamam de Clarissa. Ela é tratada pelos amigos, parentes, profissionais da sua área e os pacientes por Claraluz.*

Capitu: *Bom doutor, então inclua esta lição em sua vida lógica e quadrada. Trate as pessoas pelos apelidos, principalmente quando o apelido incorpora o nome. Pois senão vc vai chamar Pelé de Edson, e aí fica mal pra vc.*

Barretto: *Depois de hoje, vou precisar de uma reciclada. Meus conceitos serão revistos.*

Capitu: *Bom doutor, vamos fazer o seguinte. O seu dia foi de arrebentar e o meu também. A gente deve ficar por aqui hoje. Vamos nos encontrar amanhã de novo, pode ser? Revelo-te mais coisas sobre o caso de Claraluz e vc toma aulas de sexo comigo. Vc vai gostar, doutor e, no final, será capaz até de se apaixonar pela primeira vez em sua vida. Se quiser, me chame por um apelido personalizado, como "Gostosa do Messenger". Vou adorar!!!!!!*

(Magda aproximara seus seios da câmera, que quase saltavam do seu decote ousado, para tentar provocar Barretto, que por sua vez, os olha com um olhar de desejo, apesar de se sentir intimidado com a atitude de Magda).

Barretto: *Está bem pra mim. A que horas pode?*

Capitu: *Lá pelas 10 e meia, OK? Já perdi muitas aulas, e eu não posso vacilar. Recebi até um e-mail da faculdade pedindo para justificar minhas faltas.*

(Magda, sem querer, dera uma pequena pista sobre a sua identidade. Barretto observou e juntou esta "revelação" para compor a sua investigação).

Barretto: *Pra mim está bem. Só não posso estender muito, porque no outro dia preciso levantar cedo.*

Capitu: *Está bem. Então...*

Capitu: *Beijosssssss.............*

(Magda aproximou a sua boca da webcam, coberta por um sensual batom vermelho, passando com sensualidade e malícia a sua língua entre os lábios).

Barretto tentou se despedir, mas era tarde...

Magda estava *off-line*.

XXIX

Claraluz chega à mesa do café. Clóvis e Juliana haviam acabado de chegar e se encontravam sentados, esperando Claraluz, que ao chegar, dá um beijo em seu pai, em Juliana e senta-se à mesa.

— Huuuuum! Que delícia está este suco de carambola! - exclama Claraluz.

— Foi Juliana quem preparou, filha. Uma delícia mesmo! - comenta Clóvis, orgulhoso dos dotes culinários de namorada.

— Tenho muitas cartas na manga, meu amor. Tu não morrerás nem de fome e nem minguarás por carecer das delícias da culinária - replica Juliana, afagando os cabelos de Clóvis, que em seguida emenda: — E atualmente estou me especializando na cozinha mineira. Aprendi a fazer um doce de laranja maravilhoso, e eu quero que tu proves, Claraluz. É uma delícia!

Aquela revelação provocou um aumento do brilho nos olhos naturalmente brilhantes de Claraluz, que percebera o momento certo de revelar ao seu pai o seu romance com Mandel. Estava um pouco apreensiva por não saber qual seria a sua reação, mas também estava ansiosa para dividir com ele, e agora também com a sua namorada, Juliana, a notícia da grande paixão que estava vivendo. Mas o que não faltaria naquele café da manhã eram os diversos assuntos que urgiam entre eles. Assim, antes que Claraluz pudesse iniciar a revelação do seu romance, Clóvis coloca na mesa o assunto Gertrudes:

— Meus amores! Quero colocar um assunto na roda, e é bom que estejamos reunidos para falar sobre o caso de Gertrudes. Fiquei consternado por ela estar passando por esses momentos, mas precisamos aproveitar e refletir sobre os valores que adotamos na vida. O mundo em que vivemos virou uma fábrica de loucos. Somos pressionados a cada instante por uma infinidade de propagandas ilusórias que nos prometem a felicidade embutida nos bens que adquirimos, no poder que ilusoriamente conquistamos e no glamour que nos cega. Este mundo, meus amores, e isso eu posso dizer, com toda autoridade que me cabe pela experiência de longos anos no Oriente Médio, está vendendo às pessoas pesadelos travestidos em sonhos. O mundo ocidental está transformando as pessoas em máquinas programáveis, perigosamente utilitaristas e hedonistas, e este individualismo extremo é o ingrediente mais poderoso desta fábrica de doentes mentais, desta produção em série de psicóticos em uma escala cada vez maior mais assustadora. Gertrudes é uma destas psicóticas produzidas pelo sistema, e agora terá que absorver as consequências deste choque pela pior forma possível.

— Grande verdade, pai. E quero contar a vocês sobre algo que ainda não sabem. Fui uma das primeiras pessoas a ter conhecimento da notícia, inclusive primeiro do que ela. Na verdade, tive o azar de dar a notícia a ela, da pior forma possível. Ontem, fui ao apartamento da mãe pegar algumas coisas e, enquanto separava o que precisava, conectei na internet e casualmente entrei no blog que divulgou o caso. Havia apenas dois minutos que a notícia fora publicada. Além do mais, a mãe, desafortunadamente, deixou o celular no silencioso e o guardou na bolsa, além dela ter pedido para Cleuza dizer a quem por acaso ligasse, que ela não estava em casa. E como ninguém conseguiu se comunicar com ela, acabei sendo a porta-voz do seu infortúnio.

— Mas por qual razão Gertrudes abdicou-se de falar ao telefone? Só mesmo algo extraordinário poderia fazê-la tomar tal atitude, pois o telefone é quase um membro do seu corpo. Acho que Gertrudes não se desgruda do telefone nem quando está dormindo ou tomando banho - observa Clóvis.

— A explicação deste fato faz parte do outro assunto que vamos ter nesta roda, pai, e acho ótimo que tu também participes desta fase da minha vida, Juliana - responde Claraluz, que continua. — Toda a fúria da minha mãe por eu ter terminado o noivado se amplificou pelo fato dela ter sabido que conheci alguém pela internet e nos apaixonamos.

Clóvis arregala os olhos, surpreso por Claraluz ter revelado uma história assim, de forma tão firme e direta. Apesar da surpresa, mantém-se calado, enquanto Claraluz continuava:

— Conheci Mandel há apenas quatro dias, mas parece que o conheço há anos. Não levou cinco minutos de conversa para que eu me encantasse por ele. Não sei se ele se atraiu por mim tão rapidamente como eu me atraí por ele, mas tenho certeza de que não demorou a que ele se encantasse comigo também. Nestes quatro dias, as minhas conversas com ele foram mais profundas do que todas as conversas que tive nestes anos todos com Barretto, pois foram conversas sobre os nossos eus, as nossas psiques, as nossas crenças e as nossas visões de mundo. Desnudamos as nossas emoções. Não nos preocupamos com as perfumarias. Preocupamos somente em descobrir e revelar o que de mais profundo existe em nossas almas. Nestes pouquíssimos dias em que estou experimentando a mais profunda liberdade, estou descobrindo que a Existência deve ser comemorada a cada instante e que devemos mergulhar na profundidade deste milagre que nos permite viver. Nós temos um destino! Este destino é viver da forma mais sublime que se possa, sem preocupar em acumular fortunas, sem trabalhar até se esgotar sem saber por qual motivo, sem se preocupar se estamos sendo bons atores do circo global dos horrores, que é a infeliz sociedade hipócrita, vazia e sem direção em que vivemos. Por fim, quero viver a pureza das crianças, que aprendi e aprendo tanto nesta convivência rica que tenho com elas como pediatra.

Juliana aproveita a deixa, vira-se para Claraluz e canta:

Eu fico com a pureza da resposta das crianças, é a vida, é bonita e é bonita. Viver e não ter a vergonha de ser feliz. Cantar e cantar e cantar a beleza de ser um eterno aprendiz, ah meu Deus! Eu sei, eu sei que a vida devia ser bem melhor e será, mas isso não impede que eu repita, é bonita, é bonita e é bonita.

Claraluz se emociona por Juliana tê-la oferecido este brinde, cantando *O Que É, O que É*, de Gonzaguinha. Depois de se refazerem das surpresas daqueles instantes, Clóvis pergunta:

— Filha! Parece que despertou uma nova pessoa que estava escondida dentro de ti. Estou imensamente feliz por isto. E tu não conseguiste me enganar! Aquela mensagem que tu receberas pelo celular no domingo era deste teu novo namorado, não?

— É verdade, pai! - responde timidamente Claraluz, ruborizada. — Era do Mandel sim, mas achei que ainda não era hora de revelar.

— Então nos revele agora esta história tão interessante - devolve Clóvis.

Claraluz contou como conheceu Mandel, contou detalhes da sua vida e, quando revelou ao seu pai que Mandel era músico, ele devolve:

— Estou gostando, filha. Esse lado me interessou bastante. Será que vamos poder, enfim, formar uma banda em família?

Claraluz abre um largo sorriso, e a sua apreensão pela opinião do pai se transformara em motivo de comemoração: — Que coisa, pai! Regina e

Mandel disseram a mesma coisa. Vou adorar ver vocês tocarem juntos. Ele é tão bom quanto tu, meu paizão talentoso! – exclama, passando a mão no rosto de Clóvis, que dá continuidade à conversa, perguntando:

— Mas me explique, filha. Como sua mãe ficou sabendo da tua história? Por que ela se afastou dos telefones?

Claraluz contou sobre Magda, que invadira o computador de Mandel e enviou a Barretto os seus diálogos com Mandel pelo Messenger e na sala de bate papo, onde se conheceram, e que Barretto levara ao conhecimento da sua mãe. Contou sobre a armadilha que Gertrudes armara em seu apartamento no Leblon, usando Barretto para pressioná-la, e, por isso, cuidou para que não fosse interrompida pelos telefones nesta investida e comentou que Magda, estranhamente, preservou a identidade de Mandel, parecendo que ela queria plantar pistas falsas sobre ele. Clóvis ouviu toda a história atentamente e, ao final, disse:

— O mundo virtual criou uma horda de sádicos que se aproveitam da facilidade de se esconderem no anonimato para jorrar os seus talentos maquiavélicos em cima das suas presas, no intuito de se satisfazerem com suas armações e golpes... Porém, acho que Barretto terá uma nova diversão, filha, e para a tua sorte, o golpe que ele sentiu quando viu o seu casamento desfeito será substituído, acredito, por este novo brinquedo que ocupará o seu tempo de lazer. Essa mulher que investiu para cima do Barretto aproveitando a tua história, ao que me pareceu, enxergou nele uma presa fácil. Tenho uma impressão sobre Barretto: para mim, ele construiu, desde pequeno, um arquétipo muito mais ilusório do que real sobre a sua verdadeira natureza racional. Barretto, sem tirar-lhe o mérito, por ser um médico competente e dedicado, se cercou de ilusões para se sentir um super-herói calculista, acobertado pelo status do poder que a sua família carrega desde os tempos do rei dom João VI... Portanto, minhas queridas: não nos iludamos quanto às descobertas da humanidade! Elas não têm lado, paixão ou preferência! Não tem vida própria! A direção do seu uso depende de quem as usa... A história conta que Santos Dumont suicidou porque viu o seu glorioso invento, o avião, ser usado para matar pessoas. Pode ser que esta história seja apenas uma lenda, mas, considerando-a verdadeira, posso afirmar que o nosso brilhante inventor não cuidou de se vacinar contra as ilusões que ele criou para o uso do seu invento. O avião, assim como o rádio, a TV, a dinamite, as células-tronco, o automóvel, a energia nuclear, o telefone e as infindáveis invenções humanas são e serão usadas sempre para o bem ou para o mal, e assim é e será em relação aos avanços da comunicação entre os homens, proporcionado pela internet, pelo celular e outros derivados. Tu, minha filha, por ser uma pessoa do bem, usa a internet para o bem. O teu novo namorado, pelo relato que ouvi de ti, me parece que também usa a internet para o bem. E é por isso que se aproximaram com esta espantosa velocidade. Vocês aproveitaram esta facilidade de comunicação sem barreiras, que criou novos paradigmas, para se conheceram e se apaixonaram. Não são os opostos que se atraem, mas os semelhantes. Os opostos, ao contrário das leis do magnetismo, se repelem. Conhecer uma pessoa pela internet equivale a conhecer uma pessoa em uma quermesse, se fosse noutros tempos. A mesma dúvida quanto à verdadeira identidade de uma pessoa que se acaba de conhecer é a mesma. Mudaram-se as formas, mas o princípio é o mesmo. E aproveitando a ideia, minha querida filha, te darei um conselho de pai: os mineiros mais velhos gostam de dizer que só se conhece verdadeiramente uma pessoa depois de comer um quilo de sal com ela. Portanto, minha querida Claraluz, mergulhe em tua paixão, pois ela é incontrolável. Seja feliz! Porém, seja prudente! Conheça Mandel em sua intimidade, conheça os seus pais, conheça os seus amigos, conheça as suas reações quando exposto a situações adversas e de conflitos. Eu acredito que ele seja uma boa pessoa, mas tu terás que verificar na prática, comendo este quilo de sal com ele. Este pai que te ama estará torcendo pra que tu e ele sejais felizes, com as bênçãos deste velho teimoso que quer ver todo mundo feliz.

— E é por isso que, a cada instante, eu te amo cada vez mais, como se isso fosse possível: aumentar ainda mais o amor que sinto por ti - comenta Juliana, com uma expressão de orgulho e ternura pelas palavras proferidas por Clóvis. — A tua sabedoria contagia e irradia o espírito de todos que a recebem. Sou uma mulher privilegiada por estar ao teu lado.

Clóvis beija Juliana e responde: — Somos todos privilegiados, pois caminhamos sempre pelo melhor e mais intenso caminho que há nas relações humanas. Ter você ao meu lado é uma dádiva! Uma mulher bonita, inteligente, sensível e iluminada. O que mais pode querer um homem?

Claraluz interrompe e diz: — Juliana, só não se deixe levar pelas palavras deste homem sábio, mas teimoso, para que ele não relaxe nos cuidados com o coração. Ele enrola qualquer um, e no final, acaba não se cuidando. Fique de olho, porque também estou de olho, senhor Clóvis Montenegro.

— Está vendo como esta minha filha é dura, meu amor? – responde Clóvis, virando-se para Juliana. — Ela não perde tempo para me dar as suas cutucadas.

— Mas neste assunto estou inteiramente do lado de Claraluz, senhor Clóvis – retruca Juliana. — O doutor Ronaldo pediu para que eu redobrasse a atenção em seu tratamento, pois ele percebeu que o senhor andou se esquecendo de tomar os medicamentos e pediu para que isso não acontecesse mais, pois o eletrocardiograma que tu fizestes acusou uma tendência à arteriosclerose, e os medicamentos prescritos pelo doutor Ronaldo são justamente para evitar a calcificação e o endurecimento das artérias coronárias. Lembra-te disso?

— Não sejam terroristas, meus amores! – retruca Clóvis. — Tenho um coração capaz de me aguentar até os cento e cinquenta anos de idade.

— Parece um adolescente rebelde, meu Deus – devolve Claraluz, preocupada com o relaxamento de Clóvis nos cuidados com o seu coração. — Vou conversar com Ronaldo hoje mesmo, e quero ver este eletrocardiograma! O senhor vai ter que ser monitorado vinte e quatro horas por dia, seu teimoso! Não se brinca com isso, a não ser que tu queiras morrer! Tenho certeza de que Juliana não quer ser uma viúva precoce. Então, te cuidas! E ó, estou de olhos bem abertos, tá?

— Está bem, filha. Vou ficar atento! – responde Clóvis, acuado pelos argumentos incisivos de Claraluz. — Ter uma médica dentro de casa dá nisso. Eles mandam em nosso corpo mais do que nós mesmos – resmunga, com um sorriso irônico.

— Não mandamos não, senhor filósofo relapso! – ataca Claraluz. — Só queremos fazer com que conviva com os teus netos, ou pelo menos um neto, pois me cabe dar este neto para ti, afinal, tu não fizestes nem um irmão para mim... Bom! Está dito! Preciso sair, porque tenho muito trabalho pela frente. Minhas crianças estão aguardando.

Claraluz levanta-se da mesa do café, dá um beijo na testa do seu pai e no rosto de Juliana. Antes de sair, vira-se para Clóvis e diz: — Pai, estou muito feliz por ouvir as tuas palavras. Elas são uma carga vigorosa de energia que preciso para caminhar neste mundo por um norte preciso. Tu não sabes o quanto a tua sabedoria me nutre de boas perspectivas neste caminhar. Em seguida, vira-se para Juliana e diz: — Estou muito feliz por tu seres uma companheira a altura do meu pai. Tu és a mulher que meu pai precisava para estancar esta solidão em que ele vivia há tantos anos... Adorei você!

E sem que desse tempo à réplica do seu pai e de Juliana, Claraluz retira-se do recinto. Entra no seu quarto e apanha o que precisava para levar ao Hospital da Lagoa. Desce até a garagem do prédio em Copacabana e entra em seu carro. Antes de sair, pega o seu celular, escreve uma mensagem e a envia para o celular de Mandel:

> *Meu querido. Meu pai abençoou o nosso amor. Só faltava este ato sagrado para que o nosso amor se tornasse indestrutível. E para celebrar este momento, um poema de Cora Coralina: "Este é um poema de amor tão meigo, tão terno, tão teu... É uma oferenda aos teus momentos de luta e de brisa e de céu. E eu, quero te servir a poesia numa concha azul do mar ou numa cesta de flores do campo. Talvez tu possas entender o meu amor. Mas se isso não acontecer, não importa. Já está declarado e estampado nas linhas e entrelinhas deste pequeno poema, o verso; o tão famoso e inesperado verso que te deixará pasmo, surpreso, perplexo... eu te amo, perdoa-me, eu te amo...*[17]*" O que eu posso dizer? Só posso dizer: Eu te Amo, Mandel! – Claraluz, poetisa do poeta.*

17 Cora Coralina, *Poeminha Amoroso*.

XXX

Esther acabara de acordar. Vai à cozinha e se depara com Magda coando café.

— Bom dia, tia!

— Bom dia... Que cheiro bom desse café! Espero que esteja bem forte, porque hoje estou precisando - responde Esther, ainda sonolenta.

— Nossa, tia! - exclama Magda. — Parece que passou a noite em claro?! Você está com umas olheiras... Tá tudo bem?

— Por um lado sim, e, por outro lado, não - responde Esther.

— Como assim? - pergunta Magda.

— A minha vida profissional está cada vez melhor, mas estou sentindo que a minha vida amorosa vai ruir de vez. Acho que o meu namoro com Mandel vai chegar ao fim. A minha vida profissional está numa escala ascendente. Estou conseguindo êxito no tratamento dos meus clientes e estou sendo procurada cada vez mais por novos clientes; estou entrando na reta final do meu mestrado; estou ganhando uma projeção cada vez maior no Conselho Regional de Psicologia, como também no grupo da Abordagem Centrada na Pessoa. Daqui a dois meses, estarei em Lisboa, em Portugal, no Congresso Mundial da Abordagem Centrada na Pessoa, que terá Natalie Rogers, filha de Carl Rogers, como participante ilustre... Por outro lado, o meu namoro com Mandel ficou tão espremido, que situações como a de sábado, onde fomos dançar música cubana, estão ficando cada vez mais raras. Adoro Mandel! É um homem e tanto, mas eu tenho tantos compromissos que simplesmente não estamos tendo tempo para encontrarmos. Eu tô num pique tão alucinado que tá ficando impossível ter uma vida de namorada de Mandel. Pelo andar da carruagem, a nossa situação só vai piorar daqui pra frente. Eu não tenho como sustentar o nosso namoro mais...

— Tia!... O café tá pronto! - interrompe Magda. — Vamos sentar?

As duas sentam à mesa do café. Magda aproveita a deixa e questiona: — Tia! Como prometi, não vou dar mais opiniões pessoais sobre Mandel, mas quero perguntar uma coisa: se vocês terminarem o namoro, e se de repente Mandel namorar Janaína, como você vai se sentir?

— Sabe que eu já cogitei esta hipótese? – responde Esther. — Eu acho muito estranho que Janaína não tenha namorado, e nunca a vi com nenhum homem. Janaína é uma mulher tão bonita... – imaginando que Magda não a conhecesse. — Uma pele morena linda, boca, olhos, tudo bonito. E um corpão, meu Deus! Muitas mulheres devem morrer de inveja daquele corpo. Até eu tenho uma pontinha de inveja! – soltando uma gargalhada. — E, no entanto, ninguém nunca a viu com um namorado. Eu acho que ela gosta do Mandel. Ele me disse que conhece Janaína desde quando ela tinha uns treze anos. Ele já deu aulas para ela, e, quando ele tentou montar uma empresa formal para instalação de redes de informática, Janaína trabalhou com ele, e graças a ela é que a firma sobreviveu alguns meses, pois Mandel não tem o menor talento para a burocracia. E além do mais, ela é muito inteligente. Aprende as coisas rapidamente e não fica perdida quando está numa roda de assuntos mais intelectualizados. E, por fim, além disso, é uma pessoa muito agradável e carismática. Enfim, uma mulher quase perfeita!... E quanto a sua pergunta, Magda, se por acaso acontecer de eles namorarem, talvez eu fique com ciúmes no início... Aliás, eu tenho uma dificuldade enorme para controlar os meus ciúmes por Mandel. É uma mulherada que dá de cima dele e olha atravessado... Tem duas alunas da escola em que ele dá aula que me deixam indignada! São apaixonadas por ele, fazem questão de demonstrar e nem me respeitam nem quando estou perto. Ficam pegando nele, passam a mão no seu ombro, olham para ele com aquele olhar de paixão... E eu tenho um pavio muito curto, você sabe. Não aguento! Mas o meu sentimento pela Janaína é tão estranhamente diferente, que eu acabaria por aceitar um relacionamento entre eles, mesmo tendo que trabalhar em minha mente antes de aceitar... Então, a única barreira que tem entre eles é a idade. Janaína é muito nova ainda, e não sei se Mandel aguentaria por muito tempo. Se bem que ela já está entrando numa fase mais madura, e até esta limitação poderia ser contornada. E ela não sai da casa dele. Qualquer dúvida sobre alguma matéria que Mandel domina, ela não pensa duas vezes. Vai lá e pede ajuda... Difícil não rolar alguma coisa entre eles. Mandel não é fácil! Conheço bem! E diante de um monumento daquele, as resistências dele não são muito grandes...

— É tia, já que você acha que o seu namoro vai acabar, talvez a Janaína possa ser a melhor opção pro Mandel. Ele não vai ficar sozinho mesmo, e se Janaína assumir o posto, talvez você sofra menos – atira Magda.

— Não gosto de pensar nisso, mas uma vez fomos a uma festa na casa de uma amiga, e bebemos além da conta. Pra evitar que ele dirigisse bêbado, a minha amiga arranjou um quarto para dormirmos. E depois que deitamos, perguntei se ele tinha uma fantasia sexual que gostaria de realizar. Eu fiz esta pergunta por que queria inovar, pois estava sentindo que o nosso relacionamento estava entrando em crise e ficando frio, e, se ele tivesse uma fantasia secreta, talvez eu pudesse realizá-la. Mas para a minha surpresa, ele disse que a fantasia sexual que ele tinha vontade de realizar era transar com duas mulheres ao mesmo tempo. Ele teve a cara de pau de dizer que até poderia realizar com duas garotas de programa, mas que não teria graça, porque ele queria que fosse da vontade delas também. Fiquei indignada! Perguntei se ele não tinha vergonha naquela cara larga, e ele respondeu que quem pergunta o que não deve, ouve o que não quer. E ainda teve a petulância de me propor que eu me aliasse a Janaína para realizar sua fantasia. Fiquei tão puta que me afastei e dormi sem encostar um dedinho nele! Naquele dia, tive ódio dele e de Janaína, mas depois, o meu lado psicóloga começou a predominar, e tentei interpretar aquele desejo do Mandel. Pensei nos desejos reprimidos que as pessoas, por serem impossibilitadas de realizar, remetem aos seus inconscientes. Tenho milhares de ressalvas às teorias de Freud, mas desta vez achei que a melhor interpretação seria a da linha freudiana. Uma das regras para uma boa análise psicológica é despirmo-nos de preconceito e códigos morais. Assim, a minha raiva foi se transformando em uma análise psicológica dos desejos reprimidos, e acabei sublimando esta ousadia do Mandel. E ainda dei um desconto, pois estávamos muito bêbados! Como dissera Carl Rogers, ser empático é ter a capacidade de se colocar verdadeiramente no lugar do outro, de ver o mundo como ele o vê[18]. Procurei, como uma boa rogeriana, ser congruente e empática. Mas me equivoquei! Como namorada de Mandel, deveria ter sido mulher, e não psicóloga. Deveria ter olhado Mandel com olhos de mulher, pelo meu olhar, o olhar dos meus desejos e os desejos dele. Como namorada, passei a perder terreno, independente ou não até de pensar em satisfazer as suas fantasias...

Magda ouvia atentamente aquele depoimento aberto de Esther, e, enquanto ouvia, traçava novos planos para agir contra o romance entre Mandel e Claraluz. Depois de abrir a sua alma para Magda, Esther se levanta e diz: — Tá na hora! Preciso ir, porque meu dia hoje também será longo. O café estava

---

18 Carl Rogers, *ROGERS; KINGET, 1977 apud GOBBI et al*, 1998.

uma delícia! Do jeito que precisava! Agora estou acesa e pronta pra enfrentar esta terça-feira.

***

Assim que Esther saiu, Magda fez uma ligação pelo celular, de acordo com as informações que Janaína lhe dera na noite anterior. A pessoa do outro lado atende:

— Alô!

— Oi, Bruna. Quem fala aqui é Magda, sobrinha da Esther e amiga da Janaína. Foi ela quem me passou o número do seu celular.

— Ah, sim! Tudo bem!

— Estou te ligando porque Janaína me contou uma coisa que está acontecendo na vida dela, mas não teve coragem de contar para Mandel. Mas precisamos ajudar a nossa amiga. Por isso, preciso contar a você, pois Mandel precisa saber de alguma forma.

— Então conta logo, porque você me deixou curiosa.

Magda fala para Bruna sobre um suposto acontecimento na vida de Janaína. As emoções de Bruna ficam afloradas, motivadas adicionalmente pela dramatização que Magda impusera ao falar do tal caso para ela. Em seguida, Magda propõe:

— Tenho a prova comigo! Janaína me entregou ontem, e eu gostaria de marcar um encontro com você. Podemos?

— Uai! Acho que sim! - responde Bruna. — Tenho aula na faculdade hoje, mas preciso ir mais cedo para BH. Podemos encontrar na praça de alimentação do Minas Shopping às três. Tá bom pra você?

— Tá ótimo!

Em seguida, as duas combinam a melhor forma de se encontrarem.

***

Magda termina a ligação com Bruna e faz outra ligação:

— Oi, Magda!

— Tudo bem, Janaína? O plano está em andamento. Liguei para Bruna e ela topou conversar comigo. Vamos nos encontrar hoje à tarde.

— Olha, Magda. Eu topei participar desta loucura, mas eu não boto muita fé não. Mandel não é bobo, e ele não vai cair tão fácil nesta armadilha. E além do mais, corremos o risco de ficarmos encrencadas.

— Eu sei, Janaína. Eu também conto com isso. Mas este plano é apenas parte de outra ação que tenho em mente. Tia Esther me repassou umas informações interessantes, e acho que depois desta investida, faremos outra, mais certeira ainda.

— E o que está se passando nessa mente maluca agora?

— Prefiro conversar com você pessoalmente. Deixa Bruna agir primeiro e vamos ver o resultado. Depois a gente se encontra e eu te falo qual é o plano.

— Huuuuum! Lá vem bomba! Quero até ver o que se passa nessa cabeça sem juízo - comenta Janaína.

— Não esquenta não que a gente vai cercar a fera por todos os lados. Ele vai se entregar depois de se sentir acuado - imagina Magda.

— Tá legal! Vamos ver no que vai dar - responde Janaína.

As duas se despedem. Magda dirige-se ao seu quarto e tenta se concentrar nos seus estudos, que estavam já bastante prejudicados. Liga o Mini System e seleciona a música *Balada de Um Vagabundo* (Waly Salomão / Frejat), cantada por Cazuza. Uma frase lhe chamara a atenção:

> *Tá lotado, tá repleto de virtude e vício, meu céu. Um galo sozinho levanta a crista e cocorica seu escarcéu. Um vício só pra mim é pura cascata. Eu marco treze pontos, sou pule premiada no jogo do bicho. Eu sou o beijo da boca do lixo na boca do luxo, eu sou o beijo da boca do luxo na boca do lixo.*

"Esta música é a minha vida", pensa Magda.

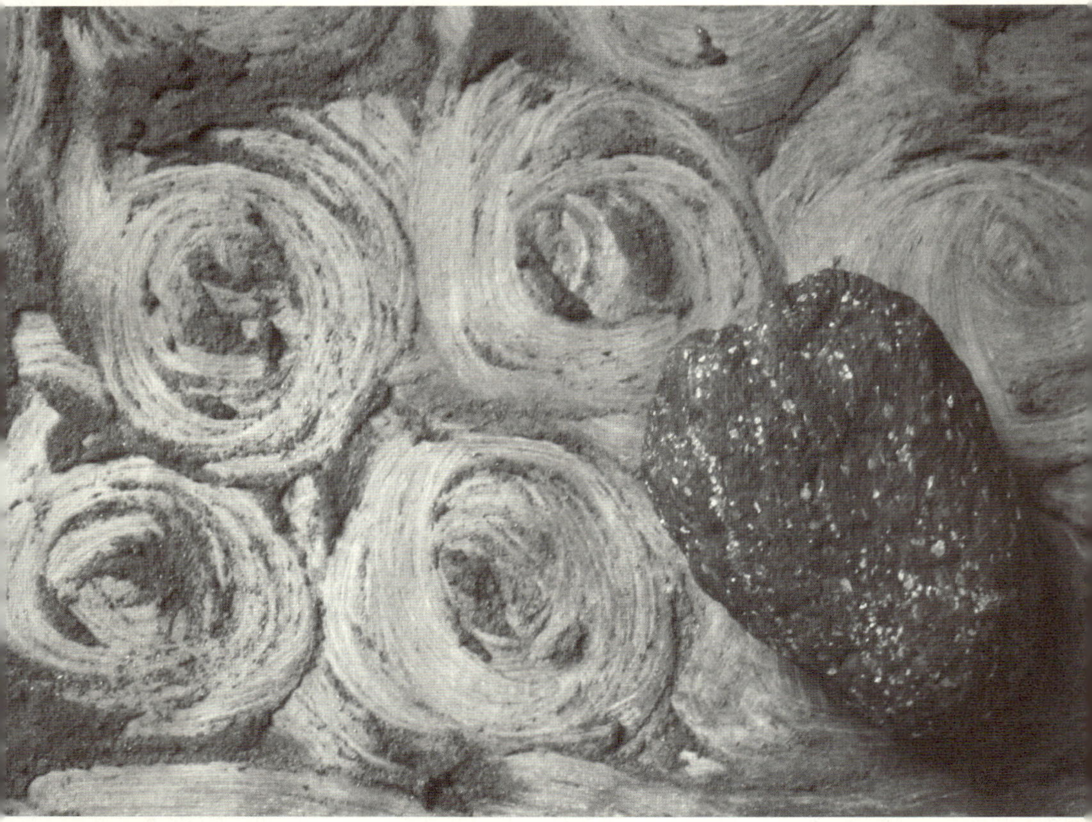

XXXI

José acabara de chegar do posto médico para remover o curativo que estava em seu nariz, quando toca o celular. Seu coração disparou. Pela primeira vez, José recebia uma ligação de Maria. Experimentou sentimentos ambíguos. Por um lado, achou que demorou pouco para que Maria o ligasse. Por outro lado, a cada segundo que passava, José sonhava em ouvir o seu telefone tocando, e cada segundo demorava uma eternidade. Sonhava tanto, que na mesma noite em que a conhecera, logo que chegou a sua casa, atribuiu um toque específico para o número do celular de Maria. Para isso, buscou detalhadamente, pela internet, uma música que ouviu em um especial da Rita Lee na TV. Uma música que nem era do seu tempo, gravada em 1970, mas que o cativara indelevelmente. José procurou na internet a música *José (Joseph)* (Georges Moustaki – versão: Nara Leão) e baixou-a em seu celular. E assim, quando o telefone tocou, José, mesmo aflito, demorou a atender, só para curtir as duas primeiras estrofes da música:

Olha o que foi meu bom José se apaixonar pela donzela. Entre todas a mais bela de toda a sua Galileia. Casar com Deborah ou com Sarah, meu bom José, você podia. E nada disso acontecia, mas você foi amar Maria.

Emocionado, José atende ao telefone: — Maria!

— José! Que bom te ouvir. Quero encontrar com você hoje. Queria tentar um ensaio. Dá pra você?

— Claro que dá! Meu pai me dispensou da loja hoje porque fui ao posto de saúde tirar o curativo do nariz. E agora ele ficou certinho outra vez. Que alívio!

— Então tá! Posso chegar daqui à uma hora, mais ou menos?

— Pode! Eu vou armar meu teclado e vou falar com minha mãe que você vem. Ela já sabe que você existe – fala José, rindo.

— E como faço pra chegar até a sua casa? – pergunta Maria.

— Acho melhor você pegar o ônibus até a pracinha do Gutierrez e descer lá e, quando chegar, me liga outra vez, que te explico melhor.

— Então tá bom! Vou me aprontar, e daqui a pouco eu tô aí. Beijo! – despede-se Maria.

— Outro! – despede-se José, encabulado.

José foi até a copa e falou para a sua mãe que Maria iria a sua casa. Dona Patrícia, mãe de José, fica feliz por saber dessa visita, e José estranha a emoção dela. "Minha mãe tá mudando. Se fosse outra época, ela iria querer expulsar qualquer mulher que viesse aqui em casa e me procurasse, achando que era pra droga", pensa José. Em seguida, dirige-se ao seu quarto e monta seu teclado. O limpa com um cuidado que nunca tivera. Arruma a sua cama, busca uma cadeira na copa já pensando em quando Maria chegasse, para que ela pudesse sentar, e depois liga o teclado. Ficara ali, treinando e desenferrujando os dedos, que há muito não passavam por aquelas teclas capazes de reproduzir belos sons. Procurava lembrar as músicas que aprendera tocar, mas estava nervoso. A expectativa pela chegada de Maria era muito grande, e a concentração ia para o ralo. Desde que recebera aquela ligação, por mais de uma hora, José sofrera pela angústia da espera. Depois daqueles longos momentos, o celular de José toca. Era Maria:

— Oi, José. Estou aqui na pracinha do Gutierrez. Como faço pra chegar até aí?

José explica a Maria como ela chegaria, e disse que iria esperá-la no alpendre. Passado uns dez minutos, José avista Maria e sente o seu coração disparar de emoção. Estava confuso por estar sentindo aquela emoção, mas se sentia no paraíso diante da aproximação de Maria. Ainda não estava consciente de que havia se apaixonado por ela. Quando viu Maria se aproximar, José caminhou até o passeio. Cumprimentaram-se com beijos no rosto. Maria olhou para José, viu que estava sem o curativo no nariz e comentou:

— Nossa, José! Ficou bom. Pelo menos o seu nariz não teve nenhum problema – disse Maria.

— Graças a Deus! Já pensou se ele ficasse torto? – responde José. — Você nem ia querer me olhar.

— Que nada, seu bobo.

— Então vem cá.

José conduz Maria para dentro da sua casa. Vão até a copa, onde estava a mãe dele.

— Maria, esta é a dona Patrícia, minha mãe.

— Oi, Maria! É um prazer te conhecer, viu? Você é muito bonita... José disse que você tem uma voz maravilhosa. Quero ouvir! – fala Patrícia, entusiasmada com a presença de Maria em sua casa.

— O prazer é todo meu, dona Patrícia – responde Maria.

— Então venha até aqui, Maria, pra gente começar a ensaiar – fala José, convidando-a para ir ao seu quarto, onde estava o teclado já ligado e pronto para começar o ensaio.

— Fique a vontade, Maria. Vou fazer um suco de laranja para vocês e levo quando estiver pronto – fala Patrícia.

José a conduz até o quarto e fecha a porta, mas sem trancá-la. Maria assenta na cadeira que José colocou no quarto para ela. José senta-se no banco em frente ao teclado e diz:

— O limão já está aqui. Como vamos começar a limonada?

Maria ri e diz: — Você não se esqueceu do que eu disse ontem, heim? Mas eu tenho uma sugestão pra gente começar. Eu adoro o Legião Urbana. Que tal?

— Nossa! Também gosto! Que tal a gente começar por Tempo Perdido? – sugere José.

— Gostei! – responde Maria.

José testa alguns tons para aquela música, composta por Renato Russo, até chegar num tom adequado para a voz de Maria. José toca os primeiros acordes e escolhe um timbre prontamente elogiado por Maria. Ele faz a introdução, e quando chega a sua vez, Maria canta:

> *Todos os dias quando acordo, não tenho mais o tempo que passou, mas tenho muito tempo. Temos todo o tempo do mundo. Todos os dias antes de dormir, lembro e esqueço como foi o dia, sempre em frente. Não temos tempo a perder...*

A primeira música executada pela dupla que acabava de nascer provocou um brilho intenso nos olhos dos dois, que perceberam simultaneamente que eles tinham um entrosamento fácil e natural.

— Muito bom, José. Pega um papel e vamos anotar. Estamos começando a montar nosso repertório – diz Maria, entusiasmada e com um largo sorriso estampado em seu rosto, que exibia graciosamente as suas bochechas vermelhas — Vamos pegar mais uma? Eu adoro pop rock! Que tal Dias de Luta, do Ira!?

— Manêro! - responde José. Em seguida, começam a ensaiar a música. Maria faz uma interpretação maravilhosa, e quando cantam o refrão...

Se meu filho nem nasceu, eu ainda sou o filho. Se hoje canto essa canção, o que cantarei depois? Cantar depois!... Se sou eu ainda jovem, passando por cima de tudo. Se hoje canto essa canção, o que cantarei depois?

...José aplica uma segunda voz. Maria fica mais entusiasmada: — Nossa, José! Que delícia que ficou a sua voz junto com a minha. Tá dando liga. Vamos escolher mais algumas?

Neste intervalo, alguém bate a porta do quarto. José pede para a pessoa abrir a porta e entrar, imaginando que fosse a sua mãe trazendo o suco de laranja que prometera. Mas quando a porta foi aberta, aparece em sua frente uma adolescente de cabelos castanhos claros, magra, com uma calça jeans muito justa e algumas marcas de espinhas e cravos nos rosto.

— Com licença! Mãe pediu pra eu trazer este suco pra vocês.

— Esta é Bárbara, minha irmã - fala José, apresentando-a para Maria.

— Oi, Bárbara, tudo bem? Eu me chamo Maria, e acho que José e eu vamos formar uma bela dupla de cantores.

— Que legal!... José é fera no teclado. Ele só tá um pouquinho enferrujado, mas se você der um gás nele, cê vai ver! Ele vai fazer coisas que até Deus vai duvidar! - responde Bárbara.

José estranhou aquele tratamento amistoso vindo de sua irmã, pois normalmente o tratamento entre eles era sempre tenso e cheio de animosidades.

— Brigado, Bárbara - responde José.

— De nada! Prazer te conhecer, Maria. Vou deixar o suco em cima da mesinha e vou lá dentro, porque tenho um monte de dever pra fazer. Com licença! - responde Bárbara.

Maria agradece Bárbara e ela se retira do quarto, fechando a porta assim que saiu. Eles tomam um pouco do suco preparado por sua mãe e continuam a montar um repertório recheado dos ícones do pop rock brasileiro, como Capital Inicial, Paralamas do Sucesso, Titãs, Skank, Jota Quest, Barão Vermelho, Kid Abelha, Lobão, Biquini Cavadão, Engenheiros do Hawaii, Nenhum de Nós, Tianastácia, Raimundos, Ultraje a Rigor, Detonautas, Lulu Santos, Los Hermanos, enveredando-se também nos meandros do rap e do funk de O Rappa, Gabriel o Pensador, Marcelo D2 e Charlie Brown Jr.

Depois de muito ensaio, José sugere a Maria.

— Acho que ficou muito legal, mas a gente vai precisar de alguns mídis para nos ajudar. Eu vou entrar na internet depois e me associar a um grupo do Yahoo que se chama Clube dos Tecladistas[19]. Acho que vou me filiar a este clube, porque lá tem um monte de tecladistas que tem muitos mídis[20], e eles trocam informações. Um dia, um amigo meu que é filiado me mostrou a quantidade de mídis que têm lá. Depois eu vou conectar e entrar neste clube. O que você acha?

— Acho manêro, e tudo o que for pra ajudar, deixa rolar - responde Maria, que depois muda de assunto: — Mas eu quero te falar outra coisa. Aquela hora que te liguei, eu tava numa fissura brava. Quase quebrei a ficha! Por isso vim tão rápido! Eu tava pensando que a gente podia ser uma espécie de muleta do outro. Se um de nós sentir que tá correndo o risco de cair, o outro ajuda. Quero te propor este pacto. Você topa?

— Claro que topo, Maria - diz José, que se levanta em seguida. - Eu fiquei tão cabreiro com o lance que rolou na Pedreira domingo, que eu tô com medo. Não quero mais sentir fissura. Eu quero fazer toda a força do mundo pra parar com esta bosta, que só trás desgraça pra nós.

Maria também se levanta e responde: — Você não sabe como eu fico feliz em ouvir isto, José. A minha esperança reacendeu de verdade quando conheci você. Eu fui ao NA ontem sem muita vontade. Uma amiga me aconselhou a assistir às reuniões, insistiu, e eu fiquei enrolando por mais de um mês; mas, o meu fim de semana foi muito *over*, e eu vi que se eu não desse um jeito, eu tava fu. Eu ia pro fundo do buraco! Fui na maior cara de pau pra reunião. Fiquei com a maior vergonha, mas consegui encarar. Mas quando te conheci, fiquei animada! Quando te vi, achei que poderia ter alguém pra ser minha companhia pra ir às reuniões...

— Eu também me animei muito quando te vi - responde José, interrompendo.

Naquele momento, Maria se levanta, aproxima-se de José e continua:

— No início, eu fiquei decepcionada porque achei que Esther fosse sua namorada (José ri, lembrando-se daquele momento). Achei que você era um

19 clubedostecladistas@yahoogrupos.com.br

20 MIDI (*Musical Instrument Digital Interface*): softwares disponibilizados em arquivos, criados por sistemas computacionais que simulam instrumentos musicais e que podem ser reproduzidos em sistemas de som e em teclados sintetizadores. São utilizados para preencher acompanhamentos musicais, e usualmente são construídos para reproduzir arranjos de músicas já existentes.

sem vergonha e cara de pau, pois vi que você não parava de olhar pra mim, apesar de estar com a namorada, e ainda por cima mais velha que você. Sem vergonha e gigolô, pensei. Mas esta imagem se desfez logo que fiquei sabendo que era só viagem da minha cabeça. Aí, a minha esperança acendeu outra vez... Por isso tudo José, por todo o sentimento que rolou entre nós ontem, quero te fazer uma proposta – Maria leva as mãos nos cabelos de José e pergunta: — Quer namorar comigo?

José fica mudo por alguns segundos. Teve vontade de se beliscar, não acreditando ainda no que ouvira. Foi uma flechada única e certeira. Respira fundo, para sentir o chão aos seus pés. Fita os olhos de Maria, e a olha tão profundamente, que parecia que a enxergava com uma visão de raios-X. Levanta suas mãos, as coloca na nuca dela e diz:

— O que eu mais quero em minha vida é namorar você!

Em seguida, Maria e José aproximam suas faces. Lentamente, tocam os narizes, roçando-os um ao outro, e devagar, encostam os lábios. Parecia o primeiro beijo da vida deles. Sentiam as almas se fundindo enquanto beijavam. Beijavam tão profundamente, e ao mesmo tempo se beijavam com tanta leveza, que aquele beijo os fazia sentir como dois passarinhos que se cortejavam em pleno voo, numa espécie de dança nupcial. Beijaram-se por quatro minutos, levitando em nuvens. Naqueles eternos quatro minutos, Maria e José se tornaram marinheiros de uma nau à deriva, experimentando a mesma sensação jubilosa de Colombo descobrindo a América. Aos poucos, recobravam a consciência. Afastaram-se lentamente os rostos, mas cada um manteve os olhos mergulhados no ponto mais profundo do olhar do outro.

— José, meu namorado! – suspira Maria, cheia de paixão.

— Maria, minha namorada! – responde José, também tomado por uma intensa paixão.

Afastam-se, mas se dão as mãos e continuam se olhando fixamente. Maria o olha e diz:

— José. Preciso ir! Ontem foi um dia sagrado, e hoje é o resultado da graça que esta força sagrada nos proporcionou, mas quero te dar uma ideia: quero propor mais um pacto! A gente precisa ir à reunião dos Narcóticos Anônimos toda semana. A gente não pode deixar a peteca cair! Vamos nos livrar disso de vez, e eu tenho certeza de que a gente vai conseguir.

— Eu quero muito e tenho certeza de que a gente vai conseguir. Tá fechado!

Vamos lá toda segunda-feira, que é um dia bom, concorda?

— Fechado! - responde Maria. — E agora vou embora. Qualquer dia eu te levo lá em casa. Meus pais são separados, e eu moro com a minha mãe e mais duas irmãs. Eu sou a do meio, e quero que conheça minha família. Eu adorei sua mãe e sua irmã, e quero conhecer seu pai também, tá?

— Legal! Quero ir à sua casa. Ontem vi onde você mora. Fácil chegar!- responde José.

— Então! A gente não vai se separar mais, tenho certeza! Vamos ser uma dupla famosa, Maria e José! Que delícia!... Se a gente pegar pesado como a gente pegou hoje, não vai demorar pra gente sair cantando e tocando por aí...

Enquanto Maria falava, José a pega pela cintura e dá-la outro beijo. Maria pega em sua nuca e corresponde ao beijo de José, que agora beijavam com mais vigor. Suas línguas invadiam a boca do outro, e os lábios molhados de cada um fundiam-se, numa química perfeita. A respiração de Maria e a de José tornavam-se ofegantes. Seus corpos se grudam, e como Maria estava de saia e José de calção, sentiam as suas pernas se tocando, e todo o calor do despertar do desejo sexual começava a brotar entre eles. De leve, depois de mais uns cinco minutos de um beijo sensual e ardente, Maria se afasta de José e, ofegante, diz:

— Calma! Temos muito tempo pela frente! Se a gente não der uma freada, daqui a pouco a gente vai acabar rolando na cama, e vai pegar mal!

— Tá certo! Mas que delícia de beijo... - responde José.

— Eu digo o mesmo, José. A gente se entrosou em tudo. Na música, no beijo e até em nossas fraquezas. Adorei! E agora que somos namorados, não tem pra ninguém! - retruca Maria, rindo, demonstrando uma felicidade que parecia não caber dentro dela. — Mas agora eu vou mesmo. Você me leva no ponto de ônibus?

— Claro! - responde José.

Os dois saem do quarto de mãos dadas, e ao passar pela copa, deparam-se novamente com Patrícia. José adianta-se, entusiasmado e bem humorado:

— Mãe! Maria entrou aqui em casa como amiga e tá saindo como namorada. Que tal? A gente forma um casal bacana?

— Huuuuum! Deixa-me reparar direito... - diz Patrícia, com tom de deboche e ao mesmo tempo aprovando a ideia. — Lindos! Que Deus abençoe vocês, e que vocês sejam o porto seguro um do outro! O seu pai vai gostar de saber! Estamos torcendo muito para que as vidas de vocês sejam cheias de luz.

— Obrigado, dona Patrícia. Nossas vidas serão cheias de luz e som - responde Maria.

— Com certeza. Pelo que ouvi, vocês vão fazer um sucesso danado. Você tem uma voz maravilhosa, e meu filho não fica pra trás. Toca muito! - responde Patrícia, entusiasmada.

— Toca mesmo, dona Patrícia - responde Maria, afagando os cabelos de José. Eu preciso ir embora, mas voltarei muitas vezes.

— A casa é sua também, minha filha. Gostei muito de você, tá? - devolve Patrícia.

— Também gostei muito da senhora e da Bárbara. Manda um abraço pra ela.

— Mando sim. E vá com Deus! - despede-se Patrícia.

Maria e José saem da casa e caminham de mãos dadas pelas ruas do Gutierrez. Passam em frente à farmácia. Robinho vê aquele casal e estranha. "Ué? Ontem José não tinha namorada, e hoje ele tá se exibindo, de mãos dadas com uma gata? Vou ver o que tá acontecendo". E sem que os dois percebessem, Robinho apressou o passo até alcançá-los e deu um grito que assustou José:

— Quando cê vai assim ocê volta, José?

José reconhece a voz de Robinho e fica envergonhado. Maria e José param e, timidamente, José responde: — Vou levar ela no ponto.

— E eu posso saber quem é ela? - pergunta Robinho.

— É a Maria, minha namorada.

— Nóóó, José! Cê arranjou uma gata, heim? Maria, meu nome é Robinho - diz, apressando-se para cumprimentá-la com três beijos no rosto.

Maria se esquiva e diz:

— Você não me conhece, mas eu ouvi falar de você. Você era um dos que estavam na boca no dia que José quebrou o nariz.

— Como cê sabe?

— José foi à reunião dos Narcóticos Anônimos ontem e nós nos conhecemos lá, e ele me contou como quebrou o nariz, e de quem estava acompanhado.

— Que coisa mais careta, José! Narcóticos Anônimos! Num tô te entendendo... - exclama Robinho.

— Robinho, deixa eu te dar uma ideia firme - retruca José. — Domingo foi a última vez que eu fui na boca. Tô fora dessa vida, e se ocê quiser, cê pode ir junto comigo na próxima reunião do NA procê tentar parar também. Mas presta a atenção! Careta é ficar se afundando na pedra, torrando dinheiro pra nada e acabando com a vida, queimando o filme e fazendo papel de comédia. Isso é que é ser careta, meu!

Robinho ficara encabulado com a conversa firme de José e Maria, mas sem ainda acreditar na guinada que José estava propondo em sua vida, pergunta:

— Aqui, cê viu Tatu? Tentei ligar no celular dele, mas só dá fora de área.

— Num vi não, cara, mas te falo! Tô preocupado com ele. Tô desconfiado que ele tá entrando numas erradas. Mas fala com ele, se ocê encontrar, que não é pra ele me procurar pra fumar pedra mais não. E ocê também, Robinho. Pra isso não precisa me procurar não.

— E numa boa, Robinho - intervém Maria. — Respeita o José e respeita a namorada dele, que sou eu, legal? E se eu fosse você, começava a pensar em parar com estas merdas... Bom! Vamos lá, José?

— Vamos sim! Falô véi! Vou lá! - responde José, virando-se para Robinho. Em seguida, Maria e José retornam a caminhada rumo ao ponto de ônibus, deixando Robinho parado no lugar em que se encontraram. Robinho os observa. Parecia ter tomado um choque. Não queria acreditar no que ouvira e vira, mas percebeu que aquela conversa era séria, e sentiu que estava perdendo um parceiro da droga. Maria e José chegam ao ponto de ônibus. Maria vira-se pra José e diz:

— O capeta é foda! Sempre dá um jeito de tentar tirar a gente do caminho certo. Mas quero te pedir uma coisa: toda vez que alguém te chamar pras erradas, lembra-te de mim, lembra os nossos beijos deliciosos, lembra a nossa música, que tá muito legal! Você vai conseguir, e eu também. Nossas vidas já são outras vidas.

— Eu tô sentindo uma força que nunca senti antes, Maria, e eu te prometo: vou fazer o que você pediu e não vou cair mais não. Prometo! - responde José, com firmeza.

O ônibus que levaria Maria apontou na esquina. José, vendo que aproximava a hora de despedir de Maria, vira-se a ela e, abastecido pela energia que a paixão proporciona, diz:

— Só preciso dizer mais uma coisa. Eu te amo, Maria.

— Eu também te amo, José - responde Maria, emanando a mesma energia gerada pelo fogo da paixão.

Maria e José se beijam. O beijo de despedida daquele dia musicado e enamorado. Maria dá sinal para o ônibus parar. Entra no ônibus. José a acompanha com os olhos, e Maria fixa o olhar em José até perdê-lo de vista. Só então, passa o cartão para pagar a passagem e atravessa a roleta. Senta-se em um banco vazio e faz uma pequena oração:

— Obrigado, meu Deus, por enviar-nos o seu anjo para nos aproximar e nos proteger. Obrigado, meu Deus, por mais este milagre!

XXXII

— Alô!

— Oi, Cleuza, tudo bem?

— Clarinha! Que bom que ligou! Tudo bem contigo, menina?

— Trabalhando muito. Hoje o hospital está cheio. Muitas crianças com crises bronco-pulmonares por causa deste clima seco e quente destes dias. Tirei um tempinho pra te ligar porque estou querendo saber da mãe. Como ela está?

— Interessante! – responde Cleuza. — Apesar de tudo o que está acontecendo, ela está serena e até conversou comigo com tranquilidade hoje pela manhã. Lembramo-nos de quando tu eras bebê. Que bebê mais lindo, Clarinha... Tua mãe estava com um olhar tão diferente do olhar que ela estava nestes últimos tempos... Ela se lembrou de como as pessoas se encantavam com os seus olhos. Vivos, brilhantes...

— Huuuuum! Que bom ouvir isso, Cleuza. Isso é um bom sinal! E Martinha, como ela está?

— Nossa, menina! Como os animais percebem o clima do ambiente e os sentimentos do seu dono. A dona Gertrudes ficou muito tempo em seu quarto, isolada, mas me tranquilizou dizendo que precisava ficar um tempo só com ela para refletir sobre sua vida e tudo isso que está acontecendo. Deixou a porta do quarto destrancada e pediu que eu ficasse atenta quando precisasse de mim, porque ela não queria sair do quarto por algumas horas.

— Mas,... e Martinha? – insiste Claraluz.

— Pois então! Depois de umas duas horas isolada, ela me chamou. Entrei no quarto, e ela acendeu algumas lâmpadas para que eu a enxergasse. Foi aí que eu vi Martinha, deitada no chão e aos pés da cama dela, com um olhar fixo e triste... Fiquei com uma peninha dela...

— Parece que os animais possuem algo mais do que o puro instinto. Tudo bem que este comportamento faça parte da sua natureza, ainda mais sabendo que a Martinha é um poodle, uma das raças mais inteligentes e muito afetivas com os donos. Mas não deixa de ser também uma manifestação emocional. Os cães brincam, ficam alegres, tristes, decepcionados, agradecidos, se interagem e sofrem as emoções dos seus donos... E a mãe, como está agora?

— Está tomando banho. Disse que queria tomar um bom banho de banheira para relaxar. Disse que está se preparando para fazer uma grande mudança em sua vida, mas não quis me adiantar o que está pensando. Mas parece que o livro que ela está lendo acabou a ajudando a reunir forças para conseguir esta virada em sua vida.

— Que livro é esse?

— Acabei não sabendo o nome. Foi dona Ivone que trouxe o livro de presente. Foi a única amiga que ela recebeu. Elas conversaram por quase uma hora a sós.

— Que bom que Ivone a procurou. Ivone Monteiro... Minha mãe deveria ter buscado amizades de pessoas como a Ivone. Uma mulher de bom caráter e bom coração. Humanitária, preocupada com o bem estar das pessoas, sejam elas conhecidas ou não. Tem um espírito tão forte... Gostei de saber que foi Ivone que conversou com ela...

— E tem uma novidade, Claraluz! - interrompe Cleuza, mudando de assunto. — Tua mãe disse que vai viajar essa semana e vai ficar um tempo fora. Não quis dizer pra onde vai, e disse que é surpresa. Ela quer encontrar contigo antes de viajar, e disse que tem tantas coisas importantes a te dizer... Acho que ela está acordando, Claraluz. Este pesadelo deu uma sacudida nela, e, apesar do susto, do constrangimento e de todas as perdas, parece que esse acontecimento serviu pra despertá-la. Parece mesmo que Deus escreve certo por linhas tortas...

— Pois é, Cleuza! Bem que o meu pai disse ontem. Apesar desse peso que lhe apareceu como um *tsunami* desmoronando a sua vida, ela permanece viva, e por estar viva, tem a oportunidade de fazer diferente. E já que ela quer conversar, posso ir aí à hora que ela quiser.

— Ela irá te ligar! Ela pediu para que eu te falasse, caso tu ligasse. E eu disse a ela que tinha certeza de que tu não demorarias a ligar. Eu te conheço, minha doutora fofinha - comenta Cleuza, entre risos. — Tu podes estar magoada, mas tenho certeza de que jamais perderás o amor por ela!

— Tu sabes que não, minha querida. Amo a minha mãe e torço pela sua felicidade. Mas só ela pode escolher sobre a sua vida. E eu tenho fé que ela vai acabar fazendo as escolhas certas. Rezo por isso! – sintetiza Claraluz, que finaliza: — Preciso ir, minha querida. Já passei tempo demais ao telefone. Preciso atender meus pacientes. Foi bom falar contigo. Tu és um anjo da guarda da minha mãe. Obrigado por cuidar dela.

— Amo vocês todos, minha querida! – responde Cleuza.

— Ligo pra ti depois. Beijo! – despede-se Claraluz.

— Beijo! – despede-se Cleuza, desligando o telefone.

Claraluz dirige-se ao consultório da enfermaria para atender os pacientes, em sua maioria, naquele dia, constituídos por crianças de zero a dois anos, que sofriam de várias doenças relacionadas ao sistema respiratório. A enfermeira Regina, chefe da ala de pediatria do hospital, a auxiliava no consultório. Elas sempre trabalhavam em dupla no Hospital Federal da Lagoa, pois a administração do corpo clínico percebera que o trabalho delas em conjunto apresentava uma eficiência acima da média. Depois de três horas de atendimento, exaustas, Claraluz e Regina dirigem-se ao refeitório dos médicos do hospital. Sentam para tomar um lanche, e Claraluz diz:

— Estou cansada, mas animada! Quando a gente faz o nosso trabalho reconhecendo a dignidade e a relevância que ele proporciona às pessoas e a nós, encontramos energia para fazê-lo bem, com competência, responsabilidade e prazer.

— Verdade, Claraluz! – responde Regina. — Eu sinto isso também, mas fico impressionada contigo. Estão acontecendo tantas coisas em tua vida nestes dias, que se fosse alguém que não tivesse a força que tens, já teria desmoronado. Tu não! Nem uma bomba atômica consegue abatê-la. Por acaso, essa paixão louca e linda que tu e o mineirim estão vivendo está contribuindo pra injetar energia nessa pessoa que se encontra em minha frente?

— Não superestime minha capacidade, minha querida! Não é fácil segurar todas as barras não! – responde Claraluz. — Mas quanto ao poder que adquirimos através do amor, aí tu tens razão. A descoberta do amor, a descoberta verdadeira desta energia tão resplandecente que habita a nossa alma, provoca em nós uma revolução fantástica. Passamos a conviver com a vida do jeito que ela é e amá-la profundamente, mesmo sabendo que nem todos os momentos são fáceis de encarar. Precisamos viver a liberdade, para que a nossa alma possa expandir, sem amarras e correntes. Não temos bola de cristal para sabermos o que acontecerá no minuto seguinte. Não somos proprietários do nosso destino, mas podemos pelo menos tentar nos guiar pelas estradas que aparecem a cada instante.

— Nossa! Como esta mulher está inspirada! – exclama Regina. — O amor faz coisas tão incríveis, que até Deus, às vezes, fica de queixo caído.

— Meu celular está tocando. Deixa-me ver quem é – interrompe Claraluz, que pega o celular e não reconhece o número. — Quem deverá ser? – indaga-se Claraluz, que atende:

— Alô!

— Claraluz?

— Sim!

— É Juliana. Estou te ligando para lhe dar uma notícia que não é boa, mas ao mesmo tempo, peço que fique tranquila... Clóvis sofreu um infarto!

Aquela notícia chegara como um relâmpago na cabeça de Claraluz, seguido de um estrondoso trovão. Regina percebera a rápida mudança nas feições de Claraluz e ficou preocupada, mas aguardou Claraluz dar sequência à conversa sem interferi-la. Claraluz emudecera por uns três segundos. Respira fundo e pergunta:

— Como aconteceu, Juliana? Onde vocês estão? Como está meu pai?

Juliana percebeu que Claraluz ficou extremamente aflita e procurou tranquilizá-la:

— Seu pai não corre riscos de morrer, Claraluz. Fique tranquila! Ele foi socorrido a tempo, e agora ele está na UTI. Estamos aqui no Hospital São Lucas, onde ele foi prontamente atendido pela Equipe Cardiovascular. Estávamos na sala principal, sentados no sofá, e, de repente, ele disse que estava tendo uma sensação de falta de ar que apertava o seu peito. Imediatamente deduzi: Clóvis está sofrendo um infarto! Eu o acompanhei na última consulta com o doutor Ronaldo, como tu sabes, e quando terminou a consulta, doutor Ronaldo me disse, enquanto Clóvis foi ao banheiro, que eu ficasse muito atenta ao seu comportamento clínico, pois ele corria um sério risco de sofrer uma obstrução coronária, e que um dos sintomas que antecedem a um infarto seria essa sensação de falta de ar com aperto no peito.

— Mas como ele foi socorrido a tempo? – pergunta Claraluz, ainda muito aflita.

— Quando percebi a situação, liguei para o doutor Ronaldo, que imediatamente pegou outro telefone e ligou para os paramédicos do Hospital São Lucas e, enquanto ligava, pediu para que eu observasse os seus sinais vitais, procurasse o tranquilizar, o fizesse deitar e afrouxasse as suas roupas. Depois, dei dois comprimidos de aspirina ao Clóvis para diminuir a coagulação sanguínea. Fiz isso e ao mesmo tempo perguntava como ele se sentia. Percebi que ele falava com uma dificuldade cada vez maior e suava cada vez mais. Procurei tranquilizá-lo, ao mesmo tempo disfarçando o meu desespero.

— E os paramédicos? Demoraram? Como aconteceu? – pergunta Claraluz, bastante nervosa.

— Clóvis se deitou. Respirava fundo e cada vez com mais dificuldade. Nesse intervalo, doutor Ronaldo disse que já havia fornecido o endereço aos paramédicos, e que eles já estavam a caminho. Pelo interfone, liguei para a portaria do prédio. Comuniquei o que estava acontecendo e pedi para que facilitassem a entrada dos médicos.

— Mas deu tempo, Juliana? Pelo amor de Deus, me diga! – interrompe Claraluz, cada vez mais desesperada.

— Calma, minha querida. Está tudo sobre controle! Os paramédicos chegaram logo. Os funcionários do prédio isolaram um elevador, que ficou por conta dos médicos até que chegassem. Outro funcionário ficou do lado de fora da entrada da garagem, com os portões prontos para serem abertos assim que a ambulância chegasse, deixando o caminho livre. Como tu sabes, o Hospital São Lucas é bem próximo ao apartamento. Não demorou dez minutos para que eles chegassem. Clóvis começou a sentir os sintomas mais agudos exatamente quando a ambulância chegou.

— Meu Deus! – exclama Claraluz, atônita e bastante atordoada com a notícia.

No decorrer da conversa, Regina percebeu do que se tratava. Pediu um copo com água na lanchonete e solicitou que Claraluz bebesse. Depois pediu para que ela ficasse calma, reforçando os pedidos de Juliana. Claraluz começou a controlar sua ansiedade, e disse à Juliana:

— Bom! Pelo menos tu agiste com muita agilidade. Obrigado por tudo, Juliana! Vou passar na administração, comunicar o ocorrido, e vou para aí.

— Tudo bem! Estou te esperando! Pode vir com calma – diz Juliana, que desliga o telefone depois de se despedirem rapidamente. Claraluz já havia cumprido o seu horário de atendimento ao público. Ela teria que visitar os pacientes internados, mas diante do fato, a administração a liberou e convocou outra médica pediatra, que estava de plantão no hospital, para assumir os procedimentos de Claraluz, solicitando que Regina auxiliasse a médica substituta.

Ao final de uns vinte e cinco minutos, Claraluz chegara ao Hospital São Lucas. Identificou-se à portaria, comunicou ser filha do paciente que dera entrada na UTI e dirigiu-se ao local onde estava Juliana, encontrando-a na sala de espera próxima à UTI. Encontrou-se com Juliana, cumprimentaram-se e dirigiram-se ao atendimento da UTI. Enquanto Claraluz conversava com a atendente da UTI, o médico Ronaldo Franco Martins, trajando um avental azul esverdeado, saiu da UTI. Avistou Claraluz e relatou os fatos:

— Oi, Claraluz. Acompanhei os procedimentos! Clóvis está fora de risco e está sedado neste momento. Ele foi submetido a uma angioplastia coronariana e a sua artéria foi desobstruída. Clóvis teve uma parada cardíaca, mas os paramédicos chegaram a menos de dois minutos depois da parada, aplicando as técnicas de reanimação, com sucesso. Mas foi por pouco! O seu pai não dava muita bola para a prevenção, não seguia a risca as prescrições dos medicamentos que lhe fiz e quase não resistiu. Se Juliana não tivesse sido tão ágil como foi, talvez não conseguissem salvá-lo. O importante é que ele foi socorrido a tempo.

Claraluz abraça Juliana e algumas lágrimas brotam em sua face. Vira-se a ela, fita os seus olhos e diz:

— Muito obrigado por ter aparecido na vida do meu pai. Tu o salvaste, pois tudo acontece muito rápido, e se não fosse por ti, talvez meu pai estivesse morto agora.

Claraluz abraça Juliana e chora copiosamente. Juliana afaga seus cabelos enquanto Claraluz chorava. Depois de chorar por uns trinta segundos, Claraluz recobra a serenidade e diz:

— Vou cancelar minha ida a Belo Horizonte neste fim de semana. Tenho que ficar perto deste pai teimoso que eu tenho.

— De jeito nenhum! – responde Juliana, enfaticamente. — Tu vais viajar sim! Pergunte ao doutor Ronaldo se é necessário que tu fiques?!

— Claraluz! - responde Ronaldo. — Tu sabes, até por ser médica também, que o pior já passou. A angioplastia resolverá o problema, e agora Clóvis só precisa tomar juízo e seguir o tratamento preventivo à risca. E acho que, depois dessa, ele não vai bobear mais. A dor que ele sentiu no peito, tu sabes muito bem, é inesquecível. Tu és uma boa filha, e ele tem um amor enorme por ti, mas tu tens a tua vida. A Juliana é uma grande companheira e será ela a responsável pelo juízo deste ilustre menino.

— Tudo bem! Vou pensar então - responde Claraluz. — Quero te agradecer por tudo, Ronaldo. Tu demonstraste o quanto é comprometido com teus pacientes. Tu também és responsável por permitir que meu pai não morresse. Sou muito grata a ti.

— Sou comprometido com os pacientes do mesmo modo que tu, Claraluz. Sabemos o quanto és dedicada à medicina. É o que falta para alguns médicos de hoje, que colocam o espírito mercantilista acima desta atividade que é um sacerdócio. Quem se propõe a ser médico deve estar preparado para perder um pouco de paz em sua vida.

— Bom! Eu queria ver o meu pai. Será possível? - sugere Claraluz.

— Acho que sim! - responde Ronaldo. — Tu sabes que ele está sedado, e só vai acordar daqui à uma hora, mas se quiser...

— Quero sim! - responde Claraluz.

A direção da UTI autorizou a entrada de Claraluz. Juliana ficou do lado de fora, ao lado do médico Ronaldo. Claraluz veste o avental e entra no local onde estava o seu pai. Encontrou Clóvis com uma máscara de oxigênio e cercado de muitos fios e aparelhos que monitoravam os seus sinais vitais. Claraluz observou os parâmetros que os aparelhos apresentavam e viu que todos os sinais se mostravam satisfatórios. Depois, ficou de frente ao seu rosto. Passou as mãos em seus cabelos e falou para ele, mesmo estando sedado:

— Pai! Tu não sabes o quanto eu o amo. Não me deixe só! Preciso muito de ti! Tu és um farol que ilumina as embarcações que navegam no mar da minha alma, destas noites cheias de estrelas e tempestades ao mesmo tempo. Quero tê-lo por muito tempo ainda, e quando Deus o chamar, que seja na hora certa. Não vá antes do chamado de Deus! Cuide-se, meu paizinho querido. Tu tens muitas alegrias para experimentar e compartilhar com as pessoas que o amam e o admiram. Ainda quero te dar um neto e quero que o curta muito. Quero que seu neto o chame de vovô, e que tu, vovô, possa transmitir toda a sabedoria que ti carregas nesta alma desprendida e generosa. Tenho um orgulho imenso por saber que tu, meu pai, és um homem digno, honrado, e tens um espírito muito elevado. Felizes são os que têm a oportunidade de estar em tua companhia. Eu te amo, meu pai.

XXXIII

— Ô Girafa! Acende a lanterna do celular pra ver se tá tudo certo. E as máscaras, Tatu?

— Tá comigo, Zé Pequeno!

— E as armas. Tudo certo, Girafa?

— Já cuidei! Estão carregadas!

— Tudo bem! Meu material tá aqui comigo. Tá na hora! Firmeza, pessoal! Se pintar sujeira, manda bala e corre pela rota de fuga. Tá tudo na cabeça?

— Beleza, Zé Pequeno! - Responde Girafa.

— Tudo em cima! - Responde Tatu.

— Vamo lá então? Lembram-se da rota, né? Vamos entrar pelos fundos, e cuidado pra não levantar suspeitas. Ainda tem muita gente na rua - fala Zé Pequeno. — Depois que a gente fizer o serviço, a gente passa pela casa do fundo e sai na outra rua. Cês lembram-se do mapinha que eu fiz? Tá tudo na cabeça?

— Pra mim tá tudo bem! - Responde Tatu.

— E pra mim também! - Responde Girafa.

— Dá pra dar mais um raio antes de ir? - pergunta Tatu.

— Só duas pra cada um. Se cheirar muito, cê fica doidão demais e ferra com o serviço - responde Zé Pequeno.

Os bandidos aspiram uma porção de cocaína no barraco em que se encontravam e depois seguem em direção a uma casa lotérica do bairro Prado, em Belo Horizonte. Zé Pequeno, o chefe da quadrilha, trabalhou na casa lotérica que era o alvo dos bandidos; conhecia toda a sua rotina e sabia que o dinheiro arrecadado da terça-feira era depositado num cofre, pois o proprietário da lotérica sempre viajava na terça-feira para São Paulo para tratar de outro negócio que tinha, e deixava para depositar no banco o valor arrecadado na quarta-feira. Ao lado da lotérica havia uma casa em reforma, sem moradores. Eles iriam entrar por essa casa e pular o muro lateral para alcançar os fundos da lotérica. Zé Pequeno possuía cópias da chave da porta dos fundos e também conhecia o segredo do cofre – um modelo antigo de aço – que ficava camuflado num pequeno quarto da casa lotérica do senhor Agenor, um homem já idoso, que há anos era proprietário desse ponto.

Chegaram ao local do crime de carro, um Vectra preto 2005, e o deixaram na rua de trás da lotérica, por onde sairiam depois do furto, pois era uma rua de pouco movimento, e a possibilidade de levantar suspeitas era menor. Planejaram pular o muro dos fundos da lotérica e passar por um corredor estreito e externo de uma casa onde morava apenas uma senhora idosa. Imaginavam assim que os riscos seriam menores, pois na saída dessa casa não havia muros altos e cercados, apenas uma pequena grade que servia de fronteira com a rua. Zé Pequeno também conhecia o código de desarme do alarme instalado na lotérica, e por isso acreditava estar de posse de todas as informações, materiais e estratégia para serem bem sucedidos no furto que planejavam executar. Estacionaram o carro, seguiram a pé virando a rua até chegarem à frente da casa em reforma. Carregavam as mochilas com os materiais de auxílio ao furto, e que serviriam também para carregar o dinheiro obtido na operação; portavam revólveres enfiados nas calças, perto da virilha, camuflados por camisas de botões vestidas para fora das calças. Conversavam como se estivessem batendo papo para não levantar suspeitas aos transeuntes. Quando perceberam que não havia ninguém por perto, entraram rapidamente na casa em obras, até chegarem ao muro lateral que avizinhava com a casa lotérica. Pularam o muro utilizando um cavalete que estava sendo usado pelos pedreiros na obra, alcançaram a porta dos fundos da lotérica e colocaram as máscaras para não serem identificados pela câmera. Zé Pequeno abriu a porta com a chave que ele clandestinamente copiou e pediu para que os dois esperassem do lado de fora para que ele desarmasse o alarme. Deu um rápido e baixo assovio, e Tatu e Girafa entraram. Todos os três estavam com as lanternas dos celulares acesas e, assim que encontraram Zé Pequeno, dirigiram-se ao local onde ficava o cofre. Zé Pequeno calçou as luvas, pegou o papel que continha os números do segredo e começou a girar o disco com números que variavam de 00 a 99, ora para a direita, ora para a esquerda.

Zé Pequeno aprendeu a manejar o segredo do cofre colocando uma pequena câmera digital camuflada em um canto da sala, na época em que trabalhava na lotérica, numa dessas terças-feiras, e a deixou gravando um pouco antes do horário de saída do trabalho, sabendo que o senhor Agenor guardaria o movimento do dia depois que os funcionários fossem embora. Zé Pequeno, de posse do vídeo, estudou os movimentos executados pelo senhor

Agenor, exaustivamente, até aprender o manejo do disco que lhe permitiria abrir o cofre.

Zé Pequeno procedeu com frieza e rapidamente abriu o cofre. Retirou o seu conteúdo e encontrou, dentre outros documentos e cheques, vários maços de dinheiro, organizados em gominhas elásticas de borracha. Do total do que seria furtado, a metade caberia a Zé Pequeno, e a outra metade seria repartida igualmente entre Tatu e Girafa. Zé Pequeno fechou o cofre, colocou os maços de dinheiro na mochila e falou cochichado para os seus dois companheiros:

— Bora!

— Não vai levar os cheques não? - Sussurra Tatu.

— Tá ficando doido, meu? Como a gente vai trocar estes cheques? Tá querendo mofar na cadeia, ô babaca?! - responde Zé Pequeno, também sussurrando. — Vamos sair daqui logo!

Os três saem rapidamente do recinto e retiram as máscaras. Zé Pequeno fecha a porta dos fundos e eles pulam o muro. Andavam ligeiramente, mas com passos silenciosos. Porém, o cachorro da casa vizinha percebeu o movimento e começou a latir ruidosamente. Correram mais rápido rumo à saída da casa devido ao alarme do cachorro. Chegaram até a grade na saída da casa e pularam rapidamente. Assim que encontraram a rua, o morador da casa vizinha, um homem negro e musculoso, aparentando uns trinta anos de idade, surpreendeu os bandidos, gritando com um revólver na mão:

— Parado aí vocês três, senão eu atiro!

— Sujou pessoal! - Grita Tatu.

Zé Pequeno para, e já com o revólver na mão, vira-se para o sujeito e atira, mas não o acerta. O sujeito devolve. Dá um tiro e erra. Dispara um segundo tiro e Tatu cai. Em poucos segundos, Tatu começa a gemer e gritar:

— Ai!... Minha perna!... Não tô conseguindo mexer!

Zé Pequeno atira novamente, mas o sujeito se esconde atrás do muro da sua casa e não fora atingido pelo disparo.

— Corre, Girafa! Vamos rápido pro carro! - Grita Zé Pequeno.

— E Tatu?

— Se a gente voltar agora a gente morre, porra! Vão bora rápido! - replica Zé Pequeno, desesperado e ofegante.

O sujeito armado ainda dispara mais dois tiros, mas não consegue acertar. Zé Pequeno e Girafa entram no carro. Girafa, o motorista, dá a partida e sai acelerando e cantando os pneus. Quando viram a esquina, o esquadrão do Agrupamento Tático Móvel da Polícia Militar também vinha acelerado, a uns trezentos metros do Vectra, com a sirene ligada para tentar impedir a fuga dos bandidos.

— Pisa fundo, Girafa! - grita Zé Pequeno, com o revólver na mão.

Girafa acelerava ao máximo que podia, mas a viatura da PM estava no encalço dos bandidos e abria caminho com a sirene ligada. A perseguição acontece pela Avenida Francisco Sá, virando na Rua Turquesa, depois pela Rua Esmeralda, até alcançarem a Avenida Amazonas. O Vectra quase se choca com outro carro ao ultrapassá-lo, e a polícia obrigava os outros motoristas a fazerem manobras arriscadas se não quisessem ver seus carros batidos e danificados.

— Vamos entregar, Zé! A gente não tem chance! - Choraminga desesperadamente Girafa, ainda num curto trecho da Avenida Amazonas.

— Anda caralho! Acelera esta merda! Vira nessa rua! - berra Zé Pequeno.

Girafa vira na Rua Cura D'Ars e a viatura da PM logo atrás. Arriscava colidir com algum veículo, pois essa rua faz cruzamento com diversas outras. Por ser estreita e onde muitos carros ficavam estacionados, o risco aumentava. A polícia aproximava-se cada vez mais dos bandidos. Depois de percorrerem um bom trecho atravessando alguns cruzamentos, a viatura da PM encosta no Vectra. Um policial apontava a arma contra o carro, ameaçando atirar caso não parassem. Zé Pequeno, num gesto desesperado, vira-se e atira contra a viatura, mas erra o alvo. Um policial responde e dispara um tiro contra o Vectra, atingindo o porta-malas. Girafa freia bruscamente, o carro derrapa e bate em um poste, sem muita violência. Zé Pequeno abre a porta, corre, e rapidamente pula as grades de um prédio residencial, onde quase é eletrocutado por uma cerca elétrica, mas consegue escapar do choque porque se apoiou, a fim de pular a grade, em uma árvore perto da entrada do prédio. Os policiais chegam logo em seguida, saem da viatura com as armas na mão e dois deles rendem Girafa, que não oferece resistência. Outros dois policiais vão ao encalço de Zé Pequeno. Um deles avista o bandido dentro do condomínio ainda próximo à grade e grita com ele, ordenando-o a se render. Zé Pequeno, porém, atira contra o policial, atingindo-o no braço. O outro policial reage e efetua quatro tiros contra Zé Pequeno, que cai. O policial que efetuou os disparos entra no condomínio após o vigia – que estava na guarita muito assustado e boquiaberto – abrir-lhe o portão de entrada. Constata que Zé Pequeno estava desacordado e gravemente ferido. Liga para o batalhão, solicita uma ambulância para o bandido e para o colega baleado no braço. Girafa já se encontrava algemado e sentado dentro da viatura. Um policial ficou ao seu lado, enquanto os outros dois aplicavam técnicas de primeiros socorros no colega baleado. Mais duas viaturas chegam ao local onde estavam Zé Pequeno e Girafa, enquanto outra viatura encontrava-se no local onde Tatu fora baleado. Por meio de rádio, esta última comunicou com a outra viatura e pediu para que quando a ambulância chegasse, que fossem àquele local, pois havia mais um ferido. Depois de uns dez minutos, onde os caminhantes e curiosos provocavam aglomeração, uma UTI Móvel do SAMU – Serviço de Atendimento Móvel de Urgência – com capacidade para atender até quatro pacientes chega ao local onde estavam Zé Pequeno e o policial ferido. Zé Pequeno foi recolhido de maca, e, imediatamente, foi lhe aplicada uma máscara acoplada a um balão de oxigênio. O policial baleado entrou na ambulância andando. A ambulância seguiu para o local onde estava Tatu, que foi imobilizado e conduzido por maca. A viatura onde Girafa se encontrava detido e algemado seguiu para o batalhão, enquanto a ambulância do SAMU, com a sirene ligada, seguiu para o Hospital João XXIII, um pronto socorro mantido pela Fundação Hospitalar do Estado de Minas Gerais – FHEMIG – e localizado na Avenida Alfredo Balena, no Bairro Santa Efigênia.

***

Aproximadamente meia hora depois, Reinaldo, pai de José, já deitado, liga o rádio e sintoniza a *Rádio Itatiaia*. Poucos minutos depois de ligar o rádio, Reinaldo ouve, atento, a reportagem divulgada pelo plantão de notícias da emissora:

> *"Agora a pouco, a polícia frustrou a tentativa de furto de três ladrões armados em uma tradicional casa lotérica no bairro Prado. Os bandidos pularam o muro de uma casa situada aos fundos da lotérica para fugir com o dinheiro roubado do cofre, mas um homem, vizinho dos fundos da lotérica, frustrou a investida dos ladrões, ao suspeitar de movimentos estranhos. De acordo com o depoimento fornecido à polícia, esse homem, que também é policial, estava nos fundos da sua casa quando percebeu que a porta dos fundos da lotérica fora aberta, e havia sinais de luzes de celulares. Esse morador disse que nenhuma das luzes internas da casa lotérica foi acesa, e imediatamente ligou para o batalhão da Polícia Militar*

mais próximo do local, que acionou prontamente uma viatura que fazia a ronda do bairro, deslocando-se em direção ao endereço da lotérica. O morador informou à polícia que havia um Vectra, de cor preta, estacionado próximo à sua casa, suspeitando que pudesse ser o veículo dos bandidos, pois vira os três rapazes saindo do veículo muito agitados e usando um linguajar comum entre assaltantes. O morador, que também estava armado para se proteger, conforme depoimento, informou que tentou impedir que os bandidos fugissem assim que pularam a grade da casa vizinha, mas um deles disparou um tiro contra ele. Houve troca de tiros e um dos bandidos, Júlio César Costa Magalhães, conhecido por Tatu, foi atingido. Os outros bandidos fugiram no Vectra, ocorrendo em seguida uma espetacular perseguição da viatura policial contra os bandidos, que percorreram várias ruas do Prado, passando pela Avenida Amazonas, e só terminou na Rua Cura D'Ars, depois de uma nova troca de tiros entre policiais e bandidos. No local, foram detidos os elementos de nome Wagner Arantes Torres, conhecido como Girafa, e Rodrigo Henrique Avelar, conhecido como Zé Pequeno, que era o chefe da quadrilha. Zé Pequeno foi baleado no local após reagir à voz de prisão, disparando contra os policiais e atingindo um deles. O outro policial, então, disparou vários tiros contra Zé Pequeno, que caiu desacordado. O bandido foi encaminhado ao hospital João XXIII, mas não resistiu aos ferimentos e morreu. Júlio César Costa Magalhães, o Tatu, encontra-se internado no João XXIII em estado grave, mas não corre risco de morrer. O policial baleado também foi encaminhado ao hospital, diagnosticado com ferimentos leves e não corre nenhum risco de morte ou sequelas, pois a bala passou apenas de raspão em seu braço esquerdo. Wagner Arantes Torres, o Girafa, encontra-se na Delegacia de Furtos e Roubos e Crimes Contra o Patrimônio na Rua Uberaba, no Barro Preto, onde presta depoimento neste momento e ficará preso e a disposição da justiça. Foi encontrada a quantia de dezesseis mil e quatrocentos e vinte e cinco reais, além de dois revólveres Taurus calibre 38 e uma pistola Taurus PT 57, dentre outros materiais destinados ao auxílio do furto, que estavam de posse dos bandidos e que estão à disposição da Polícia Militar. O repórter Itatiaia volta a qualquer momento".

***

Essa notícia balançou as emoções do senhor Reinaldo e da dona Patrícia. Imaginaram que José poderia estar de alguma forma envolvido naquele crime.

Depois de permanecerem completamente mudos por alguns segundos, dona Patrícia, refazendo-se do susto que a notícia lhe dera, comenta:

— Reinaldo, José está se libertando na hora exata. Faltou muito pouco para ele estar encrencado.

— Eu fico triste e aliviado ao mesmo tempo – responde Reinaldo. — Aliviado por José, que está começando a se encontrar e com grandes chances de se livrar das drogas, apesar do longo caminho que ele ainda vai ter a percorrer, e triste por saber que jovens que poderiam construir as suas vidas de outra forma, nos caminhos do bem, perdem-na tão tragicamente nos caminhos do mal.

— E eu fico pensando que nós, mesmo que não sejamos culpados por José ter entrado neste caminho errado, fizemos tudo errado quando soubemos que ele era usuário de drogas. Mas eu estou aprendendo muito nestes poucos dias. Estou reavaliando minha vida, fazendo um histórico e reciclando as minhas posturas diante da sociedade – reflete Patrícia.

— Eu também! – responde Reinaldo. — Essa psicóloga, a Esther, foi realmente um anjo que apareceu na vida de José e em nossas vidas. Ela foi feliz de ter trazido Bárbara e nós dois para a terapia. Ela nos fez enxergar com clareza que nós tínhamos que abrir, e não fechar o caminho para que José tomasse uma decisão pra mudar a sua vida. Eu também estou reavaliando meus conceitos e fico feliz, palavra que eu acho que nunca usei antes, por ter a oportunidade de buscar um sentido verdadeiro para as nossas vidas. Nós vamos fazer uma ponte e mudar algumas coisas. Vamos ser felizes daqui pra frente.

— Vamos sim, Reinaldo – diz Patrícia. — Vamos ser mais tolerantes e menos rígidos. Vamos contar menos dinheiro e amar mais. Vamos ser menos santinhos e rir mais. Quero cozinhar pratos mais deliciosos e quero que todo mundo saboreie sem pressa. Vamos sentir mais prazeres verdadeiros e menos prazeres químicos. Vamos ser mais gente e menos peças da engrenagem do poder financeiro. Vamos ser, daqui pra frente, mais humanos e menos deuses.

Reinaldo abraça Patrícia, dá-lhe um beijo, depois de anos sem experimentar esta sensação tão simples e tão mágica. Os dois, deitados na cama de tantos anos, contam piadas e dão risadas até dormirem um sono tranquilo, como há muito não dormiam.

XXXIV

Aos poucos, Barretto retomava a rotina do trabalho. Naquela terça-feira, deu andamento em suas pesquisas na área de metabologia que desenvolve junto com outros cientistas na Universidade Federal do Rio de Janeiro. Mas entre um intervalo e outro, pensava fixamente naquela mulher-hacker que lhe tirou o centro de gravidade. O fim do noivado com Claraluz ficara para trás, perdido em algum canto de uma das suas ruelas psíquicas, e parecia uma estrela longínqua, há milhares de anos-luz distante da sua realidade. Estava no fim do seu expediente, e, naquele momento, o seu desejo era apenas estar diante da tela mágica do seu computador. Estava ávido por novidades e era periodicamente surpreendido pela imaginação de como seria aquela noite junto com a sua inusitada companheira bizarra. À noite, participaria de uma reunião na Sociedade Brasileira de Endocrinologia e Metabologia e, quando chegasse à sua casa, estaria disponível para mais um embate com a misteriosa mulher virtual.

E depois da sua odisseia diária, Barretto, enfim, estava pronto para uma batalha parecida como a de um jogo de xadrez. Já no universo do seu quarto da luxuosa mansão dos Lucena, na Urca, se preparava para mais um encontro virtual, incorporando a personalidade de um cavaleiro da Távola Redonda. Liga o computador, instalado em um escritório que ficava dentro do seu quarto, conecta-se à internet, depois no Messenger, esperando pela chegada da enigmática "Capitu".

***

Magda se conectara a internet. Mas antes de alimentar o seu sadismo, imaginando triturar a vítima para depois lamber os beiços no tobogã do Messenger, ligou para Janaína:

— Oi, Magda! Encontrou com Bruna?

— Encontrei! Ela topou!

— Não acredito! – exclama Janaína.

— Mas foi isso! – explica Magda. — Ela ficou indignada por Mandel ter te deixado assim, no estalo, e disse que fará tudo o que for possível para que vocês fiquem juntos. Ela torce por vocês. Ela também acha que Mandel está iludido por essa doutora virtual, e que ele vai cair na real o mais rápido possível; e entendeu que o que vai rolar nessa armação será em nome do amor que você sente por ele.

— Ela achou isso, Magda?

— E outra! Bruna assumiu todos os riscos. Escreveu uma carta de próprio punho e assinou, e depois juntou essa carta ao nosso documento no envelope. Fomos ao correio e postei por SEDEX. Amanhã de manhã já vai estar na casa de Mandel, e tenho certeza de que a cabeça dele vai girar como uma roleta.

— Isso é loucura demais, Magda! - responde Janaína. — Eu sempre quis Mandel, mas sempre esperei que ele se apaixonasse por mim, livremente. Ele não irá se apaixonar por mim por causa desse documento, e mais cedo ou mais tarde, vai descobrir a farsa.

— Você não está entendendo, meu amor - retruca Magda. — Ele não vai se apaixonar por você pelo conteúdo do envelope, mas nós vamos dar um empurrãozinho para ele se afastar de Claraluz. Vamos por etapas!

— Tá certo, Magda! Eu acabei topando a parada, mas continuo achando que as chances são pequenas - responde Janaína, ressabiada.

— Entenda uma coisa, Janaína - enfatiza Magda. — Se Claraluz virar a namorada de Mandel de fato, aí sim você pode tirar o seu cavalinho da chuva. Você só tem essa saída! Depois, vem o plano "B", que vai rolar depois que Mandel receber esse documento.

— É!... Com certeza, esse tal plano "B" é mais pesado que o primeiro. Tô curiosa e apreensiva ao mesmo tempo - retruca Janaína.

— Eu sei, linda - enfatiza Magda. — Mas vamos esperar. Amanhã Mandel vai receber o documento, e aí nos encontraremos pra começar a por em prática o plano "B". Fica tranquila que tudo vai dar certo. Vamos nos encontrar e conversar sobre o plano.

— Assim espero! - responde Janaína.

***

Magda despede-se de Janaína e volta a sua atenção para o Messenger. Barretto já estava lá, esperando-a. Diante da tela, Magda incorporava poderes exclusivos, como uma super-heroína da TV e dos quadrinhos. Transmutava-se numa espécie de Mulher-Gato. Adquiria uma identidade felina, astuta, sagaz, maquiavélica e sádica. O seu jogo era rápido, audacioso e perigoso e lhe rendia prazeres astronômicos. Magda estava inspirada, e aquele encontro virtual prometia ser ainda mais inusitado para o norte da cabeça já bastante desnorteada de Barretto. Magda cruza as mãos, estala os dedos e digita:

Capitu: *Boa noite, doutor da Gostosa do Messenger. Como está se sentindo por ter sido resgatado ao mundo dos humanos?*

Barretto: *Tu és a responsável por estar me trazendo de volta a este mundo. Suas palavras, ao invés de me humilhar, refletem uma verdade incontestável.*

Capitu: *Parece que o doutor, nesse processo de desconstrução do robô que habita esse corpo, está adquirindo características humanas, mas com uma racionalidade afiada digna dos robôs. Uma máquina virando homem, mas com traços de máquina. Isso é um bom desafio, e uma felina como eu adora desafios... adoro mostrar as minhas garras que irão te arranhar todinho.*

Barretto: *Também posso te arranhar. Também tenho garras afiadas.*

Capitu: *Uauuuuu... miauuuuu... você é um aluno exemplar!!! Mas lembre-se de que ainda tem um belo par de chifres morando nesta testona larga... Você ainda é corno, doutor Barretto.*

Barretto: *Engano seu. O meu noivado ficou para trás. Claraluz nunca me traiu, pois eu nunca fui o seu homem. Não existe traição numa relação que não existe.*

Capitu: *Tô boba!!! Você é um menino prodígio, doutor Barretto. Parabéns!!! Mas cuidado: outro menino-prodígio das histórias em quadrinhos, o tal do Robin, tem fama de não ser muito chegado às mulheres.*

Barretto: *Se quer me relacionar com algum super-herói, me veja na pele do Batman então. Inteligente, sagaz e amante das mulheres.*

Capitu: *Uai!!! Tomou chá de cogumelo, doutor? Está tendo alucinações? Você ainda está engatinhando nesse processo de virar homem. Vai precisar de muito exercício pra chegar lá.*

Barretto: *Posso estar engatinhando. Mas todo bebê sabe que para andar, precisa engatinhar primeiro. E por falar em engatinhar, acho que esse "Uai" está revelando uma identidade mineira por trás dessa felina-hacker que anda engatinhando.*

Capitu: *Mas como eu poderia ser mineira, se sou parte da história do outro lado, do lado do amante virtual da sua noivinha safada?*

Barretto: *E o que a impede de ser mineira por isso?*

Capitu: *O senhor é astuto, doutor. Deu mais um passo para descobrir a identidade do Ricardão da Claraluz. A sua técnica investigativa avança, mas ainda falta muito pra chegar lá.*

Barretto: *Vou te confessar uma coisa. O que me interessa tão somente é descobrir a tua identidade. Não me importo com quem Claraluz está se relacionando.*

Capitu: *Agora você merece os apupos de um estádio lotado, Barretto gostoso. Aprendeu, num só lance, que a vingança é um prato amargo, e que Clarissa é um nome que consta só na identidade de Claraluz, mais nada. Agora pode ficar a vontade pra chamar Edson de Pelé e Maria das Graças de Xuxa, beleza?*

Barretto: *Já que não tem sentido procurar o tal amante de Claraluz, porque não revela logo quem és tu?*

Capitu: *Bom... Já que quer, porque não começa por me conhecer na intimidade da minha pele?... tenho certeza de que vai adorar. E que tal ligarmos as nossas webcams?*

Barretto: *Tudo bem. Vamos então.*

Barretto habilitara a sua webcam e ficara esperando Magda aparecer. Magda demorou um pouco mais porque precisou certificar-se da possibilidade da sua tia Esther perceber e bisbilhotar a conversa que iria acontecer. Saiu do quarto, foi ao banheiro e passou em frente quarto de Esther. Percebeu que ela estava lá, apesar da porta fechada. Mas como Esther estava muito atarefada por estar terminando um dos seus trabalhos de mestrado, nem percebeu o movimento no corredor daquele apartamento de três quartos da Cidade Nova. Magda se assegurou que a barra estava limpa. Ao voltar, trancou seu quarto, vestiu uma saia vermelha muito curta, escancarando a visão das suas coxas deleitosas e muito lisas, e uma camisa de botões, a qual deixara sem abotoar para expor uma boa parte dos seus seios. Passou um batom rosa brilhante, tornando seus torneados lábios ainda mais sensuais. Colocou uma máscara preta, soltou rebeldemente os seus loiros cabelos e apontou a webcam para a sua cabeça...

On-Line!

...Um jazz contemporâneo suave e sensual misturava-se lascivamente às ondas eletromagnéticas que transportavam a sua imagem até o luxuoso quarto daquele paço da Urca. Magda movimentou lentamente a webcam, que mostrava seus olhos verdes por detrás da máscara,... a sua boca apetitosa pintada com aquele rosa erótico,... o seu pescoço, que mostravam seus cabelos acachoeirados descendo levemente ondulados pelo seu corpo-cascata,... até chegar naquela camisa entreaberta que mapeava as fronteiras que contornavam seus belos e fartos seios.

Barretto pôde observar que aqueles seios eram volumosos, arredondados como uma meia esfera perfeita, e se encontravam no meio do seu peito, contraindo-se um ao outro, disputando a posse do mesmo espaço e expondo um volume voluptuoso impetuoso apetitoso. Magda continuou a descer a webcam,... devagar,... até mirar entre suas pernas, que mostravam a ponta da calcinha branca que contrastava harmonicamente com a minúscula saia vermelha que contornava o seu belo e generoso par de coxas.

Barretto, enquanto observava atentamente o passeio libidinoso da webcam pelo corpo de Magda, saboreava um cálice de um vinho francês da região de Bordeaux. Barretto aprendera com o seu pai, o poderoso Barão Humberto, que o vinho era o néctar dos deuses, e por ser uma bebida de seres com poderes sobre-humanos, agia como uma porção mágica que arejava as mentes, abrindo-as como se fosse uma janela apontada para o sol da sabedoria. Por isso, aconselhava estabelecer uma parceria com esta singular bebida nos momentos desafiadores. E desde a conversa com o seu pai no dia anterior, a sua mente fez emergir todas as pinceladas de conselhos sábios que o barão lhe transmitira a conta-gotas durante o percurso da sua vida.

Enquanto Magda, pela lente da sua câmera, abria estradas pelo montanhoso e torneado relevo do seu corpo, tal como desbravadores tratores e retroescavadeiras numa virgem mata fechada, Barretto relaxava e deixava a mulher-clandestina-ágata-gato deliciar-se nesta viagem experimental, que parecia uma estrada vicinal que desembocava perdida em outra estrada vicinal. Observava-a com olhos curiosos, conquanto ainda menos sexuais, mas já buscando sorver-se de alguns quantum's de prazer com o prazer em assistir a saciedade da sede daquele corpo felino que exibia a sua complexa e abundante estrutura ondulatória, esculpida arquitetonicamente como o olhar de Niemeyer. Magda oferecia um espetáculo de balé, a dança do acasalamento, um convite a se firmar sociedade com a sociedade de Baco. A expressão da mais intensa sensualidade perfumou os ambientes dos cárceres privados de Magda e Barretto.

— Aproveita e passa sua língua doutor... Olha que delícia! – Magda, imbuída de uma voz sussurrante e eroticamente hipnótica, manipulava a webcam como se fosse uma varinha mágica — Passa devagar... Sente os prazeres do paladar... Deixa a sua língua e seus lábios transmitirem todo o sabor do mel pelos neurônios, até chegar à parte do cérebro onde habita Vênus...

O vinho homogeneizava-se aos hormônios tão íntimos do conhecimento científico de Barretto, mas ainda tão destreinados para o exercício das suas funções. O vinho, percebia Barretto inconscientemente, soltava aos poucos as amarras das sinapses sexuais adormecidas como o hibernar do urso no inverno polar, e todo um sistema de engrenagens começou a mover e remover a ferrugem da sua enferrujada máquina sexual.

Magda fazia da sua câmera-móvel uma sonda, que aos poucos penetrava ainda no impenetrável rincão dos segmentos volumétricos do seu corpo que ainda estavam precariamente cobertos por cortinas quase transparentes. A sua webcam contracenava com a parca cobertura daquela camisa de botões aberta, até aproximar dos perigosos cumes cilíndricos das colinas esculpidamente arredondadas, afastando sutilmente o sítio de pano que adornava aquelas montanhas enfeitiçadas. Depois, descia ao quase limiar das fronteiras das coxas com o manto libidinoso umedecido coberto pelo tapete vermelho. Barretto sentia o calor daquele lote cercado por mistérios e desejos. Grunhidos felinos daquela jaguatirica no cio destoavam naquela dança psicodélica, aplicando doses de alta tensão nos neurônios reativados de Barretto, que sentia seu sangue acelerar feito um carro da Fórmula Um.

O pó de pirlimpimpim do ambiente feromônico entranhava nas entranhas de Barretto, e o seu experimentado cérebro racional saiu de cena. Deu lugar ao trabalho dos combatentes soldados da gula sexual que alimentavam a fornalha do prazer. As suas mãos obedeciam aos comandos destes neuro-operários e manipulavam a sua rija estatueta fálica em direção ao colapso energético causado pelas altas tensões do desejo incontrolável. O magma sexual de Magda borbulhava e provocava intensos terremotos em todos os pontos do seu planeta erótico, que se retroalimentava ao testemunhar a ascendente ebulição do caldeirão da luxúria do médico recém-sexuado, que se transformava num monstro faminto e louco por saciar os seus desejos mais profundos e primitivos.

(...)

Seus corpos começaram a atingir uma frequência de ressonância única e tremulavam sincronizada e aceleradamente... Este movimento fortemente acelerado encontra o seu clímax e, em uma rotação acelerada, faz explodir o motor do orgasmo nas duas pontas daqueles corpos, que pareciam duas usinas hidroelétricas gerando o máximo de eletricidade possível. Barretto experimentava seu gozo como uma espécie de barato causado pela alucinação do peiote, e todos os soldados do surrealismo tomam temporariamente o poder dos generais racionais que governavam a sua infraestrutura psíquica. Magda se sentia vencedora de uma maratona ao redor da Lagoa da Pampulha, e o seu demoninho sádico tomara conta da sua expressão facial da satisfação plena, emitindo sorrisos maliciosos e orgásticos.

Aos poucos, aquela energia que entrara como uma sobrecarga, que fazia Barretto sentir-se no interior de um submarino em pane, onde nos corredores observavam-se lâmpadas acendendo e apagando, voltava ao normal. Os exaustores do equilíbrio corpóreo transpiravam e suspiravam ofegantes, sentindo-se expostos à frequência descendente do apito do motor que fora recentemente desligado, e diminuía gradativamente a sua velocidade. Magda miava e contorcia-se felinamente, rosnava e ronronava, e aos poucos sentia esvair o espírito felino da mulher-gato que apossou do seu corpo como uma pomba-gira. Aos poucos, os dois ciber-amantes ilhavam-se na prisão da solidão individualista e se separavam daquele único corpo nascido do mesmo desejo experimentado pelas duas pontas do condutor virtual que os fundia. O portal pelo qual entraram, levando-os a um dos incontáveis universos paralelos possíveis da existência erótico-sexual, cuspiu de volta aqueles dois corpos ao mundo formal, burocrático e insosso. Aos poucos, a visão do antigo mundo invadia os olhos dos aventureiros sexuais, e Magda, mesmo ofegante, molhada de suor e de moléculas sexuais em estado plasmático, retoma as rédeas das suas ações e fala ao microfone do seu computador:

— Espero que esta experiência tenha te mostrado quanto tempo você perdeu, doutor. Quanto prazer deixou de ter nestes anos de ilusão em torno da sua imaginária e assexuada capa protetora...

— Talvez tu tenhas razão. Esse momento foi inigualável! Mas não só para mim. Para ti também foi inigualável! Também testemunhei teus momentos de êxtase! Eras uma felina no auge do cio! – retruca Barretto.

— Claro que me deliciei... Estou experimentando o calor das lavas de um vulcão adormecido, coisa que sua noivinha sem graça não soube fazer. Esteve o tempo todo ao seu lado e não teve a competência para fazer despertar você deste cochilo quase eterno... – responde Magda.

— Claraluz não tem este perfil ousado como o teu... Mas me diga, e empenho minha palavra: não estou interessado em saber quem é o amante dela, mas estou muito interessado em saber quem és tu. Diga-me, qual é a relação que tu tens com Joyce, a ex-namorada do Eduardo, o filho do almirante Rios Carvalho?

— Gostou da Joyce, doutor? Viu como pode ser promissor o mundo dos prazeres? Mas pode estar certo de que eu sou ainda melhor do que ela. E já que você, doutor, faz tanta questão de saber quem eu sou, já que experimentou um cálice da amostra do que sou capaz, porque não amplia os seus dotes investigativos? Por que não investiga Joyce? Quem sabe não me descobre? Talvez sim, talvez não, mas na dúvida...

Barretto se despertara novamente para os objetivos investigativos primários... Talvez aquela mulher, ainda tão desconhecida, mas já tão íntima, estivesse indicando o caminho do segredo a ser desvendado. Aquela aventura, percebera enfim, estava se esgotando por ora. Barretto, sentindo-se na reta final da partida, pergunta: — Eu preciso tratar-te pelo menos por um pseudônimo. Como posso tratá-la?

— Doutor, me chame de Diadorim.

— Diadorim! (Eco)

Num piscar de olhos, aquela imagem mitológica sumiu da tela. A Esfinge estava prestes a devorar-lhe, mas eternamente permitindo que a decifrasse. Mais uma vez, aquela feiticeira não deixou rastros. A última palavra ficou entalada, presa na cela de detenção da penitenciária da liberdade. Magda não deu tréguas.

Off-line!

TERCEIRA PARTE

XXXV

— Estamos no século 21! A população humana neste planeta é de aproximadamente sete bilhões de pessoas, sete bilhões de indivíduos de uma espécie muito peculiar de vida animal.

— Sô animal não, sô!

— Somos diferentes das outras espécies de vida deste planeta porque somos dotados de três grandes pilares, de três grandes características, transmitidas aos indivíduos pela cultura, ou seja, pela organização social, pelas tradições, pelos mitos e pelos costumes. Essas três características culturais são igualmente importantes. A primeira, impregnada em nossa alma desde os tempos pré-históricos, é a capacidade e o desejo de buscar e adquirir o conhecimento, nas suas múltiplas formas. O conhecimento dos códigos da natureza; as suas leis, as leis que regem a matéria, o tempo, o espaço, o movimento da matéria pelo espaço e pelo tempo, as leis do macro e do micro universo, como também as leis que regem a vida e as condições que permitem a sua existência, as múltiplas espécies de vida, as múltiplas interações entre essas múltiplas espécies; a busca do conhecimento dos mecanismos que permitem proceder a vida humana e as outras espécies de vida; e o domínio das ferramentas necessárias para adquirir o conhecimento, como a matemática, o conhecimento da psique humana e do comportamento coletivo, a filosofia, a arte, a tecnologia... Isso tudo e muito mais é o conjunto do qual chamamos Ciência.

— Eu quero ser cientista!

— E eu artista!

— Só se for de circo! Na jaula!

— Hahahahaha!

— A segunda grande característica de nós humanos, também desde a pré-história, é a de sermos portadores do desejo, da necessidade de buscar, na origem, a força que impulsionou a existência e a vida, de buscar o sentido, o norte e a direção desta, mesmo que se conteste a existência desse sentido. Temos, como característica cultural, a necessidade de mergulhar no íntimo individual buscando a mente criadora, a razão do universo e da existência das coisas, assim como buscar essa voz interior como guia e farol da vida. Enfim, é o instinto peculiar, codificado e herdado pela cultura ancestral, que individual ou coletivamente se busca Deus, os deuses ou outras denominações para aquilo que acreditamos ser o sobrenatural e absoluto. Chamamos essa grande característica de Religião.

— Você acredita em Deus, professor?

— Você acha que eu teria a petulância em não acreditar, Eliezer? Eu não sou bobo.

— Eu sou ateu!

— Ocê é atoa!

— Hahahahaha!

— E continuando, a terceira grande característica humana é a busca natural por construir formas de organizações sociais múltiplas e peculiares, permitindo aos indivíduos interagirem-se através de uma infinidade de arranjos, que vão desde a organização de um bairro, de um clube, de uma escola, da família, de uma vila, passando pela cidade, dentre outras, até a organização de um país, de uma nação, a organização entre várias nações, e, por fim, a maior, que é a da sociedade global, integrando indivíduos das múltiplas partes deste planeta, de Norte a Sul, de Leste a Oeste. Este instinto de organização social, transmitido pela história através da cultura, nos permitiu o surgimento dessa terceira característica humana, que é a Política.

— Político é tudo ladrão!

— Meu pai é vereador!

— Então seu pai é ladrão!

— Hahahahaha!

— Estamos no século 21! O que somos hoje é resultado de uma grande soma, o elo cultural, uma gigantesca experiência acumulada através desse elo cultural, por esses três pilares que constroem o animal Homem, construção iniciada na pré-história, passando por grandes fases que convencionamos chamá-las de Idade Antiga, ou Antiguidade, Idade Média, Idade Moderna e Idade Contemporânea, onde nos situamos no presente, neste aqui e agora, apesar de muitos dizerem que já podemos nos considerar entrantes em uma nova idade da evolução humana, que seria a Idade da Informação e da Integração Global.

— Minha avó veio da pré-história.

— Hahahahaha!

— Desde a pré-história, falando nisso, uma marca se fez na organização política humana. Para sermos o que somos, essas estranhas criaturas que habitam este planeta, a Terra que nos gerou, desde o momento em que o elemento político da alma humana apossou-se do corpo primitivo, nós, indivíduos perante as várias formas de organizações sociais, nos movemos pela História através da Luta de Classes!

— Vamos lutar pelas meninas da classe do lado, Zezé?

— Decebobo Geraldo!

— Desde a pré-história, povos e indivíduos dominam ou são dominados. As classes sociais nasceram dessa diferença, que faz o mais poderoso dominar e o mais fraco ser dominado, onde o mais fraco quer se tornar o mais forte, e o mais forte tenta impedir que o mais fraco se fortaleça. A luta pelo poder, característica intrínseca da alma política humana, é a tônica da orientação dinâmica da sociedade, dos seus movimentos coletivos no percurso da História... Estamos no século 21! Muitos desafios estão colocados para nós. Alguns desses desafios, como muitos acreditam e defendem, decidirão a continuidade da nossa existência. Estamos vivendo o nosso ponto de mutação... Bom, nós já vimos aqui na sala quais são os diversos paradigmas que caracterizaram o ser humano...

— E o que é paradigma mesmo, professor? – pergunta uma aluna de dezessete anos.

— Paradigma é o padrão, o modelo pelo qual se orientam os indivíduos.

— Então este professor é meu paradigma de homem – sussurra a aluna com a colega do lado, e depois, dirigindo-se ao mestre, diz: — Desculpe professor! Pode continuar.

— Obrigado, Raquel! E só mais um trechinho, porque a aula está quase no fim.

— Ebaaaaa!

— Gostoso! – sussurra novamente Raquel, olhando languidamente para o mestre, esfregando seus lábios entre os dentes.

— E para finalizar, segundo o pensamento filosófico de Karl Marx, chamado de materialismo histórico, nascido da dialética de Platão e passando pelo materialismo dialético de Hegel, e que é adotado como método de análise do processo histórico e sociológico, a luta de classes é o motor da história humana, que experimentou diversas formas de organização social e econômica, até desembocarmos no capitalismo, que possui características peculiares e diferenciadas em relação aos outros sistemas vigentes nas sociedades mais antigas. Ao contrário dos outros sistemas, no capitalismo, a sociedade é determinada pela economia. Nos outros sistemas, era a organização social, através das variadas formas de poder, que determinava a economia, que é o sistema que comanda a relação de troca de bens e serviços produzidos pelo trabalho humano. Mas no capitalismo, é a economia que rege as relações e as instituições sociais; é a economia que determina os padrões de consumo, é a economia que determina a psique social e que determina, enfim, a nossa maneira de pensar, agir e nos organizarmos socialmente. Viramos *Homo economicus*, e somos submetidos ao poder da economia. Apesar de essa singularidade, o capitalismo possui um grande elemento em comum com os outros sistemas experimentados pelo homem em outras épocas, que é justamente a luta de classes, pois, assim como antes, existe e persiste a dominação do Homem pelo Homem. E por hoje é só!

— Ebaaaaa!

— O trabalho que distribuí para vocês entregarem na próxima aula trata desse tema: capitalismo! E do jeito que a gente sempre faz, quero que anotem tudo aquilo que vocês perceberem, aquilo que está em nossa volta, em casa, nas ruas, nos estabelecimentos comerciais, nas praças, na escola,... e que caracterizam comportamentos e dinâmicas que indicam que vivemos sob a tutela desse sistema de organização, o capitalismo. Também deve ser incluído jornal, TV, internet, tudo o que trouxer informação. Podem copiar e colar, mas leiam depois, tá?

— Hahahahaha!

— Percebam o sistema capitalista e o comportamento das pessoas em sua volta, inclusive se auto-observando. Percebam as notícias da TV e os assuntos da internet, e tentem enxergar a luta de classes e essa determinação da economia sobre a organização social. Observem tudo, e tentem colocar no papel a forma como vocês percebem o sistema capitalista agindo em nossas vidas. Muito obrigado e até sexta! Bom dia a todos!

— Bom dia!

— Bom dia, tesão! - sussurra Raquel mais uma vez.

Mandel possuía características que faziam brilhar o seu carisma perante aos alunos. Buscava distanciar-se da figura burocrática do professor, aquele tipo visto pelos alunos como o carrasco, o sabe-tudo, o metido-a-besta. Mandel empenhava-se na busca de formas de comunicação para que todos os alunos pudessem aprender ao máximo. Teatralizava sua fala, promovia debates, mesas redondas, buscava elementos simples de comparação para que os alunos pudessem entender as matérias com facilidade, e estimulava o gosto pelo conhecimento. A sua fluência fácil e a sua eloquência magnetizavam as antenas receptoras dos alunos. Mandel agia naturalmente, pois acreditava naquilo que transmitia, se empolgava com os temas e os alunos gostavam dele; demonstrava um afeto especial por cada aluno. Mandel permitia que cada aluno desse alguns gritos, proferisse piadas sem conexão com o tema abordado, ria com eles, fazia piadas também, e às vezes até mudava o rumo do planejamento da aula, fugindo totalmente do tema quando percebia que os alunos estavam muito dispersos, estressados ou cansados. Às vezes nem entrava no tema da aula naquele dia; falava de futebol, sexo, música... Mandel exercia a sua autoridade como professor de forma fácil, pois ele apresentava argumentações que não intimidavam o aluno, ao contrário, se apresentavam cativantes e convincentes. E apesar de não ser um galã, exercia fascínio entre as alunas (e alguns alunos). Uma imagem projetada pela mistura da sua masculinidade viril, uma inteligência acima da média e uma aguçada sensibilidade poética - de alma feminina em seu olhar pelas coisas e pela vida - eram responsáveis por essa atração dos pupilos por Mandel, além da sua marca registrada, uma cova no queixo, parecida com a do ator Michael Douglas, que adicionava ao seu denso carisma um charme peculiar.

Mandel retira-se da sala de aula, vai à sala dos professores, conversa um pouco com alguns deles e depois caminha ao estacionamento da escola, em direção ao seu Jipe Troller amarelo. Quando se aproxima do carro, depara-se com a sua aluna, Raquel, que o aborda.

— Professor, me dá uma carona?

— Raquel! Além de você morar na direção contrária à minha, não posso te dar carona porque você tem mais aulas para assistir.

— Mas por que não me leva para conhecer a sua casa? Eu sei que mora sozinho... Sou doida pra conhecer o seu cantinho... - fala Raquel, alisando o braço esquerdo de Mandel.

Mandel dá uma risada, afaga os ombros de Raquel e diz: — Olha Raquel, precisamos nos entender! Gosto muito de você, mas como aluna. Não tem nenhuma chance de acontecer algo entre nós. Tenho minha vida fora da escola, e nesta vida, que não está ligada à minha profissão, é que eu busco me realizar afetivamente. O sexo é muito bom, mas não tem sentido transar com uma e com outra, ou com um e com outro, sem ligações emocionais e afetivas. Por isso, para com essa tentativa de me seduzir, minha querida aluna! A nossa relação será muito sadia se não misturarmos as coisas. E agora, volte para a sala de aula!

— Nossa professor, que corte - suspira Raquel. — Mas no dia em que você olhar com outros olhos para mim, me fala, tá?

Mandel ri, sacode negativamente a cabeça, abre a porta do carro e entra. Raquel se afasta e pensa: "ainda pego este professor de jeito! Deixa ele vacilar".

Raquel vai embora. Mandel dá a partida em seu carro, liga o som e seleciona a música *Proibida pra Mim*, de Zeca Baleiro, onde ele fazia da letra uma conexão direta com seus sentimentos por Claraluz.

Ela achou o meu cabelo engraçado. Proibida pra mim no way. Disse que não podia ficar, mas levou a sério o que eu falei. Vou fazer de tudo o que eu puder, eu vou roubar essa mulher pra mim. Eu posso te ligar a qualquer hora, mas eu nem sei o seu nome! Se não eu, quem vai fazer você feliz? Se não eu, quem vai fazer você feliz? Guerra!

Mandel cantava alto e apaixonadamente enquanto dirigia em direção à casa de Matheus. Chega e buzina. Rapidamente, Matheus sai de casa e entra no carro de Mandel.

— Tudo bem, seu bosta? - pergunta Matheus.

— Tudo bem, seu merda! - retruca Mandel. — Hoje você vai entender um pouco mais do que há por trás dessa invasão de Magda em meu computador. Você não vai acreditar no que ela é capaz. Mas preciso de você! Estou esperando carga pesada daqui pra frente. Claraluz também está sabendo do que poderá vir por aí. Ela está um pouco fora do jogo, por enquanto, porque o pai dela sofreu um infarto ontem. Mas vamos continuar de olhos abertos aqui. O inimigo espreita.

— Magda imagina que você também invadiu o computador dela? - pergunta Matheus.

— Acho que não! Ela caiu no mesmo tipo de armadilha que ela armou pra mim. Enquanto ela mandou um arquivo vindo do seu e-mail, eu mandei para ela um e-mail de uma página falsa da faculdade solicitando que justificasse as suas faltas, e que na verdade era um cavalo de troia, para que eu pudesse invadir o computador dela. Vê se aprende seu tapado! Para de criar senhas tipo data de aniversário. Você dá mole demais pros bandidos virtuais.

— Mas você também invadiu o computador dela, seu bandido virtual - retruca Matheus, gargalhando ironicamente.

— Nada disso, orêia. Nunca havia invadido computador de ninguém, apesar de conhecer todas as formas de invasão. O que eu fiz foi para me proteger contra as investidas de Magda, e tudo seria muito pior se eu não soubesse a origem das armações.

— Quero até ver! E não vão demorar não, porque mãe tá esperando a gente pra almoçar - fala Matheus.

Mandel se depara com um envelope assim que abrira a porta. Ele apanha o material e observa o nome do remetente: Bruna Soares. Abre o envelope e observa que havia dois papéis. Antes de retirá-los do envelope, sugere a Matheus:

— Não vou nem te mostrar o que tem aqui. Antes, vou mostrar um documento no computador, e tenho certeza de que é o mesmo que está no envelope. Este do envelope eu vou ler daqui a pouco, e você verá até onde vai a mente sádica e a coragem de Magda.

— Então anda, viado! - retruca Matheus.

— Calma, ô de seis meses! Deixa-me ligar o computador primeiro - responde Mandel, que liga o computador e abre o arquivo hackeado, oriundo do computador de Magda. Matheus lê e fica chocado. Em seguida, Mandel pega o documento falsificado no envelope que recebera pelo Correio e compara com o arquivo aberto no computador. Matheus exclama:

— Não restam dúvidas. Isso é armação pura!

— Quis te mostrar o arquivo do computador primeiro para que não restasse a menor dúvida mesmo. Agora entende porque eu tive que invadir o computador de Magda? - indaga Mandel.

— Mas como ela conseguiu isso? - pergunta Matheus.

Mandel abre o arquivo contendo o diálogo de Magda com Ditão. Matheus lê com olhos arregalados, e exclama:

— Caramba! Tem uma turma barra pesada nessa história.

— Pois é! - fala Mandel. — Andei investigando, e descobri que esse Ditão é um hacker conhecido, inclusive da polícia. É um sujeito que tem obesidade mórbida, pesa quase duzentos quilos, mora no centro de BH, e faz suas tramoias pela internet... Quero te mostrar mais coisas!

Mandel abre os arquivos contendo os e-mails que Magda enviou para Barretto e abre os seus diálogos com Claraluz pelo Messenger. Mostra a Matheus que Magda copiou todo o diálogo e enviou para Barretto, mas ocultou a sua identidade.

— O que me intriga é que Magda não revelou ao ex-noivo de Claraluz quem eu sou. Por qual motivo ela me preservou? - questiona Mandel.

— Magda deve ter seus motivos fortes para te ocultar nessa história - responde Matheus. — Pelo pouco que eu vi, ela pode ser bandida, mas não é nenhum pouquinho idiota! Então, tem que tentar descobrir porque ela te preservou.

— É verdade! Magda é uma mulher muito inteligente, de raciocínio rápido e estrategista. O problema que ela tem uma compulsão enorme por jogar com as pessoas. Desde quando eu a conheci em Barbacena, há uns dois anos, percebi que ela tem disposição para competir e desafiar. Já fui com Esther umas oito vezes em Barbacena, e todas as vezes que a gente ia à casa da mãe dela, ela tentava me seduzir. Ela sempre teve aquelas pernas grossas e seios grandes, e sempre se apresentava com umas roupas bem curtinhas e decote ousado. Quando eu ficava sozinho, ela passava perto de mim, e despistadamente dava um jeito de aproximar perigosamente, roçar suas coxas e encostar seu peito em meu corpo. Foda né! E nós, homens, ainda somos taxados de sem-vergonha pelas mulheres. Sempre segurei a onda, mas que teve algumas vezes que eu fiquei com um tesão fudido, ah isso teve!

— Né por nada não primo, mas aquela Magda é gostosa demais. Putamerda viu! - exclama Matheus.

— Isso é indiscutível! - responde Mandel, sorrindo e batendo nos ombros de Matheus. — Mas a gente precisa de colocar em prática o nosso poder de optar por certos tipos de castidade, camarada. Não podemos deixar só a cabeça de baixo pensar não, porque, às vezes, a gente embarca e, depois, se ferra todo.

— Isso é verdade! - responde Matheus. — Mas é verdade só pra você, seu cagão. Pra mim que sou solteiro, se Magda quiser, dou uns pegas nela sem nenhuma dor na consciência.

— Ah! Deixa pra lá! Não tem jeito de conversar sério com você! Mas o negócio é o seguinte — diz Mandel, mudando de assunto. — Cê vai ter que me ajudar, porque a gente não pode deixar esse pessoal agir dessa forma, impunemente. Você vai seguir as minhas instruções e vai ser fácil. E uma pergunta: já colocou uma senha forte naquele computador bichado?

— Depois do que rolou, tive que acatar sua sugestão, fazer o que? - responde Matheus.

— Considere-se feliz por isto, senhor Peter Pan! Você precisa de um primo mais velho pra chamar de seu guia e seu guru.

Matheus faz um gesto obsceno com o dedo médio. Mandel continua, sem se importar com Matheus, e explica o que queria dele.

— Não vai me jogar ne rolo não, tá? - resmunga Matheus.

— Tem rolo não! É só você ler as instruções, mastigadas, que vai dar tudo certo.

— Ah lá, heim? - retruca Matheus.

— Fica tranquilo! Cê sabe ler, não sabe? Então! É só ir passo a passo. Mole como sopa. E deixa eu te mostrar umas fotos de Claraluz - sugere Mandel, mudando de assunto.

Mandel abre as fotos de Claraluz, mostrando com todo carinho e satisfação por estar apresentando ao seu primo a mulher que ele ama. Mostrou muitas fotos, em muitas situações. Fotos dela com o pai, Clóvis, a mãe, Gertrudes, com Regina, amiga e colega de serviço, em várias situações..., atuando como médica e pesquisadora do Instituto Figueira Fernandes, da FIOCRUZ, fotos de viagens pelo Brasil e por outros países, Claraluz mais nova, com dezoito anos, quinze anos, com seis anos, bebê...

Mostrou uma infinidade de fotos até ser interrompido por Matheus: — Chega, senão a gente fica aqui até amanhã!

— Beleza! Só pra finalizar, queria te mostrar uma música no violão. Tô com uma ideia de um arranjo e queria te mostrar.

— Lá vem ele. Garrado!... Tá bom, mostra logo! - resmunga Matheus.

Mandel pega o violão e toca uma música chamada *Clarissa*, do grupo Céu da Boca. Ele a executa numa forma bem ritmada, e por ser baixista, dá ênfase aos graves do violão.

— Conheço esta música! Boa! - exclama Matheus, empolgado, que, em seguida, pega dois bongôs que Mandel tinha em sua casa e adiciona uma percussão dinâmica e bem elaborada, e assim que chega o momento da letra entrar, aqueles dois, que tinham um grande entrosamento musical, cantam em vozes diferenciadas, numa pureza harmônica afinada:

Ê clareou Clarissa amanheceu, bom dia, por favor, não se perca de mim, não se esqueça de mim não. É pra dançar Clarissa, recolher o sonho, despertar e sonhar outra vez. Ê mundo gira a roda cantando vou desafinar.

Eles terminam e ficam empolgados. Comentam que com a entrada das vozes da cantora Kátia e a do guitarrista Rogério, a música iria ficar muito boa. Matheus sugeriu incluí-la no repertório do show de sexta-feira em Pedro Leopoldo, mesmo sem ensaiar. Mandel aceita a sugestão, envia aos e-mails dos membros da banda *MPdoB* uma cópia da música, e pede para que o pessoal a estude.

— Agora vão bora! - retruca Matheus impacientemente.

Mandel desliga o computador e propõe: — Agora vamos ver o que tem no outro papel deste envelope quase misterioso...

— Engraçado! Um assunto tão sério e você nem ligou ou ficou ansioso pra ver o que tem neste papel... Só agora vai abrir... - observa Matheus, surpreendido e admirado.

— Vou te dizer uma coisa. A gente só começa a achar o centro da nossa vida quando começamos a enfrentar nossos fantasmas com coragem. Precisamos aceitar nossa realidade como única e inevitável, pois a nossa margem de manobra para o tal livre-arbítrio é pequena. É pequena, porém, fundamental! Encarar a realidade inevitável, mas sabendo que temos o direito de colocar pitadas de escolhas individuais e que só dependem de nós. É como se Deus tivesse dado a cada um uma estrada particular e única, com todas as curvas, retas, trechos bem pavimentados, trechos com buracos... Colocou essa estrada e disse para cada um de nós: ela é sua! A responsabilidade de se guiar por ela é sua! É você que vai construir a caminhada pela sua estrada lhe dada de herança, e a qualidade da sua caminhada até ao destino final será decidida pela forma que irá conduzir a sua vida por essa estrada. Enfrento meus desafios externos com cautela, mas com coragem, porque eles são inevitáveis. Temos que tentar entender e dominar a nossa ansiedade, dominá-la e fazê-la se render ao seu domínio. Os medicamentos contra a ansiedade são importantes, muitas vezes, para auxiliar no processo de ajuda, quando esse domínio passa a ser difícil, mas o principal mesmo é você! É você que tem que buscar, lá no fundo da sua mente, da sua psique, quem são e onde moram os fantasmas da sua ansiedade...

— Me sinto um besta às vezes! Eu faço um comentário e você faz um discurso em cima. Abre esta merda desta carta porque eu tô mais curioso que você, *caraio*! – fala Matheus, ansiosamente.

Mandel retira do envelope uma carta escrita à caneta num papel de bloco, e eles leem atentamente:

> Mandel,
>
> Desculpe-me por enviar esta carta. Eu nem sou sua amiga, e sei que a sua vida é de sua conta e não da minha. Mas eu estou a enviando junto com este documento no envelope para que você saiba sobre o que está rolando com Janaína. Se você ainda não viu, leia o documento primeiro e, depois, continue lendo a minha carta.
>
> Você sabe muito bem que o filho que ela está esperando é seu. O único homem da vida dela é você. Sou amigassa dela, você sabe, e no dia que ela fez o exame eu fui junto. Ela estava muito nervosa, porque a menstruação já estava atrasada e ela estava muito desconfiada. Como ela não sabia como dar a notícia a você, me ofereci para ajudá-la, e disse que seria melhor que você soubesse dessa forma, porque ela não quer te pressionar. Ela disse que quando começou a se relacionar com você, ela sabia da sua condição, sabia que você era namorado de Esther, e foi escolha dela relacionar com você dessa forma. Ela me dizia que vocês sempre tomavam muito cuidado pra não acontecer uma gravidez indesejada, mas foi por um pequeno vacilo dela que isso aconteceu. Sobre isso ela te conta depois.
>
> Por isso, estou te mandando este documento para que você possa pensar sobre isso sem achar que Janaína está te pressionando. Mas você precisava saber, claro, afinal o pai do bebê que ela está esperando é você, e como todo mundo te conhece e sabe como você é correto com essas coisas, o que você decidir será feito de acordo com a sua consciência e o melhor pra você e para Janaína, tenho certeza. Quando você achar que deve, procure Janaína e converse com ela.
>
> E mais uma vez me desculpe. Escrevi esta carta com o consentimento dela, mas sem ela saber o que foi escrito, pois ela não queria influenciar.

Ela só me deu esta cópia do atestado de gravidez que te mandei para que você não pudesse achar que ela estaria blefando. E também me pediu para que eu não falasse com ninguém sobre isto. Por isso, quem sabe que Janaína está grávida é somente ela, eu, e agora você.

Bruna Soares

— Agora vamos almoçar. Tia Lucy tá esperando – diz Mandel.

"Como é que pode! Não tá nem aí!", pensa Matheus.

XXXVI

O espírito bem humorado estava de volta às entranhas daquele homem singular que, por um fio, vira a sua vida ser bruscamente interrompida por um gélido e insensível ponto final. A máquina hidráulica e pneumática do sistema cardiovascular estava reparada, e aquela lição fora para lá de suficiente para fazê-lo entender que ele precisava de manutenções constantes e cuidados especiais em seu sistema de bombeamento de sangue para manter a sua vida acesa e brilhante. Clóvis, rodeado pela namorada Juliana e pela filha Claraluz, já livre das amarras tecnológicas da UTI e confortavelmente instalado em um apartamento do Hospital São Lucas, em Copacabana, balbucia, com o seu costumeiro sorriso, generoso e carismático:

— Meus amores! Charles Chaplin disse uma vez que *não se pode fazer nada de grande na vida se não se fizer representar o personagem que existe dentro de cada um de nós*[21]. Por isso estou aqui, representando esse personagem cheio de amor, pois esse ingrediente não me falta no teatro da vida, principalmente a vocês duas, que meus olhos deslumbram e minha alma festeja em júbilo, para que possamos nos realizar na vida pelos grandes valores da alma.

— Muito bem, senhor Clóvis! - responde Claraluz. — É bom que ti lembres sempre desse amor que tem por nós, e nunca mais nos pregue uma peça como esta, ok?

— Olha filha! Acho que o que levou meu coração a fazer greve foi o fato dele se decepcionar por ter sabido que havia ratos no vestiário do nosso querido tricolor, em plena Laranjeiras. Que coração aguenta isso, minha filha? - retruca Clóvis, soltando mais uma gostosa gargalhada.

— Eu já te disse que tu deverias trocar de time, Clóvis - emenda Juliana, humorada. — Deverias vestir a camisa rubro-negra, pois aí sim tu verias o que é ter satisfação em torcer por um time de verdade.

— Foi como já disse a ti, meu amor. Nada pode ser perfeito. Mas te perdoo por ser flamenguista. Todos nós temos o direito de errar - retruca Clóvis, que

21 *O Pensamento Vivo de Chaplin*, pesquisa de texto e tradução: José Geraldo Simões Jr., Martin Claret

dá um beijo em Juliana, que estava sentada em uma cadeira, ao seu lado e ao lado da cama.

Enquanto Clóvis fazia piadas sobre tudo, surgem pela porta de entrada daquele apartamento de hospital o seu grande amigo Juvenal e a sua esposa Georgina. Sem perder tempo, Juvenal arremata uma piada para saudar o amigo:

— Clovin, tu quase me matas do coração! Não tens uma anedota melhor pra contar?

— Bem que eu gostaria, Juvenal, mas não deu tempo. Mas veja o lado bom das coisas. Olha que ocasião especial para apresentar-lhes a musa que encantou a minha vida! Assim, meus caríssimos amigos, apresento-lhes Juliana - fala Clóvis, apontando para a namorada -, que foi a minha heroína dessa epopeia, e que se não fosse por ela, vocês estariam enterrando o meu cavaquinho ao meu lado, em minha nova e sombria morada.

— Somete tu conseguirias manter o senso de humor em uma situação dessas, Clóvis - fala Georgina, que se apresenta a Juliana com um fraternal abraço, seguida por Juvenal, em meio aos reparos bem humorados de Clóvis:

— Georgina! O meu humor foi acrescido de alguns bônus depois que eu venci a guerra, declarada após se esgotarem todas as negociações diplomáticas entre o meu coração e eu.

— É muito cara de pau! - retruca Claraluz, rindo, mas com um tom de repreensão. — Não venceu guerra nenhuma, dona Georgina. Quase perdeu, mas ele teve a sorte de estar com "uma general" ao seu lado - referindo-se a Juliana, — além do doutor Ronaldo, que foi o estrategista da guerra deste homem maravilhoso, mas teimoso com uma mula...

— Ué, filha? Esse "teimoso como uma mula" é sintomático!... Teu sangue está transmutando? Tu estas virando mineira, *assibem rapidin*? - retruca Clóvis, com uma gargalhada solta, pronunciando o "mineirez". As faces um pouco rosadas de Claraluz ficam completamente vermelhas, e ela ficara visivelmente desconcertada. Clóvis percebe, mas resolve dar mais corda: — Meus amigos Juvenal e Georgina! Tenho o orgulho de revelar que a minha filha adorável, que tanto amo, está com o coração em festa. Claraluz, meus amigos, tem um novo namorado! Uma paixão mineira que arrebatou a sua alma feminina e romântica. E sabe onde ela o conheceu? Numa feira, meus amigos! Numa feira! - Clóvis solta uma generosa gargalhada, e Georgina e Juvenal abrem um largo sorriso. Mesmo constrangida, Claraluz faz um aceno confirmando a notícia do pai, e diz em seguida, sorrindo timidamente:

— Meu pai me pega de surpresa. Nem me deu um tempinho para preparar meu espírito... Mas é isso mesmo! Conheci uma pessoa que mora em Sabará, perto de Belo Horizonte, que se aproxima fortemente dos meus gostos, a minha forma de pensar, de agir e interagir com as pessoas. Senti-me atraída por ele muito rápido, e apesar de nos conhecermos a poucos dias, a troca de informações sobre quem somos está sendo muito intensa, e eu me apaixonei! E ele também se apaixonou! É isso!...

Clóvis, Juliana, Juvenal e Georgina aplaudem comedidamente, respeitando a limitação de ruídos do hospital, mas entusiasmados. Claraluz emenda: — Mas não foi bem numa feira tradicional não, sabem? - olhando o pai com ares irônicos. — Foi numa feira, mas numa feira virtual, pela internet.

Claraluz faz um conciso relato da sua ainda breve, mas já intensa história com Mandel. Pondera sobre a sua relação com Barretto, também rompida recentemente. Eles ouvem atentos e surpresos, porém felizes por perceberem a alma translúcida e radiante de Claraluz. Surpreendem-se com a mistura de coragem e responsabilidade relatada pela médica, e se orgulham da sua grandeza de espírito. Depois dessa breve exposição, Georgina, do alto da sua sabedoria, adquirida com a vivência de um casamento de longos anos, exclama:

— Minha querida! Uma das metas perseguidas por quase todas as pessoas nas relações românticas é a de manter por toda a vida o ideal do amor eterno. Nós podemos conseguir o melhor possível desse ideal se juntarmos alguns ingredientes, que começa com uma boa margem de afinidades, claro, mas agindo com equilíbrio entre a razão e a emoção. No dia a dia, na convivência com todas as imperfeições que ficam ocultas no namoro, ou pelo menos quando ainda não moram juntos, porque hoje é comum os namorados morarem juntos, o outro se revela desnudo. E se no namoro vivemos muitas fantasias, quando nos deparamos com a partilha da nossa vida com o outro por todos os dias, dividindo a mesma cama, resolvendo os mesmos problemas domésticos, compartilhando informações, alimentação, a administração do lar, as finanças, os filhos que porventura nascerem dessa relação, e por aí vai, recebemos um choque de realidade e nos provoca um grande trauma. Assim, deve-se preparar e entender melhor o que é uma vida de casal. Deve-se perguntar: eu preciso viver com alguém? Se eu acreditar que eu preciso e quero caminhar pela vida com outra pessoa, deve-se reconhecer o que representa o convívio e a partilha da vida com alguém, no dia a dia. Por isso, deve-se questionar: essa relação será boa para ele e para mim? Será bom estarmos juntos? Poderemos ser felizes? Não se pode abrir mão da individualidade, mas deve-se viver para o bem comum daquela pequena comunidade que decidimos, por livre escolha, formar. O equilíbrio entre razão e emoção nos ajuda a sustentar um relacionamento romântico, pois, com tudo isso, a relação tem que manter o fogo do romantismo, pois de nada vale uma vida certinha de casal se a gente não colocar temperos, inventar, desfrutar o outro e mantiver uma relação de carinho e afeto.

— Bravo! - Exclama Clóvis. — Estás vendo, minha filha? Nada como uma mulher sábia em nossas vidas! Pobres machos humanos, que vivemos de ilusões e fantasias sobre a nossa sexualidade. Por isso, Juvenal e Georgina se merecem. Se quiseres um exemplo de casal, não existe nenhum melhor do que estes grandes amigos!

Naquele instante, o telefone toca no apartamento daquele hospital. Juliana atende. A telefonista informa que dona Gertrudes estava na linha para saber notícias do ex-marido e pediu para falar com Clóvis. Juliana repassa o recado a ele, que aceita a ligação. As pessoas em sua volta ficaram surpresas e curiosas por saber qual seria o destino daquela conversa inusitada, pois sabiam bem que, nos últimos tempos, aquele ex-casal nem se falava mais, nem ao menos se cumprimentavam. Nas poucas vezes em que se encontraram, as conversas sempre foram em um tom tenso e carregado de animosidades, e normalmente Gertrudes não media esforços para infamar e diminuir Clóvis perante qualquer pessoa que fosse. Mas Clóvis resolveu atender à ligação da sua ex-esposa e pressentiu que aquela conversa seria diferente das outras que tivera. Num tom amistoso e cordial, inicia:

— Olá Gertrudes! Como estás?

— Vou levando, Clóvis! Claro que tu sabes que uma desgraça abateu sobre minha vida, e estou tentando reunir os cacos para ver se me encontro novamente. Mas estou ligando para saber como estás e desejar-te melhoras. Fiquei sabendo do que houve contigo e fiquei sinceramente preocupada.

— Obrigado por se preocupar, Gertrudes. Mas estou aqui somente porque fui um paciente relapso do doutor Ronaldo. Não levei em conta de que tudo o que temos dentro desta casquinha é apenas uma máquina que precisa de cuidados, precisa de um *recall*, e se a gente não cuidar ela para mesmo. Mas graças a Deus estou temporariamente livre de uma obstrução na coronária.

Por causa da ação rápida dos médicos, não precisei ser submetido a uma cirurgia para colocar ponte de safena, pois a artéria foi desobstruída através da angioplastia, e não apresenta uma contração comprometedora. Por isso, sai da UTI depois de vinte e quatro horas ao invés de setenta e duas, que seria o caso numa cirurgia para implantar uma ponte de safena.

— Graças a Deus, Clóvis - responde Gertrudes. — Desejo mesmo, de coração, que tu te restabeleças o mais rápido possível. Quero também aproveitar para comunicar-te sobre algumas decisões que tomei. Vou realizar uma viagem sexta, à noite, e ficarei ausente por uns quatro meses. O apartamento do Leblon ficará por conta da Cleuza neste período. Logo que eu viajar, a minha amiga Ivone Monteiro irá te procurar. Pedi a ela que tomasse frente de algumas das minhas decisões, e através dela vocês irão saber quais são. Não quero revelar nada agora, mas Claraluz e tu podeis confiar! Estou me livrando dos lixos tóxicos que me acompanharam durante estes últimos anos.

— Olha, Gertrudes. Com toda a sinceridade, estas são as melhores palavras que ouvi de ti nestes últimos tempos. Estou gratamente surpreendido! Posso estar sendo repetitivo, mas o ditado que diz que Deus escreve certo por linhas tortas foi, é, e será sempre verdadeiro. Torço por ti, Gertrudes, pois sei que tens muito de bom para ti e para os que te cercam, e se buscares o autoconhecimento, descobrirá belos tesouros escondidos em tua psique.

— Clóvis!... Estou buscando justamente esses tesouros ocultos em alguma mata ainda não desbravada em minha alma. A Ivone, talvez a única e verdadeira amiga que tenho, apareceu para mim como um anjo, me resgatando do inferno. Se não fosse por ela, talvez não conseguisse sair de lá. Mas ela me forneceu alguns materiais e combustível para que eu pudesse lutar pela busca do meu eu, e estou me surpreendendo. Só rezem e torçam por mim, pois estas energias emanadas por vocês serão muito importantes para que eu possa encarar com alegria e coragem a nova vida que me proponho. E no mais, desejo-te saúde e pronto restabelecimento. Adeus!

Gertrudes desligou o telefone antes mesmo de Clóvis se despedir. Clóvis emitiu uma expressão facial tão nítida, imperativa e hipnótica, que não foi preciso dizer uma só palavra para que todos que o cercavam naquele momento pudessem perceber o resultado daquela conversa. Gertrudes e Clóvis, apesar de terem se divorciado e vivido por longos anos em um litígio que parecia jamais acabar, eram os pais de Claraluz. Pais de uma mesma filha.

Ao desligar o telefone, Clóvis se lembrou de um momento mágico entre ele e Claraluz, quando ela tinha treze anos. Claraluz perguntara ao pai quem foi Che Guevara. Ela ouvira falar desse personagem revolucionário que se tornara místico na escola, durante um ato do movimento estudantil, e apesar dela nunca ter sido líder de reivindicações estudantis, sempre se alinhou com a organização e as lutas dos estudantes. Ela ganhara de uma colega um boton com a clássica imagem de Che Guevara usando uma boina e ficou toda contente por isso. Pregou o boton na camisa, e assim que chegara da escola, perguntou ao pai. Clóvis estava se preparando para uma viagem diplomática à Argentina – cujo tema era um tratado bilateral de comércio acordado com o Brasil, onde os dois países estabeleceriam metas alfandegárias comuns e diferenciadas junto a vários países do Oriente Médio. Ele sempre associara a imagem de Che Guevara como ícone da integração latino-americana, apesar de nunca ter apoiado a luta armada como meio de conquista do poder pela classe trabalhadora. Assim, Clóvis se lembrava da resposta que dera à Claraluz:

"Filha! Que bom que queira saber sobre Ernesto Che Guevara. Por coincidência, vou viajar para a sua terra natal, Argentina. Che Guevara se formou como médico, assim como tu sonhas para ti. Ainda jovem, Che Guevara resolveu realizar uma viagem de moto de Buenos Aires a Caracas com seu amigo Alberto Granado, e essa viagem foi fundamental para que ele sentisse na alma o sofrimento dos povos latino-americanos com a pobreza e a fome, e que essa pobreza era consequência da exploração de outros países sobre os povos latino-americanos. A partir dessa viagem, Ernesto Guevara atraiu para si uma monumental energia revolucionária, transformando-se posteriormente em um grande político e líder das Américas. Podemos discordar de alguns métodos e crenças, mas não podemos negar que Che Guevara carregou em seu espírito a sede de justiça. Ninguém pode negar o espírito humanitário de Che Guevara. Por isso, minha filha, digo-a: esse moço que está em teu peito é alguém de quem podemos nos orgulhar. Caminhe sempre com uma frase que ele esculpiu: *Hay que endurecerse, pero si perder la ternura, jamás*. Esta frase aponta dois grandes caminhos que dignificam o espírito humano: a luta e a ternura". Absorto, Clóvis se lembrava da atenção que Claraluz lhe dava enquanto ele falava. Ela ficara deslumbrada...

— Pai! Estamos esperando tu contares a conversa com a mãe! – atenta Claraluz, interrompendo a viagem de Clóvis aos recônditos da sua memória.

— Desculpem-me! Depois desse telefonema da Gertrudes, me lembrei de Claraluz ainda adolescente, me perguntando sobre Che Guevara. Lembra, filha?

— Como se fosse hoje, pai. Até hoje guardo aquele boton!

— Pois então! - emenda Clóvis. — Fico pensando... Como as pessoas carregam histórias tão díspares na caminhada pela vida. E tudo depende do quanto cada um reconhece a si. Enquanto permitimos que as ilusões dos bens materiais e da fama se incorporem ao nosso conceito de felicidade, caminharemos em direção contrária à verdadeira felicidade. Segundo São Tomás de Aquino, sete são os pecados que conduzem o homem à escuridão: a vaidade, a inveja, a ira, a preguiça, a avareza, a gula e a luxúria. Todos esses pecados são frutos de uma ilusão de felicidade egoísta que plantamos em nosso ser. Mas essa felicidade perseguida pela sombra de algum desses pecados é ilusória. Não existe felicidade no egoísmo! Julgamo-nos donos de nós mesmos, mas essa também é mais uma ilusão. Somos apenas inquilinos da vida! Não somos proprietários de nós mesmos! Sei que não temos o direito de julgar ninguém, mas com Gertrudes, um fenômeno aconteceu. O fato grave que a envolveu agiu como uma carga de dinamites, implodindo o seu ilusório Eu carregado de vaidade e luxúria, e detonando um processo de descoberta da sua própria alma. E nesse processo, parece que ela tomou decisões importantes, embora ainda misteriosas a nós. Ela me disse que vai fazer uma longa viagem, mas não quis revelar para onde, além de outras decisões, que serão reveladas por Ivone Monteiro assim que ela viajar... Comparo esse fato com a viagem de moto pelo continente realizada por Che Guevara, que provocou reviravoltas espetaculares em seu espírito. Em Gertrudes, o desmoronamento da sua imagem ilusória, edificada pelas paredes de vento das colunas sociais, está dando lugar à descoberta de si. Torço, de coração, para que ela encontre o seu caminho.

— E nós também, Clovin! - emenda Juvenal. — É uma pena ter acontecido algo tão drástico na vida da Gertrudes, mas devemos ter a humildade de reconhecer que toda pessoa tem direito ao perdão. Perdoar a si, em primeiro lugar! Entender quais os caminhos que são dignos e quais não os são, e a partir disso, guiar-se pela escolha que se acredita ser digna. Esse é o autoperdão! E por fim, todo o ser humano tem o direito de obter o perdão dos seus próximos! Todos nós devemos reconhecer as fraquezas de cada um, incluindo logicamente as nossas fraquezas, e acreditar na capacidade de superação que todos temos.

Nesse momento, uma funcionária da ala do hospital onde se encontrava o apartamento ocupado por Clóvis entrou no recinto e avisou que havia mais pessoas para visitar o paciente, e que só podia liberar os novos visitantes depois que de lá se retirassem, por força das regras de visitas do hospital. Juvenal e Georgina apressam-se nas despedidas, mas antes de irem embora, Clóvis dirige-se a eles e diz:

— Minha amiga Georgina, meu grande amigo Juvenal, companheiro de caminhadas, de confidências e de muita música nas noitadas cariocas. Quero dizer-lhes que não foi desta vez que bati as botas. Espero que meu coração me ajude a viver mais uns cem anos, mas no dia em que eu for chamado pelo Altíssimo, peço-lhes: não façam do meu velório um espetáculo do desespero. Peço apenas que exaltem minhas qualidades, celebrem a minha musicalidade e comemorem o meu amor incondicional pela humanidade. Esqueçam-se dos meus momentos de estupidez, pois eles serão enterrados com as minhas células putrefatas. A maior herança que eu posso oferecer é a boa energia que resultou deste amor emanado por minha alma, que sempre foi apaixonada pela vida.

Os olhos de Juvenal encheram-se de lágrimas. O casal de amigos, depois das emocionadas despedidas, vão embora, e depois de uns cinco minutos, adentram-se no apartamento o Barão Humberto de Lucena e sua esposa Elisabetta. Claraluz ficou surpresa e se sentiu despreparada para uma possível abordagem do casal pelo fim do noivado com o filho Barretto. Mas os cumprimentos calorosos desmontaram a sua apreensão. Cumprimentam Clóvis, que apresenta ao casal a namorada Juliana, e depois de conversarem um pouco sobre o infarto sofrido por ele e as condições clínicas em que se encontrava, o Barão Humberto tocou no assunto do fim do noivado entre Claraluz e Barretto. Com a sua peculiar voz firme e vigorosa, mas terna, vira-se para Claraluz e diz:

— Minha querida Claraluz! Jamais imagine que nos decepcionamos contigo por ter rompido o noivado com o nosso filho. Tive uma ótima conversa com Paulo na segunda-feira, e ele compreendeu que vocês tinham poucas chances de formarem um casal harmônico. Quero sim, cumprimentá-la pela decisão. Foi oportuna e sábia! Mesmo quando se percebe um alto grau de afinidades, um casal corre riscos. A equação entre a individualidade e a vida de casal é complexa, e hoje as mulheres assumiram papéis até então inéditos na história da civilização, aumentando a complexidade desta equação.

— E eu quero dizer que tu serás sempre bem-vinda em nossa casa - emenda Elisabetta, com o seu carregado sotaque italiano. — Confesso que fiquei um pouco decepcionada no começo, mas as conversas que tive com Paulo e com Humberto logo dissiparam este sentimento. Tu és uma mulher de fibra, ao mesmo tempo em que apresentas uma docilidade cativante. Esta experiência do noivado de Paulo contigo dará a ele uma maturidade que irá prepará-lo para caminhar, quiçá, para um novo relacionamento.

— Estou surpresa e gratificada por tuas palavras - responde Claraluz, fitando o Barão Humberto e depois a senhora Elisabetta. — Não tivemos traumas significativos com o fim do relacionamento, pois tudo ficou muito claro. Acredito que Barretto percebeu, por ser uma pessoa que tem facilidade em discernir as coisas, que o fim do noivado foi uma decisão sensata. Espero que as nossas vidas sigam por bons caminhos, independente de não estarmos juntos mais. E quero aproveitar para dizer que gostaria de arcar com todas as despesas contraídas, pois fui eu quem decidiu sobre o fim do noivado.

— Todas as despesas já foram saldadas, Claraluz! - intervém o Barão Humberto. — Assumi de bom grado as contas, e que não me trará nenhuma dificuldade. Vocês teriam prejuízos reais se se casassem. Considere este ato como um presente a ti e ao Paulo, pois terão chances de seguir seus caminhos de forma mais lúcida.

— Mas... Barão Humberto...! - Exclama Claraluz.

— Não tem "mas", Claraluz - responde carinhosamente o Barão Humberto. — As relações humanas são maiores do que a gélida rigidez contábil. Eu desejo é que vocês trilhem pelos caminhos da sabedoria. Somente isso! E se me permitirem, preciso conversar uns dois minutos a sós com o Clóvis. Desculpem-me a indelicadeza, mas preciso aproveitar o momento.

Os demais presentes ao recinto retiram-se e vão para o corredor daquela ala de apartamentos do hospital, deixando o Barão Humberto a sós com Clóvis. O Barão Humberto vira-se e diz:

— Está chegando a hora de revelarmos ao mundo quem somos, meu caro! Precisamos de ti vivo! Vê se cuida deste coração, porque o hermetismo será abolido das nossas regras, e tu serás importante nesse processo, como bem sabes.

— E o que te faz pensar assim, Humberto? Por que acreditas que estamos chegando ao momento de nos revelarmos? - pergunta Clóvis.

— Até então, a formação do pensamento popular esteve condicionada aos mitos, aos entes folclóricos e a subjugação da mulher - responde o Barão

Humberto. — Essas estruturas estão ruindo aceleradamente, e as barreiras ao conhecimento profundo estão caindo numa velocidade cada vez maior. Assim, o anonimato está perdendo sentido. É por esta perspectiva que afirmo esta condição.

— Mas será mesmo que estamos caminhando para essa condição, Humberto? - retruca Clóvis. — Grande parte da população mundial ainda se apega aos entes folclóricos antigos para formar a sua religiosidade, se apegam a conceitos que destoam do pensamento racional e da visão mística que se aproxima um pouco mais da Mente Universal, e ainda não estão em sintonia com conhecimento humano acumulado . Tenho dúvidas, *Mestre da Luz*.

— Toda esta afirmativa é verdadeira, caro Clóvis. Mas também é crescente o número de pessoas que estão agregando conhecimentos racionais e místicos, e esse crescimento é exponencial. A reprodução da instituição religiosa como bengala dos sofrimentos materiais é uma condição de um número significativo de pessoas para suportar as suas adversidades, e é um fenômeno observado a olhos vistos. Não temos perspectivas em curtíssimo prazo para a melhoria das condições de vida dos humanos, por causa da população que ainda se encontra em crescimento, bem como ainda não temos uma distributividade mais equitativa da renda. Mas o crescimento do conhecimento *per capita* é crescente e real, a despeito da condição malthusiana dos números populacionais, e esse fator, por si, aumenta o potencial distributivo da renda de forma mais equânime. E o crescimento populacional se encontra desacelerando, e a projeção é que daqui a trinta e cinco anos, a taxa de crescimento da população mundial esteja próxima de zero, o que dará ao homem condições de resolver este imbróglio.

— Admiro seu otimismo, caro Barão - responde Clóvis. — Mas quais são os planos?

— Estou com viagem marcada a Paris na próxima semana, onde me reunirei ao *Conselho Mundial dos Guardiões da Luz*. Decidiremos sobre a organização do Congresso Mundial, que acontecerá daqui a três meses, também em Paris. Em troca de correspondências, posso dizer-te que existe uma tendência entre os Mestres da Luz de que se mude o texto básico do estatuto. Se for aprovada a proposta, enunciada pelo *Mestre da Luz* Henri Pelout, acredito que daqui a dois anos, os *Guardiões da Luz* irão se revelar ao mundo, e a participação das pessoas no trabalho dos *Guardiões da Luz* irá se avolumar em quantidade, qualidade e difusão. O mundo se prepara para dar saltos de sabedoria.

— *Habemus veritas!*[22] – saúda Clóvis, em latim.

— *Nunc aut nunquan*! – replica o Barão Humberto, também em latim.

— *Nunc et semper*! – completa Clóvis.

— Está na hora! – fala o Barão Humberto. — Depois te conto sobre o romper da aurora sexual do meu filho. Mas precisou que Claraluz acordasse a tempo. Se porventura ela se casasse com Paulo, a história nos condenaria. O sexo faz parte da natureza humana, e preenche a alma do homem de energia e encantamento. Paulo é um excelente médico, mas lhe falta ser um homem completo. Não que seja necessário o ato sexual, mas sim a descoberta da sexualidade... E tu, Clóvis, quando estiveres inteiro novamente, espero-te com a tua companheira Juliana em nossa residência, para ouvirmos juntos a magnífica *Der fliegende Holländer*[23], de Wagner. Uma ópera que traz a tona da alma os mistérios da arte, da ciência e da magia.

— A minha hospedagem forçada nesse hospital me deixou fora dos acontecimentos revolucionários desses dias – comenta Clóvis. — Quero me inteirar sobre as minucias assim que eu voltar aos gramados. Será um grande prazer ouvir Wagner em tua companhia, Humberto. E não ti esqueça-te de reservar aquele delicioso vinho português.

— Um bom vinho, seja português, francês, chileno, incluindo bons vinhos brasileiros, e um saboroso queijo canastra de Minas Gerais jamais irão faltar, tu sabes muito bem, caro colega. O vinho, nunca te esqueças, fará muito bem ao teu coração! – finaliza o Barão Humberto.

Em seguida, o Barão Humberto despede-se de Clóvis, retira-se do apartamento e encontra com Claraluz, Juliana e a esposa Elisabetta no corredor. Dá as mãos a Elisabetta, despede-se de Juliana, vira-se para Claraluz e diz em baixo tom ao seu ouvido:

— Desejo-te paz e prosperidade, como também ao teu namorado de Minas Gerais.

Claraluz emudece! Atônita e surpresa, indaga-se entre os seus pensamentos: "Como ele sabe disso?".

22 — Nós temos a verdade!
— Agora ou nunca!
— Agora e sempre!

23 Nome original da ópera "O Navio Fantasma", de Richard Wagner.

XXXVII

— Oi, Mandel. Que surpresa! Pensei que não me ligaria mais...

— Janaína! Você deve saber por que estou ligando! Recebi um documento pelo correio. No envelope estava um atestado de gravidez cujo resultado era positivo, e uma carta da sua amiga Bruna dizendo que eu era o pai do bebê que você estaria esperando. O que tem a me dizer sobre isso?

— Eu não tive coragem de te contar, Mandel. Foi Bruna que tentou me dar uma força para que você soubesse.

— Isso é golpe, Janaína! Você sabe que é mentira e que não passa de armação! Eu já conhecia esse tal documento antes mesmo de chegar às minhas mãos. Abra o jogo, que é melhor! - indigna-se Mandel, em tom agressivo.

Janaína emudecera. Sabia que essa farsa não tinha futuro. Um sentimento de arrependimento tomou conta da sua alma, e rapidamente pensou que não adiantaria mentir para o homem que amara desde que a alma feminina invadiu o seu corpo e a transformou numa mulher. Diante desta constatação, Janaína respondeu:

— Tá bom, Mandel. Eu não saberia mentir pra você. Eu sei que você não cairia tão fácil numa armadilha destas. Você sempre cuidou para que não tivéssemos uma gravidez fora dos planos, e eu nunca pensei em te fisgar através de uma barriga. Eu admito! Este documento é falso!

— Estou parcialmente contente por não tentar me enganar agora, Janaína, mas não estou nem um pouquinho feliz por isto ter acontecido! - responde Mandel, ainda muito indignado. — Emitir documento falso configura-se em crime, previsto no Código Penal. Não me custaria nada apresentar esse documento à Justiça e denunciar os supostos autores. Mas não farei isto, pelo menos por enquanto, em consideração a você! Imagino que tenha aceitado essa proposta em condições emocionais desfavoráveis. Mas como eu lhe disse, antes desse documento estar em minhas mãos, eu já tinha conhecimento dele, e sei que Magda está por trás desta armação.

— Ué Mandel? Como sabe que Magda está por trás dessa história?

— Da mesma forma que ela ficou sabendo da minha história com Claraluz. Você sabe que o antídoto para o veneno da cobra é o próprio veneno da cobra, não é?... Aproveitando, quero te dar um conselho: sai fora da companhia de Magda! Ela não é flor que se cheire! Ela conseguiu esse documento através de um bandido virtual chamado Ditão, que mora no centro de BH e que está prestes a ser pego pela polícia. Esse Ditão é um cara que ganha dinheiro invadindo contas bancárias de pessoas desavisadas, rouba clona cartões de crédito e, junto com uma quadrilha alojada numa gráfica no Padre Eustáquio, forja documentos falsos, igual a esse que recebi e que tem o seu nome, o número do documento da sua identidade e a data do seu nascimento. Veja em que fria você foi se meter! Não me surpreendi ao receber a correspondência justamente porque eu conheci o seu conteúdo antes. Interceptei o documento falso enviado ao computador de Magda por esse tal Ditão, e, por isso, o conhecia.

Janaína ficou surpreendida com a revelação de Mandel. Não esperava que a armação fosse do conhecimento dele antes mesmo do golpe se efetivar. Nasceu morto, e ainda a levou a um constrangimento desnecessário. Um misto de vergonha e indignação tomou conta daquela jovem, que naquele instante somava a esses sentimentos a frustração por ter perdido o seu grande amor. Entristeceu-se, ainda mais por alimentar suas lembranças nos muitos dias de felicidade e prazer que a relação com Mandel a trouxera, onde nunca precisou se valer de armadilhas e ciladas para ter, pelo menos parcialmente, aquele homem com quem ela se apaixonara desde os seus treze anos. Encontrava-se embaraçada diante desta revelação. No entanto, outro sentimento batia-lhe a porta: a curiosidade de saber qual era o outro plano que Magda tinha em mente. Experimentava múltiplos sentimentos: junto com a vergonha e o arrependimento, vinha a revolta por ter se aliado a Magda. E quando achava que estes sentimentos a dominavam, aquele sentimento de curiosidade pelo o que seria o plano "B", arquitetado e ainda não revelado por Magda, vinha com a força de um tornado, agregando-se à ansiedade, que já estava em alta rotação. Mesmo experimentando um constrangimento monumental, que lhe provocava uma dor semelhante à de uma cólica renal, Janaína queria pagar para ver que plano "B" era esse que Magda estaria armando. Lembrou-se da combinação com Magda, que a orientou para que marcasse um encontro com Mandel na casa dele, pois essa era a condição para por o plano em prática. E assim propôs:

— Mandel. Eu sei que está tudo errado e me dói muito ter aceitado participar dessa armação. Queria poder encontrar com você para esclarecer tudo, contar como aconteceu, e te contar também como Magda me induziu. Pode ser?

Mandel ficara pensativo por alguns segundos. Sabia que Janaína poderia tentar seduzi-lo novamente e não queria se expor mais a essa situação. Por outro lado, pensou que poderia ser um bom momento para aumentar seus conhecimentos sobre as estratégias de Magda e, ponderando entre as duas possibilidades, optou pela segunda.

— Tudo bem, Janaína. Na sexta-feira de manhã eu vou estar livre depois das nove. Às dez e meia, aqui em casa, tá bom? Mas quero pedir uma coisa a você e vou confiar. Não diga a Magda que eu sei que ela está por trás das armações. Vou confiar em você, como confiava desde muito tempo.

— Olha, Mandel. Tudo o que pediu para mim quanto à discrição e o sigilo das coisas da sua vida eu cumpri, e não será este pedido que eu não vou cumprir. Tem minha palavra!

— Ótimo! Eu te espero sexta de manhã. – finaliza Mandel.

— Tudo bem! Beijos – finaliza Janaína.

***

Janaína desliga o telefone e seleciona em seu celular o número do telefone de Magda. Antes de ligar, porém, pensa no fracassado e natimorto golpe em que aceitou participar. Uma feroz indignação contra Magda alojou-se na sua mente. Estaria disposta a conhecer o plano "B". Mas também não deixaria barato a saia justa na qual Magda a deixou com Mandel. Por isso, mesmo querendo saber sobre o tal plano "B", jurara para si que não delataria Mandel por ele ter a revelado que invadiu o computador de Magda. Após esse compromisso firmado com a sua consciência, Janaína liga para Magda:

— Oi, Janaína. Alguma novidade?

— Mandel me ligou. Ficou preocupado com o documento que ele recebeu, mas ao mesmo tempo ficou muito desconfiado. Ele não engoliu a história. Ele disse que, pelas suas contas, não haveria como eu estar grávida, ainda mais que sempre usamos preservativos.

— Mas ele desconfiou que o documento pudesse ser falso? – pergunta Magda.

— Sim e não! Ele achou estranho o fato de Bruna ter enviado o atestado pelo Correio, ficou meio cabreiro... Inventei uma desculpa porca, que ele não engoliu. Mas, de qualquer jeito, ele ficou muito preocupado, e quer que eu faça um novo exame para confirmar a gravidez. Aí ele marcou para encontrar com ele sexta-feira, na casa dele.

— Ótimo, Janaína! Era disso que a gente precisava. Eu sei que ele não é bobo. Mas pelo menos não desconfiou que eu estivesse por trás da história.

— É! Não desconfiou! Mas eu te falei que essa armação tinha poucas chances de dar certo. Tô puta com você, Magda, porque me jogou nessa enrascada. E puta comigo, porque aceitei esse jogo que não ia dar em nada – retruca Janaína, indignada.

— Não esquenta, Janaína! Pelo menos você vai ganhar tempo. Conseguiu o que era o mais importante: um encontro com ele! Vamos fazer o seguinte: encontramo-nos amanhã para eu te revelar o plano. Onde pode ser?

— Tenho que ir a Belo Horizonte amanhã. Preciso ir ao campus da UFMG, e depois tenho que ir ao apartamento do meu pai, que fica lá perto, no bairro Ouro Preto. Ele está viajando, então, não vai ter ninguém além de mim no apartamento, e lá pode ser um bom lugar. Vamos marcar às onze? – sugere Janaína.

— Ótimo! Não teremos problemas com bisbilhoteiros. E não tem nada de ilegal no plano, não se preocupe! Passa-me o endereço, que às onze eu estarei lá – responde Magda.

— Então tá. Anota aí!

Janaína passa o endereço para Magda e elas se despedem.

***

Ao desligar o telefone, Magda volta-se para a tela do computador e depara-se com um e-mail de Barretto sugerindo um novo encontro pelo Messenger à noite. Magda responde:

> Meu novo homem do pedaço. Você está certo. Sou mineira sim, mas estou muito perto de você. Todas as pistas estão ao seu alcance. Todas as suspeitas são reais, e trazem você a mim. Venha me buscar para termos uma maravilhosa noite de amor... delícia... O Messenger está pouco para nós. Quero que sinta o cheiro da minha pele, a minha saliva tatuando seu corpo, as minhas mãos macias lhe tirando do sério...
>
> Beijos nessa boca que estou doida pra explorar com a minha língua felina...
>
> Tô no cio...

***

Aquele e-mail recebido de Magda era mais uma peça emblemática na meta estabelecida por Barretto em tentar descobrir a identidade da mulher que resgatou a sua masculinidade. Podia ser mais um blefe daquela paradoxal figura virtual que, se, por um lado, era completamente desconhecida, por outro, era alguém que lhe dilacerara a intimidade, dissecara sua alma e diagnosticara milimetricamente a lacuna que habitara sua vida desde a idade na qual deveria ter desenvolvido a plenitude da sua sexualidade. Depois de avaliar as possibilidades, Barretto decidiu seguir as pistas de acordo com os elementos que tinha disponível. E, pelo último encontro no Messenger, a sua "Capitu" (ou "Diadorim") deixara entender que ela tinha ligações com a modelo Joyce, aparentemente ex-namorada do produtor cultural Eduardo, filho do almirante Rios Carvalho, desafeto do seu pai, o Barão Humberto, da forma que ele e a ex-sogra Gertrudes avaliaram, naquela fatídica segunda-feira, pelas pistas deixadas por Magda.

"Assim, o primeiro passo seria encontrar Joyce. Mas o que fazer para conhecer a tal Joyce?". Esta pergunta era parte dos desafios que Barretto teria pela frente. Por isso, começou a vasculhar mais amiúde a vida da modelo pela internet. Descobriu que Joyce era contratada por uma agência de modelos em Ipanema e que, por coincidência, já naquela noite, a tal agência estaria promovendo um desfile de modas no Píer Mauá, no cais do porto do Rio, local de renome dos eventos cariocas. Pela internet, conseguiu o telefone do Píer Mauá e reservou uma mesa com dois lugares para o evento – uma das últimas disponíveis, já que era um evento concorrido – pagando o preço mais elevado para assistir ao desfile, pois a sua mesa era próxima à passarela, e fora estrategicamente escolhida por Barretto através do mapa de mesas que o Píer Mauá disponibilizara pelo seu site na internet. Barretto estava disposto a pagar qualquer preço pelas informações que perseguia, mesmo que tivesse que usar os recursos do suborno. Em seguida, ligou para o seu colega Wanderley, um médico gastroenterologista que dividia o seu charmoso consultório de endocrinologia e metabologia em São Conrado. Convenceu-o a acompanhá-lo no evento da noite, depois de explicar vagamente quais eram suas intenções. Wanderley era uma pessoa completamente desinibida. Era ousado e jogava sempre no ataque para alcançar seus objetivos. Por isso, por muitas vezes, agia de forma inescrupulosa. Por conhecer essas características do colega Wanderley, Barretto o escolheu para lhe fazer companhia – mesmo porque não tinha muitos amigos –, pois ele poderia ajudá-lo em sua tarefa investigativa. "Hoje eu desvendo esse mistério".

Satisfeito por elaborar uma estratégia para seguir o encalço daquela misteriosa mulher que ressuscitara a sua libido, ele encerra por ora o ciclo de atitudes em favor da sua caçada. Barretto se sentia um pirata com um mapa do tesouro nas mãos, desbravando os mares, no intuito de colocar as mãos naquele metafórico baú. Em seguida, liga para Claraluz a fim de saber notícias do pai dela. Ela relata que Clóvis fora medicado a tempo, que não tinha riscos de morrer e não precisou passar por uma cirurgia de implante de uma ponte de safena, pois a angioplastia fora eficiente na desobstrução da coronária e na remoção da matéria que obstruía a artéria. Dissera saber que os pais dele – o Barão Humberto e a esposa Elisabetta – visitaram o pai dela, e ele disse que não pôde estar junto deles por causa dos compromissos no seu consultório, e que o visitaria oportunamente. Desejou sucesso no restabelecimento de Clóvis, e depois desligaram os telefones.

***

Claraluz, após ter desligado o celular, ligou imediatamente para a sua mãe, Gertrudes.

— Oi, filha! Que bom que ligou. Tudo bem?

— Tudo bem, depois do susto que o pai nos pregou... Pelo menos estou aliviada. Muito obrigada por ter ligado pra ele. Fiquei feliz por tua atitude! Mas estou ligando porque falei com Cleuza ontem e ela me disse que tu querias conversar comigo. Sei que estás com viagem marcada, e eu quero muito conversar contigo antes.

— Por coincidência, estava me preparando para te ligar daqui a pouco – responde Gertrudes. — Quero muito conversar contigo também! Estou cheia de angústias e preciso muito te ver. Vou viajar na sexta à noite, e se puder vir aqui no Leblon, te conto os detalhes da viagem. Na sexta pela manhã estarei em Búzios. Recebi uma intimação da Delegacia de Polícia Civil de lá para prestar depoimentos sobre este fatídico caso. Quero te falar tantas coisas, e também ouvir de ti tudo o que queres falar comigo... Sei que teremos uma conversa bem diferente das últimas que tivemos! Infelizmente, pelo motivo da minha viagem e esse compromisso forçado em Búzios na sexta, só terei hoje e amanhã para conversarmos. Tem um espaço para mim em tua agenda?

— Claro que sim, mãe! Amanhã está bom para ti? Pode ser aí mesmo, sem problemas.

— Tudo bem para mim. Pode ser amanhã às sete da noite? – pergunta Gertrudes.

— Pode ser! Nesse horário já estarei livre dos meus compromissos. Eu te amo mãe, e quero que esteja em paz com tua vida – responde Claraluz.

— Também te amo, filha, e só me arrependo pelo tempo desperdiçado em conflitos e ilusões na minha relação contigo.

— Tudo bem, mãe. Se tu caminhares de forma diferente daqui pra frente, seguir com a tua alma plantada na realidade, tudo o que passou irá virar cinzas.

— Obrigado pelas palavras, minha filha. Espero-te amanhã, então.

***

Claraluz desliga o telefone e imediatamente liga para Mandel.

— Oi, meu amor. Como estão as coisas? – pergunta Mandel ao atender ao telefone.

— Tudo bem, meu querido. Quer dizer, tudo bem porque estou conseguindo sobreviver incólume a este vendaval dos últimos dias. Nunca os esquecerei! Mas estou tão ansiosa pelo nosso encontro, pele com pele, olhar com olhar...

— Eu também! – responde Mandel. — Quero sentir você, a sua respiração e a sua voz em meus ouvidos, respirarmos o mesmo ar, viver o mesmo espaço...

— Está perto, meu amor! Faltam poucos dias, nestes dias mais revolucionários da minha história. Três dias apenas! Quem diria!... Estamos ficando loucos?

— Pode ser que sim, mas o mundo é dos loucos!... Dos loucos como Santos Dumont, que arriscou a sua pele ao voar numa geringonça mais pesada que o ar. Loucos como Yuri Gagarin, que resolveu ir para o espaço sabendo que se algo desse errado, vagaria a ermo pelo cosmos, onde jamais alguém o encontraria. Loucos como Einstein, que ampliou a visão da lógica newtoniana e mostrou que tudo o que vemos e sentimos é relativo, uma parte bem fragmentada da realidade. Loucos como Thomas Edson, que queimou milhares de filamentos e neurônios até inventar a lâmpada elétrica e outras utilidades para o homem. Loucas como Claraluz, que entendeu, pela sua intuição, que o amor não tem fronteiras, e que a mesma loucura que Vasco da Gama cometeu ao descobrir o caminho das Índias vale a vida, pois a cada loucura praticada em nome do amor à vida, a humanidade dá um salto na busca da perfeição. Os normais não se arriscam! Os normais almoçam e jantam nos mesmos horários todos os dias, mas não tem coragem de mudar se for preciso. Os normais não conhecem o tempero da vida, pois só quem se arrisca é capaz de conquistar aquilo que até ontem parecia impossível.

— E é por isso que me tornei louca por ti – responde Claraluz. — Por isso é que não tenho medo de arriscar e ir ao teu encontro. Não tenho medo dos riscos, pois sei que valerá a pena arriscar ao que me espera. E como eu dizia sobre esta louca semana, na segunda, a surpresa ficou por conta da minha mãe, coitada, que por obra de seus transparentes pecados, entrou numa enrascada monumental e viu sua imagem ruir como um castelo de areia. E quando penso que nada mais poderia acontecer, vem a terça-feira, e o meu pai me faz o favor de sofrer um infarto. Quem, de sã consciência, poderia prever este turbilhão de acontecimentos?

— Se a gente soubesse a que horas o ladrão invadiria a nossa casa, seria tudo mais fácil. Estou repetindo palavras parecidas com as que Jesus Cristo falou. Claro que ele falou no sentido do fortalecimento espiritual, no sentido de estarmos vigilantes ao mal que sempre nos espreita. Mas vale também para as imprevisibilidades da nossa vida. Estamos numa estrada sem saber o que vem depois de cada curva, e é assim mesmo! O importante, meu amor, é termos a sabedoria de entender que a nossa história é inevitável, construída por fatos felizes, fatos tristes, derrotas e vitórias e, como já dissemos, em aplicar a pequena margem que é da nossa responsabilidade e fazermos a escolha certa. E de uma coisa eu tenho certeza: nós estamos fazendo, para nós dois, a escolha correta! Não importa se não nos vimos ainda. No pouquíssimo tempo em que nos conhecemos, conseguimos sintonizar perfeitamente as nossas almas... A alma, esta entidade não material que se funde ao nosso corpo – máquina computadorizada de Deus –, e que não depende do tempo e do espaço para buscar a luz que incessantemente se necessita... E no mais, só quero dizer que te amo, Claraluz.

— Huuuuum, Mandel... Como adoro te ouvir... Como adoro saber que tu existes... Fico pensando em como seria minha vida se eu não tivesse te conhecido. Estaria como uma agulha desnorteada de uma bússola procurando o norte. Mas o norte da bússola da minha vida está encontrado. E o nosso amor é a agulha dessa bússola, que nos dá a certeza da direção da nossa história. E viva os loucos, pois é aos loucos que é dada a oportunidade de experimentar a energia do amor.

— E dizem que eu é que sou o poeta – responde Mandel, rindo. — Mas eu estou também lotado de desafios. Estou concluindo que a estrada colorida que se abriu em nossa frente não será conquistada sem esforços. Os desafios estão aí justamente para reforçarmos as paredes das nossas convicções. Estou prevendo tempestades em meu voo, e para que eu aterrisse com segurança, terei que ter a coragem e a habilidade de um bom piloto.

Mandel conta a Claraluz sobre a ligação por telefone que fez para Janaína, cobrando-lhe a inconsequência do falso atestado médico que apontava para uma gravidez, no qual ela permitiu que Magda enviasse para ele. Contou que aceitou conversar com ela mais uma vez, na sexta-feira, para persuadi-la a não cair na conversa de Magda e também para tentar descobrir os próximos ardis que Magda estaria planejando.

— Por isso é que tenho certeza de que esse estratagema que Magda montou é só o começo das armações dela contra o nosso amor – divaga Mandel.

— Confio em ti! Acredito que o teu amor por mim será capaz de superar qualquer armadilha. Mas quero só te fazer um alerta: a minha intuição feminina diz que Magda está aprontando mais uma cilada para ti – argumenta Claraluz, indignada.

— Não consigo imaginar que tipo de cilada Magda poderia armar para mim... A minha conversa será com Janaína, e não com ela.

— Acredito em ti, meu amor – arremata Claraluz. — Mas é como diz o meu tio Jorge, irmão do meu pai: tu podes estar consciente dos artifícios do diabo, mas nem por isso vá de encontro a ele! É só um alerta da tua namorada, que também sente ciúmes... Olha, meu amor, preciso desligar. Dei uma saída aqui no pátio da Fiocruz para falar contigo, mas preciso voltar. Eu te amo!

— Também te amo! Bom trabalho! – finaliza Mandel, que desliga em seguida.

***

Minutos depois, o celular de Mandel tocara novamente. Apressadamente, ele atendeu, mas não observou o número do telefone que aparecia em seu visor. Do outro lado, uma voz forte o saúda, mas Mandel não reconhece aquela voz.

— Boa tarde, senhor Mandel. Sei que ficarás surpreendido quando souberes quem vos fala, mas tenho certeza de que teremos uma boa conversa.

— Pode estar certo de que não reconheci a voz...

— Fiz esta introdução antes de me identificar justamente para tentar reduzir o impacto da surpresa que terás. Quem vos fala é Humberto de Lucena!

Mandel silenciara-se. De nada adiantou a preparação que o barão lhe fizera para tentar amortecer o impacto emocional daquela ligação. "Como pode?", "Como ele sabe da minha existência, pois se nem mesmo Barretto sabe que eu existo?". Mandel acompanhava os passos de Barretto em sua aventura com Magda desde que invadiu o computador dela. Portanto, tinha motivos para concluir sobre esse desconhecimento. "Como o Barão Humberto me descobriu?", "O que ele quer conversar comigo?", "Será que ele quer tirar satisfações por eu ter entrado na vida de Claraluz e ter precipitado o fim do noivado entre ela e o filho dele?". Todos estes questionamentos invadiram os pensamentos de Mandel, que o deixou extremamente perplexo e ansioso por saber, afinal, o que queria o poderoso barão com ele. Mas o Barão Humberto, prevendo estes sentimentos, tentou amenizar a ansiedade de Mandel:

— Meu jovem! Não se preocupe! Tu ficarás surpreso com o teor da conversa, mas o meu assunto contigo não tem nada a ver com o meu filho e nem com a ex-noiva dele. É do meu conhecimento sim, que tu conheceste Claraluz pela internet, e também sei que ela e tu vos apaixonaram. Mas, garanto-te que o meu filho não sabe da tua existência, e tens a minha palavra de que não serei eu a contá-lo.

"Esse homem advinha pensamentos?", questiona-se Mandel, que em seguida responde: — É verdade que fiquei extremamente surpreso por receber esta ligação telefônica, mas fiquei ainda mais curioso para saber qual é o motivo desta ligação. Evidentemente, pensei que se tratava de um desses assuntos...

— Então vamos direto ao ponto! – enfatiza o Barão Humberto. — Para começar, informo-te que esta ligação é criptografada, e não tem como ser interceptada. Não sei se tu percebeste, mas não apareceu nenhum número no visor do teu celular quando recebestes esta ligação. Usamos uma rede particular fechada, e por isso, além da criptografia, estamos protegidos por esta rede.

— Para dizer a verdade, senhor, atendi ao telefone sem consultar o visor, coisa, aliás, que normalmente não faço. Mas como é possível, já que o número do meu telefone pertence a uma operadora comercial?

— Explicarei a ti, meu caro Mandel. Em um contrato firmado com a Anatel, todos os telefones celulares ao qual efetuamos ligações passam a ser operados por nossa central, e a sua operadora só nos fornece o *link* de rádio, de forma que as informações não possam ser decodificáveis pela central telefônica comercial. Portanto, não há como sermos interceptados, e se algum invasor conseguir captar a frequência que contenha nossa conversa, os códigos criptográficos exclusivos que usamos não permitirão a esse invasor decodificar e transformar essa decodificação em uma mensagem inteligível a ele.

— Mas me vem uma questão. Como a sua voz é decodificada em meu telefone?

— Tu és um jovem inteligente. Irá descobrir, por si, qual é a possibilidade tecnológica que permite a decodificação do nosso código criptografado em teu aparelho. Mas vamos ao que realmente interessa! Antes porem, permita-me dizer-te, para a tua informação: foi-me confiada a tarefa de ser *Mestre da Luz* e presidir os *Guardiões da Luz* no Brasil. Assim, tenho dois assuntos a tratar. Sei que tu ingressaste na confraria há quatro anos. E sei que tu, de acordo com os mestres da tua região, és um dos membros mais promissores dos *Guardiões da Luz*...

Mandel quase se beliscara. O ex-sogro da sua namorada era também um *guardião*, membro de uma sociedade que, se não era secreta, era discreta o bastante para se enquadrar nas classificações das sociedades ocultas. "Como pode haver tantas coincidências?". E como se não bastasse, "ainda é o meu chefe?".

— E dentro dos nossos propósitos, quero lhe propor duas tarefas - prossegue o Barão Humberto. — A primeira é sobre um evento que acontecerá daqui a três meses. Os *Guardiões da Luz* estarão se reunindo em um Congresso Extraordinário, em Paris, para discutirmos temas relevantes. Um dos mais relevantes é a proposta de um *Mestre da Luz* francês, que argumenta que as barreiras as quais nos obriga a sermos herméticos estariam caindo, e que não haveria motivos para mantermos as regras herméticas para as pessoas estudarem os documentos da irmandade, da forma como fazemos em nossos rituais. Assim, convido-te para participar desse congresso em Paris. Se aceitar o convite, tu receberás amanhã, através de um emissário, os documentos sobre o Congresso. Tu receberás esses documentos antes de sair para lecionar, às seis e quarenta e cinco da manhã, na garagem da tua casa, quando estiveres indo para a escola.

Apoquentado, Mandel indaga-se: "Como ele sabe de tantos detalhes da minha vida?". Em seguida, questiona: — Parece que não terei muito tempo para decidir sobre esta proposta...

— Tu tens exatamente o tempo que me resta para formular a segunda proposta: tu sabes que a nossa irmandade tem muitas mulheres em suas fileiras. Apesar do acesso à mulher ser restrito a algumas condições, herdadas dos rosa-cruzes no século 18, há mais de trinta anos que essas restrições se afrouxaram, por razões da própria emancipação histórica que as mulheres conquistaram no meio social. E a tua segunda tarefa é integrar a tua futura companheira, Claraluz, à sociedade *Guardiões da Luz*.

Mandel ficara ainda mais surpreso. Sentia-se como tivesse sido colocado num tele-transporte, como o da série de TV e cinema *Jornada nas Estrelas*, e lançado no meio de dois batalhões em guerra em plena linha de tiro. Parecia estar vivenciando uma revolução cosmológica, que começara sem aviso prévio, de repente, sorrateiramente e intensamente. E quase se afogando nas ondas do oceano das surpresas tiranossáuricas, indaga ao Barão Humberto:

— Mas como pode saber que Claraluz será a minha mulher? Confesso que me apaixonei por ela, mas daí a ter essa certeza?... É muito tênue ainda, não?

— Meu caro Mandel – responde o Barão Humberto. — Nem um de nós possui a dádiva da certeza. Mas o Altíssimo Criador nos deu a ciência da estatística e da probabilidade. E o teu perfil e o perfil da tua futura mulher, Claraluz, por cruzamento de dados, abrem uma grande possibilidade de êxito nessa relação. Não temos certeza, meu jovem sábio, mas temos a ferramenta das probabilidades, que nos permite diminuir as chances de errar. E como a segunda proposta já se encontra armazenada em teu cérebro, cabe a ti respondê-las.

Mandel sabia que, desde que aceitara ser membro dos *Guardiões da Luz*, não seria de bom tom esquivar-se de algumas propostas que porventura lhe fossem feitas. Além do mais, Mandel participava das reuniões da sua área, em Belo Horizonte, com prazer e orgulho. Era assíduo e participativo, e as informações e os documentos que recebia o trazia uma grande satisfação. Fora convidado a participar dos *Guardiões da Luz* por um professor, colega seu, que também foi um grande companheiro de participação nos eventos na FAFICH – Faculdade de Filosofia e Ciências Humanas da UFMG –, na época em que faziam faculdade, apesar de Breno, seu amigo, ter estudado Filosofia, enquanto Mandel, Ciências Sociais. Mandel, aliás, foi um dos membros mais precoces na ascensão da escala hierárquica dos *Guardiões da Luz*, por sua desenvoltura, demonstração de sabedoria e dedicação, além de ser um membro confiável, pouco susceptível à traição das regras herméticas da irmandade. E após refletir, Mandel responde:

— Senhor Barão Humberto. Aceito a proposta de bom grado e com muita honra. O senhor tem plena consciência, até por saber de coisas da minha vida que jamais imaginaria que soubesse, que sou um membro confiável e extremamente integrado à causa.

— Claro que sim, meu jovem – responde o Barão Humberto. — E não é por outro motivo que este convite foi dirigido a ti. Não é por menos que uma das nossas citações importantes é a de que *sejamos honestos para obter a compreensão e conhecimento da filosofia*[24].

24 Frase contida no *Manifesto Rosa Cruz*, de 1615 (*Confessio Fraternitatis*).

— Estou lisonjeado por ter sido escolhido para essa empreitada. Vou esperar o emissário amanhã para receber os documentos. Vou propor a Claraluz quando nos encontrarmos, e se ela aceitar, vou iniciá-la.

— Ótimo! - responde o Barão Humberto. — Não esperaria outra resposta de ti. E na ocasião, Claraluz poderá acompanhá-lo na viagem a Paris. O teu sogro, Clóvis, também é um *guardião da luz*. Ele ficará imensamente feliz com as novidades que o esperam. Ela não poderá participar de todas as reuniões, por força das nossas regras. Tu sabes que não temos uma rigidez hierárquica como a Maçonaria, mas temos algumas regras fundamentais para nos preservarmos. Ela irá entender perfeitamente, como tu, que sabes e compreendes o porquê das regras.

Mais uma vez, Mandel ficara surpreso. Ao tomar conhecimento de que o seu futuro sogro, Clóvis, era seu companheiro de irmandade, Mandel reflete: "O elo está se fechando. Nada, mas nada mesmo, é por acaso!". E para finalizar a conversa, o Barão Humberto saúda Mandel:

— *Sapientia, pax, veritas*[25]!

— *Nunc aut nunquan*!– responde Mandel.

— *Nunc et semper*! - encerra o Barão Humberto.

Mandel desliga o telefone imaginando de que forma o Barão Humberto sabia do seu namoro com Claraluz. Pensou alto: "Como ele sabe disso?". Depois, seleciona uma música para ouvir. Nada mais apropriada do que a canção *Como uma Onda*, de Lulu Santos, para expressar os fatos que lhe ocorreram em tão pouco tempo:

> *Nada do que foi será de novo do jeito que já foi um dia. Tudo passa, tudo sempre passará. A vida vem em ondas como um mar, num indo e vindo infinito. Tudo que se vê não é igual ao que a gente viu há um segundo. Tudo muda o tempo todo no mundo. Não adianta fugir, nem mentir pra si mesmo. Agora há tanta vida lá fora aqui dentro sempre. Como uma onda no mar... como uma onda no mar... como uma onda no mar...*

25 - Sabedoria, verdade, paz!
- Agora ou nunca!
- Agora e sempre!

XXXVIII

A portaria do Hospital João XXIII, um Pronto-Socorro especializado em pronto atendimento a vítimas de acidentes e incidentes graves, localizado na área hospitalar do bairro Santa Efigênia, em Belo Horizonte, estava cheia de pessoas aflitas para saber sobre o estado de saúde dos seus familiares e amigos. Em meio à multidão, encontravam-se Maria, José e Esther, onde essa resolveu acompanhá-los para reforçar o enfrentamento de possível trauma que José poderia ter, já que se mostrara preocupado com a saúde do amigo Tatu, baleado no dia anterior, após tentativa frustrada de assalto à casa lotérica no Prado. Ao sentir que José estava seriamente abalado por aquele fato, Maria ligou para Esther e pediu a sua ajuda, e ela respondeu prontamente ao pedido de Maria, acompanhando-os até o hospital. Enquanto dirigiam-se à portaria, o celular de José tocou. Era o seu amigo Robinho:

— *Putamerda* José! Que cagada do Tatu! Pra que ele foi se meter nessa, poxa!...

— Tô muito preocupado com ele, Robinho – responde José. — Tô aqui no João XXIII agora, com Maria e Esther, a minha psicóloga. Quero ver se vai dar pra visitar ele.

— Ô José. Preciso falar uma coisa. Depois disso tudo, eu quero sua ajuda. Retiro tudo que eu disse procê ontem. Depois do que aconteceu com Tatu, não quero isso pra mim mais não, cara! Me desculpe por tentar meter a cara com a Maria, e na sua frente ainda. Tô me sentindo um merda! Me desculpa mesmo! Você é meu brother, e eu tô sentindo que ocê tá indo pro caminho certo. Na próxima reunião dos Narcóticos Anônimos, eu quero ir junto com você.

— Tudo bem Robinho! Tá desculpado! Eu te dou um toque pra gente ir à reunião do NA. Semana que vem a gente vai outra vez e eu te chamo. Beleza?

— Legal! E me fala como tá o Tatu depois que você conseguir notícias dele. Valeu brother. Gosto de você pra *caraio*.

— Também gosto de você, camarada. – responde José. — Só não gosto mais das merdas que a gente aprontou. Perda de tempo, de dinheiro e de vida! Só isso!

— Cê tem razão! Só merda mesmo! Tô nessa, falô? Vô nessa! Valeu!

José desliga o telefone e se encaminha, junto com Maria e Esther, para o atendimento ao público na portaria do hospital.

— Por favor, gostaria de saber sobre o estado de saúde de Júlio César Costa Magalhães - pergunta José à atendente.

A atendente procede a busca do paciente pelo nome no computador e pergunta: — Você é parente dele?

— Não! Mas sou muito amigo dele - responde José.

— Infelizmente, não posso informar! São as regras do hospital! Só os parentes próximos podem receber informações e visitá-lo. Mas posso lhe ajudar! A mãe dele está acompanhando e deve sair daqui a pouquinho. Se você aguardar, pode conversar com a mãe dele.

Os três saem de frente ao balcão de informações e ficam próximos ao elevador para esperar a mãe de Tatu. Enquanto isso, Esther faz um reparo ao observar que Maria e José estavam de mãos dadas.

— Muito bem! Tô sentindo progresso entre vocês dois. Tô gostando de ver...

Maria ficou ruborizada, e com um sorriso cativante e singelo, responde:

— Estamos progredindo em todos os sentidos, Esther. Estamos nos limpando e ajudando um ao outro a ficarmos limpos. Mas não é só isso! Ontem ensaiamos muito! Ficamos cansados de tanto ensaiar, mas pegamos muitas músicas. E agora, a gente tem certeza de que a nossa dupla vai dar liga. Vamos arrebentar no Pop Rock e na MPB. E o melhor! José agora é meu amorzinho, e eu sou o amor dele.

Maria alisa a barbichinha de José e dá-lhe um afetuoso beijo no rosto.

— Vocês não sabem como isso me deixa feliz! - exclama Esther. — Isso é muito maior do que o meu trabalho! O amor de vocês é contagiante! Tô até com uma ponta de inveja - soltando uma gostosa gargalhada. — Quem me dera pudesse consertar as coisas com meu namorado, mas a estas alturas, acho que a nossa relação foi pro espaço.

Esther mudara seu semblante, e um ar de uma indisfarçável tristeza toma assento em sua alma. Pensa no preço da renúncia ao amor de Mandel em troca da sua agitada vida profissional. Titubeia ao avaliar sobre as vantagens da escolha que resolvera seguir, mas enxerga que, naquela altura, a correspondência do amor de Mandel por ela já havia virado fumaça, e que seria impossível juntar os cacos daquele cristal espatifado. Respira fundo e resgata o seu espírito ao mesmo tempo sereno e ágil, conformando-se com a situação, afinal, fora ela mesmo a responsável por não manter os laços firmes da sua relação com o professor poeta. Mas não abriria mão da sua amizade, e por isso resolveu ligar para ele. Pediu para que Maria e José permanecessem perto enquanto ela ligava:

— Oi, Mandel, tudo bem?

— Tudo bem, Esther!

— Estou te ligando para um assunto diferente do nosso amanhã. É o seguinte: lembra que comentei que estou trabalhando num caso de um jovem envolvido com drogas?

— Claro que me lembro! - responde Mandel. — E então? Imagino que esteja tendo sucesso com ele.

— Sim! Ele está na minha frente agora, e está junto com a namorada. Agora posso revelar o nome dele, pois eu quero te pedir uma ajuda concreta. O nome dele é José, e a sua namorada chama-se Maria. Eles resolveram se juntar para formar uma dupla de músicos, com um repertório de Pop Rock e MPB.

— Que boa notícia! - responde Mandel. — E de quebra, estamos livres de mais uma dupla sertaneja. Ninguém aguenta mais! Já saturou!

— Concordo! - retoma Esther, com uma risada. — Queria que você os ajudasse, os encaminhasse para que eles possam seguir a estrada que eles estão começando a construir.

— Com todo prazer! - responde Mandel. — Na quarta feira da semana que vem vamos ensaiar na casa de Matheus. Pergunte a eles se podem dar um pulinho até Sabará. Vamos começar as sete e vamos até às dez. Passa o endereço pra eles porque será um prazer recebê-los. Fique tranquila que vou dar toda a ajuda possível a eles. Diga-lhes que serei um parceiro nesta caminhada que eles se propõem.

— Obrigada, Mandel! Não tinha dúvidas de que poderia contar com você. Um beijo!

— Outro! - finaliza Mandel.

Esther desliga o telefone e conversa com Maria e José sobre a banda *MPdoB*. Explica para eles onde mora Matheus, próximo ao centro de Sabará, num belo sobrado em estilo colonial, e conta que, nos fundos da casa, de frente ao porão onde ensaiam, existe um grande quintal cheio de pés de jabuticaba, e que o pai de Matheus, o senhor Raimundo, aluga os pés de jabuticaba na ocasião do Festival da Jabuticaba, um dos eventos mais procurados pelos turistas em Sabará – que se esbaldam nos pés daquela deliciosa fruta –, fazendo-os retornar aos mais deliciosos momentos da infância perdida entre prédios, concretos, trânsito infernal e hipocrisias impostas aos que são obrigados a se submeter às farsas do mercado numa metrópole sem alma. Maria e José abriram um indisfarçável sorriso de satisfação ao receberem mais uma ajuda daquele anjo chamado Esther. Eles conversavam sobre as possibilidades de sucesso da dupla, e, quando Esther contava a eles mais detalhes sobre a banda *MPdoB*, aponta, pela porta do elevador que acabara de abrir, dona Conceição, mãe de Tatu. Estava chorosa, e o seu lenço mal dava para enxugar a torrente de lágrimas que brotavam dos seus olhos fatigados e desiludidos. Rapidamente, os três foram ao seu encontro. Quando a dona Conceição viu José, apressou-se para estar à sua frente. E sem meias palavras disse a ele:

— Seu amigo está paraplégico! Vai passar o resto da vida numa cadeira de rodas! Uma bala atingiu a coluna e danificou seus nervos. O Julinho – forma como a mãe tratava o seu filho, conhecido pelos amigos como Tatu – não podia ter entrado nessa. Coitado!...

E desabou a chorar. Maria, ao ver ao desconsolo de uma mãe chorando pelo infortúnio de um filho que andou por caminhos tortos, abraçou-a, e imediatamente começou a chorar com ela. José, ao ouvir as palavras da mãe de Tatu também não aguentou e desandou a chorar. Foi para um canto, mas o seu choro lamentoso era ouvido por todos os que estavam próximos à portaria do hospital. Esther foi ao encontro de José. Ficou perto dele, mas não disse uma só palavra. Deixou que esgotasse o seu estoque de choro. Assim que José acalmara um pouco, Esther lhe dirigiu a palavra:

— Lamento muito pelo seu amigo. Mas quero lhe dizer coisas importantes. Em primeiro lugar, o seu amigo cometeu um crime. Grave! Ele participou de um assalto, onde ele e os outros dois estavam armados. Ele foi atingido, ficou com seu corpo danificado, mas este foi o resultado do risco. Ele poderia ter provocado o mesmo em alguém, até mesmo por bala perdida. Eu sei que você está triste por seu amigo, mas pense que ele errou muito, e foi por escolha dele que aconteceram fatos tão drásticos para a sua vida. Só ele poderá responder pelos seus atos, mas você não precisa deixar de ser amigo dele. Se você quiser, fortaleça os laços de amizade. Seja, daqui pra frente, amigo de verdade! Na droga, ninguém é amigo de ninguém. São, no máximo, parceiros. Mas na hora que precisamos de um amigo de verdade, você não irá encontrá-los nas parcerias da droga. Por isso sugiro a você que seja amigo do Tatu agora! É agora que ele vai precisar dos seus verdadeiros amigos.

— Você tem toda razão, Esther! Agora sim é que eu vou ser amigo do Tatu! Pode esperar isso de mim!

Em seguida, José caminha lentamente em direção à mãe de Tatu, que continuava chorando e abraçada a Maria. Dona Conceição vira-se, olha para Maria e pergunta:

— Você é namorada de José?

— Sou sim, e eu também estava envolvida com drogas - responde Maria. — Mas José e eu resolvemos que isso só fará parte do passado das nossas vidas. Se Deus quiser, não vamos deixar que a química nos domine mais.

— Deus quer! Pode ter certeza de que Deus quer! Você é uma menina encantadora... E qual é o seu nome?

— Maria! Meu nome é Maria!

Dona Conceição olha para ela com surpresa e admiração. Aquela menina não parecia ser apenas uma jovem que procurava seguir os caminhos certos da vida. Ela tinha algo maior. Não era por acaso que Maria namorava José. Algo grandioso envolvia aqueles dois jovens dispostos a dar a volta por cima. E enquanto José, que abraçara dona Conceição e voltara a chorar, a mãe de Tatu fita os olhos molhados de Maria, depois os olhos de José e diz para eles, tentando enxugar as lágrimas que aos poucos eram controladas:

— Vocês têm uma missão muito importante nesta Terra. Deus deu a vocês dons especiais. Vocês têm que servir como luzes a estes jovens que são fisgados pelas drogas. Toninho, meu ex-marido e pai de Julinho, também é um viciado. Mas a droga dele não dá cadeia. Ele é alcoólatra, e é por isso também que meu filho acabou seguindo seus passos. Toninho nunca teve juízo! Gostava de levar o Julinho e seus irmãos pro boteco. Um dia, fiquei indignada, pois vi meu marido dando um pouquinho de cerveja pros meninos. Eles se enfiaram no álcool ou nas drogas, em parte, graças ao irresponsável do meu ex-marido! Todos os meus quatro filhos, três homens e uma mulher, são viciados. Minha filha, coitada, virou prostituta, e hoje, pelo que sei, está vendendo seu corpo numa daquelas zonas da

Rua Guaicurus[26] em troca de cocaína. O mais novo é alcoólatra igual ao pai, e o Julinho e o Marcelo são viciados nesta pedra maldita. O Marcelo, nem sei por onde anda, e eu fico com o coração na mão, porque a qualquer hora eu imagino que alguém vai me dar uma notícia ruim sobre ele. Estou muito triste! A tristeza de uma mãe que vê seu filho jogar toda a sua vida fora é maior que o mundo, meus filhos. Vocês são iluminados! Maria e José, os pais de Jesus! Não é coincidência não! Foi Deus que colocou vocês dois no mesmo caminho. Ajudem os jovens! Mostrem para eles caminhos melhores! E não abandone o Julinho agora não, José. Ele vai precisar muito de você!

José, ao ouvir aquele relato tão emocionado da mãe do seu amigo Tatu, firmou o corpo, interrompeu o choro e disse para dona Conceição:

— Dona Conceição! Primeiro quero apresentar a minha psicóloga, doutora Esther...

— Só Esther, dona Conceição - interrompe Esther. — Não precisa me chamar de doutora não. Nem gosto! Infelizmente estou conhecendo a senhora em circunstâncias nada agradáveis. Mas quero dizer que estou à disposição da senhora para o que precisar.

— Obrigado, minha filha! - responde dona Conceição. — Talvez o meu filho vá precisar de um psicólogo mesmo pra enfrentar as limitações que ele vai ter daqui pra frente. Eu não tenho dinheiro pra te pagar, mas, se eu precisar, dou um jeito.

— Nós conversaremos sobre isso dona Conceição - responde Esther. — Mas na ocasião, se a senhora resolver me escolher, primeiro a saúde psicológica do seu filho. O dinheiro tem trazido maldições para a humanidade, e se formos mercenários, de nada valerá a profissão que escolhemos. Precisamos do dinheiro para garantir a nossa vida, mas não trato meus clientes com dinheiro na frente. Podemos negociar tudo de acordo com a capacidade que a senhora tiver.

— Deus te abençoe, minha querida - responde dona Conceição. — E eu quero ouvir o que José tem pra nos dizer.

— O que eu quero falar para a senhora é que, agora sim é que vou ser amigo do Tatu. A senhora vai poder comprovar o que eu tô dizendo. Eu não

26 Rua localizada na área central de Belo Horizonte onde se concentra um grande número de prostíbulos de alta rotatividade.

vou fugir da sua companhia justamente no momento em que ele mais vai precisar de mim e dos outros amigos. Eu não quero me livrar só da droga que estava acabando comigo. Quero me livrar da droga do egoísmo, da droga do preconceito, da droga da ganância! Quero ser amigo de verdade do Tatu, coisa que nem eu e nem ele fomos um pro outro até hoje! Só amigos da droga e ser amigo da droga são o mesmo que ser amigo do diabo!

— Meu filho! – volta-se dona Conceição para José. — Não disse que você é iluminado? Confio em você! Saí lá de cima pra fazer um lanche, mas vou ficar aqui no hospital. Um filho pode ter a idade que for, mas nestas horas, todos viram bebês. Todos só querem que a mãe esteja por perto, e nós, pobres mães, não os abandonamos jamais. Só as mães desnaturadas abandonam seus filhos, mas as mães que são mães de verdade estão do lado dos filhos, seja o que for que tenham feito. A mãe de um bandido não o trata como bandido, mas como filho. Sempre!

Dona Conceição volta-se para Maria e diz: — Você carrega o nome de todas as mães do mundo, minha filha. Muitas mães irão ficar agradecidas a você porque a sua missão é muito linda! Muito difícil e muito linda!

Em seguida, dona Conceição dá um beijo na testa de Maria, vira-se para José, dá-lhe outro beijo em sua testa, e faz o mesmo em Esther. Vira-se e vai de encontro à rua. Aos poucos, aquela senhora evangélica, baixinha e gordinha, vai sumindo no meio da multidão. Maria, José e Esther ficam por algum tempo paralisados, estáticos, inertes. "Viver a realidade é maior do que qualquer coisa", pensam eles, de formas diferentes, mas em conteúdos iguais. "Encarar uma situação adversa na vida é algo com o qual não estamos preparados", pensa Esther que, ao estalar os dedos, sai do seu estado hipnótico, também tirando Maria e José desta condição.

— Vamos? – sugere Esther ao casal.

— Vamos! – respondem ao mesmo tempo Maria e José.

Dirigem-se ao estacionamento onde estava o carro de Esther. Entram no carro e, quando Esther ganha as ruas afogadas de trânsito da capital de Minas Gerais, fala aos dois:

— Vou colocar uma música do John Lennon, que Fagner já cantou numa tradução. Ela se chama *Oh My Love (John Lennon/Yoko Ono)*, e eu vou traduzindo enquanto ele vai cantando. Ela reflete a nova vida de vocês.

Esther liga o som do seu carro, e aquela bela música invadem os ouvidos dos navegantes daquele dia de odisseia.

> *Oh, my love, for the first time in my life (Oh, meu amor, pela primeira vez na vida), my eyes are wide open (meus olhos estão abertos). Oh my lover, for the first time in my life (Oh minha amada, pela primeira vez na vida), my eyes can see (meus olhos podem ver). I see the wind, oh, I see the tre-es (Eu vejo o vento, oh, eu vejo a árvore). Everything is clear in my heart (Tudo está tão claro em meu coração). I see the clouds, oh, I see the sky (Eu vejo as nuvens, oh, eu vejo o céu). Everything is clear in our world (Tudo está tão claro em nosso mundo)...*

XXXIX

No Píer Mauá, a expectativa do público para o início do desfile era cada vez maior. Ouviam-se burburinhos por todos os cantos daquele sofisticado salão. As luzes se apagam. De algum canto, brota o som mecânico propagando uma bela *performance* de um pandeiro e uma cuíca. Aquele som capturou o espírito dos presentes naquele evento do mundo *fashion* da moda carioca. As primeiras imagens aparecem naquele telão artisticamente decorado por um dos mais ilustres decoradores de ambientes do Rio de Janeiro. Os patrocinadores eram primeiramente contemplados na projeção de imagens daquele que seria um espetáculo aos olhos dos privilegiados expectadores em mais uma seção glamorosa desse naco de mercado, que tinha por objetivo alavancar as tendências da moda outono-inverno e que se preparava para abrir as vitrines das lojas dos shoppings centers de todo o país. Na sequência do telão, cenas do cotidiano carioca, singular e único dentre o vasto caldo cultural que coabita o país brasileiro, exibindo com generosidade as múltiplas facetas do abundante quadro pintado com galhardia pelo Mestre da Existência, mas acrescido e revisado por tintas despudoradas escorridas do pincel da alma humana. Praias, pessoas, carros, bancas de revista, barraca da tapioca, Coca-Cola, o Pão de Açúcar, o Corcovado, o Cristo Redentor, prédios, fontes, pássaros sem pudor, o Arco da Lapa, as ondas do mar, caminhantes do Calçadão de Copacabana, um grafite na parede, o Sol escaldante invadindo a sombra das copas das árvores... De repente, tudo fica escuro outra vez. Por alguns segundos, nenhum som, até que os acordes dos violinos de uma música clássica invadem o ambiente. A música encontra o máximo da sua pujança, e junto com ela, o despertar das luzes do palco, ainda em um sombrio tom azul escuro, acompanhada de uma cortina de fumaça produzida pela máquina de fabricar nuvens de brinquedo nos ambientes festivos. Cessa a música mecânica. Imediatamente, um virtuoso pianista sentado a um piano de cauda, instalado à esquerda do palco, impõe-se com maestria. Os graves das teclas deste portentoso instrumento lúdico retumbam na alma de todos os presentes, acelerando-lhes os corações. Na penumbra, surge a primeira modelo, que invade a passarela e aos poucos mostra a nitidez dos detalhes da roupa que carregava em seu pífio corpo anoréxico. Tons sombrios, cortes sutis, um destacado par de botas que alcançava as proximidades dos joelhos. Ao final da passarela, a modelo efetua a clássica voltinha rotacional, e no retorno, surge a segunda modelo, com cabelos presos ao estilo das nossas bisavós, com uma estampa verde, exibindo também um vistoso e destacado par de botas preto. Surgem a terceira, a quarta, a quinta modelo, e o espírito da moda se instalara indelevelmente no coração de todos. Botas grandes, roupas em tons sombrios e cabelos confeccionados em rabos-de-cavalo descidos até às costas davam a tônica do que seria a tendência da moda para os dias de frio que invadiriam as ruas em poucos meses. Uma modelo em especial chamou a atenção de Barretto, que ficara sobremaneira entusiasmado.

— Eu acho que esta é a Joyce, Wanderley. Pelas fotos que vi pela internet, não pode ser outra.

— E é um taco de mulher! - retruca Wanderley, o amigo de Barretto que o acompanhou ao evento. — E não magrela igual às outras não, heim? Tem sustância meu amigo! Mulher tem que ter sustância, senão não dá liga! Já pensou se esse peixão cai na tua rede, Barretto?

— E então? Como achas que podemos abordá-la depois do desfile? - indaga Barretto, sem se importar com os comentários de Wanderley.

— Calma, meu camarada! - responde Wanderley, com a entonação inconfundível que caracteriza o sotaque dos cariocas. — Tenho planos infalíveis para esses momentos. Assim que acabar o desfile, deixe por conta do super Wanderley que ele resolverá tua parada.

Enquanto Wanderley destilava a sua natural soberba por cultivar uma imagem de um descolado descascador de pepinos alheios, Barretto fixava a atenção no perfil daquela modelo que imaginara ser a sua provável misteriosa amante virtual. A mesa onde Barretto e Wanderley estavam sentados localizava-se num ponto privilegiado do salão. Por lá, eles tinham regalias visuais para reparar os detalhes de todas as modelos que desfilariam por aquela passarela. No momento em que passara perto daquela mesa, a modelo que chamou a atenção de Barretto dá um discreto sorriso e uma piscada de olhos em direção a eles. Aquela atitude inesperada mexeu com as estruturas de Barretto, e a imagem daquela mulher ficou congelada naquela mente sedenta de vontade por desvendar o lado oculto da sua presa. Um rosto geometricamente perfeito, construído por lábios carnudos realçados por um indiscreto batom vermelho escuro beirando a roxo, olhos grandes, verdes e enigmáticos, cabelos loiros e um simpático queixo parecido com uma leve colina que se destacava pelo brilho das luzes do ambiente. Apesar do estereótipo, aquela modelo, que Barretto supunha ser Joyce, era mais encorpada do que as outras. Por trás da roupa que viraria objeto de desejo de muitas mulheres que invadiriam, ávidas, as lojas de algum shopping center do Brasil, a modelo exibia uma silhueta sensual e provocativa. Barretto buscava, diante daquela imagem fixada em seus olhos, uma relação familiar com o que vira em sua misteriosa amante cibernética. Sua fantasia caricaturou os detalhes que a modelo, na passarela, apresentara aos seus olhos, e o seu cérebro logo tratou de ligar os pontos com as imagens da tela fornecidas por seu computador através das ondas visuais capturadas pela webcam de Magda. "Elas se parecem", imagina Barretto.

O desfile transcorrera envolvente, caracterizado pelos constantes aplausos de um público entusiasmado e seduzido pelo espetáculo da moda. E toda vez que a modelo que Barreto supôs ser Joyce passava pela mesa onde ele estava, repetia o primeiro gesto: olhar fixo, sorriso discreto e uma rápida piscadela. Aquele gesto rotineiro sacudia o cérebro de Barretto, imaginando ser aquele dia o seu grande dia, o dia que o permitiria sair da realidade dos encontros pela tela do seu computador para alcançar o tão sonhado encontro real, onde poderia olhar, ouvir, cheirar, tatear e degustar a sua amante, que como um soldado do Corpo de Bombeiros, resgatara-lhe da eminente morte sexual. "Os ventos sopram favoráveis", imagina Barretto.

O desfile seguira inebriante por mais de uma hora e levava os expectadores a constantes manifestações de êxtase, semelhantes a orgasmos múltiplos. Ao final, todas as modelos apresentaram-se juntas, em fila, e esfuziantes aplausos ecoaram por todo aquele ambiente que virara a catedral da moda carioca. As modelos retiram-se do palco, e entra em cena a diretora do evento, executiva da famosa agência de modelos de Ipanema da qual Joyce era contratada. Anuncia, com uma indisfarçável e enorme felicidade estampada em seu rosto, que estava aberta a temporada outono-inverno. Num breve discurso, agradece aos patrocinadores e ao público, convidando-os em seguida a participar do baile que seria realizado por uma famosa banda de shows do Rio de Janeiro. Rapidamente, os músicos tomam assento, ajeitam seus instrumentos musicais e dão início a aquele envolvente espetáculo pós-desfile, apresentando um repertório especializado em música pop internacional dos anos 80 e 90. O público vai à loucura e invade a pista de dança quando a banda executa a música *I Will Survive* – composta e consagrada na voz da cantora Gloria Gaynor –, lançando na arena da exposição de talentos uma carismática e sensual cantora, que exibia generosamente a sua mágica e potente voz. O público, já um pouco encharcado por doses extras do fino uísque e outras bebidas servidas pelos garçons espalhados no ambiente, é seduzido pelas músicas que a banda tocava, e braços e cabeças se misturavam na pista, formando uma só massa sincronizada com o ritmo das músicas.

— Está na hora do bote, Barretto! - alerta Wanderley. — Vou levar uma ideia manêra com um dos mestres de cerimônia, e daqui a pouco eu volto. Arranja cenzinho pra ajudar no argumento.

Sem titubear, Barretto arranca da sua carteira uma cédula de cem reais e a entrega a Wanderley, que a coloca no bolso e sai em direção a um funcionário da segurança do evento que se encontrava em frente à porta de acesso ao camarim. Barretto passou a esperar ansioso pelo sucesso do empreendimento do amigo. Toma mais um generoso gole daquele legítimo uísque escocês - doze anos -, tentando controlar a angústia. Sentado, observava a agitação do público dançante, que a cada instante se tornava mais frenético. Ao virar-se um pouco mais para a direita, percebe assustadamente admirado que uma bela mulher o olhava fixamente. Barretto tira os óculos, esfrega os olhos e os coloca novamente. Olha outra vez! Aquela mulher de aproximados um metro e oitenta não lhe tirava os olhos. Loira, cabelos longos e levemente ondulados que desciam harmoniosos até perto da cintura, um queixo nadegal levemente acentuado, um decote escancarado que exibia um par de seios grandes, apetitosos e arredondados e uma pequena saia preta que anunciava generosas pernas, volumosas, lisas e muito bem torneadas. Com a força de Sansão, aquela imagem o jogava violentamente contra as paredes da sua memória. Não conhecia o rosto da sua amante, sensualmente escondido atrás de uma máscara, mas aprendera muito rapidamente a memorizar cada centímetro quadrado daquele corpo. "Não pode ser", resmunga. Num repente, aquela mulher que se encontrava encostada numa pilastra a mais ou menos quatro metros da mesa de Barretto morde os lábios e, eroticamente, faz percorrer a sua ofídica língua por eles. Barretto, que já havia perdido o controle das suas emoções, desaba de vez. Olha-a fixamente, como se estivesse em estado de choque. A mulher, ao perceber que aquele jovem médico não tomara qualquer iniciativa, resolve agir. Fixa e vagarosamente, caminha em direção à mesa. Aproxima-se e, vendo uma cadeira vaga, pergunta-lhe, com uma voz macia como seda pura:

— Está acompanhado? Posso me sentar?

Barretto gagueja em princípio, mas rapidamente firma o corpo: — Cla-claro! Estou acompanhado somente por um amigo que precisou sair, mas fique à vontade!

Imediatamente levantou-se e, como cavalheiro que era, ajeitou a cadeira para que a moça pudesse sentar. Depois que ela sentou, ele voltou para a sua cadeira. Sem perder tempo, a moça virou o seu corpo de frente a Barretto, olhou-o fixamente e disse:

— Te conheço! Você é o doutor Barretto, o filho médico do Barão Humberto.

— Mas de onde me conheces?

— Das colunas sociais, dos blogs... Sei que estava de casamento marcado com uma médica, mas ontem mesmo eu vi, num blog, que teu noivado havia terminado. Essa deliciosa notícia é verdadeira, doutor Barretto? - pergunta a moça, transpirando sensualidade e desejo exponencialmente ascendentes, expostos em sua fala e em seus gestos.

— É verdadeira sim - responde Barretto. — Mas poderíamos nos apresentar pelo menos, não?

Aquela sedutora mulher aproxima-se perigosamente do rosto de Barretto, encara-o fixamente, lambe levemente os seus lábios e sussurra:

— Diadorim! Pode me chamar de Diadorim!

Neste momento, o planeta começara a girar aceleradamente em torno da cabeça de Barretto. "Não pode ser verdade! É demais! Justamente aquela frase?!". A última frase, a mesma pronunciada um dia antes por aquela sensual, misteriosa e virtual mulher-gato que lhe tomara de assalto e, num certeiro voo de águia, sacudiu as estruturas da sua sexualidade. "Diadorim! Pode me chamar de Diadorim!". A frase emitida por aquela voz ecoava por todo o volume da sua cabeça. A possibilidade de estar de frente à mulher que impiedosamente o fisgara tinha, para Barretto, a mesma força simbólica do primeiro passo humano na Lua, realizado pelo astronauta Neil Armstrong, em 1969.

E sem que ele pudesse reagir, aquela mulher rapidamente aproximou a sua boca da boca dele e lhe aplicou um beijo irresistível. Passou levemente as suas mãos macias em volta do seu pescoço enquanto roçava levemente os seus lábios contra os lábios dele, que por sua vez, ao comando dos seus mecanismos instintivos, corresponde prontamente ao beijo implacavelmente aplicado por ela. Aquela mulher joga seu corpo mais para frente, e num gesto quase brusco, beija Barretto com volúpia e intensidade, explorando com destreza e extrema habilidade os movimentos da sua língua, seus lábios e as suas mãos no pescoço, na nuca, enfiando fulminantemente seus dedos entre os cabelos, massageando o seu couro cabeludo e enlouquecendo-o de vez. Barretto sentiu o fogo do desejo arder em suas inexploradas grutas da sexualidade, e a mistura de uma intensa excitação e perplexidade tomou conta do seu ser à deriva.

Atreveu-se mais do que acreditava ser capaz, tateando discretamente as coxas daquela loira *Diadorim*, sentindo em suas mãos todo o volume e maciez que imaginara fortemente um dia antes, naquele momento singular da sua grande aventura virtual. Aquela mulher, ainda desconhecida, mas já extremamente íntima, avançou, e maliciosamente passava a mão nas coxas por cima da calça de Barretto, entre suas pernas, desnorteando-o ainda mais.

Por um lapso de lucidez, interrompe sutilmente aquele ato que fatalmente viraria uma cena de uma peça teatral erótica a um público que há muito abandonara a discrição e os papéis de bem-comportados socialmente. Ele estava firmemente decidido a trilhar pelos caminhos da sua sexualidade recém-redescoberta, mas não havia perdido a noção de como deveria comportar-se diante das pessoas. Era um médico que ascendia a escala dos bem conceituados no Rio de Janeiro, e era um Lucena. Assim, retira a sua boca colada à boca daquela fatal mulher e, cortando o embalo do "sarro" que iniciaram, pergunta:

— Será que estou sonhando? Será que tu és a mulher que eu conheci?

— E quem é essa mulher, doutor Barretto? - pergunta a loira.

— A mulher que me fez vir até a este lugar - responde Barretto, transparecendo sentimentos mistos de perturbação e satisfação pela missão que parecia estar no cumprimento da sua meta. — Diadorim. Por que Diadorim?

— Digamos que Diadorim seja o meu apelido, meu codinome. Conhece *Grande sertão: veredas*, de Guimarães Rosa, doutor? Lembra-se de Diadorim, que se escondeu atrás de uma personalidade masculina, mas que era mulher? Lembra-se de Riobaldo, o jagunço que não entendia porque a cada dia apaixonava-se proibidamente e com mais força por Diadorim? Pois então! Escondo-me atrás de uma máscara, doutor. Igual Diadorim! Sou a sua graça! Seu presente enviado por Deus! Sou Diadorim! Sua Diadorim! E você é Riobaldo! Meu Riobaldo!

As últimas palavras pronunciadas pela misteriosa loira levaram Barretto a acreditar ter encontrado a sua namorada virtual:

— Como pôde entrar em minha vida assim, tão escancaradamente? - pergunta Barretto, assustado e eufórico. — Tu transformaste minha vida! Virou-me pelo avesso!

— E vou virar ainda mais! Espere e verá!

A misteriosa loira levanta-se dizendo que iria ao banheiro. Barretto, estático e chocado, segue-a com sua turva e míope visão, até perdê-la. Enquanto

Barretto pensava, pasmado, em mais um fato surreal e que mais uma vez sacudia violentamente a sua vida, aparece o seu colega Wanderley, acompanhado de uma mulher. Barretto estava tão aéreo que não percebeu a chegada dos dois, e se assusta quando depara com a presença daquela linda senhorita, a mulher da passarela que, com seus aproximados um metro e oitenta, se posicionara à sua frente.

— Ô, mermão! Aterrissa aí! Trouxe uma gata muito especial para que tu possas obter as informações que precisa – fala Wanderley, que em seguida arreda a cadeira para que a modelo pudesse sentar. Barretto se apresenta à Joyce e, mesmo atordoado, procura se concentrar para aquela que seria a sua histórica conversa. Wanderley pede licença aos dois, diz a eles para conversarem à vontade e se lança na pista de dança do salão. Barretto, já minimamente refeito do sentimento de indagação que lhe envolvera por completo, inicia a conversa:

— Joyce. Preciso muito de ti! Preciso conhecer a identidade de uma pessoa que há poucos dias conheci pela internet, mas não se identificou, não revelou o seu verdadeiro nome, nem onde mora, enfim! O que eu quero é saber quem é essa pessoa, que eu imaginava ser tu, mas agora estou confuso...

— O teu colega Wanderley me contou superficialmente a história. Vou tentar te ajudar, se possível. Creio não ser eu a pessoa que tu procuras, mas me conte a tua história. Estou interessada!

Barretto conta como conheceu aquela misteriosa mulher. Falou sobre o fim do noivado, dos e-mails, das pistas plantadas e de como chegou à Joyce, que ouvia com uma atenção absoluta, cativando-se por aquela louca e incomum história. Depois de ouvir aquele emocionante relato, Joyce esclarece:

— Eduardo Carvalho é um produtor cultural e filho do almirante Rios Carvalho, preso por se aliar à máfia russa, e que se dispôs a fraudar a concorrência para a venda de peças do porta-aviões para a Marinha. Ele se definhou depois daquele episódio. Mas não sou mais a namorada de Eduardo, pois ele se interessou por outra pessoa... Ele se apaixonou por outro homem! Assumiu a sua homossexualidade!... Mas, excetuando essa ligação do pai do Eduardo com o teu pai, o Barão Humberto, por serem protagonistas de uma história em comum, não sei como ajudá-lo. Juro que jamais enviei nada sobre o meu relacionamento com Eduardo para ninguém, muito menos no anonimato. Mas percebi que a tua história é tão emocionante... Fiquei com uma ponta de inveja dessa mulher! – escancarando um sensual sorriso e abrindo a retaguarda.

— E talvez não acredites! - interrompe Barretto, com ares de espanto. — É impressionante, mas enquanto Wanderley foi te procurar, surgiu aqui, há poucos minutos, uma mulher. A suspeita que eu tive sobre ti se dissipou. Agora, tenho certeza de que a mulher que me apareceu a pouco é a mulher da internet.

— Mas como?

— Ela estava bem ali - disse Barretto, apontando para o local onde a loira estava parada e observando-o fixamente. — Quando eu percebi, ela se aproximou, sentou, conversamos, e, de repente, nos beijamos. Depois disse que iria ao banheiro, mas até agora não voltou. Será que ela me deixou na mão mais uma vez? - lembrando-se da brusca despedida de Magda pela webcam.

Um olhar de espanto instalou-se na face de Joyce. A história relatada por Barretto tinha mais contornos sensacionais e explosivos do que ela poderia imaginar. A partir daquele momento, ela desejou aprofundar-se e envolver-se nesta saga tão incomum.

— E se ela chegar aqui, Barretto? Como vais agir?

— Se ela chegar, vou poder esclarecer de vez essa história. Mas pelo jeito, pelo tempo de demora, acho que ela não vai voltar! - exclama Barretto, demonstrando frustração.

— Fiquei tão emocionada com tua história, que gostaria de conhecê-la mais de perto - sugere Joyce. — Por que não me leva à tua casa, liga o teu computador e me mostra tudo? Quem sabe eu possa te ajudar?

Nesse interim, reaparece Wanderley, abraçado a uma bela mulher morena que conhecera na pista de dança.

— Aí, meu brother! - fala Wanderley, entusiasmado, dirigindo-se a Joyce e Barretto — Não esquenta comigo não, porque hoje a minha noite está completa. Esta gata é a Andreia! Estou por conta dela! - seguido por um breve aceno de Andreia.

— Tudo bem, Wanderley - responde Joyce. — Fique a vontade, porque Barretto e eu já nos entendemos muito bem por aqui.

— Obrigado, Wanderley - fala Barreto. — Mas tu não vais comigo?

— Fique tranquilo, mermão! Já estou ambientado e me viro! Andreia me prometeu uma carona, e estou muito bem! - fala Wanderley, abraçando Andreia. — Agora vou deixar vocês numa boa, porque eu e Andreia também ficaremos na nossa. Amanhã nos encontramos, *brother*.

Enquanto Wanderley adentra ao salão, abraçado à sua ocasional *ficante*, Barretto vira-se para Joyce e pergunta:

— Faz questão que eu te leve à minha casa?

— Adoraria, Barretto! - responde Joyce, com um olhar lânguido e atrevido.

— Tudo bem! Vou chamar o garçom para eu pagar a conta.

Enquanto Barretto pedia a conta ao garçom, Joyce solicitara-lhe um tempo para pegar as suas coisas no camarim. Em poucos minutos, o garçom trouxera a fatura. Barretto pagou, e Joyce chega em seguida, portando uma simpática bolsa marrom da marca *Gash*.

— A conta está paga! Podemos ir? - pergunta Barretto.

— Vamos logo! Estou ansiosa! - responde Joyce.

Os dois neoconhecidos retiram-se daquele templo da moda e seguem em direção à mansão da Urca. Entram na mansão pela costumeira entrada que Barretto fazia uso. Ninguém os recebeu. Era madrugada, e os empregados e os seus pais provavelmente estariam dormindo. Caminham em direção ao quarto de Barretto, enquanto Joyce, admirada, reparava naquela bela arquitetura neoclássica misturada com detalhes da arquitetura grega e egípcia. Imponente e vistosa, aquela mansão extasiava os olhos de quem quer que fosse. Atravessaram corredores, como num labirinto, até chegarem ao quarto de Barretto.

— Quer beber alguma coisa? - pergunta Barretto, apontando para o barzinho do seu quarto, acoplado a uma grande estante de imbuia. Joyce admira o bom gosto e refinamento daquela estante, os detalhes artísticos de finos traços arredondados. Depois dessa visita visual, observa atentamente as bebidas disponíveis e escolhe:

— Adoro Amarula! Sábios elefantes, que adoram essa fruta.

Barretto apanha uma garrafa na coleção exposta daquela encantadora peça mobiliária, que compunha harmoniosa e sofisticadamente o ambiente com o restante da mobília do seu quarto. Apanha duas taças penduradas em suportes fixados naquele móvel, abre a garrafa, serve Joyce, e depois se serve. Chama-a para sentar-se ao seu lado, de frente ao computador. Liga-o, enquanto se sorviam de doses homeopáticas daquele saboroso licor. Estavam de frente a um enorme monitor, de cinquenta e duas polegadas, confortavelmente sentados em uma elegante poltrona de dois lugares. Barretto liga o computador e localiza os arquivos que mostraria a Joyce. Explicara brevemente sobre a sequência de e-mails que recebera, abre-os, e depois abre os arquivos que continham as cópias das conversas entre Claraluz e o seu suposto amante virtual, mostrando que a remetente se ocultara atrás do codinome "Capitu". Joyce observava atentamente. O codinome *Capitu* lhe chamara a atenção de forma especial. Quando percebeu que aquela figura clandestina que, além de desnudar o caso de Claraluz com um amante pela internet, escancarava e achincalhava o gélido perfil da vida sexual de Barretto, perguntou:

— Desculpe-me pela pergunta, mas como é a tua vida sexual, Barretto? Tanto essa mulher como a tua ex-noiva o tacharam de frio...

Barretto mostra-se inicialmente encabulado, mas refaz-se logo, e com uma impressionante honestidade, revela a Joyce que aquela clandestina mulher o resgatara da apatia sexual. Conta que era totalmente frio com Claraluz e com as suas antigas namoradas. Mas disse que se sentia resgatado à sua sexualidade, depois de cultivar ilusoriamente, durante anos, um estigma preconceituoso quanto a atividade sexual, e que esse despertar coube àquela mulher clandestina. Contou para Joyce que gravara a conversa que tivera pela webcam com a tal mulher, recheada de erotismo. Os olhos de Joyce brilharam. Uma súbita ansiedade invadiu a sua mente, e sem pestanejar, propôs a Barretto:

— Quero ver logo essa gravação! Quem sabe poderei reconhecer essa pessoa?

Barretto animou-se e, rapidamente, abriu o arquivo contendo as cenas eróticas protagonizadas por Magda. Joyce sentiu-se automaticamente inebriada com as imagens que começara a ver. Aquele jazz que acompanhava o passeio turístico da webcam pelo corpo da mulher mascarada era por demais alucinante. Joyce delirava. Barretto revivia aquele passado recente e o seu sangue acelerava. Parecia que as suas células trabalhavam em sobretensão. Joyce parecia uma estátua de boca aberta. Aquela história era fantasticamente sedutora. As temperaturas dos corpos subiam, e algumas gotas de suor brotavam nas peles.

— Que mulher sensual! - pensa alto Joyce, percebendo ser impossível não reconhecer os atributos daquela que protagonizara um verdadeiro show do outro lado da tela. Vira-se a Barretto e diz: — Tu não tinhas saída! Uma armadilha fatal!

— Essa mulher parece filha de Afrodite! - exclama Barretto com os olhos fixos na tela.

Os belos olhos verdes, a boca provocante, cabelos eroticamente loiros, pernas equilibradamente volumadas e perfeitamente esculpidas, um ar maliciosamente sedutor, seios gulosos... Era o conjunto perfeito capaz de despertar qualquer zumbi sexual. Joyce sentia o seu coração acelerar, e a cada acelerada, bebia um gole de amarula. Barretto bebia sem perceber. Estava completamente hipnotizado por aquelas cenas. Apesar de ter tido o cuidado de gravá-las, ainda não havia assistido. Estava surpreendentemente surpreso com o que via. Ainda não havia sentido na pele o tamanho da loucura que permeara aqueles momentos. As cenas evoluíam numa dinâmica exponencialmente vertiginosa, e o nível das emoções daqueles boquiabertos espectadores expandia-se com o ritmo daquelas cenas. Joyce passa a língua entre os lábios quando Magda propôs a Barretto que fizesse um passeio com a língua pelo corpo dela. Suspirava cada vez mais forte quando ouvia os grunhidos daquela mulher, que parecia uma fábrica de erotismo. Barretto mordia os lábios e apertava uma perna contra a outra, tentando inutilmente resistir aos desejos crescentes que lhe assaltavam o corpo. Ao assistirem ao instante máximo do orgasmo daquela felina no cio, sincronizadamente, Joyce e Barretto soltaram um *Aaaaaaaaah!*, bem alto. De repente, silenciaram-se. Era como se estivessem sob o efeito de um poderoso psicotrópico, que abalava os arcabouços das suas psiques. Depois de uns cinco segundos, soltaram risadas generosas. Olhavam um para o outro e multiplicavam as inevitáveis risadas, liberando uma parte da adrenalina que produziram enquanto assistiam àquelas inacreditáveis cenas.

— Jamais imaginei que passaria por uma experiência desta hoje. Pegou-me de surpresa. Que história incrível! - exclama Joyce entusiasmada.

Como a gravação continuava a ser reproduzida, Joyce ouve, surpresa, do microfone do computador da outra ponta, as palavras daquela ignota mulher:

"Gostou da Joyce, doutor? Viu como pode ser promissor o mundo dos prazeres? Mas pode estar certo de que eu sou ainda melhor do que ela. E já que você, doutor, faz tanta questão de saber quem eu sou, já que experimentou um cálice da amostra do que sou capaz, porque não amplia os seus dotes investigativos? Por que não investiga Joyce? Quem sabe não me descobre? Talvez sim, talvez não, mas na dúvida...".

Aquelas palavras ativaram a bomba-relógio instalada nas pilastras psíquicas de Joyce. Soou como um desafio proclamado. Uma peculiar guerra fora declarada naquele momento. E com um olhar fixo e arrebatador, encara Barretto e diz:

— Só há uma forma de saber se sou melhor ou pior do que essa mulher!

E numa fração de segundos, Joyce joga seus braços por trás de Barretto, o pega pela nuca e beija-o. Beija-o com tanta sensibilidade, que Barretto se rendera. Sentia-se jogado à lona num só golpe, mas corresponde fielmente à força da investida de Joyce. Seus corpos se colaram feito dois poderosos imãs e, como levitantes, são levados até a cama por este vendaval formado pelos velozes e potentes ventos do ardor sexual. Aquele encontro parecia provocar uma liberação de energia do tamanho de uma explosão de um artefato nuclear. Aqueles dois corpos carentes pareciam represas transbordando. Atabalhoadamente, tiram as roupas, se lançam e se entrelaçam furiosamente. Joyce explorava, com mãos e boca, nacos do corpo de Barretto, como tivesse caçando um tesouro escondido. Barreto parecia um aluno aplicado, e delirava com as descobertas que os prazeres do sexo poderiam proporcionar-lhe.

— Um minuto de lucidez! – interrompe Joyce, ofegante. — Não nos esqueçamos do preservativo!

Nua, levanta-se, pega a sua bolsa e retira duas camisinhas.

— Agora sim, podemos perder a lucidez novamente!

A frase desafiadora daquela oculta e singular mulher virtual abriu a caixinha da criatividade sexual de Joyce. Suas mãos e lábios macios passeavam livremente pelo corpo de Barretto, levando-o a um transe profundo. Ele, por sua vez, começara a descobrir que havia muitos caminhos para enlouquecer uma mulher e, como um alquimista, criava brincadeiras diversas e ainda inusitadas para o seu parco conhecimento nessa área. A combinação química era perfeita, e Joyce e Barretto prosseguiram naquela aventura como se fosse uma maratona, até atingirem o pódio dos prazeres. Ofegantes e sonolentos, abraçam-se. Antes de se entregar ao inevitável sono, Joyce vira-se a Barretto e diz:

— Quero propor-te um trato. Quero te ajudar a desvendar a identidade dessa mulher. Estou tão curiosa quanto tu. Só não imagino quem é essa mulher! Acho que ela plantou pistas falsas, mas preciso agradecê-la. Por ironia do destino, me jogou deliciosamente em teus braços.

— Mas tu nem imaginas quem seja? Não tem parentes em Minas? – pergunta Barretto, surpreso com a revelação de Joyce.

— Tenho, mas ninguém aparentando a idade dessa mulher. Não tenho a menor ideia!

— Então, voltamos à estaca zero! – exclama Barreto, desapontado.

— Não! Não voltamos à estaca zero! Agora tu tens uma parceira fiel e sagaz. Adorei esta história, e agora que estou no jogo, não quero sair mais!

Barretto libera um descontraído sorriso. Joyce o abraça e beija-o com ternura. Em poucos minutos, aquele casal de corpos nus entrega-se ao melhor dos sonos, embalados por uma leve calmaria, depois de enfrentarem-se numa deliciosa tempestade...

XL

Magda: Tubelez, chefinho?

Ditão: O que foi desta vez, delícia? Quer sair comigo?

Magda: Nada disso por enquanto, mestre. Preciso de vc outra vez.

Ditão: Mas aquele negócio não deu certo?

Magda: Certinho. Mas o cara ainda não engoliu direito. Preciso de um DNA agora.

Ditão: Cê ta ficando doida mulher? Isso é bem mais caro, heim?

Magda: Tô sabendo, chefinho, mas é o poder de convencimento que precisa aumentar. O cara né bobo, vc sabe. Mas a menina tem umas mechas de cabelo dele, e aí, nesta base, vai ser fácil fechar o plano. O negócio é ele perder noção. Quando ele descobrir que é falso, babau.

Ditão: Cê é fominha, mulher. Que necessidade é essa? Tudo bem. Vou ligar pra gráfica.

(Ditão liga para a gráfica no Padre Eustáquio, e depois de uns cinco minutos, retorna ao Messenger).

Ditão: Ehhhh, delícia. Vc é uma mulher de sorte mesmo. Os cara disseram que dá pra fazer. O Luís Paulo foi com sua cara. Disse que vc é muito gostosa. E quando eu vou ter essa chance. Se vc der uma passadinha aqui, posso até fazer um desconto. Que tal, gata?

Magda: Podemos até pensar no assunto, mas eu tô tolada. Mas quanto fica?

Ditão: O negócio é o seguinte. Os dados da menina são os mesmo e eu envio pra eles antes de vc ir la. Eles tem que fazer de forma que fique parecendo que é de verdade. Por isso vc leva os cabelo do babaca, porque eles juntam com o documento, como se fosse um laboratório. Vai te custar uma baba. Mas já que vc está com disposição pro investimento, são 800 pilas mulher. Vai encarar?

Magda: Tudo bem, chefinho. Tô com bala na agulha.

Ditão: Que pena! Pensei que ia precisar de um desconto... Mas então é o seguinte. Desta vez vc tem que ir lá ao Padre Eustáquio, levar os cabelos do *mané e a grana. Lá eles repassam a parte do papai aqui. E ó! Sigilo meu, falô? Isso é encrenca da brava. Pra mim e pra vc.*

***Magda**: Brigaduuuuu chefinho. Vc é um amor. Podexá que eu sei me cuidar. E quem sabe eu penso na sua proposta com carinho. Mas eu tô precisando só de mais um favorzinho seu. Manda pra mim aquele arquivo do atestado de gravidez de novo mestre. Deletei sem querer, e preciso dele pra juntar com o DNA pra menina tentar convencer o cara de que ela ta grávida mesmo.*

***Ditão**: êêêêêê!!! Já vi que vc ainda não aprendeu todas as lições. Como vc deleta o arquivo antes de acabar de usar?*

***Magda**: desculpa, chefinho. Mas foi vacilo mesmo. Achei que não ia precisar mais. Mas te prometo ser mais atenta. Já aprendi a lição.*

***Ditão**: Tá bom, mulher. Vou pegar o pen drive, porque estas coisas a gente não pode deixar na máquina de jeito nenhum. Peraí.*

(Ditão pega o pen drive, conecta-o em sua máquina e envia o arquivo).

***Ditão**: certinho aí mulher?*

***Magda**: certinho chefe. Vc é um amor. Tô indooooo. Beijossss*

***Ditão**: Eu agora eu quero é vc mulher. Vê se dá moral.*

***Magda**: Vou pensar no seu caso. Fuiiiiiiii.*

***

Minutos depois, soa a campainha do apartamento.

"Quem será a essa hora?", pensa Ditão, que abre a porta. Uma desagradável surpresa, como o diabo, surge-lhe na frente.

— Senhor Expedito Eleutério Miranda. Sou o tenente Marques – empunhando um revólver –, e esses são o sargento Alfenir e o soldado Patrocínio – também com revólveres na mão. — O senhor está preso!

— E baseado em que estão me prendendo? – pergunta Ditão.

— O senhor está preso em flagrante, senhor Expedito! Temos um mandado de busca e apreensão emitido pela justiça. O senhor foi rastreado em suas atividades por telefone e pela internet, com autorização judicial, e está sendo preso, sob a acusação de cometer, por meios de comunicação virtual, os crimes previstos no Código Penal Brasileiro, de falsidade ideológica, artigo 299; falsificação de documentos, artigo 297; por roubo, em vários artigos; corrupção de menores, artigo 218, além de outros. O senhor deverá nos acompanhar até o Batalhão da Polícia Militar, onde deverá prestar depoimento.

— Mas por que estou sendo preso em flagrante? - pergunta Ditão, bastante assustado.

— O senhor acabou de cometer mais um crime, senhor Expedito, enviando, há menos de quinze minutos, um atestado de gravidez falso a um e-mail, e ainda efetuou uma ligação telefônica solicitando um exame falso de DNA - responde o tenente Marques. — Todas as provas serão apresentadas na sua presença, no Batalhão da Polícia Militar. O senhor ficará detido, e seu caso será encaminhado à justiça, onde terá direto à ampla defesa.

— Só uma pergunta - interpela Ditão. — Essa pessoa que vocês disseram que eu estava conversando pela internet foi quem denunciou?

— Esta pessoa nem sabe que o senhor está sendo preso, senhor Expedito - responde o tenente Marques. — Podemos garantir, porque ela também terá que prestar contas à justiça.

Os policiais militares entram no apartamento de Ditão, localizado no Edifício Maletta, no centro de Belo Horizonte. Ditão, antes de acompanhar os policiais militares, solicita: — Preciso pegar meus remédios pro coração. Posso?

— Acompanhem o senhor Expedito! - ordena o tenente Marques aos seus subordinados. Os militares acompanham Ditão até a cozinha. Ditão pega algumas caixas de remédios em cima da geladeira. Retornam à sala daquele pequeno apartamento, e o tenente Marques comenta:

— Como o senhor consegue viver num chiqueiro destes, senhor Expedito? Uma catinga de cigarro insuportável, sujeira por todos os lados, e além da sua obesidade mórbida. Seu coração não vai aguentar muito não, senhor Expedito. E agora vamos!

Depois das palavras do comandante da missão, os policiais algemam Ditão e recolhem o gabinete do computador e o pen drive que ainda localizava-se em sua máquina. O soldado fecha a porta, e depois descem pelo elevador até o térreo, sob os olhares curiosos das pessoas daquela manhã de horário comercial. Do outro lado do edifício Maletta, em frente a uma Lan

House, na Avenida Augusto de Lima, Matheus observa aquela cena e liga para Mandel:

— Ô, seu merda! Deu tudo certo! O cara acabou de ser preso!

— É mesmo? - responde Mandel, abrindo um largo sorriso. — E então?

— Tô aqui vendo o cara entrando na viatura - responde Matheus. — Nossa! Deve pesar uns duzentos quilos. Foi a maior dificuldade pra ele entrar na viatura. Saiu algemado, camarada! Que doidera! Puseram o computador dele na traseira do carro da polícia, e um monte de gente olhando. Que vexame!

— Vexame é o que este cara já aprontou, primo - responde Mandel. — Eu fico chateado somente porque eu usei do privilégio de ser filho de um juiz pra adiantar os passos pra pegar este cara. Este é o Brasil, infelizmente. Se eu não fosse filho de um juiz, e meu pai não procurasse os colegas dele para adiantar a ação, ia demorar uma eternidade para a expedição do mandado de busca e apreensão, assim como a autorização dada pelo juiz para a escuta telefônica. Numa hora desta, a polícia já deve ter ido à gráfica do Padre Eustáquio e prendido o resto da quadrilha. Mas se não fosse por isso e por você ter aceitado a missão, que executou com perfeição, diga-se de passagem, esse cara continuaria aí, aprontando com as pessoas, prejudicando um monte de gente, lesando aposentados e trabalhadores, enfim, praticando crimes por todos os lados. Mas valeu, primo! Você ganhou um ponto lá em cima. Vai subir um degrau em suas expiações.

— Eu fiquei foi com um medo danado! - retruca Matheus. — Mas o mundo virtual tem uma vantagem: a gente pode estar do lado do cara e ele nem desconfiar que estamos aprontando pro lado dele.

— E o fato de você ter ido à Lan House, bem em frente ao prédio onde ele mora, elimina a suspeita que ele poderia ter de nós - emenda Mandel -, principalmente as suspeitas de Magda, quando ela ficar sabendo que Ditão foi preso. Muitos bandidos da quadrilha dele usam essa Lan House pra não serem descobertos, porque, se a Polícia localiza de onde estão sendo enviados os e-mails, uma Lan House, por ser pública e usada por muita gente, dificulta a identificação do criminoso, mesmo que seja descoberta a máquina de origem.

— Mas por que acha que Magda não vai desconfiar de você? - pergunta Matheus.

— Claro que não é cem por cento seguro - responde Mandel. — Mas com certeza vai confundi-la, porque quando ela souber do Ditão, vai procurar saber como foi, e com certeza ela têm mais conhecidos na área. Quando ela procurar saber, não terá rastro nenhum da conversa dela, que na verdade era a de você com o Ditão pelo Messenger, e nem o e-mail com o documento que ele reenviou. Eu deletei tudo aqui em casa depois que você finalizou a conversa, e como a Polícia levou o computador do Ditão, se por acaso, diante de uma remota possibilidade, ela descobrir que o Messenger e o e-mail dela foram usados por outra pessoa, só mesmo quando Ditão sair da cadeia e contar pra ela, se contar, porque eu duvido que ela vá visitá-lo na prisão. Ela não é boba, disso podemos ter certeza!

— Você estudou o inimigo direitinho heim? - comenta Matheus.

— Vou te dar uma dica, meu nobre primo aprendiz - responde Mandel. — Leia *A Arte da Guerra*, de Sun Tzu, um general chinês que nasceu antes de Cristo escreveu esse livro em bambus. É um livro que trata de táticas de guerra, e um dos conselhos estratégicos que ele deu foi que um exército deve procurar conhecer o inimigo ao máximo. Esse livro é usado também em outras áreas que não são propriamente para uma guerra convencional. É usado nas estratégias comerciais por empresas, nos esportes, na política, e em muitas outras áreas onde a tônica da interação é a concorrência. E foi usada por mim neste caso! É por isso que eu falo, meu caro e ainda inocente primo, que ler é muito mais do que uma atividade para aquelas pessoas que gostam de ficar em casa e são solitárias, como você acha, meu camarada. Esta ideia errônea vai sair do seu espírito já já.

— Tomá no seu *fiofó*! - retruca Matheus.

Mandel solta uma descontraída gargalhada e fala a Matheus: — Meu caro primo e grande baterista. Nossa missão foi cumprida! Fizemos nosso papel de cidadãos. Devo-lhe essa!

— Beleza, Mandel - responde Matheus. — No final das contas, gostei de ter participado dessa loucura. E não esquece que amanhã é sexta-feira e nós tamo lá no Baile Brega em Pedro Leopoldo, tá? Depois você fica conversando com Claraluz até tarde e se esquece do baile.

— Fique tranquilo - retruca Mandel. — Você sabe que Claraluz chega ao sábado, e eu tô preocupado só em deixar as coisas no lugar aqui em casa. Mas eu já tomei as providências. E quanto ao baile, claro que não vou me esquecer. Acho que vai ser memorável!

— Então valeu, véio! Arruma essa bagunça aí porque senão Claraluz desiste de você na hora em que ela entrar na sua casa. Tô indo! - despede-se Matheus.

— Missão cumprida! Depois a gente toma uma pra comemorar! - despede-se Mandel.

***

Em seguida, Mandel liga para Claraluz:

— Amor da minha vida, tudo bem?

— Tudo bem, meu amor. Não vejo a hora de estarmos juntos. Estou contando os segundos. Só faltam dois dias. E quero te perguntar: como está essa bagunça aí? Neste quesito, me pareço muito com a Esther heim? - fala Claraluz, soltando uma risada.

— Não se preocupe, meu amor - responde Mandel com outra risada. — A dona Geralda está aqui pra me ajudar, e ultimamente, eu tenho cuidado bem mais da organização da casa.

Dona Geralda, uma senhora muito clara e de olhos azuis, que Mandel contratou para fazer uma faxina em sua casa, dá uma gostosa gargalhada e diz:

— A casa vai ficar um brinco para receber sua namorada, bobo. Ela vai ficar maaaais apaixonada ainda.

Mandel ri, faz um sinal de positivo para dona Geralda e continua conversando com Claraluz: — E hoje será um dia de grandes emoções em nossas vidas. Você terá uma importante conversa com a sua mãe, e eu terei a conversa decisiva com Esther. Haja coração!

— Haja coração mesmo! - responde Claraluz. — Vou estar com um pedaço da minha alma na conversa com minha mãe e outro pedaço em tua conversa com Esther. E descanse, afinal, amanhã tens um baile para tocar. Quero que toque bem bonito, e pense sempre na tua doutora que te ama muito.

— Eu derreto sempre quando você fala assim comigo, minha Claraluz. Você acende o oceano de poesias que flutuam por este mundo, e mesmo a mais longínqua delas está apenas à distância das nossas mãos, como uma flor está para o beija-flor.

— Aí, meu poeta. Te adoro!

— Também te adoro, tanto tanto, que quero recitar Guimarães Rosa pra você.

— Está em tua veia! Diga, que os ouvidos da minha alma estão prontos para saboreá-la.

— Então aí vai! - responde Mandel, declamando em seguida: — *Sempre que se começa a ter amor a alguém, no ramerrão, o amor pega e cresce é porque, de certo jeito, a gente quer que isso seja, e vai, na ideia, querendo e ajudando, mas quando é destino dado, maior que o miúdo, a gente ama inteiriço fatal, carecendo de querer, e é um só facear com as surpresas. Amor desse, cresce primeiro; brota é depois*[27].

— Tu queres que eu fique ainda mais apaixonada por ti, Mandel? Não tem jeito! Minha alma está repleta de felicidade... - suspira Claraluz. — O nosso destino, o destino de Claraluz e o seu poeta, é dado, maior que o miúdo, e abençoado por esse sábio escritor.

— E o destino do poeta e da sua Claraluz é iluminado por sua clara luz, que faz com que a gente ame inteiriço este amor fatal. Queremos porque carecemos este amor que brotou, está crescendo e vai brotar sempre, gerando lindas flores e frutos - responde Mandel, como num repente. Após, muda o assunto: — Meu amor! Liguei para ouvir sua voz, para falarmos de coisas belas, e também para contar uma novidade. Ditão foi preso agora a pouco! O plano com Matheus deu certo. A justiça está sendo feita e nós ganhamos um pontinho como cidadãos.

— Não diga, Mandel! Que bom ouvir isso! E tu és danadinho heim? Mas fico tão preocupada contigo... Se eles descobrem que foi tu que armaste a cilada, poderás sofrer muito na mão desses bandidos.

— Eu também tenho medo, meu amor! Sei que não tenho peito de aço e nem quero dar uma de herói. Mas o plano foi muito bem executado. Será muito, mas muito difícil sermos descobertos, porque Matheus agiu direitinho. Não ficou nenhum rastro, e a garantia do sigilo policial nos protege. Será quase impossível nos descobrir. Tudo foi planejado com o delegado da Delegacia de Crimes Cibernéticos, e as pistas foram apagadas. A única desconfiança que poderá brotar na cabeça de Magda é se Janaína contar que eu invadi o computador dela, mas eu acredito firmemente que ela não trairá a minha confiança.

— Mesmo assim todo cuidado é pouco, meu amor. Seja precavido como os seus conterrâneos mineiros. Quero-te inteirinho para nós - retruca Claraluz, apreensiva.

---

27 Guimarães Rosa, *Grande sertão: veredas*.

— Eu sei! - diz Mandel. — Mas não devemos ter medo de exercer a cidadania e a justiça. Quanto mais nos acovardarmos, mais veremos os bandidos agirem inescrupulosamente. Por isso, não devemos temer a vida e os seus desafios. Vivamos intensamente! E só!

— E eu só digo que cada vez mais tenho orgulho de ti - retruca Claraluz. — O teu senso de justiça me encanta. Tu és a minha alma gêmea, não tenho dúvidas.

— Bom... Para terminar esta conversa desafiadora, mas deliciosa, mais uma das nossas infinitas conversas deliciosas que tivemos e teremos por toda nossa vida, vou pegar meu violão e cantar uma música de Geraldo Azevedo para você, que é *Dia Branco* (Geraldo Azevedo / Renato Rocha).

— Então canta pra mim, porque agora é a minha vez de derreter, e derretida, me esparramar toda em ti - fala Claraluz, com uma inconfundível voz de paixão.

— Vamos lá! - responde Mandel, que pega seu violão, acopla seu som a uma entrada do seu celular e canta, com um também inconfundível canto de paixão:

> *Se você vier pro que der e vier comigo... Eu lhe prometo o sol, se hoje o sol sair, ou a chuva... Se a chuva cair. Se você vier até onde a gente chegar, numa praça, na beira do mar. Num pedaço de qualquer lugar... Nesse dia branco. Se branco ele for, esse tanto esse canto de amor, ôô, se você quiser e vier, pro que der e vier comigo.*

As lágrimas brotam nos olhos de Claraluz. Ficara imaginando como Mandel conseguia encaixar as músicas no momento certo. Solta um delicioso suspiro e diz: — Se tu não existisses, moveria céus e terra para inventá-lo, meu amor.

— E se você não existisse, Claraluz, eu iria até os céus e sequestraria o anjo que é você, pois se você não existisse como gente, seria impossível não existir como anjo. Então venha! Venha pro que der e vier! Venha comigo, porque eu lhe prometo o sol, ou a chuva. Para o que vier, venha comigo!

— Estou indo, meu amor! É por isso que estou indo. Indo pro que der e vier, para esse tanto, este canto de amor. E que o nosso dia seja iluminado - fala Claraluz, emocionada, ainda com a voz de um choro bom.

— E que nosso dia seja iluminado, e que nossas batalhas sejam sagradas, e que o bem prevaleça. Eu te amo, Claraluz.

— Também te amo, Mandel.

Os dois flutuantes do Cosmos do Amor desligam os telefones. Mandel ainda levitava, quando dona Geralda olha para ele, com aqueles gentis e brilhantes olhos azuis, e diz:

— Isso é que amor! Depois falam que não existe amor de verdade. Tô com inveja docês!

XLI

Olá, misteriosa e sensual mulher-gato.

Assim como Barretto, também não sei quem és tu. Mas agradeço-te por colocá-lo em meu caminho. Devo-te os meus agradecimentos por ter sido responsável por despertar um vulcão adormecido. E que fique bem claro! Tu despertaste o vulcão, mas quem experimentou o calor das suas lavas fui eu.

Tu agora tens uma concorrente!

Ou uma parceira???

A escolha é tua! Se escolheres que sejamos concorrentes, digo: Estás em desvantagem! Barretto está ao alcance do meu tato, dos meus olhos, do meu nariz, da minha boca e de todas as regiões do meu corpo, enquanto tu estás ao alcance dele apenas por tua imaginação. Imaginar é bom, mas tocar, lamber, cheirar, fuçar, ouvir, sussurrar ao ouvido, apertar com as mãos, beijar, gemer, sentir a seiva escorrendo pela pele... A imaginação tem um poder fantástico, eu sei, e como também tu sabes. Mas nada se compara a viver esta deliciosa experiência de verdade, deixando a imaginação funcionar apenas como uma poderosa ferramenta. O que tu sentiste através dos frutos de tua imaginação eu senti desde a ponta do dedo mais longe do meu pé até a fronteira do último fio dos meus cabelos. Os teus desejos de fêmea no cio, expressos naquela telona do computador de Barretto, sentados naquela poltrona macia e sofisticada, serviu para nós como um delicioso filme erótico... Por isso, mais uma vez agradeço-te. Tu nos inspiraste profundamente... Hummmmm!!! E como!!! Se não queres concorrência, não desperte outra fêmea no cio...

Mas se tu quiseres parceria, estou aberta a negociações. Sou uma mulher flexível e ousada. Nem precisei invadir o computador de Barretto. Ele está aqui ao meu lado, assim como eu, nu, entre digitações e beijos. Corrijo! Estamos abertos a propostas.

Beijossssssss...

Joyce.

Magda releu aquele e-mail muitas vezes. Novidades sempre a excitaram. Desafios também. Bons adversários ampliavam suas emoções. Magda achava que o mais importante era o meio. O fim era apenas a coroação de uma grande jogada: a jogada! Esta sim, era a razão, o objetivo, o ideal, o alvo: o jogo! A razão de ser, segundo Magda. Adorava jogar. E adorava jogadores dispostos. Mas detestava perder. "Jogo fora feito pra jogar, disputar a dianteira, vencer! Jogar por jogar não faz sentido. Jogar: para vencer!"... Pensando assim, Magda respondeu à Joyce:

Olá, Joyce.

Que bom me comunicar com você assim de forma tão emocionante. Mas cada qual carrega seu quinhão. Sei que aproveitou maravilhosamente bem das lavas expelidas por este furioso vulcão despertado da sua hibernação. Sei que perdi grandes momentos desta festona. Mas não subestime o prazer vulcânico que a imagem pode nos proporcionar. Há, porém, um pequeno equívoco de avaliação, queridinha modelo. Como assistira uma parte das cenas do filme, você supôs que o que eu sentia fora fruto somente da minha imaginação. Ilusão sua, meu amor! Da mesma forma que o casal de pombinhos aí ficou todo todo quando me viram cheia de desejos, posso dizer que esse meu intenso furor fora estimulado pelos desejos do seu querido Barretto, que está ao seu lado. Você não teve o privilégio de assistir à performance de Barretto, mas eu assisti. Ele me gravou, mas eu também o gravei. Nesse aspecto, minha querida Joyce, é você que está em desvantagem! Eu vi o que você não viu: O nascedouro. A aurora. Os primeiros raios. O despertar. O primeiro facho de luz. Eu vi!

Por isso, tenho uma proposta melhor. Porque não juntamos os nossos filmes e protagonizamos, juntos, o filme real, com três atores? Esse é o filme completo. Vocês têm um pedaço e eu tenho o outro. Vamos unir os anéis e nos transformar em super-heróis? A minha proposta é pela parceria. Pela vitória de todos.

Um é uma delícia!

Dois é alucinante!!

Três é infinito!!!

Beijosssssssss...

Machado de Assis Guimarães Diadorim. Assina

O milagre da comunicação a distância e a magia que ela proporciona está justamente na sua instantaneidade. Distância é um termo que não existe nesta Era da Informação, e o pulsar vibrante do sangue de Magda era sentido imediatamente correndo nas veias de Joyce e Barretto. Era como se pudesse ouvir a sua respiração ofegante e sentir o cheiro do seu suor, não importando se estivesse a alguns metros, muitos quilômetros ou a uma infinidade de anos-luz. A emoção daquele recém-nascido casal carioca vibrava em ressonância perfeita com os odores daquela jaguatirica mineira. Os três pareciam estar ali, dividindo o mesmo local, deitados à mesma cama. Só faltava a presença física, e essa era a grande lacuna, o último passo que levaria o trio a realizar a maior façanha. Tudo mais se realizava. Era o quase perfeito. Uma perfeição separada por uma distância medida em quase. O quase que formava uma barreira, o fosso entre a torcida e o campo.

Joyce lia o e-mail do início ao fim, e depois do fim ao início, e percebia: alguma coisa havia de enigmático naquelas palavras. Uma assinatura incomum, composta pelo nome e o sobrenome de dois geniais escritores brasileiros, um personagem...

— Barretto! Acho que a tua namorada virtual nos deu a senha. Tu percebeste?

Barretto observa atentamente: *Machado de Assis Guimarães Diadorim*. "Que tipo de jogo é esse?". Lê mais uma vez: *Machado de Assis Guimarães Diadorim. Assina*. "Assina? Por que assina?". "M de Machado, A de Assis, G de Guimarães, D de Diadorim... MAGD"...

— Veja, Joyce! Este A de Assina completa tudo. Junte as letras maiúsculas: MAGDA! É o nome dela! Magda!

Barretto transbordava uma emoção idêntica à de uma criança que viu Papai Noel entrar pela chaminé e assistir ao fantástico velhinho depositar-lhe um presente a beira da árvore de Natal. "Magda. Quem é essa mulher que tem nome? Onde mora? Quem é essa onça que atende pelo nome Magda?". O primeiro de outros passos. Mas era o primeiro. O mais importante. A fronteira entre o feto e o bebê. O primeiro passo.

— Então não temos o que esperar! Precisamos responder! Logo! - exclama Joyce, afoita e emocionada.

— Tudo bem, Joyce - responde Barretto. — Precisamos responder! Mas temos que incluir um elemento: e aquela mulher que sentou à mesa no desfile, me beijou, disse que iria ao banheiro e nunca mais voltou? Será ela a Magda? Aquela mulher?

— Está bem!... Confie em mim! – responde Joyce.

> Olá Magda.
>
> Tu não irias blefar neste momento. Não seria sensato e seria como entregar a Rainha do Xadrez. Sabemos que carregas uma grande virtude: a astúcia. Tua proposta foi aceita por nós, mas estamos esperando tu voltares do banheiro. Pulastes a janela?
>
> Beijosssssssss...
>
> *Joyce e Barretto*

Magda recebera aquele e-mail já no caminho do bairro Ouro Preto, em Belo Horizonte, aonde iria se encontrar com Janaína no apartamento do pai dela. Estava dentro do ônibus e portava um *tablet*. Sorriu enigmaticamente. Em pé, um rapaz não lhe tirava os olhos, enquanto equilibrava-se nos canos daquele meio coletivo de transporte. Magda percebera que o rapaz a olhava com olhos de Lobo Mau. Aqueles olhos admirados percorriam hipnotizados as suas coxas e o seu sempre ousado decote. Ao perceber que o radar dos olhos daquele rapazote a capturara, sutilmente desliza aquela peça eletrônica entre as suas pernas, e como se não fosse com ela, concentra-se, abre o teclado virtual na tela daquela geringoncinha eletrônica e digita:

> Olá, Joyce e Barretto.
>
> Nunca blefo. Nem quando vou ao banheiro. Sempre indico o caminho correto, mesmo percebendo que o caminho esborrachara-se na pista de dança. O que acontece é que vocês interpretam-no erroneamente: os loucos estão livres! Não há mais choques ou banhos gelados na rósea terra dos esquizofrênicos. Podemos irradiar toda a louca sensualidade aos mundanos "normais". E nada melhor do que irradiar a loucura de um casal traído. Por isso, não me agradeçam. Agradeçam ao Eduardo e à Claraluz. Eles sim abriram caminho para o bote desta felina, desta urbana cabrita montanhesa. Estão no caminho da Montanha Mag-ica. Ita!
>
> Beijosssssssss...
>
> *Capitu*

Magda envia o e-mail. Da janela do ônibus, observa por onde passava e se localiza. Concluiu que teria que descer no próximo ponto. Estrategicamente, desliga o seu *tablet*. Não queria misturar os assuntos. Levanta-se e dá sinal. A mulher que estava ao seu lado na cadeira do ônibus, curiosa por saber quem era aquela urânica mulher, por dois segundos ficara estática. Arreda, enfim, as suas pernas para que Magda pudesse passar. O ônibus para e Magda salta do ônibus como uma gazela. Aquele tarado rapaz acompanha-a, com os olhos em seu traseiro, até, quase babando, perdê-la de vista. Com a sua inigualável elegância felina, Magda caminha pelas ruas do bairro Ouro Preto até chegar ao prédio onde ficava o apartamento do pai de Janaína. Toca o interfone. Janaína atende, identifica e abre a porta eletrônica. Magda entra e sobe as escadas até o terceiro andar. A porta estava aberta, e Janaína a esperava. Cumprimentam-se com três beijinhos. Magda entra, Janaína fecha a porta e elas sentam-se no sofá. Magda abre sua bolsa e retira sua carteira, abre-a como uma sanfona, abre o zíper de um bolsinho da carteira e arranca de lá um cigarro de maconha. Janaína olha admirada e diz:

— Você é chegada nisso?

— Uai! E me diga que não gosta? É impossível você ter convivido com Mandel esse tempo todo e não ter viajado nas ondas desta erva – retruca Magda.

— Tá certa! Eu conheci com Mandel, mas não foi fácil convencê-lo. Ele não se mistura com ninguém. Gosta de fumar de vez em quando, e sempre foi solitário em suas baforadas. Tive que impor, e um dia achei um desses cigarros na casa dele e fumei. Mas ele é muito reservado. Ninguém vai com ele. Só eu quebrei essa regra. Sou exceção daquela discrição ambulante.

Magda, sem cerimônias, acende o cigarro psicodélico, pensando: “Interessante! Isso pode ajudar!”. Dá um trago e passa o cigarro para Janaína, que também traga e devolve para Magda. Aquele ritual silencioso cumpre uma rotina de umas três voltinhas. Já um pouco inebriada pelos efeitos da maconha, Magda fala à Janaína, com ares sarcásticos e sôfregos:

— Então vamos ao nosso infalível Plano “B”.

— Fala logo, porque tô morrendo de curiosidade – responde Janaína, ansiosa.

Magda, cheia de rodeios, explicita o plano a Janaína, que estática e inebriada pelas viagens mentais proporcionadas pela maconha, somadas à ousadia daquele plano, responde:

— E você acha que sou louca como você? Cê acha que Mandel vai cair nessa?

— Eu acho que será impossível Mandel resistir – retruca Magda. — E, depois de tudo, você só tem esta alternativa. Conviveu o tempo todo dividindo Mandel com tia Esther, e agora me vem com moralismos?

— Não é moralismo não, Magda. Mas o risco é muito alto! Eu só não queria perder o Mandel. Só isso que eu queria.

— Queria? Não quer mais? - pergunta Magda, capciosamente.

— Quero! Claro! Mas estou com medo de dar errado.

— O negócio minha querida, é tirar Claraluz do caminho de Mandel - responde Magda. — Depois, o seu caminho fica livre, sem Claraluz e a tia Esther para fatiar aquele homem com você. E além do mais, ele não vai desconfiar, pois será pego de surpresa depois que você estiver lá amanhã, no meio de uma conversa envolvente com o seu amado em sua própria casa. O principal você já fez, que foi conseguir marcar esta conversa com ele. O resto, deixa comigo!

Janaína pensa por alguns segundos e responde: — Tudo bem, Magda! Já que dei o azar de te conhecer, vamos lá! Topo a parada!

Entre goles em um suco de limão, Magda detalha o plano à Janaína, que ouve atentamente e questiona alguns pontos. Ao final, acertado o acordo, Magda se levanta e diz:

— Agora vou! Amanhã será o seu grande dia! Você não vai se arrepender!

— Assim espero! - responde Janaína, que abre a porta. Magda retira-se, e Janaína, estática e sob o efeito das baforadas naquela planta alucinógena, olha incrédula para Magda, que antes de descer as escadas, pega mais um cigarro de maconha, entrega à Janaína e diz:

— Use-o amanhã na casa de Mandel. Ofereça a ele. Pode facilitar.

Em seguida, vira-se, desce as escadas até sumir da vista de Magda, que incrédula, pensa alto: "Onde eu fui amarrar minha égua"...

***

Enquanto isso, Joyce e Barretto liam e reliam o e-mail enviado por Magda. Muitos enigmas permeavam aquela correspondência digital. "O que Magda quis dizer com aquelas frases?" *Os loucos estão livres. Não há mais choques ou banhos gelados na rósea terra dos esquizofrênicos. Podemos irradiar toda a louca sensualidade aos mundanos "normais"; urbana cabrita montanhesa; Estão no caminho da Montanha Mag-ica. Ita!*; "loucos... choques... banhos gelados... rósea terra dos esquizofrênicos... urbana... cabrita montanhesa... Montanha Mag-ica. Ita!"... Estas palavras, concluíam, eram as chaves do

Enigma da Esfinge. "Decifra-me ou te devoro", pensa Barretto, lembrando-se da sua última aventura sexo-virtual. "Está evoluindo", conclui o pensamento. As palavras eram peças de um quebra-cabeça. "O negócio é saber como se encaixam", pensa Joyce.

— Vamos ver pela internet, sugere Joyce. "Loucos choques esquizofrênicos rósea" - Barretto digita estas palavras no Google, mas não conseguem perceber qualquer nexo com o resultado da pesquisa.

— Vamos pensar mais um pouco - pondera Barretto. — Rósea terra... O que será que ela quis dizer com isso?

— Rósea terra... terra rosa... terra das rosas... cidade das rosas... - divaga Joyce.

— Cidade das rosas... Deixa-me ver! - responde Barretto, que lança a frase entre aspas no Google. Encontram logo no princípio da pesquisa a menção à Barbacena. Abre a página da Wikipédia com o resultado da pesquisa. Atentamente, leem aquela descrição:

> *Barbacena é conhecida em todo o Brasil, e também no exterior, como a "Cidade das Rosas", em função da grande produção de primeira qualidade desta flor. No Brasil, o município também é conhecido como a "Cidade dos Loucos", pelo grande número de hospitais psiquiátricos instalados no local. A cidade atraiu esses manicômios em decorrência da antiga ideia, defendida por alguns médicos, de que seu clima ameno, com temperaturas médias bem baixas para os padrões brasileiros, faz com que os ditos "loucos" fiquem mais quietos e menos arredios, supostamente facilitando o tratamento.*

— Xeque! - exclama Joyce, entusiasmada.

Barretto sorri e pondera: — Xeque! Mas ainda não é Xeque-Mate! Não temos dúvida! O nome daquela mulher: Magda: Magda de Barbacena. Ita: pedra em tupi-guarani. Montanhas: Minas Gerais. Barbacena: a cidade das rosas e dos hospitais psiquiátricos. Tudo se encaixa direitinho. Os loucos estão livres: uma referência às mudanças na lei que rege os hospitais psiquiátricos depois da luta antimanicomial. Tudo se encaixa! Estamos pertos!

— Estamos perto, meu amor! Só faltam alguns passos para fisgarmos esta louca.

— Vou pedir Jonas que nos providencie um bom café. Estamos com fome, não? - propõe Barretto.

XLII

— Arf arf... au au auuu...

— Lindinha... Que saudade...

Claraluz abraça e acarinha Martinha, a cachorrinha *poodle* da sua mãe, Gertrudes, que corresponde na mesma intensidade, enchendo-a de carinhos, cheiradas, lambidas e afagos. Depois da festança que Martinha fizera ao avistar Claraluz desde o momento em que dera o primeiro passo naquele apartamento no Leblon, ela a coloca no chão, se dirige à Cleuza, dá-lhe um beijo no rosto e pergunta:

— Tudo bem, querida? Como estão as coisas?

— Tudo bem, Clara. Estou impressionada de ver como dona Gertrudes mudou da água pro vinho. Até parece que não aconteceu essa tragédia na vida dela. Tranquila nestes dias... Me chama toda hora pra conversar, querendo saber da minha vida, sobre o sentido da gente existir, da importância de sermos humildes, relembrando de belas passagens na vida dela, incluindo as partes gostosas contigo e com o seu Clóvis... Me deu tantas roupas novas... Algumas que ela nem usou. Disse que elas serão mais importantes para mim agora. Só pediu pra não te contar pra onde ela vai viajar, porque ela faz questão de que tu saibas da boca dela... Clarinha! A tua mãe e ti terão a melhor conversa das tuas vidas. Tu nem imaginas o quanto essa explosão acordou dona Gertrudes... Me sinto privilegiada! Sempre fui tratada de igual para igual por ti e pelo o seu Clóvis. Sempre fui respeitada como gente. Pela dona Gertrudes também! Mas tu sabes que, depois de certo tempo, as coisas começaram a piorar em nossa convivência, e ela passou muitas vezes até a me desrespeitar e me humilhar. Tu sabes muito bem, minha linda, até porque tu tantas vezes entraste no meio e não deixou a tua mãe abusar de mim. Mas estava ficando insuportável! Eu cheguei a procurar um advogado e estava muito disposta a denunciar dona Gertrudes por assédio moral. Ela sabe disso, porque contei a ela.

— Que bom que estas me contando isto, Cleuza! – responde Claraluz. — Se tu tivesses denunciado a minha mãe, eu a apoiaria de olhos fechados, porque é o teu direito de gente, de pessoa humana que tu és. Tu tens o direito de ser tratada com dignidade, assim como é dever de cada um agir da mesma forma com as outras pessoas. Tu estarias agindo corretamente, e eu a apoiaria, podes ter certeza, minha querida! Por outro lado, o fato de tu não teres concretizado a denúncia é também um belo sinal. Da mesma forma que temos o direito de, socialmente, buscar a proteção das leis, é bom sabermos que mais importante do que as leis é a nossa verdade espiritual. Os valores do espírito, que eu aprendi na minha crença em Jesus como guia e salvador, são os valores que podem trazer a paz para nós. Por isso, se alguém se arrepende dos seus atos e muda a direção da sua vida, acredito que nós temos o dever de perdoá-lo. Não podemos amar o pecado, mas precisamos amar os pecadores, que somos todos. Foi assim que Jesus Cristo agiu e ensinou, e será bom se agirmos assim.

— Clarinha! Como tu está iluminada! Será fruto deste coração apaixonado? Tô sabeeeendo viu! - exclama Cleuza, toda feliz.

— Sabendo de que, Cleuza? - pergunta Claraluz, rindo até no canto e já ruborizada.

— Do teu namorado mineiro, uai! - responde Cleuza, soltando uma gostosa gargalhada e buscando imitar o jeito mineiro de se expressar.

— Cleuza! - exclama Claraluz, abafando um gritinho com as mãos entre o nariz e a boca. — Mas como tu sabes? Quem te contou?

— Huuuuum, linda! Estou toda feliz por isto, boba. Fui visitar o seu Clóvis ontem no hospital. Cheguei pouco depois que tu saíste, e foi ele quem me contou. Pediu para que eu não falasse com a dona Gertrudes, porque ele acha que tu que deves contar a ela.

— Olha! O meu pai!... Ele não tem papas na língua mesmo! - exclama Claraluz sorrindo e abanando a cabeça. — E o que ele te contou?

— Ele falou que tu estas apaixonadiiiiinha pelo mineirim. Me contou que ele é sociólogo, professor, e adorou saber que ele é músico também - responde Cleuza, rindo satisfeita.

Claraluz abre um sorriso generoso e apaixonado, e Cleuza continua: — E eu adorei Juliana, a namorada do seu Clóvis. Eles se parecem tanto... Brincalhona igual a ele. Deu certinho! E são tão carinhosos um com o outro... Mas quando é sobre os cuidados do seu Clóvis com o coração, ela fala sério! Falou que vai fazer marcação cerrada! Aí eu disse pra ela: isso mesmo, Juliana! O seu Clóvis é um poço de teimosia! Ele adora ajudar os outros, mas não tá nem aí quando precisa de se ajudar. Pega no pé dele mesmo, que eu te dou apoio total!

Claraluz ri descontraidamente do relato daquela conversa, e fala depois: — Ah, Cleuza! Acho que meu pai vai se cuidar melhor depois desse susto que ele deu em si e em nós. Mas é bom mesmo Juliana ficar no pé dele, pois senão ele esquece que quase morreu e relaxa... Mas é o seguinte! Estou ansiosa para conversar com minha mãe. Onde ela está? Na volta, a gente coloca mais algumas coisas em dia.

— Ela está no quarto te esperando - responde Cleuza. — Fiz um delicioso chá verde com limão pra vocês tomarem enquanto conversam. Falei com Juliana pra fazer chá verde pra eles também, porque é muito bom pro coração.

— Isso mesmo! - responde Claraluz. — Vou lá! Martinha já deve ter avisado a mãe que cheguei. Nunca vi uma cadelinha tão esperta! Lindinha...

Claraluz dá outro beijo em Cleuza e a abraça. O olhar de alegria delas apontava para a certeza de que aquela conversa seria histórica para a vida de uma mãe e uma filha que estavam prestes a se reencontrarem, como se fosse depois de anos, mesmo que nunca tenham deixado o convívio, dia após dia, debaixo do mesmo teto. Claraluz caminha em direção ao quarto de Gertrudes. No meio do caminho, Martinha vem correndo ao seu encontro, pulando de alegria e caminhando, com seus passos adiantados e recuados, abanando o pequeno rabicho até a porta do quarto. Claraluz abriu a porta e encontrou Gertrudes organizando algumas roupas em sua mala. Gertrudes trajava um robe de seda branco, estilo roupão. Ao ver sua mãe com aquele robe, Claraluz exclama:

— Olha mãe! Que bonito! Lembro-me deste robe. Foi meu pai que te deu, há muitos anos, quando ele chegou de uma viagem da Síria. Ele trouxe de lá. É tão lindo...

— É minha filha. Resolvi desentocar algumas roupas que estavam encostadas, porque senti que precisava voltar no tempo e resgatar valores que eu deixei para trás junto com estas roupas. Eu as lavei ontem de manhã. Cleuza queria lavar, queria tomar das minhas mãos, mas eu disse: essa tarefa é minha e só cabe a mim! Faz parte da minha aterrissagem de volta à Terra, depois de alguns anos no mundo da Lua.

Claraluz se emociona ao ouvir aquelas palavras, saídas das cordas vocais da alma de Gertrudes. Numa velocidade alucinantemente irreal, sentia tudo voltando ao seu lugar. Parecia um vídeo de um ciclone, na direção contrária ao tempo. As coisas se colocavam sozinhas aos lugares de onde vieram, e se fosse possível escolher, não sairiam nunca do lugar para onde voltaram. Claraluz se percebia de volta ao lar, voltando criança, depois de percorrer, de mochila nas costas e dentro da sua própria casa, um mundo desconhecido e estranho em sua adolescência e em sua vida adulta. A criança voltou no corpo de mulher.

Claraluz caminha em direção à sua mãe. As duas estendem-se os braços e depois se envolvem num longo e completo abraço, um abraço integral, inteiro, íntegro e entregue. Um abraço de mãe e filha, como um abraço cósmico do pós-parto, onde o sol-mãe acalenta o inseguro planeta-filho, e o átomo-filho busca o calor do universo-mãe que lhe abriga. Instantes depois, as lágrimas arrombam o portão da bolsa lacrimal daqueles dois corpos. Os soldados da resistência à entrega emocional perderam o controle sobre a rebelião das lágrimas encarceradas por longos anos, condenadas por não poderem brincar com o amor fraterno entre mãe e filha. As lágrimas estavam livres, e saíram cantarolando, como num grande coral, pelas faces de Claraluz e Gertrudes. Desciam e molhavam, com gotas de magia, as roupas daquelas duas mulheres reencontrantes, que permitiram que saíssem todas, até a última lágrima retardatária, que pasma, custava a acreditar que enfim, estava livre. Uma viagem intrauterina, um mergulho no lago quente da memória sobrevoou a mente de Claraluz enquanto abraçava Gertrudes, que por sua vez, viajava como um carteiro por todos os logradouros da sua memória emocional, resgatando cenas de quando a sua barriga crescia... crescia... crescia... até gerar aquele lindo bebê, e que hoje era uma bela, sábia e virtuosa mulher. Aos poucos, a dupla mãe-filha refazia-se da *overdose* das emoções experimentadas naqueles inescrutáveis momentos. Descolam-se, e lentamente sentam-se no garboso sofá daquele requintado quarto de um apartamento de algum lugar daquele encantador Leblon. Servem-se do chá feito por Cleuza, que estava na mesinha em frente ao sofá. Claraluz olha nos olhos de Gertrudes e, referindo-se ao traficante de ecstasy Alex Augusto Paiva, pergunta:

— Mãe, vamos à parte chata. Me explique como foi se envolver com um sujeito bandido e perigoso como esse, e que ainda por cima tem idade para ser seu filho?

— Minha filha! - responde Gertrudes incisivamente e fitando-a os olhos. — Quando alguém se entrega ao mundo ilusório dessa congregação de *socialites*, imita cegamente os modismos que a cada dia surgem e que servem para alimentar a competição desse campeonato da ostentação fútil e desumana. Tu sabes que nas rodas que frequentei, rodas essas que, com certeza, jamais voltarei, as minhas amigas começaram a disputar os garotões malhados e sarados para exibi-los nas rodas sociais como se fossem chaveirinhos. E como eu me encontrava dopada, rapidamente comecei a procurar o meu chaveirinho também. E numa dessas festas que eu costumava promover em Búzios, apareceu esse garoto. Garoto! Isso mesmo! Eu, uma senhora carregada de empáfia, oferecendo aos olhos dessas minhas amigas, também carregadas de empáfia, uma escultura ambulante de músculos juvenis, só para ter o escabroso prazer de exibir às outras distintas *socialites* esse brinquedinho. Nessa festa, Alex trabalhou como garçom na empresa que contratei, e todas às vezes ele procurava me servir destacadamente, sempre olhando para mim com olhos de desejo. Para uma mulher iludida como eu, aquele garoto me apareceu como um manjar dos deuses da bazófia, e logo tratei de me envolver com ele.

— Mas, mãe!... Tu não sabias que ele estava envolvido com uma gangue de traficantes?

— Olha, filha! Quando uma mulher como eu, já coroa e cercada de futilidades por todos os lados, assume um relacionamento como esse, o único objetivo é exibir o troféu. Não nos preocupamos com o passado, com a família e com as atividades deste troféu. Soube depois, pelos depoimentos dele à polícia, que ele usaria a nossa casa como depósito da droga, que sairia em partes, de acordo com a demanda das festas raves. Mas Deus, através das tortas linhas pelas quais caminhei, foi generoso comigo, filha. Ele me deu essa experiência trágica para me resgatar do último estágio do inferno, tal qual ao inferno de Dante. Só descobrimos que somos indigentes presos nesse inferno quando as suas chamas provocam queimaduras profundas em nossa alma. É aí que enxergamos a face cruel do demônio, que paradoxalmente se apresenta como o anfitrião do paraíso da exibição nababesca.

— E agora, minha filha, vou te revelar os novos rumos da minha vida - continua Gertrudes, sob o olhar atento e atônito de Claraluz. — Amanhã eu vou a Búzios pela manhã. Fui intimada a comparecer à Delegacia de Polícia Civil para prestar depoimento. Vou acompanhada do meu advogado, Marcos Stehling. Ele me disse que não terei implicações maiores no caso, pois Alex confessou em seu depoimento que eu não tinha qualquer envolvimento e qualquer conhecimento dessas atividades. Uma parte da quadrilha foi presa, porque conseguiram localizar a pessoa que colocou a caixa no maleiro da rodoviária de Búzios, e a partir da prisão desse sujeito, localizaram outros membros do bando. A polícia conseguiu desmontar o esquema.

— Que bom, mãe! É bom mesmo tirar essas pessoas de circulação, porque é a pior espécie de gente produzida por este sistema desumano e utilitarista em que vive a nossa sociedade.

— É isso mesmo, filha! Tenho compaixão por Alex, pois é um garoto que tinha um bom futuro pela frente. É um garoto de apenas dezenove anos, e agora terá que pagar por esse crime. E que fique bem claro! Tenho compaixão, mas o meu envolvimento com ele termina aqui! Não me envolverei em nada com relação à sua prisão e ao processo judicial que irá enfrentar. Apesar de ser um garoto de dezenove anos, ele é responsável pelos seus atos, e a justiça precisa ser feita. Eu nem desconfiei, tão otária que fui! Ele deverá pagar por esse crime, e só torço para que, depois que cumprir a pena pela qual ele deverá ser condenado, que tenha uma vida correta e digna, apesar de achar difícil, porque o sistema prisional do Brasil é uma escola de formação de bandidos.

— Tá certa, mãe! Te apoio! Mas quero saber de tudo! Quero saber para onde tu vais viajar, quais as decisões que tomara em tua vida, e que livro é esse que leu e foi tão importante para ti! Quero saber de tudo, como também quero te contar sobre as coisas que estão ocorrendo em minha vida. Vou falar sobre o meu novo namorado, mas antes me diga sobre quais serão teus passos daqui para frente.

— Estou louca pra saber sobre teu namorado, filha. Cleuza me disse que já sabe, mas ela não quis me contar. Ela me disse que Clóvis pediu para que eu soubesse através de ti, e acho bom que seja assim! Mas antes, vou falar sobre os meus projetos de vida. Quando soube da notícia, desafortunadamente através de ti naquele tão fatídico dia, o meu mundo desmoronou. Fiquei atordoada! Não sabia me localizar! O meu mundo explodiu, e houve momentos em que pensei mesmo em me suicidar.

— Mãe! Que loucura!... Graças a Deus tu não cometeste a insanidade máxima e irreversível que uma pessoa pode cometer – replica Claraluz, aumentando o volume da sua voz, assustada por esse lampejo de vontade de Gertrudes em tirar a própria vida. — Mas continua, porque estou supercuriosa!

— Pois então! – continua Gertrudes. — Naquele mesmo dia, Ivone Monteiro me fez uma visita. Como eu não atendia ligações pelo telefone, ela resolveu romper a barreira do meu claustro, e sem cerimônias, praticamente invadiu o apartamento e, sem que Cleuza pudesse evitar, entrou neste meu aposento. Chegou e me disse, sem meias palavras: “Gertrudes! Tu não precisas de nenhuma dessas amigas de frivolidade que acompanhaste durante esses anos de luxúria em que viveste. Mas precisa de mim neste momento! Permita-me ser tua amiga agora, pois é agora que tu precisarás dos teus verdadeiros amigos". Depois daquele apelo incisivo, não tive como negar. Ela sentou, conversamos sobre o incidente, ponderou sobre o sentido da vida de cada um, e depois me presenteou com um livro.

Gertrudes levanta-se e vai até ao criado ao lado da sua cama. Pega um livro em cima do móvel, volta ao sofá e entrega o livro a Claraluz, que percebe que era um livro já usado. Observa atentamente aquela capa, que exibia um desenho de um homem que carregava uma placa nas costas, caminhando por uma estrada coberta de neblina. Ficou muito curiosa pelo conteúdo daquele livro, *O Vendedor de Sonhos – O Chamado*, de Augusto Cury. Folheia rapidamente e pergunta:

— Parece interessante, mãe. Conheço o autor, Augusto Cury. Sei que ele é um famoso psicanalista e sei que escreveu vários livros de autoajuda. Desconfio um pouco desses livros de autoajuda, mas parece que no seu caso valeu a pena.

— Este não é propriamente um daqueles livros de autoajuda, que dão respostas fáceis e genéricas para os problemas das pessoas. É sim, um romance sensacional, que conta a história de um misterioso homem, morador de rua, que com extrema sabedoria e utilizando-se habilmente de métodos socráticos, convida pessoas a se descobrirem e a repudiar toda essa enorme carga de podridão social, que nos submete ao individualismo e ao extremo egoísmo. Descobri, viajando pelas páginas deste livro, devoradas ferozmente por mim nestes dias, que ser normal em nosso meio social é chafurdar na lama das ilusões da fama e do status social, é fazer valer as nossas vontades hedonistas sobre os interesses dos outros, mesmo que para isso passemos por cima, espezinhemos e provoquemos prejuízos a outros. Descobri, com tanta simplicidade, que viver por trás dessa máscara de *socialite* é viver buscando iludidamente a felicidade por caminhos infelizes. Assim como no livro, vou seguir, como uma discípula, os passos do vendedor de sonhos. Quero, daqui pra frente, ser uma mulher solidária. Quero irradiar a amabilidade, a fraternidade, e lutar contra o preconceito e as futilidades que custam fortunas. Quero, daqui pra frente, ser uma vendedora de sonhos e uma semeadora da solidariedade.

Claraluz aproxima-se da sua mãe, abraça-a com emoção e diz: — Mãe! Tu não sabes como estou feliz por ouvir estas palavras. Elas são o grande testemunho de que dentro de cada pessoa mora o bem, o amor e a justiça, e que todas as pessoas são passíveis da sua própria redenção. Todos nós somos portadores do potencial da transformação para a felicidade. Dentro da nossa alma, mora a plena sabedoria, e a sabedoria nos mostra que não existe a felicidade individual. As pessoas só poderão ser felizes se forem felizes juntas... E Ivone foi o anjo que Deus enviou para ti neste momento tão delicado, podes ter certeza! Vou pegar meu pen drive, conectar no seu som e colocar uma música de Milton Nascimento, *Coração Civil* (Milton Nascimento / Fernando Brant). Ela tem tudo a ver com este momento.

Claraluz liga o som no quarto de Gertrudes, e aquela canção embala um diálogo já tão carregado de grandes emoções.

> *Quero a utopia, quero tudo e mais. Quero a felicidade nos olhos de um pai. Quero a alegria muita gente feliz. Quero que a justiça reine em meu país. Quero a liberdade, quero o vinho e o pão. Quero ser amizade, quero amor, prazer. Quero nossa cidade sempre ensolarada. Os meninos e o povo no poder, eu quero ver. São José da Costa Rica, coração civil. Me inspire no meu sonho de amor Brasil. Se o poeta é o que sonha o que vai ser real. Bom sonhar coisas boas que o homem faz. E esperar pelos frutos no quintal.*

Gertrudes, ao som daquela bela música, sorri um resgatado sorriso generoso e fraterno, mas que se encontrava mofado e empoeirado por ter sido armazenado e desusado há anos num canto de uma dispensa esquecida da sua alma. Descontraidamente, comenta:

— Filha! Adoro estas tuas associações das passagens das nossas vidas com as músicas. Desde pequena tu és assim, espirituosa. Tenho tanto orgulho de ti!... Mas me conte sobre o teu namorado. Tenho mais coisas para te dizer, mas estou muito afoita por saber sobre esta paixão que te deslumbrou.

Claraluz solta um sorriso contagiante e único, marcado por aqueles que vivem a peregrinação das estradas das paixões. Vira-se para Gertrudes e diz:

— Veja que coisa mais interessante, mãe. Tu disseste sobre esta minha característica de relacionar alguma música com um fato qualquer. O meu namorado, que se chama Mandel, que naquele e-mail que tu viste, foi chamado de Sherlock, é mestre nessa capacidade de associação. Não chego aos pés dele, e eu me encanto por esse dom que ele tem... Mãe! Chegou a tua hora de saber sobre o que está para acontecer em minha vida daqui para frente!

Claraluz conta como conheceu Mandel, e disse que independentemente de ter conhecido alguém com quem se identificara tanto e se apaixonara quase que instantaneamente, já cogitava romper o noivado com Barretto, por não estar feliz com a relação e por ter concluído que as suas características jamais combinariam. E quando contou que Mandel era mineiro, Gertrudes franziu a testa e externou sua surpresa:

— Filha! Não me diga! Quer dizer que os e-mails que Barretto vem recebendo apontam para alvos errados?

— Mãe! Tu nem imaginas o quão louca é essa história! - prossegue Claraluz, que conta que, além da amante, Janaína, Mandel também tinha uma namorada, a psicóloga Esther, que divide o apartamento em Belo Horizonte com a sobrinha Magda, que descobriu o romance entre ela e Mandel, depois de ter invadido o computador dele, e resolveu enviar aqueles e-mails a Barreto. Gertrudes olhava para Claraluz, e com a mão direita no queixo entreaberto, soltava pequenos risinhos de perplexidade:

— Sempre imaginei que tu tivesses uma queda por viver aventuras deste tipo, cercada de grandes emoções - interrompe Gertrudes, soltando uma risada após a fala.

Claraluz ri da observação da sua mãe e prossegue, afirmando categoricamente: — Mas não abro mão da exclusividade sobre Mandel! Quis o destino que nos conhecêssemos neste momento, nesta realidade já posta. Mas tudo mudou depois que nos conhecemos e nos apaixonamos. Ter conhecido Mandel somente acelerou o inevitável, que foi o rompimento do meu noivado com Barretto, e no caso de Mandel, ter precipitado o inevitável para ele: o rompimento com Esther e com Janaína. Nós dois vivíamos situações parecidas de descontentamento com os relacionamentos, e o nosso encontro serviu para descobrirmos os nossos verdadeiros caminhos do amor romântico. Nós nos parecemos muito, em nossos gostos, nossas convicções políticas e sociais, nossa visão religiosa, e o nosso universo poético embriaga nossas almas. Estamos apaixonados, mãe, e viveremos com intensidade esta paixão, e na vivência desta paixão, deixaremos o amor brotar e florescer.

— Estou tão feliz por ti, minha filha! - exclama Gertrudes, levantando em seguida uma importante questão: — Mas como mãe, tenho um senão: vocês se conheceram pela internet, e acredito piamente que tudo o que estás me relatando é a mais profunda verdade. Mas tu sabes que no dia a dia, a convivência pode desgastar esta paixão, que vai muito além da poesia canalizada por estes poderosos meio de comunicação virtual. Não é todo o dia que acordamos felizes e poéticos, a convivência pode desembocar numa rotina sem graça e insossa, e, muitas vezes, um casal passa a ter dificuldades de se tolerar. Como tu e o Mandel vão se comportar quando essas barreiras começarem a surgir?

Claraluz olha com serenidade nos olhos de Gertrudes e diz: — Olha, mãe! Eu sei que os casais passam por momentos de provações. Tu sabes muito bem que nós mulheres temos, em nossos ciclos menstruais, fases emocionais variadas, que nos tornam, às vezes, bipolares, e sei que os homens tem que ter um saquinho dilatado para nos tolerar nesses períodos - rindo. — E os homens por sua vez, tem que parar de pensar com a cabeça de baixo e valorizar o amor romântico, que é tudo de bom quando optamos por viver esse amor. Mas todas essas tormentas podem ser vencidas se não prevalecer o egoísmo, o individualismo e o hedonismo. Vivemos num começo de século revolucionário, onde as liberdades são reivindicadas e ampliadas, e múltiplas formas de relações são possíveis. Tem gente, como Mandel e eu, que quer viver uma vida de casal, e pode ter certeza de que viveremos uma bela vida de casal. Mas se alguém optar por viver um acasalamento homossexual, está valendo! Se alguém optar por ser celibatário, está valendo; se alguém optar por viver diversos casos, também está valendo, e até mesmo optar por relacionamentos a três, quatro, desde que se entre em acordo... Experimentaremos formas livres, livres de preconceitos e dogmas ultrapassados, e assim o ser humano começara a se encontrar em seu íntimo, em sua diversidade, a partir do seu livre-arbítrio.

— Uau! - exclama Gertrudes, efusivamente. — Estou gratamente surpresa! Não imaginava que tu, minha filha, estivesse com os pensamentos tão avançados.

— Pois é, mãe! Quanto tempo perdemos!... Mas tudo bem! Temos o daqui pra frente, e é só o que interessa agora. Estou muito feliz por estar podendo me abrir sem receios contigo. É tão magnífico... Mas, falando em múltiplas formas de se relacionar, acho que Barretto irá viver uma dessas variações modernas - diz Claraluz, rindo do comentário. — A tal Magda, sobrinha de Esther, acabou se envolvendo com ele e ainda o jogou na mão daquela modelo, Joyce, que o Barretto e tu acharam que fosse a pessoa misteriosa que estaria enviando aqueles e-mails. Acho que os três vão acabar formando um "trio". Esta Magda é danada!

— Não me diga, mineirinha! - exclama Gertrudes, surpresa e rindo fraternalmente das expressões tipicamente mineiras já adotadas por Claraluz. — Mas como tu sabes de tudo isto?

Claraluz dá uma gargalhada pela fina ironia da mãe e responde: — Quando Mandel soube dos e-mails, desbloqueou uma espécie de vírus que permitiu que ele investigasse o computador de Magda, a partir de uma página falsa da faculdade na qual ela estuda e que ele enviou para ela. Ele justificou a invasão para nos proteger, e tem se conduzido nos limites que nos interessa à risca. Mas foi impossível não acompanhar esse desenrolar dos fatos, e esta história é tão louca, que precisaremos de outro dia de prosa só para esmiuçá-la. É muito, mãe! Tu não tens noção! Mas te peço para que não contes ao Barretto. Ele precisará viver essa aventura para alcançar uma maturidade que ainda não encontrou – e mudando o rumo da conversa, pergunta: — E tu, mãe? Para onde vais viajar? Quais são as decisões que tu tomaste além dessa viagem?

— Pois então! – responde Gertrudes. — Acho que preciso tomar um banho de terra, de lama, de raiz, de mato, de plantas, insetos, aves, ar puro... A minha aventura *socialite* provocou alguns buracos em minha história. Preciso reencontrar com as minhas origens e redimir a minha biografia. Os fatos que constroem a nossa história nunca deixarão de compor esse enredo imutável, mas o que importa é o caminho que percorremos no aqui e agora, em nosso presente, em nossas atitudes presentes. A história de cada vida é composta pelos mesmos *quantum's* de instantes temporais, mas em cada quantum habita uma história única e particular, que pode ser vivida somente por cada um. Por isso, minha filha, amanhã, às dez e quinze da noite, estarei viajando, num voo saindo do Galeão com destino a Manaus. É um voo de quatro horas, portanto chegarei de madrugada. Me hospedarei em um hotel, e pela manhã viajarei para São Gabriel da Cachoeira, quase na fronteira entre a Colômbia e a Venezuela, em uma embarcação alugada para a expedição. São quatro dias de viagem pelo Rio Negro até chegar em São Gabriel. De lá, partiremos para uma reserva onde fica uma aldeia da tribo Baniwa. Esses índios são especializados na confecção de lindas cestas de arumã. Quero trazer para ti e para o teu namorado duas lindas cestas de presente. Vou me integrar a uma pequena expedição que se propôs a interagir com essas comunidades, a fim de participar do dia a dia deles, para aprender a filosofia dessas comunidades. Reaprender algo que nós, ditos civilizados, esquecemos, que é o viver em harmonia com a natureza, com os meios que nos permite a vida, sem agredi-la. Preciso me desintoxicar, e assim, resolvi usar um pouco da minha herança investindo nesta transformação tão necessária. Essa viagem me significará o reencontro com as minhas raízes antropológicas, que são as nossas raízes. Nós, ocidentais, cristãos e civilizados, precisamos urgentemente rever nossas origens, reavê-las e resgatá-las. Os Baniwa tem costume de receber pequenas expedições para o mesmo fim. São sempre expedições formadas por quatro pessoas, monitoradas pela FUNAI, cuidando para não provocar desequilíbrios culturais nessas interações que acontecem com o convívio diário. Não podemos levar qualquer tipo de presente, e a nossa contribuição é financeira, aonde uma parte da taxa, que já está paga, vai para o custeio da nossa manutenção durante o período que estivermos lá, e a outra parte vai para um fundo da FUNAI, que é gestado por um conselho de comunidades indígenas, com a finalidade de cuidar da própria preservação cultural e para investimentos nas reservas indígenas criadas pelo governo.

Enquanto Gertrudes relatava o seu projeto, Claraluz levantou-se do sofá e foi até ao aparelho de som do quarto, selecionando a música *Índios* (Renato Russo), do Legião Urbana, que estava no seu pen drive já conectado ao som. Gertrudes interrompeu por alguns instantes o seu relato para ouvir um trecho daquela música, que tocava fundo a alma daquelas duas mulheres envolvidas em temas humanos tão profundos e urgentes.

> *Quem me dera ao menos uma vez acreditar por um instante em tudo que existe, e acreditar que o mundo é perfeito e que todas as pessoas são felizes. Quem me dera ao menos uma vez, fazer com que o mundo saiba que seu nome está em tudo e mesmo assim ninguém lhe diz ao menos, obrigado. Quem me dera ao menos uma vez, como a mais bela tribo, dos mais belos índios não ser atacado por ser inocente.*

— Mãe! Como estou surpresa com tudo isso! Quer dizer então que tu, de *socialite*, vai virar índia! – fala Claraluz, rindo e ironizando sobre a decisão de Gertrudes.

— É isso mesmo, filha! Vou buscar a índia que tem dentro de mim. Vou buscar os meus primórdios, e depois desse estágio, que servirá como a ponte que ligará a velha Gertrudes para a nova Gertrudes, voltarei para contribuir com o fortalecimento de uma sociedade um pouco melhor. Quero integrar-me à Associação Viva Cazuza. Liguei para Ivone ontem, e pedi a ela que entrasse em contato com Lucinha Araújo. Ivone me retornou e disse que Lucinha me receberá de braços abertos. Também quero contribuir com outras causas, principalmente com as organizações ligadas ao meio ambiente, a cultura e a educação. Por isso, farei parte do Greenpeace, e ainda sobrará tempo para ser colaboradora e militante da Associação Projeto Roda Viva, que é uma associação criada por educadores para fomentar uma educação de qualidade para crianças de baixa renda. Educação é a única saída para a dignidade social, e tu e o Clóvis sabiam disso antes de mim.

— Estou impressionada, mãe! - responde Claraluz, boquiaberta. — Assim como uma arqueóloga, tu acabou realizando uma grande escavação em tua alma e desenterrou belíssimos tesouros escondidos. Estou tão feliz...

— E por falar em tesouros, quero te dizer mais - continua Gertrudes. — A minha herança permite que eu me sustente para o resto da vida. Sou uma mulher privilegiada economicamente, e não preciso trabalhar para poder sobreviver. Sendo assim, resolvi colocar Ivone numa frente para cuidar de algumas decisões que tomei enquanto eu estiver viajando. Resolvi fazer algumas doações, e muitas das minhas roupas e sapatos serão doados para algumas Conferências da Sociedade São Vicente de Paulo daqui do Rio. As minhas joias também serão doadas para a Sociedade São Vicente de Paulo, para serem revertidas às obras de caridade dessa instituição. Acompanharei todo o processo quando voltar, pois quero sentir o resultado na vida daqueles que realmente precisam da nossa ajuda. Só não quero que meu nome sequer seja mencionado, pois, como nos ensinou o Cristo, o que a direita faz, a esquerda não precisa saber.

Claraluz estava com os olhos marejados ao ouvir as decisões que a mãe tomara. Enxugou-os e perguntou: — Mãe! E Cleuza?

— Cleuza ficará aqui no apartamento e cuidará da Martinha enquanto eu estiver viajando. Disse a ela que, se quiser, dê um apoio ao Clóvis nesse período, já que ele necessitará de cuidados. Sei que ele tem o apoio da namorada dele, e torço de coração para que eles se deem bem, pois sei que ele merece; como também sei que têm as pessoas que trabalham para ele, mas uma mãozinha a mais sempre é benvinda. Clóvis é generoso, e com certeza há de remunerá-la justamente. Estou também incentivando Cleuza a fazer um curso de culinária, pois ela tem prazer em cozinhar, e não há nada melhor do que fazermos o que gostamos.

Claraluz levanta-se daquele sofá e diz: — Me sinto com a alma lavada! Felizes são os filhos que tem a oportunidade de ter uma conversa tão profunda com os pais como eu pude ter contigo nestes instantes. Preciso ir, mas quero dizer-te mais: também estarei embarcando para Belo Horizonte amanhã. Irei cedo, pois vou participar do primeiro dia de um Congresso de Pediatria. Mas só vou participar do primeiro dia, pois pretendo ficar com Mandel durante o fim de semana, e depois, deixar que o destino se encarregue do resto. Vou lhe fazer uma surpresa. Ele toca em uma banda onde o primo dele, Matheus, também faz parte, e chegarei lá sem avisar, durante uma apresentação que eles vão fazer.

— Não me digas! Tu não me disseste que ele é músico... Então o Mandel vai se dar bem com o Clóvis, uai! - responde Gertrudes sorrindo, carregando mineiramente o "uai".

— É, mãe! - responde Claraluz. — Eram tantas coisas que precisavam ser ditas, que acabei não falando desse lado músico do Mandel. E olha que ele é um poeta maravilhoso.

— Então, ele é rico, minha filha - responde Gertrudes, levantando-se do sofá. — Acabei descobrindo, a duríssimas penas, que a verdadeira riqueza está armazenada numa mansão que se localiza na mais bela alameda da nossa alma, e que só os sábios conseguem descobri-la e ocupá-la. Estou feliz por ti, filha! Agradeço a Deus por ser esta mulher tão maravilhosa!

— E eu te amo, minha mãe - responde Claraluz. — Eu não poderia ser assim, como tu disseste, se tu e o meu pai também não fossem as pessoas maravilhosas que são.

— Mas eu deixei muito a desejar nestes últimos anos, filha. Gostaria de ser o que tu estás dizendo.

— Mas tu és sim, mãe. O que ficou escondido por algum tempo emergiu, e emergiu de dentro de ti. Por isso tu és maravilhosa! E eu te adoro!

— Também te adoro, minha filha! Tenho certeza de que tu serás feliz com Mandel, pois ele e tu se merecem.

— Obrigado, mãe! Sentirei saudades de ti, mas ao mesmo tempo estarei feliz e tranquila, pois sei que tu estarás viajando para o teu mais lindo interior.

— Também sentirei saudades... Mas de lá, emanarei energias positivas para ti. Tu sabes que só as mães tem este poder de fortalecer os filhos no caminho da felicidade, mesmo que estejam a milhares de quilômetros de distância.

Claraluz e Gertrudes se abraçam, e novas lágrimas brotaram dos seus olhos. As lágrimas, desta vez, não tinham mais barreiras, portões ou grades de confinamento. Foi proclamada a independência das emoções e da afetividade, e uma nova fase de liberdade e prosperidade estabeleceu-se na alma de uma mãe e de uma filha. Os anjos abriram uma garrafa de champanhe, brindaram e comemoraram, com uma festa de arromba, o renascimento do mais belo amor materno e filial.

XLIII

Belo Horizonte faz jus ao título de capital da boemia. Os bares e boates permeiam abundantemente as várias regiões da capital mineira, e os belorizontinos e todos os seus habitantes estrangeiros, invasores abundantes, vindos principalmente das cidades do interior, facilmente incorporam aos seus espíritos a cultura dessa bela cidade de Minas Gerais. E aquele bar na Cidade Nova não traiu essa tendência. Apesar de relativamente novo, já se preparava para entrar no concurso *Comida de Buteco*, um dos mais tradicionais e deliciosos eventos culturais de BH. Um ambiente aconchegante, colorido por quadros diversos, uma pintura amplamente rebuscada, composta de geometrias circulares e psicodélicas, envolta em cores harmoniosas, e que dividiam o espaço das paredes em molduras diversas, preenchidas por citações e poesias de diversos autores, como Fernando Pessoa, Pablo Neruda, Charles Chaplin, Madre Teresa de Calcutá, Fernando Sabino, Rubem Braga, Gabriel García Marquéz, Roberto Drummond, John Lennon, Adélia Prado, Renato Russo, Raul Seixas e outros mais. Mesmo sendo quinta-feira, um casal de músicos se preparava para começar mais uma apresentação num dia de semana com ares de fim-de-semana. *Pelé's Night*, esse era o nome daquele delicioso bar onde Mandel, ainda esperando a chegada de Esther, submetia a sua alma a viagens poéticas por cada tela, afogando-se nos textos daquelas brilhantes mentes, um por um. "Acho que vou conversar com o dono deste bar e apresentar a nova dupla, Maria e José, para que eles estreiem aqui", pensou. Mandel estava tão concentrado naqueles textos, que nem vira Esther entrando no bar. Ela ficou parada, a uns três metros de distância, rindo da distração e absorção do seu futuro ex-namorado, até que ele, quando acabou de ler um poema de Clarice Lispector, virou-se e viu a psicóloga bem à sua frente.

— Ué? Não vi você chegar!

— Claro que não poderia ver-me chegando, senhor poeta bico doce! O senhor estava completamente hipnotizado por esses quadros. O risco era de você cair num deles e não voltar mais! Está em casa, heim? – retrucou Esther, soltando a sua típica e generosa gargalhada.

Aquela menção, "poeta bico doce", brotada da boca de Esther, surpreendeu Mandel. Fora a mesma expressão que Claraluz utilizara em sua primeira conversa quando se conheceram. "Seria apenas coincidência?...", pensou. "... de qualquer forma, vou saber daqui a pouco". Mandel, sempre como um bom cavalheiro, convidou Esther para sentar, concedendo-lhe o direito de escolher a mesa mais apropriada daquele bar que originalmente fora uma casa residencial, para conversarem tranquilamente. Sentaram-se a uma mesa dos fundos, um pequeno terreiro com mais três mesas. Pouco tempo depois, um garçom apareceu para servi-los. Esther verificou o cardápio, repassou a Mandel, que também deu uma olhada. Pediram uma cerveja e uma porção de batatas fritas com queijo derretido por cima, preparada com um tempero peculiar da casa, constituído por uma leve pimenta, orégano, salsinha, alho e cebola. Enquanto esperavam a cerveja, Esther cutucou Mandel:

— Tô achando que o seu América vai voltar pro lugar de onde nunca deveria ter saído, que é a segunda divisão!

— É! Mas se o seu Galo não segurar as pontas, vai fazer companhia ao América. Presta a atenção! - retruca Mandel. — Mas me diga! E Maria e José, pra qual time torcem?

— O Galo vai é ser campeão da Libertadores, escreve isso! - retruca Esther. — José é cruzeirense. Tenho que aguentar! E Maria torce pro Vila Nova. Ela me disse que nasceu em Nova Lima, perto do estádio do Bomfim, e que o pai dela costumava levá-la para assistir os jogos do Vila Nova.

— Bom! Pelo menos diversificação aqui é mato - comenta Mandel, sorrindo.

Aquela discussão futebolística durou até a chegada da cerveja. O garçom os serviu, e assim que se retirou, Esther virou-se para Mandel e, fitando seus olhos, disse:

— Hoje é um dia que eu gostaria que nunca tivesse chegado, mas não podemos evitar o tempo e os acontecimentos. Eu sei que nossa relação não se sustenta mais, e não há mais nada que eu possa fazer. Sei que o nosso assunto é este, e eu não tenho ilusões quanto à continuidade do nosso relacionamento.

Mandel, surpreso com a objetividade de Esther, respondeu: — Eu também me sinto triste por termos chegado a este dia. Mas você sabe muito bem que as escolhas que fazemos nos impõem renúncias. Eu seria muito egoísta se te pedisse para renunciar a alguns caminhos da sua carreira profissional, mas eu também preciso seguir minha vida. Acho também que seria egoísmo seu se quisesse ter tudo, não se importando com os meus caminhos.

— É verdade, Tronquin! Eu andei pensando. Como psicóloga, busco mostrar aos pacientes que a nossa vida é regida por nossas escolhas, e que devemos buscar as escolhas que são as melhores para nós, mas na prática, vejo como é difícil e doloroso quando estamos diante de um dilema que envolve escolhas, e que temos que abrir mão de algo de que gostamos. Não queria abrir mão do seu amor, mas constatei que, já há algum tempo, não o tenho. Então, mesmo que eu optasse por renunciar a algumas das minhas atividades, eu já não o teria mais.

— Esther! Eu admiro você incondicionalmente. Acho você uma mulher fantástica, cheia de qualidades. Mas perdemos a oportunidade de, como casal, sermos homem e mulher, de sermos um casal sexuado. Essa oportunidade não vai mais voltar, e é chegada a hora! Precisamos, daqui para frente, tomarmos nossos rumos. Pelo menos estaremos levando a nossa amizade, a nossa consideração e a nossa admiração.

— Não era o que eu queria – responde Esther. — Claro que queria você como homem. Mas consigo compreender que há muito já não o tenho como homem. Talvez não acredite, mas compreendo e não tenho um pingo de ciúmes do seu envolvimento com Janaína. Não se assuste! Sei do seu relacionamento com Janaína, e sei que ela fazia o meu papel como a mulher que não fui para você nestes últimos tempos.

Aquela afirmativa pegara Mandel novamente de surpresa. Ele acreditava que Esther não sabia de seu envolvimento com Janaína. Mas diante dessa afirmativa, não teria porque negar.

— Esther... Estou constrangido por ouvir de você sobre meu envolvimento com Janaína. Tivemos uma relação à margem do nosso namoro, e até ela fazia questão que você não soubesse, porque não queria perder o bom relacionamento que sempre teve com você, por gostar de você. Não vou negar a você o meu envolvimento com Janaína. Tivemos sim, um envolvimento de certa forma regular. Não consegui evitar! Por incrível que possa parecer, esse relacionamento não afetou o nosso namoro. Te devo satisfações sobre Janaína, mas foi real!... Mas..., preciso satisfazer minha curiosidade: como sabe da Janaína?

— Não só sei da Janaína, que sei que já é parte do seu passado, como também sei do seu envolvimento com Claraluz, a médica carioca que você conheceu pela internet. E por mais estranho que possa parecer, apesar de não ter nenhum sentimento ruim em relação à Janaína, estou morrendo de ciúmes e inveja dessa Claraluz. Estou com inveja do amor que brotou entre vocês. Entendi porque estava tão aéreo sábado, quando saímos para dançar.

Mandel ficou ruborizado. Ficou por demais constrangido. Saber de Janaína vá lá. Mas saber de Claraluz, um caso recente, e que ainda nem havia acontecido um encontro físico, era demais! Mandel coçou a cabeça, e sem jeito, perguntou à Esther:

— Mas como sabe disso tudo?

— Da mesma forma que a minha adorável sobrinha, Magda, soube de você. Está na hora de saber mais coisas do que acha que sabe! - Esther olhou profundamente nos olhos de Mandel e continuou: — Andei desconfiada que Magda estivesse metida em coisas erradas pela internet. Diante disso, conversei com um amigo que também entende de tudo sobre invasão de computadores. Expliquei para ele que andei ouvindo algumas conversas dela por telefone, e ele me aconselhou a buscar caminhos alternativos para investigar. Sempre fui arredia a buscar caminhos obscuros, mas vivemos num país em que se você for muito certinho, você só se ferra! Com a ajuda desse amigo, invadimos o computador de Magda, e através do conteúdo do computador dela, acabei descobrindo suas histórias extraconjugais, apesar de não ser casado comigo, eu sei! Descobri todas estas histórias terça-feira, e você não sabe como tudo isso me magoou... Mas tenho que reconhecer que apesar de tudo, você conseguiu ser razoavelmente ético. Não procurou justificar sua paixão por essa Claraluz fazendo mau juízo de mim. Pelo contrário, procurou me preservar e ainda preservou Janaína. Mas a minha grande decepção está sendo Magda! Não imaginei que ela estava metida com tanta sujeira. Claro que estou decepcionada com você também! Não ache que estou rindo até aqui por ter descoberto o seu envolvimento com Janaína. Mas falei tanto que o olho do dono é que engorda o porco, que acabei me esquecendo de praticar esse princípio. Deixei meu porquinho muito solto e a vontade com aquela morena de parar o trânsito. Além do mais, eu sempre percebi que ela gostava de você. Reconheço que Janaína sempre ficou na dela quando estávamos juntos, apesar dos olhares, que só nós mulheres conseguimos perceber, pois este nosso faro feminino é muito aguçado, e pressente nas entrelinhas os desejos de outra fêmea por seu macho.

Mandel olhava para Esther com um olhar misto de vergonha por estar ouvindo as revelações da sua agora ex-namorada, e de surpresa com a demonstração de uma maturidade que Esther muitas vezes não aparentou ter, principalmente no que tange ao ciúme desmedido que sentia por Mandel, ciúme que não tinha o menor constrangimento em demonstrar. Depois de ouvir e divagar sobre aquele surpreendente relato, Mandel fita os olhos de Esther e diz:

— Esther! Quero lhe dizer algumas coisas: apesar do nosso amor não ter vingado, procurei fazer com que ele pudesse se realizar. Você não sabe o quanto eu a admiro e gosto de você. Você não sabe o quanto dei valor por eu estar com você, e o quanto estava seguro por me relacionar com uma mulher como você. Nós tivemos uma relação que no início foi até quente, caliente, como você gosta de dizer, mas rapidamente, e você sabe disso, começamos a nos desencontrar. Não quero ficar aqui apontando erros e culpas! Só digo que as circunstâncias não permitiram a continuidade do nosso relacionamento! Vivemos novos tempos e, por todos os lados que miramos, encontramos evidências destes novos tempos que estamos vivendo. E uma destas novidades está no comportamento, onde muitas pessoas optam preferencialmente por viverem seus projetos profissionais, que dificilmente casam com os projetos de vida a dois. Conhecer Claraluz foi um acidente. Mas foi um acidente fatal! Somos protagonistas de um caso, onde gostos, temperamentos e objetivos encontram-se harmonicamente. Sinto muito por estar dizendo isto a você, Esther, mas não posso negar que me sinto privilegiado por estar vivendo esse caso...

— ...Sou obrigada a reconhecer, Mandel - interrompe Esther. — Li e reli várias vezes as conversas que teve com essa médica. Não encontrei nada que não pudesse se traduzir na mais bela história de amor. É difícil e dolorido constatar esse fato, mas é inevitável! Não sei onde consegui forças para racionalizar seu romance com Claraluz, porque eu queria mesmo era te esganar quando li, nas primeiras vezes, as suas conversas na sala de bate-papo e no Messenger - expressando-se iradamente. — Mas depois, buscando me conformar com a situação, reli até a exaustão, e comecei a ver e a reconhecer a beleza que havia no ar da conversa entre vocês dois...

Lágrimas brotaram nos olhos de Esther. Renunciar ao amor de Mandel, sabia, era a sua escolha. A psicóloga experimentava os desafios práticos da teoria humanista de Carl Rogers. Não existia escola capaz de prescrever a fórmula exata para conviver pacificamente com as nossas emoções. A emoção contraria a razão, e por mais racional que os fatos apresentassem, a emoção rejeitava clássica e soberbamente aos argumentos da razão. A psicóloga, naquele momento, desabara da estrutura psíquica de Esther e, por alguns preciosos segundos, deu lugar a uma mulher frágil e frustrada por não lograr êxito no empreendimento amoroso. Porém, as lágrimas brotadas dos olhos de Esther acabaram funcionando como águas usadas pelos bombeiros para apagar um incêndio. Brotaram, rolaram pelas ruelas do seu rosto e apagaram o fogo do domínio dos sentimentos. Logo, a razão tratou de equilibrar o jogo psíquico do conflito com as emoções de uma mulher que sentia o peso de não ter mais um amor que pudesse compartilhar a graça que o próprio amor é capaz de proporcionar. Esther tratou de enxugar as lágrimas logo e, recompondo-se, olhou para Mandel e respondeu:

— Me desculpe! Acho que tenho direito de derramar algumas lágrimas por você. Derramar lágrimas por mim, por ter renunciado conscientemente à sua presença, à sua companhia, ao seu amor. Mas quero caminhar, andar sozinha neste caminho que me foi dado, afinal, como disse Clarice Lispector, *E ninguém é eu. Ninguém é você. Esta é a solidão*[28]. Somos viajantes solitários e enclausurados neste corpo. Somos parte de um universo de estrelas solitárias, cada uma com sua história e sua identidade. Quis o seu amor, mas é impossível sermos donos de tudo. Não tenho mão para abraçar toda a Terra, e mesmo se eu tivesse, teria que disputar, numa condição darwiniana, o mesmo espaço com outras pessoas que quereriam o mesmo que eu quereria. Não existe justiça nos desejos, e cada um leva de acordo com o tamanho da sua força, astúcia e poder de convencimento. Mas perdi! Perdi também porque não fui uma boa jogadora! Perdi e reconheço, Tronquin.

Mandel olhava para Esther com olhares ternos e surpresos. Aquele relato atingia mares nunca dantes navegados em sua alma. Fitou o rosto de Esther, e com os dedos, enxugou uma lágrima que descia em seu rosto. Afagou-a os cabelos, e carinhosamente disse-a:

— Ter tido a sua companhia foi para mim um privilégio. Esther, você é uma mulher como poucas! Sou um privilegiado por ter te conhecido, por ter convivido com você durante estes três anos, ter acompanhado sua odisseia, sua luta pelas causas em que acredita, sua garra e sua ética. Não perdemos nosso tempo! Acho que ganhamos, saímos enriquecidos. E a despeito de não sermos mais namorados, nosso amor foi válido. Tivemos muitos momentos gloriosos. Ter conhecido a sua família e seus amigos me enche de alegria. Esther! O conteúdo da sua vida é um contêiner de joias raras e preciosas, que fazem da sua alma um sol irradiante e quente. Terminamos um namoro, mas selamos entre nós um respeito e uma amizade inabaláveis.

---

28 Clarice Lispector, *Água Viva*.

O garçom chegara com a porção de fritas com queijo derretido. Esther e Mandel deliciam-se com aquela corriqueira porção gastronômica, mas que apresentava um tempero especial e inebriante aos paladares. Elogiam o prato, tecem comentários gustativos sobre essa arte tão cara e singular aos mineiros, até que Mandel sugere:

— Estava pensando em apresentar Maria e José ao gerente deste bar, para que eles possam estrear aqui. O que acha?

— Ótima ideia! - concorda Esther. — Eles estão ensaiando pra valer, estão suando a camisa e, pelo que imagino, pois ainda não os vi atuando, eles vão arrebentar! Maria tem uma voz de cantora tão acentuada, que até ao falar parece que está cantando. Estou muito feliz por isso, e José é um privilegiado em sua luta contra a dependência química. Poucos são os que encontram motivações suficientes para romper com o vício.

— E estou muito feliz por você! - exclama Mandel. — Nunca duvidei da sua capacidade de transpor barreiras aparentemente intransponíveis.

— Minha contribuição, na verdade, foi pequena - reflete Esther. — Dei muita sorte ao levar José à reunião dos Narcóticos Anônimos. Reunião por sinal abençoada! Foi lá que ele conheceu Maria, e a paixão que envolveu os dois tem uma química mais forte do que as químicas dos entorpecentes. Talvez, a minha ação mais significativa foi ter envolvido a família dele na terapia. Acho que, se não fosse assim, as dificuldades de José seriam muito maiores, apesar da paixão pela Maria.

— Eis mais um exemplo de sincronicidade! - vibra Mandel em suas elucubrações. — O universo mira-se na força da vontade, nos desejos irradiados, e trata de arranjar a roupa que serve para aquele corpo psíquico que emana suas vontades. Estou muito feliz por sua percepção, Esther.

— É verdade!... - prossegue Esther. — E para completar, houve um fato gravíssimo envolvendo um amigo dele, que acabou por provocar em José reflexões quanto às consequências do envolvimento com uma droga tão maligna, que é o *crack*. Um parceiro de drogas dele, de apelido Tatu, envolveu-se com uma quadrilha que praticou um assalto a uma casa lotérica no Prado, e acabaram se dando mal. O tal do Tatu levou um tiro que atingiu uma vértebra e ficou paraplégico. Nós fomos ao Hospital João XXIII ontem, tentando visitá-lo, mas não conseguimos. Porém, tivemos a oportunidade de conversar com a mãe dele. Lamentável! As mães são as que mais sofrem com a perdição dos filhos. Fiquei muito triste e penalizada com o relato daquela senhora tão sofrida...

— Interessante! - observa Mandel. — Eu ouvi na Itatiaia, terça-feira, sobre este assalto. Lembro-me desse nome, Tatu! Só não imaginava que José tivesse alguma ligação com esse membro da quadrilha. Esta é a vida! Quantas vezes plantamos nossas desgraças. É fato que nem tudo de bom ou de ruim acontece por nossas ações! As estradas de cada um se cruzam intensamente, e sempre, a estrada do outro interfere em nossa estrada, alheio a nossa vontade. Mas é fato também que capotamos em nossa estrada por nossas imprudências! É a nossa escolha, como você diria...

— ...E como diria Carl Rogers! - emenda Esther. — Mas escuta: ajude Maria e José a se firmarem nessa estrada da música que apareceu na frente deles. Eles têm um futuro promissor, e você poderá ser um anjo que os guiará nessa estrada.

— Tem a minha palavra! - responde Mandel. — Me passa o telefone de José que vou entrar em contato com ele, e assim que eles sentirem que estão prontos, vou apresentá-los para algumas pessoas. Maria e José! Vão fazer sucesso, pode acreditar!

Mandel anota o telefone de José, vira-se para Esther e pergunta:

— E em relação à Magda, o que vai fazer, já que sabe das suas tramoias?

— Nem me fale! Não sei o que vou fazer, mas não posso acobertar os crimes que ela tem cometido. Vou te confessar uma coisa. Quando a minha irmã Leda pediu para que Magda viesse morar comigo, senti um peso quase insuportável. Sabia que ela iria me trazer problemas. Você sabe que Magda sempre foi da pá virada! Me lembro de quando íamos a Barbacena, e ela ficava se jogando para você, te provocando. E você acabou ganhando muitos pontos comigo, porque nunca cedeu às suas investidas. Eu sei que não deve ter sido fácil pra você, seu garanhão, porque Magda é uma mulher de fazer os homens perderem a cabeça.

Mandel mais uma vez ficara surpreso. Apesar de Magda ter se insinuado a Mandel várias vezes nessas suas idas a Barbacena, ele nunca imaginara que Esther soubesse. Achava que, apesar da ousadia, ela sempre fora discreta o suficiente para não deixar transparecer essas investidas. Mandel tentou balbuciar algumas palavras, mas antes que ele pudesse dizer qualquer coisa, Esther completou:

— Não se admire por eu ter percebido as investidas de Magda. Ela nunca demonstrou a mim que dava de cima de você. Mas como eu conheço a peça desde que nasceu, o meu faro aguçava quando estávamos com ela. Nunca subestime o sexto sentido das mulheres. Farejamos sinal de fumaça a distância! Mas respondendo sobre quais serão minhas atitudes, estou pensando primeiramente em ter uma boa conversa com ela, e depois, conforme for, ter uma conversa com Leda, pois foi ela que pediu para que Magda viesse morar comigo. Dá até vontade de denunciá-la, mas não tenho coragem. Mas vou tomar uma decisão, e lá em casa, agindo do jeito que ela age, ela não vai poder ficar! Se eu permitir, a qualquer hora a polícia vai bater no meu apartamento. Só que essa conversa só vai acontecer depois que eu voltar de São Paulo... E falando nisso, vamos brincar de ir embora? Tenho que arrumar a minha mala e minhas coisas. Amanhã cedo estarei partindo. Meu voo é as sete, saindo de Confins, com destino ao Aeroporto de Congonhas.

— Vamos sim! - responde Mandel, com os olhos marejados. — E eu quero dizer, depois desta nossa conversa, tão dolorosa, mas ao mesmo tempo tão lúcida, é que valeu! Valeu ter tido a sua companhia. Estamos nos separando! Como citou Rubem Alves, *Amar é ter um pássaro pousado no dedo. Quem tem um pássaro no dedo sabe que, a qualquer momento, ele pode voar*[29]. Chegamos ao fim do nosso relacionamento íntegros. Ao melhor do que restou de uma bela tentativa de amor eterno. Não foi reservado para nós, mas somos vitoriosos! Nos preservamos, nos respeitamos e saímos por cima. Quero e desejo a sua felicidade!

Mais algumas lágrimas brotaram dos olhos de Esther. Lágrimas que traduziam uma mistura de frustração com a sensação de dever cumprido. Ela olhou fixamente nos olhos de Mandel, aproximou-se do seu rosto e beijou sua boca por alguns parcos segundos. Foi um beijo diferente. Um beijo de despedida, um beijo que selava o fim. A pedra colocada no túmulo de um relacionamento agonizante e que acabara de dar adeus a sua existência. O beijo final! Em seguida Esther se levantou. Mandel levantou junto. Resolveram pagar a conta no balcão. A dupla de cantores que se apresentava no *Pelé's Night* cantava a música *Saideira* (Skank), que tem o poder de balançar e energizar os corpos, especialmente naquela versão executada pelas bandas mineiras Skank e Jota Quest, versão esta introduzida naquela apresentação por um arquivo mídi de boa qualidade, que continha o arranjo musical daquela versão e que auxiliava no desempenho daquele talentoso casal de músicos que atuava como cantores e violonistas.

29 Rubem Alves, *O Retorno e o Terno - Crônicas* - da Crônica "*...Até que a Morte...*".

> *Tem um lugar diferente, lá depois da saideira. Quem é de beijo, beija, quem é de luta, capoeira... (...) Tem um lugar diferente, pra depois da saideira. Tem bandeira que recolhe tem bandeira que hasteia. Tem um lugar diferente, que tomando uma gelada é que se cura a bebedeira.*

Enquanto esperavam o balconista apresentar-lhes a conta, curtiam aquele pop. Os olhares de Esther e Mandel entreolhavam-se e as bocas emudeciam. Uma sensação de vazio invadia a alma daqueles neo-ex-namorados. Uma sensação angustiante, mas inevitável. O balconista apresenta a conta. Como sempre, e pela última vez, dividiram a conta. Caminharam juntos em direção à saída. A dupla de cantores iniciou outra música: *We are the Champions* (Freddie Mercury), do Queen.

> *We are the champions, my friends. And we'll keep on fighting till the end. We are the champions, we are the champions. No time for losers, cause we are the champions of the world.*

Aquela música resgatou a força dos espíritos de Esther e Mandel. Afinal, eram vencedores. Eram dotados de garra e determinação para lutar até o fim. Terminaram um relacionamento amoroso, mas não cessaram o respeito e admiração mútua. Como prêmio, uma forte amizade acabaram por selar. Não mereciam se distanciar por completo. Eram dignos e fortes, e se a vida não lhes permitiu remarem juntos o barco do amor romântico, a mesma vida deu-lhes a oportunidade da convivência respeitosa e harmoniosa, que de forma diferente, também era amor.

XLIV

Mandel chegou em casa com uma sensação esquisita. Uma coisa é vislumbrar, projetar e imaginar uma grande mudança na vida. Outra coisa é vivenciá-la. De supetão, se deu conta que uma revolução estava em curso, demolindo a sua velha estrutura psíquica e reerguendo uma nova pisque, como um renascer. Tinha-se a impressão que eficientes operários construíam uma ponte que o ligaria à outra margem da sua singularidade cósmica. A vida mergulhava profundamente em algum lugar distante e inusitado da sua fábula: A ponte! O portal quântico! Mandel sentira-se sugado por esse portal, impulsionando-o aceleradamente para o novo mundo que lhe esmurrava a porta.

Rompera, custando-lhe alguns traumas, a sua relação teatralmente clandestina com Janaína, uma linda mulher de apenas vinte anos, inteligente e sensível, que projetou nele o seu ideal amoroso, nascido em sua alma feminina desde os seus treze anos. E agora, acabara de chegar da cerimônia de rompimento do seu namoro de três anos com Esther, mulher de grandes virtudes, sensual e carismática, uma psicóloga idealista que perseguia, como qualquer ser humano, os grandes mistérios da existência e da vida, onde embrenhava compulsivamente na busca da saída do insolúvel labirinto psíquico deste estranho animal: nós, humanos, paramentados de pilares diferenciados, permitindo-nos viver profunda e magnificamente a alma do Cosmos, e ao mesmo tempo, contraditório, potencial predador da Casa-Terra e de si, suicidante por ações malignas contra si e contra todos... Esther fora uma grande parceira e companheira, sempre pronta para agir em favor da construção das boas edificações.

Nesse instante, Mandel via-se num estágio avançado em direção à sua nova vida com Claraluz, permeada de incógnitas quanto ao futuro, e que deveria ser construída no dia a dia com alguém que ainda não tocara, que ainda não havia sentido o cheiro da sua pele, variável e sensível aos estágios biológicos da mulher. Ainda não a havia fitado, tocado em cada lote do loteamento que lhe abrigava a pele, não a havia beijado, degustado o sabor dos lábios dela e feito-a degustar o sabor dos seus lábios..., o encontro frenético das suas línguas, o contato integral e magnético dos seus corpos, o fogo explodido em direção à fusão sexual e cósmica de dois seres apaixonados. Esta realidade aproximava-se a uma velocidade próxima a da luz, fazendo-lhe viver num referencial singular e diferenciado quanto ao referencial comum aos humanos habitantes da Terra. Seu impacto seria colossal! Aguardava! Mandel respirou fundo várias vezes ao sentir *cair a ficha*, ao deparar-se que aquele outro lado distante e inusitado do seu universo estava muito próximo.

Aterrissa e liga para Claraluz. Os dois estavam de posse de enormes novidades a compartilhar. O fim do namoro de Mandel e o emocionante resgate do amor materno e filial, protagonizado por Claraluz e Gertrudes. Claraluz atende:

— Meu amor! Que delícia estar contigo agora. Estava aqui pensando em como a minha vida está sofrendo uma transformação tão acelerada, rápida e arrebatadora... Só agora estou me dando conta do tamanho desta transformação. Meu Mandel poeta! Tu já destes conta de que nossas vidas serão completamente diferentes e inusitadas daqui para frente?

— Estava pensando justamente nesta monumental transformação em que estamos passando. Acredito, minha mulher de clara e brilhante luz, que os nossos destinos estão vindo ao nosso encontro e apontando o caminho que nos foi reservado. Somos privilegiados por encontrar o nosso caminho missionário. Nem todos os viventes e os que um dia viveram experimentam e experimentaram essa rara chance em suas vidas, e nós dadivamente a recebemos.

Mandel sugeriu que continuassem a conversa pelo computador, onde poderiam acionar suas webcams. Assim que habilitaram as webcams, Claraluz e Mandel se fitaram, deslumbrados e estáticos, num misto de admiração e felicidade plena, cheios de um intenso brilho nos olhos. Claraluz chega bem perto da câmera, movimenta sensualmente os seus lábios e diz:

— Me dá um beijo?

— Só se for agora! – responde Mandel, que também aproximara a sua boca da câmera. Virtualmente, se beijaram; mesmo que fosse um beijo virtual, banhavam-se de intensas emoções, um beijo quase real, o quase que agonizava e remetia-se à aposentadoria. Depois desse beijo virtual, mas que tinha cheiro e sabor, Claraluz se refaz e diz:

— Temos tantas novidades... Mas, enquanto a gente conversa, vou te mandar uma música do Caetano. Quero que a gente escute essa música porque, quando eu estiver diante de ti, quero ler em teu rosto uma mensagem de amor.

Claraluz envia para Mandel um arquivo no formato MP3 com a música *Mensagem de Amor*, de Caetano Veloso. Enquanto Mandel baixava o arquivo, ouvia de Claraluz o relato do seu encontro, reconciliação e as novidades da mãe Gertrudes. Quando a música chegou ao computador de Mandel, eles pararam alguns instantes para curtir aquela mensagem de amor de Caetano Veloso:

> *No céu estrelado eu me perco, com os pés na terra, vagando entre os astros. Nada me move, nem me faz parar. A não ser, a vontade de te encontrar, e o motivo eu já nem sei, nem que seja só para estar ao teu lado só pra ler no teu rosto... Uma mensagem de amor.*

— Então, tá! - fala Mandel — Já que me mandou esta inspiradíssima música do Caetano, vou lhe mandar uma música mineira hipnótica pra gente curtir e viajar no nosso presente que está chegando, pois quero te amar até lumiar debaixo da luz da minha Claraluz, que vai-nos lumiar - enviando em seguida a música *Lumiar* (Beto Guedes/Ronaldo Bastos).

— A minha luz será acesa por sua energia, pelos seus elétrons carregados com cargas de paixão na fonte inesgotável do amor. Com a sua energia, a minha luz resplandecente irá brilhar junto de ti, meu poeta das montanhas - declara-se Claraluz.

— Depois eu é que sou o poeta! - responde Mandel. — Te adoro, minha poetisa!...

Enquanto Claraluz baixava o arquivo, Mandel contava como aconteceu o fim do seu namoro com Esther. Numa transparência inequívoca, Mandel contara inclusive sobre os sentimentos de um vazio que por alguns momentos sentira, quando o namoro fora efetivamente rompido:

— Quero que saiba que Esther, independentemente de não nos acertarmos, é uma mulher maravilhosa e digna! A respeito e admiro muito!

— Esta sua sinceridade plena é muito importante para nós, Mandel. O nosso amor não nasceu por oposição a quem quer que seja. Nasceu porque nascemos um para o outro! Então, que sejamos sempre assim transparentes um com o outro, para que a nossa relação seja sempre frutífera e graciosa... Mas estou curiosa! Qual foi o assunto do Barão Humberto contigo?

— Posso dizer a você que não há nenhum segredo! Mas é um assunto que tem que ser dito olho no olho. Assim, o que eu posso dizer é que o Barão Humberto, o seu pai e eu temos ligações que até então não sabíamos.

— Haaaan! - exclama Claraluz, surpresa com a descoberta de mais um segredo. — Por isso que o Barão conversou reservadamente com o meu pai no hospital. O meu pai, há muitos anos, participa de uma sociedade hermética chamada *Guardiões da Luz*. Tudo se encaixa! Trata-se dessa sociedade, senhor poeta hermético?

— Isso mesmo, minha doce e esperta detetive - responde Mandel. — Hermética, mas não oculta! Há uma diferença crucial entre hermetismo e ocultismo. Somos membros de uma sociedade nascida dos desdobramentos da Revolução Francesa. Após resgatar importantes documentos produzidos por filósofos iluministas franceses, confiscados pelos soldados do rei Luís XVI, os rosa-cruzes, responsáveis pelo resgate desses documentos, decidiram criar essa sociedade, os *Guardiões da Luz*, especificamente para proteger, estudar, elucidar e publicar os resultados dessas ações sobre esses preciosos documentos. O hermetismo, caracterizado por regras e rituais para que um novo membro seja aceito e efetivado nos quadros de uma sociedade, foi uma decisão administrativa e política tomada pelos rosa-cruzes para garantir a integridade desses documentos. E o que posso dizer, por enquanto, é que os *Guardiões da Luz* estão se preparando para uma grande reforma, e este assunto será o que conversaremos pessoalmente. Ser membro desta sociedade não nos obriga a ser um rosa-cruz. Somente os que ocupam os mais altos graus da escala hierárquica dos *Guardiões da Luz* é que devem ser membros da Irmandade Rosa-Cruz. Mas tudo isso está para mudar. Este será um dos nossos assuntos que nortearão a estrada para o nosso futuro comum.

— E falando no seu pai, como ele está? - pergunta Mandel.

— Meu pai recebeu alta e já está aqui em casa. Dormiu bastante por causa dos medicamentos, mas está bem, bem-humorado como sempre, contando piadas uma atrás da outra. Meu pai!... Tem jeito co'ele não sô! — fala Claraluz, emitindo uma risada após esta tentativa de imitar o jeito mineiro de falar. — Mas para a minha grata surpresa, a sua namorada, Juliana, assumiu magnificamente o papel de companheira já no início do relacionamento. Adorei a entrada da Juliana na vida do meu pai. Ela chegou na hora certa! Graças a sua atitude rápida, o meu pai está vivo. Não imagina o quanto estou grata a ela. Mas..., meu sábio namorado, até quando vou ser surpreendida por este meu poeta intelectual e metido nas ações que mudam o mundo? Te amo, meu poeta saboroso, e vindo de ti, sabendo que meu pai também é cúmplice ativo dessa irmandade, só pode ser coisa boa. Estou doida pra concluir este assunto, e depois te encher de beijos... Bom! Chegou *Lumiar*. Vamos ouvir?

Claraluz faz tocar a música, fazendo-os viajar nos trechos desta visceral canção, amostra rica de toda a monumental obra produzida pelos "irmãos" do Clube da Esquina.

Amor, lumiar, pra viver, pra gostar, pra chover, pra tratar de vadiar. Descansar os olhos, olhar e ver e respirar, só pra não ver o tempo passar. Pra passar o tempo até chover, até lembrar de como deve ser lumiar. Anda, vem cantar, vem dormir, vem sonhar, pra viver, até chegar em Lumiar.

Depois de viajarem na construção singular caracterizada pelas quebras mineiras no ritmo de cantar, Claraluz fala a Mandel:

— Meu amor! Está chegando o nosso dia! Prepare-se! As novidades estão só começando! Iremos nos deparar com grandes surpresas! Mas precisamos descansar. Amanhã também será um dia intenso. Uma sexta-feira que promete! Tu sabes que amanhã tenho um minicurso o dia inteiro. Então, não se preocupe se, às vezes, eu não puder te atender ou o celular estiver fora de área. Amanhã, vamos ver como faremos para nos encontrar no sábado... Sábado, bem cedo, estaremos juntos, e nenhuma força do mundo será capaz de nos separar. O nosso dia! Está chegando!

— Você não sabe como meu espírito acende quando penso que poucas horas nos separam, daquele que será o encontro mais importante, emocionante e forte das nossas vidas. A nossa estrada cada vez mais se juntando e, por longos trechos, única! Eu te amo Claraluz, e o que mais desejo é estar colado a você e dizer que eu te amo, baixinho aos seus ouvidos, e depois beijar sua boca, e no percurso desse beijo, sobrevoar, como um ente sobrenatural, sobre o jardim do nosso amor, colorido por flores multicores, que nos acena e nos dá boas vindas à nossa chegada ao paraíso, o paraíso de Claraluz e o seu poeta, agraciados pelo parto do destino, nesse instante sublime onde o universo acabara de se dar a luz, fazendo nascer o amor, como um bebê lindo anunciando que a esperança está mais viva do que nunca. Vamos dormir, porque os nossos sonhos serão realizados pela força do amor que nos alimenta e nos dá energia.

— Nossa!... Às vezes, preciso me beliscar para saber se não estou dormindo. Como é sempre gostoso sentir a energia poética que sai da sua alma e incide sem pudor em minha alma. Adoro a ti, meu poeta delicioso!... E então, vamos?

— Vamos sim, minha querida, amada e linda namorada. Para sempre minha namorada! Eu te adoro, e vou dormir sabendo que daqui a algumas horas você deixara o seu cheiro em meu travesseiro, e o seu cheiro vai grudar no olfato da minha alma...

— Só mais uma coisa! - interrompe Claraluz. — Amanhã, de manhã, tu terás uma conversa com Janaína. Tu sabes que minha intuição feminina me faz ficar aflita com esse encontro, principalmente por saber que Janaína tem um potencial sedutor muito grande, somado à sombra de Magda, que tenho certeza de que rondará seu poleiro. Cuidado, garanhão mineiro!

Mandel solta uma generosa gargalhada e responde: — Eu sei que você tem razão em se preocupar. Mas qualquer apelo erótico e sensual, vindo de quem vier, será sempre menor do que a força do amor que nos nutre. Estou preparado para qualquer armadilha e desafio que aparecer à minha frente.

— Esta convicção me dá uma segurança enorme, tão rara em uma mulher... Te amo por tudo isso e por toda força que emana de ti. Um beijo nesta boca gostosa. Adoro-te, amo-te, quero-te!... Boa noite, meu anjo poeta.

— Vou dormir te beijando todinha, meu amor. Já sinto seus cabelos passeando pelo meu peito. Boa noite, minha alva, brilhante e resplandecente Claraluz.

Após as despedidas, Claraluz e Mandel desligaram as suas webcams. Em pouco tempo, deitavam em suas camas. Suas mentes já passeavam juntas, de mãos dadas. Cada um imaginava e sentia o outro ao seu lado, abraçados. E felizes, rendiam-se aos braços de Morfeu. Claraluz dormira acompanhada por um delicioso sorriso estampado em seu rosto, e Mandel suspirava, transportando-se magicamente ao mundo dos sonhos em vigília. E em seus sonhos, uma encantadora voz angelical soprava-lhe aos ouvidos:

— Mandel!... ... Hoje, você será submetido a duas grandes surpresas... Uma delas te imporá um grande e difícil desafio,... e a outra te transportará ao cume da felicidade... ...

— Espere por elas!... ...

XLV

Era uma sexta-feira sombria. Sabará amanhecera com aquela típica neblina encobrindo toda a cidade, e aquele cenário assaltava a psique dos sabarenses, remetendo-lhes aos ares da incerteza e da insegurança que outrora reinaram, sob o chicote da cobiça, do encalço inescrupuloso, desumano, violento e escravocrata ao ouro, o vil metal precioso, dotado de superpoderes, esculpidos - como as imagens de Aleijadinho - pelo século 18, causador de inúmeras guerras, mortes atrozes, e que servia como referência de valor monetário para o comércio internacional, recheando as divisas das nações que o possuíam em abundância, por posse, conquista ou roubo.

No alto da Serra da Piedade, o monte determinante da essência de Sabará, Caeté, dentre outras cidades, aquela velhinha, depois de catar lenha, sorvia-se do privilégio de estar no cume daquela majestosa e imponente montanha, vislumbrando e deslumbrando-se com um dos maiores espetáculos visuais exibidos fortuita e gratuitamente pelos pincéis da natureza, emanando a graça e a beleza, e induzindo aquele idoso e ruguento espírito, testemunha daquela cena aleatoriamente dinâmica, à contemplação e ao êxtase.

Na visão do alto, um mar de nuvens brancamente algodoadas até sumir no horizonte, o mar de Minas, que diluviava por toda a fatia do semicírculo que os olhos alcançavam. Aquela instantânea cena contrastava cores e estabelecia fronteiras: acima, a abóboda azul, vigorosa, que assistia o caminhar lento e progressivamente energético da nossa estrela-mãe. O Sol rasgando o céu azul, a lente do infinito formada pela mistura de gases que compõem a nossa atmosfera, o ar da vida, produzindo aquela cor tão transcendente.

Abaixo, o montanhoso naco do mineiro mundo, incógnito, encoberto por intermináveis massas de nuvens, densas e opacas. Inúmeras marolinhas de nuvens escoradas seguravam a luz daquele sol muito jovem, mas já vigoroso das seis e quarenta da manhã, que tentava, ainda em vão, furar o bloqueio daquelas resistentes nuvens, a fim de penetrá-las com virilidade, até jorrar a sua luz e o seu calor no ventre de Gaia, sêmens de toda a vida terráquea.

Neste teatro cinzento, o espírito bandeirante de Borba Gato, emergido sob a lama do fundo do Rio das Velhas, rondava solto por aquelas ruelas do arraial velho de Sabarabuçu, da grande pedra de esmeralda banhada de prata. Os espíritos sabarenses transitavam, velada e matreiramente, pela aventura emboaba, perseguindo o ideal inconfidente, que fundiu, com o ferro e o ouro transmutado em sangue – o negro sangue derramado nos chicotes e pelourinhos –, o sangue que corria nas veias de queijo e café: a alma mineira!...

Enquanto Mandel – integrante do elenco inconfidente daquela peça imposta aos habitantes montanheses – terminava de tomar café e preparava-se para sair, ouvia Lô Borges cantando *Paisagens da Janela* (Lô Borges / Fernando Brant). Aquela música coloria o percurso da sua mente, que viajava em pensamentos jamais imaginados outrora.

> *Vejo uma igreja um sinal de glória, vejo um muro branco e um voo pássaro, vejo uma grade e um velho sinal... Mensageiro natural, de coisas naturais, quando eu falava dessas cores mórbidas, quando eu falava desses homens sórdidos, quando eu falava desse temporal.*

Este canto, cantado junto, impactou a alma do poeta em forma oração, enchendo-a das luzes da sabedoria. Sentiu-se protegido e preparado para travar as batalhas que aquela excepcional sexta-feira colocaria em seu caminho. Logo após, desligou o som. Estava na hora! Pegou a sua bolsa e as chaves do seu Jipe que estavam em cima da mesa. Caminhou à porta, conferiu o relógio. Eram seis e quarenta e cinco. "É chegada a hora!", suspirou com tremor. Abriu a porta que dava acesso à garagem. Respirou forte. Respirou forte mais uma vez, mais profundamente. Caminhou ao portão. Assim que o abriu, um míope homem de barba, medianamente obeso, uns quarenta anos de idade, trajando uma boina bonina e pequenos e redondos óculos de grau, aproximou-se lentamente de Mandel e disse:

— Senhor Mandel Ferreira Guimarães!

— Pois não!

— *Sapientia, pax, veritas*![30] – pronuncia aquele homem, olhando profundamente nos olhos de Mandel, coçando o seu queixo coberto pela barba, e que parecia um revolucionário latino-americano, uma mistura aparente de Simon Bolívar e Che Guevara.

— *Scientia est lumen rationis*![31] – responde Mandel, também em latim.

— *Et ratio est animi lucem*![32] – corresponde aquele homem, finalizando a saudação.

---

30 Sabedoria, paz, verdade.

31 A ciência é a luz da razão.

32 E a razão é a luz do espírito.

O homem retira da sua maleta, ao estilo James Bond, um envelope camurçado, grande, lacrado por um selo de fundo branco e recheado por desenhos simbólicos: uma estrela azul de seis pontas, uma pena de escrever prateada entrepassando inclinada pela estrela, ladeado por uma cruz amarela, exibindo em seu centro uma rosa vermelha, símbolo da Ordem Rosa Cruz.

— Senhor Mandel! Aqui estão as principais teses que serão discutidas na ocasião do *Congresso Mundial dos Guardiões da Luz*, que acontecerá daqui a três meses em Paris. O tema do Congresso é: *Reforma Estrutural: Luzes de uma nova era Humana*. O senhor é um grande privilegiado por participar desse evento, senhor Mandel. Um debate como nunca houve! Somos viventes de um novo tempo. O reconhecimento de já estarmos vivendo uma nova e grande Idade da civilização humana nos remete a operar reformas profundas. Já não faz sentido investirmos nos estudos dos complementos filosóficos iluministas de forma hermética. A multiplicação exponencial das informações, em volume e em alcance por número de indivíduos é de tal ordem, que nos faz compreender que esse é um dos sinais de que um novo período humano já começou, e que todas as regras serão regidas pelo espírito hegemônico dessa era recém-nascida. As velhas regras cairão, caducarão.

— Compreendo, senhor - responde Mandel. — As transformações no inconsciente coletivo são perceptivelmente aceleradas. Estamos em um período atípico, onde as velhas regras, que ainda vigoram, se misturam às novas regras que os novos tempos impõem. Vivemos os tempos dos conflitos, resultantes da resistência em abandonar as velhas regras, por num lado, e a pressão da inevitabilidade das novas regras que também já vigoram, pelo outro lado. Nossa missão, eu sei, está envolta em um grande passo, que ajudará a humanidade a transitar por esses novos e desafiadores caminhos.

— Pois bem, senhor Mandel - responde o mensageiro. — Todas as teses estão escritas em francês. Nelas estão incluídos os pensamentos racionais dos filósofos orientais, que focam a razão através de métodos e concepções diferentes do pensamento ocidental germinado no período iluminista. Esse será o primeiro de uma sequência de grandes debates que serão realizados pelos *Guardiões da Luz*, e que resultará em novas luzes sobre a razão. Caminhemos, pois, rumo à sabedoria plena... A minha tarefa está cumprida! Dentro do envelope, além das teses, estão, em outro pequeno envelope, as instruções. O senhor deverá lê-las atentamente e seguir os passos que o habilitarão a participar do Congresso. Desejo ao senhor felicidades e prosperidade.

— Muito obrigado! - responde Mandel. — Mas quem é o senhor? Qual é o seu nome?

— Senhor Mandel, sou simplesmente um mensageiro! *Sapientia, pax, veritas*!

Mandel sabia que o ignoto mensageiro, ao pronunciar aquelas palavras, estava encerrando a conversa, e que ele o deixaria sem resposta à sua pergunta. Sem questionamentos, respondeu:

— *Nunc aut nunquan*![33]

— *Nunc et semper*![34] - responde aquele misterioso mensageiro, que se vira e caminha lentamente por aquela rua, subindo uma ladeira típica de Sabará, parecida com uma das infinidades de ladeiras de Ouro Preto, cidades-chave na formação da cultura das Minas Gerais.

Mandel, ainda um pouco atordoado, olha para aquele homem até desaparecer da sua visão assim que virou a rua. Após perdê-lo de vista, entra em seu carro, coloca o envelope no porta-luvas para examiná-lo depois e dirige-se à escola. Sabia que daí a pouco teria um novo encontro com Janaína, e a sua intuição lhe dizia que os desafios estavam somente começando naquele dia. Depois de alguns minutos, chega à escola, cumprimenta os colegas na sala dos professores, apanha o material em seu armário e se encaminha à sala de aula.

— Bom dia!

— Bom dia! - respondem os alunos.

— Bom dia, gostoso! - sussurra Raquel, a aluna.

— Na última aula, pedi a vocês que observassem as características do capitalismo atuando no dia a dia na vida das pessoas. Quem se habilita a ser o primeiro a comentar?

(...)

Terminada a aula, Mandel dirige-se ao estacionamento da escola e vai até o seu carro, e antes de dar a partida, ainda com a porta aberta, sentado com as pernas para fora, pega o envelope, abre-o com cuidado para não rasgar o selo que o lacrava, e depois retira os papéis que recebera pela manhã. O conteúdo daquele envelope era relativamente extenso. Havia doze blocos de teses, incluindo as teses oriundas dos países orientais – Índia, Japão e China, além de uma

33 Agora ou nunca.

34 Agora e sempre.

tese originada da África do Sul. Mandel encontrava-se tão absorto pelas informações que lia, que não percebeu a chegada da sua aluna Raquel, que o aborda:

— Oi, professor, preciso te perguntar uma coisa!

Raquel abaixou para conversar com Mandel, que percebera que ela desabotoou um dos botões da sua camisa, deixando os seus arredondados seios descobertos pelo sutiã ausente e visíveis aos seus olhos.

— Fala, Raquel! - responde Mandel com impaciência.

— Não gosta do que vê? Podem ser todinhos seus... - responde a aluna.

Mandel lança um olhar furioso à aluna, e diz: — Olha Raquel! Você está virando problema para mim! Se você continuar me assediando, vou comunicar a diretoria! Não quero problemas, e eu fui bem claro! Mas parece que você ainda não entendeu que não teremos nenhum envolvimento, a não ser o envolvimento de professor e aluno, certo?

— Nossa, professor! Tá me tirando?

— Não estou te tirando, Raquel! - responde Mandel. — Estou dizendo a você que eu não quero o que você quer, e peço que respeite as minhas vontades! Entenda uma coisa! As pessoas devem ser livres para agir, e você não está respeitando as minhas vontades!

— Mas não gosta de uma garota assim como eu? Não gosta de mulheres atraentes?

— Raquel! - responde Mandel, olhando firme em seus olhos. — Sou heterossexual, e claro que me atraio por mulheres, sim! Mas consigo discernir entre atração e envolvimento. Eu não estou envolvido com você, e as minhas energias estão reservadas para alguém que eu goste, e desde que este alguém também me queira. Precisa ter mais coisas além da simples atração, entende? Espero que seja a última vez que conversamos sobre esse assunto!

— Como você é durão, professor Mandel! Quanto mais difícil, mais desejado. Tenho inveja daquela Janaína. Ela deve passar momentos deliciosos com você, professor.

Mandel dá uma risada, balança a cabeça, e depois diz: — O meu caso com Janaína é fruto do envolvimento que tivemos, envolvimento esse que acabou também.

— Quer dizer que você não está com a Janaína mais, professor? - questiona Raquel. — Que bom ouvir isso!

— Raquel! A minha vida só pertence a mim! Agora vá, porque já deu sinal, e você está perdendo a sua aula!

Raquel abaixa-se novamente, deixa seus seios à mostra pela camisa entreaberta e diz: — Mas se mudar de ideia, são todinhos seus – e depois se vira e caminha em direção à escola. Olha para trás. Mandel encontrava-se com a cabeça recostada na poltrona do carro, pensando: "Isso é uma dádiva ou um castigo, meu Deus?". Em seguida, liga o som, liga o carro e sai em direção ao supermercado. Seleciona a música *Mesmo de Brincadeira* (Mariozinho Rocha/ Vermelho/Cláudio Venturini), do 14 Bis, e quando a letra começou a ser cantada, Mandel cantou junto, pensando em sua Claraluz:

Quando o céu incendeia e acende uma estrela no coração. Quando a lua passeia e a vida acontece numa canção, é lá. Que imagino te ver, que eu começo a sonhar, que eu me lembro demais, que eu me vejo beijando você.

Mandel chegou ao supermercado e comprou frutas, pães, queijo e outros produtos alimentícios. Buscou os melhores, com o coração pulsando forte, pois se preparava para receber Claraluz no outro dia, naquele que imaginou ser o grande sábado da sua vida. Passou na floricultura e encomendou lindas flores sortidas, que seriam entregues no sábado em sua casa, assim que Claraluz estivesse por lá. Em seguida, foi embora. Eram dez e quarenta e cinco. O Sol já havia despontado, depois daquela manhãzinha neblinosa. O dia já não era sombrio, e os espíritos sabarenses abriam-se ao céu azul de sol forte. Mandel sentou-se no sofá da sua casa, pensando que daí a alguns minutos Janaína entraria por aquela porta. "O que será que está reservado nessa visita?"... Pegou o envelope que trouxera do carro. Abriu-o e retirou um pequeno envelope onde estavam as instruções para o congresso em Paris. Lá estavam, dentre outras informações, o telefone para reservar as passagens, com dois códigos que deveriam ser informados. Um em seu nome, e o outro em nome de Claraluz. Neste momento, Mandel se lembrou da ligação telefônica que o Barão Humberto lhe fizera na quarta-feira. Ficou pensando em como aquela ligação criptografada fora decodificada em seu telefone, afinal, o aparelho fora comprado numa loja comum, e por isso não poderia ser um aparelho que tivesse algum sistema exclusivo que decifrasse eletronicamente a voz criptografada que era recebida em seu celular. Buscou em sua memória os seus conhecimentos em informática e telecomunicações para tentar entender como foi possível receber uma ligação criptografada. Pensou em todas as tecnologias de decodificação de mensagens criptografadas que ele conhecia, mas não conseguia estabelecer uma relação, até lembrar que recebera, na ocasião em que ascendeu a um grau na irmandade *Guardiões da Luz*, há mais de um ano, um chip que continha um novo número de celular que fora instalado em seu aparelho de dois chips, e que poderia ser utilizado quando houvesse algo importante, onde algum assunto velado precisasse ser tratado. "Então é isso! O chip tem uma chave decodificadora, e quando o número oculto é acionado, o decodificador do chip entra em ação, fazendo com que a mensagem criptografada torne-se inteligível em meu telefone... Quantas surpresas!"

A campainha tocou. Mandel abriu a porta. Era Janaína. Trajava uma minissaia jeans e uma camiseta branca semitransparente. Estava especialmente sensual. "Parece que o diabo resolveu investir em mim hoje!". Mandel a convida para entrar. Janaína entra, e ao cumprimentá-lo com um pretenso e inocente beijo no rosto, vira-se mais um pouco e beija o canto da sua boca. Mandel percebera que Janaína estava disposta a usar todas as suas armas, e tratou logo de prestar o máximo de atenção em si naqueles momentos em que estaria junto daquela mulher morena destacadamente bela e que transpirava erotismo. Fechou a porta e convidou Janaína para sentar. Sentaram-se nos lados opostos do sofá, e Mandel inicia o diálogo:

— Pois então, Janaína, o que te fez participar de uma loucura dessas? Você não sabia que produzir documentos falsos é crime? Por que caiu na conversa de Magda?

Janaína então lhe revelara que Magda ligara para ela e disse que sabia do caso dela com ele, e que depois marcara um encontro com ela em Sabará, onde ela mostrara em seu *notebook* as conversas entre ele e Claraluz. Disse ainda que ficara chocada com o intenso amor que transpareceu naquelas conversas, e que, por causa do estado emocional que lhe tomara de assalto, aceitou a proposta. Após, Janaína retira um cigarro de maconha da sua bolsa e diz:

— Quero dar uns tragos. Se importa?

Mandel pensara nos riscos, mas como Janaína já usara com ele várias vezes, ficou constrangido em negar. Após a afirmativa de Mandel, Janaína acendeu o cigarro contendo a erva, dá um trago e oferece a Mandel, que recusa.

— Ué! Depois que se apaixonou por essa doutora, ficou careta? – pergunta Janaína.

— Não fiquei careta não, Janaína. E usar ou deixar de usar qualquer substância não significa ser careta. Sou só um bom mineiro! Sei que tanto a maconha quanto o álcool afrouxam nossas defesas, e eu não estou a fim de me desviar das minhas convicções.

Mandel sabia que a sua libido era naturalmente alta, e que Janaína estava especialmente convidativa naquele momento. Quando mais novo, não desperdiçava uma chance dessas. Tinha fama de "pegador". Já tivera inúmeros casos fortuitos, e chegou a "ficar" com cinco mulheres, separadamente, num só dia. Por alguns instantes, aquelas lembranças o atormentaram, mas ao pensar em Claraluz, refizera-se, e tratou logo de manter a postura.

— Espero que isso não se repita mais, Janaína, e principalmente para o seu próprio bem, pois isso pode te enrolar perante a justiça. E o que mais Magda está armando?

Nem bem Mandel terminara a pergunta, o seu celular tocou. Consultou o visor, mas não reconheceu o número. Atendeu.

— Oi, Mandel, tudo bem?

Aquela voz era por demais conhecida. "E agora? O que virá?", imaginou, aflito.

— Magda? O que você quer comigo?

— Conversar! Por isto estou aqui, em frente à porta da sua casa.

— Você? Aqui em casa? - responde Mandel, assustado com aquela notícia surpresa.

— Isso mesmo! Pode abrir a porta para mim?

Janaína ficou vermelha. Vermelha bombom. Ficou sem saber como agiria na presença de Magda. O plano "B", ardilosamente calculado pela sobrinha de Esther, começou a rodar as suas engrenagens, mas como Janaína ocultara de Magda que Mandel invadiu o computador dela, qualquer descuido colocá-la-ia em maus lençóis, fosse com Magda ou fosse com Mandel. Inebriada pelos efeitos da maconha, pensou: "Deixa rolar!".

Mandel abriu a porta e deparou-se com uma loira estonteantemente sensual. Magda trajava uma minúscula minissaia vermelha e um *top* branco bastante cavado, que mostrava uma atrativa moldura redondamente montanhosa dos seus seios. Seus lábios estavam cobertos por um batom vermelho e brilhante, e a sua boca ganhava poderes extremamente convidativos. Seus cabelos caiam despretensiosos sobre os seus ombros, contrastando harmonicamente com as suas curvas, verdadeiras armadilhas da sedução. Ao avistar aquela imagem voluptuosa, Mandel pensou: "Aí está a cilada!". Não havia mais opções! Mandel convidou Magda para entrar. Com passos de tigresa, Magda entrou e se deparou com Janaína sentada no sofá. Cumprimentaram-se com um "oi". Mandel fechou a porta e disse:

— Acho que não preciso apresentá-las, porque com certeza já se conhecem!

Magda, ainda em pé, respondeu: — E eu não seria hipócrita em dizer que não a conheço. Mandel, você saberá por que estou aqui, e o fato de eu ter conhecido Janaína tem a ver com tudo isso.

Magda sentou-se numa das poltronas daquela sala colonial. Os olhos de Mandel sintonizavam exatamente aquelas belas pernas que se encontravam cruzadas, e que se posicionavam bem a frente dos seus radares oculares. Constrangido, Mandel inicia o embate:

— Pois bem, Magda! Nós não tivemos um bom relacionamento nestes últimos meses. Esther e eu rompemos o namoro, e as causas do rompimento não foram influenciadas por você, mas é certo que a sua presença no apartamento dela prejudicou as minhas estadas por lá. Não queria te encontrar depois daquela discussão que tivemos.

— E você lembra por que discutimos? Discutimos porque você implicou de eu estar só de calcinha enquanto você esperava tia Esther chegar do consultório.

— E não era pra menos, Magda! Você sabe que eu até inventei uma desculpa para Esther sobre aquela discussão. Tentei te preservar, porque ela não gostaria nem um pouco de saber dos seus trajes, sozinha comigo no apartamento. E não pense que ela não sabe das suas investidas. Ela me disse ontem que percebia essas investidas quando íamos a Barbacena na casa da sua mãe.

Naquele momento, Magda descruzou as suas pernas, deixando-as entreabertas. Não havia como não notar. Magda trajava uma calcinha transparente, deixando a mostra seus loiros pelos pubianos, parecido com uma cena protagonizada pela atriz Sharon Stone no filme *Instinto Selvagem*. Com as pernas entreabertas, Magda inclinou-se para frente, e sensualmente disse:

— Mandel! Desde a primeira vez que te vi, meus instintos femininos afloraram. Sempre fui a fim de ficar com você, de fazer amor com você. Sempre tive uma ponta de inveja da tia Esther, mas coloquei na cabeça que eu não poderia tentar tirá-lo dela. Assim, queria o seu amor, clandestinamente. Achava que você era muito certinho com ela, até descobrir que você também tinha um caso com Janaína.

— Ai meu Deus! Porque fui me apaixonar por um garanhão? - solta Janaína, até então calada e só observando aquele colóquio de forte apelo sexual.

— Pois é, Magda! - responde Mandel, sem se importar com as palavras de Janaína. — Você invadiu o meu computador! Por isso descobriu o meu caso com Janaína, como descobriu o meu envolvimento com Claraluz. Ética é uma palavra que não faz parte do seu dicionário.

— Não me venha dar uma de moralista pra cima de mim não, Mandel! Você namorava Janaína sem que tia Esther soubesse. Não tem bobo aqui não!

Mandel sentira-se novamente pego em suas convicções. "Magda tem razão", pensou, ao relacionar a questão ética do seu caso com Janaína. "Quantas vezes deixamos de olhar para o nosso interior e, hipocritamente, levantamos os pretensos defeitos dos outros?". Enquanto Mandel acionava a sua consciência, mergulhando em questionamentos, Magda continuou:

— Me diz uma coisa! Apesar de você ter conseguido resistir às minhas investidas, diga com sinceridade: quantas vezes você me olhou com olhos de desejo? Sou mulher, e essa percepção é infalível! Não erramos quando percebemos os olhares de desejo de um homem sobre nós. Se você disser que não, estará mentindo, e você sabe disso!

— Você não está mentindo! - responde Mandel, com ar de sinceridade. — É verdade que por muitas vezes olhei você com olhos de desejo. Não há como negar que você é uma mulher muito bela e atraente.

Por alguns momentos, Mandel ficara excitado com aquela situação que se apresentava, crua e cruel, diante dos seus instintos. Duas belas mulheres. Uma morena e uma loira. Estonteantes! O passado lhe instigara, esmurrara-lhe a porta. Novamente lembrou que não deixaria passar uma oportunidade dessas. Ainda mais uma dessas! E enquanto que aqueles pensamentos tomavam-lhe de assalto implacavelmente, Magda desfere uma jogada de mestre:

— Na terça-feira, tia Esther me contou que um dos seus desejos secretos é fazer amor com duas mulheres ao mesmo tempo. Ela me contou que você revelou esses seus desejos numa festa de uma amiga dela, que vocês dormiram por lá, e ela caiu na bobagem de te perguntar sobre as suas fantasias. Inclusive, você propôs a ela que juntasse com Janaína para concretizar esses desejos. A minha tia não topou, e claro, ficou indignada! Mas agora você poderá realizar esse desejo. Aqui estamos! Janaína e eu, para satisfazer os seus desejos. Duvido que tenha imaginado fazer amor, ao mesmo tempo, com duas mulheres tão sedutoras como nós.

Janaína aproximou-se de Mandel. O seu cheiro fazia brotar ávidos feromônios, escudeiros de uma fêmea que queria acasalamento. Lutavam como bravos guerreiros num campo de batalha, e com suas lanças, avançavam destemidamente contra o adversário, a fim de abatê-lo em poucos golpes. O seu belo e moreno par de coxas aproximava-se perigosamente das pernas de Mandel, que sinalizava alerta em suas defesas. Algumas gotas de suor brotavam das suas têmporas e da sua testa. Aquele complicado jogo de xadrez a três apresentava jogadoras dispostas a vencer a batalha, avançando destemidamente os seus peões, cavalos, bispos, torres e rainhas em direção ao rei do tabuleiro de Mandel, o rei que tentava preservar fielmente intacto o seu amor por Claraluz, a sua rainha, o seu anjo, a sua deusa.

— Meu amado Mandel! – fala Janaína, passando a mão nas pernas dele. — Nunca tive ciúmes de Esther, mesmo quando se beijavam na minha frente. Nossa relação era uma delícia, e a sua relação com Esther nunca foi uma barreira para nós dois. Por isso topei a proposta! Você terá momentos deliciosos, como nunca teve!

Magda se levanta da poltrona, pega uma cadeira que ficava na sala e coloca-a bem em frente à Mandel. Senta-se com as pernas abertas, que exibiam aquelas coxas perfeitamente torneadas, volumosas e lisas e o seu loiro monte pubiano à mostra através da transparência da sua calcinha. Passa a língua por seus lábios e eroticamente, diz:

— Estou sonhando com este momento... Um homem viril como você é desejado por qualquer mulher no auge de sua feminilidade. Vamos ter momentos como nunca tivemos! Huuuuum!...

Janaína puxa levemente a cabeça de Mandel e começa a beijar-lhe o pescoço, deslizando a sua língua e os lábios com destreza, maciez e volúpia. Magda aproxima o seu corpo felino e cheiroso, ergue suas mãos até encontrar o peito de Mandel, e começa a descer os seus dedos de onça no cio até às proximidades da virilha do varão. Lentamente, aproxima o seu rosto ao rosto de Mandel, e quando armou o bote fatal, a fim de aplicar-lhe o derradeiro beijo na boca, Mandel, num ímpeto, levanta-se, no parco espaço de manobra que ainda lhe restava, e disse:

— Preciso tomar um copo de água!

Aquelas duas felinas, de cores miscigenadas e que se completavam, soltaram risos silenciosos das suas bocas sensuais e dispostas a abater o macho que coabitava em seus instintos femininos. Mandel foi a cozinha beber água. Depois, foi ao banheiro e por lá demorou mais de três minutos. Janaína levantou-se e ligou o som que ficava na sala. Um pen drive estava espetado ao aparelho, e ela deixou correr aleatoriamente as músicas que compunham aquele aparelhinho nano eletrônico. A potente e misteriosa voz de Zé Ramalho brotou dos alto-falantes. Cantava a música *Beijo Morte Beijo* (Pedro Osmar / Jaiel de Assis). Mandel voltara à sala e ficara em pé. Não voltou a sentar no lugar aonde seria abatido. Um trecho da letra da música surgia do aparelho de som, e aquele trecho, o copo de água bebido e a ida ao banheiro ajudaram-no a recompor as suas defesas.

> *Beijo por beijo não vale a pena dar. Beijo por beijo não vale a pena dar. Morte por morte é uma loucura só. Eu e o amigo que se desespera dentro da cerca da sua prisão, sabemos, ainda é cedo pra pisar na lama e cortar os ferros que prendem a mão.*

— Mulheres! É quase impossível se livrar de uma poderosa armadilha de sedução como esta. Nós, homens, fomos culturalmente criados para não recusar esse tipo de proposta. Não pensem que foi fácil para mim, mas quero dizer a vocês que o jogo acabou! Não haverá nenhum relacionamento sexual entre nós três! Tenho um propósito que me guia: o meu amor por Claraluz! Este amor é mais forte do que qualquer investida contra ele. Magda! Você é mestra na arte da sedução. Mas também é mestra na arte de passar por cima de qualquer escrúpulo. E como lhe conheço, estou vacinado! Não vou me deixar levar por suas jogadas! Você é uma mulher muito atraente e bela, não tenho dúvida disso! Mas beijo por beijo não vale a pena dar. Você poderá realizar esta fantasia com Barretto e Joyce. Eles te esperam! Qualquer forma de amor vale a pena, mas o amor que vale a pena para mim é o meu amor por Claraluz. É a este amor que eu quero me dedicar. E você, Janaína, tome cuidado! Se eu aceitasse este jogo, poderia ser bom num primeiro momento. Mas acredite! Magda iria descartá-la depois. Também não duvide disso! Siga o seu caminho, e não deixe que a enganem! E se achar que está na hora, procure um novo amor! Você é inteligente, sensível e bonita. Saberá o momento certo! Mas desista de mim! Não haverá outras oportunidades entre nós! E agora, se me dão licença, quero ficar sozinho!

Sem titubear, Mandel abriu a porta da sala. O jogo acabou! Magda, astuta, percebeu que não havia mais espaço para manipular. "A batalha acabou, mas a guerra não", pensou. Levantou-se e disse:

— Tá bom! Nem todos são imbecis e perdem uma oportunidade como esta. Nunca teria ganhado um presente tão bom! Você me mostrou somente que é um grande imbecil, Mandel!

Mandel percebeu que Magda entregara o jogo, e sem titubear, pronuncia:

— Magda, pode ser que eu não esteja ganhando nada ao negar essa aventura, mas prefiro seguir o pensamento de Fernando Pessoa: *Digo-vos: praticai o bem. Por quê? O que ganhais com isso? Nada, não ganhais nada. Nem dinheiro, nem amor, nem respeito, nem talvez paz de espírito. Talvez não ganheis nada disso. Então por que vos digo: praticai o bem? Porque não ganhais nada com isso, Vale a pena praticá-lo por isso mesmo*[35]. Então, Magda, o que me importa é aquilo que eu quero e penso! Não estou preocupado com o que vou ganhar, mas só praticar aquilo que acho que é bom. E a você, Janaína, que é alguém que gosto muito e desejo muito a sua felicidade, gostaria de repassá-la pouco da sabedoria do Dalai Lama: *Grandes amores e enganos comportam grandes riscos*[36]. Saiba disso, e o seu amor por mim se insere neste contexto. E agora, peço que vocês me deixem!

Magda e Janaína retiram-se. Magda sentia uma sensação que não gostava nem um pouco: a sensação da derrota! Começou a caminhar com passos duros e pesados. Passos de quem sentia o peso da derrota nas costas. Janaína, mais uma vez, saiu cabisbaixa. Algumas lágrimas brotaram dos seus negros olhos. As oportunas lágrimas desopilaram a sua alma. Começou a entender o inevitável. Em sua vida, não teria o amor romântico de Mandel. Mas consolara-se parcialmente por saber que Mandel nutriria por ela respeito, admiração e carinho, e era verdadeiro quando ele dizia que queria a sua felicidade. Caminhava, separada de Magda, pensando em como refazer definitivamente a sua vida sem a companhia daquele homem que amara desde os seus treze anos. O espírito libertário dos inconfidentes, naquele momento, apossara-se dela.

Mandel fechou a porta. Parou por alguns instantes no centro da sala e suspirou profundamente. "Não foi fácil!". Começou a imaginar que aquele momento poderia ter sido sexualmente magnífico. Bateu-lhe instantes de arrependimento. De um tempo pra cá, não fazia parte dos seus propósitos desvencilhar-se de um jogo erótico tão sedutor e quase inevitável como esse.

35 *Citações e Pensamentos de Fernando Pessoa*, Organização: Paulo Neves da Silva.

36 Fonte: JB Wiki - Jornal do Brasil - http://www.brasilwiki.com.br

Mas como um antídoto, lembrou-se de Fernando Sabino: *O diabo desta vida é que entre cem caminhos, temos que escolher apenas um e viver com a nostalgia dos outros noventa e nove*[37]. Suspirou mais uma vez, aliviado e resignado. Por fim, sentiu-se vitorioso. O amor que o envolvia e envolvia a sua Claraluz estava intacto. Pegou o seu celular e enviou um torpedo ao celular da namorada: *Tantas novidades, tantas provações, tantas coisas a contá-la deste dia surreal... mas uma certeza: de que o nosso amor nos faz cada vez melhores. Eu te amo.* A seguir, selecionou em seu pen drive conectado ao aparelho de som da sua sala o disco *Cantoria 1* (Elomar, Geraldo Azevedo, Vital Farias, Xangai), e cantou com entusiasmo, um entusiasmo de quem sentia-se abrandado por ter vencido uma batalha cruel, a música *Ai que Saudade d'ocê* (Vital Farias).

> *Não se admire se um dia um beija-flor invadir a porta da tua casa te der um beijo e partir. Fui eu que mandei o beijo que é pra matar meu desejo, faz tempo que eu não te vejo ai que saudade de ocê...*

---

37 Fernando Sabino, *O encontro marcado*, referindo-se à citação de Gide (André Gide - escritor francês, Nobel de Literatura).

XLVI

— Oi, Clóvis, como vão as coisas? Como anda o teu processo de recuperação da cirurgia?

— Muito bem Ivone! Estou mais forte e viril do que nunca. A Juliana não me deixará mentir sozinho! - responde Clóvis, soltando uma sonora gargalhada, acompanhada de um aceno humorado e debochado da namorada.

— Estimo-te um pronto restabelecimento! - responde Ivone, prosseguindo. — Estou te ligando para saber como estás de saúde e também para fazer um pedido: sintonize naquele programa sensacionalista da TV, o *Aqui, o Crime Não Tem Vez*, que começará daqui a quinze minutos. Tu terás uma espantosa surpresa! Uma surpresa que marcará a tua vida!

— Mas isso não vai me causar outro infarto? - pergunta Clóvis, carregando na fala o seu incansável bom humor. — Estou cá pensando com os meus botões, e sou obrigado a perguntar: perdestes o juízo, Ivone? Logo tu, me pedindo para assistir aquele festival de baixarias?

— Claro que não cometeria uma insanidade dessas, Clóvis! - responde Ivone. — Estou te pedindo para fazer um esforço e assistir o programa de hoje porque, excepcionalmente, tu testemunharás um depoimento totalmente inusitado, que causará um impacto enorme nas estruturas das grades de programação da TV. Um impacto necessário, bem que se diga! Desculpe-me por suscitar mistérios em tua mente, mas é melhor que seja assim!

— Partindo de ti, farei qualquer sacrifício televisivo, minha cara Ivone! - responde Clóvis. — Tu tens sido responsável pelo resgate de almas no purgatório. Nós estamos felicíssimos por tu teres sido o anjo guerreiro que resgatou a pobre Gertrudes do inferno. Já sintonizei a emissora. Só estou curiosíssimo por saber o que nos espera daqui a alguns instantes.

— Prefiro que vejam sem que eu diga do que se trata. Vai ajudá-lo a exorcizar fantasmas do teu passado e desobstruir obstáculos das novas estradas que tu e tua nova companheira trilhareis. Assistam e verão! Vocês ficarão gratamente surpresos! E mais uma vez, estimo-lhe uma feliz recuperação, e tome juízo! Cuide-se para viver mais uns cem anos!

— Juízo! Estou tomando esse remédio em doses homeopáticas para viver uns cento e cinquenta anos, caríssima Ivone! – responde Clóvis, gargalhando suavemente e se despedindo de Ivone Monteiro, desligando o telefone em seguida.

***

Em Armação de Búzios, península fluminense da Região dos Lagos conhecida mundialmente por Búzios, formada por vinte e três belíssimas praias – famosas e cobiçadas nos meandros da indústria turística –, o doutor Andrade, delegado de Polícia, interrogava:

— Dona Gertrudes Vasconcelos! Explique-nos! Como se deu o envolvimento entre a senhora e Alex Augusto Paiva?

— Senhor delegado! Há três meses, promovi uma festa em minha casa, na praia de Manguinhos. Ele trabalhou como garçom, e depois de conhecê-lo nessa festa, nos envolvemos.

— Mas como pôde a senhora, uma mulher de mais de cinquenta anos, envolver-se com um rapaz de apenas dezenove anos?

— Esta pergunta não é pertinente, doutor Andrade. Faz parte da vida íntima da minha cliente! – interfere o advogado Marcos Stehling.

— Tudo bem! Vou refazer a pergunta então, senhor advogado – retruca o delegado. — É sabido que a senhora e o réu mantinham uma relação onde, aparentemente, esse indivíduo, Alex, fazia o papel de gigolô. A senhora se relacionou com o réu por envolvimento amoroso, ou a senhora se envolveu com ele por também fazer parte dessa quadrilha de traficantes?

— Não me situo em nenhuma dessas duas hipóteses, senhor delegado! – responde Gertrudes com firmeza. — Me envolvi com Alex somente para exibi-lo perante as minhas amigas. Apenas por isso! O mundo *socialite* é tão podre quanto o mundo do tráfico. Fui uma mulher excepcionalmente fútil. Alex é o tipo do rapaz bonitão, musculoso, portador de uma silhueta viril e máscula, ideal para se exibir perante o teatro das aparências. Ele foi usado por mim, e só agora percebo, fui usada por ele também, de forma não consentida por mim.

— A senhora sabia que o réu Alex Augusto Paiva estava envolvido numa quadrilha de bandidos ligada a ramificações internacionais de organizações criminosas, e que se dispôs a oferecer no mercado clandestino mais de duzentos mil comprimidos de ecstasy, enviados por uma máfia canadense com o objetivo de abastecer todo o estado do Rio e o Espírito Santo?

— Como o respondi, senhor delegado, jamais imaginei! Percebi, sim, algumas mudanças em seu comportamento. Ele passou a receber, repentinamente, um número muito maior de ligações ao celular do que de costume. Todas as vezes que o celular tocava, ele procurava se afastar de mim, e quando não havia possibilidades de se afastar, ele dissimulava ou usava termos que eu não compreendia. Mas, como eu não nutria o menor ciúme por ele, acreditei que pudesse ser outra mulher que o estivesse assediando. Imaginei ser uma mulher mais nova, o que eu achava bastante natural. Aliás, nem havia cobranças quanto à fidelidade em nossa relação. A minha intenção era somente exibi-lo junto ao meio social, hipócrita e vazio. Ele sabia quais eram os meus objetivos com ele, e eu o recompensava financeiramente por isso.

— A senhora sabia que a sua casa seria usada para estocar a droga?

— Fiquei estarrecida com essa informação, senhor delegado. Só soube depois, através do doutor Marcos, que me informou, pelas diligências policiais em andamento, que Alex confessou que a droga seria estocada em minha casa. Foi uma grande decepção, o senhor pode ter certeza! Eu o dei vida boa: mordomias, presentes, dinheiro... Para mim, o bastava! Tolo engano, senhor delegado! Havia uma cobiça muito maior naquela alma, e que eu não detectara.

— A senhora conheceu algum amigo dele que poderia estar envolvido na quadrilha?

— Se conheci, não tenho a menor consciência de que era membro de qualquer quadrilha. Conheci pouquíssimas pessoas do círculo de amizades de Alex. Como nossa relação beirava à clandestinidade, quanto menos pessoas soubessem do nosso envolvimento, melhor.

— Mas a senhora não disse que se relacionava com ele para exibi-lo junto às suas amigas? Então, como explicas esta clandestinidade?

— Quero deixar claro ao senhor como funciona o mundo *socialite*. As nossas rodinhas são exclusivas e exclusivistas. Escolhemos aquilo que deve ir para as colunas sociais, e aquilo que fica só entre nós. Muitas dessas distintas mulheres praticam coisas que jamais deverão ser ditas aos colunistas sociais. Existe um código de honra no qual as membras desse círculo comprometem-se a não revelar para o mundo os nossos assuntos confidenciais. É como uma confraria, que mantém certos segredos que não podem ser revelados ao público. Por isso, nem mesmo a família de Alex sabia do nosso envolvimento. Só uma irmã dele é que começou a desconfiar, e chegou a nos ver juntos por duas vezes.

O delegado fez uma pausa em suas perguntas. Olhou fixamente para Gertrudes por alguns segundos. Balançou seu corpo em sua cadeira, coçou o queixo e disse:

— Bom! Acho que não tenho mais perguntas a fazer. Teu depoimento me pareceu bastante honesto, dona Gertrudes. Agradeço-te por ter aceitado prontamente a prestar depoimento sem tentar atrasá-lo através de procedimentos judiciais. A senhora e o doutor Marcos tomaram uma decisão acertada. A senhora está liberada! Posso servi-los um café ou uma água?

— Água, por favor! - solicita Gertrudes.

— Aceito água também! - responde o advogado Marcos Stehling.

— Raul! Traga-nos um jarro de água e dois copos! - ordena o delegado Andrade, quase gritado, ao escrivão que estava sentado à mesa de frente.

Após o escrivão Raul servir-lhes água, Gertrudes assina o depoimento e saem da delegacia.

***

Ainda convalescente da cirurgia, Clóvis, deitado em sua cama, assistia a TV sintonizada no canal solicitado por Ivone, que apresentava um programa de casos policiais que fazia parte da grade nacional da programação da emissora. Era um daqueles programas sensacionalistas, onde o apresentador às vezes se inflava, esmurrava a mesa, esbravejava e falava alguns palavrões. Assim, o apresentador e *show man*, Marc Robson, dirigiu-se aos telespectadores:

— A nossa reportagem está em Búzios, aguardando a saída da *socialite* Gertrudes Vasconcelos, que neste momento deve estar prestando depoimento ao delegado de polícia, o doutor Andrade, que com coragem e determinação, desbaratou essa quadrilha de bandidos, safados, que desvirtuam essa juventude que já não tem cabeça! Cabecinhas! Como eu disse antes, essa senhora, a dona Gertrudes, se envolveu com um traficante de ecstasy dessa quadrilha de ordinários. Uma mulher da alta sociedade carioca, de cinquenta e quatro anos, envolvida com um rapaz de dezenove anos. Vejam vocês!... Esse bandido, Alex Augusto Paiva, flagrado com um carregamento da droga na rodoviária de Búzios, está preso. Portanto, a nossa pergunta é: será que essa mulher, a *socialite* Gertrudes Vasconcelos, também está envolvida com esse crime? A repórter Soraia Frazão, que está em Búzios, vai tentar arrancar algumas palavras da *socialite*... Éééé!... Eu acreditei que já tinha visto de tudo nessa vida! E justamente quando eu achava ter visto tudo, novidades como esta nos surpreendem!... Um caso de cair o queixo...

(...)

— Opa! Temos um chamado da nossa reportagem em Búzios - anuncia o apresentador. — Vamos às imagens! Vamos à repórter Soraia Frazão. Fala, Soraia!

As imagens da TV passaram a mostrar a saída de Gertrudes da delegacia. Clóvis estatelara os olhos, surpresíssimo. Atônito, chamou Juliana para assistir com ele. A equipe de reportagem aproximou-se de Gertrudes, acompanhada do advogado Marcos Stehling, na saída da delegacia. A repórter Soraia Frazão, diante da câmara da TV, pergunta:

— Dona Gertrudes Vasconcelos. O que a senhora alegou ao delegado por namorar um traficante de apenas dezenove anos, envolvido no tráfico de ecstasy?

— A minha cliente não tem nenhuma declaração a fazer - antecipa-se o advogado Marcos Stehling. — No momento oportuno, encaminharemos uma nota à imprensa com os devidos esclarecimentos.

Porém, num lance de extrema ousadia e para o espanto do advogado, Gertrudes ignora a orientação e aceita a proposta de ser entrevistada pela emissora: — Eu aceito falar, mas gostaria de ser entrevistada diretamente pelo repórter Marc Robson.

O repórter Marc Robson, ao ouvir a proposta de Gertrudes, animou-se de sobremaneira, na certeza de que as perguntas que ele a faria causariam furor entre os telespectadores. Seu programa daria saltos de notoriedade e alavancaria pontos de audiência em função desta reportagem, imaginou. Sem titubear, solicitou à equipe que fornecesse um fone de ouvidos à Gertrudes. A câmera da TV focalizava Gertrudes, que colocou os fones de ouvido, e assim que estava preparada, o apresentador Marc Robson iniciou as perguntas:

— Dona Gertrudes Vasconcelos. Em primeiro lugar, quero agradecê-la por ter aceitado ser entrevistada. São poucos os que se prestam e tem coragem de expor suas vidas pela TV. Mas... A senhora se envolveu com um traficante, um rapaz novo, que poderia ser seu neto. A senhora perdeu o bom senso, dona Gertrudes?

— Bom dia, senhor Marc Robson - responde Gertrudes. — Inicialmente, solicito que as minhas respostas sejam respeitadas e que eu possa ir até o final sem ser interferida. Esta é a única condição que imponho para conceder esta entrevista.

— Tem a minha palavra, dona Gertrudes! - responde o repórter. — Mas responda aos telespectadores, espalhados por todo este grande Brasil afora. A senhora perdeu o juízo, dona Gertrudes? Como a senhora, das altas rodas sociais do Rio de Janeiro, pode prestar-se a um papelão desses? - pergunta o apresentador Marc Robson, com eloquência e ironia.

— Senhor Marc Robson e caros telespectadores. Eu sou uma mulher que, por causa do meu status social e econômico, um dia quis trilhar pelo mundo das colunas sociais, dos holofotes e da fama. Fazia parte do imenso grupo de pessoas que acreditam que precisamos ser famosos, badalados, ricos e endinheirados para sermos felizes. Todos sabem que as mulheres fúteis, mas que carregam o falso glamour da fama, adoram exibir rapazes novos, bonitões e malhados. Existem muitos casos explicitados pela mídia, e que esses programas e revistas de fofocas adoram noticiar. Virou moda! Foi o que eu fiz! Esse rapaz com quem me relacionei fez parte dessa prática em meu meio social.

— Mas diga sinceramente, dona Gertrudes! - pergunta o repórter Marc Robson, com veemência teatral. — A senhora também está envolvida com esta laia de gente, esses bandidos que causam desgraças aos jovens, que submetem essas pobres criaturas ao inferno das drogas? Vai me dizer, parecido com um ex-presidente aí, que a senhora não sabia de nada?

— Senhor Marc Robson - retruca Gertrudes. — Eu não preciso do dinheiro do tráfico. Quem precisa do tráfico são vocês, apresentadores deste tipo de programa sensacionalista, apelativo e falso-moralista...

— E a senhora é que vem nos dar lição de moral? - interrompe o apresentador, soltando gargalhadas debochadas.

— O senhor prometeu não interromper! - responde Gertrudes com firmeza e rispidez. — Deu a sua palavra perante os seus telespectadores. Portanto, tenha a dignidade de cumpri-la!

— OK, dona Gertrudes! Prossiga então! – responde o apresentador Marc Robson, demonstrando uma teatral impaciência. — Eu fico muito indignado, mas prossiga! Sou um homem de palavra, coisa que aqui neste Brasil é raro. Pessoas de palavra! Então prossiga, dona Gertrudes Vasconcelos.

— Obrigado! Será bom que cada um de vocês que me ouve e me vê preste a atenção no que vou dizer! – prossegue Gertrudes, encarando firmemente as lentes da câmera da TV. — A sociedade criou uma grande ciranda, uma grande roda, a roda das ilusões. Os programas sensacionalistas e apelativos como este fazem parte dessa roda. Nessa roda gigante, as pessoas que não são ricas querem somente ser ricas, e quem é rico quer aparecer, se mostrar e ostentar. As modelos seguem padrões que as levam à bulimia e à anorexia, os jovens e outros nem tão jovens assim consomem drogas compulsivamente para buscar prazeres imediatos, os agentes das bolsas de valores vivem trancafiados nos pregões acumulando dinheiro, somente acumulando dinheiro. As mulheres compram compulsivamente e desenfreadamente. O dinheiro vai para o ralo da sua vida e da vida dos seus familiares, na tentativa de refrescar uma ansiedade frenética, irracional e insaciável. As pessoas sonham só em ter dinheiro, cada vez mais dinheiro! O mundo é falso, senhor Marc Robson, como é o seu programa e todos os programas que se utilizam deste recurso sensacionalista, ludibriando os telespectadores incautos, a fim de se promoverem e lotarem as suas contas bancárias à custa da desgraça alheia.

— Dona Gertrudes! – interpela o apresentador Marc Robson, elevando a voz e o tom de indignação e deboche. — Que moral a senhora acha que tem para nos julgar, nos interpelar? Nós, tenho certeza disso, e o bom Deus que está nos observando também, buscamos prestar um serviço público da mais alta relevância para as pessoas de bem deste país, denunciando esses bandidos que infernizam a sociedade, bandidos como esse Alex, o seu namoradinho de dezenove anos, traficante de ecstasy. Bandidos que se locupletam com mulheres sem-vergonha como a senhora! Explique-me, dona Gertrudes! Explique-se para o meu povo! Explique-nos, dona Gertrudes! Explique a este povo maravilhoso e que nos assiste agora! Explica-nos!

— Explicar-me-ei a todos, senhor Marc Robson! Sei de tudo isso e muito mais porque também me chafurdei na lama do egoísmo, do individualismo exacerbado. Sei muito bem como funciona essa máquina de gerar gente podre. Eu, Gertrudes Vasconcelos, durante muitos anos, fui ferramenta e produto deste sistema de gerar podridões. Fui podre sim, senhor Marc Robson, e por ter sido apodrecida durante anos, arranjei um relacionamento com esse jovem que se envolveu no tráfico de drogas. E se não tivesse acontecido esse escândalo, eu, com toda a certeza, continuaria me chafurdando na lama da *high society*. Mas as decisões que tomei em minha vida são pra valer! Sofri demais por ver meu nome na sarjeta, mas compreendi, nestes dias de inferno astral, que a minha vida já estava enterrada nesse lodo fétido até o último fio de cabelo, antes mesmo de ver meu nome se misturando aos ratos do esgoto. Deus realmente escreve certo pelas linhas tortuosas e acidentadas, senhor Marc Robson.

— Dona Gertrudes! - fala o apresentador, amplificando com máxima potência a sua veemência teatral. — Eu estou achando que a senhora quer é nos enganar, quer nos ludibriar, nos enrolar! Uma coroa que se envolveu com um traficante bonitão de dezenove anos, e agora quer recuperar o seu nome dando uma de boa samaritana? Tenha dó, dona Gertrudes! A senhora acha que somos bobos? A senhora acha que vamos nos deixar levar pela conversa fiada de uma *socialite* que está com o filme totalmente queimado? Aqui não tem otário não, dona Gertrudes!

— Senhor Marc Robson! Eu não preciso provar nada para ninguém! Serão meus caminhos que seguirei daqui pra frente é que dirão, para mim, e para mais ninguém, se estarei ou não trilhando uma vida digna. Envolvi-me com um jovem desconhecido, mas o suficiente bonito e musculoso para que eu pudesse desfilar perante minhas amigas. Eu também o fiz mal! Não sou moralista! Mas esta experiência dolorosa me fez enxergar a realidade deste mundo como nunca enxerguei. E enquanto isso, senhor Marc Robson, o senhor e outros abutres aproveitam-se da carniça humana e entopem os bolsos de dinheiro. Envolvi-me com um jovem de dezenove anos, senhor Marc Robson. É verdade! Muito mais novo e incompatível comigo. É verdade, reconheço! Mas reciclarei minha vida. E estarei de volta, anônima, procurando praticar somente o bem e contribuir para limpar um pouco essa sociedade apodrecida por valores falsos e ilusórios. No tempo de Cristo, havia uma prostituta. Conheceu muitos homens e se relacionou sexualmente com eles em troca de dinheiro. Mas um dia, encontrou o Mestre. E o Mestre teve compaixão daquela mulher. Enxergou o fundo da sua alma e viu que aquela pobre mulher era mais uma vítima das ilusões do dinheiro. Aquela mulher chorou e se arrependeu. Seguiu o Mestre, e a sua alma foi purificada. A prostituta virou sal da Terra e luz do mundo.

— É, dona Gertrudes... - interfere o apresentador. — A senhora é mesmo uma grande atriz. Usa até o nome de Deus em falso para dar uma de coitadinha. Mas daqui a pouco estará rindo e debochando dos pobres junto às suas amiguinhas, que adoram achincalhar os humildes, bebericando caríssimas garrafas de champanhe francês em suas taças do mais puro cristal, enquanto os pobres, os meus telespectadores - aproximando-se da câmera do estúdio de TV -, em sua maioria trabalhadores dignos, são explorados por mulheres vazias do seu tipo. Sangram as mãos de tanto trabalhar para pessoas como a senhora, que não os valorizam, acham que são escravos para lamber as suas botas compradas nas mais caras butiques de Nova York.

— O senhor tem razão! Funciona assim mesmo! Mas não mais será assim em minha vida, senhor Marc Robson! Mas é bom que os telespectadores, manipulados por esta oratória teatral que o senhor espertamente aprendeu a fim de ludibriá-los, saibam que este senhor é parte dessa elite podre que zomba dos puros e crédulos. O senhor é um dos que rirão desses pobres que o senhor diz defendê-los. O senhor dará risadas debochadas em companhia de dois ou três parceiros da sua máfia, em companhia de um fino uísque escocês doze anos, consciente de que este uísque foi conseguido pelo dinheiro pago pelos seus patrocinadores, que vendem inutilidades a uma iludida classe econômica que sonha com o *status* da ascensão social.

— Vejam bem, queridas e queridos telespectadores deste meu Brasilzão! Uma *socialite* empedernida e atrevida querendo nos dar lição de moral! Que moral a senhora tem, dona Gertrudes? Que moral a senhora tem para pode dirigir-se dessa forma a cada um de nós? A senhora não tem moral, dona Gertrudes! Aliciou um traficante de dezenove anos, um bonitão por fora e podre por dentro. A senhora não tem moral nem para acusar o mais odioso bandido da Terra, ainda mais pessoas honestas e trabalhadoras como eu e minha equipe, que arrisca a pele ao denunciar esse tipo de gente que a senhora anda e está envolvida até o último fio de cabelo...

— Como eu disse, senhor Marc Robson, me relacionei com Alex para usá-lo, e ele se relacionou comigo para me usar. É verdade! Mas, num jogo da verdade, senhor Marc Robson, o senhor seria capaz de reconhecer que se envolveu com uma jovem, menor de idade, de dezesseis anos, filha de uma funcionária de uma grande amiga carioca como eu, que não vou dizer o nome para preservar a identidade da menina, mas que o senhor sabe muito bem de quem se trata, e que foi viver aí em São Paulo em busca de emprego, e que acabou sendo comprada pela conversa fiada do senhor? Com autorização por escrito dessa mulher, mãe dessa pobre menina, estou divulgando, em cadeia nacional, este escândalo. O senhor seria capaz de dizer ao seu público, que diz que não é bobo, mas que o faz de gato e sapato, que se envolveu com uma menor de idade pobre e sonhadora, e a seduziu, a drogou, a embebedou, encheu-a de presentes, até conquistar seu troféu, uma bela jovem de dezesseis anos, e que depois a maltratou, a violentou e a espancou? Aqui estou, denunciando o senhor, senhor Marc Robson, apresentador deste programa, *Aqui, o Crime não Tem Vez*, por corrupção de menores e outros crimes, como o fez esta manhã, numa delegacia daí de São Paulo, a mãe desta menina...

— Dona Gertrudes! – interrompe furiosamente o apresentador, aos berros. — A senhora está apelando! Tenho uma vida limpa e digna! Vou acioná-la na justiça, e a senhora terá que reparar esta calúnia que está cometendo contra mim. Tenho um nome honrado! Não quero mais ouvir suas palavras! Vou chamar os comerciais!... Estas *socialites* sem escrúpulos fazem a merda que fazem e ainda procuram nos envolver, envolver pessoas com vida limpa em mentiras e calúnias. Comercial, por favor!

***

O canal de TV interrompe o programa e transmite os comerciais. Clóvis, estático, permanecia boquiaberto. Juliana, emocionada, batia palmas. Depois de minimante refeito diante daquela colossal e surpreendente entrevista, Clóvis vira-se a Juliana e diz:

— Minha querida! Se há algo que eu jamais poderia imaginar seria assistir a uma entrevista tão corajosa e determinada como esta. Estou muitíssimo surpreso! Em minha convivência de muitos anos com Gertrudes, presenciei muitas atitudes firmes daquela mulher. Mas essa positividade e essa coragem voltavam-se sempre para os assuntos internos da casa, da família e do seu clã, Vasconcelos, onde sempre foi uma fiel seguidora das posturas aristocráticas voltadas para as etiquetas e normas. Apesar da sua obsessão pelas regras de comportamento, Gertrudes não havia ainda se enveredado pelos caminhos do mundo *socialite*. Não era uma pessoa má, mas obcecada por essas posturas. E nunca se preocupou com o que se passava no todo social. Nunca se preocupou com o sofrimento alheio, das vítimas da injustiça e da opressão. Ao contrário, sempre os via com desdém. Por isso, esta surpresa gigante!... Estou feliz, mas ao mesmo tempo preocupado, porque com esse povo não se brinca. Gertrudes corre riscos, ainda mais que ela estará na estrada de volta ao Rio. Vou ligar para o celular dela!

— Faça isso! - aprova Juliana, que lhe dá um beijo e sai para deixá-lo mais à vontade.

Clóvis, então, pega o celular e liga para Gertrudes.

— Olá, Gertrudes! Acabei de assistir a entrevista. Estou ligando para ti sob um impacto de uma forte emoção. Tu desbancaste esse salafrário ao vivo! Que bela surpresa! Confesso-te que não esperava uma atitude tão heroica. Isso vai causar reviravoltas nos bastidores da TV. Mas também estou te ligando por estar preocupado contigo, pois tu sabes que a partir de agora irão querer a tua cabeça. Diga-me! Estás prevenida quanto à viagem de volta ao Rio?

— Oi, Clóvis - responde Gertrudes. — Que bom que tu viste o programa. Pedi Ivone que te ligasse avisando. Mas fique tranquilo, pois providenciei a minha segurança até a noite, quando viajarei para Manaus. Inicialmente, pedi proteção à polícia, mas a burocracia impediu que me fornecessem proteção. Disseram que não havia justificativas palpáveis para que tomassem essas providências formais. Mas não perdi tempo! Contratei uma empresa de segurança para garantir a minha integridade neste trajeto. Neste momento estou, juntamente com o meu advogado, Marcos Stehling, num carro blindado da empresa, escoltado discretamente por outro carro e duas motos. Portanto, fique tranquilo!

— Melhor assim! - responde Clóvis. — Mas me conte os detalhes! Como soubestes desse fato que denunciastes?

— Vou contar! Durante a visita que me fez segunda-feira, Ivone me relatou uma história muito triste. A filha de uma das suas funcionárias, de nome Cíntia, envolveu-se com esse bandido, depois de abordá-lo na saída da emissora. Ela procurava emprego e achou que seria mais fácil encontrá-lo em São Paulo, e como é uma garota muito bonita, acreditou que pudesse trabalhar em alguma emissora de TV, como recepcionista, em alguma função que envolvesse contato com o público, ou até mesmo como dançarina de um desses programas de auditório. Por uma infeliz coincidência, viu o apresentador Marc Robson saindo da emissora. Abordou-o. Esse, espertamente, atraiu a garota até o seu carro. Lá, ela explicou que a emissora não poderia contratá-la, por ser menor de idade. Foi aí que o abutre afiou suas garras. Ele disse que, mesmo sendo contra, por ter gostado dela, arranjaria documentos que a fariam "maior de idade". E nesse envolvimento, o sujeito a seduziu. Ela passou a ser objeto de ostentação do apresentador em sua horda de mafiosos. No início, de acordo com os relatos de Ivone, a menina ficou deslumbrada, pois frequentava as rodas dos poderosos, muitas festas regadas a uísque e cocaína. Mas com o passar do tempo, o apresentador passou a humilhá-la e maltratá-la, até chegar às vias da violência física. Ela se entristeceu, e um dia quis ir embora. Os seguranças do apresentador detiveram-na. Ela descobriu então que era escrava de Marc Robson, e corria riscos de morrer. Estava trancafiada em sua mansão. A mãe estava desesperada, e já tinha um mês que não conseguia qualquer tipo de contato com a filha. Um dia, a mãe recebeu uma ligação de Cíntia, dizendo estar tudo bem com ela. Na verdade, fora forçada pelo apresentador a realizar a ligação para que a mãe não denunciasse o seu desaparecimento. O instinto de mãe, porém, não confiou nas palavras da filha. A mãe relatou o caso para Ivone que, sensibilizada, resolveu ajudar a sua funcionária. Nesse período, com a ajuda de um segurança do apresentador, a menina conseguiu fugir. Ligou para a mãe assim que conseguiu escapar, e a mãe procurou Ivone novamente. A menina ganhou um velho aparelho celular do segurança que a ajudou fugir, e Ivone a instruiu por esse telefone. A menina ficou hospedada na casa da irmã de Ivone, no Alto dos Pinheiros[38], aguardando a chegada da mãe.

— Meu Deus! Que história podre! - exclama Clóvis. — Mas por que entrou nessa história, e como armou para o apresentador, Gertrudes?

— Pois, então! - continua Gertrudes em seu relato. — A mãe de Cíntia viajou para São Paulo, e também ficou hospedada na casa dessa irmã de Ivone. Procuraram o Conselho Tutelar, e daí surgiu a denúncia, formalizada hoje de manhã numa delegacia de São Paulo. A menina contou à mãe toda a história, que repassou para Ivone. E eu entrei nessa história porque, como tu sabes, esses poderosos conseguem ficar impunes diante dos seus crimes quando uma pobre coitada resolve denunciar. Ivone estava sem saber o

38 Bairro localizado na zona oeste de São Paulo.

que fazer, por também reconhecer essa realidade. Foi aí que me propus denunciar esse bandido em seu próprio programa. A Ivone ficou reticente no início, mas argumentei que, como eu estava me propondo começar uma nova vida, então que eu começasse essa nova vida diante das oportunidades que me aparecessem, e esta era uma grande oportunidade!

— Mas como armou a entrevista, Gertrudes? - pergunta Clóvis. — Como sabia que Marc Robson a entrevistaria?

— Foi fácil, Clóvis - responde Gertrudes. — Para um programa dessa natureza, que tem sede de inserções sensacionalistas, a armadilha foi simples. Buscamos uma terceira pessoa, ligada à emissora de TV, que tratou de informar à equipe de Marc Robson sobre o meu depoimento na delegacia de Búzios. Nenhuma outra emissora concorrente soube do meu depoimento, que foi articulado em segredo pelo doutor Marcos com o delegado, a fim de evitar escândalos (neste momento, o advogado Marcos Stehling, que se encontrava no carro ao lado de Gertrudes, balança a cabeça e ri da "loucura" praticada por sua cliente). A emissora deslocou a sua equipe de reportagem para a porta da delegacia de Búzios, e só não sabiam que o ardil estava pronto, mirando-se justamente contra a figura do apresentador, que se posava de mocinho, mas que é, na verdade, um baita de um bandido.

— Muito bem! - intervém Clóvis. — Não tenho direito de julgá-la, afinal, somos todos imperfeitos e sempre cometeremos erros. Mas tu sabes bem que por muitos anos viveras numa grande ilusão, que acabou trazendo prejuízos a ti e a algumas pessoas. Assim, tu, com esta atitude de hoje, redimistes de uma boa carga dos teus erros do passado. Sinceramente, estou gratamente surpreso por uma atitude tão corajosa e heroica! Esta reviravolta inesperada em tua vida acabou por ajudar a revelar as verdades por trás de tantas ilusões que este mundo, a todo o momento, nos convida a comprá-las, nos fazendo crer naquilo que, na verdade, é só mentira.

— Muito obrigado pelas palavras, Clóvis - responde Gertrudes. — A minha atitude de hoje, perante as câmeras de uma emissora de TV, é o marco da minha nova vida. Reconheço o quanto tu foras bom e generoso comigo, e o quanto perdi ao não reconhecer a tua grande alma. Mas a vida segue seu curso. Não estou chorando o leite derramado. Tivemos nossos grandes momentos, onde o amor nos agasalhou, e desse amor nasceu a nossa Claraluz, nossa bela filha, que hoje mulher, vai trilhar a sua estrada do amor. Ela não cometerá os erros que cometi, porque seguiu o caminho das tuas ideias. Vai trilhar o caminho correto, e graças, em grande medida, por tu teres sido sempre um bom pai, sábio e carinhoso. Com a mais ingênua sinceridade, desejo a ti felicidades com tua nova companheira. Tu mereces, como acredito que ela também mereça. A minha experiência com os índios Baniwa, tenho certeza, irá sedimentar a minha nova vida que, com esperança, levarei daqui para frente. Quero aprender com eles a confeccionar cestos de arumã, e na volta dessa viagem trarei uma cesta para ti e para tua companheira. Quero que recebam esse presente de bom grado e na melhor das intenções.

Os olhos de Clóvis marejaram. Lembrou-se com saudade dos tempos de namoro com Gertrudes, bem como dos primeiros anos de casamento, e de como eram sintonizados. Gostavam de boas músicas, apreciavam passear nas exposições de quadros e esculturas, assistir aos balés das mais conceituadas companhias, concertos de magníficas orquestras sinfônicas e belíssimas óperas. Lembrava-se das correspondências, sempre apaixonadas, que Gertrudes enviava-lhe quando este se encontrava longe de casa, em longas missões a serviço da diplomacia brasileira, bem como as cartas que respondia a ela, num igual teor, capturados por uma densa e perfumada paixão que um dia lhes envolvera. Após esses breves segundos, absorvido por uma viagem emocional em uma época que jamais voltaria, recompôs-se. E, num tom de voz emocionado, dirigiu-se a Gertrudes:

— Minha cara Gertrudes. A nossa história está escrita. Maktub! Essa história nos construiu. E se tu estás determinada a redescobrir os valores que sempre estiveram dentro de ti e que um dia encontraram-se sufocados pela fogueira das vaidades, então tu resgatarás o que há de melhor. Tua alma está se enchendo de luz novamente, pois descobristes que a humildade é o grande combustível para a plenitude e a felicidade. Desejo-te a mais pura felicidade.

Clóvis e Gertrudes despedem-se. Ao desligar o telefone, Clóvis dirige-se à biblioteca do seu apartamento em Copacabana, onde se encontrava Juliana. Um abraço transcendental os envolveu nestes inebriantes momentos. Depois, olha com ternura para ela e diz:

— Meu novo e eterno amor. Uma história acabou de se encerrar: a minha história com Gertrudes. O caminho dela será belo daqui para frente. Neste momento, Claraluz está indo ao encontro do seu grande amor, e agora, abençoada pela sua mãe. Ela merece uma mãe digna, e Gertrudes a será.

Juliana fita apaixonadamente os olhos de Clóvis, desliza suavemente as suas mãos por seu rosto, dá-lhe um afetuoso beijo, e diz:

— Sou muito feliz pela tua companhia. Sou feliz pela grandiosidade da tua alma. Sou feliz por seres um homem de uma generosidade quase ilimitada. Sou feliz por sentir-te feliz pela felicidade das pessoas. E, para completar, quero contar-te. Assisti ao programa enquanto estavas no quarto. Marc Robson não voltou depois das propagandas. A emissora anunciou que ele teve problemas de saúde, e que não retornaria para continuar a apresentar o programa. As forças do bem, neste momento, rejubilam-se de contentamento. O mal sofreu uma séria derrota nesta sexta-feira. E agora, para comemorar, vamos dançar um bolero?

Em seguida, Juliana seleciona *Bésame Mucho* (Consuelo Velásquez), interpretado pela magnífica orquestra de Ray Conniff, e a coloca para tocar. Clóvis, amante desse maravilhoso ritmo saído das entranhas da alma latino-americana, cavalheiramente, tira a sua amada Juliana para dançar. Dançam um bolero embalado pelos muitos beijos, assim como cantaria Oswaldo Montenegro: *E como não, e por que não dizer que o mundo respirava mais se ela apertava assim? Seu colo como se não fosse um tempo em que já fosse impróprio se dançar assim...* (*Bandolins* - Oswaldo Montenegro). Juliana e Clóvis dançam os passos de uma vida, selada pelo amor que novamente encontraram. Dançam a magia dos novos tempos, carregados por uma nova história, edificada por histórias passadas, e que seriam diluídas nesta nova estrada, aberta por insistentes picadas em suas vidas calejadas por amarguras, tristezas, desencontros, mas teimosas por viver o que havia de mais belo que a vida pudesse trazer-lhes.

***

E naquela bela estrada recheada lateralmente pela orla marítma da Região dos Lagos fluminense, Gertrudes, da janela do carro, contemplava aquela visão epopeica. Um misto de tristeza, nostalgia e esperança invadiu o seu espírito. Gertrudes lembrava-se de Claraluz aos cinco anos de idade, vestida de índia, voltando da escolinha, e dizendo para ela: "Mamãe, quando eu crescer, quero ser índia! Quero andar pelada no mato e ficar cheirando as florzinhas!". Estas lembranças sufocaram a sua alma. Duas lágrimas rolaram dos seus olhos. Depois de tanto tempo, ela, Gertrudes, seria a índia sonhada pela menina Claraluz. Iria resgatar a sua ancestralidade antropológica, voltar as suas raízes. Esta nostalgia lhe fazia bem, e até a sua tristeza era-lhe benéfica. Continuava a contemplar o mar. O belo mar, imponente e misterioso. E pelas ondas do mar, a sua memória fazia emergir em sua nova velha-nova consciência a música *Baila Comigo* (Rita Lee):

> *Se Deus quiser um dia eu quero ser índio, viver pelado pintado de verde, num eterno domingo. Ser um bicho preguiça, espantar turista e tomar banho de sol, banho de sol, banho de sol...*

XLVII

O mau humor apossou o espírito de Magda depois do malogrado jogo da sedução do qual Mandel era o obcecado alvo. Nem se atentou para a paisagem borrifada pela poeira do minério de ferro tingindo de vermelho, árvores, casas, postes, botecos, borracharias e pontezinhas que ligavam a velha Sabará dos bandeirantes, dos portugueses e dos pretos – emigrados ao som das chibatas e arrancados covardemente dos seios da mama África – aos bairros brotados no advento da indústria siderúrgica que, num quadro dinâmico, exibiam-se panoramas diversos, embaralhando caminhantes à beira do Rio das Velhas, homens e mulheres, jovens e velhos, cães, caminhões, carros e motos, quadros sortidos à mostra na janela do ônibus que levava a jovem tigresa, dilacerada em seu orgulho, de volta a Belo Horizonte.

Estava mal-humorada! Não se despediu de Janaína quando cada uma tomou seu rumo, e aquela, por sua vez, fez questão de não trocar sequer uma palavra com Magda, buscando distanciar-se dela cada vez mais para não andar ao seu lado. Depois que entrou no ônibus, sentou-se numa vaga de um par de poltronas que estavam livres, torcendo para que não sentasse ninguém ao seu lado. Virou-se para um canto e nem respondeu a uma passageira que sentou posteriormente na outra poltrona, e que gentilmente a pediu licença antes de se sentar, vendo frustrado o seu desejo de não ter ninguém ao seu lado. Pegou o celular, colocou os fones de ouvido e sintonizou a primeira emissora de rádio que encontrara através do mecanismo de busca automático de emissoras do seu aparelho. Nem conseguia perceber a programação da emissora sintonizada, tamanha era a sua indignação e o inconformismo pela derrota. E enquanto remoía-se de ódio pelo desbarato não assimilado, recebera, em seu celular, um torpedo preocupante de um "colega" hacker:

O chefe caiu. Fica esperta porque os homi vão te procurar. "Só faltava essa hoje!", pensou Magda, sentindo a sua indignação transformar-se em desespero. Ela sabia muito bem o que significava aquela fatídica mensagem. "Enquadraram Ditão!". Aquela notícia desestruturou a sua aparentemente inabalável autoconfiança. Um sentimento estranho invadiu a sua alma: o sentimento da insegurança! Teve vontade de chorar. Os telhados da casa podiam desabar sobre a sua cabeça a qualquer momento. Desnorteou-se! Ela imaginou que, provavelmente, a polícia recolhera todo o material de informática de Ditão, pois os crimes que ele cometeu, como sabia, eram relacionados às suas atividades cibernéticas, e por ser assim, ela também poderia muito bem ser descoberta e investigada pela polícia. Sentiu-se em apuros, e esses sentimentos faziam-na sentir ainda mais insegura. De *cátedra*, testemunhava, sem piedade, a formação de rachaduras e desabamentos das paredes e os pilares da sua autoconfiança, provocados por este inesperado sismo psíquico. Sentia-se como um animal encurralado em uma armadilha. Não havia força capaz de livrá-la daquela arapuca.

Mas uma música saída dos fones de ouvido, e cuja audição até então estava bloqueada em seu cérebro, despertara-a. E como uma fênix, sentiu-se ressurgida, e lendariamente decolava das cinzas. Era a música *Como Dois Animais*, de Alceu Valença. Aquela canção, com seus pesados dedos, tocara-lhe os ombros assim que o cantador nordestino cantou os seus primeiros versos. A letargia desapareceu. Foi substituída por uma fornalha quente de ideias e motivações que abundaram o seu espírito. E apoderando-se da força do erotismo, cantou um trecho da música, para espanto da passageira ao seu lado, que precocemente antipatizou-se por ela em função da sua cristalina falta de educação e gentileza:

> *Uma moça bonita de olhar agateado deixou em pedaços meu coração. Uma onça pintada e seu tiro certeiro deixou os meus nervos de aço no chão. Foi mistério e segredo e muito mais. Foi divino brinquedo e muito mais se amar como dois animais.*

O instinto felino resgatou-se ao seu espírito, e num passe de mágica, juntou os seus cacos e se reintegrou. A derrota daquela sexta-feira, entrando em sua tarde, poderia reverter-se, não mais com Mandel, mas no jogo em andamento com Joyce e Barretto. Para expurgar as últimas gotas daquela fracassada missão em Sabará, Magda se lembrou dos motivos que a levaram a ocultar o nome de Mandel nos e-mails clandestinos enviados a Barretto, tratando-o pelo codinome do mais famoso detetive da literatura mundial, criado pelo escritor britânico *sir* Arthur Conan Doyle: Sherlock Holmes. Magda – lembrava – mantivera o nome de Mandel no anonimato para preservar o seu próprio anonimato, ao mesmo tempo em que se reservava no direito de tê-lo como sua conquista, o seu troféu, sem interferências externas. Sherlock, que, na verdade, era uma paixão pessoal pelo brilhante personagem que vivia de desvendar mistérios, transformou-se no seu esconderijo. Mandel, dessa forma, acreditava Magda, estaria livre de ser descoberto por quem quer que seja.

E ainda mais, estava encrencada. A qualquer hora, a Justiça poderia bater a porta do apartamento da sua tia Esther, e esse seria o fim dos seus jogos. Magda se sentia incomodada por não encontrar soluções, até que, ao lembrar-se de que havia revelado, em sua primeira conversa com Barretto, que recebera um e-mail da faculdade no qual a questionava pelo excesso de faltas às aulas, pensou em algo antes impensado. "Já sei! Vou enviar um e-mail para Barretto. Está na hora de colocar uma pedra nos enigmas. Uma pedra enigmática", imagina Magda.

Pegou o tablet que estava em sua bolsa, conectou-o à internet e abriu a sua caixa de e-mails, escrevendo a seguinte mensagem endereçada ao e-mail de Barretto:

> Olá, doutor Barretto, o mais precoce homem sexuado do pedaço.
>
> A felina cansou-se das montanhas. A onça quer beber água, sentir o gosto do sal. Os ensinamentos da escola do papa na metrópole não mais afiam as minhas unhas. No calendário do início do ano, os contemplados à estrada dos bacharéis cibernéticos. Se me encontrar, terá duas tigresas ao alcance das suas deliciosas mãos... Só depende de você... para te devorar ao me decifrar. Com Joyce na área, tudo vai ficar muito mais fácil. Até mesmo decifrar os mistérios outrora indecifráveis, pois poderão me encontrar no livro do meu rosto, depois de terem caminhado pelas floridas escolas das montanhas. O próximo passo: convide-me!
>
> A sua Diadorim, que pulou a janela do banheiro...

***

E depois de atender a um paciente em sua clínica em São Conrado, Barretto abre a sua caixa de e-mails e depara-se com mais uma investida daquela misteriosa Magda. Mais um lance no tabuleiro, mais uma cartada nesse pôquer da sedução e dos mistérios de uma misteriosa gata mascarada. Um pôquer que não aceitava mais blefes. Barretto, como sempre fazia, lera aquele e-mail várias vezes, na tentativa de decifrá-lo. *A felina cansou-se das montanhas. A onça quer beber água, sentir o gosto do sal.* "Quer dizer que ela está pensando em vir para o Rio, isto fica claro!". Leu o restante, e procurou desvendar as pistas oferecidas, mas preferiu esperar encontrar-se com Joyce, já que era horário de almoço, e ele a convidara para almoçar juntos naquele belo início de tarde no Rio de Janeiro. Foi até Ipanema e pegou Joyce perto da sede da agência de modelos em que ela trabalhava. Foram almoçar em um restaurante ali por perto, na Avenida Vieira Solto, próximo ao Parque Garota de Ipanema. Sentaram-se em uma mesa mais isolada. E antes de serem servidos, Barretto retirou um netbook da sua bolsa, conectou-o a internet e mostrou a Joyce o e-mail que Magda enviara-lhe há pouco. Joyce, no alto de seu faro feminino, logo percebeu que Magda estava a fim de se revelar, entregar o jogo para jogar outro jogo, onde três pessoas dividiriam a mesma aventura sexual.

— Não tenho dúvidas de que Magda está querendo vir ao nosso encontro - deduz Joyce. — Mas parece que ela quer nos dar algum trabalho antes de se revelar. Pois que seja!

Assim que Joyce pronunciou aquelas palavras, trataram de escavar as terras que soterraram o enigma principal: o descobrimento de Magda, a cobiçada peça arqueológica.

— *Ensinamentos da escola do papa*. O que ela quis dizer com isso? - questiona Barretto.

— Escola do papa, escola do papa... - divaga Joyce. — Acho que entendi. Provavelmente, ela está se referindo às Pontifícias Universidades...

— Eureca! - brada Barretto, entusiasmado. — Lembrei-me de uma informação importante! Na primeira conversa que tivemos, ela disse, sem querer, que recebera um e-mail da faculdade em que estuda. Assim, ela deve ser aluna de uma PUC. Mas qual?

— Me deixa ler mais! - fala Joyce,... — Huuuuum! *Escola do papa na metrópole*. Como ela é mineira, então deve morar em Belo Horizonte e deve ser estudante da PUC de lá.

— Ótimo! - exalta-se Barretto, beijando Joyce com uma felicidade de menino. — Estamos na pista certa! Então vamos ver o que ela quis dizer com *No calendário do início do ano, os contemplados à estrada dos bacharéis cibernéticos*... Imagino!... Se ela é aluna da PUC de Belo Horizonte, significa que ela foi aprovada no vestibular do início do ano...

— E o nome dela encontra-se na lista de aprovados da PUC. Mas em qual curso? Só sabemos que ela se chama Magda. São muitos cursos. Como encontrá-la?

— Estou achando mais uma ponta do mistério - fala Barretto, com os olhos fixos na tela do netbook. — *Bacharéis cibernéticos*. Acho que ela está nos dizendo que ela está matriculada em algum curso na área das ciências da computação.

— Então, não vamos perder tempo! Vamos procurar no Google!

O garçom chega com os pratos que escolheram, deixando-os na mesa ao lado, para onde Joyce e Barretto migrariam para almoçar. Assim que o garçom saiu, Barretto foi ao Google e digitou "aprovados vestibular puc bh ciências da computação". Rapidamente, os resultados estavam na tela. Clicaram numa página que apresentava os nomes dos aprovados no vestibular de Ciências da Computação da PUC daquele ano. Ficaram radiantes quando viram o nome *Magda*, mas imediatamente perceberam que havia três pessoas com o nome *Magda* na lista.

— Vamos aos nomes delas! – sugere Joyce.

O primeiro nome era *Magda Beatriz Gonçalves*, o segundo, *Magda Catarina de Almeida Hermann*, e o terceiro, *Magda Márcia Jardim*. Joyce e Barretto debruçaram-se sobre a tela do computador, e Joyce teve uma luz:

— *Floridas escolas das montanhas* – divaga Joyce. — Tá aí: *Magda Márcia Jardim*! É o nome dela! Floridas, jardim... Tudo se encaixa!

Barretto deu outro beijo em Joyce, numa alegria quase incontrolável, e deduziu:

— Só falta desvendarmos o que ela quis dizer com *Livro do meu rosto...*

— Acho que matei a charada! – pronuncia Joyce, com um entusiasmo reparado pelas mesas vizinhas, depois de um caloroso beijo em Barretto. — Livro, book em inglês. Rosto, face. Facebook. Vamos descobri-la através do seu perfil no Facebook.

Sem perder tempo, Barretto abre o seu perfil no Facebook, utilizado para ampliar seus contatos profissionais na área da endocrinologia. Já no seu perfil, Barretto digitara "Magda Jardim". Apareceu várias *Magda Jardim*. Encontraram, nos primeiros resultados, cinco pessoas com esse nome. Uma era de Brasília, outra de São José do Norte, no Rio Grande do Sul, outra de São Paulo, outra de Belo Horizonte, mas era negra, e a outra era francesa e morava em Paris. Na segunda página da pesquisa, encontraram, enfim, *Magda Jardim*, a mulher que Barretto reconhecera logo, ao emergir duas imagens coladas em sua memória: a loira do desfile, que lhe cutucara e saiu sem deixar vestígios, e a loira da webcam, que lhe ressuscitou como homem.

— É ela! É ela! – vibra Barretto, quase gritado, chamando a atenção das mesas vizinhas e das nem tão vizinhas assim. — Lembro-me muito bem deste rosto. Fechamos o círculo!

Sem titubear, abriu o perfil de *Magda Jardim* no Facebook. Leram a descrição: *Mora em Belo Horizonte. De Barbacena. Estuda: Ciências da Computação.*

Instituição de ensino: PUC Minas.

— Não há mais o que investigar! - fala Barretto, que suava como se estivesse acabado de disputar, e vencer, uma maratona pelas vias que ladeavam a orla marítima do Rio. — Mas... Ela diz que o próximo passo era convidá-la... Convidá-la como?

— Ela está pedindo para enviar-lhe um convite para ser sua amiga no Facebook - responde Joyce, sorrindo um sorriso do descobrimento de novas terras.

Barretto envia uma solicitação de amizade no Facebook à Magda. Em poucos segundos, aparece a mensagem: *sua solicitação foi enviada*. Joyce e Barretto fixam-se na tela, e em pouco tempo recebem uma mensagem: *Magda Jardim aceitou sua solicitação.*

— Yessss! - exclama Joyce, entusiasmando-se de tal maneira a provocar espanto aos clientes vizinhos daquele setor do restaurante.

E nem bem comemoravam, quando a janela do perfil de Barretto no Facebook acusava o recebimento de outra mensagem, desta vez, uma mensagem privada. Ele abriu a mensagem. Avidamente, leram-na:

> Tinha a plena certeza de que não me decepcionariam. Demonstram-me que vocês são bons jogadores, e gostam de jogar. O jogo está chegando ao fim! Teremos um sábado inesquecível. Deixem seus meios de comunicação ligados, que farei contato. Bjssssss.
>
> Capitu, Diadorim, e quem mais chegar. Só não chegara Sherlock.

Barretto deixara seus braços cair, num sinal de fadiga e realização. Aquela mulher foi desvendada, enfim! Joyce e Barretto vão ao álbum de fotos de Magda, e veem uma mulher extremamente bonita e sensual. Magda tinha pleno conhecimento desses atributos, e posava diante à câmera fotográfica se insinuando e esbaldando toda a sensualidade que recebera de presente do Escultor da Natureza. Deliciavam-se com aquelas fotos, até que Barretto interrompera, dizendo:

— Algo continua misterioso! E aquela mulher do desfile? Será Magda?... Tem algo que não se encaixa... Se Magda mora em Belo Horizonte, por que ela viria ao Rio de Janeiro só para ficar uns minutos comigo, e nem se importar em me encontrar depois? Não tem lógica, e este mistério, para mim, continua oculto.

— Também não consigo entender - responde Joyce. — É como tu pensaste: ninguém viria de tão longe só para te beijar por parcos minutos e depois sumir...

— Tenho a impressão de que só vamos descobrir quando encontrarmos Magda...

— E o importante, meu amor - completa Joyce -, é que foi através das pistas falsas plantadas por Magda é que eu estou ao teu lado, neste momento. Sou muito grata a ela, e por isso deveremos dá-la uma calorosa recepção.

Barretto ri das observações de Joyce e diz:

— Vamos almoçar meu amor? A comida deve estar fria. Agora é só esperar pelo próximo sinal de Magda, e tenho certeza de que não vai demorar.

O casal dirige-se à mesa ao lado para almoçar. Pareciam dois passarinhos entre nuvens, voando alegremente, sem se importarem se outros os reparavam curiosos. Enquanto almoçavam, riam desta maluquice ao qual se embrenharam, e que já não tinha volta.

***

Naquele aconchegante apartamento da Cidade Nova, em Belo Horizonte, Magda acabara de arrumar a sua mala. Embalou ao máximo, tudo o que conseguiria carregar. Estava sozinha por lá, porque a sua tia Esther estava longe, em São Paulo, participando do Congresso da Abordagem Centrada na Pessoa. Antes de sair, rumo à rodoviária de Belo Horizonte, deixou um bilhete:

Oi tia. Segunda-feira, quando você chegar, talvez não me encontre. Talvez eu nem volte. Preciso dar outros rumos em minha vida, e por isso estou mudando de ares. Depois te explico por telefone. Vou avisar a minha mãe, e não se preocupe comigo. Estarei bem.

Magda.

XLVIII

As pessoas chegavam aos montes na Associação Atlética Banco do Brasil em Pedro Leopoldo naquela noite de sexta-feira. Vestidas a caráter para aquele baile brega, o clima era de total descontração e bom humor. Mulheres em cores berrantes, meias listradas, perucas, bolsas rebuscadas e cheias de detalhes, lenços na cabeça, rolinhos para prender os cabelos, chapéus indiscretos. Homens com imensos óculos escuros, gravatas borboleta, girassóis nas lapelas, exagerados cordões imitando ouro, pulseiras de couro, medalhões, sapatos de três andares, fantasias inspiradas em Sidney Magal, Falcão, Roberta Miranda, Amado Batista, Elke Maravilha... O brega estava caricaturado para aquele baile que se iniciaria daí a pouco, sob a responsabilidade da banda *MPdoB*, que em algum momento do evento transmutar-se-ia na banda *Braga e seus Evaldos Perdidos.*

Mandel, juntamente com Kátia, Rogério e Matheus, integrantes do *MPdoB*, encontravam-se no camarim.

— Amanhã é o seu grande dia, heim seu merda! Varreu a sujeira pra debaixo do tapete? - pergunta Matheus a Mandel, com uma gargalhada irônica.

— A casa tá um brinco - responde Mandel. — Está preparada pra receber Claraluz direitinho. E falando nisso, tô achando que você tá precisando de uma namorada. Ou você é do grupo assexuado da família?

— Vai tomar, vai! - responde o baterista Matheus, com um gesto obsceno.

Os integrantes da banda *MPdoB* estavam eufóricos. Mandel percebeu que havia algo no ar. De vez em quando havia cochichos entre os outros membros da banda. Kátia, a cantora, falava algo ao ouvido do guitarrista Rogério, que falava com Matheus, que falava com Kátia... Mandel começou a desconfiar de alguma "armação". Ficou observando, sem entender o que se passava. Enquanto tentava descobrir o que estava por trás dos cochichos dos seus colegas músicos, um jovem casal, um rapaz com uma fina barbicha, óculos estilo Zeca Baleiro, e uma simpática garota morena de cabelos castanhos claros e cacheados, entram no camarim, se dirigem a Kátia e solicitam falar com Mandel. Kátia respondeu e direcionou o dedo. Assim que aproximaram, o rapaz falou:

— Oi, Mandel! Eu sou o José, cliente da Esther.

Os olhos de Mandel brilharam. Mesmo sem conhecê-los, Mandel já havia afeiçoado a eles e apaixonado por aquela bela história de luta pela superação de vícios difíceis de livrar. Mandel virou-se para a moça e disse:

— E você é Maria! Mas que grata surpresa!

Maria acenou com um contagiante sorriso. Mandel se levantou e deu um caloroso abraço em José e depois em Maria. Depois, abraçou os dois ao mesmo tempo e, visivelmente emocionado, disse:

— Vocês não sabem como fiquei feliz em conhecê-los, assim de supetão. Mas me digam! Como vieram parar aqui?

— Foi Esther quem nos disse, e aí resolvemos vir - responde Maria. — E fique tranquilo! Nós estamos sabendo que vocês romperam o namoro. Ela me ligou hoje cedo e me contou antes de viajar para São Paulo.

Mandel estampou um largo sorriso e disse: — Mas mesmo assim o nosso namoro, que já está terminado, produziu mais um fruto, que é este agora, de estarmos nos conhecendo... Estou pensando numa proposta ousada, já que estão aqui. Não querem dar uma canja? Eu sei que começaram a ensaiar há poucos dias, mas dá pra sair umas três musicas?

Maria e José entreolharam-se. Riram, e depois José respondeu: — Acho que dá pra levar umas três ou quatro. Tem algumas que a gente está bem afiado. O que você acha, Maria?

— Topo! - responde Maria. — Vamos ter que aprender a enfrentar o público mesmo...

— Ótimo! - responde Mandel. — Vamos lá falar com Matheus... Mas tem um porém, José! Eu sei que você é tecladista, e a nossa banda não tem tecladista, e, portanto não tem teclado. Por acaso você trouxe seu teclado?

— Trouxe! - responde José, com os olhos cheios de brilho depois desta oportunidade surgida. — Nós viemos de carro com um tio de Maria, e eu deixei o teclado no porta-malas. Eu vou lá pegar.

— Nada disso! - responde Maria. — Eu vou lá! Tio Vicente me ajuda a pegar o teclado. Enquanto isso, vocês conversam.

— Tudo bem, Maria! - responde Mandel, antecipando-se a José, que iria responder. — Vai ser bom bater um papo com José agora. Temos um tempinho antes de começar o baile.

Maria deixa o camarim. Mandel leva José a um sofá e sentam-se para conversar:

— E aí, José? Como está conseguindo superar a fissura, a abstinência do *crack*?

— Não é fácil! - responde José. — Mas precisamos descobrir que a nossa consciência tem que ser mais forte que as nossas vontades químicas. O cérebro comete erros e acha que determinadas substâncias são boas paro o organismo, porque dão prazer. São as armadilhas!

— É verdade, José! - concorda Mandel. — Aproveitando, quero te falar da minha experiência. Até bem pouco, eu usava maconha. Mas decidi parar! Não que eu seja moralista ou ache que a maconha seja algo do diabo, mas perdeu o sentido para mim. A gente vai mudando o foco, segue outros caminhos... É uma opção pessoal, apenas. Quem quiser que use! Sou a favor da liberação legal da maconha e acho hipocrisia tolher a liberdade das pessoas. O álcool é uma droga liberada. Mas se for usada de forma inconsequente, pode trazer problemas enormes. As pessoas só precisam buscar o bom senso. Mas para mim, a maconha chegou ao fim. E mais! O mal não são as substâncias, não são as invenções humanas. O mal é a nossa soberba! Por isso, não adianta acharmos que somos super-homens e que somos imunes aos efeitos das substâncias, pois não somos. Se você tomar veneno, você vai morrer. Então, sejamos humildes e reconheçamos as nossas fraquezas e as nossas limitações.

José olhava Mandel com olhos repletos de admiração, que continua:

— Mas... Meu caro José! Você é um vencedor! Você e Maria são vencedores! Sair do inferno não é fácil. É uma tarefa inglória! Mas é a fé, não propriamente e unicamente a fé religiosa, mas a fé em si, que nos dá combustível para sair do inferno. Vocês podem servir de inspiração para muitas pessoas. Tem muita gente que está doida pra se livrar dos vícios malditos, mas não sabem como agir. Vocês podem ser luzes para essas pessoas. Algumas são pessoas do bem, mas caíram numa dessas armadilhas e querem se livrar delas. A missão de vocês é muito clara!

José aproxima-se de Mandel e lhe dá um caloroso abraço, como se estivesse abraçando um querido irmão. Tímidas lágrimas escorrem pelo rosto de José. Devagar, se distanciam. Mandel olha nos olhos de José. Os olhos de Mandel também marejaram...

— José! Quero lhe fazer um convite, que também será extensivo à Maria, mas depois. Primeiro você! Sou integrante de uma irmandade chamada

Guardiões da Luz. Estudamos documentos produzidos por filósofos iluministas que ainda não ainda não são de conhecimento público. Esses documentos foram roubados pela monarquia francesa, na época da revolução, e, depois que a monarquia caiu, foram descobertos pelos rosa-cruzes. Foi a partir de então que a Irmandade Rosa Cruz decidiu criar os *Guardiões da Luz*, a fim de debruçar sobre esses documentos e depois publicar as conclusões dos estudos. Quero lhe convidar para uma das nossas reuniões. E se você gostar, concordar e aceitar, poderá se integrar à irmandade. E não se assuste! Não é uma sociedade oculta! Nós não nos escondemos. Apenas estudamos tesouros dos conhecimentos produzidos na época, chamada também de Era da Razão, e que não foram publicados pelos autores em decorrência dos roubos e confiscos. Muito dos documentos encontrados estavam incompletos e faltavam conclusões científicas. Esses documentos foram e ainda estão sendo estudados por nós. Para ter uma ideia, existem teses incompletas de Rousseau, Voltaire, Montesquieu e Diderot, que os seus estudos, até hoje, não foram nem iniciados... Tenho o número do seu celular. Eu te ligo para avisar quando será a reunião.

José olhava fixamente para Mandel como se estivesse hipnotizado. Era um garoto ainda. Só dezenove anos de idade. Mas vislumbrava uma estrada cheia de riquezas plantadas pelas terras férteis da sabedoria. Uma estrada que, num determinado momento, ficara estreita e perigosa, mas que começava a alargar e a se tornar mais segura e interessante em se caminhar. Depois de alguns segundos, José acordara. Eufórico, respondeu a Mandel:

— Nó cara! Que barato! Curti demais essa parada! Que viagem!

— É isso aí, José! – responde Mandel. — Temos o direito de viajar em nossa mente, libertá-la e deixá-la viajar. Mas não precisamos de certas substâncias químicas para fazer essa viagem. Quando viajamos nas coisas reais da vida, adquirimos capacidade de alcançar baratos de tais tamanhos, que nem temos mais saudade daqueles prazeres químicos artificiais que são efêmeros, vazios, e que nos levam somente à ansiedade e à fissura. Os seus conhecimentos, José, poderão ser ampliados pelos *Guardiões da Luz*, que lhe trará oportunidades à sua mente de viajar por locais jamais imaginados. Vou te ligar, fechado?

— Claro que tá! Caraca! – responde José, entusiasmado com o convite.

— E só mais uma coisa! – solicita Mandel: — Converse com Maria, conte-a sobre os *Guardiões da Luz*. Mas se você for à reunião, explique para ela que somente você poderá participar dessa. Ela também poderá ser membra da sociedade, mas por tradição, o homem entra primeiro e decide sobre o casal, ou seja, se ele aceitar, ele concede o direito à sua mulher de escolher em participar, mas se ele não aceitar ser membro, ela também fica impedida de participar. Estas regras vão mudar. Vou participar de um congresso mundial daqui a três meses, que decidirá sobre a mudança dessas regras, entre outros assuntos. Mas por enquanto temos que respeitar o que ainda não foi mudado, né? Se não for assim, nenhuma instituição sobrevive.

José estava tão deslumbrado com o convite que recebera, que nem notara a presença de Maria, que acabara de chegar e percebe a distração de José. Ela estala os dedos à frente dos seus olhos e fala ao assustado namorado:

— Você está livre do transe! Pode acordar agora!

José sorri. Maria, carinhosamente, senta em seu colo, o abraça, dá-lhe um rápido beijo na boca e diz: — Tenho certeza de que a nossa estrada será abençoada daqui para frente. Pelo amor! E não há nada maior do que o amor de Maria. Os homens de bem, Francisco, Agostinho, Tomás de Aquino, Vicente de Paulo, Paulo de Tarso, Frederico Ozanan e uma infinidade, foram grandes homens que deixaram se levar pelo amor de uma mulher. O amor de Maria!

Mandel olhou para Maria com um olhar de grande admiração. "Como uma garota de dezoito anos pode carregar tanta sabedoria?". Olha-a profundamente e diz:

— Maria é a mãe do Mestre dos Mestres, Jesus Cristo. Jesus é a luz do mundo. É o sal da Terra. Nós vamos começar o nosso baile com *O Sal da Terra*, de Beto Guedes. Este é o convite do amor maior: sermos o sal da terra e a luz do mundo. Maria! Sua missão é ser luz para que possamos ser sal. Siga em frente!

Os olhos de Maria encheram-se de lágrimas diante das palavras de Mandel, que a abraçara. José também se aproxima, e mais uma vez, como fizeram ao se encontrar, Maria, José e Mandel se abraçaram. Um abraço de uma nova irmandade que acabara de ser selada. Três músicos, três artistas, três aventureiros de um mundo que nos convoca, a todo instante, para esta gigantesca odisseia da vida, a odisseia da descoberta de si e do universo que nos abriga.

***

Estava na hora! Os músicos assumem os seus instrumentos. Rogério estava equipado de duas guitarras, um violão, uma viola de dez cordas e uma gaita. Mandel usava um baixo *Yamaha* de seis cordas e um *Fender Stratocaster* de quatro cordas, Matheus assumia a bateria, e a percussão contava com o reforço de um convidado: o percussionista Nico. Kátia, a cantora, em sua brilhosa negritude, estava bela. Muito aplicada, fizera uma boa dose de exercícios vocais para se preparar para mais de três horas de cantoria em um longo baile que prometia ser excepcionalmente excitante naquele dia especial. Testara discretamente o microfone ao entrar no palco e preparava-se emocionalmente para a entrada da banda, que se completava com mais dois convidados: o saxofonista Fernando e o trompetista Gérson. Antes do começo, as luzes bailavam. Alguns holofotes neon, vermelho, azul e roxo misturavam-se calmamente acelerados. Em instantes, o ambiente ficou escuro. O globo de cores e luzes começa a mostrar sinais vitais e, num ímpeto, os holofotes! Sincronizadamente, a banda *MPdoB* chama no peito a música *O Sal da Terra*, com a mesma vibração da gravação de Beto Guedes. A introdução daquela música inebriou instantaneamente todo aquele público que lotava o salão da AABB de Pedro Leopoldo, que logo se incendiou, acompanhando o vigor da voz de Kátia cantando as primeiras frases do baile:

> *Anda! Quero te dizer nenhum segredo. Falo nesse chão da nossa casa. Vem que tá na hora de arrumar... Tempo! Quero viver mais duzentos anos. Quero não ferir meu semelhante. Nem por isso quero me ferir.*

Ao terminar a música, a cantora Kátia discursa sobre o baile, fazendo uma espécie de teatro-comédia com as características do evento, pois seria uma pequena apresentação da Banda *MPdoB*, com seu repertório tradicional formado pela Música Popular Brasileira, e a banda *Braga e seus Evaldos Perdidos*, formada pelos mesmos integrantes, fantasiados dos artistas bregas da música brasileira.

— Vê se pode, Rogério! - dirige-se Kátia ao guitarrista. — Chamam a gente pra tocar MPB, e depois vem uma banda só de música brega. Será que eles vão dar conta do recado?

— Pois é Kátia! - responde Rogério. — A música popular brasileira é tão rica, que nos demos ao luxo de dividi-la em dois grandes grupos: o brega e o chique. No chamado grupo chique, temos grandes compositores e cantores, como Chico Buarque, Milton Nascimento, o pessoal do Clube da Esquina, Caetano Veloso, Gilberto Gil, Djavan, Pixinguinha, Noel Rosa,

Lenine... e um monte de gente. E, por outro lado, defendendo o viés brega, grandes cantores e compositores, como Agnaldo Timóteo, Reginaldo Rossi, Altemar Dutra, Sidney Magal, Evaldo Braga, e também uma infinidade de outros. Veja bem! É difícil dizer, por exemplo, se Nelson Gonçalves é brega ou chique. Para provar, nós vamos cantar uma música de Nelson Gonçalves nesse bloco chique, e vamos deixar para os *Braga e seus Evaldos Perdidos* cantarem outra música de Nelson Gonçalves no bloco brega. Isso é uma pequena mostra de que a música popular brasileira é tão rica, que se dá ao luxo de subdividir-se em dois, três... vários segmentos, ricos e lindos segmentos. E chega de falar! Vamos então com Nelson Gonçalves, Kátia?

— Vamos sim, Rogério! – responde Kátia, cantando com toda a sua virtuose, buscando encarnar Nelson Gonçalves:

> *Hoje eu quero a rosa mais linda que houver, e a primeira estrela que vier, para enfeitar a noite do meu bem. Hoje eu quero a paz de criança dormindo, e o abandono de flores se abrindo, para enfeitar a noite do meu bem. Quero a alegria de um barco voltando, quero a ternura de mãos se encontrando, para enfeitar a noite do meu bem.*

As pessoas se encantam com aquela música, *A Noite do Meu Bem*, de Dolores Duran, na voz de Kátia. Alguns casais começaram a dançar, e rapidamente a pista fora invadida. Aquele público, fantasiado com as formas caricatas do brega, deixava-se levar pelas ondas do romantismo daquela doce música que Nelson Gonçalves interpretara magistralmente. Um ar de paixão entrava pelos tubos emocionais daquele ambiente festivo. Kátia dava seu recado com vigor, e a banda estava sincronizadíssima. Mandel tocava quase sempre de olhos fechados. Viajava na música e em seu baixo. Não era egoísta. Não buscava ouvir só o seu instrumento, mas viajava no todo. Por isso, ele e Matheus, o seu primo baterista e que vivia da música, eram responsáveis por muitos arranjos criados pela *MPdoB*.

E assim, com apupos animadíssimos daquele grande público que se apinhava prazerosamente naquele salão, a banda finaliza aquela canção. Kátia vira-se para Mandel e, enfática, diz:

— É professor! Acho que hoje será a noite do seu bem. É o seu dia, professor, grande baixista! Huuuuum!... Até suspiro quando penso... E já que o professor está em júbilo hoje, vou cantar uma música retirada da bela poesia de Cecília Meireles, para o poeta que está regando a sua vida com muiiiito amor. Vamos lá, *MPdoB*!

A banda inicia a música *Canteiros* (Cecília Meireles / Fagner). Mandel pensava em Claraluz, imaginando estar com ela ainda naquela manhã de sábado. Até trouxera algumas coisas para dormir por lá mesmo, pois Pedro Leopoldo é uma cidade que fica muito próxima ao Aeroporto Internacional Tancredo Neves, em Confins, e pela sua combinação com Claraluz, ele iria buscá-la no desembarque do terminal de passageiros antes das nove horas da manhã. Uma parte da letra da música fisgava o coração de Mandel naquele momento:

Quando penso em você. Fecho os olhos de saudade...

Aquela música escorria pelos ouvidos de todos os presentes. Kátia estava inspirada de sobremaneira. Encontrava-se sob o efeito lisérgico de um e-mail que recebera, um dia antes, assim como receberam Rogério e Matheus. A banda terminara a música, magistralmente. Kátia olhou para Mandel e disse ao microfone:

— Eu quero saber se os paramédicos estão aqui e se estão bem equipados, porque eu não sei se vai ter gente preparada para viver tanta emoção... Tem gente que vai viver algo belo, magnífico e impensado daqui a pouco. Tem que ter coração, viu?

Mandel não entendeu nada, mas riu teatralmente, pois sabia que Kátia sempre aprontava alguma surpresa durante os shows da *MPdoB*. Ele não sabia o que estava por vir, mas esperava sempre pelas brincadeiras de Kátia, que continuou:

— Estou até com uma ponta de inveja! Sinceramente! Prestem a atenção! Nós vamos tocar uma música aqui que o mundo inteiro conhece e reverencia. Essa música nos foi presenteada por Tom Jobim e Vinícius de Morais, e é a música *Eu sei que vou te Amar*.

O público, de frente ao palco, aplaudiu. Depois dos aplausos, a cantora continuou:

— Prestem bem a atenção! Algo de mágico vai acontecer durante a execução dessa música. Vocês são privilegiados, pois serão testemunhas de uma das mais belas cenas de amor de todos os tempos. Fiquem ligados!

Kátia dá um sinal para a banda começar. Sem entender, Mandel olhou para Matheus e viu que ele se esparramava de tanto rir. Ele chegou perto da bateria, e furioso, esbraveja:

— Do que foi que ocê está rindo, ô palhaço!

Matheus não se aguentou, e ao invés de responder, caiu na gargalhada.

No embalo, Kátia e Rogério soltaram alguns risos antes de se recomporem. Assim que conseguiram, Kátia retomou as rédeas da banda e anunciou novamente a música *Eu Sei que vou Te Amar*. Mandel ficou aéreo. Não conseguia captar o que estava acontecendo, mais sabia que algo especial estava por vir. O palco daquele salão era baixo. Somente uns trinta centímetros acima da pista de dança, de modo que o público ficava bem próximo à banda. Havia um portão de acesso ao palco, que estava excepcionalmente aberto naquele momento, e que Mandel não percebera. Depois que a batuta invisível de Kátia ordenou que a orquestra iniciasse a música, os músicos mergulharam naquela que era uma das mais celebradas canções de todos os tempos da gigantesca história da música popular brasileira e mundial. Depois da introdução, Kátia, com uma doçura incomum, especial e mágica, começou a cantar:

Eu sei que vou te amar, por toda a minha vida eu vou te amar, em cada despedida eu vou te amar, desesperadamente eu sei que vou te amar...

Um burburinho era por demais perceptível naquele momento. Um alvoroço! Um pequeno redemoinho formava-se no meio do público. Um pequeno redemoinho girava estonteante entre o público. A letra da música era acompanhada por todos, e o redemoinho caminhava pelo povo. As pessoas cantavam e olhavam para os lados, para o lado do redemoinho ambulante. As pessoas cantavam:

E cada verso meu será prá te dizer que eu sei que vou te amar por toda minha vida.

As pessoas cantavam, emocionadas, e a cantora Kátia cada vez se emocionava mais. Mandel não entendia o que se passava, mas sentia um cheiro forte de mistério. O público excitava-se sem razão aparente... E o redemoinho aproximava-se do palco... E o público se excitava cada vez mais,... e aquela letra inebriava os presentes que, pelas proximidades corpóreas, aqueciam-se da afetividade de cada ser presente naquele salão. O redemoinho parou, girando no canto esquerdo do palco, onde se encontrava o baixista da banda.

Eu sei que vou chorar, a cada ausência tua eu vou chorar, mas cada volta tua há de apagar, o que esta ausência tua me causou.

Miravam-se os olhares ao palco. Kátia pediu para que a banda parasse, para que ela cantasse, a lapela, os últimos versos. A banda parou e Kátia cantou:

Eu sei que vou sofrer a eterna desventura de viver, a espera de viver ao lado teu, por toda a minha vida.

O público emudeceu...

Depois daqueles versos, Kátia pediu para que só o violão a acompanhasse. E empregando toda a doçura que aquele momento mágico pedia, ela recomeçou:

> *Eu sei que vou te amar, por toda a minha vida eu vou te amar, em cada despedida eu vou te amar, desesperadamente eu sei que vou te amar.*

E enquanto a cantora voava e as cordas do violão aplainavam como uma dança do acasalamento, o redemoinho subiu ao palco. Girava cada vez mais lentamente, mais lenta...mente... lenientemente lenta, transmutando-se em gente, desabrochando-se em mulher...

...A mulher de cabelos pretos, lisos, longos e brilhantes aproximava-se do poeta. Aqueles olhos brilhantemente acesos ofuscavam, parecendo dois faróis a iluminar o caminho de duas almas que iriam trilhar juntas a partir daquele momento. Aquele rosto levemente exótico, aquele nariz perfeitamente geométrico, de curvas invertidas, desintegralizável pelas ferramentas da matemática... Enfim! O poeta decifrou a poesia que estava oculta. Neste exatíssimo momento, o Poeta poetizou a Poesia! Naquele instantâneo momento, o tempo parou!

Mandel não sabia mais para onde olhar e nem sabia o que fazer. Nunca imaginaria uma surpresa daquelas. Não estava em seus planos. Muito menos, preparado emocionalmente. Não acreditava no que via. O seu rosto, aos poucos, foi cedendo, e um largo sorriso foi estampando-se exponencialmente naquela superfície. Kátia e o público cantavam:

> *E cada verso meu será prá te dizer que eu sei que vou te amar por toda minha vida.*

Pela primeira vez na história, Claraluz e Mandel faiscaram seus olhares. A primeira vez! A distância apequenava-se. Centimetrava-se! As mãos da médica aproximavam-se das mãos do professor. Atraiam-se magnetizadas. Os olhos os engoliam-se. Engolia-os-nos todos! Naquele piscar, começavam a se misturar, a virar um só. O tempo paralisava: as mãos se tocaram. O primeiro contato! Uma hecatombe cósmica! O público e a banda se derreteram. O salão virou um emplastro. Os portais de um universo paralelo se abriram naquele momento. A distância entre Mandel e Claraluz milimetrava-se!... Micrometrava-se!... Infinitesimava-se!... Só se via fachos de luz entre os dois. Os dedos se cruzaram. Os olhares se atracaram! Claraluz mergulhava nas profundezas do olhar de Mandel, e Mandel sobrevoava a atmosfera luminosa do olhar de Claraluz. Seus olhares pareciam uma aeronave prestes a pousar no aeródromo, em franca descida para a pista de pouso. Daquela distância, os cheiros se misturavam. Não dava pra discernir os odores do macho e da fêmea. O espaço volumétrico virou ponto singular. O velho mundo desmoronou, como tombaram as torres gêmeas. No fatal, disse Claraluz:

— Mandel!... ...Eu te amo!...

À boca quase colada à de Claraluz, Mandel, com os olhos aprisionados aos olhos, também no fatal, declara:

— Claraluz!... ...Eu te amo!...

A banda ressuscita-se, e começa-se, tudo de novo:

Eu sei que vou te amar, por toda a minha vida eu vou te amar...

...O primeiro beijo acontecia. O primeiro beijo de Claraluz e Mandel. Não mais se importavam com ninguém, pois, naquele momento, naqueles instantes eternos, havia mesmo ninguém! Não importava! O amor estava-se selando naqueles instantes. Se se pudesse pedir, pedir-se-ia, na mais absurda razão: que aquele momento fosse perpetuado. Eternamente... O primeiro beijo! O primeiro beijo real de dois, que mesmo com todo realismo transparecido, transmutado em fogo de paixão, eram, até então, duas entidades virtuais.

O primeiro grande ciclo acabara-se de fechar. Fim de Era! A paixão que fecundou aqueles dois corações despontava como um bebê que acabara de nascer. Aquele momento único e inigualável, a fronteira entre o Ventre e o Cosmos, o momento excepcional em que pertencemos ao Universo-Mãe e ao Universo-Pai ao mesmo tempo.

Alfim, a banda finalizara a música que sacudiu a estrutura de todos. Ninguém daquele recinto esqueceria, jamais, daquela cena épica. Nem nos filmes famosos, diante das telonas, experimentou-se em cada um dos presentes, naqueles surreais momentos, tanta emoção.

Quando acordaram, estavam rodeados. Acabou-se a música! Quando olharam, as pessoas os olhavam e se olhavam, incrédulos e extasiados. Um primeiro aventureiro, estatelado, bate palmas. Os demais o seguiram. Aos poucos, uma única múltipla e esfuziante salva de palmas. Ecoava alto e fundo, no fundo e no alto dos corações de todos. Abraçados, colados, Claraluz e Mandel riam o mais puro gargalhar de criança. Estavam no paraíso!

O paraíso de Claraluz e o Poeta.

XLIX

O baile ganhou ares de magia. As pessoas estavam eufóricas. Claraluz sentou-se numa cadeira que Rogério trouxe para ela, bem perto do seu poeta. Mandel tocava olhando para a sua Claraluz e os dois não desgrudavam os olhares, sorrisos e beijos fortuitos. Depois de mais duas músicas tocadas pela banda *MPdoB*, a cantora Kátia anunciou Maria e José. Seria a primeira aparição pública da dupla. Os músicos da *MPdoB* acompanhariam a dupla, que tinha o teclado de José instalado no palco. E assim que se dispuseram preparados, Maria fala ao microfone:

— Boa noite a todos! Estamos aqui, o José e eu, pela primeira vez em público, para mostrarmos o melhor de nós. A gente se conheceu em condições nada confortáveis. Somos muito novos ainda. Eu tenho dezoito anos e José dezenove. Mas estávamos caminhando para um buraco sem volta. Para o abismo das drogas, da química que cola e não desgruda fácil. Nós nos conhecemos numa reunião dos Narcóticos Anônimos, em Belo Horizonte. Acho que foi um anjo que nos fez conhecer. Nós nos apaixonamos e viramos namorados. Namorados músicos, e hoje estamos nos tornando dependentes da música, e é por esta larga estrada que vamos caminhar daqui pra frente. Seremos sal da terra! E assim, dedicamos a primeira música ao nosso novo amigo, Mandel, agradecendo a sua generosidade, e especialmente à psicóloga Esther, pois ela acreditou que poderíamos saltar a barreira do impossível.

O público aplaudiu efusivamente aquela dupla que vislumbrava os seus primeiros raios de Sol. Aplausos sentidos, calorosos, solidários. A banda inicia a música, e José mostra personalidade ao tocar o seu teclado. Maria empunha o microfone, cantando, com sua peculiar doçura, a música *Canção da América* (Milton Nascimento / Fernando Brant):

Amigo é coisa pra se guardar debaixo de sete chaves, dentro do coração. Assim falava a canção que na América ouvi. Mas quem cantava chorou ao ver seu amigo partir...

Os bailistas aplaudiram com vontade assim que terminaram a execução. Iniciaram a segunda música, *Monte Castelo*, do Legião Urbana, com os mesmos aplausos entusiasmados. José fez a segunda voz no refrão, e o público emocionou-se:

> *É só o amor! É só o amor que conhece o que é verdade. O amor é bom, não quer o mal, não sente inveja ou se envaidece...*

Maria e José executaram mais duas músicas. Ao final, José foi à frente do palco, e abraçados, receberam mais aplausos calorosos. Depois dos aplausos, José falou ao microfone:

— Este salão se encontra abençoado. A causa do baile é em prol da dignidade de pessoas que muitas vezes não acreditam mais que receberão o calor das pessoas. Maria e eu também não acreditávamos em nós. Mas a solidariedade não morreu! Não morreu e está mais viva do que nunca. A esperança nunca nos abandonou! A nossa missão será trazer de volta pessoas que um dia, desavisadamente, entraram pelos portões do inferno, e agora buscam a saída, mas tem dificuldades de encontrá-la. E a música será a nossa ferramenta mais importante. Não nos contentamos somente em nos livrar dos males da nossa época. Buscaremos, onde for que estiverem, as pessoas que hoje moram nas sarjetas. Acreditamos que o bem pode ser maior do que o mal. Seremos soldados nessa guerra! Queremos desequilibrar as forças, porque será nesse desequilíbrio que construiremos a harmonia, a paz e a felicidade. Muito obrigado a todos!

Os presentes aplaudiram emocionados. Os que estavam sentados nas cadeiras dispostas ao redor das mesas se levantaram e aplaudiram. Por mais de dois minutos, os aplausos ecoaram alto. Maria e José choraram. A emoção sopitava naquele salão. Os presentes sentiam-se agraciados. Não esperavam viver tantas emoções. E por viverem tantas emoções, a cantora Kátia anunciou que a banda *MPdoB* iria tocar somente mais duas músicas, e depois teria o intervalo, e, logo depois, a banda *Braga e seus Evaldos Perdidos*. Sob aplausos, a *MPdoB* iniciou, com os sopros afinadíssimos e em uma interpretação maravilhosa da negra cantora de voz potente e angelical, a música *Emoções* (Roberto Carlos / Erasmo Carlos):

> *Quando eu estou aqui, eu vivo este momento lindo. Olhando pra você, e as mesmas emoções sentindo. São tantas já vividas, são momentos que eu não esqueci. Detalhes de uma vida, histórias que contei aqui.*

A emoção era o único espírito naquele salão. Logo em seguida, Kátia chama Claraluz à frente do palco. Assim que ela chegou, Kátia deu-lhe as mãos e disse:

— Claraluz, minha querida. Queremos que você e o professor Mandel vivam a mais bela história de amor. Queremos a felicidade brotando em seus corações, irradiando felicidade a todos os seres de boa vontade deste nosso estranho, mas belo planeta. Dedicamos a próxima música a você e Mandel, pois foi através dessa é que ficamos sabendo que você pregaria a mais bela peça em seu namorado. Nós somos testemunhas de uma cena que jamais esqueceremos. Então, vamos à música *Clarissa*, do Céu da Boca, para você, Clarissa, e toda a sua clara luz:

Ê clareou Clarissa amanheceu, bom dia, por favor, não se perca de mim, não se esqueça de mim não. É pra dançar Clarissa, recolher o sonho, despertar e sonhar outra vez. Ê mundo gira a roda cantando vou desafinar.

Depois daquela execução impecável, a banda retira-se ao camarim. Pela primeira vez, Claraluz e Mandel caminhavam de mãos dadas. A emoção no rosto daqueles dois amantes irradiava. Todos estavam felizes. Abraçavam-se e se beijavam no percurso do palco e do camarim. Eram tantas palavras confundidas com fortes relâmpagos de emoção, que mal se cabiam. Caminharam lentamente e entraram por último no camarim. Era impossível não reparar na alegria contagiante dos namorados. Era um sorriso só, e a felicidade não mais cabia em seus corações. Eram luzes radiantes. Assim que entraram, receberam de presente uma salva de palmas. Carregando um buquê de rosas vermelhas e brancas, Kátia aproximou-se de Claraluz, repassou o buquê às mãos dela e disse:

— Claraluz. Estas flores são lembranças e um gesto de boas vindas da *MPdoB* a você.

Claraluz recebeu as rosas. Emocionada, agradeceu, e logo depois deu um caloroso abraço na cantora. As pessoas se acomodaram nos assentos. Mandel levou Claraluz para ser apresentada a cada um da banda que, naquele camarim, além dos músicos, estavam os *holdings* e Herbert, o técnico de som. Em seguida, Claraluz e Mandel sentaram-se, coladinhos. Era tanta coisa a falar, que às vezes não sabiam o que dizer. Abraçavam-se, beijavam discretamente, conversavam com os outros integrantes, até que Mandel questionou a todos os presentes:

— E vocês sabiam que Claraluz iria me fazer esta baita surpresa! Mas como foi isso, meu amor? – dirigindo-se à namorada.

— Quando tu mandaste por e-mail a música *Clarissa* para os teus colegas, lembras que também mandaste com cópia para mim? – responde Claraluz.

— Lembro, claro! — responde Mandel. — Mandei porque associei você, por causa do seu nome, com essa música, e quis que soubesse da sugestão de incluí-la em nosso repertório. Mas o que isso tem a ver com a surpresa que você, maravilhosamente, me aprontou?

— Então! Como você encaminhou a música com todos os e-mails incluídos, eu os usei dizendo para o pessoal que eu estaria no baile. Portanto, meu amor, todos já sabiam. E aí, recebi um e-mail da Kátia propondo esse teatro maravilhoso. Saiu melhor do que esperávamos...

— É professor. Só fiquei preocupado com seu coração. Que emoção! - emenda Kátia.

— E a casa dele nunca esteve tão arrumada, Claraluz - interfere Matheus. — Você está fazendo milagres...

— Veja só! - responde Mandel. — E você nem pra me falar, Matheus...

Aquele ambiente alegre e descontraído permeou-se naquele primeiro encontro de Mandel, Claraluz e a banda *MPdoB*, compartilhados também por Maria e José, que permaneceram no camarim até o fim do intervalo. Ao aproximar-se da apresentação da banda brega *Braga e seus Evaldos Perdidos*, os músicos trocaram de roupa e vestiram a fantasia brega, cujo espírito iria dominar os presentes àquele baile. Matheus se adornou com uma camisa rosa-choque, botões abertos, calça xadrez e óculos marrom, grande e redondo. Kátia foi de top amarelo, bem reluzente, cheia de pulseiras e cordões coloridos, lenço na cabeça composto de uma pedra ornamental vermelha, além de uma saia azul claro estampada com centenas de florzinhas. Rogério se fantasiou ao estilo Falcão. Um imenso girassol na lapela, óculos escuros, barbicha postiça, paletó multicolorido, camisa xadrez e uma gravata preta e branca quadriculada. Mandel assumiu o estilo Wando, com uma peruca black, pulseiras douradas e prateadas, camisa aberta e sapatos com saltos gigantes. Claraluz não ficou para trás. Fantasiou-se com uma enorme peruca *black power* preta e óculos extravagantes verde-fluorescente. Fora do camarim, o público ansiava a entrada dos *Braga e seus Evaldos Perdidos*. Daí a pouco, a banda volta ao palco. Assovios e aplausos ecoaram. Apossada do espírito brega, Kátia *Perla* apresenta os músicos:

— Na bateria, Matheus *Odair José*. No baixo, Mandel *Wando*. E na guitarra e violão, Rogério *Falcão*. E sem perder tempo, vamos estrear esta maravilhosa banda *Braga e seus Evaldos Perdidos*, que vai botar a *MPdoB* no bolso. Vamos lá!

A banda inicia o baile brega, cantando Wando, com a música *Fogo e Paixão* (Wando):

> *Você é luz. É raio estrela e luar. Manhã de sol. Meu iaiá, meu ioiô. Você é "sim", e nunca meu "não". Quando tão louca me beija na boca me ama no chão.*

O público se inflama. Os casais tomam conta da pista de dança. Claraluz fixava seus olhos em Mandel. Maria e José se esbaldavam na festa. O tio de Maria, Vicente, e a sua esposa, Luiza, também se divertiam, dançando animadamente. E a segunda música, *Garçom* (Reginaldo Rossi) entrou emendada, cantada em coro por todos os presentes ao entrar no refrão:

> *Saiba que o meu grande amor hoje vai se casar, mandou uma carta pra me avisar, deixou em pedaços meu coração... E pra matar a tristeza só mesa de bar, quero tomar todas vou me embriagar, se eu pegar no sono me deite no chão.*

E assim, emendando, entra a terceira música, *Sorria, Sorria*, de Evaldo Braga:

> *Sorria, meu bem, sorria da infelicidade que você procurou. Sorria, meu bem, sorria. Você hoje chora por alguém que nunca lhe amou. Sorria, meu bem, sorria. Eu sempre lhe dizia, quem ri por último, ri melhor.*

E depois, a quarta música, *Contigo Aprendi*, de Altemar Dutra:

> *Contigo aprendi que existem novas e melhores emoções... Contigo aprendi a conhecer um mundo novo de ilusões. Aprendi que a semana já tem mais de sete dias. Fazer maiores minhas poucas alegrias, e a ser alegre eu contigo aprendi.*

O espírito brega, indelevelmente, tomara conta daquele salão da AABB. As pessoas dançavam irradiantes. Claraluz se divertia, e dançava no palco, sempre junto ao seu poeta, que se encontrava extasiado, por estar perto, milagrosamente perto, do seu grande amor. A banda mandava ver, e logo emplacou mais um brega, imortalizado por Odair José, *Mon Amour, Meu Bem, Ma Femme*:

> *Nesse corpo meigo e tão pequeno, há uma espécie de veneno bem gostoso de provar. Como pode haver tanto desejo, nos seus olhos, nos seus beijos, no seu jeito de abraçar. E foi com isso que você me conquistou, com esse jeito de menina, e esse gosto de mulher. E nada existe em você que eu não ame, sou metade sem você, mon amour, meu bem, ma femme.*

O brega estava espalhado por todos os cantos, e a diversão era total. A alegria e a descontração tomavam todos de assalto, e aquela transmutada banda encaixava, desta vez, *Eu Não Sou Cachorro Não*, de Waldick Soriano.

Eu não sou cachorro não, pra viver tão humilhado. Eu não sou cachorro não, para ser tão desprezado. Tu não sabes compreender quem te ama, quem te adora. Tu só sabes maltratar-me, e por isso eu vou embora.

Claraluz caia na gargalhada, e cada vez que Kátia cantava a frase famosa daquela música, ela aproximava-se de Mandel, dava-lhe um beijo, e falava ao seu ouvido: — Te amo, meu cachorrinho!

E a banda não deixava por menos. Logo entrou com Sidney Magal, enfiando a música *Sandra Rosa Madalena*:

Quando ela dança todo mundo se agita. E o povo grita o seu nome sem parar. É a cigana Sandra Rosa Madalena. É a mulher com quem eu vivo a sonhar. Quero vê-la sorrir, quero vê-la cantar, quero ver o seu corpo dançar sem parar.

A sensualidade brega, em seguida, ficou estampada no pop massificado pela cantora Gretchen, com a música *Conga Conga Conga*, fielmente encarnada por Kátia:

Conga la conga. Conga conga conga. Oh, I like dancing every day. Oh, you and me. Au all the times. El conga la conga quiero bailar. Ai ai ai ai.

Muitos hits bregas foram executados pela camaleônica banda *Braga e seus Evaldos Perdidos*. E não faltou o lado brega de Nelson Gonçalves, em *A Volta do Boêmio*:

Boemia, aqui me tens de regresso, e suplicante te peço a minha nova inscrição. Voltei pra rever os amigos que um dia eu deixei a chorar de alegria; me acompanha o meu violão. Boemia, sabendo que andei distante, sei que essa gente falante vai agora ironizar: Ele voltou! O boêmio voltou novamente, partiu daqui tão contente, por que razão quer voltar?

Fernando Mendes, Gilliard, Cauby Peixoto, The Fevers, Agnaldo Timóteo, Wanderley Cardoso, Amado Batista, Peninha, José Augusto, Falcão, Fafá de Belém, Mamonas Assassinas, Leandro e Leonardo, Jane e Herondy, Antônio Marcos, Vanuza, Ronnie Von, Lindomar Castilho, Perla, e muitos outros ícones da música brasileira desfilaram naquele baile brega em Pedro Leopoldo. Kátia despediu-se depois da última música tocada, mas o público não se conformou. Pediu bis. A banda voltou, tocando *Tu és o M.D.C. da Minha Vida*, de Raul Seixas:

Tu és o grande amor da minha vida, pois você é minha querida, e por você eu sinto calor. Aquele seu chaveiro escrito "love" ainda hoje me comove, me causando imensa dor dor!... Eu me lembro do dia em que você entrou num bode, quebrou minha vitrola e minha coleção de Pink Floyd.

Acaba o baile. Os presentes, inebriados, alguns encharcados por algumas doses a mais, aplaudem. Todos saíram empolgados daquele histórico baile que implacavelmente marcariam as suas memórias. Os músicos e a equipe retornam ao camarim. Depois de desmontarem os instrumentos e trocarem de roupa, começaram os preparativos para irem embora. Os músicos fretaram uma Van, mas Mandel foi com seu Jipe, pois planejava ficar em Pedro Leopoldo depois do baile. Os planos mudaram. A sua Claraluz já estava com ele. Os músicos, felicíssimos, se confraternizaram. Todos se sentiam realizados, e Matheus, o mentor do baile, não se cabia de tanto contentamento. Mandel pegara o seu baixo e a sua bolsa e deu a mão a Claraluz. Caminharam para a saída. Na portaria, Claraluz pegou a sua mala. Matheus os acompanhou até o estacionamento, onde estava o Jipe de Mandel. Chegando lá, Matheus abraçou o primo. Tentou disfarçar, mas não conseguiu. Algumas lágrimas rolaram em sua face. Não esperava que aquele baile fosse tão exitoso. Claraluz se emocionou ao presenciar aquela cena. Depois de se recompor, Matheus vira-se para Mandel e diz:

— Ô primo! Eu lhe agradeço demais por ter topado fazer o baile. Fomos muito além do que imaginávamos. A renda foi acima das expectativas. Nossas obras em Capim Branco e Matozinhos vão acelerar agora... - depois, vira-se para Claraluz e diz: — Gostei muito de te conhecer! Que o amor de vocês seja sagrado, e que seja tão bonito quanto foi este encontro.

— Adorei te conhecer pessoalmente, Matheus - responde Claraluz. E abraçando Mandel, fala: — Nosso amor nasceu pronto. O encontramos no percurso das nossas estradas, e agora, a minha estrada e a do teu primo será a nossa estrada, e trilharemos na mesma direção.

— Ô véio! - fala Matheus a Mandel. — Vai com cuidado nessa estrada. Você está em companhia de uma joia rara. Falô?

— Pode deixar! Não estamos com nenhuma pressa. Hoje a noite é nossa! - responde Mandel, abraçando Claraluz, e olhando nos olhos dela, emenda: — Minha joia rara e preciosa!...

Matheus vira-se para voltar ao salão. Mas repentinamente, vira-se novamente para Mandel, que se encontrava distraído, e passa a mão em sua bunda.

— Ô, *caraio*! - exclama Mandel, num ímpeto.

— Isso é pra você não se esquecer de deixar sua casa arrumada depois que Claraluz for embora, seu merda!

Os três caem na gargalhada. Matheus vira-se e caminha para o salão. Claraluz e Mandel o observam, até ele sumir.

Mandel e Claraluz se abraçam e se beijam. Um beijo apaixonado de um enfim sós. Um beijo demorado, calmo, sentido em cada instante daqueles preciosos minutos. Um beijo com gosto de beijo, beijo sonhado em apenas uma semana, mas que fora uma espera parecida com os longínquos dez anos de espera entre Ulisses e Penélope, relatada por Homero em Odisseia.

— O sonho transforma-se em realidade - fala Mandel, fitando os olhos de Claraluz e envolvendo-a num íntegro abraço. — Nunca mais serei surpreendido de forma tão emocionante. Os maiores cineastas do mundo certamente morrerão de inveja se ficarem sabendo o que aconteceu aqui hoje.

— Meu querido... - responde Claraluz, fitando Mandel, incrédula e apaixonadamente. — Não tive dúvidas! Tu és o meu amor, o companheiro que sonhei ter. Eu te amo, e é só o que me interessa agora. Te adoro, meu poeta!

Claraluz se gruda ao corpo de Mandel, e eles se beijam novamente. Um beijo mais forte, de respirações ofegantes, que faziam seus corpos se aquecerem como lareiras nos invernos rigorosos. Claraluz acaricia a nuca de Mandel enquanto o beijava. Mandel corresponde aos carinhos de Claraluz, envolvendo-a em seus braços. Beijaram-se por mais de cinco minutos. Depois daquele beijo, Mandel, colado em Claraluz e a poucos milímetros de sua boca, pergunta:

— O nosso destino será dado para onde os nossos narizes apontarem?

Claraluz roça seu nariz ao nariz de Mandel e fala: — Meu nariz já está apontado, e ele aponta em tua direção. Vamos! Eu sou toda tua!

Mandel conduz Claraluz em direção à porta do passageiro do seu carro. Em seu cavalheirismo sempre presente, abre a porta para ela sentar. Volta e entra em seu carro. Dá a partida, e devagar, saem. Veladamente, os membros da *MPdoB*, num cantinho discreto, observavam a cena. Colocaram, debaixo do carro, latinhas amarradas, como se faz aos casais recém-casados. Mandel ouviu os barulhos da latinha, colocou o braço esquerdo para fora e acenou aos colegas. Claraluz ria. Gargalhava, e, enquanto ria, seus olhos ficavam apertadinhos de tanta felicidade. Ela dá um rápido abraço em Mandel, beija-lhe a boca e diz:

— Eu te amo, Mandel!

— E eu te amo, Claraluz! - responde Mandel.

A esfuziante plateia, os músicos e amigos da *MPdoB*, aplaudiam a saída daquele casal apaixonado, batendo palmas até perderem das vistas o último facho de luz da lanterna do Jipe amarelo.

L

Capitu, Diadorim, e quem mais chegar. Só não chegará Sherlock.

A última frase, enviada por Magda pelo Facebook, inundou de interrogações as mentes de Joyce e Barretto naquele início da madrugada de sexta-feira para sábado, no Rio de Janeiro. Já estavam se afeiçoando aos enigmas da mulher que sacudira as estruturas daquele médico, tal como a insurreição geológica que afundou, em algum lugar do Oceano Atlântico, a Atlântida - o continente perdido. A última frase da mensagem tornara objeto de investigação do casal, que não cultivara preconceitos ao abrir mais uma vaga na sociedade de Hedonis. Divertiam-se! Gostaram do jogo e estavam excitados, esperando o próximo lance da jogadora montanhesa. Estavam, melhor dizendo, ansiosos. Cada minuto passava-se lento, na espera do próximo sinal.

— *Sherlock* foi o nome empregado por Magda para identificar a pessoa com quem Claraluz se relacionou - divaga Barretto. — *Capitu* foi o apelido usado por Magda para conversar comigo, e *Diadorim* foi, além do codinome sugerido por Magda para referir-se a ela, a alcunha usada por aquela mulher no desfile de modas em que nos conhecemos.

— Não entendi porque ela ainda se referiu ao nome *Sherlock*, afinal, nós não estamos interessados mais nele?! - divaga Joyce. — Mas há alguma coisa de estranho nesta duplicidade entre as formas de tratamento. *Capitu* e *Diadorim*. Porque ela não assumiu logo o nome *Capitu*?

Aqueles pensamentos investigativos assaltavam as máquinas de pensar daquele casal de "detetives", até que Barretto recebera outra mensagem privada em seu perfil no Facebook:

> *A panthe(ão)r on the road to sea.* Mas um do duo terá que cantar à capela - na capela. Os maiores das letras não são contemporâneos, mas são vizinhos, e um de vocês vai me esperar nessa única morada. Uma espreita e uma espera. Em cada parte da casa, um personagem estará atuando. Procurarão primeiro pelo berço das aeronaves. Um pássaro felino voará entre o ninho sagrado e as letras no pomar da cítrica fruta. Depois que o galo cantar...

Decifra-me ou... Adeus!!!

Capitu (ou será Diadorim?) - espero as primeiras respostas! Continuarei se decifrarem.

Outro enigma! Joyce e Barretto sabiam que estavam diante da charada-chave, que os levariam, enfim, à misteriosa Magda. Para isso, teriam que debruçar sobre o quebra-cabeça. E, como não havia tempo a perder, começaram a desmembrar a mensagem em partes.

A panthe(ão)r on the road to sea..., pensava Barretto. Concluiu que, tirando o conteúdo dos parênteses, ficava fácil. — "A panther on the road to sea". "Uma pantera na estrada para o mar". Aqui não tem problema, Joyce. Fica claro que Magda está viajando, vindo para o Rio, provavelmente por via terrestre, na estrada. Mas e este termo, "ão", entre parênteses?

— E se a gente tirar os parênteses e o "r" final, e deixar o conteúdo dos parênteses, fica panteão - deduz Joyce, absorta naquelas palavras enigmáticas. — E o que é panteão?

— Panteão, pelo que sei, é o templo dos deuses - responde Barretto. — Atualmente, o termo é usado para designar mausoléus de grupos de personalidades notáveis. Mesmo assim, por enquanto, isso não nos leva a lugar nenhum. Vamos seguindo.

— Está bem! Vamos para a próxima - propõe Joyce. — E esta frase, *um do duo terá que cantar à capela - na capela*?

— É!... Magda caprichou! - suspira Barretto. — Não vejo nada claro ainda.

— Deixa-me ver, conectando a primeira frase com a segunda - responde Joyce. — "Capela", "panteão", "única morada" "mausoléus"... Que coisa! Vamos seguir para ver.

— Eu já estava pensando na outra frase, mas mesmo assim não consegui estabelecer uma conexão - responde Barretto. — *Os maiores das letras não são contemporâneos, mas vizinhos, e um de vocês vai me esperar nessa única morada*... Vê alguma relação, Joyce?

— Veja bem, Barretto. *Capitu* e *Diadorim*... Desde o início, Magda estabeleceu uma relação de pseudônimos com personagens notáveis de dois grandes escritores, os maiores das letras: Machado de Assis e Guimarães Rosa. Acho que estou começando a entender... Eles, que já morreram, estão sepultados em um cemitério, lógico!

— Claro! Ótimo! - exalta-se Barretto. — O pomar da cítrica fruta. Laranjeiras. Cemitério São João Batista, nas Laranjeiras, óbvio! Onde estão sepultados Machado de Assis e Guimarães Rosa. O panteão... O panteão da Academia Brasileira de Letras. Lá estão sepultados muitos escritores. Com certeza, esses escritores estão sepultados no Panteão. Tudo está ligado!

Barretto consulta a internet e confirma que Machado de Assis e Guimarães Rosa foram sepultados no Panteão da Academia Brasileira de Letras, no cemitério São João Batista.

Quando percebeu que parte do enigma fora interpretado, Joyce, deslumbrada, dá um feliz beijo em Barretto e diz: — Uma parte está decifrada. Mas que sinistro! Será que Magda quer nos encontrar no cemitério? Parece que ela irá nos encontrar no panteão da ABL. Mas existem mais informações codificadas. Veja: *Uma espreita e uma espera*. O que será?

— Não tenho a menor ideia - responde Barretto. — Mas pode ser que as outras frases façam conexão. Vamos ver: *Procurarão primeiro o berço das aeronaves...*

— Sim! O mausoléu de Santos Dumont, que também está no Cemitério São João Batista. Lembro-me perfeitamente! - responde Joyce. — Mas e a capela? Será que ela está se referindo a capela do cemitério?

— Acho que sim! - responde Barretto. — Mas é estranho! Ela aponta para três lugares distintos do cemitério. O panteão da ABL, o mausoléu de Santos Dumont e a capela. Por quê?

— Acho que outra parte do enigma só será elucidada depois que enviarmos o que já deciframos para ela - cogita Joyce. — Ela diz: *um pássaro felino voará entre o ninho sagrado e as letras no pomar...* Que mulher emblemática!

— É! Temos muita coisa para descobrir. Mas acho bom enviarmos logo o que já foi descoberto, pois teremos trabalho para decifrarmos as outras partes que virão.

— E quando ela diz *Depois que o galo cantar*, ela quis dizer: o encontro será de manhã. E antes de o galo cantar, vamos nos amar... - sugere Joyce, languidamente.

E antes que Barretto dissesse qualquer coisa, Joyce sentou em seu colo, atou o seu pescoço com as mãos e lhe deu um caloroso beijo, correspondido prontamente por Barretto. Depois de alguns “amassos”, voltaram ao computador para enviar a resposta à Magda:

Magda.

Faça boa viagem! Aqui, os enigmas estão sendo desamarrados. Vamos decifrá-los e te encontraremos. No panteão da Academia Brasileira de Letras, no Cemitério São João Batista, na morada eterna de Machado de Assis e Guimarães Rosa estaremos. Na manhã, depois que o galo cantar. Na capela ou no mausoléu de Santos Dumont, aguardamos o próximo lance.

Beijos de Joyce e Barretto.

Magda recebera a mensagem pelo Facebook em seu *tablet*. Estava a caminho do Rio. Eram duas horas da manhã. Estava excitada. Passou a tarde e a noite apreensiva, só parcialmente aliviada quando entrou no ônibus, na rodoviária de Belo Horizonte. Viveu momentos de insegurança. Não sabia qual fora o motivo que originou a prisão do hacker Ditão, e muito menos podia imaginar que Mandel estava por trás da prisão em flagrante do bandido. Apesar de ser um hacker em franca ascensão, sequer desconfiou da possibilidade da "armação" executada pelo ex-namorado da sua tia Esther. Temia fortemente que a provável apreensão do material de informática de Ditão levasse aos seus crimes de falsificação de documentos. Por isso, Barretto era a sua salvação. Viajou para o Rio de Janeiro com passagem só de ida. Não sabia como iria se virar na Cidade Maravilhosa, mas não cogitava voltar para Belo Horizonte. No entanto, sabia que o seu ímpeto por enigmas poderia dificultar o seu encontro com Barretto e Joyce. Por isso, quando recebeu aquela mensagem, um largo e generoso sorriso estampou-se em sua bela face. Constatou que aquele casal, transformados em par por obra e graça das suas pistas falsas, também tinha obsessão por charadas. Após aproximadamente uma hora, depois de divagar nos seus inevitáveis pensamentos sobre a nova vida que estaria por vir, escreveu outra missiva enigmática endereçada a Joyce e Barreto:

Meus queridos.

Vocês estão me surpreendendo. O espírito do detetive Poirot está encarnado nessa aventura. Mas uma análoga aura leonina virá acompanhada com a jaguatirica que tem fome de prazer e jogos. Descansem, pois uma gincana estimulante acontecerá nas Laranjeiras, e vocês terão que se dividir: esta é a condição. A volta do banheiro se dará por um literário beijo na boca, após a mensagem aérea. Mas a última revelação só vai operar após o canto da sereia, verdimente colorido na capela: esta é a condição. O jogo só se concretizará após o meu sinal. Preparem a garganta: esta é a condição, e aguardem na Urca: esta é a condição.

Não saiam de lá enquanto o juiz não apitar, pois senão o jogo será anulado, e toda a expectativa escorrerá pelo ralo, como escorreu no banheiro. A condição é estarem atentos às condições: esta é a condição. Uma dica: Juntem A com B.

Beijos felinos

Diadorim. Ou seria Capitu?

Aquele recém-casal descobriu os prazeres de estarem juntos como o pirata descobre o baú dos tesouros. Descobriram o prazer de namorar, de se explorarem e extrair o máximo dos desejos entre eles. Mas desta vez, não conseguiam concentrar. Queriam mesmo era receber os próximos lances de Magda. Por isso, quando aquela mensagem chegou, não perderam um minuto sequer. Debruçaram-se nas palavras codificadas enviadas por Magda, pois queriam chegar ao final da partida, sentir a emoção do jogador que vence o campeonato, o anseio do maratonista que rompe a fita da chegada. Assim, começaram a tentar dissecar o que estava por trás de cada frase daquela mensagem. Perceberam imediatamente que uma frase repetiu-se algumas vezes naquele texto. *Esta é a condição.* Barretto logo concluiu que era a chave para as ações que teriam dentro de poucas horas no Cemitério das Laranjeiras:

— Meu amor. Esta frase indica as regras do jogo. Vamos ver que regras são essas.

— Parece que ela quer que nos separemos. Quando ela diz que *vocês terão que se dividir*, para mim fica claro - conclui Joyce.

— Tem razão! - responde Barretto. — Mas uma condição está muito opaca para mim. Esta frase, *mas a última revelação só vai operar após o canto da sereia, verdimente colorido na capela* está cheia de entrelinhas. Por que será que ela usa um termo ortograficamente incorreto, *verdimente*? Não acredito que ela tenha usado um termo incorreto por desconhecimento.

— Claro que não! - responde Joyce. — Ela não cometeria um erro primário destes. Ela já nos demonstrou que tem bons conhecimentos linguísticos e ortográficos. Existe algo por trás, e nós vamos descobrir!

— Então vamos pelas palavras-chave desta frase - propõe Barretto. — "revelação", "canto", "sereia", "verdimente", "colorida", "capela".

— Não está fácil! - suspira Joyce. — Mas tem uma coisa importante que não podemos desprezar. Ela sugere que juntemos A com B. Pra mim, A e B são as duas últimas mensagens que ela enviou, concorda?

— Vamos trabalhar com esta possibilidade - apoia Barretto.

— Estamos no caminho certo! - imagina Joyce. — Veja que ela fala, na primeira mensagem, que *um do duo terá que cantar à capela - na capela*, e agora ela repete, dizendo sobre o canto. Então, com certeza, A e B são as duas últimas mensagens enviadas.

— E um do duo com certeza é um de nós - reflete Barretto. — E parece que um de nós terá que cantar alguma coisa, alguma música na capela do cemitério...

— Que mico! - exclama Joyce. — Parece uma gincana mesmo. Mas agora estamos no meio do jogo, e eu não quero sair por nada deste mundo.

— Também me vejo numa armadilha da qual jamais imaginei cair um dia - completa Barretto. — Mas também não sinto a menor vontade de abandonar o jogo. Vamos aos mistérios!

— Vamos sim, meu amor - fala Joyce, depois de beijar Barretto. — E veja! Ela reforça a condição quando ela diz: *preparem a garganta*. Eu acho que precisamos descobrir a música que ela quer que um de nós cante.

— Está é condição! - emenda Barretto. — Então vamos buscar o que há por trás das palavras para sabermos que música ela quer que cantemos.

— E eu acho que a palavra, *verdimente*, nos levará a tal música - imagina Joyce.

Barretto e Joyce começavam a ficar aflitos por não encontrarem uma conexão para este trecho do enigma, até que Barretto teve uma ideia:

— Acho que enxerguei uma luz no fim do túnel. Separamos algumas palavras-chave. Substantivos e adjetivos. Mas um verbo pode ser a nossa chave. Veja: *a última revelação só vai operar após o canto*. O verbo "operar", para mim, está camuflado num substantivo. Eu acho que a música que Magda quer que um de nós cante é uma ópera.

Joyce solta uma generosa gargalhada, abraça e beija Barreto e diz em seguida: — Matei a charada! Magda sabe mais da minha vida do que eu imaginava. Quando eu estava com dezesseis anos, cantei na escola um trecho da ópera *Aída*, de Giuseppe Verdi. "Verdimente" foi a forma que ela encontrou para referir-se ao compositor dessa ópera. Eu adoro esta música e, na escola, eu me vesti de sereia, uma sereia com uma roupa bastante colorida para cantar um trecho da *Marcha Triunfal*, que é parte da ópera, numa peça de teatro. Por isso ela se referiu ao canto da sereia. Tudo se encaixa! Só não sei como ela descobriu esse fato, e esse é mais um enigma.

— Acho que só vamos descobrir como ela ficou sabendo depois de a encontrarmos – fala Barretto, exibindo um largo sorriso de satisfação por terem vencido mais esta batalha de enigmas. — Ainda faltam algumas condições, mas uma coisa está me deixando desnorteado: Magda referiu-se ao banheiro várias vezes, numa alusão ao sumiço daquela mulher no desfile. Como já comentamos, não haveria lógica dela ter ido ao desfile e te encontrado só por alguns minutos, e, além do mais, não havia nenhuma garantia de eu descobrir que tu estarias desfilando naquele dia. Então, seria muito arriscado ela ter vindo de Belo Horizonte e não me encontrar.

— Também estou confusa – comenta Joyce. — Tem um mistério chave nesta história, e eu acho que está nas entrelinhas das últimas mensagens que ela nos enviou. O que ela quis dizer com *uma análoga aura leonina virá acompanhada com a jaguatirica que tem fome de prazer e jogos*? Quando ela diz "leonina", será que ela se refere a mim, que sou do signo de leão, ou a ela, que se autoproclama uma felina?

— Acredito que sejam duas revelações, Joyce – responde Barretto. — Acho que existe mais alguém além de Magda nesse jogo... Será que ela tem uma irmã gêmea?

— Vamos ver o álbum de fotos no Facebook – propõe Joyce. — Se Magda tiver irmã gêmea, com certeza ela estará em algumas fotos. Nós não vimos nem a metade ainda. Tu te lembras de que são mais de quinhentas fotos?

— Não vimos nem vinte fotos. Eu reconheci Magda em sua foto do perfil, comparando com as imagens da webcam e com aquela mulher do desfile, que era muito parecida...

— Então vamos ver mais fotos. Talvez matemos a charada! – diz Joyce.

Joyce e Barretto abrem o álbum de fotos de Magda no Facebook. Eram muitas fotos. A maior parte eram fotos individuais. Fotos dela com a mãe, em Barbacena. "Eu e mamãe Leda", escrito no rodapé da página. "Tia Esther, Mandel e eu na Festa das Rosas – Barbacena", "Eu e o mano Gustavo"... Eram muitas fotos, mas Joyce e Barretto não viram nenhuma foto onde apareciam duas mulheres parecidas. Constataram, através das fotos, que Magda só tinha um irmão, de nome Gustavo. Nem mesmo irmã ela tinha.

— Só porque tenho uma irmã gêmea, fico achando que todos teriam que ter – suspira Joyce, desanimada por não achar nenhuma relação entre a suspeita de existir duas mulheres diferentes, onde uma provavelmente se passou por Magda no desfile do Píer Mauá.

— A ideia de esta segunda pessoa ser irmã da Magda está descartada - conclui Barretto. — Mas que a pessoa com quem encontrei é muito parecida com ela, isto eu não tenho dúvidas.

— Mas me diga Barreto! Tens certeza de que elas são tão parecidas assim? Afinal, o ambiente do desfile era mais escuro, e além de tudo tu tomaste boas doses de uísque...

— Tudo bem que esses fatores podem nos levar a enganos, mas as palavras ditas por aquela mulher no desfile me remetem a Magda - raciocina Barretto.

"Diadorim. Pode me chamar de Diadorim", lembrava Barretto daquelas palavras pronunciadas por aquela misteriosa mulher no desfile, idênticas às palavras pronunciadas por Magda e enviadas pela sua webcam na sua última conversa virtual com ele.

Joyce andava de um lado para o outro. Depois parou, olhou para Barretto e disse:

— Então, meu amor, esse é grande enigma: descobrir quem é a mulher do desfile!

LI

Parecia sonho...

Claraluz e Mandel estavam juntos, preenchendo integralmente o ambiente de uma espacial e minúscula cela libertária. O virtual transformara-se magicamente em palpável. Era mais que intenso. Podiam-se olhar, ouvir, tatear, degustar e cheirar um ao outro e o outro ao um, exercendo toda a gigantesca plenitude dos sentidos; sentimentos capturados pelos mais profundos e escondidos tentáculos desibernados das suas psiques. Abriu-se possível a improvável possibilidade de abusarem-se, com toda a intensidade plausível, da energia emanada do amor, e se sorverem da sua ofuscante luz, mergulhando no intenso e profundo manto da paixão que os envolvia.

Mandel, comandando a direção do seu carro, saiu de Pedro Leopoldo e resolveu pegar a estrada que passava pela cidade de Confins. No caminho, perguntou à Claraluz qual seria o destino que tomariam:

— Quero ir para a tua casa em Sabará. Sem atalhos! Quero estrear o nosso cantinho. Respirar o teu ar, viver a tua cultura, saborear cada segundo do teu mundo e existir-me em ti... Em ti, que é o néctar da minha vida!

— Também imaginei esta única possibilidade para nós, amor da minha vida – responde Mandel, brilhando de paixão, depois de ouvir aquelas palavras carregadas de lirismo. — Mas precisava ouvir de você: a nossa sintonia é perfeita! Não necessitaremos dos grandes e intermináveis debates para decidirmos os nortes das nossas vidas.

Claraluz encosta a cabeça no ombro de Mandel. Seu semblante personificava a felicidade. Mandel ria como um moleque. Pensava em se beliscar para acreditar que aqueles momentos faziam parte da sua realidade. Naquele instante, passavam em frente à entrada do Destacamento de Controle do Espaço Aéreo de Confins, onde fica a Torre de Controle, reguladora do trânsito de aviões. Avistaram a pista de pouso e decolagem do Aeroporto Internacional Tancredo Neves. Uma aeronave, soberbamente, pousava naquele momento. Em menos de um minuto, passaram em frente ao Terminal de Passageiros do aeroporto, onde Mandel imaginou, horas antes, que ele estaria ali, estático e paralisado, esperando a sua Claraluz na manhã daquele mesmo dia.

Antes de ser pego pela colossal surpresa aprontada epicamente por sua namorada, a imaginação de Mandel vagava descontroladamente nas veredas do quão emocionante seria o encontro entre ele e Claraluz. Idealizava o seu coração foliando em seu peito ao ver o seu grande amor apontando do fundo do amplo salão do desembarque de passageiros, agigantando-se geometricamente diante das suas arrebatadas retinas. Seria o auge do deleite emocional.

Porém, a magia dos fatos inimaginavelmente ocorridos extrapolou o cúmulo. De sobremaneira, transbordou. Rompeu o dique dos sentimentos. Aqueles momentos vivos configuravam-se no recorde de carga instantânea de emoções, e o ambiente no interior daquele amarelo veículo automotivo transformou-se em um alucinógeno. Aquele Jipe que levitava pelos trilhos asfálticos da Linha Verde transformou-se no *Yellow Submarine*. Momentos que beiravam a uma utopia quase irreal, fantasticamente real. Mandel percebeu que o ambiente delirante merecia um fundo musical do mesmo naipe. Necessitava ser arrebatador. Assim, sugeriu:

— Vamos ouvir algo a altura das nossas emoções enquanto peregrinamos encantadamente por esta estrada, minha delícia?

— Estava imaginando exatamente isso, meu amor. Tu roubaste estes pensamentos de dentro de mim, e eu acho que tu roubaste através de um delicioso beijo, onde os meus pensamentos, que estavam em minha língua, migraram para a sua boca enquanto me beijava.

Claraluz era, antes de tudo, uma poetisa. Mandel deu um suspiro de encantamento e felicidade ao ouvir aquelas belas palavras. Alguns segundos após digerir aquela poética mensagem, Mandel virou-se para Claraluz e respondeu:

— Não existe felicidade maior para um poeta do que receber da sua verdadeira e trovadora amada palavras tão intensas e tão carregadas de melodiosos fonemas poéticos. E assim, quero experimentar, como um alquimista empírico, esta forma deliciosa de roubo de pensamentos abrigados em uma mente tão magnificamente bela.

Naquele momento, o Jipe de Mandel transitava nas proximidades do trevo de Lagoa Santa. Ele escolheu um lugar adequado e parou o veículo. Retirou o cinto de segurança, virou-se para Claraluz, que fez o mesmo e, depois de se posicionarem um frente ao outro, fisgaram-se em seus olhares. Olhavam um para o outro de forma intensa. Intensamente apaixonados. As mãos de um acariciavam o rosto do outro. Lentamente, aproximavam-se as bocas. Claraluz aproximou o seu corpo para bem junto do corpo de Mandel. Os dedos passeavam nas nucas. As bocas se atraiam e as respirações ofegavam-se. Os olhos se fechavam gradativamente, e os narizes se roçavam, rodavam e acariciavam-se. Os lábios de um já sentiam o calor gerado pelos lábios do outro, até, suavemente, se tocarem. Tocavam-se, num toque sutil, sentido. Os lábios de Mandel sentiam a suavidade dos lábios de Claraluz, e os lábios de Claraluz abriam-se lentamente, fazendo a sua boca acoplar à boca de Mandel. Suavemente, Mandel fazia a sua língua tocar os lábios de Claraluz, percorrendo demoradamente por toda a sua extensão. Claraluz, com suas mãos abraçadas à nuca de Mandel, puxou carinhosamente a cabeça dele, beijando-o com um pouco mais de pressão. Os lábios estavam grudados, e as suas línguas, docemente, acariciavam-se. Naquele momento, aqueles dois eram O Universo. Temporalizavam-se infinitamente em cada instante eternizado... Eternizavam-se em cada infinitesimal instante de tempo. Erraram em suas previsões! Acreditavam que os beijos que dariam seriam maravilhosos. A expectativa, porém, estava aquém da realidade. Aquele beijo estava muito além, muito além mesmo, da realidade que projetaram. Era impossível existir um beijo mais magnífico do que aquele. Os desejos sexuais de Mandel e Claraluz afloravam e sopitavam a cada trecho de beijos que se davam. Um beijo só, vivido identicamente e unicamente por duas pessoas. Os desejos sexuais despertados daquele beijo estavam muito além de desejos meramente carnais, animalescos e darwinianos. Era um desejo sexualmente espiritual, e toda a aura daqueles momentos aquecia a realidade transcendental provocada por aqueles intensos e inigualáveis beijos.

Foram uns oito minutos de beijos, muitos beijos de um único e absoluto beijo. Mansamente, foram os freando. Lentamente, afastaram-se. Não muito, mas o suficiente para retornarem ao realismo cartesiano do mundo temporal e espacial. Ainda se olharam apaixonadamente por alguns instantes. Acariciaram-se, e após a suave aterrissagem, Mandel virou-se para Claraluz e disse:

— Feche os olhos! Enquanto estiver com os olhos fechados, vou pegar no porta-luvas um pen drive que contém o repertório que acredito que tenha imaginado para a nossa viagem. E depois que eu pegar, você vai abrir os olhos e me dizer qual é. Tenho certeza de que, depois destes beijos deliciosos, vão estar em minhas mãos exatamente as músicas que você imaginou.

— Tudo bem, senhor bruxo sociólogo. Depois de tudo, depois de tu já teres revelado detalhes da minha vida sem me conhecer, desde os nossos primeiros momentos, não me assustarei se tu adivinhares.

Claraluz fecha os olhos. Mandel abre o porta-luvas, retira uma bolsa e pega um pen drive. Devolve a bolsa ao porta-luvas, fecha-o, empunha o pen drive escolhido e pede para Claraluz abrir os olhos. Assim que Claraluz abrira os olhos, Mandel pergunta qual foi a sua escolha. Claraluz responde, com um maroto e acariocado sorriso:

— *The Dark Side of the Moon*, do Pink Floyd.

Por sua vez, Mandel abre um largo e amineirado sorriso e diz: — Acredite! Sou um bruxo! Eis aqui: *The Dark Side of the Moon*!

Claraluz arregala os olhos, incrédula. Coloca a mão na boca e exclama:

— Bruxo! Só pode ser! Não é possível! Tu és um mago?! Como adivinhastes?

— Acertei graças a uma mistura de intuição e reunião de possibilidades levantadas em nossas conversas. Lembra-se da nossa conversa sobre o Pink Floyd? Comentamos sobre esse álbum e a admiração que temos por essa banda... Então! O elemento adivinhação, neste caso, foi pequeno. Na verdade, arrisquei - responde Mandel, soltando uma deliciosa gargalhada.

— Seu bobo! - retruca Claraluz. — Tu não esqueces nem de uma virgulazinha sequer das nossas conversas... Como pode? Eu te amo, meu poeta bruxo!

— Também te amo, minha fada encantada...

Mandel espeta o pen drive no som do seu carro e o arranca em seguida. As batidas do coração, a caixa registradora, as risadas psicóticas,... - um portal psicodélico - que introduzem a primeira faixa do álbum, *Speak to Me/Breath* (Nick Mason, David Gilmour, Roger Waters, Rick Wright), aos poucos invadia as mentes dos tripulantes do Jipe amarelo, remetendo-lhes a um mundo recheado de fantasias, capturando-lhes os ouvidos e embriagando-lhes os espíritos num momento encharcado de suspenses, ao som do helicóptero que invadia os alto-falantes, até a chegada da harmoniosa guitarra e os gritos de horror, dizendo a que veio essa canção. A viagem pela Linha Verde seguiu ao som de *The Dark Side of the Moon*, e enquanto se ouvia a primeira faixa do álbum, que contém duas músicas, Mandel abordou um assunto polêmico, embalado pelo ar de suspense que aquele som trazia...

— Te prometi ser absolutamente sincero sobre os meus sentimentos e, sob o manto desta sinceridade, vou lhe contar sobre o episódio com Magda e Janaína ontem de manhã.

— Confesso que fiquei insegura e apreensiva – responde Claraluz, indignada. — Sabia que essa Magda estava por trás da armação de Janaína! Mas confiei em ti, mesmo tendo ficado muito preocupada. Tenho a nítida impressão de que tu foras testado, e o nosso amor, colocado à prova. Não gosto nem de imaginar!

O órgão pinkfloydiano rasga o ambiente sonoro, e Mandel entrou rasgando com a verdade dos fatos relatados à Claraluz. Contou sobre a conversa com Janaína e a ligação de Magda pelo celular, no momento em que ela disse que estava em frente à sua casa:

— Não foi fácil, juro! Por alguns instantes, tive dúvidas de que eu estava agindo certo. Pra dizer a verdade, foi por muito pouco. Todas as tentações foram me oferecidas de bandeja! Mas um lampejo de lucidez me trouxe de volta à nossa estrada. Foi essa crença firme em nossa caminhada que me nutriu de forças para resistir à festa de Baco que se transformaria. Mas nada que um copo de água e uma ida ao banheiro não resolva – finaliza Mandel, rindo desse comentário.

A segunda faixa do álbum começa a tocar. Era *On the Run* (Gilmour, Waters). A vanguarda dos sintetizadores da década de 70 remetia aos ouvintes a uma jornada de guerra, onde soldados e aviões pareciam partir para o campo de batalha, ao encontro do inimigo.

Mandel, numa surpreendente transparência, enriquece, com detalhes, o relato do típico ambiente de guerra que se instalou naquela manhã de sexta-feira, que levaram Janaína e Magda até a sua casa, num clima de absoluta sedução forjado por aquelas duas belas mulheres. Contou ainda, antes do seu encontro com Magda e Janaína, assim que saiu da escola, que Raquel, sua aluna, tentou seduzi-lo, e maquiavelicamente deixara seus seios à mostra por debaixo da blusa entreaberta. Ao fim do relato, ao som das risadas sarcásticas provindas da música pinkfloydiana, Claraluz expõe a sua opinião, com bom humor, mas principalmente com uma positividade implacável de uma fêmea disposta a guerrear, se precisasse:

— Huuum! Estou diante da virilidade em pessoa! Mas diga a elas que agora tu tens uma mulher que te completará em todos os sentidos, e que podem dar um jeito de procurar outro macho – expressando-se indignadamente. — E para compensar toda a provação que tu passaste, meu amor, vou me dar a ti como tua fêmea, que está louca para saborear este macho delicioso que és tu. Imagino que estás à flor da pele, e isso me deixa mais louca ainda, poeta guerreiro – fala Claraluz, revirando os olhos e passando a mão entre as pernas de Mandel.

— Fique tranquila! O pior já passou e os meus instintos estão direcionados somente a você. É você que é a minha delícia, a mulher que eu amo e a mulher com quem vou realizar meus desejos mais profundos e fortes. Eu te quero e te adoro, Claraluz!

Claraluz aproxima-se de Mandel e dá-lhe um longo beijo em seu rosto, gostoso, mas sereno o suficiente para não tirar a concentração de Mandel ao volante, pois ele já se mostrava visivelmente excitado...

A segunda faixa do álbum chega a sua última parte. Bonança em meio ao clima de guerra. O beijo no rosto de Mandel durou até o momento exato em que começou a terceira faixa, *Time* (Gilmour, Waters, Wright, Mason). Claraluz levou um susto inevitável. Os famosos badalos dos relógios que introduzem essa música, escandalosos e sobredespertadores, são impactantes para quem quer que seja, mesmo que já se tenha ouvido essa composição uma infinidade de vezes. Claraluz retornara à sua posição original. Mandel sentira o seu coração acelerar junto com a batida da percussão que entra mixada depois dos relógios. Havia algo que o afoitava. A crise do seu relacionamento com Esther fora motivada pelo fator tempo. Ou melhor, pela falta dele. Mandel, como observador e também como um estudioso sociólogo, conhecia bem o comportamento social das pessoas nestes tempos contemporâneos, e vivia, naqueles instantes, aflições reais. As pessoas - pensava - caminhavam pelo tempo, mas não viviam no percurso do tempo em que trilhavam. Uma única e grande característica predominava sobre os indivíduos desta aldeia global: a falta de tempo para viver a vida que habita os alicerces das suas psiques. Os nacos de tempo eram todos destinados ao trabalho, à perseguição implacável ao idolatrado dinheiro, nem que para isso valesse a pena perder tempo no estressante trânsito tresloucado, no tempo desperdiçado à dedicação ao efêmero e ao fútil, na necessidade irracional de saciar a sede do consumo e do consumismo... Quase não sobrava tempo para a família, para o lazer, para o amor enamorado, para os deleites mansamente degustáveis, para o aguardar afável dos efeitos prazerosos dos sabores culinários, para o contemplar do belo, do por do sol e da perda de tempo em sentar na areia da praia e assistir vagarosamente as ondas do mar, indo e vindo, vindo e indo... O alicerce da vida estava comprometido, ruindo perigosamente a estrutura da maior parte das pessoas. O frenesi era a palavra de ordem. A loucura psicótica e a ditadura do stress estavam expostas na vitrine das obrigações do dia a dia, da normalidade vigente.

Um silêncio de palavras dominava aqueles instantes. Um falso silêncio, pois Claraluz e Mandel conversavam com seus eus enquanto ouviam *Time*. Mergulhavam na profundidade dos signos de cada vocábulo da composição.

Geograficamente, entravam na região de Vespasiano, mas psicodelicamente, localizavam-se no abstrato tempo em que aquela música os remetia...

> *...Ticking away the moments that make up a dull day. You fritter and waste the hours in an off-hand way...*

Mandel, encarnando a crítica da dinâmica social, somando a sua recém-experiência amorosa com a psicóloga Esther, detonou um novo diálogo:

— Meu amor. Eu quero abordar um assunto fundamental para a nossa felicidade. A minha relação com Esther foi deteriorada principalmente pela falta de espaço na agenda. Não quero para nós uma relação onde um casal não tenha tempo um para o outro. Por isso, não quero uma relação onde a vivência seja quando der, nas sobras dos compromissos profissionais e múltiplos outros compromissos. Não estou negando que seja importante assumir nossos compromissos e que não dediquemos tempo a eles. Mas estou levantando uma bandeira! Uma bandeira que rema contra a maré desta louca sociedade, que vive de aparências, da concorrência, do consumismo e da necessidade de ostentação. Precisamos, se quisermos prosperar em nossa relação, fazer diferente! Concorda?

— Claro que concordo, meu poeta filósofo - responde Claraluz. — Aprendi com meu pai que a verdade sobre a felicidade está acima de todas as ilusões criadas pela civilização ocidental. A experiência que ele teve como diplomata, atuando no Oriente Médio, fez com que ele enxergasse o mundo de forma muito diferente do que enxerga a maioria das pessoas que vivem neste nosso ocidente. Estes valores me foram repassados e eu os absorvi! Tenha certeza disso, e saiba que vamos encontrar o nosso caminho.

— Ouvir estas palavras me deixa aliviado... - responde Mandel. — Remo contra a maré dos fúteis! Não me adapto às correntes do consumo desenfreado. Não me vejo como mais um do gado, e sei que não nos encontramos por acaso. Não sou niilista! Acredito nas missões que recebemos da vida!

Neste momento, o casal do Jipe mágico chegava às imediações do Centro Administrativo do Governo do Estado de Minas Gerais. A quinta música do álbum do Pink Floyd abençoa o ambiente. Era *The Great Gig in the Sky* (Wright, Clare Torry), considerada pela banda como a *Canção da Religião*, ofertando alquimicamente a bela *performance* da cantora Clare Torry. Embalados inconscientemente pelo tema, emendam:

— Quero te dizer coisas importantes, meu poeta abençoado - fala Claraluz.

— Estou preparada para mudar a minha vida. Nem parece que nos conhecemos há apenas uma semana... Tenho a impressão que te conheço há anos. Tenho a nítida impressão que nos conhecemos para cumprirmos a missão reservada para nós. Sou cristã e quero buscar inspiração para nossa estrada nos ensinamentos de Jesus Cristo. Sei de tua postura crítica quanto ao catolicismo, e eu também tenho minhas ressalvas. Mas quero te pedir um programa no domingo, antes de qualquer programa que façamos. Quero ir à missa no domingo de manhã, em uma das muitas igrejas históricas de Sabará. Algum problema?

— Claro que não, minha linda – responde Mandel ao som do profundo lamento cantado por Clare Torry. — As ressalvas que construí em meu pensamento sobre a igreja não podem anular o Cristo que tenho dentro de mim. Aprendi os ensinamentos cristãos dentro dos templos. Também venho de uma família cristã, e por mais que tenhamos críticas aos rituais, posturas e desvios aos ensinamentos da instituição religiosa, do pecado das pessoas que compõem a sua estrutura, a palavra está viva; e está viva porque, mesmo que por caminhos tortos, a palavra, viva, se perpetua através da cultura religiosa. Também sou cristão, mesmo convivendo com os conflitos existenciais perante a religião instituída. Os ensinamentos do Mestre dos Mestres são faróis que iluminam a minha estrada... Uma clara luz...

— ...A sua clara luz, poeta espiritualizado, será duradoura se deixarmos as luzes da sabedoria nos banhar e nos encharcar – responde Claraluz, ao som lamurioso da cantora, que parecia conformado com a dor. — Um dia, ficaremos velhos! Não teremos mais os olhares de admiração das pessoas por causa da nossa beleza juvenil, que murchará. Teremos que destinar o nosso tempo, cada vez mais, para cuidar da saúde, pois ela se tornará cada vez mais frágil. Muitos jovens nem olharão para nós, assoberbados pela indiferença, assim como alguns jovens de hoje comportam-se diante dos mais velhos. E quando chegarmos lá, o que sobrará? Sobrarão os frutos da nossa missão, que foi reservada para nós e revelada pela sabedoria adquirida no nosso tempo presente. A nossa realização pessoal, mais do que qualquer bem material que por ventura venhamos adquirir, será o nosso trunfo, a nossa felicidade, que estará acima das nossas dores do corpo, das nossas dificuldades em enxergar e das falhas de nossas memórias.

— Às vezes, penso que não mereço esta dádiva, meu amor – responde Mandel, apaixonadamente. — *Você é muito mais que eu pensei*, como diria Tim Maia. Por isso, vamos fazer um romance conosco, cada um romanceando-se, para que possamos viver integralmente o nosso romance. E para que seja sagrado, vamos sim, participar do culto aos ensinamentos do Mestre. Tenho alguns planos em mente para o domingo, que vou propor depois. Mas antes, vamos a uma das igrejas de Sabará, porque o nosso domingo será belo e abençoado. Vamos à Igreja do Rosário, uma igreja inacabada que fica no centro, à missa das sete, pode ser?

— Não me importo em dormir pouco, meu amor, porque quero me misturar a ti e viver ao máximo todos os belos momentos que estão sendo reservados a nós...

Do equipamento de som do Jipe de Mandel brotava a música *Money*. Estavam em Belo Horizonte, na Avenida Cristiano Machado, próximos ao bairro Venda Nova. Ao ruído espalhafatoso das moedas caindo na caixa registradora e ao *beat-rock* da guitarra, adentravam-se em uma das múltiplas metrópoles adoradoras do deus-dinheiro. Milhares e milhares de pessoas migraram e migravam àquele grande centro em busca de algo maior do que a própria sobrevivência. Buscavam o status de semideuses. Queriam sugar da capital mineira o máximo dos pesadelos travestidos em sonhos para voltarem às suas terras por cima com uma pecha de vencedores esmagando os "perdedores" das suas simples cidades interioranas, que se recusaram ou não intencionaram viver neste "maravilhoso mundo globalizado". O solo da guitarra gritava e abafava a verdadeira realidade, às vezes famélica, uma fome consciente para que, nas sobras, pudessem adquirir um dos automóveis expostos nos outdoors espalhados pelas avenidas inundadas de neuróticos. Realidade dos ônibus lotados, da insegurança por fantasmas trombadinhas a espreita das bolsas e carteiras desavisadas; das virgindades mal "perdidas" em aventuras nas boates que se inflamam de *boyzinhos* riquinhos, que disputam jogos de conquistas por meninas gostosas do interior, deslumbradas com a superficialidade encoberta pelas carcaças desses moçoilos que não se acham nos grotões. A realidade do endividamento em massa formando uma casta industrial que nada produz, mas se enriquece a custa da sangria financeira que suga vampiricamente as rendas dos trabalhadores, ludibriados pela propaganda enganosa do difícil dinheiro fácil.

O dinheiro não era objeto de cobiça de Mandel e Claraluz. Enxergavam-no como meio, um instrumento de troca. Em suas mentes, inexistia o fetiche do dinheiro. Nesta perspectiva, um novo diálogo era travado:

— Quero imaginar uma possibilidade - divaga Mandel. — Como faremos para viver a nossa vida? Nós nos amamos, não tenho dúvidas disso, mas moramos em cidades diferentes, em estados diferentes. Não moramos extremamente longe, mas não somos exatamente vizinhos. Como imagina a nossa vida em comum?

— Bom tu questionares, poeta inconfidente – responde Claraluz. — Que fique claro! Posso parecer, mas não sou apenas mais uma burguesinha consumista, com os sonhos voltados para os prazeres dos shoppings. O espírito revolucionário apossou-me ainda na adolescência. Apesar de ter sido noiva de um filho de um empresário poderoso e rico, apesar de ter deixado a minha mãe, que recentemente se despiu das ilusões do glamour das colunas sociais, guiar minha vida pelo fútil mundo dos holofotes, sou uma mulher que não aceita as ilusões impostas por aqueles que se movem pela ganância e que, para isso, usam e abusam de todos os artifícios da propaganda para vender algo que não existe e jamais existiu: a felicidade se realizando na obtenção das mercadorias!... Tu te lembras da nossa primeira conversa, ainda naquela sala de bate papo, quando tu me disseste que eu era uma mulher especial?

— Me lembrarei até ao último dia da minha vida, meu amor.

— Pois, então! – continua Claraluz. — Tu me disseste que eu era alguém que tinha fome e sede de justiça, que precisava de mais poesia para regar a minha vida insólita e insossa, que meu coração não recomendava o caminho que eu estava trilhando, e que a tua intuição dizia, como um anjo da anunciação, indicar, como uma bússola, os meus caminhos a percorrer, mostrando as aflições da minha alma. Aquelas palavras me fisgaram. Naquele momento, tu me desviaste do caminho que até então eu trilhava. A força daquelas palavras foi tão grande, que abriu um atalho, um atalho que permitiu o meu reencontro, e este reencontro me fez encontrar alguém. Fez-me te encontrar! O homem ao qual compartilhamos a mesma estrada, pavimentada pelos meus ideais, que são teus.

Mandel emudecera por alguns segundos. As preces que ele não havia feito foram atendidas. A mulher projetada idealmente por seus sonhos estava ali, ao seu lado, de corpo e alma. A certeza daquelas palavras se materializou. O risco de que estivesse enganado e enganando chegou ao nível zero. Tudo estava perfeitamente nítido, sem sombras ou aparências. Por instantes, não sabia o que fazer com aquela nova e inusitada realidade, tão excepcional, que o fazia sentir como uma pequena criança prestes a aprender a dar os seus primeiros passos. Teria que, prazerosamente, aprender a viver de novo.

Tudo o que encontraria em sua frente seria diferente, dali em diante. Mandel estava disposto a reaprender a viver com a sua Claraluz. Era idealista como ela. Sonhava com uma sociedade mais justa e mais feliz. A parceria que estabeleceriam seria maior do que a cama que dividiriam. Seria mais do que o idealismo compartilhado com Esther e mais do que a energia sexual vivida com Janaína. Mandel vislumbrara Claraluz como uma única mulher nas duas mulheres com quem convivera até então.

— Se é assim, meu amor, então não há dúvidas! – fala Mandel. — Encontraremos bem rápido o nosso caminho comum, como estamos encontrando agora. Encontraremos nossos meios de subsistência, os passos certos a fim de nos realizarmos como humanos nesta desafiadora humanidade, e que o dinheiro seja nosso escravo, e não ao contrário. Lembrei-me de Saint-Exupéry ao principezinho: *é absurdo procurar um poço ao acaso, na imensidão do deserto. No entanto, pusemo-nos a caminho*[39]. Então, caminhemos ao nosso absurdo. Vivamos o nosso absurdo, porque ele está em nossas mãos...

Naquele momento, pararam em um sinal. Estavam quase entrando no Anel Rodoviário, rumo à Sabará. A sétima faixa do álbum *The Dark Side of the Moon* começa a tocar. Era *Us and Them*. Os mistérios daquela música, que se iniciava com um belo solo de saxofone, supreendentemente introduziu um novo assunto nos diálogos do casal. Sem pestanejar, Claraluz perguntou:

— Chegou a tua hora de falar sobre os *Guardiões da Luz*. Disseste que não é uma sociedade oculta. Mas é uma sociedade fechada. Eu sei que não vou me surpreender negativamente, pois acredito que tu, assim como meu pai, não participarias de atividades suspeitas. Mas valorizo as coisas que são transparentes e tenho um pé atrás com tudo que é cercado de mistérios. Meu misterioso e hermético poeta! Chegou a hora de abrires para mim, com tua chave, a caixinha de segredos desta sociedade.

— Não há segredos, meu amor. Tudo o que foi produzido pelos *Guardiões da Luz* foi publicado, e todos têm acesso. Mas você vai entender a razão da existência dessa sociedade e os motivos do hermetismo.

— Juro que estou fascinada! Conta-me, pois estás me deixando excitada.

— Então te prepara para um mergulho em um dos fatos mais importantes da História da Humanidade. Nos séculos 17 e 18, os pensadores experimentavam

39 *O Pequeno Príncipe* – Saint Exupéry.

toda a força do pensamento e do ato filosófico. Sentiam-se livres para desenvolver os trabalhos que a razão demandava, fruto de outro movimento, surgido entre os séculos 15 e 16, que foi o Renascimento, libertando o homem do jugo do inferno, da prisão do pensamento, da condenação aos "hereges" que ousavam desafiar os dogmas através dos instrumentos da investigação científica. Era a consolidação da Idade Moderna. Mas havia uma discrepância! A ciência avançava, mas a política estava defasada. Não acompanhava os passos do pensamento científico, das mudanças dos paradigmas econômicos e o deslocamento do eixo da luta de classes. Apesar da importância do Absolutismo para a formação dos Estados Nacionais, a monarquia na França e em outros países não era compatível com essa nova era: a Era da Razão, a qual denominamos Iluminismo. Montesquieu elaborara um modelo de governo inspirado na Grécia Antiga, a República, propondo a divisão entre os poderes de forma harmônica, divididos entre o Executivo, Legislativo e Judiciário. Naquela época, uma classe econômica estava em ascensão: a burguesia, e a sua convivência com a aristocracia medieval era paradoxal, que ainda detinha o poder político, apesar da sua notória decadência econômica. Na França, uma crise política e econômica se instalara por volta de 1770, sob o reinado de Luís XVI, e as ideias políticas iluministas inspiraram os revolucionários que, detendo o poder econômico, lutavam pelo poder político. E antes de perder totalmente o poder e morrer sob o julgo da guilhotina, em 21 de janeiro de 1793, as milícias do rei confiscaram documentos importantes que estavam sendo elaborados por muitos destes filósofos, além de outros já desenvolvidos, mas ainda não publicados, somando-se ao roubo de vários documentos efetuados pelas milícias do Rei Luís XV, anos antes. Somente um ano depois do 18 de Brumário, golpe de Estado efetuado por Napoleão Bonaparte, é que os rosa-cruzes, aliados do imperador, tiveram acesso aos escombros da monarquia e conseguiram resgatar esses documentos produzidos por muitos iluministas franceses.

— Huuuuum! Estou adorando esta aula de História - fala Claraluz, enquanto uma frase da melodia ecoava dos alto-falantes: *The old man died.* — Mas ainda não entendi o porquê deste hermetismo e nem da existência dessa sociedade, os *Guardiões da Luz.*

Naquele momento, Mandel interrompera brevemente a exposição da história que propiciou a formação dos *Guardiões da Luz* para dizer que estavam na última etapa de rodovias - a rodovia estadual - que os levariam ao destino final. Claraluz se alegra por isso, e nem mesmo a favela pela qual passaram antes de entrar neste último trecho a chocara, tamanho era a alegria daquela exuberante mulher. Depois de entraram na rodovia estadual, ao som de órgãos e guitarras se misturando na parte instrumental de *Us and Them*, Mandel continuou o seu relato:

— Depois que os rosa-cruzes apossaram-se dos documentos, um dilema se instalou. Apesar de se aliarem a Napoleão Bonaparte no início do seu governo, se tornaram críticos da ditadura, e temiam que esses documentos não tivessem uma destinação justa. Por outro lado, o trabalho que se vislumbrou diante daqueles documentos não era função da Fraternidade Rosa-Cruz. Assim, resolveram, numa assembleia secreta dos mestres da Rosa-Cruz, criar a confraria *Guardiões da Luz* a fim de trabalhar exclusivamente com esses documentos. O caráter secreto foi imperativo, pois era a garantia de que esses documentos seriam trabalhados, eliminando-se quase que totalmente os riscos de desvios, roubos, ou de serem usados por pessoas e grupos inescrupulosos, interessados somente na conquista de poder... São joias preciosíssimas, e os *Guardiões da Luz* firmaram um compromisso de caráter estritamente científico, a fim de contribuir com o crescimento das luzes da sabedoria. Os mestres dos *Guardiões da Luz* passaram a se denominar *Mestres da Luz*. E assim, eu me vejo cercado de luzes por todos os lados... claras luzes...

— Huuuuum! - exclama Claraluz, suspirando. — O meu poeta... Inteligente, sociólogo, historiador, compromissado com o que há de mais belo na ciência, engajado, gostoso... O que mais eu poderia querer de um homem?

O Jipe passava pelo posto da Polícia Rodoviária Estadual. Mandel precisou reduzir a velocidade do seu carro. Aproveitou e deu um rápido beijo em Claraluz, sentindo-se realizado depois daquela resposta tão orgulhosa da sua namorada. Entrava a oitava faixa do álbum do Pink Floyd, *Any Color You Like* (Gilmour, Mason, Wrigth), um instrumental colorido por sintetizadores e guitarras, uma experiência de estúdio peculiar e inusitada para os moldes da música surgida na década de 70.

— Agora quero dizer sobre a proposta que tenho para você - fala Mandel. — E dentro desta proposta, começaremos a pintar as nossas vidas com as cores que desejarmos.

— Diga pra tua Clarinha aqui, pois não me aguento mais de curiosidade e vontade de colorir minha vida com tuas tintas - responde Claraluz, numa doçura contagiante.

— Ouvindo uma voz tão colorida, não há como negar nada a você - responde Mandel. — Mas lembra-se da ligação que recebi do seu ex-sogro, o Barão Humberto?

— Claro que me lembro – responde Claraluz. — Foi um dos fatos mais surpreendentes desta nossa curta e longa história, meu versador colorido. Mas falastes bem! Ex-sogro, e que não deveria nem ter sido "ex". Meu sogro se chama Gabriel, e a minha sogra chama-se Sara, está claro, poeta?

Mandel dá uma gostosa gargalhada e responde:

— Claro que está claro, minha Clara. E tudo vai ficar claro agora. O Barão Humberto é o *Mestre da Luz* que dirige os *Guardiões da Luz* no Brasil. Ele nos fez uma proposta, e te adianto que a aceitei, independente da tua aceitação, por eu ser membro da irmandade. Os *Guardiões da Luz* farão um grande congresso em Paris, daqui a três meses, e o tema é *Reforma Estrutural: Luzes de uma nova era Humana*. Discutiremos exatamente o fim do hermetismo, em novos formatos, onde a mulher terá uma participação plena. Na ocasião, serão filiados na irmandade representantes do racionalismo oriental e da África. Portanto, quero lhe fazer um convite. Com a anuência do Barão Humberto, eu a convido para me acompanhar nesse congresso em Paris.

Claraluz arregalou os olhos, surpresa por receber um convite tão inusitado. Um convite de tal porte, feito pelo seu namorado, do qual ela não duvidava do seu amor por ele, mas que era um namoro que ainda estava bem no início, e ainda sugerido pelo Barão Humberto, que mal deixara de ocupar o posto de sogro... Respirou profundamente, e depois respondeu:

— Meu amor! Tu me pegaste de surpresa. Completamente! Dá-me um tempo para que eu possa responder-te? Sabes que tenho meu trabalho e outros compromissos que envolvem minha vida. Mas estou fascinada por esse convite. Adorei! E diga-me: este convite é obra do Barão? Esse homem é onisciente?... Quando ele visitou meu pai no hospital, na saída, me desejou felicidades com o meu novo namorado mineiro, que és tu! Como ele soube de nós?

— Fiquei encucado com isso. Tenho a impressão de que ele vem monitorando o Barretto da mesma forma que eu o monitorei, e talvez ele tenha me monitorado também. Mas não deixa de ser um mistério... Este homem é poderoso, e você sabe disso! Você conviveu com ele!

O Jipe já havia passado pelo distrito de General Carneiro. Aproximavam-se da montanhosa aurífera e ferrífera Sabará, e um ar inconfidente e bandeirante se apossou daqueles espíritos. Imbuída neste clima, Claraluz comentou com Mandel:

— A minha convivência com ele foi muito mais superficial do que tu possas imaginar. A densidade do meu relacionamento com Barretto, nestes mais de dois anos, foi menor do que nesta uma semana em que nos conhecemos. Estou descobrindo a relatividade do tempo, e isso me fascina. E quanto ao Barão Humberto, existe um estigma que envolve a pessoa dele, mas parece que são daquelas aparências que enganam a todos. Na visita em que ele e a dona Elisabetta fizeram ao meu pai, vislumbrei um homem generoso e de olhar terno e carinhoso.

— E eu tive a impressão de estar conversando com alguém ao mesmo tempo doce e firme - responde Mandel. — Acho que podemos jogar fora esse estigma de alguém autoritário e intransigente. Os poucos minutos que conversei com ele por telefone me deram essa certeza.

Pelos alto-falantes, exalava *Brain Damage*, a nona faixa de *The Dark Side of the Moon*, a música da exaltação à loucura psicodélica. Claraluz, sob risadas neurastênicas, se deixara inebriar pelos devaneios dos loucos. Vira-se para Mandel e diz:

— Adorei a ideia, meu louco poeta, e já estou imaginando tu e eu, o meu poeta e a tua poetisa, na cidade das luzes, de mãos dadas, respirando a queda da Bastilha, os pensamentos revolucionários dos jacobinos e de Robespierre. A loucura que me acomete nesse momento me diz que, independente de qualquer racionalidade superficial, estaremos juntos em Paris... Mas estou sentindo que estamos chegando ao nosso destino, ao nosso esconderijo colonial. E quero te dizer algumas coisas, porque sinto meu espírito tomado por esta chegada que me anseia.

— O seu poeta é todo ouvidos, meu amor.

— Houve duas fases em minha vida. Nunca me extrapolei em nada, mas sempre tive um espírito revolucionário e justo. Participei do movimento estudantil quando eu era estudante do ensino secundário. Envolvi-me muitas vezes nas causas dos professores, já participei de passeatas diversas, fiz campanha para o Lula quando era bem novinha e nem votava ainda, para desespero da minha mãe e para a alegria do meu pai. Mas há alguns anos, baixei a guarda. Depois que meus pais se separaram, fui morar com minha mãe. Quis morar com meu pai, mas como ele era um diplomata ainda na ativa, pouco parava no Brasil. Eram muitas viagens, principalmente para o Oriente Médio, e, por isso, fui morar com minha mãe. E aos poucos, fui deixando ser dominada por esse espírito aristocrático e formal que ela carregava. Não que eu concordasse, mas uma espécie de letargia e conformismo tomou conta de mim. Sem perceber, fui me tornando uma mulher triste, e cada vez eu murchava mais. Os meus olhos foram perdendo o brilho, fui perdendo minha personalidade, que culminou com o meu namoro e meu noivado com Barretto.

Mandel passou a mão e afagou os cabelos de Claraluz, pois sentira que ela estava em seu momento de desabafo. Claraluz tomou folego por alguns segundos e continuou:

— Estive no lado escuro da lua, meu amor. Vivi nas duas margens, mas hoje quero construir uma canoa com madeira boa e firme e viver, até o fim, na terceira margem do rio da minha vida. Não quero viver inconsequências, mas quero viver a verdade da minha alma. Quero aplicar o que aprendi no meu curso de medicina e pediatria, não com o único objetivo de me enriquecer e ser mais uma burguesa. Precisamos de renda, mas quero ser a andorinha que vai salvar o filhote do beija-flor do incêndio da floresta, mesmo sendo ridicularizada pelas hienas e abutres. Quero, daqui para frente, assumir a loucura que habita em mim e viver o seu auge.

Eclipse (Waters), a última faixa daquele conceitual álbum do Pink Floyd, invade os alto-falantes. O Jipe de Mandel chegara à região urbana daquela histórica cidade. Passaram em frente à Faculdade de Sabará. O cheiro do minério, do pão e o cantar dos pássaros do dia ditavam o tom da agonizante madrugada entrando pela manhã daquele sábado romântico que prometia. Os sons do coração, nas curvas das ruas atapetadas pelas solas pedregulhentas do século 18, novamente invadiam os alto-falantes. Os corações de Claraluz e Mandel, ritmados, batiam forte. Uma viagem emocionante pelos medos, incertezas e desafios. Mas uma viagem que tinha formato de aliança. Uma aliança entre um poeta e a sua mulher, que exibia em sua aura uma clara luz. E o esplêndido álbum, *The Dark Side of the Moon*, terminava de expor toda a sua magnificência por meio dos alto-falantes daquele Jipe. A magia da viagem começava a se desfazer. Lentamente... Os sons pinkfloydianos que encantaram a viagem daqueles dois peregrinos pavimentaram as suas almas. Estavam preparados para outras magias que permeariam as suas vidas. Claraluz, refazendo-se do "barato" que experimentaram, começara a operar o pouso de volta às ruas, aos resquícios coloniais. Ao avistar uma padaria aberta, propôs:

— Quero tomar café com pão e manteiga. Vamos parar naquela padaria?

— Tudo bem, meu amor. Vamos sim, que estou com fome, e não gostaria de mexer com nada na cozinha agora. Temos coisas melhores a fazer.

Mandel estacionou o carro e tirou o cinto de segurança. Claraluz fez o mesmo, e, em seguida, os dois se abraçaram e beijaram com vontade e desejo. Beijaram-se por um minuto, intensamente. *The Dark Side of the Moon* finalizara. Mandel desligou o som e saíram do carro.

— Que delícia, meu poeta lunático! – exclama Claraluz. — Me sinto pisando na lua...

— E aqui não é o lado escuro da lua! – retruca Mandel. — Vamos, porque agora os caminhos para a lua estão iluminados por esta linda e fulgurante clara luz.

Claraluz e Mandel saíram abraçados. Atravessaram a rua, aquela rua calçada, calçamento protegido por tombamento, para que a modernidade capitalista não destruísse a história viva do Arraial Velho de Sabarabuçu. Entraram na padaria. A balconista olhou com olhos de surpresa para aquele casal. O professor Mandel e uma linda mulher, desconhecida. "Este homem é um garanhão incorrigível", pensou. Os dois riam felizes. Riam da felicidade, que era uma terceira entidade que os acompanhava naquele momento. Pediram café e pão com manteiga. Somente. A casa de Mandel estava a uns cem metros dali. O percurso acabou. Tomaram café com pão e manteiga. E riam.

— Quer mais alguma coisa, Mandel? – pergunta a balconista, sorrindo um sorriso contagiado pelo largo sorriso estampado na face daquele casal.

— Obrigado, Eliane. É só o que queremos – responde Mandel. — Quero te apresentar... Esta é a minha namorada: Claraluz! Você vai se acostumar com ela daqui pra frente.

Claraluz acena irradiante para a balconista, que retribui com um simpático aceno, pensando: "O professor parece apaixonado. Será que ela vai conseguir segurar ele?".

Os sinos de uma igreja soaram. Eram seis da manhã. Uma maratona terminava. Um baile, uma colossal surpresa, uma viagem psicodélica no interior de uma nave amarela, um ponto-final prenunciando um novo capítulo na vida de um homem e uma mulher. Corpos cansados fisicamente, mas rejuvenescidos pelo intenso amor. Mandel pagou a conta do mineiro café da manhã. O eclipse em sua vida terminara. O Sol não sairia naquela manhã tomada pela neblina. Melhor assim! Era tempo de namorar, e nada melhor namorar num dia sombrio e carregado de brumas – ambiente ouro-pretano na Vila Real de Nossa Senhora da Conceição de Sabará. Entraram no carro e foram para a casa, o ninho do poeta e a sua Claraluz. Mandel abriu a garagem e entraram. Saíram do carro. Adentraram-se...

LII

O sábado amanheceu nublado, e fazia algum frio raro nas terras de São Sebastião. Joyce e Barretto mal dormiram, na expectativa de receber as últimas e derradeiras mensagens de Magda. Estavam ansiosos e excitados. Barretto vivia uma nova era. Por toda a sua vida, tal como um religioso celibatário, sublimara o sexo. Passou incólume à iniciação sexual, mal descoberta somente nos seus tempos primeiros de pós-adolescência, atabalhoadamente, numa experiência malsucedida com uma prima de terceiro grau que veio do Rio Grande do Sul passar as férias na casa da "tia" Elisabetta. Essa realidade se transmutou por encanto, quando Magda, clandestinamente abrigada em seu manto felino, o seu escondedouro, destroçou a sua velha estrutura. Os cacos juntados formaram um novo Barretto, despertado tardiamente, mas não inutilmente, aos prazeres que os sabores da carne podem proporcionar.

Ainda tinha uma ponta de curiosidade em saber quem era Sherlock, o pseudônimo-esconderijo que Magda cunhara para o homem que arrebatou o amor da sua ex-noiva, Claraluz. Mas essa vontade ficara encoberta pelo soterramento psíquico que Magda provocara nas encostas da sua vida. Mirava-se, com seus míopes olhos de águia, no pouso da gaivota, em aterrisagem forçada nos aeródromos mentais, pavimentados em seu neo-campo-de-pouso erótico. E se não bastasse, um elemento estranho rondava as aguçadas expectativas: o misterioso caso da mulher que grudara em Barretto por parcos minutos, no desfile do Píer Mauá.

Joyce e Barretto eram disciplinados. Aguardavam, naquele suntuoso quarto da mansão da Urca, o sinal de Magda. Não iriam ao Cemitério São João Batista enquanto não recebessem o sinal do juiz. Eram bons jogadores, e por isso respeitavam as regras. Tomaram um nutritivo café trazido por uma empregada da mansão. Trocavam beijos com sabor de geleia de morango, mas não desgrudavam os olhos da tela do computador. A qualquer momento, uma mensagem entraria, por obra e graça das ondas eletromagnéticas, no tráfego digital, por aquela tela.

Enquanto se deliciava com aquele merecido lanche matinal, Barretto fazia uma breve retrospectiva memorial do seu inesperado envolvimento com Magda. Lembrava-se do primeiro e-mail que recebera, anunciando a suposta traição da ex-noiva Claraluz, acompanhada por um achincalhamento sem igual que sofrera em seu lombo, chicoteado e marcado por palavras ásperas, sarcásticas e humilhantes; golpes aplicados pela misteriosa mulher que se manteve habilmente escondida enquanto arranhava e machucava as paredes de sua psique.

Lembrava-se dos passos, das pistas falsas que nasceram da histórica concorrência fraudulenta para o fornecimento de peças para o porta-aviões da Marinha, onde o concorrente do seu pai – o Barão Humberto de Lucena e a sua poderosa empresa, a *HL Naval* – enfrentava o almirante Rios Carvalho, aliado da máfia russa, descoberto e punido pelas leis militares. A pista falsa remetia a Eduardo – depois sabido da sua assumida homossexualidade –, filho do almirante, ex-namorado da modelo Joyce, que naquele momento degustava uma colherada do caviar que compunha o cardápio daquele sofisticado café da manhã.

Na sequência, a parceria efêmera com a ex-sogra Gertrudes, desmascarada justamente pela filha Claraluz naquele escabroso caso de um namoro de uma mulher da alta sociedade com um jovem bonitão e traficante de ecstasy, caso largamente estampado pelas mesmas bajuladoras colunas sociais que costumavam colocar a ex-*socialite* nas alturas, protagonizando mais um fiasco na tentativa de se descobrir o oculto namorado da ex-noiva.

Depois, a sedução! O achincalhe orquestrado por Magda transformava-se em uma intensa reflexão, marcada pela aceitação dos seus profundos equívocos sobre o sexo e a sexualidade. Esse mergulho em seu íntimo redirecionou-se para uma fatal aproximação justamente daquela mulher que lhe aplicara uma goleada sem dó nem piedade. A sedução foi tomando forma, e a autoafirmação do médico recuperava-se dos seguidos nocautes. A ânsia por desvendar a identidade daquele *Sherlock* – o oculto amante de Claraluz –, vira as suas baterias para *Capitu*, a mulher-gato que revolucionou a sua vida.

No após, o primeiro encontro sexo-virtual. Uma aventura sem-igual, um passeio psicodélico da webcam da incógnita Magda por suas delineadas curvas sensuais, orgasmos sincronizados, viagem impensada até então. Ressureição sexual, nascedouro de um novo vício.

A pista falsa plantada por Magda desembocou no desfile de modas do Píer Mauá, na companhia do seu amigo Wanderley, donde surge do nada uma misteriosa mulher que o abordou, o beijou e sussurrou em seu ouvido: *Diadorim* – o segundo personagem misterioso –, que já não se sabia se era a mesma Magda ou se era outra mulher também rondada de mistérios. Aquela loira arrebatadora foi ao banheiro e não voltou, mas a pista falsa acabou virando uma dádiva: Joyce tornara-se sua namorada, generosa, disposta a dividir o seu médico, recém-parceiro sexual, com mais alguém também adepta e amante dos prazeres de Eros e Afrodite.

E no quase por fim, o agigantamento do jogo de enigmas. Joyce transformou-se na parceira ideal, com a mesma disposição de jogar demonstrada pela jaguatirica-mulher. As sombras dos mistérios clareavam. Primeiro, a descoberta do nome: Magda. Depois, sua origem do Campo das Vertentes: a sedutora Barbacena, terra das rosas e dos loucos.

E finalmente, a proximidade: Magda estava no Rio! Magda Jardim: a misteriosa mulher, enfim, sabiam, tinha nome e sobrenome. Agora, se preparavam para o último jogo, o enigma derradeiro, que os levariam ao encontro das suas vidas. Estavam lá, na Urca, esperando mais uma enxurrada de palavras enigmáticas que seriam emitidas pela mineira turmalina-fêmea, a felina que abandonou providencialmente as montanhas para viver no litoral carioca o auge do seu cio.

O café estava tomado. Não havia olhos para outro lugar que não fosse para a tela do computador. E não demorou. Quando menos se esperava, na expectativa ansiosa de vigiar cada centésimo de segundo, chegou pelo Facebook uma mensagem:

> Os portos novamente estão abertos. E sendo assim, o projétil deverá ser lançado por meio da fragata Triband, cujo endereço deverá ser sepultado na cova, vista de lado, no delineamento do meu rosto. Depois, joguem uma pá de cal!

— Isso é uma loucura! - desabafa Barretto. — Queimamos nosso estoque de neurônios até aqui, e agora uma mensagem tão sombria... Será que valerá a pena tanto esforço?

Joyce afaga os cabelos de Barretto e diz:

— Calma meu amor! Esta é a última etapa. Vamos devagar, pois tenho certeza de que Magda não quer nos perder. Vamos fazer do jeito que fizemos com os outros enigmas, porque as respostas estão nestas palavras.

— Tudo bem! - responde Barretto. — Não somos detetives, mas temos as poderosas ferramentas de busca da internet. Estamos em vantagem sobre o Comissário Maigret, do escritor belga Georges Simenon, que não tinha internet - soltando uma fleumática gargalhada.

O casal mergulha nas buscas: — *Os portos novamente estão abertos.* O que ela quis dizer com isso? - pergunta Barretto.

— Acho que ela faz uma referência ao Rio de Janeiro, numa alusão à abertura dos portos, promovida por Dom João VI, ou seja, ela já se encontra aqui no Rio.

— Isso mesmo! Estamos no caminho! - responde Barretto. — Vamos seguindo então: *O projétil deverá ser lançado por meio da fragata Triband.* O que ela quis dizer com isso? Parece que minha capacidade de raciocínio esgotou-se. Nem consigo imaginar...

— Meu amor! - retruca Joyce. — Faça submergir o teu lado racional, sempre forte em ti. Vamos lá!

— Está certa! - responde Barretto. — Então chegou a hora! Projétil, pelo que sei, é a bala, o artefato expelido por uma arma. Mas fragata? E Triband?

— Fragata é um navio de guerra. Mas e o que tem a ver?

— Este é um assunto que tenho familiaridade, pois a *HL Naval* trabalha com a Marinha. O projétil lançado por uma fragata é o torpedo. Mas estamos na mesma... - lamenta Barretto.

— Então, deveremos procurar o que é Triband - conclui Joyce. — Vamos ao Google?

Barretto digita a palavra "triband" no Google. Assim que aparecem os resultados da pesquisa, comenta:

— Veja Joyce! Triband, como quadriband, e outras, são as várias faixas de frequências onde operam os celulares. Será que estamos chegando ao ponto?

— Acho que sim! - responde Joyce, que divaga: — Espere aí. Veja bem! Tu disseste que o projétil lançado por uma fragata de guerra é o torpedo, e torpedo é a mensagem que se envia do celular. Vamos unir os pontos?

— É isso! - exclama Barreto. — *O projétil deverá ser lançado por meio da fragata Triband* pode ser interpretado como "O torpedo deverá ser enviado por celular". Ótimo! Mas que celular, se ela não deixou nenhum número?

— Talvez nós tenhamos que fornecer o número, não? - indaga Joyce, ainda confusa.

— Deve ser, mas vamos decifrar o resto então, para entendermos - responde Barretto. — O *endereço deverá ser sepultado na cova.* Acho que o endereço é o número do celular que deveremos fornecer. Mas, "sepultado na cova"?...

— ...*Visto de lado, no delineamento do meu rosto...* - divaga Joyce. — O que será isso, meu Deus?

— Uma coisa vista de lado... - divaga também Barretto.

— No delineamento do meu rosto... Acho que entendi! - exclama Joyce.

— Visto de lado: perfil. O delineamento do rosto dela quer dizer, no perfil dela. Ou seja, no perfil do Facebook de Magda. Yesss! - brada a modelo, abraçando e beijando Barretto.

— Muito bom! - exclama Barretto. — Agora vamos ao resto das palavras, pois deve ter algumas normas por trás. *O endereço deve ser sepultado na cova...* Porque será que ela usou estes termos?

— Éééé!... - divaga Joyce. — E ela completa: *Depois joguem uma pá de cal.*

Barretto pensa por alguns segundos e conclui: — Acho que deveremos fornecer o número do celular pelo Facebook para ela enviar o primeiro torpedo, e daí pra frente, o celular será o nosso meio de comunicação com ela. Assim, por sepultar, devemos entender que não vamos usar mais o Facebook, que foi o nosso meio de comunicação até então.

— Isso, meu amor! - exclama Joyce. — Então, esta pá de cal significa que devemos enviar uma mensagem pelo Facebook, e que seria a última que enviaremos por lá. Depois, é como se jogássemos uma pá de cal nesta forma de comunicação entre nós e ela.

— Então não temos tempo a perder - fala Barretto, que em seguida digita o número do seu celular na caixa de mensagens do perfil de Magda no Facebook e o envia.

Não demorou cinco minutos, e um torpedo chegou ao celular de Barretto.

Estou muito feliz pelos avanços e pela sagacidade demonstrada. Mas a minha ânsia em estar com vocês, de mãos dadas, só será concretizada se todos os passos forem dados corretamente. Joyce: prepare-se para o canto da sereia, que dependerá do nó a ser desatado por Barretto, somente in loco. Afinal, foi Capitu ou Diadorim a mulher que desapareceu no banheiro? Mas agora precisam desvendar: a resposta está na imagem do ressuscitado, afinal, Sherlock, o grande líder do século passado, pedalou junto com a pantera-rosa-louca, no nascedouro - Strawberry Fest Forever, que mais tarde mudou o rumo da estrada da mente para a estrada da mammy-children. 1/24 avos para a resposta... ou BUM!!! Fixe-se na gravura eletrônica antes do derradeiro encontro.

Joyce e Barretto leram aquela mensagem tomados por uma ansiedade ímpar. Estavam excitados, mas também estavam temerosos. Se falhassem, aquela gata-mulher desapareceria como ninja numa nuvem de fumaça. Precisavam ser precisos para atingir a mosca do alvo. Mas estavam com ânimo extra. Estavam no início da reta de chegada e vislumbravam a bandeirada final. Não jogariam a toalha. Compulsivamente, iniciaram a busca das respostas que se encontravam nas entrelinhas daquelas palavras. Mergulhado na investigação, Barretto divagou:

— É mais um enigma sombrio, mas está recheado de vocábulos. Magda não quer nos perder, por isso deixou muitas palavras. Estranho eu dizer isso, mas é um pressentimento...

— Sim! - responde Joyce. — Mas ao mesmo tempo, ela só se revelará se desvendarmos os últimos enigmas. Então mãos à obra!

— Vamos lá! - responde Barretto. — Veja que algumas coisas só poderão ser desvendadas quando estivermos lá no Cemitério São João Batista.

— Concordo! Está muito claro quando ela diz que *dependerá do nó a ser desatado por Barretto, somente in loco*. E "in loco", presumo, seria lá no cemitério. E esta pergunta fatal: *foi Capitu ou Diadorim a mulher que desapareceu no banheiro*?...

— Acho que deveremos nos preparar para o que vai ocorrer lá nas Laranjeiras, mesmo que desvendemos o que será preciso desvendar agora - reflete Barretto.

— Tem razão! - responde Joyce. — Magda deixou esta "recomendação" para nós. Mas de qualquer forma precisamos decifrar o que ela nos reservou para que o próximo passo seja dado, senão nem vai adiantar resolver o que está reservado para o cemitério.

— Então vamos mergulhar! - conclui Barretto. — Primeiro ela fala que *a resposta está no ressuscitado*. Que diabos é isso?

— E ela volta em "Sherlock", o tal que conquistou a tua noivinha - retruca Joyce com sarcasmo.

— Até tu, Joyce? - questiona Barretto. — Já não basta o tanto que sofri na pele de Magda, que me sacudiu com uma enxurrada de adjetivos pejorativos?

— Desculpe-me, amor - fala Joyce, afagando os seus cabelos e beijando-o em seguida. — Mas tu não escaparás da obrigação de descobrir quem é esse "Sherlock".

— Tudo bem, Joyce. Tens razão! - responde Barretto. — Na verdade, este era o meu objetivo inicial... Mas continuemos. E que ressuscitado é esse? Jesus?

Joyce solta uma gargalhada e comenta: — Não acredito. Mas vamos ter que fazer um elo entre as frases, pois tudo indica que elas se completam.

— E parece que o tal Sherlock tem algum tipo de ligação com algum grande líder do século passado, ou seja, do século 20 – observa Barretto.

— E diz que pedalou. Pedalou de bicicleta, obviamente – divaga Joyce. — *Pedalou junto com a pantera-rosa-louca*... O que significa "pantera-rosa-louca"?

— Deve ser Magda... – divaga Barretto. — Afinal, ela se autodenomina felina...

— Mas... E "rosa-louca"? – questiona Joyce.

— Lembra-se de um dos enigmas de Magda, quando ela refere-se à Barbacena como a cidade das rosas e dos loucos? Deve ser ela pedalando com o tal Sherlock – avança Barretto, com um tom de indignação por associar *Sherlock* ao suposto amante de Claraluz.

— O que tem Sherlock tem a ver com a história? – questiona Joyce. — Precisamos entender! Ela diz sobre *Strawberry Fest Forever*. Seria uma alusão à música *Strawberry Fields Forever*, dos Beatles? E "nascedouro"? Que nascedouro? Por que trocou "fields" por "fest"?

— Estou pensando numa coisa... – divaga Barretto. — Por que ela usou este complemento, "rosa-louca"? Não precisaria, porque só de usar o termo "pantera", ela já se identificaria. Então ela quer nos dizer algo com este complemento, "rosa-louca"?

— E ainda usou a palavra nascedouro – questiona Joyce. — Nascedouro deve ser a cidade onde ela nasceu, ou seja, Barbacena.

— Pode ser! – responde Barretto. — Mas vamos isolar a frase inteira, pois acredito que ela está nos indicando uma direção coerente. Vejamos a frase: *a resposta está na imagem do ressuscitado, afinal, Sherlock, o grande líder do século passado, pedalou junto com a pantera-rosa-louca, na Strawberry Fest Forever*. Vamos isolar as palavras-chave: "resposta", "imagem", "ressuscitado", "Sherlock", "líder do século passado", "pedalou", "pantera-rosa-louca", "Strawberry Fest Forever", e depois unir os pontos.

Joyce pega um lápis e um papel na escrivaninha e diz: — Acho muito bom que tenhamos as tecnologias de ponta à nossa disposição, mas, às vezes, prefiro as ferramentas primitivas para facilitar o trabalho – anotando em seguida as palavras-chave lidas por Barretto e substituindo aquelas que supunham terem sido desvendadas, montando a seguinte frase, já sabendo que a palavra *Sherlock*, colocada entre aspas, tratava-se do namorado de Claraluz: "a resposta está na imagem do ressuscitado, afinal, "Sherlock", o grande líder do século passado, pedalou com Magda em Barbacena".

— Estou pensando em algo – diz Joyce, absorta em seus pensamentos. — Se estão pedalando em Barbacena, qual será a ligação deste termo, *Strawberry Fest Forever*, com Barbacena? Será mesmo uma alusão à música dos Beatles? Como ela troca "fields" por "fest", será que é alguma festa beatlemaníaca em Barbacena?

Barretto volta-se para o computador e digita no Google as palavras "Barbacena" e "Strawberry Fest Forever". Achou muitas referências à cidade, mas nada que a ligasse com o termo "Strawberry Fest Forever". Refletiu por alguns segundos e disse:

— Este termo está escondendo algo. Magda não iria entregar este termo de mão beijada.

— É verdade, meu amor – emenda Joyce. — Mas o termo tem que ter alguma relação com algo palpável. E como diz o nome, Strawberry Fest Forever,... Fest... Insisto que este termo, "Fest", esteja relacionado com alguma festa tradicional em Barbacena.

— Isso! Vamos por aí! – exclama Barretto entusiasmado, que, em seguida, digita no Google "festas de Barbacena". Aparecem alguns resultados. Joyce e Barretto vão percorrendo a lista com bastante atenção até acharem a *Festa do Morango*.

— Muito bem, meu amor! – exclama Joyce exultante. — "Strawberry": morango; "Strawberry Fest": Festa do Morango, no distrito de Pinheiro Grosso, em Barbacena. Magda aludiu a música dos Beatles somente para encobrir essa festa de Barbacena. E talvez porque também seja fã dos garotos de Liverpool. Pode ser, mas descobriremos depois.

Joyce beija Barretto com a felicidade de uma menina pobre que acabara de ganhar uma boneca de presente de Natal. Depois, leem sobre a Festa do Morango, que dizia: *Pinheiro Grosso é distrito da cidade de Barbacena, e devido sua produção de morangos, realiza-se a Festa do Morango de Pinheiro Grosso, com exposição e venda de morangos, produtos à base de morango, eleição e coroação da Rainha*. Esse texto é referente à programação da festa acontecida no ano anterior, e Barretto percebe que num domingo dessa festividade, estava na programação, pela manhã, um passeio ciclístico. Entusiasmado, comenta:

— Veja, Joyce! Estamos perto do enigma! Não sabemos por que, mas sabemos onde, e isso é um grande passo. Então vamos tentar desvendar o restante da frase.

— Vamos! Mas esta coisa da *imagem do ressuscitado* está muito obscura. Ainda não consigo nenhuma conexão com o resto da frase. Vamos ver mais à frente!

— Então, vamos ver o que significa *mais tarde mudou o rumo da estrada da mente para a estrada da mammy-children.*

Joyce coça o queixo, coça a cabeça e depois sugere: — Mammy-children não seria mãe das crianças? E Claraluz não é pediatra? Será que ela está se referindo à Claraluz?

Esta constatação detonou uma viagem na mente de Barretto, provocada pelas lembranças do seu encontro com Magda, motivado justamente pela suposta traição de Claraluz, que ainda era a sua noiva, com alguém que ela conhecera pela internet.

Mergulhou suas lembranças naquele primeiro e-mail, recebido na segunda-feira, no meio de uma ressaca pós-fim-de-noivado, quando aquela pessoa - que nem mesmo se sabia o sexo - que assinava *Capitu* invadira a sua privacidade e revelava um diálogo entre Claraluz com o tal *Sherlock.* Lembrou-se de como aquele e-mail detonou um processo de desequilíbrio em sua aparente armadura racional, seguido por um segundo e-mail, onde os termos chulos recheavam as informações que não geravam dúvidas: Claraluz - estava claro pelos diálogos revelados naquele e-mail - pelo menos se encantara com alguém, que naquele momento, era denominado *Sherlock*, e que era, sem sombras de dúvidas, um poeta.

O terceiro e-mail recebido clareava os motivos pelos quais aquela pessoa enviara-lhe a tal correspondência. As palavras eram claras: *Tenho motivos de sobra para revelar este caso de amor adúltero. Digamos que sou parte da história, mas parte da história que perde também, como você.* Mais para frente, no mesmo texto, estava escrito: *A única coisa que me motiva a revelar estes casos é porque ela escolheu a pessoa errada.* Naquele momento, Barretto ainda acreditava que a pessoa com quem correspondia tinha alguma relação amorosa com o tal *Sherlock.* Aquele e-mail também marcou o processo das pistas falsas e que acabou revelando a existência da modelo Joyce e a sua derradeira entrada em sua vida.

As revelações sobre Magda esquentaram após a primeira conversa que tiveram no Messenger, onde ela o incitara a descobrir a sua identidade. A partir daquele encontro, Barretto mudara os rumos dos seus anseios e passou a se interessar fortemente por desvendar a identidade daquela misteriosa e sensual mulher. Os contornos da verdade começavam a delinear-se: aquela mulher não era a amante do tal *Sherlock*, mas sim alguém ligada à outra pessoa, que era ligada amorosamente a este oculto *Sherlock*.

— Barretto! Tu foste a Marte e nem me chamou? – pergunta Joyce, chamando a atenção do namorado ao vê-lo distraído e mergulhado em pensamentos.

— Na verdade, me lembrei de todo o processo que me fez conhecer Magda. Uma observação é fundamental para desvendarmos este enigma, e que está relacionado com essa mulher que se relacionava com Sherlock, e que também é ligada à Magda. Quanto tu concluístes que *mammy-children* é Claraluz, começo então a relacionar com a motivação que impulsionou Magda a revelar a suposta traição de Claraluz comigo, e também a traição de Sherlock com a pessoa com quem ele se relacionava. Nesta frase, *que mais tarde mudou o rumo da estrada da mente para a estrada da mammy--children*, está o caminho para descobrirmos quem é esta pessoa ligada à Magda, e assim, poderemos descobrir quem é o Sherlock.

— Muito bem pensado, meu querido. Como *mammy-children* é uma referência à profissão de Claraluz, então *estrada da mente* provavelmente refere-se à profissão desta pessoa. Veja! Ela diz de mudanças de rumo. *Da estrada da mente para a estrada da mammy-children*. Tudo se encaixa! Em *estrada da mente*, a “mente”, deve ser uma referência à profissão desta mulher. Então, provavelmente, ela deve ser psicóloga ou psiquiatra.

— Isso mesmo, Joyce! Guarde esta informação, pois precisamos decifrar sobre a *imagem do ressuscitado* e a referência deste Sherlock com um grande líder do século 20. Quando conseguirmos decifrar estas duas pistas, completaremos a frase.

— Tudo bem, Barretto. Mas percebestes que a última frase, *fixe-se na gravura eletrônica antes do derradeiro encontro*, é a chave de tudo? O nó que tu terás que desatar no cemitério tem a ver com o que descobrirmos aqui, e provavelmente está ligado ao último segredo a ser desvendado, que é a identidade da mulher do desfile. Veja como as coisas se encaixam. Precisamos fazer ligações com os outros enigmas enviados.

— Interessante esta observação, Joyce. Justamente na mensagem anterior, ela pede para sepultarmos o Facebook como meio de comunicação. Ela quer que o ressuscitemos agora?

Joyce relê a mensagem por duas vezes e diz: — Estamos na reta final! Veja que a parte que teremos que desvendar agora se refere a sinônimos, localizados em duas frases: a "imagem" do ressuscitado e "gravura eletrônica". Sendo o Facebook o ressuscitado, a gravura eletrônica, com certeza, é uma referência à fotografia digital. Então, a resposta está no álbum de fotos de Magda no Facebook, ou seja, na imagem do ressuscitado.

Barretto ergue os braços como se tivesse feito um gol de placa, enquanto Joyce escrevia a lápis a frase decifrada do enigma: *a resposta está no Facebook, afinal, "Sherlock" pedalou com Magda em Barbacena, na Festa do Morango. "Sherlock" trocou a psicóloga (ou psiquiatra) pela pediatra (Claraluz).* Sem perder tempo, abre novamente o Facebook e acessa a página de fotos de Magda. Encontram vários álbuns de fotografias. Um deles exibia o título: *Festa do Morango*, que continha cinquenta e oito fotografias.

— E agora? – pergunta Barretto.

— Teremos que identificar a foto do enigma, pois ela nos levará à resposta que Magda espera de nós – conclui Joyce. — Mas primeiramente teremos que decifrar algumas partes que ainda estão encobertas. Precisamos saber qual é a relação entre esse líder do século passado e o tal Sherlock, como também quem é a psicóloga ou psiquiatra, a pessoa com quem este Sherlock se relacionava, afinal, Magda não a colocaria no enigma gratuitamente.

— Descobriremos então pelas legendas das fotos – emenda Barretto.

— Tem uma coisa que tá me deixando encucada... – interfere Joyce. — *1/24 avos*... O que ela quer dizer com isso?

Barretto pensa por alguns segundos e responde: — um vinte e quatro avos: uma fração notável. Um vinte e quatro avos de um dia é uma hora. Aquele *BUM* expresso na mensagem fica claro! Ela nos deu uma hora para desvendarmos o enigma, com certeza!

Imediatamente, Barretto abre a mensagem que Magda lhe enviara pelo celular, verifica o horário em que foi enviada e calcula o tempo que lhes restavam: — Faltam dezessete minutos! Não podemos perder tempo!

Barretto apossara-se integralmente do espírito metódico e racional. Ele acionou o cronômetro registrando o tempo exato que faltava – dezesseis minutos e cinquenta e quatro segundos –, e em seguida abre o álbum de fotos. Joyce e Barretto buscavam avidamente a foto que os levariam ao mistério que Magda queria que fosse decifrado. Leem, com toda a atenção, as legendas escritas debaixo de cada foto daquele álbum. Uma profusão de alegria e cores estampavam aquelas belas fotos, e o vermelho morango fazia-se de maestro dos festejos. Culinária morangueira, meninas de rostos corados concorrendo ao título de uma beleza singela daquele pequeno e aconchegante distrito de uma cidade que exibia, das multicores pétalas de rosas, outros multisabores coloridos, variações agridoces do apetitoso e nutritivo morango.

Avançando nas gravuras digitais, encontraram o bendito passeio ciclístico. Centenas de bicicletas, crianças e idosos, bicicletas incrementadas e rústicos *camelos*. Sorrisos pedalados em um desporte mágico, uma individual / coletiva modalidade. Joyce e Barretto deliciam-se por alguns parcos momentos com aquelas fotos cheias de carisma e alegrias, esquecendo momentaneamente o objetivo que os levavam a vasculhar aquelas imagens. Mas, no avançar das investigações, deparam-se com a foto-chave daquele jogo de enigmas. Um homem alto, moreno claro, ombros largos, cabelos medianamente claros e um queixo que apresentava uma cova charmosa. Portava uma bicicleta de marchas, leve, de alumínio, e sorria como um menino. Abaixo, uma legenda: *Mandel à vontade, sentindo-se em casa*. Barretto sentira um calafrio. Fitava, pela primeira vez, o fantasma que rondou e lhe roubou Claraluz, a mulher que nunca foi sua. "É ele, o Sherlock", pensou. Fitou-o por mais alguns segundos, mas a sua mente racional tratou logo de sublimar as emoções que sentira ao avistar Mandel, o poeta que arrebatou a sua ex-noiva, Claraluz, a mulher que jamais seria sua companheira. Clicou naquela fatídica foto e surgiu a outra foto, na sequência. Ali estava, naquele dia radiante de um passeio ciclístico com sabor de morango, o mesmo homem com aquela notável cova no queixo, abraçado a uma bonita mulher de cabelos curtos, magra, e de fartos lábios. Na legenda, a grande pista: *Mandel e tia Esther – haja psicologia!*

— Huuuuum!... Então ela é psicóloga!... Tia de Magda! – exclama Joyce, admirada. — Estamos fechando o círculo.

— Sim! Estamos fechando o círculo e o enigma – responde Barretto. — Veja! O nome dele, Mandel. Um líder do século 20, Mandela. Tudo se encaixa! Não há mais dúvidas! Só falta associarmos o último recado: *Fixe-se na gravura eletrônica antes do derradeiro encontro*. Acho que ela quer que prestemos a atenção em alguma foto. Mas por quê? Qual é o objetivo?

Joyce relê mais uma vez o recado enviado por Magda. Fica pensativa. Em seguida, responde: — *Sherlock, o grande líder do século passado, pedalou com a pantera-rosa-louca*, ou seja, Mandel pedalou com Magda. Vejamos a próxima foto. Talvez a resposta esteja nela.

Barretto clica na imagem e aparece outra foto. Ali estava! A legenda confirmava: *Mandel e esta pantera que vos fala... hummm*. Mandel, portando a sua bicicleta, e Magda, também com uma bicicleta, lado a lado. Uma mulher exuberante, uma loira arrebatadora. Joyce fitou aquela mulher, admirada. "Que mulher fatal!", pensou. Foi inevitável! Depois de saborear aquela fotografia, Joyce liga o som e localiza a música *Bicycle Rice*, do Queen, cantando junto:

> *I want to ride my bicycle. I want to ride my bike. I want to ride my bicycle. I want to ride my Bicycle. Races are coming your way. So forget all your duties, oh, yeah! Fat bottomed girls. They'll be riding today. So look out for those beauties, oh, yeah. On your marks, get set, go. Bicycle race, bicycle race, bicycle race.*

Garotas bundudas. Elas estarão passeando hoje. Preste a atenção nessas belezas... Joyce incorporava as suas fantasias nesse trecho da letra enquanto fitava Magda e seu bumbum arrebitado. A sua bissexualidade era explícita, e a sua expectativa era a de que Barretto gostasse daquele jogo e não brotasse nele ciúmes por uma anunciada relação dupla e sincronizada. Naquela foto, Magda trajava um top vermelho, vermelho morango. Uma mulher naturalmente vistosa, que se vestia ainda mais vistosa. Barretto interrompe a viagem de Joyce e diz:

— Não temos tempo a perder! Vamos traduzir o enigma e enviá-lo ao celular de Magda.

— Então vamos! - responde Joyce, aterrissando.

Barretto apanha o celular e digita, enquanto Joyce segurava o cronômetro, que seria travado assim que o visor do celular indicasse que a mensagem fora enviada: *Magda. Os passos foram dados corretamente. Joyce está preparada para cantar o trecho de Aída, de Verdi. Tudo o que foi solicitado foi desvendado: a resposta está em teu álbum de fotos do Facebook. Mandel, nome que nos remete a Mandela, grande líder do século 20, pedalou contigo no passeio ciclístico, atividade que fez parte da programação da Festa do Morango no ano passado, no distrito de Pinheiro Grosso, em Barbacena. Mandel era namorado da tua tia Esther, e mudou de namorada. Agora ele é o namorado de Claraluz. Estamos preparados para os próximos passos.* Em seguida, clicou em *Enviar*. Desafortunadamente, não havia sinal da operadora de celular naquele momento. Segundos depois apareceu, na tela do celular de Barretto, a seguinte frase: *a mensagem não pode ser enviada.* Barretto e Joyce denotaram um sentimento de desespero. Mas refazendo-se rapidamente, Joyce pega o celular de Barretto, abre a mensagem não enviada, emparelha o aparelho de Barretto com o dela e envia a mensagem por Bluetooth.

— A sua operadora está fora do ar, mas a minha não! – atenta Joyce.

Assim que a mensagem chegou ao seu celular, sem perder tempo, Joyce a envia ao número do celular de Magda. Desta vez, fora Barretto que empunhara o cronômetro. Esperaram uns dois segundos, até aparecer no visor do celular de Joyce: *sua mensagem foi enviada com sucesso*. Assim que essa mensagem apareceu, Barretto travou o cronômetro. Incrível! O cronômetro parou na marca *0.07*. Mas esse era o sentimento! O sentimento de James Bond, o agente 007. Suaram frio. Por pouco, toda a expectativa de chegar ao fim da escalada, ao pico onde se encontrava a pantera sedenta e disposta a aventuras eletrizantes, iria para os ares. Mas foram salvos pelo gongo, como sempre era salvo o sedutor agente secreto, James Bond.

A expectativa sopitava. Mais uma etapa fora superada. Agora, esperavam o próximo sinal de Magda. Foram eternos dez minutos. Parecia que o tempo havia parado. Estavam extremamente impacientes, e Barretto quase efetuou uma ligação para o celular de Magda, impedido por Joyce, que o lembrou de que as regras não poderiam ser violadas. Mas, ao final daqueles eternos dez minutos, chegou uma nova mensagem, desta vez ao celular de Joyce:

> Pensei que não conseguiriam. Faltaram apenas sete segundos. Mas vocês foram salvos pelo gongo e superaram a etapa anterior. Venham! Estou os esperando no Cemitério São João Batista. Lembrem-se: é tarefa de Barretto desatar os nós, antes do canto. Para isso, Barretto, você terá que responder à pergunta: Capitu é ou não é Diadorim? Afinal, se Diadorim foi ao banheiro e não voltou, quem é Capitu? E quem é Diadorim? São as mesmas pessoas, ou são pessoas diferentes? Este é o nó. Chegando lá, procurem o berço das aeronaves. Busquem as instruções sob a homenagem. A memória fotográfica é a senha. Venham! Espero pelo desfecho, com final feliz.

Sem perder tempo, Barretto e Joyce deslocam-se para a garagem da mansão. Enquanto caminhava ao carro, Barretto relacionava-se à afinidade lógica que tinha com Magda, a obsessão pela precisão, ao observar a mesma atitude dela ao cronometrar o tempo que fora estabelecido. Saíram de carro e alcançaram as ruas, em direção à divisa dos bairros Botafogo e Laranjeiras, onde se localiza o Cemitério São João Batista. Joyce assumiu a direção do carro, pois Barretto levava o seu *tablet* carregado com duas fotos: uma com Magda e Mandel, e a outra com Esther e Mandel, pois sabia que naquelas fotos residia a chave onde abririam os segredos do enigma, e, por isso, concentrava-se nos detalhes das fotos onde Magda trajava uma camisa vermelha, enquanto Esther trajava uma camiseta esportiva amarela. Joyce, enquanto dirigia, ensaiava o trecho da *Marcha Triunfal*, que era parte da ópera *Aída*, de Verdi, e que ela cantou na apresentação que fizera na escola, ainda na adolescência.

Assim que chegaram ao cemitério, entraram pelo portão principal e solicitaram a um funcionário a informação sobre a localização do mausoléu de Santos Dumont, *o berço das aeronaves*. Chegando lá, avistaram o mausoléu: uma escultura de pedras aparentemente disformes e sem geometria definida. Alguns turistas e outros, familiares, amigos e conhecidos de alguns que estavam ali sendo velados, contemplavam o mausoléu do notável inventor dessa máquina que voa e é mais pesada do que o ar. Sem se importarem com as pessoas ali perto, Joyce e Barretto reparavam o mausoléu, buscando a "homenagem" citada por Magda na misteriosa mensagem, que era onde estariam as próximas instruções. Avistaram a imagem de Ícaro no topo do mausoléu, representando o sonho humano de voar. Do lado esquerdo, uma peça metálica que remetia a uma coroa de flores, e na frente do mausoléu uma placa com os seguintes dizeres:

> *No ano do Centenário do primeiro vôo do mais pesado que o ar, a Força Aérea Brasileira rende as suas homenagens ao Pai da Aviação. Rio de Janeiro, 23 de julho de 2006.*

Joyce e Barretto entreolharam-se. As instruções estavam ali, debaixo da placa instalada pela FAB: *sob a homenagem*: era a instrução! Ligeiramente, aproximaram-se da placa, custando a uma senhora que estava ali perto um empurrãozinho de Joyce, afoita por encontrar logo as instruções que Magda deixara. Agacharam, para espanto dos que estavam próximos e nada entendiam o que estava acontecendo, a fim de procurar as instruções. Olharam vagamente, mas nada encontraram.

— Não tem outra chance! Tem que estar aqui! – fala Barretto.

Joyce pega o celular e acende uma lanterna que havia no aparelho. Com a sua destreza adquirida nas passarelas, tomba seu corpo e quase deita no chão para olhar debaixo da placa. As pessoas em volta estavam atônitas. Barretto continuava agachado, esperando a namorada encontrar alguma coisa. Joyce larga a lanterna e começa a enfiar os dedos nos vãos debaixo da placa. Depois de percorrer alguns pontos de uma canaleta, sente, pelo tato, um pequeno relevo. Desta vez, sem a menor cerimônia, deitou-se no chão, empunhou novamente a lanterna e observou o local onde sentiu o relevo levemente acentuado. Viu que havia uma pontinha de papel. Com cuidado, pegou a ponta do papel entre os dedos indicador e polegar, e cuidadosamente o puxou, até conseguir retirá-lo totalmente da canaleta. Levantou-se segurando o papel entre os dedos, bateu as mãos na roupa para tirar um pouco da poeira e levantou Barretto pelos braços, que continuava agachado, atônito como as pessoas que testemunharam aquela cena incomum. Afastaram-se alguns metros do mausoléu, e assim que ficaram um pouco mais longe dos olhares curiosos, Joyce abriu o papel e leu as instruções:

> Se vocês chegaram até a essa etapa, onde, neste momento, encontram-se lendo esse bilhete, significa que estamos bem próximos. Mas para romper a fita, o Enigma: Quem é Capitu? E quem é Diadorim? Para isso, chegou a hora de separarem-se.
>
> A tarefa de Joyce está na capela. Uma irmandade se revelará.
>
> A tarefa de Barretto está no Panteão da Academia Brasileira de Letras.
>
> Joyce só entoará o canto da sereia se Barretto desvendar: quem estará à sua frente? Capitu ou Diadorim? OBS.: Barretto deverá ficar em frente à morada de Machado de Assis, enquanto Capitu, ou Diadorim, estará em frente à morada de Guimarães Rosa.
>
> Assim que concluir, Barretto deverá ligar para um dos números de telefone que se encontram no final deste bilhete. O primeiro número é para Capitu, e o segundo para Diadorim. Um dos aparelhos estará em algum lugar na Capela. Se o telefone da capela tocar, significará que Barretto descobriu parte da história, e somente assim o jogo continuará.
>
> Então Joyce deverá pegá-lo, e quando atender, deverá esperar a pessoa que estará com Barretto falar. Caberá a Joyce dizer quem estará com Barretto. Se ela acertar, os enigmas cessarão, e teremos uma nova fase em nossas vidas, com outros enigmas e outros prazeres.
>
> E agora, desloquem-se.
>
> Imediatamente!
>
> (Telefones: (...) - Capitu; (...) - Diadorim).

— Estou me sentindo ridículo! - exclama Barretto, irritado com as tarefas. — Me sinto como um aluno do colegial. Mas agora, não há como escapar. Vamos até o fim!

— Fique tranquilo, meu amor - responde Joyce. — Mas vejamos! Este bilhete têm revelações nas entrelinhas. Esta pergunta insistente sobre a verdadeira face de Magda, entre Capitu ou Diadorim, para mim, é um ato reflexo. Penso que a mulher do desfile não era Magda. É outra pessoa, e ainda caberá a mim, e não a ti, dizer quem estará contigo, conforme as regras no bilhete. Mas não consigo entender! Por que sobrou para mim a última pergunta?

— Não imagino! – responde Barretto. — Mas vai depender da minha resposta para tu teres a chance de responder. Por isso tenho que estar muito atento.

— Então, vamos! Boa sorte!

Joyce dá um beijo em Barretto, e os dois se separam. Enquanto Joyce desloca-se para a capela do cemitério São João Batista, Barretto caminha até o Panteão da Academia Brasileira de Letras. Experimentava uma ansiedade incomum. Ao chegar, tratou logo de saber onde estava sepultado o escritor Machado de Assis. Perguntou a um funcionário da limpeza que passava por ele, que o informou onde se encontrava o jazigo perpétuo do genial literato. Ao caminhar, reparou, em algumas lápides, as inscrições de outros famosos que por lá estavam sepultados. João Cabral de Melo Neto, Barbosa Lima Sobrinho, Carlos Castelo Branco, Carlos Drummond de Andrade, Celso Furtado, Raymundo Faoro, Manuel Bandeira, alguns com suas esposas... Muitas personalidades estavam ali, no Panteão da Academia Brasileira de Letras, dividindo um espaço singular daquele notável cemitério, que era especial por abrigar uma grande parte dos famosos que já se foram, e que foram responsáveis por plantar emoções no imaginário de muitas e muitas pessoas que jamais viram ou imaginavam existir. Caminhando, Barretto era assaltado por questionamentos existenciais. *Pulvis es et in pulverem reverteris.* Barretto lembrava insistentemente dessa frase em latim, que vira escrita em algum lugar do cemitério. "És pó, e ao pó voltarás", pensava, traduzindo emocionalmente aquela derradeira frase. Barretto começava a se dar conta da mortalidade, da finitude da vida e do sentido de viver e existir. E ali estava, buscando um naco deste sentido do existir. Naquele momento, sentia cheiro de gato. Ou melhor, de gata. Aproximava-se do jazigo de Machado de Assis. Um doloroso frio na barriga instalou-se na alma de Barretto. Estava de frente ao jazigo. Olhou em volta, e ninguém suspeito, por enquanto. Leu as inscrições na lápide:

> *JAZIGO PERPÉTUO – Carolina A. N. Machado – *20-2-1835 † 20-10-1904 – J.M. Machado de Assis – Nascido a 21 de Junho de 1839 – Falecido a 29 de Setembro de 1908.*

Pronto! Estava ali, ao lado do criador de *Capitu* para estar de frente a "Capitu", ou então, estar de frente a "Diadorim", homônimo da cria – *Diadorim* – do outro genial escritor, João Guimarães Rosa, que "morava" ali, a poucos metros de Machado de Assis. Barretto suava frio e sentia o seu coração acelerado. A qualquer momento, estaria se deparando com alguma misteriosa mulher que o permitiria, se decifrasse o último enigma, colocar uma pedra em todos os enigmas. A espera, imaginava Barretto, era um exercício de difícil racionalização...

De repente, avista-se uma cena! Os seus olhos míopes custavam a acreditar no que via. Bem em frente à gaveta onde Guimarães Rosa encontrava-se sepultado, surge uma mulher. Uma loira fatal, de quase um metro e oitenta. Vestia uma camiseta amarela. Barretto olhou, e novamente um turbilhão de ideias assolara a sua mente. Lembrou que a tia de Magda, Esther, estava trajando uma camiseta amarela, muito parecida com a daquela loira que implacavelmente chegara naquele momento. "Será que esta tia de Magda está por trás desta história?", pensa.

— Olá, doutor Barretto. Chegou a hora! Olhe bem para mim. Sou a Diadorim que te beijou? Sou a Capitu que te fez homem? Ou ao contrário? Olhe para mim! Pense! Tens dois minutos. Depois, ligue para o telefone da tua resposta. A tua sorte está lançada!

Barretto fixou os seus olhos naquela mulher. Estava tomado por uma estranha emoção. Parecia um garoto descendo a rampa de um tobogã pela primeira vez. Procurou se concentrar. Para ele, uma personalidade que fora cultivada nos solos da razão e da lógica, não seria difícil encontrar concentração. E assim, um detalhe lhe chamou a atenção. Uma pinta discreta no queixo, à esquerda, despontava no rosto daquela mulher. Aquela pinta não estava nas fotografias que mostravam o rosto de Magda. Mas se lembrou de uma pinta parecida na foto que vira no rosto de Esther com Mandel, o Sherlock encoberto. "Não é possível. Será que aquela mulher do desfile é a tia de Magda, Esther, que era a namorada de Mandel? Mas Esther tem cabelos curtos... Talvez seja uma peruca. Se for assim, Capitu é Magda, e Diadorim é Esther. Mas será que era Esther a mulher que estava na webcam?". Todos estes questionamentos invadiam a cabeça de Barretto, tentando elucidar de vez o enigma, e ao mesmo tempo, procurando a resposta que fatalmente teria que ser dada daí a pouco, através de um telefonema, onde toda a trama seria elucidada ou não pela decisão que tomaria daí a alguns segundos. As lembranças reavivaram. Aquela mulher do desfile possuía a tal pinta no queixo. Joyce lhe chamara a atenção, com toda a razão. Naquele dia, ele havia bebido e, além disso, o ambiente estava escuro, e que, quando era iluminado, o era por luzes coloridas, que não permitiam perceber a nitidez dos rostos e dos corpos. Barretto foi ligando os pontos: a mulher que se apresentara a ele como Diadorim na webcam e no desfile do Píer Mauá tinha uma pinta no queixo. Magda, pelos e-mails, se apresentou como Capitu. Além do mais, aquela mulher estava estrategicamente em frente ao túmulo de Guimarães Rosa. O personagem estava ao lado do seu criador. A decisão estava tomada!

— Estou pronto! – fala Barretto à mulher.

— Um dos aparelhos está comigo – fala a misteriosa loira. — O outro está debaixo do jazigo de Machado de Assis. Pegue-o! Se o meu aparelho tocar, vocês perderam! Mas se não tocar, tocará o aparelho que está na capela. Aí, dependerá de Joyce, que terá que encontrar o aparelho, atender, e dizer quem eu sou. Quando ela atender, vou fazer três perguntas, e se ela disser quem eu sou depois da terceira pergunta, deverá entoar o canto da sereia. Depois que ela cantar, aí sim, o jogo estará acabado. Está em tuas mãos, doutor Barretto. Faça a sua ligação!

Barretto apanha o telefone que estava atrás do jazigo de Machado de Assis, pega o bilhete que estava em seu bolso e disca o número correspondente a Diadorim.

***

Na capela, Joyce estava inquieta. Procurou por alguns cantos para ver se encontrava o aparelho telefônico que estava escondido. Mas não o encontrara. Estava apreensiva. Sabia que se Barretto decifrasse o enigma, o telefone iria tocar em algum lugar, e ela perceberia de onde estaria vindo o som da campainha do celular. Mas, depois de algum tempo, se o telefone não tocasse, era sinal que Barretto errara a resposta, e que toda a maratona destes dias estaria perdida. Joyce, então, sentou-se em um dos bancos da capela e, apreensiva, esperava pelo toque do telefone. Algumas pessoas entraram na capela. Parecia que daí a alguns minutos haveria a celebração de uma missa. Ela percebe que o padre entrara na capela. "E agora? Como vou fazer para cantar a música?". Mais algumas pessoas entram na capela. "Agora ferrou! Se o telefone tocar, vou ter que desvendar e cantar com estas pessoas aqui". Mal acabara de pensar, Joyce e os presentes àquela capela, construída numa arquitetura típica dos meados do século 19, ouvem o tradicional toque de um telefone - um trim trim - soando no interior do local sagrado.

— Ebaaaa! - vibra Joyce, sem se importar com os presentes, demonstrando uma enorme euforia por constatar que Barretto acertara a resposta. Em seguida, pede licença ao padre, que estava começando a celebrar a missa, para retirar o aparelho que estava escondido atrás do altar. As pessoas observavam incrédulas. O padre ficou paralisado. Nem o mais sagaz dos presentes poderia passar perto de adivinhar o que estava se passando naquele momento. Joyce, sem a menor cerimônia, agacha-se diante do altar e retira o telefone de uma fenda onde estava escondido o aparelho celular. Atende ali mesmo, com a missa já iniciada, até que uma senhora pede silêncio à modelo: — Psiiiiiu!

Joyce se dá conta da sua inconveniência e sai da capela para atender ao telefone:

— Joyce. O teu namorado, como percebes, acertou a resposta! Agora depende de ti para finalizar o jogo. Eu tenho três questões a te repassar. Ao final delas, tu deverás dizer quem sou eu. E a primeira questão é: como Magda ficou sabendo que tu participaste de uma peça teatral na escola, vestida de sereia e cantando um trecho de Aída? Tens um minuto para pensar até que eu formule a segunda questão.

A voz que chegou ao aparelho que Joyce atendera à ligação vinha com um tom metálico, distorcida, impossibilitando a identificação. Joyce percebeu que este recurso era sintomático, pois deve ter sido usado justamente porque ela provavelmente iria identificar a voz caso não tivesse sido alterada. Depois, constatou que a pessoa do outro lado não era Magda, pois, mesmo com a voz adulterada, percebeu que se tratava de uma mulher carioca, pois o sotaque era inconfundível, e então, não poderia ser Magda. Depois de chegar a essa conclusão, Joyce pediu para que a pessoa do outro lado dissesse a segunda questão.

— Quantas pessoas da plateia tu conhecias no dia em que apresentaste a peça na escola?

A memória de Joyce aterrissou firmemente naquele dia da apresentação da peça. Haviam muitos convidados. Entre eles, a sua mãe e a sua irmã gêmea Joelma, além de duas primas loiras e muito bonitas. "Não é possível! Vanessa e Natália estavam naquele dia da peça. Será uma delas a mulher do desfile?", pensa Joyce, imaginando que uma das primas poderia ser a mulher que estaria nesse momento com Barretto no Panteão da ABL. Depois de divagar, Joyce pediu àquela mulher que dissesse a terceira questão, sabendo que depois disso ela não poderia errar.

— Tu sabes que não pode errar, mas tu sairás bem! Tens uma memória de elefante, e Magda não quer perder vocês. E assim, aí vai a última questão: Diadorim foi ao banheiro e não voltou. Tu te lembras de alguém com esse costume? Tens um minuto! Cronometrado!

Joyce suou frio. O desespero gerado pela obrigação de não errar faz com que muitos errem, como alguns vestibulandos, que mesmo preparados para a prova, não acertam questões fáceis, em face à responsabilidade de acertar. Joyce respira fundo, acalma-se e, somando às duas primeiras questões que lhe foram remetidas, tenta associar às suas lembranças esta última e derradeira questão. Assim, promove uma viagem aos recônditos da sua memória. Associa as pessoas que a assistiram naquela peça da escola e conclui: "Não pode ser! Estava tão perto o tempo todo e eu jamais desconfiei! E no bilhete estava escrito: *uma irmandade se revelará*". A leonina que Magda se referiu em um dos enigmas não era Magda. "Não tenho como errar! Estou pronta!". Assim que concluiu, levou o celular ao seu ouvido e respondeu:

— Não acreditooooo! É tu, Joelma?... Minha irmã!... Aproveitaste do Barretto antes de mim... E eu nem imaginei! Como pode?... Estou perplexa!

A mulher do outro lado da ligação solta uma sonora gargalhada. Ela já havia desativado o recurso do aparelho que camuflava a voz. E em sonoras gargalhadas, respondeu:

— Sou eu, minha irmã. Esqueceste que somos gêmeas, leoninas, e adoramos jogos? Lembra-te de que eu gostava de deixar os meus namoradinhos me esperando nas baladas, quando eu dizia que ia ao banheiro e não voltava? Venha! Não precisa cantar! O canto era só um álibi para tu desvendares o enigma. Vamos nos encontrar em frente ao mausoléu de Luís Carlos Prestes. Tu, o Barretto, que está ao meu lado, boquiaberto, Magda e eu. Chegando lá, tu e Barretto saberão como tudo aconteceu. Depois vou ao banheiro e deixarei vocês à vontade. Agora venha!

* * *

Vestindo um vestido vermelho curto e bem decotado, que exibia um zíper em toda a sua extensão dianteira, Magda esperava a sua troupe em frente ao jazigo de Luís Carlos Prestes. Exibia-se com um generoso batom vermelho, de tonalidade idêntica ao vestido, e uma sandália prata. Estava com os cabelos presos e o rosto bem maquiado. Encontrava-se muito bela. Seu semblante transmitia vitória. O emocionante jogo acabara de forma fenomenal, e estava ávida por encontrar os jogadores. Joyce, a sua irmã gêmea Joelma, e Barretto encontraram-se antes de chegar ao local onde Magda os esperava. As irmãs riam de gargalhadas; Barretto estava introspectivo. Custava acreditar que ele estava vivendo aqueles momentos tão improváveis. E por fim, encontraram-se.

— Barretto! O que posso fazer neste momento é dar-lhe um beijo bem saboroso, com sabor de morango – fala Magda no momento em que a encontraram. E sem dar chance a qualquer reação, beija a boca de Barretto. Era o beijo do pódio, a champanhe aberta pela conquista do *grand-prix*. Os quatro se abraçaram. Barretto fita Magda por alguns segundos:

— Deixa-me olhar para ti para que eu não te perca... Temos muitas coisas para compreendermos. Como descobriu Joelma? Como fez para que ela fosse ao desfile no Píer Mauá?

— Quando você começou a questionar sobre os motivos que me levaram a revelar a traição da sua ex-noiva, tive que arrumar álibis convincentes, sem me revelar – responde Magda. — Não quis me revelar, porque não queria que descobrissem quem era o homem com quem Claraluz se apaixonou. Esteja certo de que ela se apaixonou por Mandel, Barretto! Por isso, não quis revelá-lo! Eu queria Mandel para mim, mas não consegui – com um ar de aborrecimento. — Por isso, precisei construir enigmas que tinham o único objetivo de levá-lo a pistas falsas. E ao pesquisar sobre o seu pai na internet, descobri o caso da concorrência fraudulenta operada pelo ex-sogro de Joyce e encontrei uma saída para dar coerência aos meus e-mails. Descobri o perfil de Joyce no Facebook e fiquei sabendo que ela era modelo e que era irmã gêmea de Joelma. Com mais algumas investigações, descobri que ela iria desfilar no Píer Mauá, e imaginei que você fosse lá para tentar me desvendar, pois sabia que estava ávido por me descobrir. Liguei para a agência de modelos em que ela trabalha, e me repassaram o telefone da casa dela. Foi aí que armei com Joelma. Ela me contou que eram gêmeas, me contou sobre a peça de teatro que Joyce se vestiu de sereia, e contou sobre o que aprontava com os namorados na adolescência, quando dizia que ia ao banheiro e sumia. Foi então que armamos toda a trama. Você nem percebeu, porque, pelo que fiquei sabendo, encheu a cara de uísque e nem notou que ela usava uma peruca que parecia com meus cabelos. Veja que sou mais baixa do que ela – soltando risadas, acompanhada por todos.

Neste momento, Joelma tira a peruca e fala a Barretto: — Se tu tivesses puxado os meus cabelos naquele dia, veria que sou idêntica à Joyce, e tu matarias este enigma antecipadamente.

Magda abraça Joelma e prossegue explicando: — Ela foi informada de que eu usei os apelidos Capitu e Diadorim para me encobrir, e então ela encarnou Diadorim naquele dia. Ela ficou a par de toda a conversa que tivemos pelo Messenger, e sabia da minha última frase daquela nossa conversa deliciosa que tivemos naquele dia. Eu a acompanhei por celular no dia do desfile, e quando o seu amigo saiu, imaginei que ele iria procurar Joyce no camarim. Foi aí que Joelma atacou e deixou toda a trama rica do jeito que ficou. Mas você e Joyce foram excelentes detetives. Adorei o jogo, e tenho certeza de que vocês também adoraram.

— Estou perplexa! - comenta Joyce. — Minha irmã, o tempo todo por trás desta história... - abraçando-a. Barretto, porém, estava tomado por algumas dúvidas, e perguntou:

— Mas, e a pinta no rosto? No dia em que vi Magda pela webcam, eu a vi com uma pinta no rosto, e vi que a tia de Magda, a Esther, também tem uma pinta no queixo, justamente no lado esquerdo, como tu e Joyce. Achei mesmo que fosse a tia de Magda a mulher que me encontrou no desfile. E ainda tu vieste com uma camisa amarela, como a Esther, nas fotos do passeio ciclístico... Ainda não entendi o porquê de terem me remetido a essa mulher?!

Magda interfere e responde: — Naquele dia em que nos vimos pela webcam, meu amor, eu já conhecia Joyce por fotos, e então resolvi usar uma maquiagem para que você, ao buscar Joelma pelas pistas falsas que plantei, pudesse acreditar que eu fosse ela. A entrada do personagem Diadorim virou a senha de que havia duas pessoas, e que seria revelada somente nesse final. Mas pode acreditar! A minha tia Esther é muito certinha. Jamais faria um papel desses... Mas por coincidência, ela também tem uma pinta no queixo. Aí, resolvi rebuscar os enigmas, colocando a minha tia como personagem.

— Veja! - interfere Joelma. — A pinta que tenho é igualzinha a de Joyce... Adorei os beijos que te dei no desfile, Barretto, mas não sou egoísta. Vou deixar vocês se aproveitarem. Chegou a hora de ir ao banheiro. Adorei participar desta história, e contem comigo na próxima.

Joelma abraça Magda e depois dá um forte abraço na irmã Joyce. Em seguida, despede-se de Barretto com um "selinho" em sua boca. Assim que Joelma retira-se, Barretto comenta:

— Bom! Agora podemos tomar o nosso rumo.

Joyce abraça Magda e diz:

— Tenho certeza de que nos daremos muito bem. E o que vamos fazer?

— Já que hoje é sábado, e meus compromissos profissionais só vão acontecer na segunda-feira, proponho uma pequena viagem. Poderíamos passar o sábado e o domingo em Parati, concordam? - propõe Barretto.

— Yessss! - respondem ao mesmo tempo Magda e Joyce.

Os três saem do cemitério, abraçados. Barretto estava eufórico. Para quem era indiferente ao sexo há menos de uma semana, experimentaria, em companhia de duas mulheres, uma fartura jamais imaginada até então. Pensava no tempo que perdera ao criar conceitos distorcidos sobre os prazeres que o sexo pode proporcionar. Magda estava abraçada à sua esquerda, e Joyce à sua direita. E enquanto caminhavam, Barretto ora beijava Magda, ora beijava Joyce. Magda estava radiante, e expos a sua admiração pelos Beatles cantando *Strawberry Fields Forever*:

Let me take you down, 'cause I'm going to Strawberry Fields. Nothing is real, and nothing to get hung about. Strawberry Fields forever.

Os transeuntes surpreendiam-se quando avistavam aquele trio enamorado. Alguns se escandalizavam. E assim, felizes e sem se importarem com o julgamento das pessoas, caminharam até ao estacionamento onde Barretto deixara o carro. Porém, antes de ele entrar no veículo, o celular tocou. Era o seu pai, o Barão Humberto. Barretto atende e fala:

— Oi, papai. Ia mesmo te ligar. Passarei o fim de semana fora de casa. Mas não se preocupe! Estarei bem acompanhado!

— Estou sabendo, meu filho! Tu estarás muito bem acompanhado!... Poucos homens viveram a experiência de namorar duas mulheres ao mesmo tempo. Mas seja prudente! Não abandone a razão e não perca a dignidade! E tome cuidado com Magda! Ela é uma mulher muito bonita e sensual, mas não é flor que se cheire. Fique bem!...

O Barão Humberto desliga o telefone. Barretto, atônito, questiona:

— Como ele sabe disso?...

LIII

— Como ele sabe disso?...

— Foi a pergunta que eu também me fiz, como tu! Parece que aquele homem é onipresente e onisciente... Com certeza ele sabe dos passos de Barretto, de Magda e de Joyce!...

— Também fiquei perplexo! Ele se mostrou estar muito bem informado sobre nós – responde Mandel, interrompendo a namorada, antes de entrarem pela primeira vez na toca do poeta. — O Barão Humberto seria a última pessoa que eu imaginaria me ligar ao celular. Ele não só sabe de nós, mas como aposta em nós dois. Parece um emissário de Deus, que veio para dar a liga certa e um empurrãozinho para fazer com que as coisas que estão escritas aconteçam...

Mandel tira as chaves da sua casa que estavam em sua bolsa. E antes de abrir a porta da sala, vira-se para Claraluz e diz:

— Estamos aqui! Em nosso lar... Antes de entrarmos, olhando em seus olhos, quero dizer algo a você. Enquanto eu estiver olhando em seus olhos e você nos meus, conectaremos nossas almas, para que cada um de nós possa mergulhar profundamente na alma do outro...

Mandel vira-se calmamente para Claraluz, que faz o mesmo. Ficaram um de frente ao outro e se aproximaram até colarem-se, abraçados. Os olhos de Mandel brilhavam. Eram estrelas gulosas e felizes. Buscava os olhos de Claraluz como uma águia busca a sua presa. Por sua vez, Claraluz coloca as suas mãos macias sobre os cabelos de Mandel, olha arrebatadoramente em seus olhos, o acaricia e diz:

— Diga-me tudo o que quiseres dizer. Mas se não quiser dizer uma só palavra, simplesmente olhe-me, com a profundidade desse olhar que me lanças. Se tu não disseres uma só palavra, assim mesmo saberei ler tudo o que disseres cravando-me em teu olhar... – e fitando Mandel, com seus claros olhos que pareciam dois holofotes, sussurra: — Fala, meu poeta...!

Mandel abraça macia e carinhosamente a cintura de Claraluz, envolvendo-a totalmente; e fitando-a, diz: — Tudo o que acontecer entre nós, assim como foi desde que nos apaixonamos e nos demos conta desse amor recíproco, será sagrado. Você é a mulher com quem sonhei, sonhei em caminhar a minha vida, juntos, harmonicamente, em sonhos despercebidos, justamente por eu não ter tido fé suficiente e identificar os sinais que recebia em meus sonhos. Eram sonhos dormindo e sonhos acordado. Mas todos os sonhos me apontavam você. Sempre quis ter uma mulher em minha vida como companheira, parceira, amante, cúmplice e sócia das causas da vida. Os caminhos que tentei surgiram na tentativa de lhe encontrar. Inconscientemente, eu sabia que estava trilhando estradas que não eram as minhas estradas. Mas ainda por não encontrar a estrada, ou até perder a fé nas possibilidades dessa existência maravilhosa, as trilhei mesmo assim, numa camuflada e teimosa esperança de lhe encontrar. A sua aparição, motivada pela obra de um acaso que jamais se justificará como acaso, me fez recobrar essa crença, essa fé. Os arranjos do Universo nos possibilitaram esta realidade, esta realidade só nossa, e que estava escrito nas estrelas... Eu te amo, Claraluz; e essa casa irá, a partir desse momento, receber uma grande dádiva, uma esplêndida graça, uma luz muito forte e muito especial. Uma clara luz, luz clara, intensa luz, Claraluz! Que chega irradiando com toda a energia, gerada na força-motriz do amor, a luz-guia dos nossos destinos daqui pra frente!

— Então não percamos mais tempo, meu poeta que adubou a estrada da minha vida, fazendo-me brotar poesias, como flores multicores, multiaromas, multiespécies múltiplas, multiplicando a alegria do meu viver. Quando entrarmos, encerraremos a travessia ao portal, ao nosso portal, criado por nós em algum ponto do Universo para outro ponto deste Universo, um espaço do Universo que é só nosso. Portanto, que se abra o portal do nosso Universo!

O desejo de Claraluz era uma ordem. Principalmente porque eram desejos mútuos, idênticos, uma ordem que Mandel cumpriria com enlevo. Pegou as chaves e, emocionado, abriu a porta...

...As tintas exaladas da arquitetura colonial entranhavam nos corações daqueles dois amantes; arquitetura que remetia a histórias passadas, à formação do espírito das Gerais, que como cabras, viviam em harmonia - mesmo desarmonizada pela escravidão, pela exploração vil e pela desigualdade de todas as formas geradas pelo sistema –, imprimindo uma peculiar condição de maneiras de viver e que davam a tônica do aroma que se sentia naquela sala colonial. O cavalheirismo era uma condição natural em Mandel. Ele entrou primeiro, solicitou a Claraluz que esperasse um instante, acendeu as luzes da sala e, pegando de leve em suas mãos, levou a namorada para dentro daquela casa como se carregasse uma pluma. Olhando-a em seus olhos e ela nos dele, entraram como se dançassem balé. Em seguida, pegou a bagagem de Claraluz, o contrabaixo e a bolsa, que estavam no lado de fora da casa. Enfim... Fechou-se a porta! Claraluz e Mandel estavam derradeiramente sós, no naco de Universo que era só deles...

A sala da casa de Mandel expunha a pintura típica das casas construídas no século 18. Nas paredes da sala, bocados da produção artesanal sabarense. Peças talhadas em madeira, uma réplica de um chafariz em miniatura acrescido com o rosto de um anjo barroco, entre várias outras, umas doze, em suportes suspensos nas paredes. Uma réplica de *Metamorfose de Narciso*, de Salvador Dalí – quadro emblemático do pintor surrealista apontando as "fases" de Narciso, personagem mitológico que representa a vaidade humana –, reinava portentoso na parede da sala que fica de frente à porta de entrada. Na parede à esquerda da porta da sala, uma flâmula do América Mineiro, o seu time do coração. No mais, tudo comum. Um sofá e uma poltrona, uma pequena mesa ao centro. Um aparelho de som num canto, almofadas espalhadas, e três cadeiras de forro de palha no assento, bem antigas, porém bem conservadas.

Claraluz abriu uma pequena janela lateral. Da janela avistou um telhado de outra casa, vizinha à de Mandel. Contemplou aquela visão, possível somente nas montanhosas cidades históricas de Minas Gerais. Um emaranhado de telhados avistados por uma miúda janela colonial, composta de duas ripas horizontais e duas ripas verticais perpassadas. Da janela, avistavam-se os fundos da casa vizinha e o quintal da outra casa, vizinha do vizinho.

— Huuuuum... Que delícia! – exclama Claraluz, admirada por estar contemplando uma cena de um interior de uma casa em Sabará, numa manhã de sábado que lhe era tão inusitada. — Mas sabe, parece um pouco com alguns cenários no bairro Santa Teresa, no Rio. Lá tem casas que ficam nas descidas dos morros, e que nos dá uma visão de muitas casas abaixo, até chegar ao pé do morro, parecendo com essa cena que vejo.

— Sabará, assim como muitas cidades mineiras, abriga, junto com essa diversidade de imagens que se formam aos nossos olhos, segredos inimagináveis, e que imprime na alma do mineiro uma forma matreira de se apresentar – explana Mandel. — Os tempos da colônia foram difíceis para a maioria das pessoas que viveram por aqui naquela época. Era o ciclo do ouro, a corrida desenfreada ao metal, símbolo da riqueza e do poder. A nossa história arquitetônica, em construções nas beiras de morros, nos geram visões espetaculares, escondendo tesouros da alma dos mineiros, que aprenderam a dissimular e a falar pouco para sobreviver a um regime cruel, porém rico em cultura. Nunca me canso de olhar por essa janela. E em Santa Teresa, como em outros lugares do Rio, a cena, gerada por esta cultura de construções em morros também nos dá uma sensação muito interessante. Uma emoção particular e diferenciada. Adoro!...

Claraluz vira-se para Mandel, dá-lhe um beijo e diz: — Também adoro, e te adoro! E eu estou doidinha para conhecer a tua biblioteca, os teus livros, tuas coisas... Mostra-me agora?

A casa de Mandel era composta por três quartos, mais o quarto dos fundos, o barracão, parte de um pequeno terreiro, além da sala, copa, banheiros... Um deles era o quarto de visitas, onde Mandel também o usava para guardar parte das suas tralhas. O outro era o quarto de dormir, onde, daí a pouco, estaria com a sua Claraluz, dividindo os seus corpos, seus beijos, seus abraços, suas trocas incessantes e fulgurantes, tomados pela arrebatadora energia que a paixão permite consumir com intensidade e extremo deleite. O outro, o terceiro, era o seu escritório. Mandel dá a sua mão a Claraluz e a leva para esse quarto. Avistava-se um móvel onde ficava o seu computador, um pequeno sofá e quatro cadeiras, uma TV num canto de cima da parede, o violão encostado num outro canto, perto do equipamento de som. Na parede, um grande armário, entrecruzado por várias estantes de tijolos, charmosas, que compunham a sua biblioteca. Múltiplos livros de muitos autores, de variados temas, sortidos para a satisfação de uma alma que transitava por diversos lugares psico-cósmicos do conhecimento, das ciências puras, da física, da matemática, da filosofia, da sociologia, da economia e da política. Ao lado destes variados temas, grandes mestres da literatura avolumavam aquela rica biblioteca.

Claraluz ficou interessadíssima pelos livros. Aproximou-se de uma das estantes e avistou vários volumes do escritor russo Fiódor Dostoiévski. Pegou na estante o livro *Os Irmãos Karamazov*, considerado por muitos críticos e pensadores como o maior romance da literatura mundial. Era um livro pesado, não só pelo número de páginas, setecentos e cinquenta e sete no exemplar que Claraluz carregava, como também pela densidade da escrita e pelo conteúdo cruel, a desconstrução da ideia que os homens aplicaram à imagem de Deus antes de Nietzsche, a sociedade amoral destituída do deus construído em milênios de história, a história edificada sob a luz de muitos povos, que elegeram um deus capaz de servir aos seus propósitos e sobrevivência, e que para isso precisaram desse deus para respaldar as suas leis sociais e seus ímpetos imperialistas, avançando ao domínio de outros povos. Naquele livro, o herói do autor poderia não ser o herói do leitor, e para Claraluz, essa individualização do herói em cada leitor era um convite a se eleger um novo deus, um deus real e distante dos propósitos ocultos do poder humano, um deus da existência e da vida, diferentemente do deus dos exércitos e do deus castigador e implacável, servidor dos interesses das classes poderosas e abastadas.

— Não li Dostoiévski como tu lestes, meu amor, mas li esse livro, *Os Irmãos Karamazov*. Confesso-te que minhas estruturas abalaram quando o li.

— E as minhas também, meu amor - responde Mandel. — Os questionamentos da existência fazem parte da alma humana, e nós estamos neste barco, remando e observando as paisagens que a História coloca em nossa frente e nos faz enxergar a realidade fatiada, tal como as paisagens que nos são mostradas pelas janelas de um ônibus na estrada. Temos em nossa mente uma necessidade especial de buscar o conhecimento acumulado por nossos antepassados, e assim, moldamos a nossa evolução. Os que virão depois de nós terão ideias sobre a existência e a vida diferente de nós. Mas um fator une todas as gerações humanas: a busca! A busca da verdade, a busca da origem, da razão, do sentido... E eu vejo o sentido da minha vida colorida pelo amor, o sentimento que ilumina todos os miseráveis cantinhos escondidos da minha psique, e que põe a mostra tudo o que estava oculto ou ininteligível. O amor descoberto em nós, minha Claraluz, a nossa clara luz que clareia as estradas que percorreremos. Dos frutos do nosso amor, tudo o que existe e vive ficará cada vez mais visível! A luz do amor iluminando a existência e a vida... E quem sabe não teremos a nossa *isbá* para passarmos nossos dias de descanso?!

Claraluz dá uma gostosa risada ao ouvir Mandel falar sobre *isbá*, termo russo usado para se referir às casinhas de campo, construídas com madeira de pinho, e que permeia as páginas de *Os Irmãos Karamazov*. Aproxima-se de Mandel e beija-o. Olha, com o seu olhar ofuscante para os olhos de Mandel, e diz: — Nossos beijos serão incontáveis, pois todas as vezes que tu fizeres propostas tão deliciosas como esta, ficarei louca para te beijar, e não me furtarei a te beijar sempre, sempre... E como desta alma poética e fértil jorra infindáveis palavras e propostas belas e sábias, te beijarei sempre, sempre com vontade de te beijar mais...

Mandel cobre a sua namorada num envolvente abraço, um abraço amante e ao mesmo tempo protetor e caloroso. Faz caminharem pelas estantes, abraçando-a, mostrando alguns exemplares da sua caudalosa biblioteca. Lá estavam Machado de Assis, Mário de Andrade, Manoel de Barros, Monteiro

Lobato, Clarice Lispector, Guimarães Rosa, Carlos Drummond de Andrade, Roberto Drummond, Murilo Rubião, Mário Quintana, Rubem Alves, Oswald de Andrade, Jô Soares, Chico Buarque de Hollanda, escritores de diversos movimentos da história literária brasileira, do barroco, do arcadismo, uma gama de românticos, naturalistas, parnasianos, pré-modernistas, modernistas, contemporâneos... Figuravam mestres da literatura mundial, de Portugal, destacando-se *Os Lusíadas*, de Camões, o épico grego *Odisseia*, de Homero, escritores estadunidenses, franceses, ingleses, alemães, árabes, latino-americanos, espanhóis, italianos, da Europa Oriental, indianos, enfim, uma biblioteca que tinha um pouco de tudo o que foi escrito pelos homens pelo mundo afora. Claraluz mergulha a sua admiração ao deparar com aquela biblioteca e, orgulhosa, fala a Mandel:

— Não podia ser diferente! Um homem como tu, que exala sabedoria nas palavras, tinha que estar muito bem acompanhado!... Tu tiveste uma base sólida para formar essa alma sábia e poética.

— Dou graças aos meus pais por ter recebido essa herança. O meu pai, Gabriel, tem talento de sobra como escritor. Escreve maravilhosamente bem. Sempre gostou de escrever poesias e contos. Se ele não tivesse seguido a carreira de magistrado, teria uma brilhante carreira literária. E a minha mãe, Sara, foi professora de português, francês e inglês de escolas públicas, particulares e de cursinhos, até se tornar diretora de uma escola pública. Não tem tanta criatividade como o meu pai, mas tem uma noção linguística admirável, adora ler, conhece a literatura a fundo, e nada escapa ao seu crivo - diz Mandel, rindo desse último comentário.

— Estou louca para te ler por inteiro, letra por letra, palavra por palavra, frase por frase, parágrafo por parágrafo, até decifrá-lo todinho... - rebate Claraluz, passando levemente seus dedos pelo rosto de Mandel e fitando-o. — Mas quero tomar um banho, meu primeiro de muitos banhos que irei tomar neste nosso cafofo delicioso, e ficar todinha cheirosa para ti.

Mandel suspira fundo... Vira-se para Claraluz, coloca as mãos em seu rosto, fita profundamente os seus olhos, e depois de aproximar seu rosto lentamente ao dela, beija-a com carinho, um carinho máximo e sensível. Claraluz leva as suas mãos na nuca de Mandel, alisando-o. Os dois sentiam as emoções daquele beijo por igual. A paixão que nutriam um pelo outro era de total conhecimento das partes. Claraluz sabia da paixão intensa que Mandel nutria por ela, assim como Mandel sabia que Claraluz era completamente apaixonada por ele. Assim, aquele beijo tinha a garantia da reciprocidade dos sentimentos, onde a dissimulação e a teatralização das emoções eram elementos completamente ausentes e desnecessários para a composição daquele momento. Após experimentarem a experiência de mais um magnífico beijo dos muitíssimos que pensavam em viver em suas vidas, Mandel fala à Claraluz:

— Sinto, levitante, o aroma forte da sua bela alma... Nenhum cheiro pode ser mais agradável que o cheiro que sinto do exalar da sua essência, que de tão luminosa essência, desnuda as cores do arco-íris e forra a estrada do nosso amor... Venha! Cada instante de cada passo dado por nós será sentido com toda a carga que estes instantes carregarão.

Claraluz e Mandel dirigem-se ao quarto de dormir para Claraluz desfazer a mala. Conversavam, namoravam, riam, meditavam... Claraluz e Mandel estavam experimentando os seus primeiros raios do sol da convivência física, da proximidade dos seus corpos, onde podiam interagir-se usando a plenitude dos sentidos corpóreos e intensificando ainda mais uma relação que já nasceu intensa. Parecia que aqueles dois se conheciam há tempos, e nada aparentava que ainda eram um neocasal. Dava ares de que havia muito tempo que não se viam, e somente estavam colocando em dia os muitos assuntos que tinham em comum. A sintonia entre eles era rara. As afinidades eram abundantes, e agora começavam a experimentar a convivência que vislumbraram, projetadas desde os primeiros momentos em que se conheceram. Iriam encontrar desafios duros pela frente. Uma carga historicamente antropológica habita o DNA de cada ímpar daquele par. A divisão sexual entre os humanos, homem e mulher, produziu, pela condição socioeconômica desenvolvida desde a pré-história, características diferentes entre os sexos. Mas Claraluz e Mandel estavam dispostos a desafiar o processo histórico. Mostraram que conheciam bem estas características, aceitaram o desafio de compreender as diferenças, e estavam dispostos a caminharem em harmonia, para frutificar e florescer o amor que plantaram.

Não tinham pressa! Claraluz tomou um banho, demoradamente, e Mandel tomou banho em seguida. Ao se deliciar com o aroma que exalava, como um escampado de flores perfumadas, da pele da sua namorada, Mandel ficou sobremaneiramente excitado. Os feromônios inundaram o ambiente. Eram como invisíveis e minúsculos seres interplanetários, aos montes, que invadiam o espaço aéreo daquela casa, em suas naves, atacando o terráqueo macho e inoculando-lhe, quase em sobrecarga, pacotes de desejos sexuais, animalescos e instintivos. A fêmea também estava sob o fogo cerrado dos feromônios extraterrestres que sobrevoavam, como pilotos de caça, em suas naves imaginárias, em um ambiente de guerra. Mas não percebiam que estavam sendo atacados. A sabedoria da natureza faz separar os elementos do pensamento, bloqueando a mente cientista e lógica que habita cada um, quando momentos especiais estão por acontecer, a fim de direcionar todo o seu calor para aqueles instantes únicos e magníficos: a realização do amor, essa energia poderosa e luminosa, capaz de produzir a paixão e o encantamento em um homem e em uma mulher, até encharcá-los de desejos, produzindo magicamente uma belíssima e glamorosa peça de um encontro romântico.

Completamente dopados pela seiva de Eros, injetada em doses maciças pelos inúmeros feromônios voadores, Claraluz e Mandel pressentiam psicodelicamente que a Sinfonia ao Amor, composta sublimemente em suas almas, estava prestes a ser executada. Mandel terminara o banho relaxado e também perfumado, perfume misturado harmonicamente com o cheiro de macho que exalava das suas emoções viscerais. Vestiu um short de nylon, uma camiseta larga e um par de chinelos e, quando abriu a porta do banheiro, avistou a sua amada, a sua Claraluz. Ela o fitava com paixão, e os seus olhos brilhantes brilhavam ainda mais intensamente. Era um olhar carregado de paixão. Seus cabelos pretos ainda estavam molhados pelo banho integral que tomara. A sua boca ganhou um tom mais vermelho, e a pequena saia, um jeans desbotado que usava naquele momento, expunha as suas coxas voluptuosas e bem torneadas, cobertas por uma pele tão lisa, que parecia seda pura. Mandel se aproximou de Claraluz, e mergulhando o seu olhar nos olhos dela, aproximou-se do seu rosto até, maciamente, beijá-la. Aquele beijo provocou uma aproximação automática daqueles dois corpos, que procuravam colar ao máximo as suas áreas na área epidérmica do outro. Pareciam duas lareiras gerando o máximo de calor. As pernas atracaram-se, e Mandel sentiu que Claraluz estava orvalhada. As respirações ofegavam, cada vez mais, e cada vez que aumentavam as intensidades das respirações, mais o mundo racional e lógico desaparecia das suas mentes. Era o momento da entrega, de uma união sagrada, sacramentada por aquelas duas pessoas que encontraram juntas a mesma porta do amor romântico, escancarada, e entraram de cabeça, corpo e espírito. Claraluz sentia a força viril do seu macho, e entorpecia-se ao experimentar a intensa energia gerada por seu amante. O beijo que se davam proporcionavam-lhes desejos exponencialmente voluptuosos e cada vez mais gigantescos. O sangue que corria nas veias de Claraluz e Mandel ganhava uma velocidade tresloucada. Não se aguentavam mais, de tanto desejo que sentiam de um pelo outro...

...Mas a campainha tocou. Foi difícil refazerem-se minimamente para raciocinar sobre o que fazer com a campainha que tocara. Depois de alguns instantes, alguma racionalidade retornou àquele casal. Claraluz questionou:

— Tu estavas esperando alguém? Quem será?

Mandel pensou por uns instantes e lembrou: — Encomendei um buquê de flores sortidas ontem, e com certeza vieram entregar. Era para quando você chegasse, mas como resolveu antecipar a data e me fazer a mais bela das surpresas, elas chegaram atrasadas.

Com um sorriso maroto, Mandel refez-se e foi até a porta para abri-la. Era um motoboy, que viera trazer as flores que Mandel encomendou. Mandel fechou rapidamente a porta após receber as flores e voltou para a sua Claraluz, que entrara no quarto de dormir e amar, esperando o seu amado sentada na beira da cama. Mandel entrou no quarto empunhando o buquê, ajoelhou-se aos pés da sua namorada, e erguendo o buquê, recitou um poema improvisado naquele momento:

As flores são a alma da semente,
inspiração artística do Florista do Universo,
que num momento de êxtase,
desenhou cada flor com sua eterna graça
e guardou esta graça em cada semente.

Cada flor carrega o perfume da existência...
Cada perfume colore a alma de quem a inala...!
Em cada alma nasce uma flor,
E assim que uma flor toca uma alma,
fecunda nela uma semente de amor...

— Por isso, minha Claraluz. Quero florir a sua alma, dedicando cada flor ao nosso belo e iluminado amor, semeando flores durante o percurso que o amor traçará em nossas vidas.

Claraluz abraçou o buquê que Mandel a entregara, e fechando os olhos, cheirou profundamente cada flor. Era um belo buquê composto de rosas vermelhas e brancas, tulipas vermelhas e anêmonas roxas e lilás. Claraluz não se cabia de tanta felicidade. Um admirável e magnético sorriso avolumava-se em seu rosto. Mandel sentou ao lado de Claraluz, e enquanto ela se deslumbrava com aquelas belas flores, ele detalhou o significado de cada uma:

— As anêmonas significam perseverança e persistência. Dessa força nos nutriremos, a fim de manter o nosso belo amor sempre vivo. As rosas vermelhas significam paixão e desejo. As rosas brancas significam pureza e paz, e a tulipa vermelha significa a declaração de amor... O meu amor será por toda a vida declarado a você, Claraluz, e a paixão e o desejo que tenho por você é tão intenso, que a ele me curvo e reverencio, pois o amor que nos foi presenteado é mais valioso que a mais valiosa joia que existe por todo o vasto universo.

Claraluz fitou o seu namorado com uma expressão de puro desejo. Beijou docemente a boca dele, e depois de beijá-lo, disse: — Vou cuidar dessas flores como cuidarei do nosso amor. Quando elas morrerem, irei plantá-las em minha alma, pois elas simbolizam o nosso lindo amor.

Claraluz levantou-se e foi à copa colocar as flores em um vaso. Voltou, sentou-se no colo de Mandel, que permaneceu sentado à beira da cama. Entrelaçou seus braços ao pescoço dele e, com a sua boca quase encostando à boca de Mandel, sussurrou apaixonadamente:

— Eu te amo, poeta que faz florir versos, tantos, que abundam o bosque das palavras de flores poéticas e mágicas. E agora, sou toda tua! Agora, quero somente te amar, colando em ti, me embrenhando em ti, até nos tornarmos um só.

— E a minha intuição – responde Mandel –, assim da forma como começamos, me diz que o que foi escrito no traçado das nossas estradas começa a se cumprir... Eu te amo, Claraluz, e eu te quero em nós, como eu me quero em nós. Nada mais existe, a não ser nós dois.

Mandel apoiou as suas mãos nas coxas de Claraluz, experimentando e sorvendo-se ao máximo da maciez daquela pele. Claraluz envolveu os seus braços nas costas de Mandel, e um caloroso beijo iniciou-se. Era um beijo assaltado pelos desejos mais ardentes, e lentamente, sem descolarem suas bocas, deitaram naquela macia e cheirosa cama. Deitaram-se de lado, e enquanto beijavam, deixavam se colar. Lentamente, um despia o outro, e peça por peça, afastavam os tecidos dos seus corpos até ficarem totalmente nus. Naquele momento, estavam gigantescamente excitados, e a força da razão extinguira-se na alcova da paixão.

Com a leveza das suas mãos, Claraluz sentia o calor viril de Mandel, e fazia aproximá-lo da fornalha das suas entranhas. Os corpos já estavam preparados para a fusão cósmica, que permitia que virassem um só ser. E, aos poucos, degustando-os a cada instante, Claraluz e Mandel se misturavam. Acoplavam-se e se homogeneizavam. Seus cheiros e seus gemidos eram uníssonos e indistinguíveis. Não havia mais dois. Eram só um! Dois animais no cio, e eles já não estavam ali. Estavam em qualquer lugar que só se cabia no único ser que pulsava naqueles momentos. Eram estrelas-gêmeas, gerando uma luz capaz de cegar quem quer que, por um capricho, ousasse olhá-los. Os olhos de Claraluz reviravam numa altíssima velocidade de rotação. Mandel transformara-se no leão-rei, e o seu sentimento dominava o poder da floresta. A noção de felicidade daquele casal transmutara-se em algo jamais imaginado. Nunca estiveram tão próximos da felicidade plena e absoluta, e os desejos que estavam acumulados, como num grande capacitor, atuavam naqueles corpos com a maior potência que podia se sugar. Os seus movimentos eram casados como os do nado sincronizado, e dali, experimentavam a troca dos sentidos: Claraluz extraía para si os desejos de Mandel, e da mesma forma, Mandel sentia em si os desejos de Claraluz. Nada era igualável àqueles momentos. Nada fora experimentado com tamanha intensidade como aqueles dois em um experimentavam naquele singular e raríssimo momento de êxtase. Êxtase! Era a única expressão plausível para aquele encontro que sempre esteve predestinado.

Começavam a experimentar sensações possíveis somente quando se aproxima da luz, da única verdade universal, imutável e constante: a Luz! Claraluz e Mandel se ausentaram, naqueles parcos instantes, da órbita da Terra. Suavam, embolavam-se e se gemiam, onde cada gemido melodiava uma Canção ao Amor, e cada gemido melódico harmonizava-se ao outro, criando a única música possível naquele momento; grandiosa e magistral! A explosão soberba do prazer aproximava-se por uma única estrada construída do amor carnal daqueles dois amantes perfeitos. Sentiam, progressivamente, o calor desta acelerada aproximação, um fogo imenso que os engolia. Mandel preenchia o espaço erótico de Claraluz com perfeição. Jamais poderiam imaginar o quanto combinavam, o quanto eram perfeitos para o outro. Vestiam-se perfeitamente, num ajuste ideal.

Num ínfimo exato instante, dois vulcões entram em erupção. Nada era mais certeiro, nada era mais intenso. Uma explosão quase ensurdecedora detonou os centros de gravidade de Mandel e Claraluz. O calor das vulcânicas lavas de Mandel derretia a estrutura da represa sexual de Claraluz, fazendo-a romper em imensas enxurradas de prazer. Aquele momento era a experimentação de uma relativa morte, o momento único onde o prazer manifestado é tão magnânimo, que se morre por parquíssimos instantes para o real mundo espaço-temporal, para viver a plenitude universal em si. Os corpos molhados se molhavam-se. A fusão de dois eus em um resultava numa liga perfeita. Claraluz e Mandel estavam derretidos. Era impossível distingui-los.

Por parcos momentos, Claraluz e Mandel deixaram de existir. Outra entidade de luz passou a existir unicamente em seus irremediavelmente solitários eus, naqueles breves e revolucionários momentos. Uma entidade existida sob a luz do amor completo entre Claraluz e Mandel, como a natureza quântica do elétron, que pode existir por si, pode não existir e pode existir em dois lugares, tudo ao mesmo tempo. Era um gozo infinito. Infimamente infinito. A singularidade, onde nada se explica...

Aos poucos, Claraluz e Mandel são projetados do outro lado do portal do gigantesco amor que os acasalava. A travessia, depois de experimentar o êxtase singular no centro deste apaixonado buraco negro, se dava em sua segunda parte, na desaceleração dos seus sistemas. A entidade do amor nascida deles vivia entre eles, mas eles resgatavam progressivamente as suas vidas temporais e materiais. A experimentação de um momento tão singularmente belo os transformou em outros seres. Mandel era outro Mandel, e Claraluz era outra Claraluz. Figurava-se na lei das impossibilidades retornarem ao que eram. Quando se experimenta algo dessa grandeza e magnitude, não se pode mais nunca voltar a ser o mesmo. O outro estava do outro lado do portal, e voltar atrás era impossível. O portal se desfizera...

Claraluz fitava o seu Mandel de forma tão intensa que, mesmo se quisesse, seria impossível a Mandel deixar de fitar os olhos da sua Claraluz. Olhavam-se na certeza de que, a partir de então, uma parte de um vivia no outro. Os olhares eram indescritíveis, de tão especiais e mágicos que eram. Eram por demais ternos e realizados. Era uma sensação de que a vida estava completa e, quando se extinguisse, a satisfação por terem vivido algo que pouquíssimos seres tiveram o privilégio de viver os daria a certeza, num suposto e especulativo pós-vida, de que mais nada precisaria ser preenchido. Dar-se-iam por satisfeitos nessa breve passagem pela máquina de fabricar tempo.

Fitaram-se por mais de dois minutos, hipnoticamente, até que a calmaria dos mares invadisse as sensações corporais daqueles corpos que se transcenderam na mais sublime manifestação de amor romântico entre um homem e uma mulher. Claraluz deitou ao lado de Mandel, que a envolveu por um seguro e firme abraço, após puxar um macio e sedoso lençol que ficara de lado quando aqueles corpos dispuseram a queimar toda a fogueira que as chamas da paixão lhes proporcionaram. O lençol cobria os seus corpos nus, e os olhos daqueles corpos cansados, expostos a uma maratona que os deixaram acordados por mais de um dia, começavam a cerrarem-se. E, embalados no mais prazeroso de todos os sonos, iniciavam mais uma etapa do ciclo do amor, que esquenta-esfria, esfria-esquenta...

...Aos poucos, Mandel despertava. Despertou maciamente, aos beijos carinhosos de Claraluz, que cantava baixinho ao seu ouvido:

Há menos peixinhos a nadar no mar, do que os beijinhos que darei na sua boca (Chega de Saudade - Tom Jobim / Vinícius de Moraes)...

Assim que Mandel acabara de acordar, Claraluz, já acordada, disse-lhe:

— São mais de quatro da tarde... Não sei se almoçamos ou jantamos?!

Mandel fita a sua amada, e depois de enchê-la de beijinhos na boca, no nariz, pescoço, orelhas,... retruca:

— Fiquei extremamente receoso de que tudo o que se passou entre nós tivesse sido apenas um sonho... Agora sei, ao acordar ao seu lado, que é sonho, o sonho mais real que alguém pode viver. Mas é um sonho do qual jamais se esquece, e quem tem a oportunidade de viver um sonho como o sonho do nosso amor, sabe que tudo o que vira passado, que veio de um fato, de um acontecido, vira sonho, se encanta e transforma-se numa fulgurante lenda viva.

Mandel puxa Claraluz para outro envolvente abraço. Abraçam-se, se beijam, riem do nada, riem da felicidade que os capturou, amarrando-os em fusão. Levemente, Mandel levanta-se. E enquanto Claraluz permanecia deitada, ele se dirige ao outro quarto e pega o seu violão. Volta tocando *Divina Comédia Humana*, de Belchior:

Estava mais angustiado que um goleiro na hora do gol, quando você entrou em mim como um Sol no quintal. Aí um analista amigo meu disse que desse jeito não vou ser feliz direito, porque o amor é uma coisa mais profunda que um encontro casual... Deixando a profundidade de lado eu quero é ficar colado à pele dela noite e dia, fazendo tudo de novo e dizendo sim à paixão morando na filosofia...

— Huuuuum! Essa magia me levita... Saibas que sou insaciável! Todas as vezes que tocares e cantares uma música, estarás me seduzindo – fala Claraluz, com voz e olhar de pura paixão...

***

E assim, nascido do mundo virtual, aqueles amantes, unidos pelo sincronismo universal, experimentaram os seus primeiros passos como uma só carne. O sábado foi de amor, jantar num restaurante da charmosa Sabará, poesia, violão, namoro, beijos, juras de amor, planejamento da vida sonhada a dois, música, sexo sem pressa e saciável até a próxima vez... Claraluz e Mandel se experimentavam, se testavam, e percebiam com mais força que nasceram um para o outro, numa descoberta rara e feliz.

Claraluz ligou para o seu pai, Clóvis, e este pôde perceber que a sua filha estava feliz. O seu coração de pai estava inseguro e temeroso, mas o tom da voz dela o acalentou e o acalmou. A sua amada filha estava ancorada em um porto seguro. No fim da noite, dormiram. Não dormiram muito tarde, porque os seus corpos estavam cansados da maratona a que foram expostos. Dormiram o sono dos anjos, abraçados, colados, nus, cobertos somente por uma colcha que Mandel comprara de uma associação de bordadeiras de Sabará. Em cada breve acordar na madrugada, embriagados pelo sono merecido, se acarinhavam, se beijavam, trocavam palavras apaixonadas, se acarinhavam... E novamente, dormiam...

LIV

...De manhã, naquele belo domingo, acordaram, tomaram café e foram à Igreja do Rosário – uma obra iniciada nos meados do século 18 pela Irmandade de Nossa Senhora do Rosário dos Homens Pretos, e inacabada por dificuldades financeiras –, no centro de Sabará, para assistirem a missa, prometida por Mandel após o pedido da sua Claraluz. Foi lido naquele ritual religioso o *Sermão da Montanha*[40], o mais contundente discurso de Jesus Cristo em favor da justiça, conhecido como o guia das bem-aventuranças.

Bem-aventurados os humildes de espírito, porque deles é o Reino dos Céus! Bem-aventurados os que choram, porque serão consolados! Bem-aventurados os mansos, porque possuirão a terra! Bem-aventurados os que têm fome e sede de justiça, porque serão saciados! Bem-aventurados os misericordiosos, porque alcançarão misericórdia! Bem-aventurados os puros de coração, porque verão Deus! Bem-aventurados os pacíficos, porque serão chamados filhos de Deus! Bem-aventurados os que são perseguidos por causa da justiça, porque deles é o Reino dos Céus! Bem-aventurados sereis quando vos caluniarem, quando vos perseguirem e disserem falsamente todo o mal contra vós por causa de Mim. Alegrai-vos e exultai, porque será grande a vossa recompensa nos céus, pois assim perseguiram os profetas que vieram antes de vós.

Ao saírem da igreja, Claraluz comentou: — Aprendi muitas coisas com o meu pai, e uma delas é sobre o valor desse discurso de Jesus... O que eu quero para nós, meu amor, é que tenhamos uma vida bem-aventurada.

— Mahatma Gandhi disse uma vez que *se todos os livros sacros do mundo fossem banidos e se sobrasse apenas o Sermão da Montanha, a humanidade não ficaria sem luz*[41]. Vamos construir a nossa bem-aventurada vida com base no amor e na justiça, apesar do mundo estar nos dizendo que ele não caminha por essa direção. E se ele não caminha nessa direção, caminhemos nós! E por falar em caminho, vamos caminhar?

40 Evangelho de São Mateus, 5,3-11.

41 Fonte: Augusto Cury, *O Vendedor de Sonhos – O Chamado* (pág. 80).

— Vamos meu amor – responde Claraluz. — Vamos, porque este domingo será curto, e eu não quero perder instante algum ao teu lado.

***

Não te amo como se fosse rosa de sal, topázio/ ou flecha de cravos que propagam o fogo:/ te amo como se amam certas coisas obscuras / secretamente, entre a sombra e a alma.

Te amo como a planta que não floresce e leva/ dentro de si, oculta, a luz daquelas flores,/ e graças a teu amor vive escuro em meu corpo/ o apertado aroma que ascendeu da terra.

Te amo sem saber como, nem quando, nem onde,/ te amo diretamente sem problemas nem orgulho:/ assim te amo porque não sei amar de outra maneira,/

senão assim deste modo em que não sou nem és/ tão perto que a tua mão sobre meu peito é minha/ tão perto que se fecham teus olhos com meu sonho.

Depois de ler o *Soneto XVII*[42], de Pablo Neruda, impresso em uma folha de papel, Janaína dobra-o, guarda-o em sua bolsa, deixa uma lágrima rolar por seu rosto, e junto com a sua amiga Bruna, observa aquele casal que acabara de sair da Igreja do Rosário:

— Bem que minha mãe dizia, pedia para eu tomar cuidado e falava: "Quando um não quer, dois não brigam"... Bora!

— Toque sua vida, Janaína – responde Bruna. — Esqueça o Mandel! Ele pertence a aquela mulher! Você vai arranjar alguém que irá se apaixonar, e essa pessoa ficará louquinha por você. Que homem que não vai querer uma mulher bonita, gostosa e inteligente assim?

— Bora, amiga! – responde Janaína, sorrindo aos comentários de Bruna. — Vou me acostumar! Deixa essa brasa que está acesa e que dói em meu peito se apagar. Tudo acontece na hora certa!

***

Claraluz e Mandel caminham em direção ao Jipe. Em seu bagageiro estavam duas bicicletas. Entram no carro e Mandel toma rumo a Belo Horizonte, até chegar ao bairro Santa Teresa, onde mora o filho de Mandel, Lucas. Ao

42 Pablo Neruda, *100 Sonetos de Amor.*

entrarem numa das ruas desse tradicional bairro, Mandel para o carro em frente a uma casa e fala a Claraluz:

— Aqui moravam o senhor Salomão e dona Maricota. Sabe quem são?

— Nem imagino! - responde Claraluz.

— Vou dizer! - completa Mandel, com um olhar nostálgico para aquela casa. — O seu Salomão e dona Maricota são os pais de uma galera das mais importantes da cultura brasileira. Na esquina desta rua, que é a Rua Divinópolis com a Rua Paraisópolis, nasceu o Clube da Esquina, e nesta casa viveram e vivem os Borges, Lô, Márcio, Marilton, Telo, Yé, Solange, Nico... Aqui frequentaram muitos artistas de quem somos fãs, entre eles Elis Regina...

— Estou emocionada, Mandel - responde Claraluz, com um intenso brilho nos olhos em direção àquela casa. — Me sinto no meio de uma lenda viva. Quase ouço a voz de Milton Nascimento, de Beto Guedes, o som dos violões de Toninho Horta, Tavinho Moura, o piano de Wagner Tiso... Quase vejo os papéis amassados com a letra de Fernando Brant e de Ronaldo Bastos... O canto da Elis...

...Sem perder tempo, Mandel pega o violão. Ele e Claraluz cantam *Para Lennon e McCartney* (Fernando Brant / Márcio Borges / Lô Borges):

> (...) *Por que você não verá meu lado ocidental? Não precisa medo não, não precisa da timidez, todo dia é dia de viver. Eu sou da América do Sul. Eu sei, vocês não vão saber. Mas agora sou cowboy, sou do ouro, eu sou vocês. Sou do mundo, sou Minas Gerais.*

— E em homenagem ao seu Salomão e dona Maricota, vou cantar uma música do pai do Beto Guedes, pai dos meus amigos Gabriel e Ian, que se chama *Cantar* (Godofredo Guedes):

> *Se numa noite eu viesse ao clarão do luar, cantando e aos compassos de uma canção te acordar. Talvez com saudade cantasses também, relembrando aventuras passadas ou um passado feliz com alguém. Cantar quase sempre nos faz recordar sem querer, um beijo, um sorriso, ou uma outra ventura qualquer. Cantando aos acordes do meu violão, é que mando depressa ir-se embora saudade que mora no meu coração.*

Ao final, emocionada, Claraluz dá um beijo caloroso em Mandel, que arranca o carro, dirige por mais algumas ruas do Santa Teresa e chegam à casa onde mora Lucas. Mandel e Claraluz descem do carro de mãos dadas, vão até a porta da casa e ele toca a campainha. Lucas abre a porta, abre um largo sorriso ao ver o pai, corre em direção a ele e dá-lhe um caloroso abraço. Depois, Mandel apresenta Lucas à Claraluz. A atração entre os dois é instantânea. Lucas abraça Claraluz e diz:

— Você é bonita, hein? Bem que meu pai falou.

— Tu que és lindo, Lucas - responde Claraluz, irradiante. — Estou doida para saber de ti... E então, vamos ao sítio do vô Gabriel e da vó Sara?

— Vamos, vou falar com minha mãe. E sabe o que eu estava pensando? Por que você e meu pai não arranjam um irmãozinho para mim? Vocês vão casar mesmo...

Claraluz fica ruborizada, dá um abraço em Lucas e diz: — Eu e seu pai vamos conversar sobre isso. Tudo no seu tempo, meu lindo!

— Mas não precisa conversar, não. É só fazer! - retruca Lucas.

E antes mesmo que Claraluz e Mandel pudessem dizer qualquer coisa sobre aquela fala espontânea, exclusiva às crianças, aparecem na porta a mãe de Lucas, Luciana, e o seu companheiro Mauro, um artista plástico que produz trabalhos diversos, e que se especializou em obras esculpidas em ferro e bronze. Mandel apresenta Claraluz ao casal, conversam rapidamente e, depois das recomendações da mãe, caminham até o Jipe. Mandel sintoniza a *Rádio Santefi FM*, emissora localizada no tradicional bairro Santa Efigênia, e conta que os administradores da emissora são seus amigos. Da estação, eles ouvem Tim Maia. Claraluz, olhando apaixonadamente para Mandel, canta junto a canção *Um Dia de Domingo* (Tim Maia):

> *Eu preciso te falar, te encontrar de qualquer jeito. Pra sentar e conversar, depois andar de encontro ao vento. Eu preciso respirar o mesmo ar que te rodeia, e na pele quero ter o mesmo sol que te bronzeia, eu preciso te tocar e outra vez te ver sorrindo, te encontrar num sonho lindo...*

— Dedico essa música a você, meu poeta - fala Claraluz para Mandel. Depois, vira-se para Lucas, que estava no banco traseiro: — Adoro seu pai, Lucas. Ele é o poeta da minha vida.

— Meu pai já fez um monte de poesias para mim, sabia? - responde Lucas. — Um dia eu te mostro todas as poesias que ele fez, tá?

— Éééé! - responde Mandel. — Esse bichinho já me gerou muita inspiração poética...

— E eu me lembrei de uma poesia do músico argentino Gustavo Cerati - acrescenta Claraluz: — *Tal vez parece que me pierdo en el camino, pero me guía la intuición. Nada me importa más que hacer el recorrido, más que saber adónde voy* (*Magia* - Gustavo Cerati).

— Está vendo Lucas, porque o seu pai se apaixonou por Claraluz? - retruca Mandel. — É porque ela é poetisa igual a mim! E foi a intuição quem me disse!

— Por isso que vocês tem que arranjar um irmãozinho para mim! Aí eu vou ter um pai poeta, uma madrasta poeta e um irmão poeta.

Os três caem na gargalhada e seguem destino ao sítio dos pais de Mandel. Vão pela estrada de Nova Lima, passam por Rio Acima, e, por fim, seguem em uma estrada de terra até chegarem ao distrito de Morro Vermelho, no município de Caeté. Claraluz se encanta com aquele cenário, um lugarejo aconchegante de casas simples, construídas em sua maioria no século 18. Passam em frente à Igreja de Nossa Senhora de Nazareth. Mandel para na praça de terra em frente à igreja e diz:

— Aqui, todos os anos, em sete de setembro, acontece a Cavalhada de Nossa Senhora de Nazareth, a manifestação folclórica mais antiga de Minas Gerais, e que nunca foi interrompida. Ela acontece desde 1704, e é uma simulação da luta entre mouros e cristãos. Foi trazida pelos portugueses, e se constitui numa encenação da conversão dos mouros ao cristianismo, onde os mouros, montados em cavalos, trazem fitas vermelhas amarradas a um mastro no centro da praça, e os cristãos, também montados em cavalos, são representados por fitas amarelas. Os cavaleiros, alternadamente, giram as fitas ao redor do mastro, entrelaçando-as. É uma festa muito bonita!

— Aaaah!... Eu quero estar aqui na próxima festa! - fala Claraluz, abraçada a Lucas, que se divertia com tudo, aprovando o namoro entre ela e o pai.

Depois, seguem mais um pouco, em direção à Fazenda do Geriza, nos arredores do Morro Vermelho, onde fica o sítio dos pais de Mandel. Claraluz se encanta com a mata, o cheiro do verde e do minério de ferro que assalta as mentes. Daí a pouco chegam ao sítio, onde foram recepcionados pelos pais de Mandel - Gabriel e Sara. Gabriel apresentava-se com um protuberante chapéu de palha, e um polpudo bigode destacava-se em seu rosto, exibindo uma tonalidade original, uma mistura de fios brancos, castanhos claros e pretos, remetendo-o à aparência do escritor Gabriel García Márquez. Vestia uma simples camisa bege claro, de botões, que exibia uma discreta carteira de couro preta em seu único bolso dianteiro esquerdo. Trajava uma bermuda e calçava um par de singelas e graciosas sandálias, fabricadas artesanalmente por produtores da cidade de Cordisburgo, a sua terra natal. Dona Sara, uma senhora já idosa e com ares de uma mulher extremamente dinâmica, exibindo elegância em meio aos seus cabelos brancos, estava radiante com a presença do filho, do neto e da nova nora que estava sendo lhe apresentada naquele momento – e desde que cruzaram os primeiros olhares, se fez brotar um contentamento e um encantamento instantâneo naquelas duas almas femininas, como se houvessem acendido luzes reluzentes uma para a outra. Dona Sara e a jovem Claraluz, projetava-se, iriam se nutrir de um profundo sentimento de amizade e bem-querença. Uma apresentação e cumprimentos fraternos e efusivos entre três gerações de uma família. Velozmente, todos ficaram à vontade, exalando graça por viverem momentos tão especiais. O neto Lucas tratou logo de botar ordem na casa:

— Vô! Quero ir à lagoa com você! Quero ver se já nasceram os patinhos.

— Claro que vamos! Também estou doido pra saber – responde o avô. — Mas o vovô quer bater um pequeno papo com seu pai antes de irmos, pode ser, meu amigo?

— Pode sim, meu amigo! – responde Lucas, rindo marota-infantilmente para o avô.

Lucas era um menino de um carisma impressionante. Era dotado de um forte talento que conquistava as pessoas quase que em frações de segundos, e todo um jeito especial de agradar os avós corujas, que o adoravam. E depois da "autorização" de Lucas, Gabriel e Mandel caminharam por uma trilha próxima a casa, permeada por muitas árvores. Quando percebeu que poderia conversar tranquilamente, de forma agradável, esclarecedora e surpreendente, Gabriel cessou a caminhada, colocou-se de lado e, fitando Mandel, disse-lhe:

— Filho! Você experimentará uma nova fase em sua vida. Seus caminhos serão tão inusitados, que será prudente se preparar para encarar as múltiplas surpresas que irão se escancarar diante de você. E sobre a sua namorada, não precisei mais do que trinta segundos para concluir que você está acompanhado de uma, em todos os sentidos, bela mulher!... Que a vida de vocês seja abençoada e feliz!

Gabriel dá um fraternal e paterno abraço em seu filho, acaricia os seus cabelos, depois se afasta e continua:

— Quero lhe dizer algo importante, mas que lhe deixará surpreso.

— Acho que nada mais me surpreende papai, mas vamos lá! Surpresas estão sendo a tônica da minha vida nestes dias – rebate Mandel.

— Estou muito feliz por você ter sido escolhido para participar do Congresso dos *Guardiões da Luz* em Paris. Esteja certo que o Barão Humberto o escolheu após observar atentamente os seus passos. Ele concluiu por você, meu filho, porque aposta na importância do seu papel nos rumos dos *Guardiões da Luz*. A construção dessa nova era humana vai demandar muito dispêndio de energia por parte dos seus líderes, que guiarão a humanidade para um novo período que iremos experimentar. E você, Mandel, está destinado a ser um desses líderes.

Mandel olhou estatelado e boquiaberto para o seu pai. Depois de alguns segundos, perdido em sua órbita, reencontrou-se e, bastante atônito, questionou:

— Não acredito, papai! Você esmiuçou os *Guardiões da Luz*. Falou com propriedade e autoridade. Você também é um guardião?

— Nós mineiros, meu filho, nos revelamos a conta-gotas. Mas a minha intuição dizia que você iria descobrir os caminhos dos *Guardiões da Luz* sem precisar da minha ajuda. Conheço o filho que tenho! – conclui Gabriel, que dá uma vigorosa, mas discreta gargalhada, saudando: — *Scientia est lumen rationis*[43].

— *Et ratio est animi lucem*[44] – devolve Mandel, respondendo à saudação.

Gabriel conta a Mandel sobre os detalhes da sua participação nos *Guardiões da Luz*. Mandel manifesta-se mais uma vez extremamente surpreso por constatar e experimentar o poder do Barão Humberto; não o poder econômico ou político, mas o poder de conhecer a fundo a vida de alguns, de saber de detalhes ocultos, de influenciar nos destinos de pessoas, onde nunca deixava transparecer qualquer ação gerada por ele na operação dessas mudanças radicais.

— Meu filho! O Barão Humberto é uma incógnita até para nós, que somos velhos conhecidos. O seu sogro, Clóvis Montenegro, me disse uma vez que tinha a impressão de que o Humberto não é desse mundo...

— Uai, papai? Você também conhece o pai de Claraluz? Meu Deus! Como

43 A ciência é a luz da razão.

44 E a razão é a luz do espírito.

este nosso mundo é um mundinho! - exclama Mandel, atônito por mais esta revelação.

— Não só o conheço, como também já estive na casa dele, há vinte anos, quando ele ainda morava no Leblon, no Rio. Naquela época, ele ainda estava casado com Gertrudes. Conheci a sua Claraluz antes de você! Era uma graciosa criança, com seus seis anos de idade, e já era dotada de um magnetismo impressionante. Assim como é o Lucas hoje, e assim como você, quando era criança. Este mundo, meu filho, é muito menor do que imaginamos...

Gabriel e Mandel voltam para a casa, caminhando lentamente e proseando. Ao chegarem, deparam-se com Sara e Claraluz conversando animadamente sobre técnicas e princípios da medicina oriental. Quando os viu, Sara abre um sorriso, abraça Claraluz e diz:

— Já nos entendemos muito bem! E você, meu filho, cuide bem desta moça, pois ela é mais valiosa do que todos os tesouros que existem no universo.

— A senhora que é uma graça, dona Sara. Estou adorando tudo, e muito feliz por estar conhecendo vocês. Meu coração está radiante... - fala Claraluz, encantada com a sogra.

— Estou pensando em um passeio ciclístico - fala Mandel, mudando o assunto. — Tem uma trilha leve, que eu gosto muito, e por isso, faço um convite à minha amada para vir comigo. Topas, minha querida?

Claraluz abraça Mandel, olha radiante para os seus olhos e diz: — Claro que topo, meu poeta das duas rodas.

Lucas já havia decidido que iria ficar para ver os patinhos na lagoa com o avô. Antes de Claraluz e Mandel saírem, Sara pediu para que não demorassem muito, para almoçar juntos. Mandel disse que não demorariam. Em seguida, caminham até o Jipe, ainda sem tirarem as bicicletas do bagageiro, e saem de carro em direção a uma estrada de terra, próxima à Serra do Gandarela. Claraluz ficara maravilhada com aquela trilha cheia de árvores, das mais diversas. Seus olhos refletiam o mais puro encantamento. "Como é lindo tudo isso". Embalada pela emoção daquela visão e do cheiro selvagem de natureza, Claraluz comenta:

— Theodore Roosevelt, ex-presidente dos Estados Unidos, uma vez disse: *É muito melhor arriscar coisas grandiosas, alcançar triunfos e glórias, mesmo expondo-se a derrota, do que formar fila com os pobres de espírito que nem gozam muito nem sofrem muito, porque vivem nessa penumbra cinzenta que não conhece vitória nem derrota*[45]. Estou aqui contigo, meu poeta! Para arriscar a grandeza das nossas vidas. Vivi até então na penumbra. Agora não quero mais a vida morna! Quero o quente, pois é no quente que brilharemos.

— E para coroar a sua fala, minha poetisa, que vem a mim como o canto de um anjo, carregada da mais bela magia, vou recitar um dos mais floridos poemas de amor de Carlos Drummond:

Minha flor minha flor minha flor. (...) Flor flor flor. Floramarílis. Floranêmona. Florazálea. Clematite minha. Catléia delfínio estrelítzia. Minha hortensegerânea. Ah, meu nenúfar. Rododendro e crisântemo e junquilho meus. Meu ciclâmen. Macieira-minha-do-japão. Calceolária minha. Daliabegônia minha. Forsitiaíris tuliparrosa minhas. Violeta... Amor-mais-que-perfeito. Minha urze. Meu cravo-pessoal-de-defunto. Minha corola sem cor e nome no chão de minha morte[46].

— Esse é o nosso filme, nossa história na História Humana. É a nossa oração. Eu te quero para trilhar a vida. Duas vidas e uma vida em nossas vidas. A nossa cartilha, o nosso amuleto...

Os olhos de Claraluz estavam brilhantemente marejados. Olhava para Mandel com uma emoção e uma profundidade quase assustadora. Ao perceber aquele olhar inevitável, ele encosta o carro, vira-se para Claraluz e fita-a com a mesma intensidade. O poema de Drummond, como flores alucinógenas, começava a fazer efeito nos espíritos de Mandel e Claraluz. Fitaram-se por uns três minutos, hipnotizados, totalmente impossibilitados de evitar o transe. E nem queriam! Só se fitaram, nestes transcendentes três minutos... Nem se tocaram! Permitiram-se esvaziar totalmente os seus cérebros de qualquer pensamento, apenas para sentir, olhar, cheirar, escutar os passarinhos daquele bosque encantado, o vento bailando nas folhas das árvores, os insetos, grilos, sapos, uma leve poeira avermelhada que levantava voo, borrifando levemente o azul belo de céu que estava por cima daquelas múltiplas árvores, exibicionistas, ostentando as suas multicores flores. Depois, o beijo! Um beijo inebriado pelo psicodelismo do momento, sentido a cada quantum de tempo daquele evento que denotava o mais intenso amor cósmico. Depois...

Resolveram cumprir a programação. Mandel estacionou o carro na beira da estrada. Dentro do Jipe, Claraluz e Mandel trocaram de roupas, vestindo

45 Theodore Roosevelt, *The Theodore Roosevelt Treasury: A Self-portrait from His Writings.*

46 Carlos Drummond de Andrade, *Declaração de Amor.*

trajes e equipamentos adequados ao ciclismo. Enquanto se trocavam, namoravam-se, beijavam-se, acariciavam-se, acarinhavam-se... Brincavam com seus corpos e com as suas vidas. A trilha proposta por Mandel era curta. Claraluz precisaria condicionar-se fisicamente, depois de um razoável período, para depois aventurar por trechos maiores. Mandel sabia disso e Claraluz nem questionou. Sabia que a sensibilidade para com o outro do seu companheiro era significativa, e ela, sem esperar, esperava aquela atitude. Assim que se trocaram, desceram do Jipe. Mandel desceu as bicicletas e, despreocupadamente, começaram a pedalar por aquela trilha. Era uma trilha formada por leves aclives e declives, mas com muitas curvas. Claraluz era emoção pura, e de vez em quando soltava deliciosos gritinhos de alegria e satisfação. Mandel, que ria de tudo, aspirava aquele ar verde, clorofilado e revigorador dos pulmões. Alisavam-se às vezes, sem parar de pedalar. Pedalaram por uns quinze minutos, até encontrarem uma romântica relva que estava na beira de um riacho elegante que passava e passeava por aquele bosque encantado. Encostaram as bicicletas numa pedra e postaram-se de frente ao riacho, inebriados pela melodia das águas correntes, harmonizadas às notas musicais que o vento tocava nas folhas das árvores. A beleza selvagem da vida era uma usina solar. Os instintos selvagens, já no limite da tara daqueles dois amantes, agigantava-se como o observar do crescimento de um espigão em dois minutos. Atracaram-se! Novamente, se atracaram! Atracaram-se com mais sofreguidão, com mais energia, com mais volúpia... Estavam tesos e esfomeados. As respirações ofegaram-se como altos-fornos em gaiola. Todos os músculos daqueles corpos movimentavam-se e vibravam em ressonância. Na medida em que as peles se colavam, as roupas serviam para cobrir aquela deliciosa relva. Num breve intervalo, Mandel abre sua mochila e retira um sedoso lençol.

— Huuum!... Tu preparaste tudo, hein, mineirinho esperto? Seu safado gostoso...

— Estava escrito! – responde Mandel, rindo debochadamente.

Aqueles corpos seminus atracam-se definitivamente. Novamente, se misturavam, se cobriam e fundiam-se. O sexo era a mais pura e intensa expressão do desabrochar da paixão, da dupla contaminação impressionantemente explosiva que só a paixão é capaz de gerar. Aqueles corpos experimentavam seus múltiplos e variados encaixes, encaixes múltiplos e perfeitos. Diferentemente da primeira vez, aquele encontro amoroso fora mais rápido, selvagem e vigoroso. Era um sexo de felinos, macho e fêmea no cio, numa selva real...

E novamente, Claraluz e Mandel experimentaram sensações do Éden. E aos poucos, num ritual que lhes começava a ser familiar, se recompuseram.

Vestiram as suas roupas, sentindo a leveza do vazio que criaram, um vazio calmo e leve. Pedalam de volta ao Jipe, e depois do retorno, chegaram à casa de Sara e Gabriel com indisfarçáveis sorrisos do mais puro contentamento, exprimindo sensações de satisfação e felicidade. Gabriel, no alto da sua larga vivência, imaginou que aquele passeio fora mais do que um mero passeio ciclístico. Mas nem pensou em externar os seus pensamentos. Sorriu para si. Ao contrário, Sara, preocupada com o almoço, mal dera a falta dos amantes. E o almoço estava quase pronto. Um tempero típico de uma comida mineira, sem carnes. Há muito, os pais de Mandel decidiram abolir qualquer alimento originado de algum corpo animal, excetuando leite e ovos. Naquele cardápio, um feijão tropeiro modificado, com farinha de mandioca, ovos, alho, cebola e condimentos diversos, pimentão com recheio de queijo, arroz integral, além de uma sortida salada de legumes. Suco de acerola, apanhadas ali mesmo, no pomar daquela casa de campo.

— Vocês chegaram na hora! Acabei de terminar o almoço! – anuncia Sara.

— E na próxima vez que vier, Claraluz, quero que experimente a minha comida – fala Gabriel, sempre garboso. — Desenvolvi meus dotes culinários assim que deixei o magistrado, e hoje não fico devendo nem para Sara – afagando o ombro direito da esposa, demonstrando uma grande afinidade e carinho recíprocos, edificados em muitos anos de casamento.

— O meu pai é fera na cozinha! – emenda Mandel. — Você vai apaixonar com esses dotes culinários que ele tanto alardeia.

Claraluz dá uma gostosa risada e diz: — Estou apaixonada com tudo e com todos! Esse lugar, que parece o paraíso, esse cheiro delicioso da comida, o ar, a mata, e acima de tudo, vocês, e claro, o meu poeta, que adooooro... – e virando-se para Lucas, pergunta: — Me conta! Tem mais patinhos na beira da lagoa?

— Tem mais seis patinhos, Claraluz – responde Lucas. Tem dois branquinhos, três cinzas e um amarelinho.

— E tem algum patinho feio? – pergunta Claraluz, lembrando-se da fábula.

— Não existe patinho feio – responde Lucas. — Todos os patinhos da Terra são bonitos.

Todos caíram na gargalhada, e os olhares dos avós e do pai Mandel eram de orgulho.

— Este menino será um senhor filósofo! – fala Gabriel, abraçando o neto em seguida.

— E agora, todos lavando as mãos para almoçarmos – fala Sara, com a autoridade imperativa que lhe cabia.

Sentam-se à mesa. Conversam amenidades, até que Gabriel pergunta à Claraluz:

— Por acaso você conhece o diplomata Clóvis Montenegro?

Claraluz espanta-se com a pergunta, arregala os seus verdes e brilhantes olhos em direção aos olhos de Gabriel e, incrédula, responde: — O senhor conhece o meu pai?

— Sim, e como contei para Mandel, conheci você antes dele, quando você tinha seis anos. Fui à sua casa, no Leblon, em companhia de alguns amigos. Você foi o centro das atenções, e já naquela época, demonstrou um senso de justiça social aguçado. Lembro-me como se fosse hoje, quando o seu pai dizia da carência dos povos árabes na Palestina, e você, entrando na sala e já interferindo, disse: "E lá embaixo na rua também tem muitos pobres. Eu vou ser presidente e vou dar casa e comida pra todos os pobres que existem".

Claraluz expressava uma profunda admiração por estar ouvindo aquela nova revelação. Quase não acreditava na possibilidade de estar em companhia de pessoas que já possuíam ligações com a sua família. Mas antes de acrescentar qualquer coisa, Gabriel emendou:

— Por que você acha que o seu pai ficou tão tranquilo com a sua vinda a Minas Gerais, encontrar alguém que você nunca viu, e que conhece a pouco mais de uma semana? Você acha que ele deixaria você vir tão facilmente assim?

— Sabe que estranhei, seu Gabriel? – fala Claraluz. — Não que ele fosse impedir, mas ele questionaria até o limite das suas forças, caso ele ficasse muito inseguro. Mas como o senhor descobriu que eu era filha do Clóvis?

— Através de um amigo em comum, que creio que você também o conheça. Quem nos informou, inclusive tranquilizando o Clóvis, foi Humberto de Lucena.

Claraluz e Mandel se entreolharam admirados. Mais uma vez, a onipresença do Barão manifestara-se e, na cabeça deles, um dilúvio de mistérios instalara-se. "Como podia?", pensava o casal. E enquanto mergulhavam no mar das dúvidas, Gabriel contara que faz parte dos *Guardiões da Luz*, e que fora ao Rio para um congresso da irmandade. Disse que correspondia com Clóvis frequentemente, e que trocavam muitas impressões sobre a política internacional.

— Nossa! Minha memória está em um turbilhão - exclama Claraluz. — Lembro-me muito bem dos relatos do meu pai dizendo sobre o seu amigo Gabriel. Como pode? E como é tão fantástico tudo isso... Sinto-me em casa, e esta obra do destino, que fez com que Mandel e eu nos conhecêssemos, é um grande capricho dos arranjos do Universo.

— Jung está mais vivo do que nunca - completa Mandel.

— A existência é sábia, meus filhos - arremata Gabriel.

— E o amor colore a nossa existência - retruca Sara. — E para você, minha linda Claraluz, e para você meu filho, um conselho de uma velha professora: Não se detenham, meus amores. Amem-se! E lembrem-se de Machado de Assis, em *Ressureição*, no diálogo áspero entre Meneses e Lívia, quando ela, indignada, disse-lhe: *O amor não nasce de uma circunstância fortuita, nem de uma longa intimidade, é uma harmonia entre duas naturezas, que se reconhecem e se completam*. Portanto, aproveitem a harmonia que envolve vocês e façam do amor a ponte da prosperidade e da felicidade.

— E você não encontrará ninguém que exporá mais diversidade literária do que a mamãe, Claraluz - fala Mandel, sorrindo.

— E eu também quero uma namorada, pra ela apaixonar por mim e eu por ela, assim como meu pai e Claraluz - emenda Lucas, provocando uma gargalhada geral.

Aquele almoço fora inusitadamente especial. Revelações, empatias instantâneas... Uma aproximação mais intensa se deu entre Claraluz e a família de Mandel. Os encaixes se operavam aceleradamente na vida daquele apaixonado casal. O almoço terminara agradavelmente. Um doce de figo fora servido como sobremesa, acompanhado de um doce de leite e queijo - impensável em não existir na mesa mineira. Combinaram de arrumar a cozinha depois de uma merecida *siesta*. Claraluz e Mandel deitaram em uma rede na varanda da casa. Gabriel e o neto Lucas deitaram em um sofá e foram assistir TV. Sara foi à Biblioteca separar alguns livros. Queria presentear Claraluz. A rede que abrigava Claraluz abraçada a Mandel, antes dos inevitáveis cochilos, era embalada vagarosamente pela brisa que circulava sedosa naquela casa à beira do bosque. Claraluz, sonolenta, suspira dizendo:

— Huuuuum! Que delícia! No fundo, tudo o que eu queria era viver estes momentos maravilhosos. Não sei por que, mas me sinto tão em casa, tão familiarizada com tudo... Parece que nasci para viver essa vida. Eu a estava procurando e, enfim, encontrei.

— Nos encontramos, meu amor - responde Mandel, também sonolento. — Tudo se operou simultaneamente. Tudo o que era para acontecer e que já estava escrito, está acontecendo. A revolução começou, e agora não tem volta mais.

— Como disse Rubem Alves - emenda Claraluz, cochilando –, *não haverá borboletas se a vida não passar por longas e silenciosas metamorfoses*[47]. Viramos borboletas da Terra.

Claraluz e Mandel dormem, abraçados naquela rede de renda confeccionada por artesãos do Ceará. Sonham sonhos deliciosos, e, às vezes, parecia que um invadia o sonho do outro, onde os dois habitavam o mesmo sonho... Depois do cochilo, as louças da cozinha. Todos se envolveram, inclusive Lucas, que repassava o detergente para Claraluz e a avó Sara. Um café forte acompanhou aquele trabalho coletivo. Não demoraram a deixar tudo em ordem...

Já era hora! Claraluz viajaria a noite, e a tarde já rompera a sua primeira metade. Um sentimento de nostalgia começara a tomar conta daqueles dois namorados, apaixonados desde que se conheceram. Daí a pouco estariam se despedindo, daí a pouco estariam novamente com saudade. Daí a pouco experimentariam a angústia que perduraria até o próximo encontro. Antes de se despedirem, numa despedida onde as primeiras emoções das despedidas afloravam, Sara dirigiu-se a Claraluz carregando um improvisado embrulho de presente, mas geometricamente certinho - como convia àquele exigente espirito encarnado numa dinâmica diretora escolar –, e a entregou dizendo:

— Quero lhe presentear com dois livros, para que leia especialmente com os olhos do espírito crítico: *Ensaio sobre a Cegueira*, de José Saramago, e *a mosca azul - reflexão sobre o poder*, de Frei Betto. O primeiro a levará a refletir sobre a cegueira a qual nos acostumamos. Uma cegueira branca, que nos gera ilusões e nos faz enxergar miragens que ocultam a verdade; e esse livro do Betto, meu amigo e ex-colega de escola, que a ajudará a refletir sobre o estrago que a vaidade humana provoca quando nos cobrimos com o manto dos poderes temporais.

Depois de receber o presente, Claraluz, sem falar nada, abraça a sogra com emoção. Não disse nada porque já havia brotado algumas lágrimas dos seus olhos, escorrendo pelas faces ruborizadas pelo sol da manhã ciclística

47 Rubem Alves, *Reverência Pela Vida*.

e amorosa. Sara percebeu o anseio brotado no coração da nora e tratou de confortá-la, retribuindo o abraço de Claraluz com um abraço ainda mais forte e sentido. Claraluz agradece o presente, e depois das despedidas emocionadas, ela, Mandel e Lucas vão embora. Refizeram o mesmo caminho. Mandel sintoniza a *Rádio Guarani FM* enquanto viajavam. Logo, uma música embala a construção da ideologia daquele neocasal. Era a música *Eu só Peço a Deus* (*Sole pido a Dios*), composição de Mercedes Sosa, cantada por ela mesma, em sua característica e inigualável personalidade vocal e sentimento latino:

> *Eu só peço a Deus que a dor não me seja indiferente, que a morte não me encontre num dia solitário sem ter feito o que eu queria. Eu só peço a Deus que a injustiça não me seja indiferente, pois não posso dar a outra face, se já fui machucado brutalmente. Eu só peço a Deus, que a guerra não me seja indiferente. É um monstro grande, pisa forte toda a pobre inocência desta gente.*

Mais uma vez, mais uma música contagia o ambiente. Mais uma música é somada ao ideário daquela mulher e daquele homem que se propunham a viver juntos, não sabiam como ainda, mas que, a cada música, encontravam os moldes que elevariam as paredes da nova casa que estavam destinados a construir. Um sentimento típico dos revolucionários dos anos 60 toma conta de Claraluz e Mandel.

— Não sei o que virá - comenta Mandel -, mas sei que o que virá a nós não será a indiferença à dignidade perdida entre as pessoas. Seremos fermento na massa.

— E a nossa poesia, meu amor, será uma arma mais poderosa que qualquer arma de fogo. A poesia será a expressão da verdade mais crua e sincera, e irá contagiar até mesmo aqueles que sepultaram as esperanças de dias melhores.

Era uma viagem viajada num romantismo revolucionário, utopicamente real. A utopia, sabiam, os moviam e os uniam. Na fronteira entre Nova Lima e Belo Horizonte, avistaram a Serra do Curral, reminiscência do Curral Del Rei, designação primitiva do local donde se ergueu a capital mineira.

— Pai! Na próxima vez que Claraluz vier, você nos leva no Parque das Mangabeiras? Eu adoro ir lá! - pede Lucas, no formato exclusivo dos desejosos pedidos de uma criança.

— Nós vamos passear em muitos lugares, lindo - responde Claraluz. — E nós vamos aproveitar tudo o que esta cidade tem. Você me mostra?

— Claro, Claraluz! – fala Lucas, que percebe a semelhança fonética daquelas palavras e diz: — Ó!... Clara, Claraluz, Luz... Claro, Clara... Luz Claraluz!

Claraluz e Mandel caem na gargalhada. Lucas demonstra a mais pura satisfação por ter descoberto o princípio das rimas na construção de versos.

— Eu também vou ser poeta, assim como você e meu pai – fala Lucas, vibrando.

— Você também é um poeta, fofo – responde Claraluz. — Todos nós podemos ser poetas. Basta abrirmos a janelinha da nossa alma, que fica atrás dos nossos olhos, e deixarmos entrar toda a beleza que existe por trás de todas as coisas.

A viagem continua, descendo a região da Savassi, Avenida do Contorno, Avenida Brasil / bairro Santa Efigênia, até chegarem à casa de Lucas, no Santa Teresa. As emoções de Claraluz começam a aflorar, pois chegara a hora de despedir-se de Lucas. Saem do Jipe e Lucas dá a mão esquerda ao seu pai e a mão direita à Claraluz. Antes de abrir a porta, Lucas abraça Mandel e depois abraça Claraluz afetuosamente. Lucas não percebeu (ou fingiu), mas os olhos de Claraluz marejaram. Em pouquíssimo tempo, aprendera a amar o filho do seu grande amor.

— Quero te ver todas as vezes que eu vier – fala Claraluz.

— E eu também – responde Lucas. — Gostei de você por que gostei, e porque você gosta de verdade do meu pai...

A porta estava destrancada. Lucas a abriu. Mandel e Claraluz se afastam, indo em direção ao Jipe. Lucas os observa. O casal entra no carro, acenam para Lucas, que os olha até perder de vista aquele fantasioso Jipe amarelo. E novamente, Claraluz e Mandel estavam a sós, de volta à Sabará. O dia foi maravilhoso, mas a nostalgia apoderara-se daqueles espíritos. Faltavam poucas horas para o embarque de Claraluz de volta ao Rio. Estavam felizes, mas sentiam-se envoltos por uma prematura saudade.

— Eu não queria ir embora mais, queria ficar ao teu lado sempre – fala Claraluz. — Esta é a minha terceira margem: combinar o sonho com a realidade já estabelecida. Eu vou, mas jamais me separarei de ti, meu amor.

— Às vezes, penso em te sequestrar, não deixar você ir – responde Mandel, sorrindo. — Mas façamos o que deve ser feito. Nossas vidas já estão traçadas, e agora é só cumprirmos o nosso caminhar. Está escrito!

— E como escreveu Guimarães Rosa, *O real não está na saída nem na chegada:*

ele se dispõe para a gente é no meio da travessia[48], diria Riobaldo - responde Claraluz.

— E que o nosso amor não encontre nem a sua saída e nem a sua chegada, e que o diabo não nos atormente nesse meio... - conclui Mandel, com um sorriso sarcástico.

Mandel liga o rádio e sintoniza a *Rádio Inconfidência FM*, emissora belorizontina que toca somente músicas brasileiras. O Boca Livre invade as paredes do Jipe, e os dois, logo, dispuseram-se a cantar juntos a música *Quem Tem a Viola*:

Quem tem a viola prá se acompanhar, não vive sozinho nem pode penar. Tem som de rio numa corda de metal, tem o mar num acorde final.

Aquela música recheada pelo rico vocal e que marcou estilo na década de 80 é seguida por Cazuza, mais *deprê*, mas igualmente bela, a canção *Trem nas Estrelas*:

São sete horas da manhã, vejo Cristo da janela. O sol já apagou sua luz, e o povo lá embaixo espera. Nas filas dos pontos de ônibus, procurando aonde ir. São todos seus cicerones, correm pra não desistir, dos seus salários de fome, é a esperança que eles têm. Neste filme como extras todos querem se dar bem. Num trem pras estrelas, depois dos navios negreiros outras correntezas.

— Eu fico pensando no porquê de estarmos experimentando algo tão inusitado às pessoas normais - reflete Mandel. — Somos povo como o povo e, no entanto, não nos encaixamos no lugar comum. Temos nossos empregos e nossas rotinas. Usamos os bens coletivos como qualquer pessoa, consumimos bens e serviços como qualquer um. Precisamos fazer a nossa contabilidade para não desorganizarmos os nossos gastos, mas vivemos a realização da nossa utopia. O nosso sonho nos apareceu quase que por encanto. Fico aqui pensando... Por que fomos escolhidos?

— Também não sei explicar... - responde Claraluz. — Só sei que, em dez dias, transformamos radicalmente as nossas vidas. E vidas foram transformadas nestes dez dias, junto com a descoberta do nosso amor. Foram tantas coisas, que eu não consigo saber se há algum motivo ou se tudo é uma grande coincidência. É tão magnífico, que custo a acreditar que é real.

Grandes questionamentos existenciais aconteceram ali, dentro daquele

48 Guimarães Rosa, *Grande sertão: veredas*.

Jipe, até chegarem a Sabará. Eram aproximadamente dezenove horas. O tempo curvava-se ao encontro da derradeira primeira despedida do casal. O sentimento do vazio apossara-se de Claraluz e Mandel. Parecia que aqueles magistrais momentos não duraram mais do que um leve pulsar do tempo. O avião que levaria Claraluz de volta ao Rio sairia às vinte e três horas, e, às vinte e duas horas, eles deveriam estar no Aeroporto de Confins para o *check-in*. Portanto, deveriam sair de casa às vinte e uma horas, no máximo, para que o embarque de Claraluz não houvesse atropelos. Tinham no máximo duas horas de total solidão a dois antes de cruzarem o caminho de volta ao portal que lhes transportaram ao mundo encantado do amor romântico e encarnado. Parecia não ser possível, mas estavam mais apaixonados do que estavam antes de se encontrarem. Depois de se misturarem os cheiros, um novo aroma surgiu frutificado daquele casal, um aroma que lhes davam uma identidade única como seres fundidos. E separar os seus corpos naquele momento surgia como uma experiência por demais dolorosa. Sem se falarem, pensaram identicamente. Não aguentariam ficar longe por muito tempo. Precisariam resolver logo a pendência que lhes apareceu gigantesca num piscar da instantaneidade. Mas precisavam se arrumar, preparar para a partida ao Aeroporto. Já dentro da casa de Mandel, Claraluz propõe:

— Que tal tomarmos um banho juntos? Aposto que tu compraste aquele chuveirão pensando nesta possibilidade...

Mandel deu uma risada e respondeu: — Claro que sim, meu amor. Comprei aquele chuveiro há três dias, imaginando nós dois debaixo daquela cachoeira de águas quentinhas...

— Huuuuum! Que delicia!... Então não vamos perder tempo, porque estou doida para mergulhar naquela cachoeira e me cobrir dos teus beijos molhados.

Sem se demonstrarem apressados, mas sem demoras, prepararam-se e se dirigiram ao banheiro. Claraluz começa a despir Mandel, e ele faz o mesmo com sua namorada. Sorviam-se do prazer do despir o outro, e entre beijos e afagos, despem-se até ficarem nus. Mandel abre o chuveiro, e alguns beijos e afagos cada vez mais íntimos aconteciam enquanto esperavam o chuveiro atingir a sua temperatura corrente. Ao fim, cheios de brincadeiras, entram debaixo do chuveiro. A água quentinha caia sobre aqueles corpos, que eram molhados também pelo desejo de se terem mais uma vez. Um cheiroso sabonete com cheiro de pêssego servia como um veículo transitando na estrada do corpo do outro, e mãos e peles roçavam-se. Descobriam-se particularidades, detalhes...

Uma descoberta recheada por desejos ascendentes e exponenciais. As bocas exploravam as diversas partes do outro, enquanto as juras de amor ecoavam e impregnavam todas as paredes da edificação emocional de cada um. E sem tardar, mas sem pressa, mais uma vez, acoplaram-se. Colaram-se harmonicamente, e o calor dos seus desejos misturava-se ao calor gostoso daquela água que jorrava sobre aqueles corpos. Em variadas posições, fundiam-se e sentiam um prazer tão acelerado como uma partícula em um acelerador de partículas. Os beijos eram ardentes e calorosos, e enquanto se amavam sexualmente, exploravam as profundezas do conhecimento sobre o outro. E mais uma vez, entraram no grande círculo iluminado do êxtase, indo ao encontro da singularidade do prazer máximo e absoluto. Naqueles breves momentos, os olhares de Claraluz e Mandel chocavam-se como dois imensos corpos, produzindo fachos de luz intensos, de claridade inimaginável. Mais uma vez, seus corpos bailavam, frenética e sincronizadamente, a Dança do Amor Romântico. Dançavam em direção ao clímax, ao micrométrico momento fatal da explosão do deleite. E naquele congelado instante, uma nova explosão, novamente paralela e instantaneamente idêntica em um transformado de dois. A perfeição daquele momento os fez abraçar. Um abraço molhado pelas águas mornas daquele chuveiro de tamanho avantajado. Os corpos tremiam, um tremor provocado pelas altas descargas que os corpos experimentavam, descargas parecidas como uma tempestade de relâmpagos furiosos, carregados de zilhões de elétrons ávidos por encontrar a terra aonde se descarregariam. Os beijos pós-gozo eram de uma pura paixão lilás, uma cor do amor mais encantador e belo que se podia imaginar. Aos poucos, risos de pura alegria, uma alegria experimentada no ínfimo do seu auge, do seu topo, do seu derivável máximo.

Aos poucos, terminaram o banho formal. Se lavaram-se e se enxugaram-se com as toalhas macias que Mandel comprara antes da chegada da sua Claraluz. Aos poucos, se trocaram e se prepararam para uma saída que eles não estavam nem um pouco a fim que acontecesse. Mala pronta! Era hora de partir! E antes de sair daquela casa que a encantou tanto, Claraluz diz:

— Meu amor! Senti-me dentro da minha casa nestes dois dias. Parecia que eu já era íntima. Meu coração está partido por ter que deixá-la agora, mas também alegre por saber que a nossa história era muito mais que uma inocente brincadeira. Sou feliz por ter tido a oportunidade de estar neste teto tão seu e tão meu...

— Meu coração também está partido, minha Claraluz - responde Mandel. — Será muito, muito difícil encarar a solidão na volta para casa sem você.

Mas esta casa também nunca mais será a mesma. Como eu disse, a tua presença iluminou todos os cantos desta casa, uma casa agora na era DC.

Claraluz riu daquele comentário, lembrando que Mandel, logo no primeiro contato pelo Messenger, disse que havia duas eras em sua vida. AC - Antes de Claraluz e DC - Depois de Claraluz. Ela puxou a sua mala de rodinhas e disse: — Vamos?

Eles dirigiram-se à garagem. Mandel acomodou a mala, abriu o portão, tirou o carro da garagem. Claraluz fechou o portão, entrou no carro e em seguida partiram para o Aeroporto de Confins. Mandel, como sempre fazia, sintonizou uma emissora de rádio de BH para que a música os acompanhasse durante a viagem. Sintonizou a *Rádio Alvorada FM*. E logo veio uma belíssima música de Paulinho Pedra Azul, *Jardim da Fantasia*:

> *Bem-te-vi, bem-te-vi, andar por um jardim em flor, chamando os bichos de amor, sua boca pingava mel. Bem te quis, bem te quis, e ainda quero muito mais, maior que a imensidão da paz, bem maior que o sol. Onde estás? Voei por este céu azul, andei estradas do além, onde estará meu bem? Onde estás? Nas nuvens ou na insensatez, me beije só mais uma vez, depois volte prá lá.*

— Adoro esta música - exclama Claraluz. — Assisti a um show de Paulinho Pedra Azul quando eu tinha dezenove anos. Adoro não só esta música, mas como várias dele, como *Ave Cantadeira*, *Jequitinhonha*, *Precisamos de Amores*, *Tarde*... Adoro todas!

— Tô achando que você é mineira e não quer me falar - retruca Mandel. — Não esperaria nunca que você tivesse afinidades tão grandes com a nossa música.

— Meu amor! - responde Claraluz. — Me identifico tanto com os mineiros na música, que, às vezes, penso o mesmo. Às vezes, penso que sou a mais mineira das cariocas. Mas não tem problema. Agora eu tenho o meu mineiro, músico e poeta. Os meus sonhos estão se realizando.

— E por falar em sonhos, meu amor, queria conversar sobre as nossas vidas - fala Mandel, mudando de assunto — E se a gente não tivesse tido a oportunidade de nos conhecermos? Como seriam as nossas vidas?

— Olha, amor, eu já não me imagino viver sem a nossa história. É impossível imaginar, assim como é imaginar o Nada. Mas, penso que, se não tivesse te conhecido, não sei se teria forças para romper o meu noivado com Barretto.

Se não fosse naquele momento, talvez fosse tarde demais. E aí, a minha vida seria a infelicidade. Estaria sufocada por um relacionamento que jamais poderia dar certo, e não sei o que seria de mim – reflete Claraluz.

— Também tento imaginar o que seria de mim se não tivesse te conhecido, meu amor – fala Mandel. — Será que eu também teria energias para romper com Esther? Talvez me contentasse em me dividir entre Esther e Janaína. Mas como seria o meu futuro com Janaína? E qual seria o futuro de Janaína, da vida dela? E Magda? Provavelmente, eu não resistiria às suas investidas, afinal, eu não tinha a motivação do grande amor que brotou em nós.

— Penso em tantas coisas providenciais... – reflete Claraluz, absorta. — Já pensou se Juliana não tivesse aparecido na vida do meu pai? Talvez ele tivesse tido um infarto, sozinho em seu apartamento, e nesta hora eu estaria chorando a sua perda... E a minha mãe? Será que ela se redimiria se não tivesse conhecido aquele traficante de Búzios? Com certeza, continuaria vivendo nas ilusões das vaidades de uma *socialite* vazia e fútil.

— E José e Maria, se não tivessem se conhecido? – questiona Mandel. — Como superariam o vício das drogas? O rapaz que quebrou o nariz dele, pelo que soube de Esther naquele dia em que terminamos, serviu como um álibi que a possibilitou levá-lo aos Narcóticos Anônimos, local onde José conheceu Maria. Será que o pobre rapaz, que provavelmente foi morto pelos traficantes, não fora um enviado, um anjo na vida de José?

— E enquanto tu contavas a história de José e Maria, lembrava-me da minha amiga Regina, que teve a coragem de assumir a sua homossexualidade perante os amigos e a família – fala Claraluz. — Já pensou se ela se acovardasse? Provavelmente estaria vivendo de frustrações e remorsos.

— Mas o nosso sonho está aqui entre nós, vivo, para quem quiser vê-lo – responde Mandel — E por nossos sonhos, mereceremos um poema de Adélia Prado: *O sonho encheu a noite / Extravasou pro meu dia / Encheu minha vida / E é dele que eu vou viver / Porque sonho não morre*[49].

— Ai, meu poeta! – suspira Claraluz. — Todas as vezes que tu recitas alguma poesia, eu quase me derreto. Já estou morrendo de saudades de ti, pois tu fizeras os meus sonhos se tornarem imortais, encheu a minha vida, e dos nossos sonhos meu amor, eu vou viver.

49 Adélia Prado, em *A Duração do Dia*.

— Também viverei dos nossos sonhos, meu amor. Vamos construir a nossa vida em comum, numa prática que será o resultado da nossa utopia, da nossa bela utopia.

Claraluz e Mandel se curtiam e se embrenhavam por questionamentos existenciais durante a viagem. Embalados pelos sonhos, pelas músicas, pelas trocas constantes de carinhos, viajaram soltos até chegar ao Terminal de Passageiros do Aeroporto Internacional Tancredo Neves. A angústia agigantou-se naqueles corações. Silenciosamente, uma música, *Encontros e Despedidas* (Milton Nascimento / Fernando Brant), invadiu a alma daqueles seres que personificaram a mais pura paixão:

> *Mande notícias do mundo de lá, diz quem fica. Me dê um abraço, venha me apertar, tô chegando... Coisa que gosto é poder partir sem ter planos. Melhor ainda é poder voltar quando quero... (...) A hora do encontro é também despedida. A plataforma dessa estação é a vida desse meu lugar, é a vida desse meu lugar, é a vida...*

A sombra da despedida aproximara-se de Claraluz e Mandel. Uma sombra cada vez mais sombria, que impiedosamente assaltava a felicidade daqueles dias. Havia alguns minutos para eles antes de Claraluz cruzar o Portão de Embarque. Aproveitaram ao máximo. Sentaram em uma das lanchonetes do aeroporto para lanchar e namorar. Os momentos derradeiros de uma namoradela final naquele domingo que se transcendeu em magia. As juras de amor e olhos embargados misturaram-se nos corações de Claraluz e Mandel. Os planos do pós-primeiro-encontro trançavam-se nas emoções experimentadas em dois dias, carimbando a certeza de que foram feitos um para o outro. Os planos eram eternos e firmados como uma estaca profunda a rasgar a terra e a fincar o chão daquelas almas. O futuro chegou ao presente, um futuro anunciado há dez dias, na certeza da travessia que se dá no portal da realidade transmutada, transformada e revolucionada.

Chegou a hora! Dali, os corpos se separariam. Caminharam lentamente, lutando contra a própria força magnética que os envolviam e os impediam de separarem-se. Era uma luta feroz e desgastante, mas a força da consciência racional, que se impôs mais forte, confortá-los-ia diante daquela inevitável ação de afastar somente os corpos naquele momento. Ao chegarem à frente do Portão de Embarque, os olhos trasbordaram. Avermelharam! As mãos de um consolavam o rosto do outro. O choro foi inevitável e providencial. O choro ajudá-los-ia a superar a dor daquela despedida. Mandel, tentando se refazer depois das lágrimas que bailaram soltas em seu rosto, vira-se emocionado para Claraluz, e bem perto dos seus olhos, fala:

— Eu te amo, Claraluz!...

Claraluz, correspondendo com toda a sua iluminada energia, também aprofundada no olhar de Mandel, devolve:

— Eu te amo, Mandel!...

O último beijo daqueles dois epopeicos dias começava a acontecer. Um beijo de múltiplas facetas, um beijo que carregava o peso da separação, da paixão encravada naqueles peitos, da realização da utopia, da certeza do caminhar juntos, da expressão mais dignificante do amor. Os lábios se sentiam, os corações sambavam. Um minuto de um beijo sentido, vívido... Depois de os lábios levemente se separaram, o último olhar nas águas cristalinas daqueles olhos. Não mais trocaram palavras. Não precisava! Tudo estava dito! Tudo estava escrito!

Claraluz virou-se e, lentamente, caminhou ao Portão de Embarque. Mandel, como uma estátua, acompanhava cada passo da sua Claraluz. Sua imagem, aos poucos, apequenava-se diante das suas retinas. Antes de cruzar a Porta de Identificação e Revista, Claraluz virou-se e olhou para Mandel. Estava bela, belíssima, e seu olhar era fulgurante. Sorriu o sorriso da mais pura expressão do contentamento, da satisfação e da realização. Mandel também sorriu. Sorriu com lágrimas, lágrimas sorridentes. O choro, agora, era de felicidade, pois quem experimentara a felicidade como eles experimentaram, jamais poderia lamentar a despedida, uma despedida premiada, rara e recheada pelos mais belos tesouros da alma humana.

Depois daquele encantador sorriso, Claraluz vira-se e caminha em direção ao corredor de embarque da aeronave. Carregava a sua bolsa de mão, e aos poucos, aquela imagem misturava-se à imagem das pessoas que embarcariam naquele voo. Depois da curva, Claraluz desapareceu! O presente acabara de virar passado! Mandel pensou em beliscar-se para acreditar no que vivera naqueles dois dias. Conviveu com impressões diametralmente distintas. Aqueles dois dias, ora pareciam quase eternos, ora pareciam infimamente pequenos. As duas impressões eram igualmente corretas. A intensidade do amor que experimentaram fora de tal magnitude, que o tempo se dilatou para que pudessem sorver de todo o caldo do imenso amor que fizeram escorrer em suas almas. Ao mesmo tempo, o tempo se comprimiu ao máximo, pois, ao viver aqueles grandiosos momentos de puro êxtase, não mais queriam deixar de vivê-los, e assim, qualquer tempo que se vivesse durante aqueles momentos seria diminutamente pequeno diante da magnitude infinitamente mágica daqueles acontecimentos.

Mandel encaminhou-se ao Pátio de Observação. Quando chegou, avistou a aeronave onde estava Claraluz, que acabara de deixar o pátio de embarque, manobrando para seguir pela Pista de Táxi. Lentamente, o avião manobrou. Claraluz, que estava na janela da fileira à esquerda, um pouco à frente da asa, reconheceu Mandel ao olhar pela janela. Sorriu, e baixinho disse: — Eu te amo, meu poeta!

Mandel não viu Claraluz, como não poderia, mas imaginou que ela estaria o observando. Sem saber, e ao mesmo tempo em que Claraluz pronunciara, ele pronunciou: — Eu te amo, minha poetisa!

O avião alcançou a cabeceira. Alinhou-se à pista. Em poucos segundos, o comandante acionou o máximo das turbinas. A torre liberou a decolagem. O piloto, gradativamente, liberava o reverso. Aos poucos, a aeronave começava a ganhar velocidade na pista. Assim que alcançou certa velocidade, decolou. Mandel, como um deslumbrado menino, avistava, sem piscar, aquele avião que se transformava somente em luzes vermelhas e piscas de sinalização. O avião, já no céu estrelado, manobrou. O avião, aos poucos, fundiu-se com o céu. Naquele momento, no bagageiro dos corações de Clarissa Montenegro e Mandel Ferreira Guimarães, edificava-se, sobre o mais resistente alicerce, uma impressionante história: a história de Claraluz e o Poeta.

EPÍLOGO

Decorridos um ano e dois meses...

Os músicos estavam apreensivos. Realizar um show no Palácio das Artes – a mais conceituada casa de eventos artísticos de Belo Horizonte, localizada na Avenida Afonso Pena, corredor principal do centro da capital mineira – é o auge do sonho de todos os mineiros que se enveredam pela aventura de tecer notas musicais. Até mesmo os músicos cariocas que integravam o tal evento sentiam o peso da realização desse sonho, mesmo que não tivessem o mesmo sentimento que os artistas mineiros naturalmente o possuíam. Era um dia diferenciado: músicos reunidos em torno de uma ideia nascida da transformação da vida de muitos, e que protagonizariam as apresentações naquele dia tão especial.

Tributo à Utopia. Não haveria melhor denominação para o evento que começaria em alguns minutos. No luxuoso camarim do Palácio das Artes, Juvenal conversava animadamente com Mandel. Contava casos de Clóvis na juventude, e Mandel às vezes não se aguentava de tanto rir. Claraluz, Kátia e Maria se ajudavam nos ajeitamentos dos detalhes finais das roupas que vestiam, como era natural em toda mulher. Matheus e Rogério, da banda *MPdoB*, Guto Ferreira, um dos membros da banda *Nova Estação*, e Marcos Túlio, da banda *Clave do Sol Virtual*, conversavam sobre música, assunto predileto entre eles. Clóvis e os outros músicos dos *Chorões da Tijuca* contavam piadas de mineiros para José, que se revelava um excelente contador de piadas e não ficava para trás, retrucando com piadas de cariocas. Os membros da orquestra conversavam com outros artistas que integravam aquele show. Como sempre fora em qualquer lugar, os músicos se entrosavam e mergulhavam num particular ambiente mágico que só aos músicos, nestes momentos, é permitido viver.

No saguão do Grande Teatro do Palácio das Artes, o Barão Humberto de Lucena conversava com Gabriel, enquanto as esposas, Elisabetta, Sara, Juliana, Georgina, esposa de Juvenal, e Cleuza, que passara a trabalhar com Clóvis e Gertrudes, alternadamente, conversavam em separado. Humberto de Lucena era o grande patrocinador, o mecenas do evento, cujo nome também fora sugerido por ele, numa reunião que fizera com Mandel, Claraluz e Clóvis, no Rio de Janeiro, há cerca de seis meses. O nome surgiu pela observação que o Barão fizera à Claraluz e Mandel durante a reunião: "Vocês são exemplos de vitória da utopia sobre a desesperança! Então batizemos o evento com o nome *Tributo à Utopia*!".

— Diga-me, Humberto! Como está o seu filho, Paulo Barretto? - pergunta Gabriel.

— Paulo está se tornando, cada vez mais, um grande profissional e pesquisador da endocrinologia. Ele sempre teve uma grande inclinação para a área, e é um médico muito dedicado, tanto aos pacientes quanto à pesquisa. Mas, na vida afetiva..., nunca vi alguém dar uma guinada tão impressionante como ele. Mantêm as duas namoradas, Joyce e Magda, há mais de um ano, numa quase perfeita harmonia, para o arrepio de Elisabetta que, do alto do seu conservadorismo italiano, abomina esse arranjo amoroso. Até a pouco tempo, Paulo era motivo de chacotas! Agora é motivo de inveja de muitos homens e mulheres! Já houve uma bonita mulher que se dirigiu a Paulo, na presença de Joyce e Magda e, sem a menor cerimônia, disse-lhe: "Onde cabem duas, cabem três!".

— Não me diga, Humberto! - responde Gabriel, gargalhando. — Mas você, que sabe de tudo, fale-me como anda a vida de Gertrudes.

— Não me venha com ironia, Gabriel. Tu sabes tanto quanto eu! Mas se tu queres ouvir de mim, não me furtarei! Tu és o chefe... Pois bem! Gertrudes se tornou uma referência do ativismo social. Aquela mulher possui um talento e um carisma tão especial para a mobilização, que muitas das suas amigas fúteis de outrora hoje a seguem em seus projetos sociais. Ela tem conseguido resultados espetaculares! O mais importante deles é um projeto de resgate à cidadania realizado com adolescentes das favelas, onde os alvos são meninos de doze a quinze anos, e o objetivo é desestimulá-los ao tráfico através de programas de cultura e arte, reinserindo-os nas escolas e na vida social. Ela se autodenomina "vendedora de sonhos", abomina os holofotes da autopromoção, e quando é assediada pela imprensa, solicita: "Não citem o meu nome! Falem dos projetos realizados por vendedores e vendedoras de sonhos. Somente! Divulguem os projetos e me mantenham no anonimato! Se os projetos forem bem sucedidos, eu me sentirei realizada. Por isso, contribuam! Esqueçam o meu nome e divulguem ao máximo os projetos dos vendedores de sonhos"...

***

Estava na hora! Os músicos da orquestra foram os primeiros a se posicionarem. Iriam acompanhar quase todas as apresentações que aconteceriam naquela maravilhosa noite. A campainha do Grande Teatro acabara de tocar. Era o sinal do início de uma série de espetáculos que prometia encantar os espectadores que lotavam os assentos do teatro. Um locutor se apresenta à frente do palco. Os holofotes acendem-se direcionados a ele. Impondo uma voz grave, sedosa e aconchegante aos ouvidos, o locutor dirige-se ao público:

— Senhoras e senhores! É com muita honra que anunciamos o início deste grande espetáculo, nesta noite tão especial, motivada por algo que sonhamos para todos, mas que nem todos, nesta misteriosa e bela vida, têm a oportunidade de viver, que é a realização dos sonhos. Mas hoje, muitos têm motivos para comemorar, pois veem os seus sonhos se realizarem. Por isso, esta noite é dedicada à utopia: *Tributo à Utopia*! A celebração da vitória do homem sobre a tragédia e o caos! E nestas terras montanhosas das nossas Minas Gerais, sabemos bem que atrás de montanha vem montanha. Em nossas vidas, as coisas acontecem da mesma forma. Atrás de utopias vêm outras utopias! Se não fosse assim, a conquista não valeria a pena, pois se perderia o sentido de viver. É assim que os nossos artistas aqui presentes vivem e pensam. Algo de mágico aconteceu em suas vidas, tão mágico, que resolveram conceber este grande show, que contará, além desses artistas, com a participação de muitos convidados, grandes nomes da nossa música, como Lô Borges e Samuel Rosa, Vander Lee e Paulinho Pedra Azul, Ladston Nascimento, Tino Gomes e Titane, Banda Falcatrua e *Banda Clave do Sol Virtual*. E para abrir esta noite maravilhosa, vem aí a banda Nova Estação!

A banda Nova Estação, uma banda de rock progressivo com pitadas do estilo Clube da Esquina, foi convidada especialmente por Mandel, e é formada por músicos do seu círculo de amizades. O Nova Estação apresentou duas músicas: *20 Anos* (Carlos Guimarães, Mauro Brandão, Guto Ferreira e Gil Oliveira), um rock progressivo que lembra os arranjos das consagradas bandas Pink Floyd, Led Zeppelin, Yes e Genesis, misturado ao estilo da banda 14 Bis; e *Culminação Suprema* (Carlos Guimarães, Mauro Brandão, Guto Ferreira e Gil Oliveira), um rock épico que contém uma letra mística, ecológica e existencialista:

Duas vidas são mais do que uma ilusão de sonhar. Um chapéu sem abas não esconde o sol, o sol. Os caminhos são iguais pra todos, e o que muda é a direção. É saber fazer a escolha e fazer acontecer. E viver, viver, vive...

Elementos que constroem o Universo. Terra, fogo e ar, junto com a água de beber. Tem o vento que balança a Terra, e vingou a plantação. Fogo! Terra! Água! Ar! Elementos da Criação. Fogo! Terra! Água! Ar! Elementos da minha visão. Quando eu falo assim me levem a sério, pois este doce mistério acompanha toda a Terra. O que seria do desconhecido se não fosse obscuro. Saberíamos o que nunca deveríamos saber.

A apresentação de *Culminação Suprema* arrancou a plateia das cadeiras, ao apresentar um arranjo ousado, que incluiu a orquestra que acompanhava o show, relembrando a vibração da música *Carmina Burana - O Fortuna* (Carl Orff). Em seguida, apresentaram-se os cantores e compositores Ladston Nascimento, Titane e Tino Gomes, nomes consagrados em grandes festivais da canção nas décadas de 80 - ícones genuínos da música mineira. Apresentou-se depois a Banda Falcatrua, banda mineira que mescla ritmos variados, do tropicalismo ao funk e groove. Em seguida, subiu ao palco a banda Clave do Sol Virtual, uma banda formada por amigos de Matheus, das cidades de Pedro Leopoldo e Matozinhos, nascida de um grupo no Facebook com o nome de *Clave de Sol Eventos*. Tocaram a consagrada *Let it Be* (John Lennon / Paul McCartney), dos Beatles. O publico se deixou levar pelas emoções daquela bela música, e depois se prepararam para executar a música *Menina, Amanhã de Manhã*, do irreverente Tom Zé. O líder da banda, Marcos Tulio de Paula, anuncia:

— Neste dia feliz, vamos tocar uma música feliz, do nosso Tom Zé, pois uma coisa é inevitável: a felicidade vai desabar sobre os homens!

A banda criou um arranjo contagiante para essa música, em estilo rock, fazendo o público dançar e pular.

Menina, amanhã de manhã quando a gente acordar quero te dizer que a felicidade vai desabar sobre os homens, vai desabar sobre os homens, vai desabar sobre os homens. Na hora ninguém escapa, de baixo da cama ninguém se esconde, e a felicidade vai desabar sobre os homens, vai desabar sobre os homens vai desabar sobre os homens. Menina, ela mete medo menina, ela fecha a roda menina, não tem saída de cima, de banda ou de lado. Menina, olhe pra frente menina. Todo cuidado! Não queira dormir no ponto, segure o jogo. Atenção (de manhã). Menina, a felicidade é cheia de graça, é cheia de lata, é cheia de praça, é cheia de traça. Menina, a felicidade é cheia de pano, é cheia de pena, é cheia de sino, é cheia de sono. Menina, a felicidade é cheia de ano, é cheia de Eno, é cheia de hino, é cheia de ONU. Menina, a felicidade é cheia de na, é cheia de em, é cheia de in, é cheia de on. Menina, a felicidade é cheia de a, é cheia de e, é cheia de i, é cheia de o.

Logo após, apresenta-se ao palco o grupo de chorinho *Chorões da Tijuca*. Antes de apresentar a primeira música, Clóvis aproxima-se do microfone e dirige-se à plateia:

— É com muito prazer que nos deslocamos do Rio de Janeiro para estarmos aqui com vocês, nesta noite tão maravilhosa aqui nas Minas Gerais. Meu nome é Clóvis Montenegro, sou o pai de Claraluz, e já disse ao Mandel, que se apresentará daqui a pouco com a sua banda, que se ele quiser se tornar o meu genro, ele terá que ter cortar o dedo e deixar sangrar, para que ele possa provar que o seu sangue, além de vermelho encarnado, é também verde e branco, das cores do meu Fluminense – arrancando risos da plateia. — Mas para mim, que sou responsável por arranhar este cavaquinho – levantando o instrumento e mostrando-o à plateia –, e – apontando para cada músico – para os meus amigos Juvenal, no sax e clarineta, Waldir no baixolão, Petrônio no violão de sete cordas, Valtinho no violão, Wilson na percussão, e Joaquim na bateria, participar deste evento, aqui, no Palácio das Artes tornou-se uma missão. *Tributo à Utopia*, uma missão despertada em nós, por acreditarmos que os caminhos do homem sobre a Terra têm sentido e finalidade, e que cabe a nós deixarmos a nossa antena ligada, para que possamos perceber quais são os sentidos e as finalidades do nosso viver. Acreditamos que a tão sonhada felicidade, em meio a todos os desafios e sofrimentos, é possível, e que só depende de nós. E em nome do amor, da finalidade do existir e da felicidade de todos nós, chega de conversa e vamos à música:

Os Chorões da Tijuca tocam dois consagrados chorinhos, acompanhados pela orquestra: *Brasileirinho* (Waldir Azevedo) e *Tico-Tico no Fubá* (Zequinha de Abreu). O público vai ao delírio com a apresentação do grupo. Logo após, entram em cena os cantores e compositores Paulinho Pedra Azul e Vander Lee, que se apresentaram juntos, iniciando com a música *Românticos* (Vander Lee). Antes de iniciar, Paulinho Pedra Azul dirige-se à plateia:

— Dedico esta música aos meus novos amigos, Claraluz e Mandel, pois eles formam aquele tipo de casal eternamente romântico, poucos, loucos e que querem ser o outro. E aí vai:

Românticos são poucos, românticos são loucos desvairados. Que querem ser o outro, que pensam que o outro, é o paraíso... Românticos são lindos, românticos são limpos e pirados. Que choram com baladas, que amam sem vergonha e sem juízo...

As pessoas que lotaram o Palácio das Artes se emocionavam cada vez mais. A apresentação destes dois grandes artistas mineiros foi marcada por interpretações impecáveis e repletas de sentimento e sensibilidade, onde ainda apresentaram a música *Ave Cantadeira*, de Paulinho Pedra Azul. Depois foi a vez da dupla *Maria & José*. A evolução musical desses jovens, em pouco mais de um ano, foi algo impressionante. José apresentava um refinamento ímpar utilizando-se de um piano digital, e Maria empregava perfeitamente toda a expressão em seu cantar. Eles começaram com a música *João e Maria*, de Chico Buarque:

> *Agora eu era o herói, e o meu cavalo só falava inglês. A noiva do cowboy era você além das outras três. Eu enfrentava os batalhões, os alemães e seus canhões, guardava o meu bodoque e ensaiava o rock para as matinês. Agora eu era o rei, era o bedel e era também juiz. E pela minha lei, a gente era obrigado a ser feliz. E você era a princesa que eu fiz coroar, e era tão linda de se admirar, que andava nua pelo meu país.*

Maria cantou com tal doçura, que a plateia se emocionou ainda mais. Algumas lágrimas rolaram em várias faces. Após a apresentação dessa música, José empunha um microfone e dirige-se à frente do palco. Emocionado, fala ao público:

— O meu nome é José, tenho vinte anos e moro no bairro Gutierrez. Há mais de um ano, se eu continuasse na vida que eu levava, com certeza eu não estaria aqui. Talvez eu estivesse nas ruas, mendigando uma pedra de *crack*, praticando pequenos roubos, e talvez eu nem tivesse a oportunidade de contar a minha história, pois talvez eu já tivesse morrido. Mas uma pessoa me ajudou a dar o primeiro passo em direção a uma vida mais limpa, digna e saudável. Eu falo da psicóloga Esther Jardim, que teve a percepção de me levar, no momento certo, há pouco mais de um ano, a uma reunião do grupo dos Narcóticos Anônimos, ao qual faço parte e frequento uma vez por semana. Lá eu ganhei mais membros na minha família, amigos sinceros, onde cada um apoia o outro e se apoia no outro. Por isso, eu quero prestar uma homenagem e a minha gratidão à Esther, que foi o anjo da minha vida, e aos amigos do Narcóticos Anônimos.

As pessoas aplaudem emocionadas, e José continua: — E outro anjo sem rosto, mas que existe em espírito, deu um jeito de fazer com que Maria, a minha namorada e parceira que amo tanto, estivesse presente justamente na primeira reunião do NA que participei. Lá nos conhecemos, nos apaixonamos, nos tornamos namorados e formamos essa dupla de músicos.

Maria se aproxima de José, dá-lhe um beijo no rosto e, com sua voz aveludada e macia, pega o microfone e dirige-se ao público... Esther, sentada numa das cadeiras e misturada à plateia, retira um lenço de papel da sua bolsa e enxuga as suas lágrimas.

— E desde lá até hoje, não paramos mais de tocar e cantar. Eu tenho somente dezenove anos, mas a minha carreira como cantora é tão intensa, que, às vezes, acho que tenho uns trinta - arrancando risos da plateia. — Mas nem todas as pessoas tiveram somente coisas boas na vida como José e eu tivemos. Um amigo de José, Júlio César, apelidado de Tatu, experimentou consequências trágicas que o marcaram para o resto da vida... Eu prefiro que ele mesmo venha aqui e fale sobre a sua vida.

José convida Tatu para entrar. Por uma das entradas do palco, surge um jovem de pele morena escura numa cadeira de rodas. Chega à frente, cumprimenta Maria e José, que os abraça, e em seguida pega o microfone e dirige-se ao público:

— Bom, gente. Eu sou o Tatu! Não sei falar bem igual ao José, mas o que eu tenho pra falar é muito importante. Por causa da droga, eu e mais dois colegas resolvemos fazer um assalto e nos demos mal. Um deles morreu, o outro está preso, e eu fiquei paraplégico, porque levei um tiro na coluna. Eu não uso droga mais, estou de condicional, frequento o Narcóticos Anônimos junto com meus amigos José, Maria, Robinho e outros, e provavelmente vou andar de cadeira de rodas pelo resto da minha vida. Não sou uma pessoa triste porque, apesar de tudo, estou vivo! Mas precisei passar por uma limitação física, muitas cirurgias e deixar minha mãe muito triste e cheia de trabalho pra que eu endireitasse o meu caminho. Mas eu não queria que outras pessoas passassem pelo que eu passei. Por isso estou aqui! O *crack* é um desafio pro governo, pras pessoas, pras famílias e pro usuário, cuja maioria quer parar mais não consegue. Mas eu acredito! A gente pode vencer! O ser humano pode ser mais forte que a droga se todos forem humildes e entender que somos fracos. Somos fracos e somos fortes! Somos fracos porque somos orgulhosos! O usuário é fraco porque acha que não precisa de apoio e ajuda, e não procurando ajuda, se afunda cada vez mais nas drogas. O usuário é antes de tudo uma pessoa que está doente, mas ele não admite que esteja doente, e que apesar de ser doente, sabe muito bem que também é responsável por toda a tristeza, os crimes e as desgraças que a droga traz! O usuário mente para si!... O governo é fraco porque tenta reprimir o tráfico na ponta, mas não reprime o mais forte, o grande produtor, o grande atacadista, que não aparece, não sofre as penas da lei, não corre o risco de morrer na guerra do tráfico, e que, muitas vezes, tem gente do governo envolvida também. O governo investe milhões na política antidrogas, mas não consegue dar um passo a frente! Queima o dinheiro do povo, do mesmo jeito que a droga é queimada no cérebro! A sociedade é fraca, pois as pessoas recriminam o usuário, que é antes de tudo um ser humano que está socialmente e individualmente doente e precisa de ajuda! A sociedade marginaliza o usuário, olha para ele com preconceito, e o diminui até anular a sua condição humana... A sociedade é fraca porque, apesar de recriminar o uso de drogas, é viciada na droga do consumo, numa sociedade de pessoas carregadas de neuroses causadas pela busca do prazer imediato, e é fraca também porque não enxerga que os verdadeiros empresários das drogas não moram nas favelas, mas nas mansões dos bairros chiques, são donos de grandes empresas, são políticos influentes e possuem as contas mais gordas nos bancos, pois a droga é, antes de tudo, uma mercadoria que faz algumas pessoas ganharem muito dinheiro! Se o pior cego é aquele que não quer ver, então, o pior paraplégico é aquele que não quer andar. A gente só vai acabar com a droga se o usuário, as famílias, a sociedade e o governo mudarem de comportamento, se todos tiverem uma vida sem mentiras e viverem em função de mais fraternidade e de menos egoísmo. Quando chegar esse dia, seremos fortes!

A plateia, emocionada, aplaude de pé. Tatu se retira do palco chorando, e na plateia, sentados juntos, aplaudiam, com muita emoção e lágrimas, Reinaldo e Patrícia – pais de José –, a irmã Bárbara, o amigo Robinho, dona Conceição – mãe de Tatu, e a mãe e as irmãs de Maria. Maria e José executam a segunda música, *Depende de Nós* (Ivan Lins/Vitor Martins):

Depende de nós. Quem já foi ou ainda é criança, que acredita ou tem esperança, quem faz tudo pra um mundo melhor. Depende de nós, que o circo esteja armado, que o palhaço esteja engraçado, que o riso esteja no ar. Sem que a gente precise sonhar, que os ventos cantem nos galhos, que as folhas bebam orvalhos, que o sol descortine mais as manhãs. Depende de nós, se este mundo ainda tem jeito, apesar do que o homem tem feito, se há vida, sobreviverá.

O público, emocionado, aplaude Maria e José de pé. Foram aplausos calorosos e demorados. Aqueles dois jovens não se cabiam de tanta emoção. Eles se abraçam, reverenciam o público inclinando os corpos e, emocionados, chorando copiosamente, saem do palco. O apresentador anuncia a presença de Lô Borges e Samuel Rosa, que se apresentariam juntos. No palco, Lô Brges dirige-se ao público:

— Ah... se não fossemos utópicos! Ah... se a gente não fosse teimoso e não acreditasse que os nossos sonhos fossem reais, e que a gente, em nossa teimosia, não desse um jeito de fazer estes sonhos virarem realidade. Os vencedores são aqueles que têm sonhos, acreditam neles e fazem estes sonhos acontecerem, vivem a vida inteira dentro dos sonhos. Como este show, *Tributo à Utopia*, um sonho que se apalpa e que se realiza, nesse momento, na vida de alguns que hoje se apresentam aqui. O sonho materializado, tornado realidade! E assim que se esgotar este sonho virado realidade, outros sonhos virão, e eu tenho certeza de que esta turma irá botar a mão na massa e fazer os novos sonhos virarem novas realidades. Por isso, o Samuel e eu estamos aqui, para também ajudarmos a colocar mais um farol nesta bela realidade que está acontecendo, aqui e agora.

Lô Borges e Samuel Rosa apresentam duas músicas, *Dois Rios* (Samuel Rosa/Nando Reis/Lô Borges), e *Quem Sabe Isso Quer Dizer Amor* (Lô Borges/Márcio Borges):

Cheguei a tempo de te ver acordar. Eu vim correndo a frente do sol, abri a porta e antes de entrar, revi a vida inteira. Pensei em tudo que é possível falar, que sirva apenas para nos dois. Sinais de bem, desejos de cais, pequenos fragmentos de luz. Falar da cor, dos temporais, de céu azul das flores de abril, pensar além do bem do mal, lembrar de coisas que ninguém viu. O mundo lá sempre a rodar, em cima dele, tudo vale. Quem sabe isso quer dizer amor, estrada de fazer o sonho acontecer.

Os apupos do público eram emocionados e calorosos. Aquela noite se fazia gloriosa. O apresentador esperou, feliz e paciente, que os aplausos cessassem para que ele pudesse anunciar a última atração da noite:

— O *Tributo à Utopia* está caminhando para o seu fim. Um show que veio para provar que os sonhos podem ser mais fortes do que as barreiras que impedem de realizá-los. Nada está definido, nada tem garantias, mas as possibilidades serão sempre maiores para aqueles que acreditam e fazem acontecer. E assim, as utopias saem dos sonhos e começam a virar realidade. Por isso, de antemão, despeço-me de vocês, agradecendo a todos por terem lotado esta grande e importante casa mineira. E agora, para encerrarmos a noite, a banda *MPdoB*.

A plateia, encharcada de emoções, aplaude esfuziantemente a banda, que tomava o seu lugar ao palco. A orquestra também os acompanharia, e a banda, além da sua formação básica: a cantora Kátia, o baterista Matheus, o guitarrista Rogério e o baixista Mandel, completava-se com Fernando e Gérson no sax e trompete, Nico na percussão, José nos teclados, e apresentando Claraluz no vocal, fazendo dobradinha com a cantora Kátia. Assim que os músicos tomaram seus lugares, Kátia dirigiu-se ao público:

— Boa noite, pessoal! A emoção de estar aqui neste momento, nesta noite gloriosa, é tão grande, que é até difícil controlar. Mas eu vou me segurando contando uma historinha rápida, até porque muitos de vocês que aqui estão também foram testemunhas dessa história. Há mais de um ano, fizemos em Pedro Leopoldo um baile brega, onde a nossa banda, *MPdoB*, transformou-se na banda *Braga e Seus Evaldos Perdidos*. E além de ter sido um baile muito gostoso, cheio de gente se esbaldando, aconteceu uma cena de amor tão bonita, que passou a competir de igual para igual com as mais belas cenas de amor que os romances produziram. Naquele dia, uma bela mulher resolveu fazer a maior das surpresas para o seu amado. Eles se apaixonaram depois de se conhecerem pela internet, mas ainda não haviam se encontrado pessoalmente. Ainda não haviam se olhado, se abraçado e se beijado. Ainda não haviam experimentado o calor das suas mãos e não haviam experimentado a batida forte dos corações após sentirem os seus cheiros. Eles combinaram de se encontrar pela primeira vez na manhã de sábado, após aquele baile, onde ele a buscaria no Aeroporto de Confins, e ele viria num voo do Rio para BH. Mas ela resolveu antecipar a viagem e chegou ao momento em que o baile acontecia, sem que o seu namorado soubesse. E, no momento em que a banda tocava *Eu Sei que Vou te Amar*, de Tom Jobim e Vinicius de Morais, aquela mulher, quase que por encanto e para a magnífica surpresa daquele homem, aparece bem à sua frente. Aquele momento mágico se perpetuou! Poucos, admito, tiveram o privilégio de viver uma emoção tão intensa como foi a daquele dia, indescritível, infelizmente, para quem não testemunhou o fato, de tão lindo que foi... O mais importante é que aquela semente vingou, e de lá pra cá muitas coisas aconteceram. A mulher de quem eu falo é Claraluz, que vai estrear a sua bela voz aqui conosco, e esse homem privilegiado chama-se Mandel, baixista e arranjador da banda *MPdoB*.

Em meio aos calorosos aplausos, Claraluz e Mandel, de mãos dadas, dirigem-se à frente do palco. Claraluz apanha um microfone que estava em um pedestal e fala ao público:

— Boa noite! Eu quero deixar claro que não sou cantora, e somente hoje estarei cantando com esta maravilhosa banda, que eu adoro tanto, desde aquele dia encantado... Sou médica pediatra, e há quatro meses me mudei definitivamente para Sabará, para viver ao lado do meu amor - abraçando Mandel. — Estamos nos preparando para realizar uma cerimônia, um ritual que sacramente a nossa união, mas enquanto o casamento não acontece, não perdemos tempo, e já estamos vivendo a realização das nossas utopias - arrancando risos do público. — Mandel e eu criamos uma associação, ligada à *Associação Mundial Era da Luz*, que busca promover a dignidade das pessoas distribuindo pacotes de conhecimentos, cultura e arte, de forma diferenciada do ensino formal, numa espécie de complemento e fortalecimento a esse. Como pediatra, avalio e intervenho clinicamente na saúde das crianças que estão inseridas nos projetos da associação. Hoje, temos uma equipe que se encontra em ascensão, pois a associação vem ganhando reconhecimento, e por isso estamos conseguindo aumentar cada vez mais os nossos recursos e possibilitando a realização dos projetos em expansão...

Claraluz repassa o microfone para as mãos de Mandel, que continua: — A *Associação Mundial Era da Luz* foi criada há quase um ano em Paris, num Congresso da Sociedade *Guardiões da Luz*, cuja história não irei contar agora, porque senão ficaremos falando por mais de uma hora aqui, e música que é bom nada! - arrancando risos do público. — Claraluz e eu participamos desse congresso, e trouxemos essa ideia de lá. Hoje, atuamos em Belo Horizonte, Sabará e Caeté, e estamos conseguindo resultados espetaculares! Para nós, o mais importante é que Claraluz e eu vivemos um amor verdadeiro, forte e sadio. Intenso e sublime! - Mandel abraça Claraluz e continua: — A paixão que nos arrebatou nos serviu e nos serve como combustível para frutificar este amor tão belo, dentro e fora da nossa casa. A decisão de realizar este show surgiu do amor, esta energia vital para que o ser humano se realize em sua humanidade, uma humanidade que aparentemente caminha ao contrário, nestes desafiadores dias em que vivemos, onde o homem parece que se torna cada vez menos humano. Vivemos momentos cruciais! Estamos bem próximos do momento em que seremos obrigados a optar por um dos dois caminhos que se formam. O caminho da destruição ou o caminho da reconciliação com a nossa humanidade. A Terra fica cada vez menor, e as distâncias se encurtam cada vez mais. No entanto, este nosso planeta é a nossa única e possível casa. Conquistamos a Terra, mas ainda não conquistamos a nós mesmos. E a hora desta conquista é agora! É por isso que estamos aqui! Porque acreditamos em nossa utopia, a utopia humana de viver em harmonia. Somos utópicos, e é a energia desta utopia que nos move em direção às realizações, como a associação que criamos, como este show que se realiza, e como será sempre, para nós e para cada vez mais pessoas na face desta Terra.

Mandel terminou a sua fala arrancando aplausos vigorosos. Beija Claraluz, e cada um assume a sua posição no palco. A banda *MPdoB* se prepara e logo inicia a música *Terra*, de Caetano Veloso, um hino à integridade do planeta-casa. A orquestra acompanha a banda, com um belo arranjo ligeiro e vigoroso, onde os metais davam a medida exata do peso que a música pedia, em contraponto às cordas. E depois da bela introdução, Claraluz e Kátia cantam revezando-se, com todo o lirismo que saia do mais florido e frutífero pomar das suas almas:

> *Quando eu me encontrava preso na cela de uma cadeia, foi que vi pela primeira vez as tais fotografias em que apareces inteira. Porém lá não estavas nua, e sim coberta de nuvens... Terra! Terra! Por mais distante, o errante navegante. Quem jamais te esqueceria?... (...) Eu estou apaixonado por uma menina terra, signo de elemento terra. Do mar se diz terra à vista. Terra para o pé firmeza. Terra para a mão carícia. Outros astros lhe são guia...*

— E por fim, uma música que representa a utopia máxima, que mistura a utopia de cada um com a utopia de todos, na busca de um ser humano melhor e uma sociedade melhor – fala Kátia ao público. — Essa música foi o hino de muitos nas décadas de 60 e 70, e hoje, a nosso ver, é uma música que incita a transformação de cada um. Não mais queremos mudar o mundo a partir dos sistemas econômicos e políticos. Queremos mudar o nosso mundo individual, pois se mudarmos a nós mesmos, com certeza, mudaremos o mundo de todos, inclusive os sistemas econômicos e políticos. É uma nova maneira de sermos utópicos, diferente da forma como agiam aqueles jovens daquela época, mas com o mesmo conteúdo, o mesmo sentido, os mesmos sonhos e a mesma vontade de conquistar a felicidade, para si e para todos. E assim apresentaremos a última música da noite, *Para Não Dizer que Não Falei das Flores*, de Geraldo Vandré. O público aplaude apaixonadamente quando ouve da cantora o nome daquela música que seria apresentada. Uma forma diferenciada marcou a execução daquela música, que apresentou, junto com a orquestra, um arranjo parecido com o das músicas da cantora irlandesa Enya. E assim, as cantoras Kátia e Claraluz, juntamente com os vocais de Mandel, as vozes do Coral Juvenal Alves Vilela – da cidade de Caeté, que também compôs a base do show junto com a orquestra – e o público, em coro, cantava:

Caminhando e cantando e seguindo a canção, somos todos iguais braços dados ou não. Nos amores, nas ruas, campos, construções, somos todos iguais braços dados ou não.

A música seguiu emocionada até que, no final, ao entrar o refrão, a banda e a orquestra pararam. O público canta sozinho aquele contundente bordão que se transformara num hino à liberdade e à democracia no Brasil:

Vem vamos embora que esperar não é saber, quem sabe faz a hora não espera acontecer.

Os artistas que participaram das outras apresentações voltaram ao palco. Maria, José, Samuel Rosa, Lô Borges, Paulinho Pedra Azul, Vander Lee, Ladston Nascimento, Tino Gomes, Titane, os membros das bandas Falcatrua, Nova Estação, *Clave do Sol Virtual* e *Chorões da Tijuca* misturaram-se aos membros da *MPdoB*, e juntos assumiram os microfones do palco. Depois de o público ter cantado separadamente aquele refrão, a banda e a orquestra entram com o máximo de vigor, retomando o instrumental. Naquele momento de pura magia, o show era único. Os artistas e o público viraram, ao mesmo tempo, plateia e protagonistas daqueles últimos momentos, de pura emoção e êxtase. E com pleno vigor instrumental, todos cantaram:

Vem vamos embora que esperar não é saber, quem sabe faz a hora não espera acontecer.

Cantaram o refrão por mais quatro vezes, até que, num *Grand Finale*, a banda e a orquestra, usando o máximo da vibração dos instrumentos: tímpanos, cordas, metais, bateria, baixo, guitarra e percussões, encerraram a música e o show.

O público vai à loucura! Por mais de dois minutos, todos aplaudem de pé, misturados aos apupos e assovios. Os artistas, abraçados, dirigem-se à frente do palco, e reverenciando, despedem-se do público e voltam aos camarins. Os artistas já haviam sumido das vistas do público, mas as pessoas, emocionadas, ainda aplaudiram por mais de um minuto...

***

De forma brilhante, o show se realizou. O *Tributo à Utopia* cumpriu o seu papel. Os protagonistas viveram sonhos se transformando em realidade. Do lado de fora do Palácio das Artes, mais de oitenta pessoas esperavam os artistas, que daqui a pouco estariam lá, encontrando com aquele naco de público que lhes eram tão familiares. Mesmo pouco à vontade, Esther também se misturava àquelas pessoas que aguardavam os realizadores daquele show que causara fortes emoções aos presentes. Ao avistar Janaína, Esther dirigiu-se a ela:

— Oi, Janaína! Há quanto tempo não te vejo! Tudo bem?

Janaína ficou surpresa e um pouco constrangida ao ver Esther, mas recompôs-se rapidamente e respondeu: — Oi, Esther! Talvez nem acredite, mas estou muito feliz em te ver!

— E por que não deveria acreditar?! - retruca Esther. — Eu sei que o que aconteceu entre você e Mandel não estava relacionado comigo. Eu sei que a sua paixão por ele era mais antiga que o nosso namoro e, apesar das minhas mágoas na época, reconheço que você foi digna! Não provocou nenhuma situação para que Mandel e eu nos separássemos, foi discreta, até por me respeitar e não querer me magoar, o que é até um pouco irônico, mas reconheço esse fato como verdadeiro. Foi difícil engolir, mas com o passar do tempo, as coisas foram se assentando, e no final das contas, acabou que nós duas sobramos igual a jiló na janta!

Esther e Janaína riem, e Janaína pergunta: — E você, Esther, como vai a sua vida amorosa pós-Mandel?

— Nada de novo! Tive umas paqueras depois de alguns meses. Conheci um argentino durante um Congresso da Abordagem Centrada na Pessoa, que aconteceu na Bolívia há quatro meses, mas nem ele e nem eu ousamos levar a sério. Correspondo com ele frequentemente, mas não nos assumimos como namorados. Só mesmo quando dá! Conformei com a minha falta de tempo para os relacionamentos. Mas te juro! Estou me preparando para desacelerar. Concluí que de nada vale ganhar o mundo e perder a alma, como disse Jesus! - gargalhando. — E você Janaína? Como anda o seu coração?

— Ainda não arranjei ninguém. O pior é que um fato foi inevitável! Desde que Claraluz passou a morar em Sabará com Mandel, fui obrigada a cruzar com ela várias vezes. Mas para a minha surpresa, um dia ela me procurou. Foi muito sincera e correta comigo! Abordou-me, dizendo que o meu amor por Mandel era puro, e, por isso, acreditava que não havia nada de errado entre ela e eu. Disse que, apesar dos riscos, confiava em mim, e até me convidou para trabalhar com eles na associação. Pensei por alguns instantes nessa possibilidade, mas ao fim, recusei! Não queria arriscar a ver o mesmo filme acontecer como aconteceu com você, e mesmo que Mandel se esquivasse, eu poderia me ver impelida a tentar repetir a história. E hoje, apesar de ainda nutrir uma fagulha de amor por Mandel, me convenci que ele jamais será o meu homem. E olha que interessante! Na época, Claraluz me deu uma sugestão, e agora estou pensando seriamente nela. Ela me disse, com aquele sotaque carioca misturado ao sotaque mineiro que ela tá aprendendo rapidinho: "Porque tu não investe no Matheus? Ele está precisando de uma mulher bonita, inteligente e carinhosa, e tenho certeza de que vocês poderão se dar muito bem". E quem sabe hoje não acontece? - Janaína ri deste comentário, e em seguida pergunta à Esther: — E aquela doida da sua sobrinha, a Magda? O que se passou na vida dela de lá pra cá?

— Desde quando ela se mudou lá de casa, as coisas deram uma acalmada. Ela tem muita sorte!... Deus me perdoe pelo o que vou dizer, mas aconteceu que o tal Ditão, uns dias depois de ser preso, acabou morrendo de um infarto fulminante. Ele era muito pesado e o coração dele não aguentou. Era muita carga, com o encanamento todo entupido, pruma bombinha daquela! E aí, todo o processo policial e jurídico que poderia envolver Magda cessou com a morte do Ditão... Sabe o que penso? Magda é a típica vilã que sempre se dá bem. Ela só não se deu bem com Mandel! Aquele ordinário não era de recusar o assédio das mulheres, mas essa Claraluz enfeitiçou de vez aquele homem! O meu medo era justamente eu perder Mandel para Magda, pois eu sabia muito bem que a qualquer hora ele não resistiria às suas investidas. Vê como a gente se engana! - fala Esther, soltando mais uma das suas típicas gargalhadas. — Não sei como o ex de Claraluz está se virando com ela lá no Rio. Eu sei que Magda trabalha com Barretto em seu consultório na Urca. É a secretária dele, e aposto que os clientes homens adoram ser recepcionados por ela...

— Aposto que algumas mulheres também gostam! - emenda Janaína.

— É! Mas parece que o Barretto, em sua inseparável e fria racionalidade, se deu conta de que Magda é uma mulher felinamente perigosa, e que tem que ser domada e vigiada bem de perto - continua Esther. — Ela mora na Barra da Tijuca, numa pequena quitinete, e a outra namorada dele, a Joyce, continua morando com a família. Porém, tenho quase certeza de que ela não abandonou o seu brinquedo predileto, e continua invadindo computadores alheios. Acho que ela não vai largar esta droga nunca, pra desespero da mãe dela e minha irmã, Leda.

Esther interrompe a fala e muda de assunto, vira-se para Janaína, abraça-a, e diz: — Não vou ficar por aqui mais não! Daqui a pouco o pessoal aparece, e eu não quero ver Mandel e Claraluz de perto. Não tenho nada contra o amor deles, ao contrário, mas tenho um pouco de remorso por não ter cuidado do meu relacionamento com Mandel. Alguns conceitos que eu trouxe de Barbacena estão muito enraizados em mim, e me senti relapsa ao não prestar a atenção no ditado, "o olho do dono é que engorda o porco". Não dei conta de jogar essa máxima no lixo, e eu prefiro não enfrentar esse fantasma que assombra a minha psique, pelo menos por enquanto. Sou uma simples caminhante a procura de mim, e do pouco que me entendo, reconheço as minhas fraquezas e estou aprendendo a conviver com elas. Sou gente, mais do que uma psicóloga que busca entender e ajudar na busca do eu de cada cliente. Conhecer um pouco os mecanismos que regem a mente humana não me isenta de ser humana igual a qualquer paciente que eu trabalho. Não tenho superpoderes, e reconhecer as minhas limitações me conforta. E por favor! Diga à Maria e ao José que estive aqui, pois eu vim especialmente para prestigiá-los. Adorei a apresentação! Diga, por favor, que fiquei muito orgulhosa e emocionada!

Aquelas duas mulheres se despedem. Esther caminha, atravessa a Avenida Afonso Pena e entra na Rua Guajajaras, em direção ao estacionamento em que estava guardado o seu carro. Janaína permanece em frente do Palácio das Artes, em meio às outras pessoas quando, depois de poucos minutos, aparecem os artistas que abrilhantaram aquela noite mágica. Claraluz avista a sua amiga Regina, que estava com a sua companheira Myriam e o filho Ryan. Ao ver Regina, Claraluz dá uma corridinha e, emocionada, abraça a sua amiga.

— Que surpresa gostosa! Que delícia te ver, amiga! – felicita Claraluz, emocionada e esfuziante, que em seguida abraça Myriam e Ryan.

— Surpresa nada! Eu te disse que viria! – responde Regina, também radiante por ter encontrado a amiga. — Como eu poderia perder este show? Afinal, também tenho uma parcela de culpa por este show maravilhoso ter acontecido! – com ar de deboche e convencimento. — E tu estavas tão linda no palco... Adorei!

— Obrigada, amiga! – responde Claraluz, emocionada. — Mas eu sei que tu jamais poderias perder este show, pois é parte dele. Fostes o meu anjo nos meus primeiros passos rumo à liberdade, ao amor e à felicidade... Mas tu poderias ter me avisado! Assim eu prepararia a nossa casa para recebê-los. Mesmo assim, faço questão que vocês se hospedem lá! – sugere Claraluz, que em seguida dá um abraço em Ryan, um garoto encantador, que tivera os seus sete anos de vida vividos na saudável companhia e tutela de duas mulheres – os seus pais adotivos – que se amam e amam o amor.

— Nada disso! - responde Myriam. — Ficamos muito agradecidas e honradas pelo teu convite, mas claro, já reservamos um hotel aqui em BH, e amanhã, vamos com o seu Clóvis e os músicos dos *Chorões* passear em Sabará. Aí sim, encontraremos todos e faremos uma grande festa! Mas hoje deixaremos vocês namorarem um pouco mais - finalizando com uma risada levemente sarcástica.

— Tá bom! - responde Claraluz. — Hoje eu tenho uma surpresa para Mandel! Não vou contar a vocês por enquanto, porque quero que ele saiba em primeira mão. Mas amanhã, todos saberão! - abrindo um largo sorriso de felicidade e um intenso brilho no olhar.

— Iiiiiii! Já vem esta mulher e as suas surpresas... - fala Regina, fazendo cara de assustada e rindo ironicamente. — Já estou morrendo de curiosidade, mas saberei esperar, mesmo com toda a ansiedade que vai me causar... Mas cuidado com o coração do teu poeta! Tu ficas enchendo,... enchendo os armários da cabeça dele de surpresas, que vai chegar uma hora que ele não vai aguentar e vai pifar...

Todos caem na gargalhada. E depois que se acalmaram dos risos, Claraluz fala a Regina: — Daqui a duas semanas estarei no Rio. Tenho o meu trabalho de pesquisas na Fiocruz, e desse eu não abro mão. As pesquisas sobre imunologia estão avançando muito, e o Brasil está se tornando um dos países mais importantes do mundo nas pesquisas pediátricas...

— E é bom que tu não percas o teu gingado carioca - emenda Regina, rindo e dando uma leve rebolada. — Tu podes falar uai e adorar queijo, mas tu não podes perder o rebolado das mulatas da Mangueira, para dar aquele tempero no relacionamento com o teu poeta - e novamente, todos caem na gargalhada...

...E enquanto Matheus conversava com Rogério e Kátia, Janaína aproximava-se deles. O coração de Matheus acelera ao vê-la. Janaína cumprimenta Kátia e Rogério com um "oi" e cumprimenta Matheus com três beijos no rosto. Matheus fica encabulado. Kátia percebe, e logo dá um jeito de quebrar o gelo:

— Janaína! Daqui a pouco vamos sair pra *bebemorar* o show. E eu já havia dito a Matheus que você seria a nossa convidada especial. Topas?

Janaína abre o seu largo sorriso moreno, e sem pestanejar responde: — Claro! Vou adorar! Hoje eu vou dormir no apartamento do meu pai, no bairro Ouro Preto. Já disse à minha mãe que não tenho hora pra voltar.

— Ótimo! - responde Kátia. — Então não vamos perder tempo! Vamos despedir do pessoal e picar a mula!

Enquanto os membros da *MPdoB* deslocavam-se aos outros para as despedidas, Matheus e Janaína caminharam um pouco mais devagar, conversando a sós. Os olhares se cruzavam aquecidos, e em seus olhos despontava um brilho claro e luminoso, na espreita do nascer de uma nova paixão...

...Mandel, abraçado à Claraluz e ao filho Lucas - que foi ao show acompanhado dos avós - conversava com Clóvis, Juliana e Cleuza. Claraluz o interrompe e pergunta à Cleuza:

— E Martinha? Como está comportando aquela cadelinha lindinha?

— Tu nem imaginas como está safadinha, Claraluz. Tu acreditas que ela arranjou um namoradinho?! É um poodle que se chama Iuque, um cachorrinho da vizinha do seu Clóvis, uma promotora de eventos que se chama Margareth. Ela fica toda assanhadinha quando o vê, e ele também. Se a gente bobear, daqui a uns meses vamos ter mais uns filhotinhos poodle.

— Ah! E eu vou querer um pra nós - fala Claraluz abraçando Mandel. — Já pensou? Que lindinhos serão os filhotes da Martinha?

— Mas eu já disse à Margareth que só vamos deixar o Iuque namorar a Martinha quando ela se tornar tricolor - fala Clóvis, rindo e olhando para a Juliana.

— Nada disso! - retruca Juliana. — Margareth é rubro-negra como eu, e nós já combinamos a perpetuação da raça flamenguista entre os cãezinhos.

— Tenho uma ideia! - interfere Mandel, rindo. — Martinha terá que ter cinco filhotinhos. Um será torcedor do Fluminense, outro do Flamengo, outro do Botafogo, outro do Vasco, e nós vamos adotar o mais bonito, que será torcedor do América. E aí ninguém briga!

Eles riam animados e alegres daquela conversa boba. O clima daqueles momentos era de pura festa e descontração...

...Clóvis e Juliana afastam-se do grupo e dirigem-se ao local onde estavam Gabriel e a esposa Sara, Juvenal e a esposa Georgina e o Barão Humberto e a esposa Elisabetta. Ao chegar, o Barão Humberto dirige-se a Clóvis e diz:

— Missão cumprida! Parabéns, meu caro!

— *Scientia est lumen rationis*[50] - saúda Clóvis.

---

50 A ciência é a luz da razão.

— *Et ratio est animi lucem*[51]– saúdam, num coro uníssono, Gabriel, Sara, Juvenal, Georgina, o Barão Humberto e Elisabetta. Juliana arregala os olhos e, ainda sem entender, pergunta:

— Todos vocês são *guardiões da luz*?

— Não se assuste, minha querida! - responde Sara. — Shakespeare disse que *há mais mistérios entre o céu e a terra do que ousa imaginar a nossa vã filosofia*. Aos poucos, você saberá de coisas mais intrigantes. É só o começo de um longo caminho...

— Bom! E eu vou me retirar - fala Gabriel. — Depois de mais uma missão cumprida, é hora de irmos para o nosso bom e velho sítio e dormir ao som das águas do riacho, dos grilos e dos sapos, sonhando com os poemas de Manoel de Barros. E como cabe todo mundo, vamos despedir dos nossos filhos, Clóvis, pois amanhã teremos um bom passeio em Sabará - e virando-se para Sara, solicita: — Meu amor, pegue o Lucas para irmos embora?!

— Vamos embora mesmo! - responde Clóvis. — Estou cansado, e a minha enfermeira Juliana disse que meu coração tem que repousar - olhando para a sua companheira, que retribui com um profundo olhar de carinho, seguindo de um terno e afetuoso abraço.

— Vamos nessa, Humberto? - pergunta Juvenal, que assustado, olha freneticamente para todos os lados, e depois questiona, admirado: — Humberto? Humberto? Onde tu estás?

— Sempre foi assim e sempre será! - responde Gabriel. — A gente não pode piscar os olhos que Humberto e Elisabetta somem. Já me acostumei!

— Então, vamos nós! - fala Clóvis. — Vamos fingir que somos normais e vamos despedir dos nossos filhos...

***

...Já em Sabará, Claraluz e Mandel chegam em casa, cansados e felizes por aquela noite magnífica. Tomam banho, juntos, já acostumados àquele banho a dois naquele chuveirão. Mesmo cansados, brincam e namoram debaixo daquela deliciosa água, que para eles nunca parecera rotina. Depois de muitos beijos e se banharem, desliga-se o chuveiro, enxugam-se, vestem uma roupa aconchegante e, enquanto Mandel executava os últimos preparativos para dormir, Claraluz

51 E a razão é a luz do espírito.

pega o CD *Zebop!*, de Carlos Santana, coloca-o no aparelho de som que estava no quarto de dormir e chama Mandel para ouvir a música *I Love You Much Too* (C. Towder/D. Raye/A. Olshametsky). Trata-se de uma música romântica executada com um sentimento ímpar pelo guitarrista mexicano, um dos maiores guitarristas do mundo. Mandel deita-se ao lado de Claraluz. Ela recosta em seu ombro e deixa um dos abajures aceso. Eles curtiam imensamente a música, e quando esta chegava ao final, Claraluz vira-se para Mandel e diz:

— A minha avó, mãe do meu pai, como tu sabes, se chamava Clara. Meu pai contou que, quando esta música foi lançada, na década de 80, a minha avó, *modernosa* como era, foi uma das primeiras a perceber a beleza desta música e se apaixonar por ela. E, quando eu nasci, a minha avó, quando soube do meu nascimento, colocou esta música numa vitrola, abriu uma garrafa de vinho e, silenciosamente, brindou a minha chegada ao mundo. Sozinha em seu quarto, disse: "À minha amada netinha, que acabara de chegar a este mundo com a missão de irradiar a todos os homens de boa vontade uma clara luz: a clara luz da sabedoria, do amor, da prosperidade e da felicidade". Quando soube disso, fiquei tão emocionada, que adotei esta música como uma das minhas preferidas. Naquele momento, fiz uma promessa silenciosa... Naquele dia, me comprometi compartilhar esta música com alguém somente quando algo maravilhoso e especial acontecesse em minha vida. Até antes de hoje, eu só havia colocado esta música para ouvir sozinha. Depois que me fiz essa promessa, ainda a ouvi junto com a minha avó e com o meu pai, mas foram eles que colocaram a música para tocar. Eu nunca havia colocado esta música para ninguém ouvir comigo, e tu és o primeiro!... Então, chegou a tua hora de saber por que estou colocando esta música para ouvirmos juntos. A promessa, como uma profecia, está se cumprindo. Lembro-me muito bem das minhas palavras ao meu pai, quando ele ainda estava sedado na UTI após o infarto que ele sofreu no ano passado. Disse a ele: "Ainda quero te dar um neto e quero que o curta muito. Quero que o teu neto te chame de vovô, e que tu, vovô, possa transmitir toda a sabedoria que ti carregas nesta alma desprendida e generosa"... A promessa que fiz naquela época, quando eu tinha quinze anos, e que agora vai de encontro às palavras ditas ao meu pai, foi de que eu compartilharia esta música somente com o homem que fosse o pai do meu filho. Assim, meu amor, meu poeta... Revelo-te em primeira mão! Nós vamos ter um filho! Estou grávida de ti, estou irradiante e plenamente feliz por isso, pois teremos um filho, fruto do nosso amor! Eu te amo, Mandel, e amo o nosso filho que agora habita o meu ventre e o nosso ser.

Como acontecia sempre quando era pego de surpresa, Mandel estatelara os olhos. Olha quase incrédulo para Claraluz, que abre um largo sorriso. Duas lágrimas escorrem dos seus olhos. Por alguns instantes, ficara patologicamente mudo. Acreditava estar acostumado às grandes surpresas. Não estava! Naquele momento, pressentiu que a utopia que estava reservada para a sua vida estava apenas começando. Aos poucos, foi se refazendo, apenas do susto, mas não das emoções que lhe foram despertadas nas profundezas das cavernas inexploradas da sua alma. Lentamente, aproximou-se do rosto de Claraluz e a deu um profundo e sentido beijo na boca. Depois, beijou a barriga dela como estivesse beijando o rosto do filho que começava a se desenvolver no ventre da sua amada. Mandel se lembrou do pedido insistente do seu filho Lucas: "Vocês vão me dar um irmãozinho". "As crianças têm o dom natural da profecia", divagou Mandel. Claraluz rejubilava-se com o carinho que Mandel a retribuía pelo filho que ela lhe dava. Após aqueles beijos com sabor de paternidade e maternidade, Mandel se levantou da cama e pegou o violão. Depois, sentou-se na cama e, virando para Claraluz, diz:

— Em homenagem ao nosso filho, para que ele cresça com muito amor, vou tocar uma música que amo de paixão. Vou tocar para ele *Forever Young*, de Bob Dylan. Vou cantá-la já traduzida em português, pois desde que descobri essa música, na voz de Joan Baez, me apaixonei de tal forma, que eu a traduzi e dei um jeito de encaixar a tradução literal na melodia - e olhando para a barriga de Claraluz, fala emocionado: — Esta música é para você, meu filho:

Que você cresça para ser justo, que você cresça para ser verdadeiro, que você sempre saiba a verdade e veja as luzes ao seu redor. Que você seja sempre corajoso, fique em pé e seja forte, que você fique jovem para sempre, jovem para sempre, jovem para sempre... Que Deus te abençoe e te acompanhe sempre, que seus desejos se tornem realidade, que você sempre faça para os outros e deixe que os outros façam por você. Que você construa uma escada para as estrelas e suba cada degrau... Que você tenha uma base forte quando os ventos das mudanças voltarem...

Naquele momento, Claraluz e Mandel incorporavam a máxima expressão da felicidade utópica. Riam e choravam, extasiados por uma alegria incontida e imensurável. Após comemorarem, guiados pelas emoções que lhes sopitavam, deitaram para dormir o cansaço do dia.

Antes de cerrarem os olhos, Claraluz vira-se para Mandel e diz: — Eu te amo, meu poeta!

Mandel, da mesma forma, olha nos brilhantes olhos de Claraluz, e também com um intenso brilho nos olhos, responde: — Eu te amo, minha poetisa!

E após o beijo de boa noite, aqueles olhos sempre apaixonados se fecham. Dormem, e celebrando a felicidade, o cansaço, o amor, a glória daquela noite, gerada pela utopia realizada e, principalmente, à boa-nova revelada por uma nova vida que estava brotando, viajam ao mundo dos sonhos, num único sonho sonhado. Neste sonho a dois, eles passeiam com o filho por um belo bosque florido, coberto por uma mística neblina. Nos sonhos, o filho era alguém especial, que trouxe em sua bagagem uma grande missão a ser cumprida entre os homens. Nos sonhos, aquela criança era uma enviada especial do Criador, um arranjo do Universo, e que nasceu com a magnífica tarefa de resgatar a esperança entre os homens.

O sonho se dissipou. Claraluz e Mandel dormem profundamente. Um sono feliz, entre as brumas que invadiam aquele lugar perdido entre as montanhas de Sabará...

***

...De algum lugar incerto, o Barão Humberto pronuncia:

— A Utopia! Esta palavra, para muitos, significa algo distante, ingênuo e irreal. Este significado não é verdadeiro. O que move a humanidade é a Utopia. Os homens não teriam construído a História se não houvesse em cada alma a semente da Utopia. O reconhecimento da sua finitude e do poder transformador que cada ser carrega, enclausurado materialmente entre as paredes da sua breve estadia na existência temporal, faz mover o homem sobre a Terra, movimento este impulsionado pela utopia existida singularmente em cada um. A cobiça ao poder, as máquinas sempre revolucionárias, as guerras, as ideologias, as ações solidárias, a luta pelo pódio, a luta de classes, as orações coletivas, o misticismo, o amor romântico... Cada utopia é um tijolo que constrói a História: obra da energia impulsionadora e gerada pela Utopia, manifestada na alma do homem desde a sua concepção. A ilha de Tomas Morus, a sociedade ideal, é a ponta do iceberg do significado amplo de Utopia, e que se aplica a cada indivíduo, às múltiplas e diversas organizações sociais, desde os casais às nações, das cidades às organizações multinacionais, e, por fim, das associações paroquiais à sociedade dos homens na Terra...

— Assim sendo, digo-lhes! A história de Claraluz e o Poeta poderia ser outra.

Mas recebi da Energia Suprema a missão de cunhar arranjos para permitir a realização da utopia de cada um desses seres. Portanto, então, chegou a hora de me revelar! Eu, o Barão Humberto, sou apenas uma fachada, um disfarce. Vamos à verdade sem retoques: a minha natureza é sobre-humana, é sobrenatural! Não resido, em meu cerne, nas raias do tempo e do espaço. Os homens ainda não nos compreendem, pois a natureza é maior do que se sente aos sentidos humanos, e muitas dimensões se misturam àquilo que é visível. Pois bem, dessa forma, me apresento aos homens: sou o Anjo da Utopia, um desses seres das entranhas cósmicas que extrapolam a prisão do tempo e do espaço em que se confinam os homens! Assim, fica claro a cada um agora: por que eu sabia de tantas coisas humanamente impossíveis de se saber em determinados momentos dessa história? Fui incumbido e responsável por mexer as pedras do tabuleiro, a fim de que a utopia dessas pessoas pudessem se realizar. O livre-arbítrio é aparentemente uma das características da natureza humana, e mesmo que as escolhas se apresentem como imperativas a cada indivíduo, tudo está escrito. Para isso, algumas condições necessitaram ser detonadas para que tudo se encaixe. Não se enganem! Lúcifer, o anjo caído, também age da mesma forma, buscando condições para que a utopia se afaste dos homens. Assim, a utopia não se realiza na vida de muitas pessoas porque essas não encontram motivações suficientes, a força inicial que as impulsiona em direção às suas utopias...

— Mas quis o Mentor que a sua Criatura não morresse de sede no deserto da desesperança, quis dar uma bela história a alguns dos seus escolhidos para serem espelhos do mundo e luz da vida. Se não houvesse as condições para os encontros de Claraluz e Mandel pela internet, e, portanto, se eles não se conhecessem, Clarissa Montenegro iria se casar com Barretto. Não teria forças para romper o noivado. Viveria sufocada pelas exigências da mãe em manter um casamento só de aparências. Ao fim, mergulharia em um oceano de tristezas, e depois de dois anos de casamento, Claraluz, sem o brilho dos seus olhos e sem razão de viver, numa profunda depressão, seria impelida ao suicídio...

— Mandel, infeliz com o seu namoro com Esther, mas sem forças para rompê-lo, engravidaria Janaína. Ao saber, Esther se tornaria uma mulher triste, melancólica e abatida, e potencializaria a sua tendência psíquica depressiva. Esther iria viver em meio às suas crises de pânico e depressão. Seria uma profissional medíocre e frustrada, e jamais perdoaria Mandel e

Janaína pela traição. Viveria frustrada amorosamente e profissionalmente, envelhecendo sobre o peso do mau-humor...

— Gertrudes seguiria a sua estrada sendo a mesma *socialite* fútil e contumaz. Tornar-se-ia amiga do apresentador de programa Marc Robson, e buscaria o apoio dele para que o seu namorado, Alex Augusto Paiva, continuasse impune como membro da quadrilha internacional responsável pelo abastecimento de ecstasy nos estados do Rio de Janeiro e Espírito Santo. Cíntia, filha da funcionária de Ivone Monteiro, depois de usada e abusada, seria violentada, estuprada e morta por pessoas ligadas à máfia do apresentador, que continuaria livre para praticar os seus crimes e ganhar mais dinheiro e popularidade com o seu programa, *Aqui, o Crime Não tem Vez...*

— Clóvis, solitário, não daria continuidade em sua relação amorosa com Juliana. Desgostoso com a morte da filha, tornar-se-ia alcoólatra e sofreria, em um dia melancólico, um infarto fulminante. Morreria triste, pouco tempo após a morte de Claraluz...

— Mandel, como uma bússola desgovernada, iniciaria um relacionamento clandestino com Magda, após ser seduzido por ela em uma das suas armadilhas da sedução. Iria associar-se a Magda em suas atividades virtuais criminosas. No fim, teria constantes problemas com a justiça. O hacker Ditão continuaria a agir impunemente e iria se submeter a uma cirurgia de redução do estômago, realizada a custa do dinheiro ilegal conquistado pelas teias da criminalidade cibernética. Janaína criaria o filho sem a presença do pai, pois Mandel, sem encontrar a sua utopia, não teria motivação para amar o filho que teria com Janaína, e ela, a fim de se vingar de Mandel por relacionar-se com Magda, começaria a namorar Dieguinho, um traficante de cocaína e *crack* de Sabará. Num infeliz dia, seria assassinada junto com Dieguinho, numa emboscada armada por uma gangue rival. Depois da morte de Janaína, o filho seria criado pela avó, mãe dela, e o único papel de pai que Mandel cumpriria seria o de pagar a pensão alimentícia, já descontada em seu contracheque, e que o desobrigava a visitar o filho...

— José se afundaria no vício do *crack*. Sairia de casa e iria perambular pelas ruas de Belo Horizonte como um mendigo. Conheceria Maria nas ruas, uma garota que se prostituiria em troca de cocaína e *crack*, e tornar-se-iam aliados na busca de mais drogas...

— Barretto se tornaria ainda mais calculista depois da morte de Claraluz. "Só os fortes são dignos da vida", pensaria, sem problemas com a sua consciência. Continuaria indiferente ao sexo e ao amor romântico, e o seu pedantismo lhe tornaria uma pessoa insuportável...

— As vidas de dez pessoas – Claraluz, Mandel, Janaína, Esther, Clóvis, Gertrudes, Barretto, José, Maria e Magda – seriam apagadas pela ausência da luz da utopia... Mas não foi assim! A história não seguiu este curso! Ao final, a felicidade foi alcançada, pois a Utopia se realizou, como outras utopias advirão. A minha passagem sobre a Terra, como anjo encarnado, teve a missão de mostrar que a vida tem sentido de existir, e que esse sentido reside na Utopia que cada um carrega...

— Claraluz e Mandel encontraram uma singular felicidade, porque a utopia de um era quase idêntica à utopia do outro. Por isso, logo se identificaram como "almas gêmeas". E afinal, quem vocês acham que era o mensageiro que visitou Mandel na porta da sua casa em Sabará e o entregou as passagens e as teses do Congresso dos *Guardiões da Luz* realizado em Paris? A viagem de Mandel e Claraluz à Paris serviu-lhes como lua de mel, e lá potencializaram os seus desejos de ajudar a direcionar o mundo para o bom caminho...

— Paulo Barretto não é meu filho biológico. As Forças do Cosmos não permitem que um anjo encarnado conceba um filho, pois a couraça biológica é só uma dissimulação da verdadeira natureza angelical, e por isso tratou de esterilizar a minha esposa Elisabetta, até porque ela também é operária do Criador. Assim, adotamos Paulo ainda bebê, depois de encontrado numa lata de lixo nas proximidades da nossa mansão na Urca. Nós nunca lhe revelamos a verdadeira história, pois ele precisava carregar os sobrenomes Barretto e Lucena em sua psique para compor a sua utopia. Para o Criador, essas coisas são muito fáceis de arranjar. Ele não o fez com o seu próprio filho encarnado?

— Magda não é propriamente a pessoa que eu gostaria que estivesse ao lado de Barretto. Ela é influenciada por outra força, uma força que se rebelou contra a Essência. Magda também, às vezes e por conveniência dessa força, soube e sabe de algumas coisas que não poderia saber de antemão. De qualquer forma, por caminhos "tortos", ela se encontrou com a sua utopia.

— A minha missão, com a ajuda de outros "colegas", foi cumprida. Mesmo sem compreenderem os verdadeiros motivos, o filho de Claraluz e Mandel será batizado como Emanuel. Essa criança não seria concebida se não fosse plano especial do Criador. E por ser assim, caberá a Emanuel uma grande missão, uma tarefa magnânima a ser servida aos homens, alicerçada no amor da sua mãe, Claraluz, e no amor do seu pai, Mandel, que se conduzirão grandiosamente na construção do mais sublime Amor entre os seres, concebido pela energia avassaladora da Utopia. Vocês conhecerão, no tempo certo, a história de Emanuel.

— Enfim, me despeço! Vou descansar um pouco após cumprir esta grandiosa e divina tarefa, afinal, anjos também trabalham, e muito, e merecem descansar, certo? E, enquanto descanso, escutarei Mozart, e logo após, Beethoven, até me embalar nos deleites inenarráveis do sono, um sono que talvez dure anos, séculos ou milênios, ou décimos, centésimos ou milionésimos de segundo. O tempo, minhas caras e meus caros, é só uma invenção necessária do ser, para que cada ser se sinta na vida que pulsa em seu único e singular ser, uma doce ilusão da matéria, pois tudo o que existe é apenas um! Um único Ser! Mozart, Beethoven e Bach são os meus prediletos, provas cabais de que os homens, em seus sonhos, produzem o que há de mais sublime quando se sonha, e somente quando se sonha se cria o sublime, ou se cria o terror, pois a luz e as trevas são obras da consciência, apenas da consciência, semeadora da existência. *Os caminhos são os mesmos. O que muda é a direção*[52]. E, em algum canto da sua psique, por fim, registre, com palavras riscadas pelo mais puro diamante que poderá ser encontrado em algum lugar do Cosmos: A magnífica história de Claraluz e o Poeta só se realizou porque, no fértil coração dos homens, germina uma semente eterna: a semente da utopia! A Utopia!...

FIM

52 Trecho da canção *Culminação Suprema* (Carlos Guimarães, Mauro Brandão, Guto Ferreira, Gil Oliveira).

Editora
LETRAMENTO
www.editoraletramento.com.br